Ellen Marie Wiseman
Alles, was sie hinter sich ließ

Ellen Marie Wiseman

Alles, was sie hinter sich ließ

Roman

Übersetzung aus dem Amerikanischen
von Sina Hoffmann

PIPER

Mehr über unsere Autoren und Bücher:
www.piper.de

Dieser Titel erschien bereits 2015 unter dem Titel »Die dunklen Mauern von Willard State«.

ISBN 978-3-492-50293-1

Titel der amerikanischen Originalausgabe:
»What She Left Behind« Kensington, New York
Deutschsprachige Erstausgabe:
»Die dunklen Mauern von Willard State« im
Piper Verlag GmbH, München/Berlin 2015
Published by Arrangement with
Kensington Publishing Group Corp., New York, NY, USA
Litho: Lorenz & Zeller, Inning am Ammersee
Covergestaltung: FAVORITBUERO, München
Covermotiv: Bilder unter Lizenzierung von Shutterstock.com genutzt
Printed in Germany

Für meinen Ehemann Bill, der immer an mich glaubt

KAPITEL 1
Isabelle

Willard State Asylum
1995

Schon kurz nachdem sie das Gelände des verlassenen Willard State Asylums betreten hatte, wusste die siebzehnjährige Isabelle Stone, dass es ein Fehler gewesen war. Wenn jemand sie auf dem mit Rissen und tiefen Schlaglöchern übersäten Hauptweg, der das weitläufige, von Bäumen gesäumte Grundstück durchzog, gesehen hätte, so hätte er ihr sicher nichts angemerkt. Er hätte nichts geahnt von dem schrecklichen Grauen, das sich in ihrem Kopf abspielte.

An jenem Samstag Ende August lag der Geruch von Lampenputzergras und Seetang in der heißen Luft, und gelegentliche Windböen ließen das Kiefernwäldchen auf der linken Seite des offenen Parks rascheln. Die Hitze stieg flirrend von der ausgedörrten Erde auf, und Zikaden zirpten im hohen Gras nahe des Wäldchens, ein summendes, lebendes Thermometer, dessen Klang mit jedem Grad höher und nachdrücklicher wurde. Willards gepflegte Rasenflächen fielen schräg von den Hauptgebäuden ab und verliefen sanft bis zum felsigen Uferstreifen des Seneca Lakes. Segelboote tanzten auf den Wellen, und ein langer Landungssteg reckte sich wie eine Einladung in das glitzernde Wasser.

Isabelle – ihr Vater hatte sie immer Izzy genannt – hätte eigentlich den warmen Sonnenschein und die wunderschöne Aussicht genießen sollen. Stattdessen biss sie die Zähne zusammen und versuchte krampfhaft, das Bild des blutenden Lochs im Schädel ihres Vaters zu verdrängen, das sie vor Augen hatte.

Sie fühlte sich wie in der Hölle gefangen. Würde sie jemals Frieden finden, oder würde sie bis an ihr Lebensende das siebenjährige Mädchen sein, das immer wieder die schreckliche Nacht durchlebte, in der ihr Vater ermordet worden war?

Izzy trat aus dem Schatten der Chapin Hall, des wuchtigen Hauptgebäudes der Psychiatrie, und hielt das Gesicht in die Sonne. Sie kniff die Augen zusammen und versuchte, alle Gedanken beiseitezuschieben. Als sie sich jedoch umdrehte, um an dem dreistöckigen viktorianischen Backsteingebäude mit den großen Kirchenfenstern hochzuschauen, kehrte das Gefühlswirrwarr aus Trauer und Angst zurück. Ein riesiges, zweistöckiges Turmdach mit Rundfenstern überragte ein schwarzes Mansardendach, von dem unzählige Dachgauben, Türmchen und Kamine abgingen. Ein steinerner Portikus mit Säulen, an denen der Zahn der Zeit bereits genagt hatte, schützte die riesigen Doppeltüren des Haupteingangs. Schwarze Gitterstäbe sicherten die hohen Sprossenfenster, von denen fast alle von innen mit Brettern zugenagelt waren. Die einzige Ausnahme waren die Mansardenfenster im Dachgeschoss sowie die runden Bullaugenfenster des Turmdachs. Insgesamt wirkte alles eher wie ein Spukschloss als ein Ort, der dazu bestimmt gewesen war, Menschen zu helfen.

Izzy fragte sich, welche Gräuel das wuchtige Gebäude wohl erlebt hatte. Welche schrecklichen Erinnerungen hatten sich an die Backsteine, den Mörtel und die blinden Scheiben geheftet und gehörten nun für alle Zeiten zum Bauwerk, eingefressen und darin verschlossen mit Blut und Tränen? So wie Schmerz und Leid immer ein Teil von ihr sein würden, würden die Erinnerungen von Tausenden von gequälten Seelen in der Chapin Hall und den umliegenden Gebäuden des Willard State Asylums weiterleben. Wie sollte dieser Ort jemals etwas anderes sein als eine stete Erinnerung an die geliebten Menschen, die hier gestorben waren?

Sie schluckte und drehte sich zum Wasser um, eine Hand über den Augen zum Schutz vor der Sonne. Sie fragte sich, ob Bootsfahrer, die hier vorbeifuhren, zur ehemaligen Psychiatrie hinüberschauten in der Annahme, der Verbund von Backsteingebäuden und weitläufigen Rasenflächen gehöre zu einem Countryklub oder einem College. Aus der Ferne sah alles ordentlich und vornehm aus. Doch sie wusste es besser. Sie stellte sich die ehemaligen Patienten im Park vor, wie sie trübe vor sich hin starrten – ihre dünnen Körper mit nichts als Krankenhaushemdchen bekleidet –, während sie in Rollstühlen saßen oder über das Gras schlurften. Sie stellte sich vor, eine von ihnen zu sein, und schaute auf den blauen See hinaus. Ob die Patienten mitbekommen hatten, dass andere Leute in den kleinen Gemeinden jenseits der Bucht Bootsausflüge machten, Abendessen kochten, sich verliebten und Kinder bekamen? Hatten sie sich gefragt, ob man sie jemals entlassen würde, um wieder ein Teil der »normalen« Welt zu werden? Oder machten sie sich gar keine Vorstellung von dem Leben, das ihnen in Willard entging?

Izzy bekam Bauchweh, als eine weitere Erinnerung vor ihrem geistigen Auge aufflackerte: ihre Mutter Joyce, die mit wirrem, in alle Richtungen abstehendem Haar lang ausgestreckt auf einer Pritsche im Elmira Psychiatric Center lag und mit glasigem Blick die Decke anstarrte. Es war ein schwülheißer Tag wie der heutige gewesen, und Izzy erinnerte sich an die verschmierte Wimperntusche und den Kajalstift, die an ihren blassen Wangen heruntergelaufen waren wie bei einem Clown im Regen. Auch wusste sie noch sehr gut, wie sie ihr Gesicht im Rock ihrer Großmutter vergraben und gefleht hatte, nach Hause zu gehen. Die endlosen weißen Korridore in der Psychiatrie, der Gestank von Urin und Bleichmittel, die dunklen Räume und die von Gummiwänden umgebenen Patienten in Rollstühlen und Betten würde sie nie vergessen.

Nach diesem Besuch war sie jahrelang von Albträumen heimgesucht worden. Sie hatte ihre Großmutter angefleht, sie nicht dazu zu zwingen, noch einmal hinzugehen, und glücklicherweise hatte ihre Großmutter eingewilligt.

Izzy schlang die Arme um ihren Körper und fragte sich, während sie über den rissigen Asphalt des Hauptweges ging, warum sie bloß hergekommen war. Sie hätte Kopfschmerzen oder Bauchschmerzen vorschieben können – egal was, Hauptsache, sie hätte den Besuch hier vermieden. Es gab genügend andere Museumsangestellte, die an ihrer Stelle hätten mitgehen können. Doch sie hatte ihre neue Pflegemutter nicht enttäuschen wollen – Peg war die Kuratorin des Museums. Denn zum ersten Mal seit ihrem zehnten Lebensjahr, als ihre Großmutter gestorben war, hatte Izzy Pflegeeltern, die sich wirklich um sie zu kümmern schienen.

Gewiss, in weniger als einem Jahr würde sie achtzehn. Sie war lange genug im System, um zu wissen, dass achtzehnte Geburtstage nicht mit Partys gefeiert wurden. Wenn die Schecks ausblieben, bedeutete dies nicht nur, auf sich selbst gestellt zu sein. Der Pflegeunterbringung zu »entwachsen« bedeutete vielmehr, dass sie obdachlos würde. Sie hatte genügend Geschichten von Kindern gehört, die im Gefängnis und in Notaufnahmen von Krankenhäusern landeten, Drogen verkauften und von Sozialhilfe und Lebensmittelmarken lebten. Wie verzweifelt musste man sein, das Gesetz zu brechen, um auf diese Art und Weise überleben zu können? Im Augenblick lief alles gut, das wollte sie nicht vermasseln.

Peg hatte sie gebeten, sie zu der alten Psychiatrie zu begleiten, um noch einmal durch die Räume zu gehen, bevor die Gebäude abgerissen wurden. Vielleicht würden sie etwas finden, das aufzuheben sich lohnte. Ohne ein Wort über ihre Vorbehalte und Berührungsängste zu verlieren, hatte Izzy zugestimmt. Sie war erleichtert, als Peg sie zuerst das Außengelände erkunden ließ, anstatt sie mit den anderen nach drinnen zu schicken, in die Keller hinunterzusteigen, die Leichenhalle zu durchqueren und die verlassenen Patientenabteilungen zu besichtigen. Doch sie fragte sich, was Peg wohl denken würde, wenn sie wüsste, dass es Izzy allein schon durch die physische Nähe zu Willard übel wurde.

Sie überquerte eine Holzbrücke über ein ausgetrocknetes Flussbett und folgte dann einer einspurigen Straße in Richtung des Kiefernwäldchens. Zu ihrer Linken plünderte eine Schar Kanadagänse ein verwildertes Feld, die Köpfe über die Goldruten geneigt wie schwarzes Schilf. Wenige Schritte vom Straßenrand entfernt lagen, geschützt in einem Nest aus Lieschgras und Sternmiere, drei graugelbe Gänseküken, die ihre langen Hälse im Gras ausgestreckt hatten. Izzy blieb reglos stehen, um sie genauer anzuschauen. Die Augen der Küken waren zwar offen, doch sie rührten sich nicht. Langsam arbeitete sich Izzy zu dem Nest vor und hielt währenddessen auf dem Feld stets die Muttertiere im Blick. Doch ganz gleich, wie weit sie sich dem Nest näherte – die Küken rührten sich nicht vom Fleck; sie waren reglos wie Flusskieselsteine. Izzy musste schlucken, und ihr Hals brannte. Entweder waren die Gänseküken bereits tot oder waren im Begriff zu sterben.

Sie kniete sich hin und hob eines hoch, drehte seinen weichen, schlaffen Körper in ihren Händen und tastete unter seinen Flügeln nach Wunden. Sie bewegte seine Beine und den Hals auf der Suche nach gebrochenen Knochen. Doch es gab keinerlei Anzeichen für irgendwelche Verletzungen, und die flauschigen Daunen waren immer noch warm. Dann blinzelte das Küken. Es lebte also noch. Vielleicht waren die Kleinen ja krank, vergiftet durch unsachgemäß entsorgte Chemikalien oder Psychomedikamente aus Willard. Izzy hob auch die anderen beiden Küken hoch und legte sie wieder zurück, nachdem sie auch bei ihnen nichts hatte feststellen können.

Flüchtig dachte sie darüber nach, ob Peg ihr wohl erlauben würde, die Küken nach Hause mitzunehmen, um sie wieder aufzupäppeln. Siedend heiß fiel ihr dann jedoch wieder ein, dass man wild lebende Tiere am besten in Ruhe lassen sollte. Vielleicht würde die Mutter gleich zurückkehren und feststellen, was mit ihren Kleinen nicht stimmte. Mit Tränen in den Augen richtete Izzy sich wieder auf und lief die Straße weiter entlang. Sie warf einen Blick über die Schulter zurück in der Hoffnung, die Eltern der Küken wären aufgetaucht. Hoffentlich war ihnen nichts zugestoßen. Da sprangen die Küken plötzlich auf und trippelten eilig ins Feld, während ihre Mutter schrie und durchs Gras auf sie zugelaufen kam. Izzy grinste und wischte sich die Tränen aus den Augen, vollkommen überrascht davon, dass sich Gänse tot stellen konnten.

Erleichtert atmete sie auf und setzte ihren Weg in Richtung des Kiefernwäldchens fort. Auf der einen Straßenseite befand sich ein schiefes vierstöckiges Gebäude mitten in einem Feld. Die zerbrochenen Fensterscheiben waren mit Eisengittern versehen, der Kamin war zusammengebrochen, und die grünen Dachziegel sowie das kaputte Holz waren mit schwarzem Schimmel überzogen. Das Haus sah aus wie vom Himmel gefallen oder wie ein Schiff, das aus dem Wasser gezogen und dann Hunderte von Kilometern vom Ufer entfernt hingeschleudert worden war. Auf der anderen Straßenseite wurde eine verwilderte Wiese von gusseisernen Grabkreuzen gesäumt, die, nach links und rechts geneigt, wie schiefe, graue Zähne aussahen. Ein bitterer Geschmack breitete sich in Izzys Mund aus. Dies war der Friedhof von Willard. Sie wirbelte auf dem Absatz herum und eilte zum Hauptgebäude zurück, zu den versetzt angeordneten Reihen aus fabrikgroßen Backsteingebäuden, die mit Chapin Hall verbunden waren: die Patientenabteilungen.

Die Feuerleitern der Stationen befanden sich in Drahtkäfigen, und auch die schmutzigen Fenster waren mit dicken Eisenstäben gesichert. Von den faulenden Fensterbänken triefte schwarzer Schlamm an den Backsteinwänden hinunter. Die meisten Türen und Fenster waren von innen zugenagelt, als ob die Erinnerungen an das, was dort passiert war, niemals mehr ans Tageslicht gelangen sollten. Izzy zitterte. Wie viele Patienten hatten hier an diesem schrecklichen Ort wohl gelitten und waren gestorben?

Just in diesem Moment rief jedoch jemand ihren Namen und riss sie damit aus ihren Gedanken. Izzy drehte sich um und erblickte Peg, die mit einem breiten Lächeln die Straße entlang auf sie zugeeilt kam. Vom ersten Augenblick an, als Izzy ihrer neuen Pflegemutter begegnet war, hatte diese sie an einen Sechzigerjahrehippie erinnert. Der heutige Tag bildete da auch keine Ausnahme. Peg trug eine Jeanslatzhose sowie eine Carmenbluse mit Blumenmuster, und ihr Haar war ein chaotisches Durcheinander aus wilden Locken.

»Ist es hier nicht wunderbar?«, fragte Peg. »Ich habe gar nicht gewusst, wie riesig das Gelände ist!«

»Es ist riesig, das stimmt«, erwiderte Izzy und gab sich Mühe, liebenswürdig zu klingen.

»Hast du das Bootshaus und den Anleger gesehen?«, fragte Peg. »Im Oktober 1869 kam dort die erste Patientin für Willard mit dem Dampfschiff an. Ihr Name war Mary Rote, und sie war eine missgestaltete, demente Frau, die fast zehn Jahre lang ohne Bett und Bekleidung in einer Zelle in der Columbia County Armenanstalt angekettet gewesen war. Auch drei männliche Patienten kamen an jenem Tag an diesem Anleger an, alle in Ketten gelegt. Einer von ihnen befand sich in etwas, das wie ein Hühnerkäfig aussah.«

Izzy blickte zum Anleger hinüber. Rechts davon befand sich ein zweistöckiges Bootshaus mit zerbrochenen Fensterscheiben und fehlenden Dachschindeln, das wie ein lädiertes Gesicht mit herabhängenden Augenlidern wirkte. »Das klingt barbarisch«, stellte sie fest.

»Das war es auch«, nickte Peg. »Aber genau deshalb wurde Willard gebaut. Dies sollte ein Ort für die unheilbar Irren sein, die Plätze in Armenhäusern und Gefängnissen wegnahmen. In den ersten Tagen nach ihrer Ankunft hier in diesem Heim wurden die neuen Patienten gebadet, angezogen und verpflegt, sodass sie – in der Regel – danach in ihren Abteilungen friedlich blieben.«

»Die Leute wurden hier also gut behandelt?«

Pegs Miene verfinsterte sich. »Zuerst schon, denke ich. Aber über die Jahre hinweg kamen so viele Patienten, dass Willard schließlich überfüllt war und sich die Bedingungen sehr verschlechterten. Leider verstarb fast die Hälfte der fünfzigtausend Patienten in Willard.«

Izzy kaute auf der Innenseite ihrer Wangen herum und fragte sich, wie sie darum bitten sollte, im Auto warten zu dürfen. Dann grinste Peg jedoch und nahm Izzy an die Hand.

»Komm schon!«, rief sie, und ihre Augen leuchteten auf. »Einer der ehemaligen Angestellten will uns etwas in den verschlossenen Werkstätten zeigen. Ich halte dies für einen wichtigen Fund und will nicht, dass du das verpasst!«

Innerlich stöhnte Izzy auf, folgte aber ihrer Pflegemutter den Hauptweg entlang zu den Werkstätten. Währenddessen versuchte sie, sich einen Vorwand einfallen zu lassen, um nicht nach drinnen mitgehen zu müssen. Ihr wollte jedoch partout nichts einfallen. Jedenfalls nichts, was nicht zu dumm oder verrückt klang. Und sie wollte keinesfalls, dass Peg sie für verrückt hielt. In diesem Sommer, als sie zu Peg und Harry gekommen war, hätte sie zuerst darauf wetten können, dass die beiden sich nicht vom Rest ihrer vorherigen Pflegeeltern unterscheiden würden und nur wegen des Geldes und der kostenlosen Arbeitskraft ein Kind bei sich aufnahmen. Harry war der künstlerische Leiter des Landesmuseums, und Izzy hatte den Eindruck, dass die beiden nicht gerade viel verdienten. Doch Gott sei Dank hatte sie dieses Mal vollkommen falschgelegen. Ihre neuen Pflegeeltern waren anständige Leute und bereit, ihr sowohl in physischer als auch emotionaler Hinsicht den Raum zu lassen, den eine junge Frau brauchte. Zu Hause in Pegs und Harrys dreigeschossigem Haus in Interlaken besaß sie ein eigenes Zimmer mit Blick auf den See, mit einem Fernseher, DVD-Player und Computer. Sie vertrauten ihr, und sie meinten, es läge bei ihr, etwas daraus zu machen. Es war das erste Mal, dass jemand ihr die Chance gab, sich zu beweisen, ohne sie zuerst zu verurteilen. Daher fühlte sie sich nun – zum ersten Mal seit langer Zeit – als Teil von etwas »Normalem«.

Und dennoch erschien ihr bisweilen die neue Situation zu schön, um wahr zu sein. Im Hinterkopf hatte sie immer die Befürchtung, dass etwas passieren oder jemand vorbeikommen könnte und alles verderben würde. So hatte ihr Leben bisher immer ausgesehen. Dann fiel ihr ein, dass sie in zwei Tagen ihren ersten Tag in der neuen Schule hatte. Beim Gedanken daran drehte sich ihr der Magen um. Die Neue zu sein war immer schwer.

Je näher sie den Werkstätten kamen, desto mehr geriet Izzy ins Schwitzen. Wie ihre Mutter hatte sie silberblaue Augen, schwarzes Haar und einen schneeweißen Teint. Wenn sie nervös wurde, bildeten sich überall an ihrem Hals und auf der Brust rote Flecken. Schon merkte sie, wie sich auf ihrer Haut Quaddeln bildeten. Draußen auf dem Rasen der Psychiatrie zu stehen war eine Sache. Doch nun ging sie in eines der Gebäude hinein. Der Drang wegzulaufen wurde immer größer und sorgte dafür, dass ihr das Herz bis zum Hals klopfte. *Es ist nur eine Aufgabe,* redete sie sich ein. *Das hat nichts mit mir oder meiner Mutter zu tun. Außerdem ist es an der Zeit, kindische Ängste zu überwinden.*

Sie nahm ihr langes Haar oben auf dem Kopf zusammen und wickelte es zu einem Knoten, damit der Wind ihr den Nacken kühlen konnte.

»Ist dir in diesem langärmeligen Shirt nicht warm?«, erkundigte sich Peg.

»Nein«, erwiderte Izzy, zog die Bündchen ihrer Ärmel herunter und hielt sie in ihren Fäusten fest. »Der Stoff ist ziemlich dünn.«

»Beim Falten deiner Wäsche ist mir aufgefallen, dass du gar keine kurzärmeligen T-Shirts hast«, fuhr Peg fort. »Wir könnten zusammen einkaufen gehen und dir ein paar neue Anziehsachen besorgen.«

Izzy versuchte, ein Lächeln zustande zu bringen. »Danke. Aber ich mag lange Ärmel. Und du musst dich auch nicht um meine Wäsche kümmern.«

»Es macht mir nichts aus«, erklärte Peg lächelnd. »Ich verstehe nur nicht, warum jemand bei diesem Wetter unbedingt langärmelige Shirts tragen will.«

Izzy zuckte mit den Schultern. »Ich bin ein wenig gehemmt wegen meiner Arme«, antwortete sie. »Sie sind so dürr und blass.«

»Die meisten Mädchen hätten gern so lange, schlanke Arme und Beine wie du«, entgegnete Peg lachend.

Nicht, wenn sie die gleichen Narben hätten, dachte Izzy.

Sie blickte zum See hinüber, wo sich Menschengrüppchen am Ufer versammelt hatten, an Campingtischen saßen, spazieren gingen oder Softball und Badminton spielten. Die meisten von ihnen trugen verschlissene, verwaschene Kleidung und schlurften wie von Medikamenten betäubt durch die Gegend. Izzy hielt inne. »Wer sind diese Leute?«, fragte sie Peg.

Peg hob eine Hand an die Augen, um sie vor der Sonne zu schützen, und blinzelte zum See hinüber. »Wahrscheinlich kommen sie aus der nahe gelegenen Psychiatrie, aus dem

Elmira Psychiatric Center«, antwortete Peg. »Unten am See befindet sich ein Zeltplatz. Manchmal unternimmt das Personal mit den Patienten einen Ausflug dorthin.«

Izzy kamen wieder die Tränen. Schnell ging sie weiter und starrte dabei auf den Boden.

Peg folgte ihr. »Was ist los?«, fragte sie.

»Meine Mutter war dort«, erwiderte Izzy. »In Elmira.«

Peg legte ihre Hand auf Izzys Schulter. »Tut mir leid, das wusste ich nicht.«

Izzy hob den Kopf und versuchte zu lächeln. »Schon gut. Ist lange her.«

»Ich hoffe, du weißt, dass ich immer ein offenes Ohr für dich habe. Wenn du darüber reden willst.«

»Ich weiß«, nickte Izzy. »Danke.« *Aber nein danke*, dachte sie insgeheim. Alles Gerede dieser Welt würde an der Tatsache nichts ändern können, dass Menschen beschädigte Ware waren. Bevor Izzys Großmutter vor sieben Jahren gestorben war, hatte Izzy drei verschiedene Ärzte aufgesucht, um von ihren wiederkehrenden Albträumen loszukommen. Doch nichts half. Außerdem hatten Ärzte keine Ahnung. Eine Handvoll von ihnen hatte beharrlich behauptet, Izzys Mutter sei zurechnungsfähig und körperlich in der Lage, sich vor Gericht zu verantworten. Jetzt befand sie sich im Gefängnis, anstatt die Hilfe zu bekommen, die sie wirklich benötigte. Denn Izzy war klar, dass Wahnsinn die einzige Erklärung sein konnte, warum ihre Mutter ihren Vater erschossen hatte, während dieser schlief.

Als sie die verriegelten Werkstätten erreichten, schloss ihnen eine ehemalige Angestellte die Tür auf und ließ Izzy, Peg sowie zwei weitere Museumsmitarbeiter herein.

»Hier haben die Patienten Füller und zusammengeklebte Papiertüten verpackt«, erklärte die ehemalige Angestellte fröhlich, als würde sie ihnen einen Stand mit Quilts auf einem Wochenmarkt präsentieren.

In dem Gebäude standen leere Werktische in kargen Räumen. Vergilbte, sich an den Enden einrollende Kalender und alte Feuerlöscher hingen an den mit Rissen übersäten, abblätternden Wänden. Der alte Lastenaufzug war schon seit Jahren außer Betrieb, weshalb Izzy und die anderen eine steile, schmale Treppe drei Etagen bis zum Dachboden hinaufgehen durften. Dabei mussten sie über eingebrochene Stufen sowie dicke, alte Brocken Putz hinwegsteigen und immer wieder Spinnweben beiseitewischen. Oben angekommen, schloss die ehemalige Angestellte die Dachbodentür auf und lehnte sich mit all ihrem Gewicht dagegen, um die Tür mit Gewalt zu öffnen. Die Tür bewegte sich jedoch keinen Millimeter. Peg kam hinzu, um zu helfen, und stemmte sich mit beiden Händen gegen das Holz. Schließlich kreischten die Scharniere, und die Tür gab nach. Die abgestandene, staubige Luft im Treppenhaus entwich zischend nach oben, als würde der Dachboden einmal unglaublich tief Luft holen. Die Angestellte führte sie nach drinnen.

Auf dem Dachboden war es heiß und stickig, und in der Luft hing der Geruch von altem Holz, Staub und Vogelkot. Hier und da lag abgestorbenes Laub auf dem Holzboden, das über Jahre hinweg durch eine kaputte Scheibe in einem der Fenster hineingeweht worden war. Ein schmuddeliger Laborkittel hing an einem Nagel an der Wand, und aus mehreren geöffneten Koffern ergoss sich deren Inhalt auf die Dielen des Dachbodens. Hausschlüssel und Fotografien, Ohrringe und Gürtel, Blusen und Lederschuhe mischten sich mit Schmutz und Blättern – wie Habseligkeiten, die man aus einem Grab ausgebuddelt hatte und die sich allmählich zersetzten. In der Mitte des weitläufigen Raumes stand eine Arzttasche, daneben lag etwas, das wie eine zerrissene Landkarte aussah. Beides war mit einer dicken Schicht Staub und getrocknetem Taubenkot bedeckt. Unter den Dachsparren nahmen reihenweise hölzerne Wandregale beinahe den gesamten Platz ein. Mit »Männer« und »Frauen« beschildert und von A bis Z auf jeder Seite sortiert, standen die überdimensionalen Regale im rechten Winkel zu den hohen Wänden, sodass sich in der Mitte ein langer Korridor bildete wie der Hauptgang in einem Lebensmittelmarkt oder einer Bücherei. Doch statt Konserven oder Büchern stapelten sich in den Regalen Hunderte staubbedeckte Koffer, Holzkisten, Schachteln, Schrankkoffer und Überseekoffer.

»Was ist das?«, fragte Peg, und in ihrer Stimme schwang Ehrfurcht.

»Hier sind die Koffer aufbewahrt worden«, erklärte die ehemalige Angestellte. »All diese Koffer und Kisten wurden von Patienten zurückgelassen, die in der Einrichtung angemeldet, aber niemals abgemeldet wurden. Seit ihre Besitzer sie vor Jahrzehnten vor ihrem Einzug in die Psychiatrie gepackt haben, sind sie nicht mehr angefasst worden.«

Izzy kaute auf der Unterlippe herum und blinzelte, um gegen die Tränen in ihren Augen anzukämpfen. Sie musste an den geöffneten Reisekoffer ihrer Mutter denken, der auf dem Tisch am Bettende gelegen hatte und in dem Unterwäsche, BHs und Nachthemden in einem wirren Durcheinander aufeinandergetürmt gewesen waren. Niemals würde sie das erste Mal vergessen, als sie das Schlafzimmer der Eltern betreten hatte, nachdem ihr Vater erschossen worden war. Ihre Großmutter hatte Hilfe dabei benötigt, die Sachen von Izzys Mutter zu finden und einzupacken. Izzy hatte wie in Zeitlupe die Kommodenschubladen geöffnet, aus denen der vertraute Parfumgeruch ihrer Mutter drang, der an ihren Miedern und ihrer Unterwäsche haftete und Izzy daran erinnerte, was sie verloren hatte. Zu diesem Zeitpunkt konnte Izzy immer noch den Geruch vom Blut ihres Vaters sowie den Hauch von Schießpulver in der Luft riechen. Sie erinnerte sich gut daran, wie sie das Elternbett angestarrt hatte, dessen Kopfende, Fußende und Seitenteile abmontiert worden waren und nun an der Schlafzimmerwand lehnten, als würden sie nun endlich in das größere Haus ziehen, das sich ihre Mutter immer gewünscht hatte. Jetzt brauchte Izzy ihre ganze Selbstbeherrschung, um nicht vom Dachboden die Treppe hinunter und hinaus an die frische Luft zu fliehen, weit weg von den Erinnerungen an verlorene und zerstörte Leben.

»Das ist ja eine wahre Fundgrube«, rief Peg. Begeistert lief sie die Gänge entlang, fuhr sanft mit der Hand über lederne Koffergriffe sowie aufrecht stehende Schrankkoffer und warf einen flüchtigen Blick auf Namensschilder und verschossene Monogramme. Dann wirbelte sie herum und sah die ehemalige Angestellte mit großen Augen an. »Was passiert hiermit?«

Die Angestellte zuckte mit den Schultern. »Das wird wohl alles entsorgt werden, denke ich.«

»O nein«, rief Peg. »Das können wir nicht zulassen. Wir müssen die Koffer ins Museumsdepot bringen.«

»Alle?«, fragte eine der Museumsangestellten verwundert.

»Ja«, nickte Peg. »Begreift ihr das denn nicht? Diese Koffer sind mindestens genauso bedeutsam wie eine archäologische Ausgrabung oder eine Reihe alter Gemälde. Diese Menschen hatten nie auch nur den Hauch einer Chance, ihre Geschichte außerhalb der Grenzen einer psychiatrischen Anstalt zu erzählen. Wir jedoch können versuchen, herauszufinden, was ihnen passiert ist, indem wir uns ihre persönlichen Habseligkeiten anschauen. Wir haben hier die seltene Chance, ihr Leben zu rekonstruieren, das sie vor ihrer Einweisung geführt haben!« Sie drehte sich zu Izzy um. »Klingt das nicht aufregend?«

Izzy gab sich Mühe, ein Lächeln zustande zu bringen, doch ein fürchterliches Grauen machte sich in ihrer Brust breit und sorgte für ein beklemmendes Gefühl.

KAPITEL 2
Clara

Upper West Side, New York City
Oktober 1929

Die achtzehnjährige Clara Elizabeth Cartwright stand auf dem dicken Perserteppich vor dem Arbeitszimmer ihres Vaters. Sie hielt den Atem an und beugte sich leicht vor, um das Gespräch ihrer Eltern durch die geschnitzte Eichentür mitzuhören. Als sie noch klein war, hatte die üppige Ausstattung der elterlichen Villa – der vertäfelte Korridor, die glänzenden Holzböden, die gerahmten Familienporträts und vergoldeten Spiegel, das silberne Teeservice auf dem Kirschbaumschränkchen – ihr stets das Gefühl gegeben, wie eine Prinzessin in einem Schloss zu wohnen. Jetzt allerdings verliehen ihr die massiven Holzarbeiten und die schweren Vorhänge eher den Eindruck, in einem Gefängnis eingesperrt zu sein. Und das nicht nur, weil ihr schon seit drei Wochen verboten war auszugehen. Das Haus kam ihr wie ein Museum vor, vollgestopft mit alten Möbeln und altmodischem Schnickschnack, an denen der Muff von überholten Vorstellungen und vorsintflutlichen Überzeugungen haftete. Alles erinnerte sie an ein Mausoleum, eine letzte Ruhestätte für die Toten und Sterbenden. Und sie hegte nicht die Absicht, als Nächste an der Reihe zu sein.

Sie atmete aus und versuchte, sich zu entspannen. Ihre Fluchtpläne waren zwar schon einmal ausgetestet worden, doch das war die letzte Möglichkeit, die ihr noch blieb. Der Gestank von verrottetem Holz, den die Zigarre ihres Vaters verbreitete, strömte unter der Tür hindurch und mischte sich mit dem zitronigen Duft der Möbelpolitur. Dies erinnerte sie an die vielen Stunden, die sie hier genau an dieser Stelle mit ihrem älteren Bruder, William, verbracht hatte, wenn sie gemeinsam auf ihre tägliche »Anhörung« bei ihrem Vater, Henry Earl Cartwright, gewartet hatten. Solange sie sich zurückerinnern konnte, hatten sie zudem jeden Freitag nach der Schule, nachdem die Hausarbeiten erledigt und sie eine Runde im Park spazieren gewesen waren, bis zum Abendessen vor seinem Arbeitszimmer gewartet und sorgsam darauf geachtet, sich still und leise zu beschäftigen, um ihren Vater nicht zu stören. Dann, wenn er fertig war, rief er sie der Reihe nach zu sich herein, um sie Bericht erstatten zu lassen über die Schule, um Verhaltensprobleme schon im Keim zu ersticken und um ihnen zu erklären, was er von ihnen in ihrem jeweiligen Alter erwartete. Von William und Clara wurde erwartet, dass sie auf der anderen Seite des überdimensionalen Schreibtisches standen, das Kinn hoben und den Blick streng geradeaus gerichtet hielten. Ohne herumzuzappeln, sollten sie zuhören, bis ihr Vater nickte und sich eine Zigarre ansteckte, was das Signal dafür war, dass sie entlassen waren.

Ihre Mutter, Ruth, hatte klargestellt, dass Unterhaltungen über Disziplin und schulische Leistungen zu ermüdend und anstrengend seien für ihre labile Konstitution. Jeden Tag um die gleiche Uhrzeit machte sie ihr Nickerchen, während ihr Ehemann sich um die ungeliebte Aufgabe kümmerte, die Kinder zu erziehen. Erst in den letzten Jahren, als Clara in ihrer jungen Weiblichkeit aufblühte, gefährdet im Hinblick auf die Tricks und Sehnsüchte der jungen Männer, hatte Henry darauf bestanden, dass Ruth sich ebenfalls einschaltete. Zunächst hatte Ruth nur einen halbherzigen Versuch unternommen, doch vor drei Wochen hatte sie sich dann entschlossen, ihre Aufgabe ernst zu nehmen. Clara fragte sich, was William wohl dazu gesagt hätte, dass ihre Eltern sie wie eine Kriminelle eingesperrt hielten.

Beim Gedanken an ihren älteren Bruder kamen Clara die Tränen, und ihr Herz gewann die Oberhand. Williams Leiche war vor anderthalb Jahren aus dem Hudson River gezogen worden. Es kam ihr wie gestern vor. Sie erinnerte sich an die Miene ihres Vaters, als er die Nachricht erhielt, daran, wie seine Kieferknochen immer wieder vorgetreten waren, an seine feuerroten Wangen, als er die Tatsache verarbeitete, dass sein ältestes Kind tot war. Und dennoch waren seine Augen trocken geblieben. Clara erinnerte sich auch noch gut an ihr Verlangen, mit ihren Fäusten auf seine Brust einzuschlagen und zu schreien, dass es seine Schuld sei. Doch er hätte ihr niemals geglaubt. Sein Verstand und seine Seele waren ein zusammengeklapptes, verschlossenes Buch, in dem nur seine Ansicht dessen geschrieben stand, wie alles zu laufen habe. Clara hatte weder ihn noch ihre Mutter umarmt und stattdessen still gelitten, während ihre Eltern die Rolle der trauernden Eltern spielten. Sie war fest entschlossen, nicht das nächste Opfer von Henry Cartwrights eiserner Faust zu werden.

Hätte es die Samstagabende im Cotton Club nicht gegeben, wo sie endlich sie selbst sein konnte, wo sie mit ihren Freunden lachen und tanzen konnte, so war ihre feste Überzeugung, hätte sie schon vor Monaten den Verstand verloren. Doch vor drei Wochen war sie das letzte Mal mit ihren Freunden ausgegangen. Es fühlte sich wie ein Jahrzehnt an.

Als junges Mädchen hatte sie alles versucht, um ihren Eltern zu gefallen. Sie hatte hervorragende Noten in der Schule bekommen, ihr Zimmer makellos sauber und aufgeräumt gehalten, ihre Eltern niemals unterbrochen und – am allerwichtigsten – niemals Widerworte gegeben. Doch je älter sie wurde, desto klarer wurde ihr, dass ihre Eltern der Meinung waren, dass sie und ihr Bruder gesehen, aber nicht gehört werden sollten. Die Erwachsenen dieses Hauses sorgten für Nahrung und Unterkunft für ihre Kinder, mehr nicht. In den letzten zwei Jahren seit Williams Verschwinden war es für Clara immer leichter geworden, zu lügen, zu behaupten, sie gehe in die Bücherei, wenn sie in Wahrheit mit ihren Freundinnen in die Nachmittagsvorstellung ging, um sich einen Charlie-Chaplin-Film anzuschauen, oder in den Central Park, um Jungs beim Skeeballspielen oder an der Schießbude zuzusehen. Anfangs war sie überrascht gewesen, dass ihre Mutter bei ihrer Heimkehr nicht in der Tür auf sie gewartet hatte, die Hände in die Hüften gestemmt, um Henry herbeizurufen und ihr eine wie auch immer geartete Strafe aufzuerlegen, die er für angemessen hielt. Clara konnte Henrys tiefe Stimme in ihrem Kopf hören, völlig außer Fassung vor Wut.

»Dein Platz ist hier, zu Hause, wo du zu lernen hast, wie man kocht und sich um Kinder kümmert, anstatt in der gesamten Stadt herumzuscharwenzeln! Was hast du dir dabei bloß gedacht? Du bist eine Cartwright, verdammt noch mal! Also solltest du dich auch wie eine verhalten, sonst landest du schneller draußen auf der Straße, als du bis drei zählen kannst!«

Irgendwann wurde ihr klar, dass ihre Eltern nicht einmal wussten, dass sie fort war. Zuerst hatte sie angenommen, sie seien zu sehr mit ihrer Sorge um William beschäftigt – mit der Frage, ob ihm wohl etwas zugestoßen war oder ob er etwa nach seinem Streit mit Henry alle Verbindungen zu ihnen abgebrochen hatte. Clara dagegen fragte sich, ob ihre Mutter vielleicht doch ein Herz besaß, ob sie möglicherweise tatsächlich zu empfindsam war und die Sorge um zwei Kinder einfach zu viel für sie war. Dann wurde ihr jedoch klar, dass ihre Mutter Ladys zum Tee einlud, während ihr Sohn verschwunden war und ihre Tochter machte, was ihr gefiel; sie besprach mit Lebensmittellieferanten und Floristen ihre nächste Gesellschaft, las Magazine und trank schwarzgebrannten Whiskey, bestellte neue Kleider, Pelze und Schmuck.

Nachdem Williams Leiche gefunden worden war, hörte

Ruth auf, Gesellschaften zu planen. Doch sie trank weiterhin Whiskey, bis sie beinahe jeden Abend das Bewusstsein verlor. Sie behauptete, der Alkohol beruhige ihre Nerven, und Henry, der seine Tage damit verbrachte, Geschäfte zu führen, und sein Arbeitszimmer nur zum Essen und Schlafen verließ, stellte sicher, dass der Whiskeyvorrat für seine gramerfüllte Ehefrau nie zur Neige ging. Augenscheinlich waren ihre Eltern erleichtert, Clara aus dem Weg zu haben, solange sie um Punkt halb sechs zum Abendessen erschien – falls sie zu spät sein sollte, wäre sie besser tot oder läge zumindest in den letzten Zügen.

In den letzten sieben Monaten hatte sie ihren Eltern jede Woche die gleiche Geschichte aufgetischt, dass sie nämlich mit Julia, Mary und Lillian zu einer Vorstellung ging. Danach würde sie die Nacht bei Lillian verbringen. Ruth kannte zwar Lillian kaum, doch sie war einverstanden, dass Clara ihre Freizeit mit ihr und den anderen Mädchen verbrachte – schon allein weil ihre Mütter Mitglieder des Frauenbundes waren und in Ruths Kirche gingen. Für Ruth ergab es irgendwie durchaus einen Sinn, dass, wenn Julia und Mary die Nacht bei Lillian verbringen durften, alles schon seine Ordnung haben würde.

In Wahrheit trafen sich jedoch die Mädchen, anstatt ins Theater zu gehen, bei Lillian, um sich das Haar von Hand in Wellen zu legen und ihre mit Perlen besetzten, mit Fransen versehenen Charlestonkleider anzuziehen. Sie schoben ihre Strümpfe bis zum Knie hinunter, um zu zeigen, dass sie keine Korsetts trugen, und schlüpften in Riemchenschuhe mit hohen Absätzen. Dazu trugen sie lange Perlenketten, die zwischen ihren Brüsten hingen. Um zehn Uhr abends holte dann Lillians Freund sie in seinem Bentley ab und fuhr mit ihnen in die Stadt, während ihm sein Bruder im Rolls-Royce voller Freunde folgte.

Ihr Lieblingsklub, der Cotton Club, war ein angesagter Treffpunkt an der Ecke 142nd Street und Lenox Avenue mitten in Harlem, und er war als Tummelplatz der Reichen bekannt. In dem dunklen, verrauchten Klub tranken Clara und ihre Freunde schwarzgebrannten Gin, aßen in Schokolade getauchte Kirschen, rauchten Zigaretten und tanzten Charleston und Tango. Sie hörten Jazzmusik von Louis Armstrong und betranken sich derartig, dass sie kaum noch aufrecht stehen konnten.

Am allerwichtigsten war jedoch, dass Clara im Cotton Club Bruno kennengelernt hatte. Der Sohn eines Schuhmachers war in Italien geboren und allein nach Amerika gekommen. Den glamourösen Glanz eines New Yorker Klubs war er nicht gewohnt. Und dennoch, als sie ihn zum ersten Mal erblickte und sah, wie er sich mit einer weißen Weste, Krawatte und einem schwarzen Frack durch die Menge schlängelte, wirkte er, als gehöre er genau hierher. Er eilte an den Mädchen vorbei, die ihn um einen Tanz baten, zeigte keinerlei Interesse für Kaviar und Serviertabletts voller Martinis und arbeitete sich durch den Klub, seinen glühenden Blick fest auf Clara geheftet. Zu diesem Zeitpunkt tanzte sie gerade Walzer mit Lillians Bruder Joe, der sturzbetrunken war, endlos von seinem Job bei der New York Stock Exchange schwafelte und damit prahlte, die Mittel zu haben, eine Frau mit allem überhäufen zu können, was sie sich erträumte.

Clara bemerkte, wie sich Bruno zu ihnen vorarbeitete, und das Herz schlug ihr bis zum Hals. Er wirkte erbost, als mache jemand seinem Mädchen Avancen. Sie wunderte sich, ob er sie vielleicht mit einer anderen verwechselte, und bereitete sich mental darauf vor, den armen, betrunkenen Joe zu verteidigen. Dann beugte sich Joe vor, um sie zu küssen, doch sie drehte sich weg und ließ seine feuchtkalten Hände los. Bevor sie wusste, wie ihr geschah, hatte sich Bruno dazwischengedrängt und wirbelte sie über die Tanzfläche. Benommen taumelnd blieb Joe in der Mitte des Saals zurück.

Während sie miteinander tanzten und sich seine große Hand gegen ihr Kreuz drückte, blickte Bruno mit ernstem Blick auf Clara hinunter. Von Nahem betrachtet sah er aus wie ein Adonis; das schwarze Haar war mit Pomade zurückgekämmt, die Haut seines kantigen Gesichts weich und sonnengebräunt. Weil sein intensiver, anhaltender Blick sie aus der Fassung brachte, senkte Clara das Kinn.

»Ich hoffe, das war nicht dein Freund«, stellte er mit tiefer Stimme fest. Sein Akzent ließ jedes Wort voll und fremdartig klingen.

Sie schüttelte den Kopf und musterte die Leute um sie herum. Lillian und Julia saßen an der Bar, Gingläser schwangen in ihren Händen. Lillian spielte an ihrer Perlenkette herum, während Julia einen attraktiven Mann mit einer Feder aus ihrem Kopfschmuck kitzelte.

»Tut mir leid, dass ich dich deinem Tanzpartner abgeworben habe«, fuhr Bruno fort. »Aber ich hatte Angst, dass du mich abweisen würdest, wenn ich erst fragen würde. Kannst du mir verzeihen?«

Clara schaute zu ihm auf. Beim Blick in seine Augen, die schwarz wie Ebenholz waren, war es um sie geschehen. Sie schluckte, unfähig, den Blick von ihm abzuwenden. In der Hoffnung, amüsiert und lässig zu wirken, ließ sie ein Lächeln aufblitzen. »Ich denke schon«, erwiderte sie.

»Du findest mich zu direkt«, stellte er fest, woraufhin sich seine vollen Lippen zu einem schwachen Grinsen hoben.

»Nein«, antwortete Clara, »aber ich …«

In diesem Moment tauchte Joe auf und tippte Bruno auf die Schulter. Bruno drehte sich um, woraufhin Joe die Faust reckte, das Gesicht knallrot und vor Wut verzerrt. »Stopp!«, schrie Clara und hob abwehrend die Hand.

Joe erstarrte, die Hand in der Luft angewinkelt. »Woher willst du wissen, ob dieser Kerl nicht ein Herumtreiber ist?« Geifer spritzte von seinen Lippen. »Auf mich wirkt er wie ein Lebemann.«

»Schon gut«, beruhigte Clara ihn. »Wir tanzen doch nur.«

»Sicher?«

»Sicher«, erwiderte Clara. »Wir unterhalten uns später, wenn wir alle gemeinsam zum Dinner gehen. In Ordnung?«

Joe kniff die blutunterlaufenen Augen zusammen und musterte Bruno, bevor er dann die Faust sinken ließ. Bruno lächelte, streckte die Hand aus und stellte sich vor. »Ich verspreche Ihnen, sie Ihnen gleich wieder zu übergeben …« Er berührte Claras Handgelenk mit seinen warmen Fingern. »Tut mir leid, ich weiß nicht einmal deinen Namen.«

»Clara«, antwortete sie und spürte, wie sich ihre Wangen röteten.

»Ich verspreche, Clara ihren Freunden unversehrt wieder zu übergeben«, wandte sich Bruno an Joe.

»Schmeichel dich hier bloß nicht ein«, warnte Joe. »Sonst befördern meine Freunde und ich dich schneller auf die Straße, als du gucken kannst.«

»Ich versichere Ihnen«, fuhr Bruno höflich fort, »dass ich zu meinem Wort stehe.«

Schließlich nestelte Joe an seiner Krawatte herum, schüttelte Brunos Hand und wankte davon. Bruno nahm Clara an die Hand.

»Darf ich um diesen Tanz bitten, bella Clara?«, fragte er. Sie nickte, woraufhin er sie an sich zog. Die Perlen auf ihrem Kleid pressten gegen seine feste Brustmuskulatur, während die Bügelfalte seiner Hose ihre nackten Beine streifte. Das Lied *Someone to Watch Over Me* war schon fast vorbei, doch plötzlich hatte Clara das Gefühl, sich schnell hinsetzen zu müssen. Ihre Knie waren ganz weich, und ihr war schwindelig. Im Cotton

Club hatte sie mit Dutzenden von Männern getanzt, von denen einige ihren Vater kannten und sich Hoffnungen auf ihr Vermögen machten und einige wirklich daran interessiert waren, sie kennenzulernen. Aber bei keinem dieser Männer hatte sie je ein solches Gefühl gehabt. Sie packte seine Hand fester und fragte sich, ob es am Gin oder dem Moschusduft seines Parfums lag, dass ihr so schwindelig war.

»Geht es dir gut?«, erkundigte er sich. »Brauchst du ein wenig frische Luft?«

Sie schüttelte den Kopf. »Alles in Ordnung«, entgegnete sie. »Ich denke, der Alkohol ist mir ein wenig zu Kopf gestiegen, das ist alles.«

»Ich werde aufpassen, dass du nicht hinfällst«, versprach er. Dann neigte er den Kopf und rieb seine Nase an ihrem Ohr, während sein warmer Atem ihr einen Schauer nach dem anderen über den Rücken jagte. Just in diesem Augenblick endete das Lied, und er hörte auf zu tanzen. Dennoch ließ er ihre Hand nicht los.

»Hast du Lust, mitzukommen und mit meinen Freunden und mir zu Abend zu essen?«, fragte sie ihn heiser. »Wir trinken immer noch einen Kaffee nach dem …«

»Sehr gern«, erwiderte Bruno. Seine Hand strich ihr über die Wange und hob dann ihr Kinn. »Da ist nur eine Sache, die ich zuvor gern erledigen würde«, erklärte er. Dann presste er seine Lippen auf die ihren und küsste sie so heftig, dass seine Zähne ihr beinahe in die Lippe geschnitten hätten. Zuerst leistete sie noch Widerstand, doch dann erwiderte sie seinen Kuss und schmolz in seinen Armen dahin. Der Lärm von Gelächter und klirrenden Gläsern wurde ausgeblendet – alles, was sie noch hörte, war allein ihr rasendes Herz. Weiße Blitze leuchteten hinter ihren Augenlidern auf, und Sehnsucht entbrannte in ihrem Becken. Als sie sich voneinander lösten, sah er sie atemlos an.

»Siehst du«, stellte er fest. »Manchmal ist es besser, nicht zu fragen.«

Da sie unfähig war, auch nur einen Ton zu sagen, nickte sie nur.

Später, beim Abendessen, saßen sie allein in einer Sitzecke, tranken Kaffee und teilten sich ein Stück Apfelkuchen. Lillian, Julia und der Rest der Truppe unterhielten sich und lachten auf zwei überdimensionalen Sitzgruppen auf der gegenüberliegenden Seite des Ganges, doch Clara und Bruno merkten die Anwesenheit der anderen kaum. Er erzählte ihr von seiner Familie daheim in Italien und von seinen Träumen, ein erfolgreiches Leben in Amerika zu führen. Überrascht stellte Clara fest, dass sie sich ihm gegenüber mehr öffnete als jedem anderen, mit Ausnahme von William. Sie gestand ihre Enttäuschung über ihre Eltern und war den Tränen nahe, als sie von ihrem geliebten Bruder sprach, der verstorben war. Bruno beugte sich über den Tisch, nahm ihre Hand und ließ sie wissen, dass er komplizierte Familienangelegenheiten dieser Art aus eigener Erfahrung kannte. Mehr als alles andere wünsche er sich eine eigene Familie, eine Familie, die sich liebte und sich miteinander vertrug, ganz gleich, was geschah. Clara wünschte sich das Gleiche.

Am Ende des Abends konnten sie die Hände nicht voneinander lassen, und am Ende der Woche trafen sie sich in seinem Apartment. Am Ende des Monats war Bruno ein Teil der Gruppe geworden, und selbst Lillians Bruder, Joe, fand ihn großartig.

Jetzt, als sie draußen vor dem Arbeitszimmer ihres Vaters stand, konnte Clara auf der anderen Seite der mit Schnitzarbeiten versehenen Holztür den tiefen Bariton ihres Vaters hören, der wie ein abbremsender Zug grollte und polterte, und ihre Mutter, die jammerte und schniefte, während sie sich mit gedämpften Stimmen aufgebracht unterhielten. Sie stritten nicht miteinander, doch sie waren verärgert darüber, dass Clara einmal nicht gehorsam ihren Plänen gefolgt war, und besprachen dies.

Clara legte schützend die Hand auf ihren Unterleib und versuchte, mit einem Blinzeln gegen die Tränen anzukämpfen. Die Verlobungsfeier war für morgen angesetzt, komplett mit einem Fotografen, einem Speisenlieferanten und allen wichtigen Freunden ihrer Eltern. Begierig, mit der Braut in spe seines Sohnes prahlen zu können, hatte der Geschäftspartner ihres Vaters, Richard Gallagher, ein Dutzend Gäste eingeladen. Zehn Tage zuvor waren die Einladungen verschickt worden, und nur wenige Antworten waren mit einer negativen Rückmeldung zurückgekehrt. James Gallagher, der Mann, den Clara heiraten sollte, hatte einen Ring, den Zweikaräter seiner verstorbenen Mutter, säubern und polieren lassen und den Auftrag erteilt, ihn obendrein mit vier zusätzlichen Diamanten zu versehen. Ruth hatte Claras Kleid ausgesucht und einen Friseur bestellt, um ihnen vor der Feier das Haar zu frisieren. Alles lief so, wie ihre Eltern es geplant hatten. Die Gäste würden eintreffen in der Annahme, Henrys und Ruths Hochzeitstag zu feiern, um dann, kurz vor dem Abendessen, mit der Bekanntgabe der Verlobung von James und Clara überrascht zu werden.

Plötzlich stieg Clara der nach fauligen Eiern riechende Gestank von gegorenem Wasser in die Nase, sodass sie beinahe würgen musste. Der Gestank kam aus der Blumenvase auf dem Beistelltisch aus Kirschbaumholz. Sie trat von der Tür zurück und presste eine Hand auf Nase und Mund, um ihren Magen, der gerade in Aufruhr war, zu beruhigen. Sollte sie noch länger im Korridor stehen und ihre Ansprache üben, würde sie entweder in Ohnmacht fallen oder sich übergeben. Also jetzt oder nie.

Sie klopfte an die Tür des Arbeitszimmers.

»Was gibt es?«, brüllte ihr Vater.

»Ich bin es.« Die Worte blieben ihr beinahe im Hals stecken. Sie räusperte sich leise und fuhr dann fort: »Ich bin's, Clara. Darf ich hereinkommen?«

»Tritt ein!«, rief ihr Vater.

Clara legte die Hand auf den Türknauf und drehte ihn schon, als ihr auffiel, dass ihre andere Hand immer noch auf ihrem Bauch ruhte. Das Blut stieg ihr ins Gesicht, als sie ihre Fäuste hinuntersausen ließ. Sie wusste, dass ihre Mutter sie schon länger beobachtete und die Breite ihrer Taille eingehend musterte, ihren Appetit am Morgen genau beobachtete und die Anzahl der Damenbinden unter dem Waschbecken im Badezimmer nachzählte. Wenn Clara nun also mit einer schützenden Hand auf ihrem Bauch das Arbeitszimmer ihres Vaters betrat, dann wäre ihrer Mutter sofort klar, dass sich ihre schlimmsten Befürchtungen bewahrheitet hatten.

Clara holte tief Luft und öffnete die Tür.

Ihre Mutter saß auf einem roséfarbenen Sofa neben dem Backsteinkamin und wedelte sich mit einem geblümten Fächer Luft zu, ihre Füße ruhten auf einem gepolsterten Hocker. Wie gewohnt hatte sie ihr kastanienbraunes Haar im Gibson-Girl-Stil auftoupiert und oben auf dem Kopf zu einem lockeren Knoten gebunden. Zu Claras großer Überraschung war das bodenlange, mit einem Reifrock versehene Kleid hochgezogen und entblößte blasse Waden oberhalb von spitzen Schnürstiefeln. Ruth war der Auffassung, dass eine anständige Frau immer ihre Arme und Beine bedeckt haben sollte, ganz gleich, was auch geschah. *Sie musste wirklich aufgebracht sein,* dachte Clara.

Clara war nicht sicher, wann es genau dazu gekommen war, aber sie hasste die viktorianischen Kleider ihrer Mutter sowie deren altmodische Frisuren, die Kameenbroschen und Ringe. Selbst traditionelle Eigenheiten und vorgestrige Redensarten erinnerten sie an die sittsame, prüde Art ihrer Mutter. Allein schon das Rascheln von Ruths mehrschichtigen Röcken im Korridor und das harte Klappern ihrer Schuhe auf dem Boden reichten aus, um Clara einen Schauder über den Rücken zu jagen.

Jetzt erhob sich Ruth und strich mit den Händen über ihr Kleid, bei dem das Sans-Ventre-Korsett ihre schmale Taille noch schmaler machte. Instinktiv straffte Clara die Schultern und zog den Bauch ein in der Hoffnung, ihre Mutter würde nicht bemerken, dass sie kein Korsett trug.

Im Alter von sechs Jahren war Clara in ihr erstes Korsett gezwängt worden, nachdem ihre Mutter ihre Taille gemessen und erklärt hatte, sie sei schrecklich dick und plump. Ruth hatte verkündet, dass, sollten nicht unverzüglich vorbeugende Maßnahmen ergriffen werden, Claras Haltung und Gesundheit Schaden nehmen würden und kein Mann, der bei vollem Verstand war, ein herumtobendes Mädchen mit einer Taille heiraten würde, die mehr als dreiundvierzig Zentimeter Umfang habe. An jenem Abend noch hatte Ruth sie in ein mit schweren Stäbchen versehenes Mieder geschnürt und darauf bestanden, dass es nur im Krankheitsfall oder zum Baden ausgezogen werden durfte. Eine Woche später hatte Clara mitten in der Nacht die Schnüre gelöst, um schlafen zu können. Am nächsten Morgen hatte Ruth das Korsett auf dem Boden liegend neben Claras Bett vorgefunden und Clara daraufhin aus dem Tiefschlaf gerissen, um ihr eine ordentliche Tracht Prügel zu verpassen. Danach hatte sie für die nächsten zwei Wochen jeden Abend Claras Handgelenke mit einem seidenen Taschentuch zusammengebunden, um sie von Dummheiten abzuhalten. Als Clara älter wurde, wurden ihre Korsetts von einem stämmigen Kammermädchen mit muskulösen Armen immer fester und fester zugeschnürt. Mit achtzehn maß Claras Taille dreiundvierzig Zentimeter, und immer noch zeigte sich Ruth nur verächtlich und erinnerte Clara unaufhörlich daran, dass ihre eigene Taille nur vierzig Zentimeter maß – wobei sie jedoch vergaß, dass Clara gute fünf Zentimeter größer war als sie selbst.

Im Arbeitszimmer ihres Vaters blickte Clara nun zu ihrer Mutter hinüber. Ruth wäre entsetzt, wenn sie die Armreifen, die Haarschmuckfedern und das Fransenkleid finden würde, die Clara ganz hinten in ihrem Schrank versteckt hatte, in dem Überseekoffer unter einem alten Wollanzug. Als könne sie Claras Gedanken lesen, schnaubte Ruth und sah zum Fenster hinaus, die Lippen zu einer schmalen, strengen Linie zusammengepresst. Ihr Vater zog die Augenbrauen hoch und trommelte mit einem silbernen Zigarrenanzünder auf dem Schreibtisch herum, während er auf seine Zigarre biss. Wie gewohnt trug er einen Nadelstreifenanzug; sein Walrossbart kräuselte sich über der Oberlippe.

»Was gibt es?«, wiederholte er.

Clara öffnete die Fäuste und faltete die Hände in Höhe ihrer Taille, damit sie nicht zitterten.

»Darf ich mit euch über etwas sprechen?«, fragte sie und hatte Mühe, ruhig zu bleiben.

Ihre Mutter murmelte etwas vor sich hin und ging vom Rascheln ihres Rockes begleitet zum Fenster hinüber. Sie zog den Vorhang zurück und tat, als würde sie hinausschauen.

Henry nahm die Zigarre aus dem Mund. »Falls es um morgen Abend geht«, stellte er fest, »ist das Gespräch hiermit beendet. Die Feier findet wie geplant statt.«

Clara schluckte. Wieder wurde ihr flau im Magen. »Natürlich!«, erwiderte sie. »Das soll sie auch. Du und Mutter, ihr habt schon seit Jahren keinen Hochzeitstag mehr gefeiert.«

Ihre Mutter wirbelte zu ihr herum. »Du weißt sehr genau, warum wir diese Feier veranstalten«, rief sie. »Das ist alles nur für dich! Und für James!«

Clara biss die Zähne zusammen und zwang ihre Lippen zu etwas, das wie ein Lächeln aussah, wie sie hoffte. »Ich weiß, Mutter«, antwortete sie. »Und ich weiß eure Mühen und Anstrengungen auch zu schätzen. Wirklich. Es ist nur …«

»Hast du überhaupt eine Vorstellung davon, wie glücklich du dich schätzen musst, dass ein Mann wie James sich bereit erklärt, dich zu heiraten?«, fragte Ruth.

Bereit erklärt, dachte Clara. *Weil ich so viele Defizite und Fehler habe, dass kein Mann, der bei vollem Verstand ist, mich je heiraten würde. Andererseits hast du vielleicht recht, Mutter.* James *ist nicht ganz bei Verstand. Er ist ein fieser, gemeiner, ausfallend werdender Schürzenjäger. Aber was interessiert es dich, solange er mich dir abnimmt? Und solange er mich von Bruno fernhält.*

Mit brennenden Augen und Wangen trat Clara an den Schreibtisch ihres Vaters heran. »Aber Vater!«, sagte sie. »Ich bin noch nicht bereit zu heiraten! Und insbesondere nicht James!«

Henry erhob sich und drückte die Zigarre im Aschenbecher aus. Seine dicken Finger liefen rot an, je fester er drückte. »Das haben wir bereits geklärt. Deine Mutter und ich haben dir in aller Deutlichkeit mitgeteilt, wie wir in dieser Sache denken –«

»Und was ist damit, was ich darüber denke?«, rief Clara, der das Herz hämmerte, als würde es gleich zerspringen.

»Du bist noch zu jung, um zu wissen, was du willst«, erklärte ihr Vater.

»Nein.« Clara sah ihm in die Augen. »Das bin ich nicht. Ich habe es euch bereits gesagt. Ich will aufs College gehen.« Das war der einzige Vorwand, der ihr eingefallen war, um die Verlobung abzusagen. Zumindest für den Augenblick. Einst hatte sie zum College gewollt, um von ihren Eltern fortzukommen und den Beruf einer Sekretärin oder vielleicht einer Krankenschwester zu erlernen. Sie wollte in der Lage sein, auf eigenen

Beinen zu stehen. Doch jetzt hatten sich ihre Träume geändert. Zum ersten Mal in ihrem Leben wusste sie, wie es sich anfühlte, geliebt und geschätzt zu werden. Sie wünschte sich nichts sehnlicher, als ihr Leben mit Bruno zu teilen und mit ihm eine Familie zu gründen. »Lillian geht auch aufs College«, erklärte sie, obwohl sie wusste, dass dies nur ein schwaches Argument war.

»Mir ist völlig gleichgültig, was deine Freundinnen tun!«, polterte ihr Vater, während sich sein Gesicht rötete.

»Wir zahlen nicht unser gutes, schwer verdientes Geld, um unter dem Deckmäntelchen einer höheren Erziehung unsere Tochter fortzuschicken, damit diese dann in Wirklichkeit rauchen, trinken und hemmungslos mit Männern ins Bett hüpfen kann!«, rief ihre Mutter.

Clara verdrehte die Augen, während ihr ein ungläubiges Glucksen über die Lippen kam. Ihr war klar, dass ihre Mutter an eine Zeile des neuesten Liedes dachte, das im Umlauf war: »She doesn't drink, she doesn't pet, she hasn't been to college yet.« Es war *klar*, dass ihre Mutter so denken würde.

»Das ist nicht der Grund, warum Mädchen aufs College gehen, Mutter«, stellte Clara klar.

»Es geht um diesen Jungen, diesen Bruno, nicht wahr?«, fragte ihre Mutter. »Um diesen Einwanderer, den du vor ein paar Wochen zum Abendessen mitgebracht hast?«

Clara spürte, wie ihre Wangen ganz rot und heiß wurden. »Ich weiß nicht, Mutter«, entgegnete sie. »Ist das der wahre Grund? Willst du deswegen, dass ich James heirate? Um mich von Bruno fernzuhalten?«

Erinnerungen an jenen schrecklichen Abend, an dem sie Bruno eingeladen hatte, um ihn ihren Eltern vorzustellen, wurden wach und blitzten in ihrem Kopf auf wie Fotos in dem münzbetriebenen Automaten in der Spielhalle. Bruno in der Tür, lächelnd, das feste dunkle Haar aus seinem kantigen Gesicht mit Pomade zurückgekämmt, die Hände in den Taschen des geborgten Smokings vergraben. Clara dankte ihm dafür, hergekommen zu sein, und küsste ihn flüchtig auf die Wange, wobei sie den sauberen Duft seiner weichen Haut tief einatmete, eine angenehme Mischung aus Barbasol-Rasiercreme und Lifebuoy-Seife. Er war eine Viertelstunde zu früh, denn Clara hatte ihn gewarnt, dass Ruth Leute verachtete, die zu spät kamen.

Clara zog Brunos Hände aus den Taschen und rückte aufgeregt seine Krawatte zurecht. Sie bemühte sich, ruhig zu bleiben, damit er nicht nervös wurde, befahl ihm, tief Luft zu holen, und erinnerte ihn daran, ihrem Vater die Hand zu schütteln, bevor sie ihn dann durch die Eingangshalle führte, den Gang hinunter zum Salon. Beim Anblick der riesigen, teuren Kerzenleuchter und der gerahmten Gemälde war er sichtlich überrascht, dass Clara in einem solch verschwenderischen, prachtvoll eingerichteten Haus lebte. Sie hatte Bruno erzählt, dass ihr Vater in der Bankbranche tätig war, aus Angst, die Wahrheit könne ihn verschrecken. Henry Cartwright gehörte eine Hälfte der Swift Bank, eine der größten Banken in Manhattan, mit Filialen sowohl in allen New Yorker Stadtbezirken als auch in verschiedenen Gemeinden im Hinterland. Ihre Mutter, Ruth, war die einzige Erbin des Bekleidungsimperiums Bridge Bros.

Clara öffnete die elfenbeinfarbenen Türflügel, die in den Salon führten, und schob Bruno nach drinnen. Ihre Eltern nahmen vor dem Abendessen noch ihren Tee ein. Ruth saß neben dem Kamin, während ihr Vater mit einem Arm am marmornen Kaminsims lehnte. Henry sah auf, als Bruno und Clara hereinkamen, knurrte etwas und warf dann einen Blick auf seine Taschenuhr. Zunächst erhob Ruth sich mit einem strahlenden Lächeln im Gesicht. Dann jedoch, als sie Brunos schlecht sitzende Smokingjacke und die abgewetzten Schuhe sah, setzte sie sich abrupt wieder hin.

Clara malmte mit dem Kiefer und führte Bruno zu ihrem Vater in der Hoffnung, dass er sich beeindruckt zeigen würde von Brunos Geschichte, wie er allein nach Amerika gekommen war, um sich dort im Land der Freiheit und der unbegrenzten Möglichkeiten eine neue Existenz aufzubauen. Denn immerhin hatte Henrys Vater 1871 das Gleiche getan und war mit seiner frisch angetrauten Ehefrau von England nach Amerika gekommen. Doch anstatt Brunos ausgestreckte Hand zu ergreifen, warf Claras Vater nur wieder einen Blick auf seine Taschenuhr und erklärte, dass es nun Zeit fürs Abendessen sei. Ruth erhob sich und hielt ihre zarten Finger in die Luft, als wolle sie Bruno erlauben, ihre Hand zu berühren. Bruno schüttelte ihre Hand und nickte.

»Ich freue mich, Sie kennenzulernen, Mrs Cartwright«, begrüßte er sie.

Ruth bedachte ihn mit einem spröden Lächeln, hakte sich bei ihrem Mann ein und schlenderte ins Esszimmer. Clara tätschelte Brunos Arm und folgte ihnen. Sie nickte mit dem Kopf in deren Richtung und verdrehte die Augen. Bruno schaute sie finster an; zweifelnd runzelte er die Stirn. Dann holte er tief Luft und atmete ganz langsam aus. »Ich liebe dich«, flüsterte Clara ihm zu und küsste ihn auf die Wange. Endlich lächelte er. Wortlos nahmen sie ihre Plätze am Tisch ein, ihre Eltern jeweils am Kopfende, sie und Bruno einander gegenüber. Um Bruno sehen zu können, musste sie jedoch an einer der lächerlich großen Blumenvasen vorbeischauen. Ihre Mutter bestand darauf, diese überall im Haus zur Schau zu stellen.

Clara fragte sich immerzu, ob die riesige Vase auf dem Esstisch vielleicht dort stand, damit Ruth Henry während des Essens nicht anschauen musste, da sie zweifellos genervt davon war, wie er seine Suppe schlürfte oder zu hastig kaute. Henry aß mit Begeisterung und Heißhunger, schaufelte sich stets schon wieder Essen in den Mund, bevor er den vorherigen Bissen fertig gekaut hatte, redete mit vollem Mund und nahm sich bereits die letzte Portion Fisch oder Hühnchen, wenn die anderen kaum mit dem Essen angefangen hatten. Henry war immer der Erste, der mit dem Essen fertig war, und Ruth war das ein unglaublicher Dorn im Auge. Clara empfand die schlechten Manieren ihres Vaters als typisch dafür, wie er lebte: Er nahm sich, was er wollte, ohne Rücksicht auf die Menschen um ihn herum. Er pflügte alles unter, als habe er jedes Recht dazu. Schließlich stand Clara auf, hob die Blumenvase vom Tisch, trug sie quer durch das Zimmer und stellte sie auf der Anrichte wieder ab. Ruth schaute wortlos zu, den Mund vor Entsetzen weit offen.

Als das Dienstmädchen ihnen mit der Kelle Suppe in die Suppenteller löffelte, hielt Ruth den Blick starr auf den Teller vor sich gerichtet. Henry starrte Bruno und Clara an und legte die Stirn in tiefe Falten, während er die Situation abschätzte. Clara rutschte auf ihrem Stuhl herum und wartete darauf, dass er ein Gespräch begann. Sie sah zu ihrem Vater hinüber. Als sich ihre Blicke trafen, schaute er weg, plötzlich unglaublich interessiert daran, seine Serviette auf den Schoß zu legen. Normalerweise musste Ruth ihn immer daran erinnern, sie überhaupt zu benutzen.

Clara klammerte sich an den Saum der Tischdecke und straffte die Schultern. »Vater«, sagte sie und versuchte, fröhlich zu klingen. »Bruno arbeitet erst seit sechs Monaten unten im Hafen und ist schon zum Vorarbeiter befördert worden.«

Henry grunzte, nahm sich den Löffel und aß seine Suppe.

»Vielen Dank, dass Sie mich in Ihr Haus eingeladen haben«, bedankte sich Bruno. »Es ist sehr freundlich von Ihnen, den Freunden Ihrer Tochter die Tür zu öffnen.«

Clara sah zu ihrer Mutter hinüber und wartete auf eine Antwort. Als Kind hatte Ruth ihr immer wieder erklärt, dass sie Menschen in erster Linie nach ihren Umgangsformen beurteilte. Ruth pflegte stets zu sagen, dass man viel über die Erziehung der Leute erfahre anhand dessen, wie sie »bitte« und »danke« sagten. Aber offenbar spielte gutes Benehmen nur dann eine Rolle, wenn es Ruths Absichten entsprach. Am anderen Ende des Tisches tauchte Ruth ihren Löffel in die Suppe, den Blick starr auf den Teller gerichtet, als erfordere die Nahrungsaufnahme ihre gesamte Aufmerksamkeit. Clara merkte, wie sich ihre Wangen röteten. Normalerweise redete Ruth ohne Unterbrechung, wenn sie Gäste zum Abendessen hatten, diskutierte über Kunstwerke, das Theater sowie die allerneusten elektrischen Haushaltsgeräte und stellte so viele Fragen, dass es fast schon an Neugier grenzte. Selbst nach Williams Tod hatte sie für Gäste beim Abendessen ihr bestes Benehmen gezeigt. Schließlich wurde das erwartet.

»Mutter?«, fragte Clara. »Du hast doch immer betont, wie unhöflich es ist, Gesellschaft zu ignorieren.«

»Oh«, erwiderte Ruth. »Entschuldige bitte.« Sie legte den Löffel beiseite, wischte sich mit der Serviette über den Mund und rutschte auf ihrem Stuhl herum. »Mir war nicht klar, dass dein Gast mit mir geredet hat.« Sie musterte Bruno mit hochgezogenen Augenbrauen. »Was haben Sie gesagt, junger Mann?«

»Ich wollte Ihnen für die Einladung in Ihr wunderschönes Haus danken«, erklärte Bruno.

»Gern geschehen«, antwortete Ruth. Dann nahm sie, ohne ein weiteres Wort zu verlieren, wieder den Löffel in die Hand und aß weiter, während ihre tropfenförmigen Ohrringe neben ihrem blassen Hals baumelten.

Die Adern in Claras Hals pulsierten so stark, als würden sie gleich platzen. So sah es also aus. Sie warfen einen Blick auf

Bruno und fällten sogleich ein Urteil über ihn. Lag es an seiner Kleidung, seinem Job, seinem Akzent oder seiner sonnengebräunten Haut? In ihrem Schoß ballte sie die Hände so sehr zu Fäusten, dass sich ihr die Fingernägel in die Handfläche bohrten.

Clara hatte Bruno erklärt, dass ihr Vater sicherlich davon beeindruckt wäre, wie schnell er die Karriereleiter hinaufgeklettert war, auch wenn es nur im hiesigen Seehafen war. Sie hatte angenommen, dass ihr Vater überrascht wäre, dass Bruno bereits genug Geld beisammenhatte, um eine kleine Wohnung zu mieten. Er sparte auch auf Kapitalanlagen und hoffte, sich in den Aktienmarkt einkaufen zu können. Clara hatte ihm erzählt, dass Henry ihn sicherlich gern beraten, ihm Tipps geben und vielleicht sogar den Namen eines vertrauenswürdigen Investors nennen würde, um ihn in die richtige Richtung zu lenken. Jetzt schalt sie sich selbst dafür, so dumm und naiv gewesen zu sein. Was hatte sie sich bloß dabei gedacht, Bruno hierher mitzubringen?

Ihre Gedanken rasten auf der Suche nach einem Ausweg, um dieses desaströse Abendessen so schnell wie möglich zu beenden. Sie tat, als würde sie mit Appetit ihre Suppe essen, obwohl sie in Wahrheit keinerlei Hunger verspürte. Clara fragte sich, was Bruno wohl gerade dachte. Konnte er ihr ansehen, wie verzweifelt und außer sich sie war? Wusste er, dass sie, wenn sie auch nur geahnt hätte, wie ihre Eltern nun reagierten, ihn niemals gebeten hätte herzukommen? Oder dachte er etwa, dass dies hier ein abgekartetes Spiel war? Sie spürte, wie Brust und Nacken immer heißer und heißer wurden und ihre Wangen regelrecht brannten. Da ergriff plötzlich ihr Vater das Wort.

»Ich versuche gerade, etwas zu verstehen«, erklärte er und sah Bruno zum ersten Mal direkt in die Augen. Er hielt inne, stützte einen Arm mit dem Ellbogen auf den Tisch und zeigte mit dem Finger auf Bruno. »Wie lautet überhaupt Ihr Nachname?«

»Moretti, Sir«, antwortete Bruno. »Bruno Moretti. Ich wurde nach meinem verstorbenen Vater benannt.«

»Hmmm«, machte Henry und hob das Kinn. »Und was hat Ihr Vater in Italien beruflich gemacht?«

»Er war Schuhmacher. Ein sehr guter, Sir.«

»Ich verstehe«, erwiderte Henry. »Ihr Vater war also Schuhmacher, und Sie arbeiten im Hafen? Unten im South Street Seehafen?«

»Ja, Sir«, nickte Bruno. Der Hauch eines Lächelns umspielte seine Lippen.

Clara spürte, wie ihr Herz einen winzigen Satz machte. Sie atmete ein, holte zum ersten Mal seit Brunos Auftauchen vor ihrer Haustür tief Luft. Ihr Vater unterhielt sich mit Bruno. Das war der erste Schritt.

»Und wie viel verdienen Sie mit der Arbeit unten im Hafen?«, erkundigte Henry sich.

»Vater!«, rief Clara. »Du hast selbst immer gesagt, wie unhöflich es ist, andere Leute nach ihren persönlichen Finanzen zu fragen!«

Henry sah zu Clara hinüber und runzelte die Stirn. »Ich gehe davon aus, dass Bruno hier ist, weil er daran interessiert ist, meiner Tochter den Hof zu machen«, entgegnete er. »In diesem Fall habe ich jedes Recht der Welt, ihn zu fragen, wonach mir der Sinn steht.«

»Schon gut«, beschwichtigte Bruno Clara. Dann lächelte er und richtete seine Aufmerksamkeit auf Henry. »Ich verdiene genug, um mir eine eigene Wohnung zu leisten, Mr Cartwright. Und ich bin bereits zum Vorarbeiter befördert worden.«

»Und wo befindet sich diese Wohnung?«, wollte Henry wissen.

»In der Mulberry Street«, erwiderte Bruno.

»In Little Italy?«

»Ja, Sir«, nickte Bruno.

Henry murmelte etwas und fuhr sich dann mit der Hand über den Bart. »Meine Tochter ist an feine, edle Dinge gewöhnt«, erklärte er. »Glauben Sie wirklich, Sie können mit dem Gehalt eines Hafenarbeiters anständig für sie sorgen?«

»Vielleicht noch nicht, Sir«, antwortete Bruno, »aber ich arbeite hart und werde es zu etwas bringen.«

»Zu was denn? Streben Sie an, ein Schuhmacher wie Ihr Vater zu werden? Meine Tochter kann nicht für immer von meinen Almosen leben, wissen Sie? Ich hoffe nicht, dass Sie sich darauf verlassen haben.«

Clara starrte Bruno an. Ihr Herz zersprang, als hätte jemand mit einem Hammer darauf eingeschlagen. Bruno machte ein langes Gesicht und starrte auf den Tisch, seine Schläfen pulsierten. Doch er hatte den Blick nur kurz gesenkt. Ohne zu zögern hob er das Kinn und sah Claras Vater direkt an.

»Bei allem Respekt, Sir, aber Ihre Tochter hat mir erzählt, dass Sie Schuhe verkauft haben, bevor Sie in das Bankgeschäft eingestiegen sind. Wahrscheinlich genau die Schuhe, für die mein Vater Berühmtheit erlangt hat. Moretti Salvatore?«

Zu Claras großer Überraschung wurde ihr Vater blass. Er lehnte sich auf seinem Stuhl zurück und räusperte sich. »Nie gehört.«

»Kann es sein, dass man dort, wo Sie gearbeitet haben, nur die Schuhe vom unteren Ende der Preisskala verkauft hat, Sir?«, hakte Bruno nach. »Die Schuhe meines Vaters werden nur in teuren Fachgeschäften verkauft.«

Clara biss sich auf die Lippe und versuchte, ihr Gelächter zu unterdrücken. Sie hatte noch nie jemanden erlebt, der ihren Vater derart in Verlegenheit gebracht hatte. Doch ihre Belustigung war nur von kurzer Dauer. Sie hätte wissen müssen, dass niemand Henry Cartwright beschämen konnte, ohne unverzüglich dafür die Quittung zu erhalten.

»Wenn Ihr Vater ein so bekannter Schuhmacher war, was machen Sie dann hier in Amerika, und warum arbeiten Sie im Hafen, um sich Ihr täglich Brot zu verdienen?«

Bruno presste die Lippen aufeinander. Seine Wangen färbten sich rot. Dann räusperte er sich. »Mein Vater ist im letzten Jahr gestorben. Ein Onkel von mir und mein älterer Bruder haben das Unternehmen übernommen. Leider ist an der Redensart viel Wahres, dass man Berufliches und Privates nicht vermischen sollte. Mein Bruder und ich haben uns nicht gut verstanden. Um den Frieden zu wahren, bin ich gegangen. Außerdem war es immer mein Traum, in Amerika zu leben. Ich kam her, um mich zu beweisen. Ich weiß, dass ich es allein schaffen kann, weil ich stark und zielstrebig bin, genau wie mein Vater.«

Henry lehnte sich wieder auf seinem Stuhl zurück, die Arme vor seiner breiten Brust verschränkt. »Nun dann«, fuhr er fort, »sollten Sie sich das selbst erst beweisen, bevor Sie herkommen und versuchen, es mir zu beweisen. Denn bislang bin ich davon nicht beeindruckt.«

Clara ließ ihren Löffel in den Suppenteller fallen, sodass das schwere Silberbesteck auf das mit Gold umrandete Porzellan klirrte. Sie schob ihren Stuhl zurück und stand auf. »Es tut mir leid, Bruno«, entschuldigte sie sich. »Verzeih mir bitte, dass ich dir das hier angetan habe. Ich hatte keine Ahnung, dass meine Eltern derart engstirnig sind. Hätte ich es gewusst, hätte ich niemals versucht, dich ihnen vorzustellen. Wir hätten einfach in deiner Wohnung zu Abend essen sollen, wie wir es für gewöhnlich jeden Freitagabend tun.«

Ruth keuchte. Alle Farbe war ihren Wangen entwichen. Sie presste sich die Hand an den Hals und öffnete und schloss den Mund immer wieder wie ein sterbender Fisch.

»Schon gut«, entgegnete Bruno. »Ich verstehe das. Dein Vater hat Sorge …«

»Nein«, unterbrach Clara ihn. »Glaub mir, es ist zu spät für jegliche Art von Verständnis. Bitte, lass uns einfach gehen.«

Nachdem Bruno aufgestanden war, umrundete Clara den Tisch und nahm seine Hand. Ohne sich noch einmal umzudrehen, führte sie ihn aus dem Esszimmer. Hinter ihnen tobte und fluchte Henry und schrie sie an, unverzüglich zurückzukommen. Clara ignorierte ihn.

Dies war vor fast einem Monat geschehen. Drei Tage später hatten ihre Eltern sie über die arrangierte Hochzeit mit James in Kenntnis gesetzt. Seitdem hatte sie das Haus nicht mehr verlassen dürfen. Sie wusste nicht einmal, ob Bruno vielleicht gekommen war, um nach ihr zu sehen, da sie weder zur Tür noch ans Telefon hatte gehen dürfen. Und sogar die Hausangestellte war angewiesen worden, nichts darüber zu sagen, wer zu Besuch gekommen war. Jetzt, im Arbeitszimmer, starrte ihre Mutter sie an.

»Bitte bring mir den sich geziemenden Respekt entgegen«, forderte Ruth. »Du weißt, dass ich für dich immer nur das Beste gewollt habe. Ich wünsche, dass du James heiratest, weil er ein guter Ehemann ist.«

»Aber das ist er nicht! Er ist –«

»Er wird sich um dich kümmern und dafür sorgen, dass du Nahrung und Kleidung bekommst und in einem schönen Haus wohnst«, erwiderte Ruth. »Er wird dir das Leben ermöglichen, das du gewohnt bist.«

»Ob du es glaubst oder nicht, Mutter«, widersprach Clara und konnte ihre Abneigung nicht mehr länger verbergen, »nicht jeder heiratet um des Geldes willen. Manche Leute heiraten aus Liebe.«

»Sprich nicht so mit deiner Mutter!«, brüllte Henry, und seine Wangen bebten.

Doch es war zu spät. Irgendetwas hatte sich in Claras Kopf gelöst. Nachdem sie nun einmal angefangen hatte, deutlich ihre Meinung zu sagen, konnte sie damit nicht mehr aufhören. Es war, als würden sich Jahre des Frusts und der aufgestauten Wut auf einmal entladen. »Das ist alles, was dich interessiert, oder?«, warf sie Ruth an den Kopf. »Du legst mehr Wert auf Schmuck und ein schönes Haus als darauf, deine Familie glücklich beisammenzuhaben.«

»Das stimmt nicht!«, rief Ruth mit einem verletzten Blick. »Wie kannst du bloß so gemein und verletzend sein, nach allem, was ich durchgemacht habe? Dein Bruder hätte niemals so mit mir geredet! Kein Wunder, dass er fortgegangen ist. Er hatte wahrscheinlich Angst, das Geschäft zusammen mit dir führen zu müssen.«

»Er ist nicht wegen mir fortgegangen!«, rief Clara. »Er ist fortgegangen, weil Vater ihn gefeuert hat und du dich nicht hinter ihn gestellt hast! Es tut mir leid, aber manchmal denke ich wirklich, du würdest noch über deinen toten Sohn hinwegsteigen, um einen Dollar von der Straße aufzuheben.«

Henry stürmte um den Schreibtisch herum, die Hände zu Fäusten geballt. »Du entschuldigst dich sofort, Fräulein!«, brüllte er mit zitternden Lippen. »Du heiratest James im September, Schluss, aus!«

Clara spürte, wie sich in ihrem Kopf etwas bewegte, massiv und endgültig, als würde sich eine schwere Tür schließen. Jahrelang hatte sie untätig zugeschaut und zugelassen, dass ihre Eltern über ihr Leben bestimmten, angefangen von der Kleidung, die sie zu tragen hatte, bis hin zu den Fächern, die sie in der Schule wählen sollte. Ihre Mutter wies das Hausmädchen an, wöchentlich Claras Zimmer zu durchsuchen, um sicherzugehen, dass sie darin nicht Zigaretten und Alkohol versteckte. Henry hatte »unangemessene« Bücher aus der Bücherei verschwinden lassen und Clara nicht erlaubt, Klavierunterricht zu nehmen, da es sich nicht geziemte. Er befahl ihr, wie sie ihr Taschengeld auszugeben hatte, und gab Kleider zurück, die ihm nicht gefielen. Clara war sich nicht sicher, ob dies vielleicht eine Art Mutterinstinkt war, der schon wirkte, doch sie konnte das Ganze nicht mehr länger ertragen.

»Warum?«, schrie sie. »Warum wollt ihr mich mit aller Gewalt unter die Haube bringen? Liegt es daran, dass James' Familie so reich ist und ihr mich nicht mehr länger unterstützen wollt? Oder willst du deine Geschäfte absichern, indem du dafür sorgst, dass James' Vater für immer dein Geschäftspartner bleibt?«

Henry packte sie an der Schulter und schüttelte sie, wobei sich seine dicken Finger in ihr Fleisch gruben. »So redest du nicht mit mir!«, warnte er. In seinen Augen loderte die Wut. Clara wusste, dass er Mühe hatte, sich zu beherrschen, sie nicht durch das ganze Zimmer zu schleudern.

Clara starrte ihre Mutter böse an. »Wie kannst du einfach nur so dastehen und zulassen, dass er mir das antut?«, rief sie. »Wie kannst du deinen Ehemann deinen Kindern vorziehen? Ich weiß, dass er das William angetan hat! Ich weiß, dass er seinen eigenen Sohn verprügelt hat. Und du hast nichts dagegen unternommen!«

»Wage es ja nicht, William hier ins Spiel zu bringen!«, drohte ihre Mutter.

»Warum nicht?«, fragte Clara. »Du hast zugelassen, dass Vater ihn ruiniert hat, warum also nicht auch mich?«

Ruth presste ihr dürres Handgelenk an die Stirn und ließ sich auf das Sofa fallen. Henry ließ von Clara ab und eilte zu Ruth, wo er sich neben ihr auf die Knie fallen ließ.

»Jetzt sieh bloß, was du angestellt hast!«, rief er und warf Clara einen stechenden Blick zu. »Du hast deine Mutter zum Weinen gebracht!«

Clara starrte ihre Eltern an. Eine entsetzliche Wut schwoll

in ihrer Brust an. »William hat doch alles für euch getan! Jahrelang hat er Tag und Nacht für euch geschuftet. Er hat alles aufgegeben, nur um sich zu beweisen. Aber es war nie genug, nicht wahr? Du hättest ihm niemals Anerkennung zuteilwerden lassen, weil das bedeutet hätte, ihm einmal das zu geben, was er verdient hätte!«

Und damit stand ihr Vater auf, eilte durch sein Arbeitszimmer und gab Clara eine schallende Ohrfeige. Sie taumelte zur Seite, fand Halt, hielt sich mit einer Hand die pochende Wange und blinzelte unter Tränen.

»Was hat er denn getan?«, fauchte sie und erwiderte den stierenden Blick ihres Vaters. »Was hat er so Schreckliches getan, das dich dazu gebracht hat, ihn nicht mehr zu lieben?«

»Ich warne dich!«, drohte Henry. »Noch ein Wort, und ich –«

»Ach, stimmt ja«, fuhr Clara fort, während ihr heiße Tränen über die Wangen liefen. »Du hast gedacht, er gehört dir, weil er für dich gearbeitet hat. Du hast ihn wie einen Sklaven behandelt, während du das ganze Geld eingestrichen hast. Irgendwann hatte er genug und hat sich für sich selbst starkgemacht. Aber damit konntest du nicht umgehen, weshalb du ihn auf die Straße gesetzt hast!« Jetzt starrte Clara ihre Mutter an. »Und du hast ihn machen lassen! Du hast nicht ein einziges Mal nach Williams Sicht der Dinge gefragt. Du hast dir nicht einmal die Mühe gemacht, herauszufinden, ob er ein Dach über dem Kopf oder etwas zu essen hatte!«

»Schweig, auf der Stelle!«, brüllte Henry. »Bevor du es nachher bereust!«

»Ich bereue nichts«, entgegnete Clara. »Das Einzige, was ich bereue, ist, dass ich nicht früher begriffen habe, wie ihr in Wirklichkeit seid.«

Henry eilte um seinen Schreibtisch herum, nahm den Telefonhörer in die Hand und wählte. Mit puterrotem Gesicht und mahlendem Kiefer starrte er seine schluchzende Frau an, während er darauf wartete, dass am anderen Ende abgehoben wurde. Das Licht des Kronleuchters spiegelte sich im Schweiß auf seiner Stirn. Clara drehte sich um. Wenn sie nun ginge, wäre sie vollkommen mittellos. Wenn sie bliebe, wäre sie gefangen. Es gab keine andere Möglichkeit. Sie griff nach der Türklinke.

»Ja, Lieutenant?«, sprach ihr Vater in den Hörer. »Hier ist Henry Cartwright. Bitte schicken Sie unverzüglich jemanden her. Wir haben hier leider einen Vorfall.« Clara hielt an der Tür inne, um zu hören, was ihr Vater als Nächstes sagen würde. »Es handelt sich um meine Tochter, Clara. Wir vermuten, sie hat einen psychotischen Schub.«

Clara riss die Tür auf und lief aus dem Arbeitszimmer.

KAPITEL 3
Izzy

Lakeshore Highschool

Izzy trug ihren Rucksack über eine Schulter geschlungen, den Daumen hatte sie in den breiten Trageriemen eingehakt. Nun schlenderte sie durch die überfüllten Flure ihrer neuen Schule auf der Suche nach dem Klassenzimmer der Oberstufe. Lachende und miteinander schwatzende Schüler eilten an ihr vorbei zu ihren Schließfächern. Wie in allen Schulen stank es in den Gängen nach einer Mischung aus Schweiß, Kaugummi und Bleistiftspitzerabfällen. Mit nur siebenhundertfünfundsechzig Schülern von der neunten bis zur zwölften Klasse war die Lakeshore High eine der kleinsten Schulen, die Izzy je besucht hatte. Sie fragte sich, ob es wohl an einer kleinen Schule einfacher wäre, sich einzugliedern.

An diesem Morgen hatte sie ein schwarzes langärmeliges T-Shirt, eine kurze Jeans und schwarze Converse angezogen. Jetzt fiel ihr allerdings auf, dass fast alle Mädchen zerrissene Jeans und Schuhe mit hohen Absätzen trugen oder Miniröcke, die mit Doc-Martens-Boots kombiniert waren. Mit steigendem Unwohlsein starrte Izzy auf die Formulare in ihrer Hand. Sollte sie die Unterlagen mit ihrem Namen und Daten ihrem Klassenleiter oder der Schulschwester geben? Vielleicht bekam diese aber auch nur den Zettel mit den Namen und Angaben ihrer Pflegeeltern. Und sollte sie ihren Stundenplan dem Klassenleiter geben oder behalten? Sie konnte sich einfach nicht mehr erinnern.

Endlich entdeckte sie den Namen »Mr Hudson« auf einer

Tür und steuerte darauf zu, während sie versuchte, niemanden anzurempeln. Just in diesem Moment schrie jemand etwas, und zwei Jungs rannten durch die Schülermenge. Der eine trug ein T-Shirt von den Doors, der andere hatte eine Zahnspange und rotes Haar. Der Rotschopf rannte genau in Izzy hinein und hätte sie dabei fast in die Schließfächer gestoßen. In dem Versuch, das Gleichgewicht zu behalten, ließ sie sämtliche Unterlagen und Dokumente fallen, die Haare fielen ihr vor die Augen, und der Rucksack rutschte ihr von der Schulter. Der Rotschopf lachte, rief, dass es ihm leidtäte, und hastete weiter. Izzy strich sich die Haare aus dem Gesicht und suchte den Fliesenboden ab, wo Turnschuhe, Sandalen und High Heels ihre Unterlagen zerrissen und verknitterten.

Endlich teilte sich die Menge ein wenig. Izzy trat vor eine Gruppe von Kindern und kniete sich hin, um die Papiere zu schnappen, bevor wieder irgendwer vorbeihastete, und versuchte, dabei nicht über den Haufen gerannt zu werden. Als sie beim letzten Formular angekommen war, hob es jemand auf. Sie stand auf und wappnete sich für eine Verfolgungsjagd.

»Hey!«, blaffte sie.

»Ich will nur helfen«, erwiderte ein Junge und reichte ihr das Blatt. Seine hellblauen Augen waren fast silberfarben, sein Haar lilaschwarz wie das eines Raben.

»Danke.« Izzy merkte, wie ihr das Blut in die Wangen schoss.

»Kein Problem«, grinste er. Er ging an der Hand seiner Freundin, obwohl diese einfach weitergegangen war. Dann hielt seine Freundin inne und lachte, während sie einen Blick über die Schulter zurückwarf, um zu sehen, was er machte. Sie hatte langes, blondes Haar und glatte, sonnengebräunte Beine. Sie sah cool aus, hübsch und amüsiert – wie die Sorte Mädchen, zu denen Izzy, wie sie wusste, niemals gehören würde. Die Freundin des Rabenjungen musterte Izzy wenig interessiert, zerrte dann an seiner Hand und zog ihn fort. Er zuckte mit den Schultern und verschwand in der Menge.

Izzy glättete die zerknitterten Blätter mit den Fingern und versuchte, die Tinte darauf nicht zu verwischen. Sie fand das Dokument, nach dem sie gesucht hatte, und verstaute es mit den anderen in ihrem Rucksack. Dann folgte sie den anderen Schülern ins Klassenzimmer. Ausgestopfte und aufgehängte Tierköpfe hingen an der Wand: Biber, Kaninchen, ein Fuchs, eine Bisamratte, eine Krähe und ein Fasan. Gläser mit Schweineembryos standen aufgereiht auf Regalbrettern über den Fenstern, und ein Hauch von Formaldehyd hing in der Luft. Mr Hudson saß an seinem Schreibtisch und las ein Buch, während die Schüler sich unterhielten und lachten und auf Tischen und Rückenlehnen saßen. Eine Gruppe von Schülern mit schwarzem Haar, schwarzer Kleidung, Tattoos und mehreren Piercings saß im hinteren Teil des Klassenzimmers. Die Jungen, die Izzy vorhin über den Haufen gerannt hatten, warfen Wasserbomben aus dem Fenster. Ein Grüppchen aus Sportskanonen und Cheerleadern saß nahe den Fenstern, die Arme umeinandergeschlungen.

Izzy biss die Zähne zusammen. Als sie zu Mr Hudsons Schreibtisch hinüberging, wurde ihr beinahe schlecht. Sie hatte keine Ahnung, warum sie so nervös war, immerhin war sie schon öfters die Neue gewesen. Viermal, um genau zu sein. Nachdem ihre Mutter die Haftstrafe im Gefängnis angetreten hatte, war Izzy in eine andere Stadt zu ihrer Großmutter gezogen, wo sie in einer neuen Schule noch einmal ganz von vorn hatte anfangen müssen. Drei Jahre später, nach dem Tod ihrer Großmutter, wurde sie in einer Pflegefamilie untergebracht und musste in der fünften Klasse die Schule wechseln. Zwei Jahre danach schlug ihr Pflegevater seine Frau krankenhausreif, nachdem sie sich betrunken gestritten hatten. In jener Nacht noch war Izzy in einer anderen Pflegefamilie untergebracht worden. Am nächsten Tag fing die siebte Klasse für sie in einer anderen Schule an. Als ihre zweiten Pflegeeltern in einen anderen Staat zogen, hatte sie in der neunten Klasse wieder woanders untergebracht werden müssen, dieses Mal in einer Familie, in der die Mutter Alkoholikerin gewesen war. Drei Jahre lang hatte Izzy sich nach Kräften um die anderen zwei Kinder gekümmert, von denen eines der siebenjährige biologische Sohn war und das andere ein zehnjähriges Mädchen, das ebenfalls in Pflege war. Wenn ihre Pflegemutter zu betrunken war, um sich um sie zu kümmern, kochte Izzy für alle und sorgte dafür, dass die anderen Kinder saubere Kleidung zur Schule anzogen. Einen Tag bevor Izzy ihre elfte Klasse beendete, steuerte ihre Pflegemutter den Familienminivan in einen See und ertrank. Eine Woche später war Izzy zu Peg und Harry geschickt worden. Wenn es also darum ging, irgendwo die Neue zu sein, kannte Izzy sich bestens aus.

Doch aus verschiedenen Gründen war es jetzt anders. Sich einzufinden würde ihr dieses Mal schwerer fallen, da die meisten der Schüler in der Abschlussklasse seit der Mittelstufe zusammen waren. Wenigstens war sie am ersten Tag in ihrer letzten Schule ein Anfänger wie alle anderen auch gewesen. Die Neue im Abschlussjahrgang zu sein fühlte sich an, wie ohne Einladung bei einer Party aufzutauchen.

Das Formular aus dem Schulbüro in Händen, wartete sie darauf, dass Mr Hudson aufschaute und es entgegennahm. Sie spürte die neugierigen Blicke der anderen Schüler, wie sie sich gegenseitig anstupsten, auf sie deuteten und sie anstarrten. Der Lehrer hielt den Blick gesenkt und las sein Buch weiter. Nach und nach ebbten das Gelächter und die Unterhaltungen ab.

»Hey, toller Rucksack!«, grölte eine männliche Stimme. »Bist du auf dem Wandertrip?«

Alle lachten. Izzy spürte, wie sie rot wurde. Was stimmte

nicht mit ihrem Rucksack? Sie räusperte sich, um Mr Hudsons Aufmerksamkeit auf sich zu lenken. Just in diesem Augenblick traf sie ein nicht benutztes Kondom am Kopf und fiel zu Boden. Sie drehte sich zu ihren neuen Klassenkameraden um. Eine Gruppe von Mädchen kicherte und wandte sich dann ab. Eines der Mädchen war die Freundin des Rabenjungen. Der Rabenjunge starrte sie forschend an. Lag Kälte oder Mitleid in seinem Blick? Schwer zu sagen. Izzy schob ihr Formular auf den Schreibtisch, hob das Kondom vom Boden auf und hielt es dem Lehrer hin. Endlich schaute er von seinem Buch auf.

»Ich denke, das ist für Sie«, erklärte Izzy. Alle lachten.

»Soll das ein Witz sein?«, fragte Mr Hudson, die Stirn in Falten gelegt.

»Nein«, erwiderte Izzy. »Ich habe hier gestanden und darauf gewartet, Ihnen meine Formulare zu geben, als jemand Sie damit beworfen hat. Aber derjenige hat stattdessen mich getroffen.«

Mr Hudson nahm das Kondom, warf es in den Müll und stand auf. »Okay«, rief er. »Dann kommen Sie jetzt bitte alle zur Ruhe und setzen sich hin.« Er nahm Izzy die Blätter ab, las sie und wandte sich dann wieder an die Klasse. »Das ist Isabelle Stone. Bitte sorgen Sie dafür, dass sie sich wohlfühlt.« Er sah zu Izzy hinüber. »Setzen Sie sich, wohin Sie wollen.«

Izzy suchte das Klassenzimmer nach einem freien Platz ab. Das einzig freie Schreibpult stand am anderen Ende des Raumes. Sie ließ den Rucksack von ihrer Schulter gleiten und steuerte die Fensterreihe an, um an den Pulten vorbei- statt mitten hindurchzugehen. Da erst merkte sie, dass sie, um zu dem freien Platz zu gelangen, an dem Rabenjungen und seiner Freundin vorbeimusste. Für den Bruchteil einer Sekunde zog sie in Betracht, sich auf dem Absatz umzudrehen und den anderen Weg zu nehmen. Doch das wäre zu offensichtlich gewesen. Also ging sie weiter. Nach der Hälfte des Weges passierte sie den Rabenjungen und seine Freundin. Dann legte ein Junge mit Turnschuhen seinen Fuß auf die Fensterbank und versperrte ihr so den Weg.

»Entschuldigung«, sagte Izzy und zwang sich zu einem Lächeln.

»Wie heißt du noch mal?«, fragte der Typ. Er sah gut aus, hatte reine Haut und den dicken, blonden Pony über seinen leuchtend blauen Augen zur Seite gestrichen.

»Isabelle«, antwortete sie und gab sich alle Mühe, freundlich zu klingen. »Aber alle nennen mich Izzy.«

»Izzy?«, fragte der Typ. »So wie Izzy Pop?«

»Nein«, entgegnete Izzy. »Der heißt Iggy Pop.«

»Mr Anderson!«, bellte Mr Hudson von vorne. »Wollen wir damit ernsthaft das neue Schuljahr beginnen?«

»Ich will mich nur vorstellen«, entgegnete der Typ. »Und dafür sorgen, dass sich Izzy Pop wohlfühlt, ganz, wie Sie gesagt haben.«

Alle lachten. Izzy merkte, wie ihr die Schamesröte ins Gesicht stieg.

»Jetzt hör mal auf mit dem Mist, Luke!«, rief jemand hinter ihr.

Izzy drehte sich um, um zu schauen, wer da gesprochen hatte. Es war der Rabenjunge.

»Lass sie vorbei«, forderte er Luke auf. Die Freundin des Rabenjungen schlug ihm auf den Arm und starrte ihn finster an. Er ignorierte sie jedoch.

Luke ließ seinen Fuß fallen und blinzelte Izzy zu. »Wenn du jemanden brauchst, der dir zeigt, wo's langgeht, dann bin ich dein Mann«, erklärte er grinsend.

»Danke«, erwiderte Izzy und ging zu ihrem Pult.

Na, das fängt ja prima an, dachte sie, als sie sich auf ihrem Stuhl niederließ. *Und ich bin genau wie lange hier? Fünf Minuten?*

Als alle Namen der Reihe nach aufgerufen wurden, erfuhr

Izzy, dass der Rabenjunge Ethan Black hieß. Seine Freundin war Shannon Mackenzie. Izzy musterte die anderen Kids, während Mr Hudson über Spendensammlungen, das Vorbereitungsteam für den Abschlussball und Klassensprecherwahlen sprach. Eines der Mädchen, das neben Shannon saß – ihr Name war Crystal, erwiderte Izzys Blick, beugte sich dann vor und flüsterte etwas in Shannons Ohr. Sie warfen einen Blick über ihre Schultern zurück und kicherten. Als ein weiteres Mädchen – wenn Izzy sich richtig erinnerte, hieß es Nicole – Shannon mit fragendem Blick ansah, flüsterte diese ihr etwas ins Ohr. Alle drei starrten Izzy an und grinsten, als hätten sie einen Insiderwitz gemacht.

Izzy presste sich die Fingernägel in die Handballen und kämpfte gegen das dringende Bedürfnis an, ihnen den Stinkefinger zu zeigen. In jeder Schule gab es immer eine Gruppe, genauer gesagt eine Clique von gemeinen Mädchen, die den anderen Mädchen das Leben zur Hölle machten. Man brauchte kein Genie zu sein, um herauszufinden, wer in dieser Schule diese gemeinen Mädchen waren. Izzy wusste, dass es das Beste wäre, sie zu ignorieren. Und zu hoffen, dass sie niemals herausfinden würden, dass ihre Mutter in einem Hochsicherheitsgefängnis saß, weil sie Izzys Vater erschossen hatte. Doch in dieser kleinen Klasse würde das nicht leicht sein. In diesem Augenblick wurde eine Erinnerung wach: zwei Mädchen in ihrer letzten Schule, die ihr durch den Schulkorridor »Psycho« hinterhergebrüllt und sie gefragt hatten, ob sie noch die Waffe ihrer Mutter habe. Izzy hatte fast wieder den kupfrigen Geschmack des Blutes in ihrem Mund. Sie hatte sich damals auf die Lippe gebissen, um sich davon abzuhalten, den beiden Mädchen die Augen auszukratzen.

Izzy zupfte an ihren Ärmeln herum, um sicher zu sein, dass sie heruntergerollt waren. Die Narben auf ihren Unterarmen wurden endlich heller, und sie hatte sich geschworen, sich niemals mehr selbst zu verletzen, ganz gleich, was auch geschah. Vor einem Monat hatte sie ihre Rasiermesser weggeworfen, und sie würde nicht zulassen, dass diese idiotischen Mädchen sie dazu bringen würden, das Versprechen wieder zu brechen, das sie sich selbst gegeben hatte.

Das erste Mal, als sie sich geritzt hatte – in der Nacht nach dem Tod ihrer Großmutter –, war sie ins Badezimmer in dem alten Bauernhaus gegangen und hatte den Miniaturmann aus Glas aus dem Spiegelschrank geholt, in dem ihr verstorbener Großvater seine Rasierklingen aufbewahrt hatte. Sie hatte eine Klinge aus dem Kopf des Glasmannes geschüttelt (ein Friseur mit schwarzem Haar und einem blauen Hemd), sich auf die Toilette gesetzt und sich auf dem Unterarm einen etwa zweieinhalb Zentimeter langen Schnitt beigebracht. Dann war sie bewusstlos geworden. Ein paar Minuten später war sie auf dem Badezimmerboden wach geworden und hatte die Hand über den Arm geklammert, weil sie sich die frische Wunde nicht ansehen konnte. Dies war der Augenblick, in dem ihr klar geworden war, dass physischer Schmerz emotionalen Schmerz für ein paar Minuten lang verschwinden lassen konnte und dass sie beim Anblick ihres eigenen Blutes in Ohnmacht fiel. In den folgenden sieben Jahren ritzte sie sich immer wieder, um Wut, Enttäuschung und Schmerz auszulöschen, doch sie tat es, ohne hinzuschauen.

Nachdem sie zu Peg und Harry gezogen war, hatte sie mit einem Mal begriffen, dass es völlig irrsinnig war, sich selbst Verletzungen beizubringen. Und wenn sie auch sonst kein Ziel hatte, so war sie zumindest entschlossen, nicht so zu werden wie ihre Mutter. Geisteskrank zu werden war nämlich ihre größte Angst. Wenn sie ihre Gefühle im Griff hatte, insbesondere ihre Wut, würde sie vielleicht nicht durchdrehen.

Fast ganz vorn im Klassenzimmer saß ein Mädchen an einem Pult, das den Blick nach vorn gerichtet hatte und dessen glattes, schwarzes Haar wie ein Samtumhang über ihren Rücken fiel. Sie schrieb etwas in ihr Notizbuch und schien das Chaos um sich herum gar nicht wahrzunehmen. Nur gelegentlich warf sie ihren Klassenkameraden einen schnellen, kühlen Blick zu. Izzy kannte auch Mädchen wie sie. Wahrscheinlich war sie mit einem Kerl aus dem College zusammen und hatte keine Zeit für die Schikanen ihrer Mitschüler. Entweder das, oder sie war die Anführerin der Böse-Mädchen-Truppe.

Endlich ertönte die Schulglocke, woraufhin die Schüler lautstark von ihren Stühlen aufsprangen und zur ersten Unterrichtsstunde eilten. Niemand sonst trug einen Rucksack. Izzy ließ sich Zeit damit, ihre Sachen einzupacken, und wartete absichtlich, bis alle anderen den Raum verlassen hatten. Als sie an der Tür ankam, rief Mr Hudson sie zurück. Sie drehte sich zu ihm um. »Ja, Mr Hudson?«

»Sie haben mir das falsche Formular gegeben«, erklärte er. »Das hier ist für die Krankenschwester.«

»Oh.« Izzy ging zu seinem Pult, nahm das Formular entgegen und kramte in ihrem Rucksack nach dem richtigen. »Tut mir leid.«

»Hören Sie«, fuhr Mr Hudson fort. »Dies ist eine kleine Schule, und diese Klasse besteht in immer gleicher Zusammensetzung bereits seit der Mittelstufe. Es ist schon ein paar Jahre her, seitdem das letzte Mal ein neuer Klassenkamerad hinzugekommen ist.«

Izzy zuckte mit den Schultern. »Okay.«

»Am besten ignorieren Sie es einfach, wenn jemand versuchen sollte, Sie zu demütigen oder dumm dastehen zu lassen.«

Leicht gesagt, dachte Izzy. »Okay«, wiederholte sie. »Danke.«

Nach der Klassenleiterstunde kam das Mädchen mit den schwarzen Haaren auf Izzy zu, als diese an ihrem Schließfach stand.

»Hey«, grüßte das Mädchen. »Willkommen in der Hölle.«

»Danke«, erwiderte Izzy und stopfte ihren leeren Rucksack ins Schließfach.

»Hier benutzt niemand einen Rucksack«, erklärte das Mädchen. »Die Schule ist so klein, dass hier jeder zwischen den Kursen zu seinem Schließfach läuft.«

»Ist mir aufgefallen«, antwortete Izzy. Das Mädchen lispelte ganz leicht, doch davon abgesehen, sah sie aus, als würde sie perfekt zu den gemeinen Mädchen passen – perfekte Figur, perfektes Make-up, perfekte Kleidung. Warum unterhielt sie sich also mit Izzy?

»Ich heiße Alexandra«, fuhr das Mädchen fort. »Alex, abgekürzt.«

Izzy schloss ihr Schließfach zu und presste sich das Mathebuch an die Brust. »Izzy, kurz für Isabelle.«

»Gefällt mir.« Alex grinste. »Passt zu dir. Shannon und ihre Freunde machen nur Ärger. Am besten ignoriert man sie und versucht, ihnen aus dem Weg zu gehen.«

»Du bist schon die zweite Person, die mir das sagt.«

»Weil es stimmt«, erwiderte Alex.

Izzy zuckte mit den Schultern. »Die stören mich nicht.«

Alex lächelte. »Okay. Aber sag hinterher nicht, ich hätte dich nicht gewarnt. Ich bezweifle, dass du zuvor schon mal mit jemandem wie Shannon zu tun hattest.«

»Was sollte sie gegen mich haben?«, fragte Izzy. »Ich bin doch gerade erst hergekommen.«

Alex runzelte die Stirn. »Zuerst einmal hat sich eben ihr Freund für dich starkgemacht«, erwiderte sie. »Das ist schon mal ein Treffer, der gesessen hat.«

»Das war aber doch nicht meine Schuld«, entgegnete Izzy.

»Das weiß ich. Aber das letzte Mädchen, das Shannon als Gefahr für Ethan und sie gesehen hat, musste an eine andere Schule wechseln.«

»Du bist nicht mit ihr befreundet?«

Für den Bruchteil einer Sekunde schaute Alex weg, und nur jene winzige Bewegung, diese kurze Verzögerung, als Alex den Blick abgewendet hatte, stellte Izzy vor die Frage, ob sie wirklich die Wahrheit sagte. Vielleicht war Alex ein Spion für die gemeinen Mädchen – losgeschickt, um sich mit ihr anzufreunden, um dann anschließend Bericht zu erstatten.

»Wir waren einmal sehr gut befreundet«, gab Alex zu. »Doch das hat sich vor einer Weile geändert.«

»Was ist passiert?« Izzy war sich im Klaren darüber, wie neugierig ihre Frage klang, doch es war ihr egal. Sie würde nicht zulassen, in eine Falle zu tappen.

»Warum treffen wir uns nicht später?«, fragte Alex. »Ich kann dich nach Hause fahren, wenn du willst. Ich habe einen 76er BMW. Eigentlich ein Schrottauto, aber ich habe es von meinem eigenen Geld gekauft, und es erfüllt seinen Zweck.«

Voller Zweifel und Bauchgrummeln presste Izzy ihre Fingernägel in das Cover ihres Mathematikbuches. »Ich soll mit dem Bus nach Hause fahren«, erklärte sie. »Meine Pflegeeltern haben mir gesagt, ich darf mit niemandem mitfahren, den sie nicht kennen.«

»Wie wäre es denn, wenn ich später vorbeikomme?«, fragte Alex. »Dann kann ich mich deinen Pflegeeltern vorstellen. Und danach können wir vielleicht zusammen abhängen.«

Izzy wollte gerade einwilligen, als Alex an Izzy vorbei den Flur hinunterschaute. Alex' Gesichtszüge entgleisten. Dann standen plötzlich Shannon und ihre Freundinnen neben ihnen und mit ihnen eine Duftwolke aus Haarspray und Parfum. Shannon strahlte Alex mit funkelnden Augen an, kaum in der Lage, ihre aufregenden Neuigkeiten für sich zu behalten.

»Du kommst doch heute Abend, oder?«, fragte sie. »Daves Eltern sind nach Florida geflogen, und er hat den Kühlschrank voller Bier.«

Alex runzelte die Stirn und sah sie finster an. Sie wollte gerade antworten, als Shannon Izzy anschaute, als hätte sie sie gerade erst bemerkt.

»Oh«, sagte Shannon. Ihr Blick wanderte zu den anderen Mädchen, bevor sie Izzy anlächelte. »Du kannst auch kommen, wenn du willst. Ich werde dich allen vorstellen.«

»Ich …«, fing Izzy an.

»Vergiss nicht«, wandte sich Shannon an Alex. »Du hast versprochen, Tequila mitzubringen!«

Bevor Alex darauf reagieren konnte, lachte Shannon mit den anderen Mädchen und lief den Flur hinunter. Izzy sah Alex an und wartete auf eine Erklärung.

»Sie weiß, dass ich dir gerade erzähle, dass ich sie nicht leiden kann«, fuhr Alex fort. »Sie hat die Show abgezogen, damit ich wie eine Lügnerin dastehe.«

»Wenn du meinst …«, stellte Izzy fest. »Ich muss jetzt zum Unterricht.« Sie lief an Alex vorbei den Flur hinunter. Dies würde ein sehr langes Schuljahr werden. »Wir sehen uns.«

KAPITEL 4
Clara

Nervenheilanstalt von Long Island
Neujahr, 1930

Zweieinhalb Monate nach dem Streit mit ihren Eltern stand Clara nun an dem schmalen, sechssprossigen Fenster in ihrem Zimmer im dritten Stock des Norton Cottage und schaute über das Gelände der Nervenheilanstalt von Long Island. An diesem frühen Neujahrsmorgen hingen graue Wolken tief und unheilvoll am Winterhimmel. Die ganze Nacht über hatte ein Sturm gewütet, fast schon ein Blizzard, und alles war nun in eine weiße Schneedecke gehüllt. Die Bäume im Zedernwäldchen beugten sich matt unter der großen Last der nassen Schneemenge, und das plätschernde Wasser im nahe gelegenen Bach hatte die Farbe von Grabsteinen. Mit gebeugtem Rücken schaufelte der Hausmeister die Gehwege frei, seine rote Mütze tauchte immer wieder auf und ab, als er den nassen Schnee zu immer höheren Bergen auftürmte. Ein kleiner schwarzer Lastwagen pflügte den breiten Zufahrtsweg. Seine Pflugscharen schwenkten hoch und runter wie die Flügel einer gigantischen Wespe, während das Rumpeln der Maschine und das Kratzen der Scharen durch die dünnen Glasscheiben als Vibrieren zu spüren waren. Der Wind hatte endlich aufgehört, doch alle paar Minuten öffnete der Himmel seine Schleusen und setzte ein langsames Gestöber dicker Schneeflocken frei.

Blinzelnd versuchte Clara, ihre Tränen zurückzuhalten, und fragte sich, wo sie wohl am nächsten Neujahrstag sein würde. Sie stellte sich vor, mit Bruno zusammenzuleben und mit ihm ihr Kind großzuziehen, endlich befreit von der Herrschaft ihrer Eltern. Doch dafür musste sie zuerst aus der Nervenheilanstalt rauskommen. Dazu musste sie Dr. Thorn überzeugen, dass sie unnötig eingesperrt war. Bislang hatte jedoch nichts funktioniert. Er glaubte den Worten ihres Vaters mehr als ihr.

Immerhin war sie erleichtert, dass der Morgenspaziergang abgesagt worden war. Somit musste sie nicht in den Schnee und die Kälte hinaus, zumal sie den größten Teil des Morgens damit verbracht hatte, sich im Badezimmer zu übergeben. Die erste Attacke von Morgenübelkeit machte sie kraftlos und zittrig. Sie fuhr mit der Hand über den Bauch und spürte den Beschützerinstinkt für das Baby, das in ihr heranwuchs. Glücklicherweise konnte ihr bislang noch niemand ansehen, dass sie schwanger war, doch sie konnte die leichte, feste Schwellung unter ihrem Bauchnabel bereits spüren. Das Baby war ein Mädchen, da war sie sicher. Seit über einer Woche träumte sie jede Nacht von einem Kleinkind in einem rosafarbenen Spitzenkleidchen mit Brunos dunklen Locken und seinen schokoladenfarbenen Augen, die zu ihr aufblickten. Clara schluckte den wachsenden Kloß in ihrem Hals herunter – überrascht von der überwältigenden Liebe, die sie schon jetzt für ihr ungeborenes Kind empfand.

Dies ließ sie an ihre Mutter denken, Ruth. Als Ruth mit ihrem Erstgeborenen schwanger gewesen war, hatte sie da schützend eine Hand auf ihren wachsenden Bauch gelegt, sich geschworen, das Baby für den Rest ihres Lebens zu lieben und es zu beschützen, ganz gleich, was geschah? Oder hatte sie ihren wachsenden Leibesumfang als eine Belastung empfunden wegen der Bedeutung, die Mode für sie hatte? Sehnte sie sich nach dem Tag, an dem sie ihr Neugeborenes endlich in den Armen halten und seine winzige, süßlich duftende Stirn küssen durfte? Oder wollte sie die Schwangerschaft am liebsten so schnell wie möglich hinter sich bringen, um das Baby an eine Nanny zu übergeben und anschließend mit ihrem Leben weiterzumachen wie bisher? Clara glaubte, dass Letzteres zutraf. Wie sonst konnte sich eine liebende, fürsorgliche Mutter in eine egoistische Frau verwandeln, der es vollkommen egal war, was mit ihren Kindern geschah?

Clara schob die Gedanken an ihre Mutter beiseite, weil sie wusste, dass es überhaupt nichts ändern würde, sich die Frau vorzustellen, die sie auf die Welt gebracht hatte. Sie drehte sich um, setzte sich auf das schmale Bett, schlang sich den Pullover enger um den Leib und starrte auf den ungeöffneten Brief auf ihrem Schreibtisch. Er stammte von ihrem Vater. Es war erst der zweite Brief, den sie bekommen hatte, seit sie vor über zwei Monaten in die Nervenheilanstalt von Long Island eingeliefert worden war, obwohl sie ihm jeden Tag geschrieben und um ihre Freilassung gebeten hatte. Der elfenbeinfarbene Umschlag hatte dort seit ihrer Rückkehr vom Frühstück vor über einer Stunde gelegen. Zwanzigmal hatte sie ihn an sich genommen – doch ihr Daumen hatte am Rand der Lasche verharrt, bevor sie den Umschlag dann wieder zurückgelegt hatte.

In Henrys erstem Brief, der Clara eine Woche nach ihrer Ankunft zugestellt worden war, stand, dass ihr Aufenthalt in der Nervenheilanstalt von Long Island zu ihrem eigenen Besten wäre und sie nur vorübergehend hier sein werde, bis die Ärzte ihr geholfen hätten. Doch als die Wochen ohne ein weiteres Wort von ihm verstrichen, sorgte sich Clara allmählich, dass ihr Vater seine Meinung geändert haben könnte und sie länger als ursprünglich gedacht bleiben würde. Der Verlauf ihrer Zukunft könnte sich nun also mit den Worten ihres Vaters in seinem jüngsten Brief entscheiden, und sie wollte so lange wie möglich die Hoffnung hegen, dass ihre Eltern ihr eine Rückkehr nach Hause erlauben würden. Sollte James herausfinden, dass sie von einem anderen Mannes schwanger war, würde die Hochzeit abgesagt. Ihre Eltern würden sie enterben und auf die Straße setzen. Doch all das war besser als das hier. Alles war besser, als in einem Irrenhaus eingesperrt zu sein, selbst wenn es die beste Anstalt war, die für Geld zu haben war.

Die Zimmer in der Nervenheilanstalt waren warm und sauber, die Außenanlagen sehr gepflegt. Und zum größten Teil war das Personal freundlich. Die Patienten speisten mit Silberbesteck, aßen von noblem Porzellan und räkelten sich in den Salons auf Barocksofas. Die Behandlung bestand aus Ruhe, Entspannung, gutem Essen, frischer Luft und Aktivitäten wie Radfahren und Tennis auf dem Rasen. Und natürlich Therapiesitzungen. Doch Clara machte keinen Hehl daraus, dass sie hier gegen ihren Willen festgehalten wurde. Während ihrer ersten Therapiesitzung einen Tag nach ihrer Ankunft hatte sie Dr. Thorn gefragt, was passieren würde, wenn sie nach Hause ginge.

»Warum wollen Sie denn nach Hause gehen?«, hatte er geantwortet und sie über die Gläser seiner Nickelbrille hinweg angeschaut. Er war groß und dünn, und sein enormer Adamsapfel hüpfte wie ein Fisch im Schnabel eines Pelikans in seinem ledrigen Hals auf und ab.

»Weil ich nicht hier sein muss«, erwiderte Clara. »Mit mir ist alles in Ordnung.«

»Aha«, nickte Dr. Thorn und kritzelte etwas auf seinen Block. »Wie kam es dann Ihrer Meinung nach dazu, dass Sie hier in die Nervenheilanstalt von Long Island gebracht wurden?«

Clara saß auf einem Holzstuhl, die Knöchel unter dem Sitz überkreuzt, die Hände im Schoß gefaltet. Sie presste nun die Nägel in die Handflächen und versuchte, gelassen zu wirken. »Mein Vater ist es nicht gewohnt, dass ich mich ihm widersetze. Er ist der Meinung, dass Frauen nur gesehen, nicht aber gehört werden sollen. Dies ist seine Art, mich zum Schweigen zu bringen und mir zu zeigen, dass er mich kontrollieren kann. Er versucht, mich dazu zu zwingen, etwas zu tun, was ich nicht tun will.«

»Ist es denn nicht die Aufgabe eines Vaters, das zu tun, was für die Kinder das Beste ist?«

»Doch«, erwiderte sie. »Aber er tut ja nicht das, was für mich das Beste wäre! Er versucht vielmehr, mich zu verheiraten, und zwar mit einem lausigen, nichtsnutzigen …« Sie hielt inne. Ihr wurde schlecht, und sie fragte sich, ob sie womöglich zu viel gesagt hatte. »Was hat mein Vater Ihnen über mich erzählt? Warum hat er mich hergeschickt?«

»Er sagte, Sie hätten eine Art Zusammenbruch erlitten. Er ist besorgt, dass Sie nicht klar denken können.«

»Das ist absurd«, entgegnete Clara. »Er kann einfach nicht mit der Wahrheit umgehen.«

»Und was ist die Wahrheit, Clara?«

»Die Wahrheit ist, dass meine Eltern sich mehr um Geld und Macht sorgen als um ihre Kinder.«

»Sie scheinen eine große Wut darüber zu empfinden, dass Ihre Eltern sie hergeschickt haben.«

Clara richtete sich auf. »Natürlich bin ich wütend!«, sagte sie und wurde lauter. »Wer wäre das nicht?«

Dr. Thorn nickte und schrieb etwas in sein Notizbuch. Seine nächste Frage stellte er, ohne aufzusehen. »Glauben Sie, dass Ihr Vater sich gegen Sie verschworen hat, Clara?«

Clara erstarrte. »Nein«, schüttelte sie den Kopf. »Von einer Verschwörung zu reden wäre ein zu hartes Wort. Mein Vater denkt, mir eine Lektion zu erteilen, indem er mich herschickt. Er kann den Mann, den ich liebe, nicht gutheißen. Er denkt, dass ich mich füge und seinen Plänen folge, wenn ich wieder nach Hause komme.«

Dr. Thorn ließ seinen Stift sinken. Dann nahm er seine

Brille ab, rieb sich die Augen, faltete die Hände auf dem Schreibtisch, starrte Clara an und musterte dann ihr Gesicht. »Manchmal«, stellte er leise fest, »wenn wir Angst haben oder wir uns aufregen, bilden wir uns Dinge ein. Ihr Vater hat erklärt, Sie hätten ihn beschuldigt, Ihren Bruder getötet zu haben.«

»Das ist nicht wahr!«, rief Clara. »Mein Bruder hat Selbstmord begangen, weil er dachte, er hätte nichts, wofür es sich zu leben lohnt. Zuvor hatte ihn mein Vater ruiniert, und meine Mutter hatte es stillschweigend zugelassen.«

»Machen Sie Ihre Eltern also für den Tod Ihres Bruders verantwortlich?«

»Sie hätten anders mit allem umgehen können«, antwortete Clara. »Aber stattdessen greifen sie wie gewohnt zu extremen Maßnahmen. Anstatt wie normale Eltern über alles erst einmal zu reden, haben sie sich seiner entledigt!«

»Und jetzt glauben Sie, sie versuchen auch, Sie loszuwerden?«

»Das habe ich nicht …« Clara verstummte und versuchte, ihren Atem zu beruhigen, denn ihr wurde plötzlich klar, dass ihre Worte ihr im Munde herumgedreht und gegen sie verwendet werden könnten.

»Stimmt etwas nicht?«, erkundigte sich Dr. Thorn und zog die Augenbrauen hoch.

Clara schüttelte den Kopf.

»Warum beenden Sie dann nicht Ihren Satz?«, forderte er sie auf.

Sie sah auf ihre Hände hinunter und merkte, wie ihr die Tränen kamen. »Sie hören mir nicht richtig zu«, erwiderte sie. »Sie hören doch nur, was Sie hören wollen. Sie drehen mir dir Worte im Mund herum und lassen es so klingen, als sei ich labil.«

»Sie scheinen sehr misstrauisch gegenüber Menschen zu

sein«, stellte er fest. »Ihre Eltern, der Mann, den Sie heiraten sollen, selbst ich, wir alle stehen für Sie unter Verdacht.«

»Wie würden Sie sich denn an meiner Stelle fühlen, Doktor? Würden Sie nicht versuchen, sich zu erklären, und darum bitten, entlassen zu werden, wenn Sie vollkommen gesund sind?«

Dr. Thorn schloss sein Notizbuch und setzte die Brille wieder auf. »Die Patienten hier in der Long-Island-Anstalt dürfen nur mit Entlassungspapieren gehen, die ich ausgestellt habe. Oder auf Ersuchen des Einweisenden, in diesem Falle Ihres Vaters.«

»Was würde denn passieren, wenn ich einfach meinen Koffer packen und gehen würde? Wenn ich einfach die Zufahrt hinunterlaufen und zum Eingangstor hinausgehen würde?«

Dr. Thorn lächelte und schnaubte, als müsse er ein Lachen unterdrücken. Ich denke, Sie könnten es versuchen«, antwortete er. »Aber die Nervenheilanstalt verfügt über mehr als vierzehn Morgen Land, sodass es ein ziemlich langer Weg bis zum Eingangstor ist. Wir würden Sie aufhalten, bevor Sie allzu weit kommen. Außerdem ist das Tor verschlossen, und ich habe den Schrankkoffer gesehen, den Sie mitgebracht haben. Ich kann mir nicht vorstellen, dass es Ihnen leichtfallen würde, den aus Ihrem Zimmer zu bewegen, noch weniger, ihn die Treppe hinunter und über die Rasenflächen zu schleppen.«

Claras Gesicht erhitzte sich. Sie war kurz davor, ihm zu sagen, dass sie sich einen Teufel um ihren Schrankkoffer scherte. Falls nötig, würde sie auch ohne Gepäck fortgehen. Doch dann wurde ihr klar, dass er womöglich ihre Wut als Teil ihrer »Verfassung« verstehen könnte.

Ihr erster Fehler, den sie am Tag des Streits mit ihrem Vater begangen hatte, war, sich die Zeit zum Kofferpacken zu nehmen. Sie hätte das Arbeitszimmer verlassen, sich ihren Mantel schnappen und augenblicklich aus dem Haus rennen sollen.

Sie hätte noch in jener Sekunde fliehen sollen, als sie hörte, wie ihr Vater dem Lieutenant befahl, einen Arzt mitzubringen. Stattdessen war sie in ihr Zimmer geeilt und hatte hektisch angefangen, ihre Sachen zu packen – wobei sie völlig vergessen hatte, dass sie den überdimensionalen Koffer allein die Treppe hätte hinuntertragen müssen, dass weder der Butler noch der Fahrer gerufen werden konnte, um ihr Gepäck zum Auto zu bringen. Doch sie hatte nicht klar denken können: Ihr Verstand war in Panik und hatte keine zwei zusammenhängenden Gedanken fassen können. Alles, woran sie denken konnte, war, dass sie so viel wie möglich mitnehmen musste, denn wenn sie fortging, würden die Sachen im Koffer und das Kleid an ihrem Leib alles sein, was sie noch auf dieser Welt besaß.

Als sie jetzt darüber nachdachte, schalt sie sich selbst dafür, so dumm und töricht gewesen zu sein. Sie wusste, dass die Polizei innerhalb von wenigen Minuten bei ihnen sein konnte, da Ruth sie mehrere Male gerufen hatte – als sie ihre Perlenkette nicht hatte finden können oder als die Kerzenhalter aus dem Salon verschwunden waren und sich ihr liebstes englisches Teeservice in Luft aufgelöst hatte. Jedes Mal war die Polizei gekommen und hatte ruhig und besonnen mit Ruth geredet, während diese auf und ab gelaufen war und gejammert hatte – felsenfest davon überzeugt, dass einer der Hausangestellten gestohlen hatte. Dann waren die Hausmädchen, Diener und Limousinenfahrer wie Kriminelle in einer Reihe aufgestellt und befragt worden. Letzten Endes hatte es dann immer eine logische Erklärung für das jeweilige Verschwinden gegeben: Ruths Kette war hinter ihren Frisiertisch gerutscht, die Kerzenhalter standen in der Vorratskammer und warteten darauf, poliert zu werden, und das Teeservice war nach dem letzten Gebrauch in den falschen Geschirrschrank eingeräumt worden. Nachdem Ruth klar geworden war, dass ihre kostbaren Sachen gar nicht verschwunden waren, hatte sie der Polizei dafür gedankt, so schnell vorbeigekommen zu sein. In der Zwischenzeit hatte sich Clara alle Mühe gegeben, sich bei den Hausangestellten zu entschuldigen.

Wenn Clara sich nur daran erinnert hätte, wie schnell die Polizei da sein konnte, anstatt wie Ruth zu reagieren und sich Sorgen über ihre Besitztümer zu machen, hätte sie eine Chance gehabt davonzukommen. Als ihr Vater den Lieutenant, zwei Polizisten und einen Arzt in ihr Zimmer hinaufführte, war ihr Schrankkoffer beinahe voll und die Chance, noch zu fliehen, vorbei. Henry wies die Männer an, den Koffer zu schließen und mitzunehmen, zusammen mit seiner Tochter. Clara hatte immer noch das rote Gesicht und den wilden Blick ihres Vaters vor Augen. Er hatte mit den Armen gerudert, als würde er befehlen, einen Kriminellen aus seinem Haus abzuführen.

»Wo liegt denn das Problem?«, fragte der Lieutenant.

»Sie hat schreckliche Anschuldigungen vorgebracht«, rief Henry und schüttelte den Kopf. »Ich befürchte, sie hat Halluzinationen.«

»Das stimmt nicht!«, rief Clara. »Ich habe nur …«

Henry sah den Arzt mit flehentlichem Blick an. »Können Sie ihr helfen?«

Clara stürzte zur Tür, da packte ein Polizist sie am Handgelenk. Sie versuchte, ihn abzuschütteln, doch vergebens. »Lassen Sie mich los!«, schrie sie. »Das können Sie nicht machen! Ich habe nichts getan!«

»Hat Clara kürzlich unter einem emotionalen Trauma gelitten?«, erkundigte sich der Arzt bei Henry.

»Sie hat ihren Bruder verloren«, erklärte Henry. »Und irgendwie hat sie sich in den Kopf gesetzt, ich hätte …« Henry ließ den Kopf hängen, die geballten Fäuste an die Schläfen gepresst, als könne er all das nicht verkraften.

»Das ist nicht der Grund, warum ich …«, schrie Clara. Der Polizist packte noch kräftiger zu. »Nein, lassen Sie mich los!«

Der Lieutenant richtete seine Aufmerksamkeit auf den Arzt, um ihm das letzte Wort zu lassen. Der Doktor nickte. Bevor Clara weiter protestieren konnte, packten die Polizisten sie an den Armen, führten sie aus ihrem Zimmer und die Treppe hinunter nach draußen. Dort wurde sie auf die Rückbank des schwarzen Buicks des Arztes geschoben. Ihre Jacke und Winterstiefel wurden neben sie auf den Rücksitz geworfen, ihr Gepäck im Kofferraum verstaut. Sie erinnerte sich noch, wie sie aus dem Autofenster auf den steinernen Eingang ihres Elternhauses mit der vertrauten Granitbrüstung und den gemeißelten Lilien über dem Eingang zurückblickte. Sie war nicht sicher, warum sie hinsah – vielleicht hoffte ein kleiner Teil von ihr darauf, ihre Mutter weinend auf den Stufen zu sehen, aufgebracht darüber, dass ihre Tochter fortgebracht wurde. Doch das Einzige, was sie sah, waren der Saum des Hausrocks ihres Vaters, als dieser nach drinnen verschwand, und der Messingklopfer, der vom Zuknallen der Tür hüpfte.

Jetzt kaute Clara auf der Innenseite ihrer Wangen herum und versuchte, sich etwas einfallen zu lassen, wie sie Dr. Thorn davon überzeugen konnte, sie gehen zu lassen.

»Es tut mir leid«, erklärte der Arzt, »aber unsere Zeit ist vorbei.«

»Aber ich …«, protestierte Clara.

Der Arzt stand auf und umrundete seinen Schreibtisch. »Für heute sind wir fertig, Clara.«

Clara erhob sich. »Das war's?«, fragte sie und hob die Hände. »Sie treffen nun eine Entscheidung aufgrund eines zwanzigminütigen Gesprächs?«

»Wir reden bei Ihrem nächsten Termin weiter«, erklärte Dr. Thorn und öffnete die Tür.

»Wann?«, hakte Clara nach. »Morgen?«

Dr. Thorn lächelte und schüttelte den Kopf. »Leider habe ich morgen Termine mit anderen Patienten. Wir sehen uns nächste Woche wieder.«

Clara rutschte das Herz in die Hose. *Nächste Woche?* Allein schon bei der Vorstellung, noch eine weitere volle Woche bleiben zu müssen, hätte sie laut schreien können. Sicherlich beabsichtigte ihr Vater nicht, sie so lange hierzulassen.

Draußen auf dem Flur wartete eine junge Krankenschwester darauf, Clara in ihr Zimmer zurückzubringen. Clara ging den Flur hinunter, wobei sie die Arme vor ihrer Körpermitte überkreuzt hielt und versuchte, keinen Heulanfall zu bekommen. Sie würde sich keinen Gefallen damit tun, im Beisein der Schwester emotional instabil zu wirken, selbst wenn diese gelächelt hatte, als Clara aus dem Büro des Arztes gekommen war, und ihre sanften hellblauen Augen Clara mitfühlend angeschaut hatten.

Angst machte sich wie ein bleischwerer Klumpen in Claras Bauch breit, ihre Haut kribbelte, und sie bekam eine Gänsehaut. Die Flure schienen unendlich lang zu sein, und die roten und grünen Läufer sowie die kristallenen Wandleuchter verliehen ihr das Gefühl, im Gruselkabinett auf Coney Island zu sein, wo Gäste von einem Clown mit einem elektrischen Zauberstab durch schiefe Räume und dunkle Gänge mit sich neigenden Fußböden und beweglichen Wänden gescheucht wurden. Sie hatte das Gruselkabinett immer gehasst und erinnerte sich noch gut an ihre Panik, als einmal ein Luftstrahl knapp über ihren Knöcheln vorbeigestrichen war. Nachdem sie sich umgedreht und sich an den anderen Gästen vorbei nach draußen gekämpft hatte, hatte sie sich geschworen, nie wieder dort hineinzugehen, ganz gleich, wie sehr ihre Freunde auch spotteten. Die Nervenheilanstalt von Long Island war tausendmal schlimmer. Hier gab es keinen Ausweg, keinen

Notausgang, keinen Weg hinaus in die Sonne, keine Hotdogs oder lachende Freunde.

Als Clara vor ihrem Zimmer ankam, blieb sie an der Tür stehen und wartete darauf, dass die Schwester sie hineinließ. Sie starrte eine Weile lang auf den Boden, bevor ihr auffiel, dass die Schwester ein paar Schritte hinter ihr stehen geblieben war. Die junge Schwester hatte die Stirn gerunzelt und sah Clara an, als versuche sie gerade, eine Entscheidung zu treffen.

»Waren Sie schon draußen auf dem Gelände?«, erkundigte sie sich.

Clara schüttelte den Kopf. »Ich bin ganz neu hier.«

»Ich weiß, wann Sie angekommen sind«, erwiderte die Schwester. »Ich war bei Schwester McCarn, als diese Sie letzte Nacht in Ihr Zimmer geführt hat. Ich habe dabei geholfen, Ihre Sachen auszupacken.«

»Tut mir leid«, entschuldigte sich Clara. »Ich erinnere mich nicht. Ich …«

»Schon gut«, entgegnete die Schwester lächelnd. »Möchten Sie vielleicht kurz nach draußen gehen? Es dauert noch ein wenig bis zum Mittagessen, und es könnte einer der letzten warmen Tage sein, bevor der Winter hereinbricht. Die Rasenflächen sind wunderschön.« Die Schwester schaute den Gang hinauf und hinunter, als habe sie Sorge, jemand könne sie hören.

Clara schüttelte den Kopf. »Ich wäre gern eine Weile allein.«

»Sicher?«, hakte die Schwester nach. »Die Sonne scheint, und es ist so warm, dass man nicht einmal einen Pullover benötigt. Ab morgen soll es kälter werden, und …«

Clara seufzte und ließ die Schultern hängen. Wenn sie schon sonst nichts tun konnte, so konnte sie wenigstens die Long-Island-Anstalt erkunden und nach einem Fluchtweg suchen. Sie nickte, und gemeinsam gingen sie den Flur wieder zurück und bogen dann ins Treppenhaus ab. Die Schwester ging vor, blieb aber auf der vierten Stufe stehen. Schwester McCarn kam die Treppe hinauf.

»Oh«, wandte sich die Schwester an Clara. »Egal. Vielleicht ein anderes Mal.« Sie drehte sich um und eilte die Treppe wieder hinauf. Clara folgte ihr.

»Schwester Yott!«, rief Schwester McCarn ihnen hinterher, während ihre schweren Schritte die Stufen hinaufstampften. Schwester Yott ließ die Schultern sacken. Sie hielt inne und wartete mit finsterem Blick. Schwester McCarn holte sie ein, eine Hand in die Seiten gestemmt, die Stirn gerunzelt. »Wo wollten Sie hin? Sie hatten Anweisung, diese Patientin in ihr Zimmer zu führen.«

»Ich wollte Clara nach draußen bringen«, erwiderte Schwester Yott, »damit sie ein wenig frische Luft bekommt.«

Schwester McCarn starrte Schwester Yott böse an, während ihre Kieferknochen mahlten. »Es steht Ihnen nicht zu, darüber zu entscheiden, was das Beste für einen Patienten ist«, bellte sie. »Bringen Sie sie unverzüglich zurück auf ihr Zimmer.«

Schwester Yott senkte den Blick. »Ja, Ma'am.«

»Denken Sie immer daran, dass Sie kein Arzt sind«, fuhr Schwester McCarn fort. »Es wäre gut, wenn Sie sich an mir ein Beispiel nehmen würden. Ich bin seit mehr als zwanzig Jahren in dieser Anstalt und folge den Anweisungen der Ärzte exakt nach Vorschrift!«

»Tut mir leid«, entschuldigte sich Schwester Yott und wurde rot.

Schwester McCarn schüttelte den Kopf und schnalzte mit der Zunge. »Das ist schon das zweite Mal, dass ich Sie ermahnen musste. Sie sollten aufpassen, Schwester Yott.«

Clara schluckte und trat vor. »Dr. Thorn hat sie angewiesen, mich nach draußen zu bringen«, erklärte sie. »Ich habe ihm gesagt, dass mir hier ein wenig die Decke auf den Kopf fällt, woraufhin er mich gefragt hat, ob es mir helfen würde, ein paar Minuten lang nach draußen zu gehen.«

Schwester McCarn starrte Clara an und presste die Lippen fest aufeinander. Clara hielt ihrem Blick stand. Schließlich wandte sich Schwester McCarn an Schwester Yott. »Ist das wahr?«

Schwester Yott nickte.

Schwester McCarn presste die Lippen wieder aufeinander, wobei dieses Mal eine Ader an ihrer Stirn blau hervortrat. Offensichtlich hatte sie Mühe, sich zu beherrschen. »Gehen Sie weiter«, bellte sie schließlich und deutete mit der Hand auf das Treppenhaus. »Sie haben noch zehn Minuten bis zum Mittagessen. Sorgen Sie dafür, dass die Patientin pünktlich im Speisesaal ist. Sollte sie zu spät kommen, mache ich Sie dafür verantwortlich.« Verärgert schüttelte sie den Kopf und marschierte den Flur entlang.

Schwester Yott lächelte Clara an. »Danke«, sagte sie. »Ich könnte schwören, sie hat es auf mich abgesehen.«

Das war vor zehn Wochen gewesen. Es fühlte sich wie zehn Jahre an.

Jetzt griff Clara nach dem Brief auf ihrem Tisch. Als sie ihn am Morgen zum ersten Mal gesehen hatte, war ihr Herz vor Freude gesprungen, weil sie gehofft hatte, er stamme von Bruno. Endlich hatte er die Briefe beantwortet, die sie ihm tagtäglich schrieb. Dann erst hatte sie Henrys formelle Schreibschrift auf der Vorderseite des Umschlags gesehen. Sie hatte die Hände vors Gesicht geschlagen und war aufs Bett zurückgefallen. Sie konnte sich nicht erklären, warum Bruno bislang nicht geantwortet hatte. Zuerst hatte sie befürchtet, ihre Briefe könnten irgendwo abgefangen worden sein. Das hätte jedoch keinen Sinn ergeben. Sie brachte die Briefe selbst zum Empfang hinunter und warf sie dort eigenhändig in den verschlossenen Briefkasten. Nachdem der erste Monat ohne jede Zeile von ihm vergangen war, wachte sie morgens in kaltem Schweiß gebadet auf, voller Panik, dass ihm etwas Schlimmes zugestoßen sein könnte. Ihr Vater war ein machthungriger Tyrann, so viel stand fest. Doch so weit würde er nicht gehen, um Bruno loszuwerden, oder? Nur kurz kam ihr in den Sinn, dass Bruno sie möglicherweise schon vergessen hatte. Vielleicht hatte ihre Liebesbeziehung ihm nichts bedeutet, womöglich war sie nur eine von vielen Frauen gewesen. Aber nein. Es war mehr gewesen. Viel mehr. Da war sie sich vollkommen sicher. Dennoch zog sie es vor, sich Bruno mit einer anderen Frau auszumalen, als sich vorzustellen, wovon sie jede Nacht träumte: Bruno, der neben ihrem Bruder, William, mit dem Gesicht nach oben im Hudson River trieb.

Sie trat einen Schritt vom Schreibtisch zurück und presste sich die Finger vor den Mund, weil ihr plötzlich wieder schlecht wurde, obwohl der trockene Toast vom Frühstück ihre Übelkeit zunächst gelindert hatte. Nach nahezu drei Monaten des Schweigens schrieb ihr Vater ihr sicherlich nicht, um ihr Hallo zu sagen. Weihnachten und Neujahr waren gekommen und vergangen, und er hatte ihr nicht einmal eine Karte geschickt. Würde sie diesen Ort endlich verlassen dürfen, oder wäre sie gezwungen, noch länger zu bleiben?

Clara holte tief Luft, nahm den Brief zur Hand und schwor sich, ihn dieses Mal auch wirklich zu öffnen. Sie biss sich auf die Unterlippe und schob den Daumennagel unter die Verschlussklappe, um ihn aufzureißen. Mit zittrigen Fingern faltete sie das einzelne Blatt vom elfenbeinfarbenen Briefpapier ihres Vaters auseinander. Sie ließ den Umschlag zu Boden fallen und las den Brief mit zitternden Händen.

Liebe Clara,
Deine Mutter und ich hoffen, dass es Dir gut geht und Du die Hilfe bekommst, die Du benötigst. Es ist sehr bedauerlich, dass

Dein Leben diese Wendung genommen hat. Dr. Thorn hat mir versichert, dass, ganz gleich, wie sehr man sich auch bemüht, Eltern das Ergebnis der Erziehung ihrer Kinder nicht festlegen können. Doch das ist ohne Belang. Was geschehen ist, ist geschehen. Deine Mutter und ich haben unser Bestes getan, und das ist alles, was wir uns abverlangen können. Ich schreibe Dir nun, um Dich wissen zu lassen, dass sich seit dem Börsensturz im September einiges verändert hat. Infolge unserer Verluste und aufgrund des Versuchs, unser Haus zu behalten und den Lebensstil, an den Deine Mutter und ich gewöhnt sind, aufrechtzuerhalten, muss ich Dir leider sagen, dass ich es mir nicht mehr länger leisten kann, für Deine Unterkunft in der Nervenheilanstalt von Long Island aufzukommen. Dr. Thorn und ich haben ausführlich über Deinen Zustand gesprochen und sind uns einig darin, was als nächster notwendiger Schritt anzusehen ist. Dr. Thorn wird Dir erklären, worauf wir uns geeinigt haben. Erinnere Dich immer daran, dass Deine Mutter und ich nur das Beste für Dich wollen.

Mit freundlichen Grüßen
Vater

Clara starrte den Brief an, dessen Worte auf dem Papier verschwammen, während sich ein fester Kloß in ihrem Hals bildete. Was sollte das bedeuten? Wie sah dieser besagte notwendige nächste Schritt wohl aus? Würde sie entlassen werden? Würde man sie gehen lassen, sodass sie auf sich selbst gestellt war? Sie ließ den Brief zu Boden fallen und rannte zitternd in dem kleinen Zimmer auf und ab. Den Termin bei Dr. Thorn hatte sie um elf Uhr. Jetzt war es erst halb zehn. Sie blieb stehen und holte mehrmals tief Luft, um ruhig zu atmen. Emotionaler Stress war nicht gut für das Baby. Sie musste sich beruhigen. Nach einer Minute legte sie sich auf das Bett, schloss die Augen und zog sich die dünne Bettdecke über die zitternden Schultern.

Mit einem Ruck setzte sie sich auf, als ihr bewusst wurde, dass sie noch etwas zu tun hatte. Sie musste Bruno schreiben. Wenn sich etwas ändern sollte und falls sie entlassen oder nach Hause geschickt würde, musste er davon erfahren. Obwohl sie keine Ahnung hatte, ob er ihre Briefe bekam, musste sie versuchen, ihm mitzuteilen, was geschah. Sie stand auf, öffnete die Schreibtischschublade und holte das Briefpapier heraus, das von der Anstalt bereitgestellt wurde. Sie zog den Schreibtischstuhl nach hinten, setzte sich und setzte den Füller aufs Papier. Dann wurde ihr klar, dass sie keine Ahnung hatte, was sie schreiben sollte. Wie sollte sie Bruno sagen, was passierte, wenn sie es nicht einmal selbst wusste? Der Brief würde so lange warten müssen, bis sie ihren Termin bei Dr. Thorn gehabt hatte. Vielleicht würde Dr. Thorn sie auch früher empfangen. Vielleicht sollte sie Schwester McCarn fragen, ob der Terminplan geändert werden könnte. Clara ging zur Tür, als sie Männerstimmen auf dem Flur hörte.

Schnell eilte sie zum Schreibtisch zurück, stopfte das Schreibpapier in die Schublade und sah sich dann um, was sie tun könnte, um beschäftigt auszusehen. Schwester McCarn sagte immer, dass untätige Hände ein Tummelplatz des Teufels seien. Und für den Fall, dass ein Patient nichts zu tun habe, gäbe es Flurböden, die geputzt, und Toiletten, die geschrubbt werden müssten. Clara schnappte sich die vom Heim bereitgestellte Bibel vom Regal über dem Schreibtisch, setzte sich aufs Bett und schlug das Buch an einer beliebigen Stelle auf. Ein schwindeliges, zittriges Gefühl überkam sie, als hätte sie seit Tagen nichts gegessen.

Genau in diesem Moment klopfte es an ihrer Tür. Dr. Thorn und ein Mann, den sie nicht kannte, betraten den kleinen Raum, dicht gefolgt von Schwester McCarn. Der

Fremde hatte eine dünne Schicht Schnee auf den Schultern seines Wollmantels sowie auf dem Aufschlag seiner Hose. Rund um seine Galoschen bildeten sich bereits kleine Pfützen aus Schmelzwasser.

»Guten Morgen, Clara«, grüßte Dr. Thorn. »Wie geht es Ihnen heute?«

Sie zwang sich zu einem Lächeln und schloss die Bibel, die auf ihrem Schoß lag. »Gut, danke. Und Ihnen?«

Dr. Thorn warf dem anderen Mann einen Blick zu. »Wie ich Ihnen gesagt habe«, stellte er fest. »Sie ist immer freundlich. Sie sollte Ihnen keine Probleme bereiten.« Der Mann, der Handschuhe trug, hob die Hand und lupfte seine Melone in Claras Richtung. Sie nickte ihm kurz zu, ihre Lippen zuckten, als sie zu lächeln versuchte. Dr. Thorn musterte den Brief auf Claras Schreibtisch. »Wie ich sehe, haben Sie den Brief Ihres Vaters gelesen.«

»Ja«, erwiderte sie und bemühte sich, ruhig zu bleiben. »Er schrieb, sie würden mir erklären, was nun geschieht.«

»Nun ja«, nickte Dr. Thorn. »Das ist der Grund, warum ich hier bin. Er deutete auf den Mann im Wollmantel. »Das ist Mr Glen. Er ist aus Ovid, einer kleinen Stadt am Seneca Lake.« Schwester McCarn trat einen Schritt vor und blieb neben Dr. Thorn stehen. Sie hielt einen Arm gesenkt, aber etwas versteckt hinter der Seitennaht ihres weißen Rocks. Clara erhaschte einen Blick auf etwas Langes, Silbernes in ihrer Hand. Es sah aus wie eine Spritze. Ein Kloß bildete sich in ihrer Kehle, sodass sie kaum Luft bekam. Sie stand auf. Die Bibel rutschte ihr vom Schoß und fiel mit einem lauten Knall zu Boden. Dann entdeckte sie zwei Krankenpfleger und eine Schwester mit einem blauen Umhang, die im Flur warteten.

Dr. Thorn hob die Hand, als wolle er Clara davon abhalten loszustürzen. Schwester McCarn kam näher. Ihre Augen glänzten und waren weit aufgerissen, als sei sie in höchster

Alarmbereitschaft. »Mr Glen und eine Schwester sind hergekommen, um Sie nach Willard zu bringen.«

»Willard?«, brachte Clara gerade noch über die Lippen. Sie schluckte. Ihre Zunge fühlte sich an wie Blei.

»Es ist ein staatlich geleitetes Heim für Geisteskranke«, erklärte Dr. Thorn. »Ihr Vater will sicherstellen, dass Sie die Hilfe bekommen, die Sie benötigen. Leider kann er es sich nicht mehr länger leisten, Sie hier bei uns unterzubringen.«

Clara trat einen Schritt zurück; ihre Hände klammerten sich an ihren Pullover. »Aber ich verstehe nicht«, stotterte sie. Schweißperlen bildeten sich auf ihrer Stirn. »Mein Vater hat gesagt, dies hier sei nur eine zeitweilige Unterbringung. Ich brauche keine Hilfe. Ich will einfach nur nach Hause gehen!«

Schwester McCarn trat vor und holte die Spritze hervor. Doch Dr. Thorn hob die Hand, um sie zurückzuhalten. »Das verstehe ich, Clara«, nickte er. »Aber dazu muss es Ihnen erst einmal besser gehen. Packen Sie Ihre Sachen. Mr Glens Auto wartet draußen auf Sie.«

»Aber das Wetter«, stotterte Clara auf der Suche nach irgendeiner Möglichkeit, noch etwas Zeit zu gewinnen.

»Es klart schon wieder auf«, warf Mr Glen ein. »Alles ist in Ordnung, solange wir in den nächsten Stunden aufbrechen. Bei Anbruch der Dunkelheit werden wir in Willard sein.«

»Es gibt keinen Grund, sich zu fürchten«, stellte Dr. Thorn klar. »Man wird sich in Willard gut um Sie kümmern.«

Clara ließ sich aufs Bett fallen. Ihre Beine fühlten sich plötzlich völlig kraftlos an, die Arme nutzlos. Es kostete sie große Mühe, nicht auf dem Boden zusammenzubrechen. Sie suchte nach etwas, was sie ihnen sagen könnte, damit sie begriffen, dass sie vollkommen gesund war, dass ihr einziges Vergehen der Streit mit ihren Eltern gewesen war. Sie wurde dafür bestraft, dass sie versucht hatte, sich gegen ihre Eltern aufzulehnen, sich dafür eingesetzt hatte, was richtig und wahr war. Doch ihr fehlten die Worte.

»Schwester McCarn«, rief Dr. Thorn. »Könnte eine der Schwestern herkommen und Clara beim Packen helfen, während Sie Mr Glen und der Schwester den Speisesaal zeigen? Ich bin sicher, die beiden können eine heiße Mahlzeit vor dem langen Rückweg nach Willard vertragen. Und bringen Sie auch Clara vor ihrer Abfahrt einen heißen Tee und etwas zu essen.«

Schwester McCarn und Mr Glen verließen das Zimmer, während Dr. Thorn im Eingang stehen blieb, eine Hand am Türgriff. »Alles wird gut«, wandte er sich an Clara. »Sie sind eine intelligente junge Frau, die eine glänzende Zukunft vor sich hat. Sie brauchen lediglich ein wenig Hilfe dabei, die korrekte Richtung für Ihr Leben einzuschlagen. Wenn Sie kooperieren, sollte es keinen Grund zur Angst geben, nach Willard zu gehen.« Dann schloss er die Tür und ging. Clara blieb benommen zurück und starrte die Holztür an.

Als sie aufstand und ihr Tagebuch unter dem Bett hervorholte, kam es ihr vor, als würde sie sich in Zeitlupe bewegen. Sie setzte sich an den Schreibtisch und schlug ihren letzten Eintrag auf, doch die Worte verschwammen vor ihren Augen. Seit ihrer Ankunft hier hatte sie jeden Tag in ihr Tagebuch geschrieben, hatte ihr Baby jedoch nirgends erwähnt. Aus verschiedenen Gründen war sie besorgt, damit einen Fluch über ihre Schwangerschaft zu bringen. Sie fürchtete, die Ärzte könnten ihr Tagebuch finden und ihrem Vater davon erzählen. Wenn Henry erfuhr, dass Bruno sie geschwängert hatte, wäre seine Reaktion nicht vorherzusehen. Wahrscheinlich würde er sie für immer fortschicken.

Sie wischte sich über die Augen, nahm sich einen Füller und überlegte, wie sie das Gefühl, wie Abfall weggeworfen zu werden, ja wie eine Kriminelle weggesperrt zu werden, in

Worte fassen konnte. Sie erinnerte sich daran, Geschichten gehört zu haben von Eltern, die ihre Kinder von der Öffentlichkeit fernhielten; deformierte Gliedmaßen, unbeherrschbare Launen, mindere Intelligenz und Hasenscharten wurden versteckt und hinter Türen im obersten Stockwerk des Elternhauses eingesperrt oder heimlich, still und leise auf einen dunklen Dachboden verbannt. War es das, was ihr Vater gerade tat? Schämte er sich so sehr, dass seine Tochter jemanden liebte, der bei ihm keine Zustimmung fand, dass er sie lieber verstecken wollte? Oder glaubte er ernsthaft, dass ein Arzt sie dazu bringen könnte, ihren »Fehler« einzusehen und zu begreifen, dass sie sehr wohl gezwungen werden konnte, einen Mann zu heiraten, den sie nicht liebte? Oder nahm er wirklich an, sie sei krank? Sie nahm den Füller wieder zur Hand und schrieb in ihr Tagebuch.

Mein Vater will mich loswerden und schickt mich fort. Ich habe keine Ahnung, was er sich von alldem erhofft. Im Gegenteil – meine Entschlossenheit wird immer größer, mein Leben, wenn ich entlassen werde, so zu leben, wie ich es wünsche, und von ihm wegzukommen. Mein Vater schickt mich nach Willard. Ich frage mich, ob ich Angst haben sollte?

Wenige Minuten später kam Schwester Yott herein. Sie lächelte Clara an und sah ihr in die Augen, anders als der Rest der Ärzte und Schwestern, die immer durch sie hindurchzusehen schienen. Clara zog kurz in Betracht, der Schwester zu erzählen, dass sie fortgeschickt wurde, doch sie wusste, dass es keinen Sinn hatte. Es gab nichts, was die Schwester für sie hätte tun können. Clara beobachtete, wie Schwester Yott den Koffer aus dem Wandschrank holte und ihn auf den Boden legte, wie sie sich auf den Zehenspitzen umdrehte und den Koffer umrundete, um den Deckel zu öffnen. Die Beine in den weißen Strümpfen und die blassen Hände bewegten sich langsam und zielstrebig wie eine Ballerina, die eine Choreografie tanzt. Clara schätzte, dass sie beide ähnlich alt waren, wobei Schwester Yott vielleicht zwei oder drei Jahre älter war. Sie stellte sich die Eltern von Schwester Yott vor, wie sie bei ihrem Abschluss der Schwesternschule stolz lächelten. Clara kamen die Tränen. Sie warf einen Blick auf die Hände von Schwester Yott, um zu sehen, ob sie verheiratet war. Sie trug einen Verlobungsring an der linken Hand.

Plötzlich fühlte sich Clara wie niedergedrückt, als sei sie unter einem riesigen Felsbrocken gefangen. Irgendetwas schnürte ihr die Kehle zu, und die Woge der Trauer drohte sie zu überrollen. Sie war sich sicher, gehört zu haben, wie ihr Herz brach. Plötzlich wusste sie, dass sie sich gleich übergeben würde. Sie stand auf, eilte zum Abfallkorb und fiel davor auf die Knie. Der Toast, den sie zuvor gegessen hatte, brannte ihr in der Kehle, bevor sie nur noch Schmerz und Säure verspürte. Immer wieder übergab sie sich in den Abfalleimer. Danach erhob sie sich mit zitternden Knien. Schwester Yott kam zu ihr und legte ihr eine Hand auf die Schulter. Die Sorge stand ihr deutlich ins Gesicht geschrieben.

»Alles in Ordnung mit Ihnen?«, fragte sie.

Clara wischte sich mit dem Handrücken über den Mund. »Nein«, antwortete sie. »Nein, nichts ist in Ordnung.«

»Sind Sie krank? Soll ich einen Arzt für Sie rufen?«

Clara zog den Pullover über ihren Bauch und setzte sich aufs Bett. »Ich bin nicht krank«, entgegnete sie, und dann stockte ihr der Atem. »Ich bin schwanger.«

Schwester Yott keuchte. Clara schlug die Hände vors Gesicht, beugte sich vor und stützte die Ellbogen auf den Knien ab. Ihre Schultern zuckten, ihr Atem wurde zu einem kurzen, flachen Röcheln.

Schwester Yott kniete sich neben Clara und strich ihr mit

einer Hand über den Rücken. »Schon gut, schon gut«, tröstete sie Clara. »Alles wird gut.«

»Nein«, entgegnete Clara. »Nichts wird gut. Die Ärzte sollen mir helfen, aber wie sollen sie das tun, wenn sie mir nicht zuhören?« Sie legte sich aufs Bett und zog auf der Decke die Beine an. Schwester Yott schob den Stuhl vom Schreibtisch herüber und setzte sich, Clara fest im Blick.

»Das tut mir leid. Kann ich irgendetwas für Sie tun?«

»Wenn Sie mich hier herausholen können, bevor ich nach Willard geschickt werde, dann ja, ansonsten nein. Sie können mir nicht helfen.«

»Verzeihen Sie mir die Frage«, antwortete Schwester Yott. »Aber was ist mit dem Vater des Babys? Weiß er davon? Sind Sie beide zusammen?«

Clara setzte sich auf, und eine Mischung aus wahnsinnigem Lachen und Wimmern kam ihr über die Lippen. »Ja«, antwortete sie, wobei ihr der Speichel aus dem Mund spritzte. Sie wusste, dass es nicht Schwester Yotts Schuld war, doch sie konnte ihre Wut nicht kontrollieren. »Wir sind ein Paar. Haben Sie nicht gesehen, wie er mich neulich abends abgeholt hat und mit mir ausgegangen ist? Er ist groß, dunkelhaarig, attraktiv und trug seinen besten Anzug. Man konnte ihn gar nicht übersehen!« Ihre Stimme war laut und angespannt, und einen Augenblick lang fragte sie sich ernsthaft, ob sie wohl tatsächlich den Verstand verlor.

Die junge Krankenschwester faltete die Hände in ihrem Schoß und sah eine Minute lang zu Boden, bevor sie sprach. Als sie wieder aufsah, standen ihr die Tränen in den Augen.

»Hören Sie«, sagte sie mit sanfter Stimme. »Ich arbeite hier erst seit einem halben Jahr. Es ist sicherlich nicht die Stelle, die ich mir erträumt habe, aber die einzige Arbeit, die ich finden konnte. Mein Verlobter und ich wollen so bald wie möglich heiraten, aber er ist derzeit arbeitslos und …« Sie hielt inne und kaute auf der Unterlippe herum, als überlege sie, ob sie überhaupt weiterreden sollte. »Als ich Sie zum ersten Mal gesehen habe, habe ich gleich gewusst, dass Sie nicht verrückt sind. Keine Ahnung, warum, aber so war es. Bitte sagen Sie es niemandem, aber ich habe bei einigen Ihrer Sitzungen bei Dr. Thorn heimlich gelauscht, um herauszufinden, ob meine Vermutung richtig war. Ich habe also gehört, wie Sie erzählt haben, dass Ihr Vater Sie fortgeschickt hat, weil Sie den Mann nicht heiraten wollen, den er für Sie vorgesehen hat. Ich weiß, wie das ist. Mein Vater ist auch nicht einverstanden mit meinem Verlobten. Darum brauche ich diesen Job hier. Ich versuche, so viel Geld wie möglich zu sparen, um so schnell wie möglich zu heiraten und das Elternhaus zu verlassen. Ihr Vater hat Sie hierhergeschickt, weil Sie jemanden lieben, nicht wahr? Bruno Moretti?«

Clara setzte sich mit einem Ruck auf und schwang die Beine über die Bettkante. »Woher kennen Sie seinen Namen?«, fragte sie. »Ich habe Dr. Thorn gegenüber nie seinen Namen erwähnt.«

Schwester Yotts Atmung wurde schneller, ihr Brustkorb hob und senkte sich immer heftiger. »Sie müssen mir versprechen, dass Sie niemandem ein Sterbenswörtchen verraten«, flüsterte sie. »Ich verliere meinen Job, wenn das jemand mitbekommt.«

»Ich verspreche es«, erwiderte Clara. Ihr wurde schwindelig. »Verraten Sie mir nur, woher Sie seinen Namen kennen! War er hier? Hat er nach mir gesucht?«

Schwester Yott warf einen Blick zur Tür, dann straffte sie die Schultern. »Ich habe die Briefe gesehen«, flüsterte sie. »Die Briefe, die Sie Bruno geschrieben haben.«

Clara schüttelte verwirrt den Kopf. »Wovon reden Sie? Wie konnten Sie die sehen? Ich habe sie immer gleich nach dem Schreiben in den Briefkasten am Empfang geworfen!«

Schwester Yott presste die Lippen zusammen und stand auf. Sie durchquerte das Zimmer, hielt sich dann an der Rückenlehne des Stuhls fest und sah Clara an, während ihre Handknöchel weiß hervortraten. »Die Briefe sind nie abgeschickt worden«, flüsterte sie. »Schwester McCarn hat mich gezwungen, die Post, die das Haus verlassen sollte, durchzusehen und sie herauszunehmen. Sie sagte, es geschehe auf Anweisung des Doktors. Ich vermute hingegen, dass es allein die Anweisung Ihres Vaters war.«

Mit einem Mal blieb Clara die Luft weg. Ihr Hals und Gesicht fühlten sich an, als würden sie in Flammen stehen, als würde ein brennender Kloß ihr die Worte rauben. Kein Wunder, dass Bruno keinen einzigen ihrer Briefe beantwortet hatte! Ihr Vater hatte dafür gesorgt, dass er sie nie bekommen hatte! Sie stand auf und schob mit zitternden Knien den Stuhl an den Schreibtisch zurück. Sie setzte sich, holte das Briefpapier aus der Schublade hervor, nahm einen Füller und fing an, mit zitternden Händen zu schreiben. Sie hatte Mühe, zusammenhängende Sätze zu bilden.

»Sie müssen diesen Brief für mich abschicken«, sagte sie, während sie gleichzeitig so schnell schrieb, wie sie konnte. »Bruno weiß nicht, wo ich bin oder wohin ich bald gehe. Versprechen Sie mir, ihm das hier zu schicken.« Sie beendete den kurzen Brief, knickte das Blatt und schob es in einen Umschlag. Erst dann sah sie zu Schwester Yott auf und wartete darauf, dass diese zustimmte.

Schwester Yott knetete ihre Hände, die Schultern gebeugt, die Augen wässrig. »Ich weiß nicht«, sagte sie. »Was, wenn ich erwischt werde?«

»Verstecken Sie den Brief«, schlug Clara vor. »In Ihrem Büstenhalter oder in der Unterwäsche. Ist mir egal. Irgendwo, wo niemand nachsieht. Wenn Sie nach Hause kommen, dann schicken Sie ihn ab.« Sie versiegelte den Brief, kritzelte Brunos Adresse auf die Vorderseite und hielt ihn dann der Schwester hin.

Skeptisch beäugte Schwester Yott den Brief und kaute auf der Unterlippe herum. Plötzlich ertönten Stimmen auf dem Flur. Clara stand auf und drückte der Schwester den Brief in die Hände. Die Schwester öffnete den obersten Knopf ihrer Uniform und schob sich den Brief in den Büstenhalter. Sogleich öffnete sich die Tür, und Schwester McCarn kam mit einem Tablett voller Essen herein. Mitten in der Bewegung hielt sie inne und musterte den offenen Koffer auf dem Boden.

»Was ist hier los?«, bellte sie. »Warum sind Sie noch nicht fertig damit, Clara beim Packen zu helfen?«

Schwester Yott drehte sich lächelnd um. »Clara war ganz aufgebracht, da habe ich versucht, ihr zu helfen, indem ich ihr erzählt habe, wie nett die Ärzte und Schwestern in Willard sind. Ich denke, es geht ihr jetzt besser. Nicht wahr, Clara?«

Die Schwestern sahen zu Clara hinüber. Clara nickte. »Ja, vielen Dank«, sagte sie. Sie ging zur Kommode und begann, ihre Kleidung auszuräumen und sie in ordentlichen Stapeln zum Koffer zu tragen. Ihre Beine fühlten sich ganz wässrig an, als würden sie sich gleich auflösen und zu einer Pfütze auf dem Boden zerfließen. Sie kniete sich hin und legte ihre Blusen in den Koffer. Dabei versuchte sie, die Hände ruhig zu halten.

Schwester McCarn stieß einen lauten Seufzer aus. »Schwester Yott, Ihre Aufgabe lautete, der Patientin beim Packen ihrer Sachen zu helfen. Sie sind kein Arzt, erinnern Sie sich? Bitte halten Sie sich an diese Aufgabenstellung, sonst bin ich gezwungen, Ihnen wegen Arbeitsverweigerung eine Verwarnung zu erteilen.«

»Ja, Ma'am«, erwiderte Schwester Yott und nahm das Tablett mit Essen entgegen. Sie setzte es auf dem Schreibtisch ab und drehte sich dann zu Schwester McCarn um. »Ich kümmere mich darum, dass die Patientin zu Ende packt und ein wenig isst, bevor sie abreist.«

Mit gespitzten Lippen musterte Schwester McCarn Clara, die vor ihrem Koffer kniete, und kniff die Augen zusammen. Clara schaute auf und lächelte sie matt an. Endlich drehte sich Schwester McCarn um, um zu gehen.

»Lassen Sie sich nicht allzu viel Zeit«, warnte sie. »Mr Glen und Schwester May essen gerade zu Ende, danach wird Mr Glen schon hinausgehen und das Auto anlassen. Ihnen bleibt noch weniger als eine halbe Stunde, um fertig zu werden.«

»Sehr gut«, antwortete Schwester Yott. »Ich sorge dafür, dass Clara gleich zum Haupteingang herunterkommt.«

Sobald Schwester McCarn das Zimmer verlassen hatte, eilte Schwester Yott zur Tür. »Ich bin gleich zurück«, sagte sie.

»Wohin gehen Sie?«, fragte Clara, der vor Angst die Haut kribbelte. Was war, wenn sie Dr. Thorn den Brief übergab? Was, wenn sich das alles als eine Falle herausstellen sollte?

»Beeilen Sie sich, und packen Sie zu Ende«, rief Schwester Yott. »Wenn Sie fertig sind, ziehen Sie Ihre Stiefel und den Mantel an, aber bitte nicht den Koffer schließen. Wir machen ihn zu, wenn ich zurück bin.« Und damit ließ sie Clara allein zurück.

Nachdem auch das letzte Kleidungsstück im Koffer verschwunden war, zog Clara ihre Stiefel an und schlüpfte in ihren Mantel. Dann ging sie zum Fenster und reckte den Hals, um einen Blick auf den Haupteingang werfen zu können. Es hatte aufgehört zu schneien, und sie konnte Mr Glen in der Auffahrt erkennen, der neben dem laufenden DeSoto stand und rauchte. Der Qualm seiner Zigarette und die Abgase des Autos waberten um seine dunkle Silhouette und erinnerten sie an eine Filmszene. Doch das hier war kein Kinofilm. Und Mr Glen war ganz sicher kein Held, der gekommen war, um sie zu retten.

Clara schreckte auf, als Schwester Yott ins Zimmer gestürmt kam, eine Decke an sich gepresst.

»Hier!«, rief Schwester Yott und lief zum Koffer. »Ich habe Schwester McCarn gesagt, dass Sie eine warme Decke für die Reise gebrauchen könnten.« Sie kniete sich hin und faltete die Decke auseinander. Claras Briefe an Bruno verteilten sich über den Kofferinhalt. »Ich dachte, Sie wollten sie vielleicht haben.«

Clara keuchte und nahm einen der Umschläge. Schwester Yott schnappte ihn ihr aus der Hand und stopfte ihn zusammen mit dem Rest der Briefe unter die Kleidung in Claras Koffer. »Dafür ist jetzt keine Zeit«, erklärte sie keuchend. Dann klappte sie den Schrankkoffer zu, verschloss ihn und stellte ihn aufrecht hin. »Vielleicht kann jemand aus Willard sie für Sie abschicken.«

Clara schlang ihre Arme um Schwester Yott. »Vielen Dank«, sagte sie und kämpfte mit den Tränen. Schwester Yott wich zurück und führte Clara zur Tür, doch Clara sah, dass auch sie weinen musste.

KAPITEL 5
Izzy

Der Samstag nach Izzys erster Schulwoche war heiß und schwül. Eine milde Brise vermochte nur die höchsten Zweige der Bäume zu bewegen, zum Boden hin war dagegen kaum Luft zum Atmen. Auf dem Weg zur Arbeit schlug Izzy einen schattigen Gehweg ein und strich mit den Fingern durch die Birkenblätter über ihr. Es war noch früh, und auf dem Laub lag immer noch eine dünne Tauschicht, wodurch die Blätter kühl und feucht blieben. Peg und Harry waren früher als gewohnt aufgebrochen, da Peg es nicht hatte erwarten können, die Koffer aus Willard endlich zu öffnen. Izzy hatte darum gebeten, die zwei Meilen bis zum Lagerhaus des Museums zu Fuß gehen zu dürfen, anstatt im Auto mit ihnen mitzufahren. Jetzt war sie heilfroh darum und dankbar für die kurze Zeit, die sie allein sein konnte. Mit der Schule, den Hausarbeiten und den gemeinsamen Mahlzeiten mit ihren Pflegeeltern war die Woche wie im Fluge vergangen. Und es war eine ziemlich harte Woche gewesen.

Während jener ersten Tage, als Izzy sich erst noch in der Schule zurechtfinden musste, kam sie beinahe zu jedem Unterrichtsfach zu spät. Die wenigen Male, als sie bei der Suche nach dem richtigen Klassenraum um Hilfe gebeten hatte, war ihr von ein paar Schülern die falsche Richtung genannt worden. Es schien, als würden sie dies absichtlich tun, doch Izzy verstand einfach nicht, warum. Sie hatte ihnen doch nichts getan. Sie versuchte, die Art und Weise, wie man sie behandelte, zu ignorieren, und fragte sich, ob mit allen neuen Schülern so umgegangen wurde oder ob sie es persönlich nehmen sollte. Ganz gleich, was davon auch zutraf – es tat weh.

Nachdem sie vor der ersten Sportstunde endlich herausgefunden hatte, dass sich die Sporthalle in einem separaten Gebäude befand, das durch einen langen Korridor mit der Cafeteria verbunden war, hing an der Tür der Mädchenumkleide ein Schild, dass diese wegen Klempnerarbeiten zeitweilig geschlossen sei. Als sie in der Ferne Geschrei und das Quietschen von Sportschuhen auf einem Holzboden hörte, machte sich Panik in ihr breit. Sie war jetzt schon zu spät. Izzy seufzte, bog um die Ecke und wäre beinahe über eine von Shannons Freundinnen gefallen, die vor der Jungenumkleide kniete und sich den Turnschuh zuband.

»Pass doch auf!«, rief sie und stützte sich im letzten Moment mit einer Hand ab.

»Tut mir leid«, entschuldigte sich Izzy. »Ich hab dich nicht gesehen.« Sie streckte die Hand aus, um dem Mädchen aufzuhelfen, doch sie wurde ignoriert. *Wer war das noch mal?*, überlegte Izzy. *Crystal? Nicole? Tina?*

Das Mädchen stand auf. »Warum die Eile?« Erst wischte sie sich mit der Hand über die Knie und die Shorts, dann fuhr sie sich durch die gesträhnten Ponyfransen. Wie bei Shannon und einem Dutzend anderer Mädchen in der Schule war ihr Haarschnitt glatt und stufig geschnitten und lockte sich an den Haarspitzen – die Frisur von Rachel aus der Fernsehserie *Friends*. Ihre weißen Sportshorts waren hauteng, und der Buchstabe »C« glitzerte vorn auf dem kurzen Oversize-T-Shirt. *Crystal, das war ihr Name.*

»Ich wollte mich noch schnell umziehen, aber …«, stotterte Izzy.

»Wir müssen uns bei den Jungs umziehen, bis in der Mädchenumkleide der Klempner fertig ist«, erwiderte Crystal.

»Beeil dich lieber. Miss Southard lässt uns für jede Minute, die wir zu spät kommen, Extrarunden laufen.«

»Aber …«, wollte Izzy einwenden.

Crystal winkte ab. »Keine Sorge. Es gibt hier andauernd Rohrbrüche, mindestens einmal im Monat. Die Jungs haben erst frühestens nach dem Mittagessen Sportunterricht.«

Izzy blieb wie angewurzelt stehen und überlegte krampfhaft, was sie jetzt tun sollte. »Wie viel Ärger gibt es, wenn ich in Flip-Flops und Jeans zum Sportunterricht komme?«, fragte sie.

Crystal lachte und verdrehte die Augen. »Vertrau mir: Das ist noch schlimmer, als zu spät zu kommen.« Sie packte Izzy am Arm und zog sie zur Tür der Jungenumkleide. »Komm schon. Hier ziehen sich alle Mädchen um. Ich zeig's dir.«

Izzy ließ zu, dass Crystal sie zur Jungenumkleide führte, blieb dann jedoch unsicher vor der Tür stehen. Crystal öffnete sie und stemmte sich dagegen, hielt Izzy die Tür auf und lächelte. Izzy bewegte sich nicht.

»O mein Gott!«, rief Crystal. »Jetzt stell dich nicht so an! Ich gehe mit dir rein!«

Izzy holte tief Luft. Wenn Crystal bereit war, mit hineinzugehen, dann war es vielleicht in Ordnung. Sie folgte ihr in einen Eingangsbereich, der zu einer zweiten Tür führte. Der beißende Gestank von Schweiß und Urin stieg Izzy in die Nase, außerdem hallten die Geräusche von zugeschlagenen Spinden, laufenden Duschen und Unterhaltungen durch den Betonbau. Doch die Stimmen waren männlich. Sie wollte sich umdrehen und weglaufen, aber da hatte Crystal sie schon am Handgelenk gepackt und die zweite Tür aufgerissen. Dort warteten Shannon und Nicole. Die drei Mädchen packten Izzy und zerrten sie in die Jungenumkleide. Sie rissen an ihren Kleidern und an ihrem Haar, wobei sich manikürte Fingernägel tief in Izzys Arme gruben. Der feuchtheiße Raum war voller nackter und halb bekleideter Jungs. Als sie die Mädchen sahen, lachten und pfiffen sie, warfen ihre nassen Handtücher in die Luft und tanzten auf den Bänken. Izzy versuchte, den Kopf einzuziehen und so schnell wie möglich dort wegzukommen, doch es nutzte nichts. In ihrem Bemühen verlor sie einen ihrer Flip-Flops und ließ die Tasche mit ihren Sportklamotten fallen.

Die Mädchen zerrten Izzy durch den Umkleideraum zu den Duschen hin. Dort schubsten sie sie in die Duschen, drehten sich um und rannten fort. Izzys nackter Fuß rutschte auf dem nassen Boden aus, sodass sie beinahe hingefallen wäre. Eine nasse Hand packte sie am Handgelenk und gab ihr Halt. Sie schaute auf und sah Ethan vor sich stehen: Sein tropfnasses Haar klebte ihm an der Stirn, und seine nackte Brust war mit Seifenschaum bedeckt. Wie ein Reh, das vom Scheinwerferlicht geblendet wurde, starrte sie ihn an, bevor sie sich umdrehte und Hals über Kopf aus der Dusche stürzte.

Mit hochroten Wangen lief sie durch die Umkleide zurück, hob ihren Flip-Flop sowie die Sportsachen auf und versuchte, den Blick gesenkt zu halten. Die Jungen johlten und schrien und fragten sie, ob ihr das gefalle, was sie sehe. Als ein verschwitzter Tiefenschutz sie mittig auf der Brust traf, blieb sie stehen und blickte sich finster um.

»Selbst die Kleinkinder, die ich babysitte, haben größere Pimmel als ihr«, stellte sie fest und versuchte, knallhart zu klingen. Die Jungen lachten und winkten ab.

Als sie endlich die Umkleide verlassen hatte, war ein Bein ihrer Jeans nass und ihr Shirt am Ärmel zerrissen. Obendrein erwarteten Shannon und ihre Freunde sie schon im Korridor. Doch Izzy ballte die Hände zu Fäusten und stürmte fort, da sie ihnen am liebsten ins Gesicht geschlagen hätte, aber sie wusste, dass sie den Ärger, den es dafür hinterher gegeben hätte, nicht wert waren.

»Jetzt sei nicht böse«, rief Shannon ihr hinterher. »Das war nur ein Scherz! Das machen wir mit allen neuen Mädchen!«

Leise fluchend und wütend auf sich selbst, dass sie Crystal vertraut hatte, lief Izzy weiter, bis sie das Büro des Rektors erreicht hatte. Dieser erklärte ihr, dass er den Gesundheitslehrer anweisen wolle, bei der nächsten Schülerversammlung einen Vortrag über Mobbing zu halten. Sollte sich Izzy jemals noch einmal bedroht fühlen, könne sie sich an die Schulkrankenschwester wenden. Als er sie um die Namen der Täter bat, weigerte sich Izzy jedoch, ihm diese zu nennen. Denn sollte der Rektor Shannon und ihre Freundinnen verhören, würde sie dafür büßen müssen. Izzy fand, er sollte darüber Bescheid wissen, was an seiner Schule geschah, damit er seine Arbeit machen konnte, wollte gleichzeitig aber nicht als Petze abgestempelt werden. Am Abend konnte sie nur mit Mühe dem Drang widerstehen, sich in Pegs und Harrys Bad zu schleichen und nach einer Rasierklinge zu suchen.

Als sei der Zwischenfall in der Jungenumkleide nicht schon schlimm genug gewesen, hatte sie gestern Shannon und Crystal dabei erwischt, wie diese mit Ketchup beschmierte Binden von außen an ihren Spind geklebt hatten. Als die Mädchen Izzy kommen sahen, rannten sie in die entgegengesetzte Richtung fort, wo Ethan am Ende des Flurs schon auf sie wartete. Er hatte die Stirn in Falten gelegt und den Mund zu einem harten, dünnen Strich zusammengepresst. Als er Izzy erblickte, huschte ein Ausdruck der Scham über sein Gesicht. Doch als Shannon und Crystal ihn erreicht hatten, drehte er sich um und floh mit ihnen, eine leere Ketchupflasche in der Hand. Offensichtlich war er also einer von ihnen. Zugegeben, er hatte bislang kaum zwei Worte mit ihr gewechselt, doch irgendwie hatten sein Lächeln und die Art, wie er sie in der Dusche aufgefangen hatte, Izzy auf die Idee gebracht, er könnte anders sein. Aus Gründen, die sie gar nicht genau benennen konnte, war sie wütend und traurig darüber, sich diesbezüglich getäuscht zu haben.

Jetzt, als sie darüber nachdachte, bekam sie Herzklopfen, und sie spürte, wie ihre Kieferknochen vor Wut malmten. Sie musste etwas unternehmen, um Shannons Mobbingversuche zu beenden – aber was? Und wie? Es war nicht zu übersehen, dass Shannon die gesamte Schule im Griff hatte. Niemand hatte den Mut, sich gegen sie zu wehren. Izzy sah, wie andere Mädchen sich im Schulflur hinter Shannons Gruppe zurückfallen ließen und sich nur in sicherer Entfernung bewegten, selbst wenn sie dadurch zu spät zum Unterricht kamen. Manche der Mädchen drehten sich auf dem Absatz um und schlugen einen anderen Weg ein, wenn die Schüler sich auf den Korridoren drängten und es keine andere Möglichkeit gab, Shannon aus dem Weg zu gehen. Die Jungs, die nicht johlten und lachten, wenn Shannon und ihre Freundinnen jemandem einen Streich spielten, schauten weg oder guckten verlegen drein, anstatt sich für die Opfer einzusetzen. Für Izzy war es ein Ding der Unmöglichkeit, dass jemand eine solche Macht über andere hatte. Diese Vorstellung machte sie fast krank.

Sich an ihre Pflegeeltern zu wenden kam nicht infrage. Nur allzu oft hatte sie erlebt, was passierte, wenn sich Eltern in Mobbingprobleme einschalteten. Die Eltern – außer sich vor Wut, dass jemand das Kind schikanierte – würden zum Lehrer und zur Schulbehörde stürmen und jedem Drohungen um die Ohren hauen, der zuhören wollte. Die Lehrer und die Schulbehörde würden aus Angst, dafür verklagt zu werden, ein einzelnes Kind wegen Mobbings herauszugreifen, nichts tun. Das Kind würde unweigerlich den Preis dafür zahlen müssen, dass sich die Erwachsenen eingemischt hatten. Die Tyrannen und Schulhofschläger fanden immer einen Weg, ihre Opfer ins Visier zu nehmen. Wenn sie also ihren Pflegeeltern davon erzählte und diese sich an den Rektor wandten, würden sich die Schikanen der anderen nur noch verschlimmern. Sie musste auf eigene Faust herausfinden, was sie gegen Shannon unternehmen konnte. Außerdem war sie auf sich selbst angewiesen, seitdem sie zehn war. Jetzt würde sie nicht damit anfangen, auf die Hilfe anderer angewiesen zu sein.

Izzy verlangsamte ihre Schritte auf dem Gehweg. Beim Gedanken an Shannon drückte etwas Hartes, Abscheuliches gegen ihre Rippen wie eine Bestie, die an ihrem Käfig kratzte. Sie hasste den Kloß in ihrem Magen, den harten, angespannten Schmerz in ihren Kieferknochen. Alles um sie herum drehte sich, sodass sie stehen blieb und sich zwang, tief durchzuatmen. Sie musste ihre Wut und Enttäuschung abbauen, bevor sie wie ihre Mutter die Kontrolle darüber verlor. Sie holte tief Luft, sah sich um, ob niemand sie dabei gesehen hatte, wie sie grundlos einfach mitten auf dem Gehweg stehen geblieben war, weil sie sicherlich wie eine Verrückte ausgesehen hatte.

Dann entdeckte sie den Drogerieladen auf der anderen Straßenseite. Sie presste die Fingernägel in die Handballen und kämpfte gegen den Drang an, hinüberzulaufen und eine Packung Rasiermesser zu kaufen. Sie setzte einen Fuß vor den anderen und lief weiter, öffnete die Fäuste wieder und zählte bis zehn. Sie schob die negativen Gedanken beiseite – fest entschlossen, dass niemand sie zu einem Rückfall bewegen würde, hin zu jenem düsteren, einsamen Ort, wo ihre einzige Befreiung nur noch mehr Schmerz bedeutete.

Endlich erreichte Izzy das Lagerhaus. Dort traf sie auf Peg, die mit weit aufgerissenen Augen in einem unglaublichen Tempo erzählte. Sie hatte ihr lockiges braunes Haar zu einem wilden Durcheinander oben auf dem Kopf zusammengebunden, trug Sandalen, einen langen Rock mit Blümchenmuster und eines von Harrys ärmellosen T-Shirts. Am anderen Ende des Lagerhauses gestikulierte Harry und lächelte, während er mit einer Gruppe Männer und Frauen sprach.

Peg zeigte Izzy die vierhundertsiebenundzwanzig Koffer und Schrankkoffer, die auf Tischen aufgereiht lagen und darauf warteten, geöffnet zu werden, um endlich ihren Inhalt preiszugeben. Sie war fast atemlos vor Aufregung, als sie Izzy ein dickes ledergebundenes Notizbuch reichte.

»Du musst für mich die Namen der Kofferbesitzer notieren«, erklärte Peg Izzy. »Dann werde ich die Koffer öffnen und dir sagen, was sich darin befindet. Wir müssen alles aufschreiben, sogar die allerkleinsten Details.«

»Okay«, erwiderte Izzy. »Das sollte ich hinbekommen.«

»Wir bearbeiten die eine Hälfte, die andere übernehmen Harry und seine Crew.« Just in diesem Augenblick kam Harry auf sie zu und hatte zwei Mitarbeiter im Schlepptau. Harry, ein hochgewachsener, drahtiger Mann mit schütterem blondem Haar und Metallbrille, war wie gewohnt mit seinem gestreiften Hemd und einer schwarzen Stoffhose tadellos gekleidet. Neben ihm lief ein kräftiger Mann mit grauem Bart schwerfällig den Gang hinunter und ließ Harry wie ein Kind wirken. Mit offenem Mund musterte Izzy die Höhe und Breite des Riesen, der auf sie zukam, sein breites rotes Gesicht, die baumstammgroßen Beine. Noch nie hatte sie einen so großen Menschen gesehen. Die Kamera in seiner Hand wirkte wie ein Puppenspielzeug. Dann erst fiel ihr Blick auf die Person, die neben dem Riesen ging. Der Junge schleppte Taschen und ein Stativ; seine Haare waren rabenschwarz. Izzy merkte, wie sich ihre Wangen röteten.

Es war Ethan.

»Das sind unser Freund Peter und sein Sohn Ethan«, stellte Harry die beiden Izzy vor. »Sie sind hier, um Fotos zu machen.«

»Und das ist meine Assistentin Isabelle«, fuhr Peg fort. »Wir nennen sie Izzy.«

Peter lächelte und schüttelte Izzys Hand, deren schmale Finger in seiner Riesenpranke verschwanden. Ethan schüttelte

Pegs Hand, lächelte dann und begrüßte Izzy. Sie nickte in seine Richtung, bevor sie auf ihre abgetragenen Turnschuhe und die viel zu weite Jeans hinuntersah. Peg hatte ihr empfohlen, für diese Aktion alte Klamotten anzuziehen, die auch dreckig werden konnten. Jetzt stöhnte sie innerlich auf und wünschte sich, ein unifarbenes T-Shirt angezogen zu haben anstatt des langärmeligen New-Kids-on-the-Block-Shirts, auf dem »I love Jordan« quer über ihrer Brust geschrieben stand. Sie besaß das Shirt seit der zehnten Klasse und trug es normalerweise nur nachts zum Schlafen. Aber nicht nur ihr Outfit war völlig daneben, obendrein hatte sie auch noch beschlossen, erst nach der Arbeit duschen zu gehen. Ihr ungewaschenes Haar war zu einem Pferdeschwanz gebunden, und fettige Strähnen hingen ihr in die ungeschminkten Augen. Sie konnte jetzt schon den Spott hören, den sie dafür in der Schule ernten würde.

Peter und Ethan liefen neben Peg und Izzy zum anderen Ende des Lagerhauses, während Harry zum entgegengesetzten Ende zurückkehrte. Glücklicherweise funktionierte Peters Goliath-Statur wie ein Schutzwall zwischen Izzy und Ethan. So konnte sie fast so tun, als sei Ethan gar nicht da. Jene kurze Zeit nutzte sie, um langsam und tief Luft zu holen und ihren puterroten Hals und die Wangen dazu zu bringen, zur normalen, quaddelfreien Farbe zurückzukehren.

Als sie vor dem ersten Gepäckstück standen – ein verfallener Lederkoffer mit einem braunen Griff und einer Metallschließe –, baute Ethan das Stativ auf und holte eine Handlampe aus einem Seesack. Peg und Izzy traten zurück, während Peter ein paar Fotos machte. Izzy machte sich insgeheim Vorwürfe, weil ihr Blick immer wieder zu Ethans muskulöser Figur wanderte. Er trug feine schwarze Schuhe und eine eng anliegende Jeans; sein breiter Bizeps spannte die aufgerollten Ärmel seines weißen Hemds. Mit einem Mal hatte sie ein Bild vor Augen: Sein sonnengebräunter, muskulöser Körper, nackt und tropfend in der Dusche der Jungenumkleide. *Warum muss er bloß hier sein?*, fragte sie sich. *Und warum muss er so verdammt gut aussehen?* Dann sah sie ihn plötzlich vor sich, wie er eine Ketchupflasche in der Hand hielt und wie ein Vorschulkind davonrannte, das dabei erwischt worden war, wie es eine Katze ins Klo gesperrt hatte. Ganz gleich, wie schön er äußerlich war: In seinem Innern sah es anders aus. Alle Muskeln und kantigen Kinns der Welt konnten an dieser Tatsache nicht rütteln.

Endlich ging Peg zum Koffer hinüber und las den Kofferanhänger laut vor, wobei sie den Vor- und Nachnamen buchstabierte, damit Izzy ihn notieren konnte – Madelinexx Small. Dann holte Peg tief Luft, zog sich Gummihandschuhe über, öffnete langsam und vorsichtig die Schließe und klappte den Koffer auf. Peter trat hinzu und machte Fotos, bevor der Inhalt durcheinandergebracht wurde, und ließ Izzy und Ethan somit nebeneinanderstehen. Aus den Augenwinkeln heraus sah Izzy, wie Ethan sie musterte. Sie schaute starr geradeaus.

Vorsichtig, ja fast ehrfürchtig holte Peg den staubtrockenen, bruchanfälligen Kofferinhalt Teil für Teil heraus, während Izzy alles notierte.

Eine Bibel mit drei Schwarz-Weiß-Bildern, die darin stecken; eines davon mit einem kleinen Jungen darauf, der ein weißes Hemd und eine dunkle Hose trägt. Auf der Rückseite ist mit Bleistift »Charles – 1919« vermerkt. Ein Foto eines jungen Mädchens mit einem Rüschenkleid und einer mit Blumen geschmückten Haube; auf der Rückseite steht der Bleistiftvermerk »Esther – 1921«. Auf dem dritten Foto ist eine ältere Frau mit Schürze zu sehen, die auf einer Veranda steht. Auf der Rückseite steht mit Bleistift geschrieben: »Mutter – Blockhütte in Saratoga, 1927«. Vier Teile Silberbesteck, zwei gestrickte Babymützchen, eines davon mit einem rosafarbenen Schleifenband, eines mit blauem Schleifenband. Zustand: ein wenig vergilbt und verschmutzt. Ein Paar Babyschühchen, weiß bestickt. Zustand: Gut.

Izzy wartete darauf, dass Peg fortfuhr, doch im Koffer befand sich nichts Weiteres, keine Kleidung oder Nachthemden, keine Briefe oder sonstigen persönlichen Dinge.

»Das war's«, erklärte Peg mit glänzenden Augen. Sie zuckte mit den Schultern und sah zu Izzy, Peter und Ethan hinüber.

»Keine Ahnung«, fuhr sie fort. »Vielleicht waren das die Schühchen und Mützen ihrer Babys. Vielleicht waren das die einzigen Dinge, die ihr wichtig waren. Aber seht ihr? Das ist der Grund, warum wir das hier tun! Wir versuchen, etwas über die Leute herauszufinden, die diese Koffer zurückgelassen haben.«

»Aber wie?«, fragte Ethan. »Wie viel kann man herausbekommen, indem man sich einfach nur den Inhalt dieser Koffer anschaut?«

»Wir hoffen, Zugang zu einigen der medizinischen Akten zu bekommen«, erwiderte Peg. »Momentan sind diese noch versiegelt, aber wir werden die interessantesten Fälle heraussuchen und die Gesundheitsbehörde um Erlaubnis bitten, mehr in Erfahrung bringen zu dürfen.«

»Möchtest du, dass ich die Sachen einzeln fotografiere oder alle zusammen?«, hakte Peter nach.

Die Hände in die Seiten gestemmt, stand Peg da und dachte nach. »Ich denke, das hängt davon ab, wie viel sich in jedem Koffer befindet. Was diesen Koffer betrifft, so denke ich, dass wir den Inhalt zusammen fotografieren können.«

Ethan holte schwarzen Stoff aus seiner Tasche, breitete ihn vor dem Koffer aus und holte ein weiteres Stativ hervor, um daran eine zweite Lampe zu befestigen. Peg reichte Izzy ein

Paar Gummihandschuhe und bat sie, ihr dabei zu helfen, die Mützchen, Fotos und die Besteckteile auf dem Stoff anzuordnen. Izzy war dankbar für die Gummihandschuhe und fasste jedes der brüchigen Teile mit größter Vorsicht an. Sie wünschte sich, einen Mundschutz aus Papier zu haben, wie Peg sie immer trug, wenn sie Gemälde restaurierte oder ein altes Artefakt abstaubte. Wahrscheinlich war es albern, aber sie wollte nicht den jahrzehntealten Staub einatmen oder den ausgedörrten Gestank des Verfalls riechen, der von dem Inhalt des Koffers und den vergilbten Babykleidungsstücken ausging. Der trockene, beißende Gestank und der herbe, penetrante Geruch erinnerte sie an alte Gräber und das versiegelte Schlafzimmer ihrer Eltern.

Im Museum befanden sich die Antiquitäten auf Ausstellungssockeln oder hinter Glas. Man durfte sie nicht berühren. Das hier war jedoch etwas ganz anderes. Wie ein Archäologe bei einer Ausgrabung berührte sie als Erste Dinge, die jahrzehntelang kein Mensch mehr angefasst hatte. Sie half dabei, verborgene Geheimnisse zutage zu fördern, und kam dabei in direkten Kontakt mit Dingen, die einmal Leuten gehört hatten, die nun nicht mehr als ein Haufen verwesender Knochen unter der Erde waren. Nicht zu vergessen die Tatsache, dass die Besitzer dieser Sachen geisteskrank gewesen waren. Ihr war klar, wie verrückt das war, doch sie stellte sich vor, wie mikroskopisch kleine Partikel von den Babymützchen und den Besteckteilen aufstiegen und durch die Luft flogen, in ihre Lunge und ihre Blutbahn eindrangen und eine psychotische Kettenreaktion in Gang setzten, die, wenn die verdorbenen Moleküle ihr Gehirn erreichten, ihr das gleiche Schicksal bescheren würde wie ihrer Mutter. Izzy wurde schwindelig, und sie versuchte, nicht tief einzuatmen, in der Hoffnung, dass dieser Tag schnell vorübergehen mochte, damit sie nach Hause gehen und duschen konnte.

Peg und Izzy arrangierten die Sachen, danach machten Peter und Ethan Fotos. Izzy und Peg traten ein paar Schritte zurück und warteten darauf, ob Peter sie anwies, einige der Dinge umzudrapieren. Alle vier arbeiteten schweigend und hingen über den Babymützchen, dem Besteck, den Fotos und der Bibel wie eine Gruppe Chirurgen und Krankenschwestern über einem OP-Tisch. Als Peg mit Peters Fotos zufrieden war, räumten sie und Izzy die Sachen vorsichtig in den Koffer zurück, schlossen den Deckel und gingen zum nächsten Gepäckstück weiter.

Während sich dieser Ablauf bei den nächsten vier Koffern wiederholte, war sich Izzy jedes Atemzugs, jeder Bewegung und jeder Position ihrer Hände und Beine bewusst. Sie spürte Ethans Blicke auf sich und hatte sein männliches Parfüm permanent in der Nase. Der waldige, würzige Duft rief ihr in Erinnerung, dass sie noch jung waren und der Tod in weiter Ferne lag. Statt des knochentrockenen Gestanks der Koffer wollte sie am liebsten Ethan nahe sein und seinen Duft einatmen. Gelegentlich streifte sie versehentlich seinen Arm oder kam ihm in die Quere, und jedes Mal lächelte er sie mit seinem breiten, weißen Lächeln an. Sie ignorierte ihn jedoch, schaute weg und ärgerte sich, dass sie rot wurde. Was hatte er nur an sich, dass sie sich so ungeschützt, unsicher und entblößt fühlte?

Die Schmetterlinge in ihrem Bauch erinnerten sie auch daran, wie sie sich immer bei dem Gespräch mit dem für sie zuständigen Sozialarbeiter gefühlt hatte. Doch das hier war anders. Dies ergab keinen Sinn. Ethan wusste nichts über sie. Weder kannte er ihre Vergangenheit und ihre Gegenwart noch die Widrigkeiten, mit denen sie zu kämpfen hatte. Er wusste nichts von dem Weg, der hinter ihr lag, nichts von ihren Hoffnungen und Träumen. Und er würde auch nie etwas darüber erfahren. Er war ein verzogener Mistkerl, genau wie seine Freundin. Izzy wollte nichts mit ihm zu tun haben. Sie musste sich wirklich zusammenreißen, insbesondere, da sie noch zweihundert weitere Koffer abarbeiten mussten. Dadurch, dass einerseits Ethan ihr so nah war und andererseits ihr Unbehagen so groß war, mit dem persönlichen Besitz von längst verstorbenen, geistig kranken Menschen zu hantieren, waren ihre Gedanken unzusammenhängend und wirr. Sogar einfachste Bewegungen verlangten allergrößte Konzentration ab.

In den Koffern befanden sich Briefe und Fotografien, Besteckteile und Bibeln, Hosenträger und Wecker, Knöpfe und Schuhe, bestickte Taschentücher und Rasierschalen, eine kleine Statue eines Hundes, eine Teetasse aus Porzellan, ein selbst genähter Quilt. Izzy notierte jedes Teil, während sie zwischendurch immer wieder blinzeln musste, um die Tränen zurückzuhalten. Sie konnte nicht anders, als sich Eltern, Ehefrauen und Kinder der Kofferbesitzer vorzustellen, die verwirrt waren und die Abwesenheit ihrer Liebsten beklagten, obwohl diese physisch immer noch auf der Erde verweilten. Wie schwer musste es da gewesen sein, jede Nacht wach zu liegen und sich zu fragen, was wohl schiefgelaufen war, ob man etwas hätte tun können. Sie fragte sich, ob die Familienangehörigen der Insassen von Willard überrascht worden waren vom Wahnsinn des Familienmitglieds oder ob es schon lange absehbar gewesen war. Wie auch immer es im Einzelnen abgelaufen war: Die Vorstellung, dass ganze Leben nicht gelebt worden waren – Familienfeiern, Weihnachten und Geburtstage, Liebesaffären und Bettgeschichten, Hochzeiten und Highschoolabschlüsse – wegen eines kurzen Aussetzers oder eines unerwarteten Durcheinanders im Kopf eines Menschen, schnürte Izzy die Kehle zu. Das war nicht fair.

Bis mittags hatten sie erst fünfzehn Koffer durchgesehen, und Izzy wurde allmählich klar, dass dieses Projekt deutlich länger dauern würde als angenommen. Kämen sie weiterhin nur in diesem Tempo voran, würde sie sechs oder sieben Tage neben Ethan verbringen müssen. Ob es wohl zu offensichtlich war, wenn sie darum bäte, stattdessen Harry helfen zu können? Und doch: Wenn sie ehrlich war, so huschten ihr bei der Vorstellung, mehr Zeit mit Ethan zu verbringen, aufgeregte Schmetterlinge durch den Bauch. Ihm derart nahe zu sein verlieh ihr das Gefühl, seit Tagen weder gegessen noch geschlafen zu haben. Ihre Beine fühlten sich schwach an, der Kopf benebelt. Es war gleichzeitig anstrengend, nervig und wunderbar. *Was, zum Teufel, ist mit mir los?*, fragte sie sich.

Als es Zeit war, eine Pause einzulegen, fragte Peg Izzy, ob sie sich zum Mittagessen draußen hinsetzen wollten. In einer Kühlbox hatte sie Sandwiches dabei, die sie im Schatten unter den Eichen auf der weitläufigen Rasenfläche neben dem Parkplatz aßen. Peter, Ethan und der Rest der Mannschaft schlugen vor, zum nächsten McDonald's zu fahren, um sich dort Hamburger und Milchshakes zu holen. Normalerweise wäre Izzy auch mitgekommen, weil es bei Pflegeeltern selten vorkam, dass man außer Haus essen ging, auch wenn es nur ein Fast-Food-Restaurant war. Dieses Mal jedoch war Izzy erleichtert, nicht mitzumüssen, damit sie Ruhe tanken und ein wenig Zeit weit genug von Ethan entfernt genießen konnte. Aber dann bekam sie mit, wie Peg mit den anderen sprach, und ihr Magen verkrampfte sich.

»O nein!«, rief Peg. »Ich habe genügend Essen für alle dabei! Ich habe Schinken- und Käsesandwiches, Makkaronisalat, Hummus und Fladenbrot, Kartoffelchips, Wassermelone, Eistee und Limonade. Im Kofferraum habe ich noch weitere Decken und Klappstühle. Kommt schon, das wird bestimmt lustig!«

»Tut mir leid, Jungs«, entschuldigte sich Harry grinsend. »Meine Frau ist besessen davon, andere Leute mit Essen zu versorgen.«

Peter und die anderen lachten und willigten ein zu bleiben. Gleich darauf steuerten sie Pegs Wagen an, um die Stühle auszuladen. Peg wandte sich an Izzy.

»Kannst du mir mit dem Essen kurz helfen?«, fragte sie.

»Klar«, erwiderte Izzy, während alles in ihr aufstöhnte. *Das war mal wieder typisch für Peg, dass sie sich um alle sorgte,* dachte sie. *Mit Ethan zusammenzuarbeiten war eine Sache, aber jetzt auch noch mit ihm zu Mittag essen zu müssen?* Während der letzten Minuten vor der Pause hatte sie Hunger bekommen, sogar so sehr, dass ihr Magen derart laut geknurrt hatte, dass jeder es mitbekommen haben musste.

Alle versammelten sich unter den dickstämmigen Eichen. Die Männer bauten die Klappstühle auf, Peg und Izzy breiteten eine Decke aus und stellten das Essen auf einen Klapptisch. Die Männer bildeten eine Schlange, während Peg Getränke einschenkte und Makkaronisalat auf Pappteller schaufelte. Izzy holte Sandwiches aus der Kühltasche und verteilte snackgroße Päckchen Chips. Als sie sah, dass Ethan der Nächste in der Reihe war, hielt sie den Blick gesenkt in der Hoffnung, er würde sich weit weg von ihr hinsetzen. Sie hielt ihm ein Sandwich hin und tat, als müsse sie in einer Einkaufstüte nach einer Chipspackung suchen, wobei sie sehr deutlich spürte, wie seine Finger die ihren streiften. Zuerst ignorierte sie es. Dann reichte sie ihm die Chips. Er packte gleichzeitig ihre Hand und die Tüte, sodass die Chips zwischen ihren Fingern zerdrückt wurden. Sie schaute auf.

»Oh, tut mir leid«, erklärte er grinsend. »Aber das war schwer zu greifen, wenn du nicht hinschaust.« Sie versuchte, ihre Hand wegzuziehen, doch er wollte nicht loslassen. »Vielen Dank für das Sandwich«, sagte er. »Und für die Chips.«

Sie verdrehte die Augen. »Kann ich meine Hand zurückhaben?«

»Vielen Dank, dass du lächelst.«

»Du hältst die Schlange auf.«

»Könntest du vielleicht sagen: ›Bitte geh weiter‹?«, fuhr er fort.

Sie zwickte die Haut seines Handrückens. »Bitte geh«, sagte sie. Er ließ sie los und nahm die Chips.

»Wie wäre es mit ›gern geschehen‹?«, schlug er vor.

Izzy ignorierte ihn und lächelte den Nächsten in der Schlange an.

»Wie kommt es, dass er ein Lächeln bekommt und ich nicht?«, beschwerte sich Ethan. Izzy setzte ein schmallippiges Lächeln auf, damit er sie endlich in Ruhe ließ. »So ist's besser«, fuhr er fort. »Jetzt kann ich mein Mittagessen genießen.«

Nachdem Ethan weggegangen war, seufzte Izzy erleichtert und versuchte, sich auf die restlichen Männer in der Schlange zu konzentrieren, während sie rot wurde. Nicht zu fassen, dass sie sich in seiner Nähe so verunsichern ließ.

Später, nachdem alle gegessen hatten, saß Izzy mit übereinandergeschlagenen Beinen auf der Decke unter einer Eiche und knabberte an einem Stück Fladenbrot herum, während Peg allen Getränke nachschenkte. Ein paar Meter weiter saß Ethan auf einem Klappstuhl und unterhielt sich lachend mit Peter und Harry. Gelegentlich sah er zu Izzy hinüber und ertappte sie dabei, wie sie zu ihm hinschaute. Jedes Mal schwor Izzy sich, nicht noch einmal zu ihm hinüberzusehen, doch ihr Blick wurde vom Klang seiner tiefen Stimme und seinem ansteckenden Lachen magisch angezogen. Sie wünschte sich, ihr Tagebuch oder irgendein Buch mitgebracht zu haben, in dem sie hätte lesen können, damit es so aussah, als würde sie, außer einfach nur dazusitzen, noch etwas tun. Sie hatte bereits viel zu viel Zeit im Bad verbracht, nachdem sie das Essen verteilt hatte, als sie sich in der Hoffnung, dass anschließend alle mit Essen fertig waren, die Hände gewaschen und das Haar gerichtet hatte. Stattdessen bot Peg allen einen Nachschlag an, lachte und flehte alle an, sich noch einmal zu nehmen, da sie das ganze Essen nicht verderben lassen wollte.

Während sie die letzten Tropfen Eistee und Limonade ausschenkte, kniete Izzy sich auf die Decke und fing an, die leeren Tupperdosen und überzähligen Servietten einzupacken. Sie tat, was sie konnte, um dieses unangenehme Picknick so schnell wie möglich hinter sich zu bringen. Dann kam Peg zurück, setzte sich hin und lehnte sich an die knorrige Rinde einer breiten Eiche. Sie seufzte und wischte sich mit dem Handgelenk über die Augenbrauen.

»Das war nett«, stellte sie fest. »Ich liebe Picknicks, du auch?«

»M-mh«, nickte Izzy.

»Mensch, der Junge ist aber wirklich hübsch«, stellte Peg fest. »Findest du nicht?«

Izzy griff nach den leeren Plastikkannen. »Wen meinst du?«

Peg lachte. »Du weißt genau, wen ich meine. Ethan.«

Izzy zuckte mit den Schultern und stellte die Kannen in den Korb. »Kann sein.«

»Wir kennen seine Eltern schon seit vielen Jahren«, erzählte Peg. »Die beiden sind zwei der liebsten und nettesten Menschen, die man sich nur vorstellen kann.«

»Wie schade, dass ihr Sohn dann so ein Idiot ist«, entgegnete Izzy, sammelte Pegs und ihre leeren Chipstüten ein und packte sie in einen Müllbeutel.

»Wessen Sohn ist ein Idiot?«, ertönte eine tiefe Stimme über ihren Köpfen. Izzy drehte sich um und sah Ethan vor sich, der mit der einen Hand einen Zweig knapp über seinem Gesicht gepackt und die andere in der Hosentasche vergraben hatte. Er zwinkerte ihr zu. Am liebsten wäre Izzy aufgestanden und hätte ihm dieses selbstsichere Grinsen vom Gesicht gewischt.

Peg bot ihm ein Plätzchen auf der Decke an. »Hier«, sagte

sie und klopfte mit der flachen Hand auf die freie Fläche zwischen Izzy und ihr. »Setz dich doch. Wir haben noch ein paar Minuten, bevor wir wieder an die Arbeit müssen.«

Izzy stopfte eine Handvoll gebrauchter Servietten in den Müll. *Was, zum Teufel, soll das?*, dachte sie. *Nur, weil du Ethans Eltern magst, heißt das doch nicht, dass ich mit ihm befreundet sein muss!*

»Lassen Sie nur, Mrs Barrows«, erwiderte Ethan. »Ich habe irgendwie das Gefühl, dass ich störe.«

Mrs Barrows?, dachte Izzy. *Was für ein Schleimer!*

»O nein, überhaupt nicht«, rief Peg. »Ich habe nur Izzy gerade erzählt, was deine Eltern für nette Leute sind. Und dass sie gute Freunde von uns sind.«

»Na, der Idiot bin dann vermutlich wohl ich«, vermutete Ethan lachend.

»O nein, nein!« Peg richtete sich auf, riss die Augen weit auf und wedelte mit den Händen, als könne sie das Gesagte rückgängig machen. »Das wollte ich damit nicht ...«

»Schon gut«, beschwichtigte Izzy Peg. »Du musst mich nicht schützen.« Sie schnappte sich die schmutzigen Gabeln und das Melonenmesser, wickelte sie in Küchenpapier und steckte sie im Picknickkorb zwischen die Tupperdosen und die Kunststoffkannen. Sofort spürte sie einen stechenden Schmerz, als ihr das Melonenmesser in den Zeigefinger schnitt. Schnell riss sie ihre Hand aus dem Korb und betrachtete mit weichen Knien den etwa zweieinhalb Zentimeter langen Schnitt. Izzy presste den Finger zwischen die Lippen, sodass sich ein kupfriger Geschmack in ihrem Mund ausbreitete. Sie setzte sich wieder auf die Decke und wartete mit geschlossenen Augen darauf, dass das Schwindelgefühl nachließ.

»Was ist los?«, erkundigte sich Peg. »Hast du dich geschnitten?«

Izzy nickte und packte mit der anderen Hand ein Stück

Decke, um sich an irgendetwas festzuhalten, während sich alles um sie herum drehte. Dann spürte sie, wie jemand sie am Handgelenk berührte, und öffnete die Augen. Ethan kniete neben ihr und zog ihr sanft den Finger aus dem Mund.

»Lass mich mal sehen«, sagte er. Sie war zu benommen, um zu protestieren, und ließ ihn gewähren. Seine Finger und die Handfläche fühlten sich warm und seidig glatt an wie das nackte, weiche Bäuchlein eines schlafenden Welpen. Ihr Schwindel ließ langsam nach, und auch ihr Herz kehrte wieder zu einem normalen Rhythmus zurück. »Der Schnitt ist tief«, stellte Ethan fest. »Aber nicht schlimm.« Er sah zu Peg hinüber. »Haben Sie ein Pflaster oder Verbandszeug?«

»Ich hole mal den Verbandskasten«, erklärte Peg und erhob sich mühsam.

»Halb so schlimm«, beschwichtigte Izzy und zog die Hand weg. »Wirklich.« Doch es war zu spät, Peg hatte bereits die Hälfte der Rasenfläche überquert, ihr Blümchenrock bauschte sich hinter ihr auf, während sie davonlief.

»Den Eindruck machst du aber nicht«, widersprach ihr Ethan und riss ein sauberes Blatt von der Küchenrolle ab. »Du bist kreidebleich.«

»Das ist meine normale Hautfarbe«, erwiderte Izzy und presste sich die Faust vor den Bauch.

»Fast wäre ich drauf reingefallen. Ich dachte, deine normale Hautfarbe wäre rot, also rot vor Wut.« Er griff nach ihrer Hand, doch Izzy zog sie weg.

»Haha«, entgegnete sie. »Sehr witzig.«

»Wickel dir das hier um den Finger, damit die Blutung gestoppt wird«, sagte Ethan und reichte ihr das Küchentuch. Sie nahm das Papier und folgte seinem Rat, doch insgeheim wünschte sie sich, dass er fortgehen würde. Er war viel zu nah, roch zu angenehm, strahlte zu viel Wärme aus und war viel zu gut aussehend. Sie rutschte auf der Decke nach hinten und stand auf. Ethan lachte und schaute zu ihr auf. »Ich beiß dich schon nicht.«

»Wer weiß«, erwiderte Izzy. Sie nahm den Picknickkorb und machte sich auf den Weg zu Pegs Auto.

Ethan erhob sich und folgte ihr. »Du findest also, ich bin ein Idiot, mmh?«

»Ich finde gar nichts«, entgegnete sie. »Ich kenne dich gar nicht.« Sie lief schneller, doch er hielt Schritt.

»Das stimmt, du kennst mich nicht. Vielleicht solltest du mich dann lieber nicht beschimpfen.«

»Oh!«, rief Izzy und verdrehte die Augen. »Jetzt verstehe ich … Du kannst austeilen, aber nicht einstecken!«

»Was denn austeilen?«

Sie hielt inne und drehte sich zu ihm um. »Ich bezeichne dich als Idiot, und du regst dich darüber auf, aber es ist vollkommen in Ordnung für dich und deine kleine Freundin, anderen Leuten gemeine Streiche zu spielen? So sieht das aus?«

Das Lächeln verschwand aus seinem Gesicht, und er starrte sie mit gerunzelter Stirn an. »Ich wusste nicht, dass das dein Schließfach war.«

»Es spielt keine Rolle, wessen Schließfach das war! Das war fies und gemein!«

»Du hast recht, das war gemein«, nickte er. »Aber Shannon …«

»Shannon schreibt dir und allen anderen vor, was ihr tun sollt, und ihr folgt ihr einfach wie eine Horde hirnloser Idioten!«

»Nein, so ist das nicht. Es ist nur … sie …«

In diesem Augenblick sah Izzy, wie Peg über den Parkplatz auf sie zugestürmt kam, einen blau-weißen Verbandskasten in der Hand. Harry folgte ihr auf dem Fuße, die Stirn vor Sorge gerunzelt.

Izzy schüttelte den Kopf. »Doch, genauso ist es. Aber ich will jetzt nicht darüber reden. Du und ich, wir müssen zusammenarbeiten, bis wir all diese Koffer durchgearbeitet haben. Wir sollten uns solange darauf einigen, dass wir in diesem Punkt nicht einer Meinung sind, okay?«

Ethan folgte ihrem Blick und merkte, dass Peg und Harry gleich bei ihnen waren. »Können wir dann ein anderes Mal darüber reden?«, fragte er. »Irgendwo anders?«

Izzy packte den Weidenkorb mit beiden Händen und presste die frische Wunde an den hölzernen Henkel. Der stechende Schmerz spiegelte die verworrenen Gefühle in ihrem Herzen und Verstand, wo gegensätzliche Empfindungen darum kämpften, die Oberhand zu gewinnen. Ihr Instinkt riet ihr, sich von Ethan fernzuhalten – er würde ihr nichts als Ärger einbringen. Gleichzeitig jedoch konnte sie nicht leugnen, sich zu ihm hingezogen zu fühlen. Sie verspürte Wut.

»Warum sollte ich?«, fragte sie.

In diesem Moment waren Peg und Harry bei ihnen.

Ethan nahm den Verbandskasten entgegen. »Ich mach das schon«, erklärte er. »Schließlich ist es meine Schuld.«

»Bist du sicher?«, hakte Peg nach. »Sie muss nicht genäht werden?«

Ethan gluckste. »Auf keinen Fall. Es ist nur ein kleiner Schnitt.«

»Okay, wenn du meinst. Immerhin bist du irgendwann einmal ein Arzt. Während du dich um Izzy kümmerst, räumen wir schnell die Reste des Picknicks auf.«

Bevor Izzy dagegen protestieren konnte, ließen Peg und Harry sie wieder allein und kehrten unter die Bäume zurück, um die Klappstühle und Kühltaschen einzusammeln. Ethan öffnete die Beifahrertür und befahl Izzy, sich in Pegs Auto zu setzen. Gehorsam setzte sie sich seitwärts auf den warmen Ledersitz. Ihre langen Beine ließ sie aus der geöffneten Autotür hängen. Ethan kniete sich auf den Gehweg vor ihr und setzte den Verbandskasten auf den Boden. Dann nahm er ihre Hand und wickelte vorsichtig das blutgetränkte Papiertuch von ihrem Finger ab. Izzy zuckte zusammen und schaute weg.

»Jetzt stell dich nicht so an«, ermahnte Ethan sie. »Das ist nicht schlimmer, als wenn du dich an Papier geschnitten hättest. Es hat sogar schon aufgehört zu bluten.«

»Hattest du nicht eben noch gesagt, der Schnitt sei tief?«

»Schon, aber er ist klein. Das wird wieder, versprochen.«

Sie spürte, wie seine Finger sanft um ihre Hand glitten und sie zu sich heranzogen, damit er ihre Wunde verbinden konnte. Sie fragte sich, was er wohl denken würde, wenn er wüsste, dass sie sich bis vor Kurzem absichtlich mit einer Rasierklinge geritzt hatte. *Wahrscheinlich würde er mich für verrückt halten,* dachte sie. *Und vermutlich hat er da nicht ganz unrecht.* »Ach, stimmt ja«, erwiderte sie und versuchte, sich mit Small Talk abzulenken. »Du wirst ja mal Arzt.«

»Meine Eltern wollen, dass ich Arzt werde«, widersprach Ethan. Er öffnete den Verbandskasten und wühlte darin herum. »Ich würde aber lieber Rettungssanitäter werden.«

»Das könnte ich nicht«, antwortete Izzy. Sie beobachtete Peg und Harry durch die staubige Windschutzscheibe, um nicht auf ihren Finger sehen zu müssen. Im Schatten unter den Bäumen küsste Harry Peg kurz auf den Mund, bevor er ihr eine Kühltasche aus der Hand nahm. Peg lächelte und strubbelte ihm durchs Haar. Dies weckte in Izzy eine Erinnerung an einen gemeinsamen Strandbesuch mit ihren Eltern. Ihre Eltern lachten und jagten einander über den Sand. Ihr Vater packte ihre Mutter an der Taille, küsste sie und trug sie ins Wasser. Izzy erinnerte sich daran, wie sie den beiden lächelnd zugeschaut und wie sicher und zufrieden sie sich gefühlt hatte, als ihre perfekte Welt noch aus lauter glücklichen Menschen bestand, die einander liebten – so, wie es sein sollte. Doch im nächsten Moment wurde sie schon von der Erinnerung daran überwältigt, wie ihr Vater auf dem Bauch im Bett ihrer Eltern lag, umgeben von blutdurchtränkten Laken, ein triefendes schwarzes Loch im Kopf. Izzy sah ihre Mutter in der Schlafzimmerecke hocken, wie sie geradeaus starrte, die Jagdflinte neben ihren blutbespritzten Füßen. Izzy drehte sich der Magen um. Letztlich waren all das Gelächter am Strand, die fröhlichen Weihnachtsmorgen, Abschiedsküsse und die Scherze beim Abendessen nichts weiter als eine reine Illusion. Sie fragte sich, welche Geheimnisse Peg und Harry wohl voreinander verbargen, die ihre perfekte Welt zerstören könnten.

»Offensichtlich«, lachte Ethan. »Es wäre schon ziemlich hinderlich, wenn man den Anblick von Blut nicht ertragen könnte.«

»Ähm … bitte?«, fragte sie, immer noch erschüttert von ihren Gedanken.

»Alles in Ordnung mit dir?«, erkundigte er sich und sah mit gerunzelter Stirn zu ihr auf.

»Ja, ja. Tut mir leid. Ich war mit meinen Gedanken ganz woanders.« Sie traute sich hinzuschauen, als Ethan Jod auf ihren Finger träufelte, und wartete auf einen beißenden Schmerz, der jedoch ausblieb.

»Wir haben darüber geredet, dass du eine schlechte Rettungssanitäterin abgeben würdest«, erklärte Ethan.

»O ja«, erwiderte Izzy und ließ den Blick wieder zu Peg und Harry wandern. »Als Kind wollte ich Tierärztin werden. Aber ich kann Tiere einfach nicht leiden sehen. Ich könnte sie nicht operieren, selbst wenn ich ihnen damit das Leben retten würde.« Ihr wurde bewusst, dass sie mit ihm plauderte, und zuckte zusammen. Wie gewohnt war ihr Mund schneller als der Verstand. Vielleicht war sie immer noch benebelt von dem Schnitt in ihrem Finger.

»Ich auch nicht«, antwortete Ethan. »Im letzten Jahr wurde mein gelber Labrador von einem Auto angefahren, und ich habe tagelang geweint. Ich konnte nicht einmal mehr zur Schule gehen. Ziemlich jämmerlich.«

»Aber es würde dir nichts ausmachen, Rettungssanitäter zu sein? Und dann Leute leiden zu sehen?«

»Das ist etwas anderes.«

»Wieso ist das etwas anderes?«, hakte Izzy nach.

Er zuckte mit den Schultern. »Keine Ahnung. Ist einfach so. Tiere sind unschuldig. Menschen dagegen … na ja, sie sind eben nicht unschuldig. Tiere sind besser als Menschen.«

Izzy schaute auf sein rabenschwarzes Haar hinunter, auf die breiten Schultern sowie den gebräunten Nacken, und vergaß ihren blutenden Finger völlig. Mit langsamen, sanften Bewegungen presste er ein dickes Stück Verbandsmull an ihre Fingerspitze und öffnete eine Rolle Klebeverband. Versteckten sich hinter all der Angeberei und der Muskelmasse doch Herz und Verstand? Oder war dies nur wieder eine weitere Masche von ihm? Sie dachte an die überaus höfliche Art und Weise, wie er Peg angesprochen hatte – »Mrs Barrows« –, und ermahnte sich, dass jeder Teenager, den sie je kennengelernt hatte und der Erwachsenen gegenüber so freundlich war, normalerweise nichts Gutes im Schilde führte. Sein höfliches Benehmen klang irgendwie nicht glaubwürdig. Und dennoch hatte sie im Augenblick zum ersten Mal das Gefühl, den echten Ethan zu erleben.

»Wie hieß denn dein Hund?«, erkundigte sie sich.

»Lucy. Es war eine Hündin.«

»Tut mir leid, was Lucy passiert ist.«

»Danke. Meine Eltern haben mir letztes Jahr einen neuen Hund gekauft, wieder einen gelben Labrador. Wir haben sie Lucy Two getauft.«

Er wickelte zwei Streifen Klebeband um den Mull, sah zu

Izzy auf und lächelte sie an. Seine Augen waren ozeanblau und so tief wie der Meeresgrund. Als Izzy merkte, dass sie ihn anstarrte, stand sie so schnell auf, dass sie ihn dabei fast umgeworfen hätte. Im letzten Moment hielt er sich an der Autotür fest.

In diesem Augenblick kamen Harry und Peter mit Kühltaschen und Klappstühlen in der Hand zum Auto.

»Wie ich sehe, findest du sie ziemlich umwerfend«, grinste Harry.

Ethan klappte den Verbandskasten zu und erhob sich. »Ich habe das Gleichgewicht verloren«, erklärte er und wurde rot.

»Na klar«, entgegnete Peter grinsend. »Könntest du bitte den Kofferraum öffnen?«

Während Ethan den Männern dabei half, die Picknickausrüstung im Auto zu verstauen, hob Izzy den Verbandskasten auf und machte sich auf den Weg zum Lagerhaus. Sie warf einen Blick über die Schulter und sah, wie Ethan einen Stapel Stühle ins Auto hob und ihr dabei hinterherschaute.

Das nächste Gepäckstück, das Peg öffnete, gehörte einem Mann namens Lawrence Lawrence. Als Peg den spärlichen Inhalt der verrotteten Ledertasche aufzählte – *ein Paar schwarze lederne Männerschuhe, ein Paar Hosenträger mit weißen Knöpfen, eine blau-weiße Rasierschale, ein Rasierpinsel mit brüchigen, spröden Borsten* –, war Izzy dankbar dafür, eine Entschuldigung zu haben, um den Blick starr auf das Notizbuch zu richten. Sie konzentrierte sich darauf, alles in ordentlicher Schreibschrift festzuhalten, und versuchte dabei, nicht an Ethan zu denken. Als der Zeitpunkt gekommen war, die Tasche mit allem Inhalt zu fotografieren, schnappte sich Ethan Izzys Gummihandschuhe und schickte sich an, ihr dabei zu helfen, ihn über den verletzten Finger zu streifen.

Sie merkte, wie ihre Wangen ganz heiß wurden, und nahm ihm die Handschuhe weg. »Danke, aber ich komme schon klar.«

Nachdem sie Peg geholfen hatte, den Tascheninhalt umzuräumen, zog sie die Gummihandschuhe aus und legte sie auf den Tisch. Ethan nahm sie und steckte sie in seine Hosentasche. Das nächste Mal, als sie die Handschuhe brauchte, musste sie ihn darum bitten. Als sie sah, wie er sie später erneut einsteckte, entschuldigte sie sich kurz, um sich ein neues Paar zu holen.

Während der nächsten drei Stunden arbeiteten sie sich durch zehn weitere Koffer. Ein Koffer enthielt philippinische Zeitungsausschnitte, ein Klassenfoto von der Bryant Preparatory Academy, einer Privatschule in Salt Lake City, ein kleines Büchlein, das einem Roberto Torres gehörte und mit »Erinnerungen an meine Schulzeit in Amerika« beschriftet war, sowie eine alte Matrosenuniform komplett mit marineblauer Wollmütze. Izzy blätterte durch das Buch. Ein Eintrag lautete: *An der Walbash Public School habe ich Folgendes gelernt: Englisch, Grammatik, Zahlenlehre, Geografie, Gesundheitspflege, Musik, Rechtschreibung und Tischlern. Ich habe Kenntnisse erlangt über das Werk von Henry W. Longfellow. Hier gibt es fünf Schüler asiatischer Herkunft, inklusive mir.* Die letzte Seite endete mitten im Satz. *Ich weiß nicht genau, wann ich meine Freiheit wiedererlangen werde. Ich möchte gern –*

»Ich frage mich, ob dies wohl sein Vater war«, grübelte Peg und hielt einen Zeitungsausschnitt hoch, auf dem ein Asiate abgebildet war, der sehr ernst dreinschaute. »Er muss Banker, Politiker oder etwas Ähnliches gewesen sein.«

Izzy musterte eines der vielen Fotos in dem Koffer, auf dem ein junger Asiate zu sehen war. Er hielt ein Buch in den Händen, und sein hübsches Gesicht wirkte sehr besonnen und wissbegierig. Auf der Rückseite war mit Bleistift vermerkt: Roberto Torres. Sie konnte sich die lange, komplizierte Reise kaum vorstellen, die Roberto auf sich genommen haben musste, um von den Philippinen herzukommen – nur, um dann in einer Irrenanstalt im Bundesstaat New York zu landen.

Ein anderer Koffer enthielt eine Bibel, Andachtsbildchen, Gesangsbücher, ein Gebetsbuch sowie einen Brief von einer Nonne an einen Bischof. In einem alten Arztkoffer aus falschem Krokodilsleder befanden sich ein Pflegediplom sowie eine sorgsam eingewickelte Sammlung von Teetassen mit passenden Untertellern. Ein großer Schrankkoffer beinhaltete Töpfe und Pfannen, eine Lampe, einige Vorratsgläser aus grünem Glas sowie ein Paar Schlittschuhe.

Der letzte Koffer an diesem Tag war ein wuchtiger Überseekoffer, der mit verblassten Reiseklebeetiketten übersät war; auf einem davon war ein schwarzer Ozeandampfer mit der roten Überschrift »Cunard Kreuzfahrten – von Boston nach Europa« abgebildet. Auf einem weiteren Aufkleber stand »Frankreich« in Fettbuchstaben über einem rosafarbenen Eiffelturm, daneben gab es noch Aufkleber aus Zürich, Italien, vom Bundesstaat Maine sowie aus Kairo, London und Bremerhaven. Peg, Izzy, Ethan und Peter versammelten sich rund um den Koffer und verloren sich in ihren eigenen Gedanken, als sie die Zierleiste aus Teakholz, die Messingbeschläge und die verblassten Stempel der Gepäckausgaben musterten. Dies war der größte Koffer von allen, ein Monolith inmitten einer Ansammlung normal großer Koffer.

Izzy versuchte, sich den Besitzer des Überseekoffers vorzustellen. Sie hatte einen alten Mann vor Augen, vielleicht einen Schriftsteller oder Professor, der die Welt bereist hatte auf der Suche nach Wissen aus erster Hand über die Kultur und traditionelle Sitten und Bräuche von Einheimischen und Ureinwohnern. Womöglich war er ein Wissenschaftler oder ein Archäologe, der, nachdem er die Grabstätten in Ägypten und Ruinen der Vorzeit erkundet hatte, irgendwann unter den Auswirkungen seines hohen Alters gelitten und aufgrund von

Demenz oder Alzheimer seinen Verstand verloren hatte. Ohne Familie, die ihn hätte zu sich nehmen können, war er dann in Willard gelandet.

Nachdem Peter den Überseekoffer von allen Seiten abgelichtet hatte, stellten er und Ethan ihn hochkant hin. Als Peg den Namen auf dem Anhänger am Griff vorlas, war Izzy überrascht – *Clara Elizabeth Cartwright.* Izzy notierte den Namen, während Peg den Messingriegel öffnete und den Verschluss aufschnappen ließ. Peg holte tief Luft und klappte den Koffer auf. Als sich der Inhalt offenbarte, keuchten Izzy und Peg. Peter begann, Fotos zu machen.

Aus den mit einem Paisleymuster versehenen Schubladen mit Ledergriffen lugten Federn und Seidenbänder hervor, Perlen und pastellfarbene Chemisen, Musikpartituren und die wellig gewordenen Ecken alter Fotografien. An einer Kleiderstange hingen Rüschenblusen, Faltenröcke, mit Pailletten besetzte Charlestonkleider, Seidenstrümpfe, eine Strickjacke mit Satinschleifen sowie ein Abendkleid mit einem ärmellosen Mieder aus goldenem Stoff. In die Kofferecken waren zwei ausgebleichte Glockenhüte gestopft, eine perlenbesetzte Handtasche, mehrere Bücher sowie ein Paar Schuhe mit hohen Absätzen. In der Mitte von allem befand sich ein Stapel aus willkürlich aufgetürmten, ungeöffneten Briefen.

»Wir brauchen mehr Platz, um das hier auszulegen«, stellte Peg fest, und ihre Stimme war vor Aufregung ganz hoch. »Ethan, würdest du bitte zu Harry gehen und mit ihm zusammen einen zusätzlichen Tisch herüberholen?«

Ethan kam ihrer Bitte nach. Innerhalb weniger Minuten bauten Harry und er einen großen Tisch auf.

»Ich habe noch mehr schwarzen Stoff im Kofferraum«, erklärte Ethan und machte sich auf den Weg nach draußen.

»Wenn du schon da bist, bring noch eine weitere Filmrolle mit«, rief ihm Peter hinterher.

Während Ethan zum Wagen ging, um schwarzen Stoff und eine neue Filmrolle zu holen, nutzte Peter die Gelegenheit, um kurz zur Toilette zu gehen. Peg öffnete nach und nach alle Schubladen, und Izzy schrieb alles mit. *Eine Ausgabe von* Der Große Gatsby *von F. Scott Fitzgerald – Zustand: hervorragend. Eine Ausgabe von* Lady Chatterley *von D.H. Lawrence – Zustand: hervorragend. Eine Faltmappe mit Musikpartituren. Postkarten aus Deutschland, Spanien und Frankreich – Zustand: gut. Eine rosafarbene Federboa. Drei Perlenketten. Vier silberne, mit Halbedelsteinen besetzte Armbänder. Ein Schwarz-Weiß-Foto einer jungen Frau in einem Charlestonkleid, die an einem runden Tisch sitzt; hinter ihrem Stuhl stehen vier weitere Mädchen in Charlestonkleidern und lächeln. Vermerk auf der Rückseite: »18. Geburtstag – im Cotton Club«. Ein Foto derselben jungen Frau mit einem jungen Mann in einem Smoking. Vermerk auf der Rückseite: »Bruno und ich – Juli 1929«. Ein Foto derselben jungen Frau mit einem älteren Mann, der mit einem Filzhut und einem Wollmantel bekleidet ist, und einer älteren Frau mit einer Pelzstola und einem Hut mit Federn. Vermerk auf der Rückseite: »Mutter und Vater – Weihnachten 1928«. Ein in grünes Leder gebundenes Tagebuch, Zustand: gut.*

Auf jedem Foto strahlte die junge Frau, Clara. Sie trug auf den Bildern das kurz geschnittene Haar entweder zu Wellen gelegt oder hatte es unter einen Glockenhut gestopft. Sie war mit ihren großen, runden Augen, den langen Wimpern, hohen Wangenknochen und dunklen, vollen Lippen so hübsch, dass man sie für einen Filmstar hätte halten können. Auf dem Bild von Clara mit ihren Eltern waren die Mundwinkel ihres Vaters unter dem Walrossbart nach unten gezogen. Claras Mutter war eine kleine Frau mit einem verkniffenen Gesicht, die nach rechts aus dem Bild schaute, als plane sie die Flucht, sobald der Fotograf seine Arbeit erledigt hatte. Sie sahen unglücklich aus.

Während Peg anfing, den Inhalt des Überseekoffers zu sortieren, nahm Izzy sich das Foto von Clara und Bruno, um es eingehender zu betrachten. Bruno hatte dunkles Haar, einen breiten, kantigen Kiefer und makellose Haut. Er hatte den Arm um Clara geschlungen und stand leicht zu ihr gedreht, als wolle er ihre Wange küssen. Clara schaute mit sanftem Blick und zufriedenem Lächeln in die Kamera. Izzy starrte auf das Foto und fragte sich, ob einer von den beiden wohl eine Ahnung gehabt hatte, dass ihr Leben sich nicht so entwickeln würde wie erhofft. Wäre man nicht ausgerechnet auf dem Speicher einer psychiatrischen Anstalt auf das Bild gestoßen, so hätte man sich leicht vorstellen können, wie die beiden in einer üppigen, noblen Zeremonie heirateten und in einer schwarzen Limousine davonfuhren, um in einem riesengroßen Haus mit einer Schar wunderhübscher Kinder zu wohnen. Man hätte sich ohne Weiteres vorstellen können, wie die beiden zusammen alt wurden und in Frieden sterben konnten, nachdem sie ein zufriedenes, normales, glückliches Leben geführt hatten.

Als Izzy Claras fröhliche Miene musterte, wurde sie plötzlich von einer dumpfen Trauer übermannt. Hatte Clara geahnt, dass sie einmal den Verstand verlieren würde? Hatte sie geahnt, dass ihr Leben eine solch schreckliche, unerwartete Wendung nehmen würde? Izzy betrachtete Bruno, während eine Gänsehaut auf ihren Armen kribbelte. Was war aus ihm geworden? Hatte er auch nur im Entferntesten geahnt, dass er sich in eine Verrückte verliebt hatte? Hoffentlich hatte er diese Beziehung unbeschadet überstanden.

Als Peg die Briefe zusammensammelte und mit gesenktem Kopf durchblätterte, durchströmte sie ein unangenehmes, dunkles Gefühl. Mit alldem hatte sie nicht gerechnet, als sie zugestimmt hatte, Peg mit den Koffern zu helfen. Ganz gleich, wo sie auch hinschaute, überall wurde sie an die unfassbare Wende erinnert, die ihr eigenes Leben genommen hatte. Die Stapel mit den ungeöffneten Briefen erinnerten sie an den braunen Briefumschlag, der ganz hinten in der Schublade ihrer Kommode versteckt war. Seine beiden Außenseiten wölbten sich schon, so vollgestopft war er mit Briefen, Geburtstags- und Weihnachtskarten – alle von ihrer Mutter geschickt, doch Izzy hatte keine einzige Zeile gelesen.

Sie hatte ihrer Betreuerin erklärt, die Post nicht zu lesen, weil sie ihre Mutter hasste. Doch das war eine Lüge. Denn ganz egal, wie wütend sie auf ihre Mutter war, wie viel Mitleid sie mit ihr hatte oder wie sehr sie sich davor fürchtete, so wie sie zu enden – Hass empfand sie dabei nicht. Wenn sie ehrlich war, dann vermisste sie ihre Mutter sogar fast so sehr wie ihren Vater – wenn nicht gar noch mehr. Izzy erinnerte sich immer noch daran, wie ihre Mutter in der sonnendurchfluteten Küche Kekse gebacken, Stiefmütterchen rund um die Veranda gepflanzt oder ihr das Haar mit einem rosafarbenen Band geflochten hatte. Die Frau, die Izzy liebte und vermisste, war nicht die gleiche wie die, die Izzys Vater erschossen hatte. Irgendetwas hatte sich im Gehirn ihrer Mutter verändert und sie in eine andere Person verwandelt. Dies war die einzig sinnvolle Erklärung. Die Vorstellung, dass ihre Mutter den Verstand verloren hatte, war entsetzlich, doch sie erfüllte Izzy nicht mit Hass. Sie erfüllte sie mit Trauer und Angst. Sie musste glauben, dass ihre Mutter in dieser Sache keine andere Wahl gehabt hatte.

Die Betreuerin würde Izzy für verrückt halten, wenn sie ihr die Wahrheit erzählen würde – dass sie die Briefe nicht las, weil sie Angst hatte, die Umschläge könnten sich verdorben anfühlen. Was, wenn die Briefe mit dem verrückten Gefasel einer Wahnsinnigen gefüllt waren? Was, wenn die Worte ihrer Mutter sie auf irgendeine Art und Weise beeinflussten und sie auf dünnes Eis in Richtung Wahnsinn schoben? Um einen Fuß vor den anderen setzen zu können und zu versuchen, weiterzumachen, war es am einfachsten, so zu tun, als gäbe es die Briefe gar nicht. Natürlich nahm sie den braunen Umschlag von einer Pflegefamilie zur nächsten mit und packte jedes Mal die neuen kleineren Umschläge hinein, wenn sie welche erhielt. Sie war gut darin geworden, auf die Briefe genauso zu reagieren wie auf das gerahmte Bild ihres Vaters, das sie in der äußeren Reißverschlusstasche ihres Koffers aufbewahrte. Die Briefe und das Bild waren nur ihr Eigentum, das bisschen Besitz, was sie hatte, wie ihre Unterwäsche oder eine Jeans – eben alles Dinge, die es nicht wert waren, erwähnt zu werden.

Doch zwischen Claras und Izzys Briefen gab es einen gravierenden Unterschied. Bei den Umschlägen in Claras Koffer fehlten jeweils sowohl eine Briefmarke als auch ein Poststempel, da sie niemals abgeschickt worden waren.

»Sie sind alle an die gleiche Person adressiert«, stellte Peg fest und schaute sich den letzten Umschlag an.

»An Bruno?«, fragte Izzy.

Peg zog die Augenbrauen hoch. »Ja! Bruno Moretti! Woher weißt du das?«

Izzy hob das Foto von Clara und Bruno hoch. Peg kniff die Augen zusammen und sah sich das Bild an. »Oh. Was für ein hübsches Paar.«

»Ich frage mich, was da wohl passiert ist«, erwiderte Izzy und warf erneut einen Blick auf das Foto. »Sie sieht so normal aus. Und so glücklich.«

Peg zuckte mit den Schultern. »Hoffentlich werden wir das herausfinden.«

»Womöglich lässt sich hieraus etwas erfahren«, erklärte Izzy und griff nach dem Tagebuch. In den grünen ledernen Buchdeckel waren Lilien geprägt, der Buchrücken mit schwarzem Lackleder versehen. Sie schlug das kleine Büchlein auf und las laut vor. *»Januar 1925. Liebes Tagebuch, im Augenblick befinde ich mich in der Schweiz. Meine Mutter hat mir dieses Tagebuch in einem wunderschönen Souvenirladen in Engelberg gekauft. Ich wünschte, ich* *könnte hier leben. William und ich haben viel Spaß daran, hier alles zu erkunden. Mir gefallen die Berge und die Chalets sehr gut. Auch Mutter und Vater scheinen hier glücklich zu sein. Morgen müssen wir jedoch schon wieder nach Hause fahren.«*

Izzy verstummte und blätterte bis zu den letzten Seiten vor. Schnell überflog sie die langen Abschnitte und las sich den letzten Eintrag durch. »Mein Vater schickt mich nach Willard. Ich frage mich, ob ich Angst haben sollte?« Izzy schaute zu Peg hinüber und versuchte, den wachsenden Kloß in ihrem Hals hinunterzuschlucken. Welche Katastrophe war dieser jungen Frau widerfahren, dass sie an einem Ort wie Willard gelandet war? Wenn es kein schrecklicher Zufall gewesen war, welches tieferliegende, unerklärliche Leiden hatte dann dazu geführt, dass ihr Verstand sich verabschiedet hatte und sie verrückt geworden war? Warum sollte ihr eigener Vater sie in eine Psychiatrie schicken? Hatte sie sich kurz zuvor noch normal verhalten und war dann von einer Sekunde auf die andere völlig von Sinnen gewesen? War Bruno oder ihr etwas zugestoßen? Hatte Clara die Liebe ihres Lebens in einem Anfall von Wahnsinn oder rasender Eifersucht erschossen?

In diesem Moment kehrten Ethan und Peter mit weiterem schwarzen Stoff und einer neuen Filmrolle zurück. Izzy legte das Tagebuch beiseite und eilte zum Tisch, um dort die Fotos und Postkarten auszubreiten und dabei die Tränen, die sie in den Augen hatte, zu verbergen. Als ihre Nase lief, fluchte sie leise, wischte sich verstohlen die Tränen ab und hoffte, dass niemand es bemerkt hatte. Als sie zu Ethan hinübersah, merkte sie, dass er sie mit gerunzelter Stirn beobachtete.

KAPITEL 6
Clara

Auf der Rückbank des rumpelnden DeSotos lehnte Clara sich mit dem Kopf an die Wagentür und starrte aus dem Fenster. Die Decke von Schwester Yott hatte sie sich über die Beine gelegt. Die untergehende Sonne strahlte die Wolken an und tauchte den Himmel in zarte Pink- und Lilafarbtöne. Die Gebäude und Bäume in der Ferne wurden immer kleiner und dunkler, wurden zu Silhouetten vor dem pastellfarbenen Himmel. Dies war der einzige Moment am Tag, bei dem sich Clara vorstellte, dass ein Mensch nun tatsächlich die irdische Version von Himmel und Hölle erleben konnte, von Licht und Finsternis, von Gut und Böse. Die Erde und alles, was sich darauf befand, waren während jener letzten Minuten des Tageslichts verdunkelt, als würde das Böse für jene kurze Zeit alles beherrschen, bevor Mond und Sterne aufgingen, um den Himmel zu erleuchten und alle daran zu erinnern, dass tatsächlich Licht und Güte im Universum existieren, dass es Hoffnung und einen Himmel gab. Nun, da die Welt kurz davor war, in vollkommene Dunkelheit gehüllt zu werden, stellte Clara sich vor, dass Mr Glen weiter und immer weiter fahren würde, bis sie von der Nacht verschluckt wurden. Sie suchte den blassen Himmel nach dem ersten Stern ab und seufzte erleichtert, als sie einen Hauch von Sternenlicht erblickte, das über den nackten Ästen eines schwarzen Baumes funkelte.

Nachdem sie sechs Stunden nahezu schweigend gefahren waren, verkündete Mr Glen schließlich, dass man am Gelände von Willard angekommen sei. Mit verkniffenem Gesicht und steif wie ein Brett saß Schwester May neben Clara, die Hände im Schoß, den Blick starr geradeaus gerichtet. Drei Stunden nachdem sie die Nervenheilanstalt von Long Island verlassen hatten, hatte Clara Mr Glen gebeten, an einer Tankstelle oder einem Restaurant am Straßenrand anzuhalten, um die Toiletten aufzusuchen. Sie hatte auf eine Möglichkeit zur Flucht gehofft, vielleicht durch die Hintertür eines Restaurants oder durch das Fenster der Damentoilette. Doch die Schwester hatte sie keine Sekunde lang aus den Augen gelassen und war sogar so weit gegangen, dass sie ihr beim Betreten der Tankstellentoilette gefolgt war und steif und schweigend dabeistand, während Clara ihre Notdurft verrichtete.

Clara schaute sich sogar in der Toilettenkabine um, während sie sich die Hände wusch, und suchte verzweifelt nach etwas, womit sie Schwester May überwältigen konnte. Doch das Einzige, was sie fand, war ein Müllkorb aus Weidengeflecht. Und dieser war zu leicht, um irgendeinen Schaden anzurichten. Außerdem war sich Clara nicht sicher, ob sie der Frau wehtun konnte, selbst wenn es darum ging, ihre eigene Haut zu retten.

Als Clara einen Blick in den Spiegel der Damentoilette warf, blickte ihr eine Fremde entgegen. Bis zu jenem Moment, als sie ihre müden Gesichtszüge und das zerzauste Haar erblickte, hatte sie immer noch das Gefühl gehabt, dass die vergangenen Stunden einer anderen Person widerfahren waren. Sie fühlte sich wie losgelöst und war sich sicher, dass alles ein Ende nehmen würde wie ein schlimmer Albtraum oder ein Streich. Irgendwer oder irgendetwas würde sie retten, da war sie ganz sicher. Denn immerhin war sie Clara Elizabeth Cartwright, Tochter der Alleinerbin eines Bekleidungsimperiums und des Besitzers der Swift Bank. Sie liebte Moosbeerenkaugummi, Dalmatiner, Lippenstift mit Kirschgeschmack und Charleston. Etwas wie das hier geschah nicht mit Leuten wie ihr.

Doch dann sah sie ihren leeren Blick und die blasse Haut im Spiegelbild, und ihr wurde schlagartig klar, dass dies tatsächlich *ihr* passierte. Sie wurde in ein Irrenhaus geschickt. Dies war der Verlauf, den ihr Leben nun nahm. Jetzt war es unmöglich, sich vorzustellen, dass ihre Lippen die gleichen waren, die Bruno geküsst hatte, dass ihre Wangen die gleichen waren, die er liebevoll gestreichelt hatte. Sie fragte sich, was die Ärzte und Schwestern wohl sahen, wenn sie sie anschauten.

Nachdem sie an der Tankstelle haltgemacht hatten, fuhren sie schweigend weiter. Die Stille wurde nur gelegentlich durchbrochen, wenn Mr Glen eine Musical- oder Jazzmelodie pfiff. Inzwischen trommelte Regen auf das Metalldach, und der Wind pfiff durch jede Fuge im Auto wie wütende Geister von den tristen Feldern, die verzweifelt versuchten, hereingelassen zu werden.

Es war immer noch hell genug, um draußen mehrere Scheunen zu erkennen sowie etwas, das wie Obstplantagen und Äcker aussah. Die Erde hier war kahl, und sie konnte reihenweise abgemähte Überreste von Maisstängeln und gelbem Weizen erkennen, die wie Stickereien auf dem Erdboden aussahen. Um die Scheunen herum suchten Schweine und Kühe in Pferchen nach Futter, und eine kleine Herde Pferde graste auf einer eingezäunten Koppel. Weiter die Straße hinunter befanden sich Hühnerställe, eine Schmiede sowie verschiedene Gebäude im Fabrikstil. Clara schreckte auf, als Mr Glen plötzlich das Wort ergriff.

»Willard Asylum hat 1869 seine Tore geöffnet und sich seitdem zu einer ansehnlichen Siedlung entwickelt«, erklärte er. »Patienten arbeiten auf dem Hof und an der Eisenbahnlinie, und unsere eigene Bäckerei und die Küchen liefern den Großteil des Essens für alle Insassen und das Personal. Wir verfügen über eine eigene Obstplantage und bauen unser eigenes Getreide an. Unsere Werkstätten stellen Kleidung, Schuhe und sogar Kiefernsärge her, in denen die verstorbenen Patienten auf dem Friedhof von Willard beerdigt werden.«

Clara standen die Haare im Nacken zu Berge. Sie hatte nicht darüber nachgedacht, dass Leute auch in Willard *starben*. Warum sollte eine Psychiatrie einen eigenen Friedhof brauchen?

»Was ist den Patienten zugestoßen, die gestorben sind?«, fragte sie heiser.

»Alles Mögliche«, erwiderte Mr Glen. »Tuberkulose, Typhus, Cholera, Altersschwäche.«

»Altersschwäche?«, hakte Clara nach.

»Natürlich«, antwortete Mr Glen. »Manche Patienten bleiben jahrzehntelang in Willard.«

»Es besteht kein Grund, diese Dinge zu besprechen«, ging Schwester May mit strenger Stimme dazwischen.

Clara schluckte den Kloß in ihrem Hals herunter und zog sich die Decke über die Schultern.

Nachdem sie an einem Güterbahnhof vorbeigefahren waren, der von Öllampen beleuchtet war und auf dem ein Dutzend Männer mit Kohle beladene Schubkarren zu einem Triebwerk fuhren, erblickte Clara in der Ferne die dunklen Silhouetten von fabrikgroßen Gebäuden, die einem enorm großen Zentralgebäude angeschlossen waren, das wie ein riesiges vierstöckiges Herrenhaus aussah. Als sie näher an die Gebäude heranfuhren, sah sie Licht in den großen, vorhanglosen Fenstern, Personen, die sich bewegten, an den Fenstern vorbeigingen, sich bückten oder reglos vor den Scheiben standen. Die Fenster waren mit Gitterstäben versehen. Clara wurde übel.

In diesem Augenblick fing Mr Glen an, »Someone to Watch Over Me« zu pfeifen. Clara bekam Beklemmungen, ihr Hals brannte. Als dann auch noch Schwester May anfing mitzusummen, hätte Clara am liebsten laut geschrien. *Hatten sie das Lied absichtlich ausgewählt? War dies etwa der erste Schritt in ihrem Vorhaben, sie in den Wahnsinn zu treiben?* Sie presste die Fingernägel fest in die Handflächen, weil sie sicher war, dass dies ein Albtraum war, aus dem sie nur erwachen müsse. Doch das hier war Wirklichkeit. Es war das echte Leben, ihr Leben. Bald schon befände sie sich auf der anderen Seite dieser Fenster und würde hinausschauen, ohne dass irgendwer auf sie aufpasste, wie es im Lied hieß. Wie eine Welle überrollte sie grenzenloses Heimweh.

Draußen reihte sich unaufhörlich ein dreistöckiges Gebäude an das nächste; wuchtige Gebäudetrakte und Seitenflügel waren über ihre Außenecken miteinander verbunden, sodass sich eine treppenähnliche Form ergab, die zum Haupthaus hinführte. Clara versuchte sich vorzustellen, wie viele arme Seelen wohl hinter den Backsteinmauern von Willard ihr Dasein fristeten. Wenn die Anzahl der Gebäude und Fenster ein Anhaltspunkt war, dann waren es enorm viele. Panik erfasste sie und brachte sie in Aufruhr.

Der DeSoto rumpelte über die ausgefahrene Straße, bevor er dann nach links abbog und an der Vorderseite des enormen Gebäudekomplexes vorbeifuhr. Aus dem Wagenfenster sah Clara, dass das Gelände zu ihrer Rechten leicht abfiel. Es hatte aufgehört zu regnen, doch allmählich wurde es zu dunkel, um mehr zu erkennen. In der Ferne schmiegte sich etwas an ein tiefes Tal, was wie eine Bank aus niedrig hängenden Wolken aussah, bevor das Gelände wieder anstieg. Als sie dann jedoch sah, dass sich Lichter in dem Tal spiegelten, merkte sie, dass sie ein Gewässer vor sich hatte.

Mr Glen hielt vor einem riesengroßen viktorianischen Backsteinbau an. Dies war das Hauptgebäude, von dem ein Dutzend Flügel zu beiden Seiten abgingen. Eine Flügeltreppe führte zur Eingangstür hinauf, wo elektrisches Licht hinter den Fenstern leuchtete. Eine der überdimensionalen Türen öffnete sich, und es trat ein Mann in einem dunklen Anzug in das Säulenportal hinaus. Mr Glen stellte den Motor ab und stieg aus.

»Warten Sie, bis ich ausgestiegen bin und zu Ihnen komme«, ordnete Schwester May an.

Mit zitternden Armen und Beinen schluckte Clara den bitteren Geschmack der Angst, die in ihr aufstieg, hinunter. Schweißperlen bildeten sich auf ihrer Oberlippe. Trotz der Tatsache, dass ihr plötzlich brütend heiß wurde, knöpfte sie jeden einzelnen Knopf ihres Mantels zu und verstärkte so ihre einzige Schutzschicht. Mr Glen holte Claras Gepäck aus dem Kofferraum des DeSotos, umrundete dann das Auto und öffnete die hintere Tür auf der Beifahrerseite. Schwester May tauchte auf, und Clara stieg aus dem Auto, den Blick fest auf das gigantische Gebäude vor ihr gerichtet. Auf dem gemeißelten Marmorschild über dem Säulenportal stand »Chapin Hall«. Als Clara an den großen Fenstern im Kirchenstil, an den Dachgauben, den enormen Schornsteinen und dem dreistöckigen Turmdach hinaufsah, bekam sie eine trockene Kehle. Dies war eine Festung, ein Bollwerk – ein Gefängnis, aus dem es kein Entkommen gab. Und jetzt wurde sie hineingebracht.

Der Mann auf dem Säulenportal ging an der gewundenen Brüstung entlang und die steinerne Treppe hinunter. Am Ende des Gehwegs nahm er sie in Empfang.

»Wie war die Fahrt?«, erkundigte er sich bei Mr Glen. Er begrüßte Schwester May mit einem Nicken, bevor er dann die Hände hinter dem Rücken verschränkte und Clara von Kopf bis Fuß musterte. Er war ein kleiner, drahtiger Mann mit einem akkurat geschnittenen Spitzbart und tief sitzenden Augenbrauen. Das dunkle Haar war mit Pomade aus dem sonnengebräunten Gesicht zurückgekämmt. Sein marineblauer Anzug saß wie angegossen, der Stehkragen war gespenstisch weiß, und die Lederschuhe spiegelten das Licht der Gaslampen im Säulenportal.

»Während der ersten Stunde waren die Straßen recht tückisch, doch wir haben das schlechte Wetter hinter uns gelassen«, erwiderte Mr Glen.

»Gut, gut«, nickte der Mann. »Und das ist also Clara.«

»Das ist Clara Elizabeth Cartwright, Dr. Roach«, stellte Schwester May Clara vor. »Achtzehn Jahre alt und in guter körperlicher Verfassung.«

»Es ist nicht erforderlich, sie zu isolieren?«

»Dr. Thorn hat uns versichert, dass sie nicht krank gewesen ist«, entgegnete Schwester May. Sie hielt den Blick stur auf den Arzt gerichtet, als warte sie auf irgendeine Art der Anerkennung.

»Hat sie Ihnen Probleme bereitet?«, erkundigte sich Dr. Roach bei Mr Glen und ging über den starren Blick der Schwester hinweg.

»Nein, Sir«, schüttelte Mr Glen den Kopf. »Sie war mucksmäuschenstill.«

»Gut, gut«, nickte Dr. Roach. »Bringen Sie sie nach drinnen, damit sie sich hier einrichten kann.«

Clara biss die Zähne zusammen. Sie hatte Kopfschmerzen, die immer schlimmer wurden. Man sprach über sie, als sei sie gar nicht da, als sei sie ein minderwertiges menschliches Wesen, das weder hören, fühlen noch sprechen konnte. Sie streckte die Hand aus in der Hoffnung, der Arzt könnte erkennen, dass sie nicht hierhergehörte.

»Schön, Sie kennenzulernen, Dr. Roach«, sagte sie mit einem aufgesetzten Lächeln.

Dr. Roach erstarrte und musterte ihre ausgestreckte Hand. Seine eigenen Hände waren immer noch hinter dem Rücken verschränkt. Schwester May drückte Claras Hand wieder nach unten. Ihre Lippen waren vor Entrüstung gespitzt.

»Behalten Sie die für sich«, ermahnte sie Clara.

Dr. Roach drehte sich um und machte sich auf den Weg nach drinnen, und Mr Glen deutete den Frauen an, ihm zu folgen. Clara blieb wie angewurzelt auf dem Gehweg stehen und fragte sich, ob sie einfach wegrennen sollte. Sie konnte vielleicht Schwester May abhängen, doch sie war sich ziemlich sicher, dass Mr Glen sie schnellstens eingeholt haben würde. Schwester May stieß sie in den Rücken und drängte sie weiterzugehen. Clara starrte sie finster an, ging dann jedoch den Weg zu Chapin Hall hinauf.

Dr. Roach hielt eine der Flügeltüren offen und wartete darauf, dass sie eintraten. Mit zusammengekniffenen Augen beobachtete er Clara, als habe er Angst, sie könnte ihn noch einmal berühren. Drinnen angekommen, zogen Mr Glen und Schwester May ihre Mäntel aus und hängten sie an einen Garderobenständer. Clara machte keinerlei Anstalten, ihren Mantel auszuziehen.

»Sie kann ihren Mantel anbehalten«, erklärte Dr. Roach an niemand Besonderes gerichtet. Seine Stimme hallte in der großen steinernen Eingangshalle wider. »Wir bringen sie in die Frauenstation B. Mr Glen, bitte holen Sie ihr Gepäck.«

Der Arzt schlenderte durch die Eingangshalle. Die Hände hatte er wieder hinter dem Rücken verschränkt, und die harten Absätze seiner Schuhe klapperten laut über die weißen Marmorböden. Eine Schwester, die hinter einem Schreibtisch saß, schaute kurz auf. Ihr blasses Gesicht wurde vom Licht der Schreibtischlampe beleuchtet, deren dreieckiger Lichtstrahl wie ein Leuchtturm in dem schummrigen Raum aussah. Die Decke war mindestens sieben Meter hoch. In ihrer Mitte befand sich eine Buntglaskuppel, die von Gasleuchtern mit Messingblättern und matten Kolben flankiert war, die nicht angezündet waren. Eine Zierleiste aus Marmor zog sich durch den gesamten Raum, Bilder von idyllischem Ackerland und schneebedeckten Wiesen säumten die olivgrünen Wände. Eine Couch sowie mehrere dick gepolsterte Stühle bildeten eine Sitzecke in der Nähe der bodentiefen Fenster auf der einen Seite der Eingangstür. Im hinteren Teil der Eingangshalle führte eine breite Mahagonitreppe hinauf in den ersten Stock. Das Dekor erinnerte Clara an die Villa ihrer Eltern, nur war das Ausmaß hier noch größer. Sie bekam weiche Knie und fing an zu zittern. Ihre Beine drohten gar nachzugeben.

Dr. Roach führte sie durch die Eingangshalle in einen kleinen Korridor mit mehreren Türen und blieb vor der ersten Tür auf der rechten Seite stehen.

»Schwester May«, sagte er, ohne dabei Clara aus dem Blick zu lassen. »Bitte bringen Sie Clara nach drinnen. Helfen Sie ihr dabei, sich ein vernünftiges Paar Schuhe, Unterwäsche und drei alltagstaugliche Kleider aus ihrem Überseekoffer auszusuchen. Keine Strümpfe. Wir statten sie mit Nachtwäsche aus, der Rest ihrer Sachen wird eingelagert. Und sorgen Sie dafür, dass auch ein Wintermantel und Stiefel für Aktivitäten an der frischen Luft hierbleiben.«

»Sehr wohl, Dr. Roach«, antwortete Schwester May schneidig und führte Clara leise murmelnd in einen Umkleideraum. Mr Glen folgte ihnen, wuchtete den Überseekoffer mit einem lauten Grunzen auf einen langen Tisch, bevor er die zwei Frauen dann allein ließ.

»Sie haben gehört, was der Doktor gesagt hat«, verkündete Schwester May. Sie schloss die Tür, setzte sich auf einen Stuhl, der vor der gegenüberliegenden Wand stand, und verschränkte die Arme vor der Brust. »Beeilen Sie sich.«

Clara holte tief Luft, öffnete die Schnappverschlüsse des Koffers und hoffte inständig, dass ihre Briefe an Bruno nicht herausfallen würden. Sie stellte sich direkt an den Tisch und versuchte, Schwester May die Sicht zu versperren, als sie den Deckel öffnete. Sie war unschlüssig, ob sie ein paar Briefe herausnehmen und in ihrer Tasche verstecken sollte oder ob sie hoffen konnte, später Zugang zu ihrem Koffer zu haben, falls sich jemand überreden ließ, diese für sie abzuschicken. Was aber, wenn Schwester May sie erwischte und ihr die Briefe abnahm? Aus unerfindlichen Gründen hatte sich die Laune der Krankenschwester seit ihrer Ankunft hier deutlich verschlechtert. Was, wenn sie beschloss, ihren Frust an Clara auszulassen? Clara entschied sich dafür, lieber nichts zu riskieren. Fürs Erste würde sie die Briefe im Koffer belassen.

Im Koffer lag ein Umschlag mit Brunos Namen darauf auf ihrem seidenen Nachthemd. Schnell legte sie die Hand darüber, faltete das Nachthemd und schob es weit nach hinten in einen Kleiderstapel. Dann holte sie ihre braunen Wanderschuhe aus einer Schublade und stellte sie auf den Tisch, bevor sie vorsichtig nach ihrer Unterwäsche und drei zweckmäßigen Kleidern suchte, um den Rest des Kofferinhalts nicht in Unordnung zu bringen. Als ihr Blick auf das apricotfarbene Fransenkleid fiel, das sie an jenem Abend getragen hatte, als sie Bruno kennengelernt hatte, schnürte es ihr die Kehle zu. Ob sie wohl jemals wieder mit ihm tanzen würde?

Schließlich fand sie, wonach sie gesucht hatte: ein blaues Baumwollkleid mit einem runden, bestickten Kragen, einen gerade geschnittenen braunen Rock und eine rosafarbene Bluse, die am Hals gebunden wurde, sowie ein schlichtes gelbes Kittelkleid. Sie zog sie aus dem Koffer und legte sie auf den Tisch. In diesem Augenblick stand Schwester May auf. Clara schlug den Kofferdeckel zu, sicherte die Schnappverschlüsse, schnappte sich die Kleider und drehte sich zu ihr um, die Kleidungsstücke über den Arm gelegt.

»Sind diese hier in Ordnung?«, fragte sie.

Schwester May warf kurz einen Blick auf die Kleider und nahm sie dann Clara ab. »Sind sie«, erwiderte sie, wobei ihre Mundwinkel wutverzerrt waren.

Schwester May warf die Kleidung auf den Tisch, öffnete die Tür und ließ Clara wieder in die Eingangshalle zurück, wo Mr Glen und Dr. Roach, nun in einem weißen Laborkittel, bereits warteten. Eine zweite Krankenschwester stand neben ihnen, eine große, stämmige Frau mit breiten Schultern und lockigem rotem Haar. Sie hatte einen dicken Hals, und ihre Wangen sahen aufgedunsen aus: Wie prall aufgeblasene Luftballons zogen sie sich noch weit bis unter ihren Mund. Ihre Schlitzaugen saßen tief in ihrem molligen Gesicht, und der Lippenstift hob sich dunkel von ihrer blassen Haut ab wie Blut auf Schnee. Obwohl ihre Gesichtszüge die einer fettleibigen Frau waren, war sie nicht dick. Muskeln bildeten die Hauptmasse an ihren Armen und Beinen. Die riesengroße Schwester hatte ein viereckiges Stück weißen Stoff unter den Arm geklemmt.

»Mr Glen«, ergriff Dr. Roach das Wort, die Hände tief in den Taschen seines Kittels vergraben. »Bitte schaffen Sie Claras Koffer ins Foyer. Wir kümmern uns morgen früh darum.«

»Ja, Sir«, erwiderte Mr Glen. Er ging in den Umkleideraum, um Claras Gepäck zu holen und ins Foyer zu bringen.

»Schwester May«, drehte sich Dr. Roach um. »Sie können ins Schwesternheim zurückkehren.« Zum ersten Mal seit ihrer Ankunft blickte er Schwester May in die Augen. Sie lächelte ihn an, doch mit mahlendem Kiefer wandte er schnell den Blick ab. »Schwester Trench übernimmt ab hier.«

»Soll ich in mein gewohntes Zimmer gehen, Dr. Roach?«, fragte Schwester May. Ihre Augen leuchteten erwartungsvoll auf.

»Sie können in welchem Zimmer auch immer bleiben«, erwiderte er. Unter dem Deckmantel seiner guten Erziehung lächelte er süffisant und selbstgefällig.

Mit geröteten Wangen nickte Schwester May. Sie strahlte Dr. Roach länger an als nötig, während beide schweigend eine

Vereinbarung trafen. Die riesenhafte Schwester räusperte sich. Schwester May senkte den Blick und folgte Mr Glen durch die Eingangshalle.

»Wir sollten Clara für die Nacht fertig machen.« Dr. Roach blickte zu Schwester Trench hinüber. »Um den Papierkram kümmern wir uns morgen. Es ist gleich schon Zeit, das Licht auszumachen, und wir wollen doch nicht unseren Zeitplan durcheinanderbringen.«

»Ja, Doktor«, erwiderte Schwester Trench.

Dr. Roach deutete Clara an, ihm zu folgen, und durchquerte die Eingangshalle. »Hier entlang.«

Clara kaute auf der Innenseite ihrer Wange herum und folgte dem Arzt, wobei ihre Nerven wie unter Strom vibrierten und ihre Arme und Beine zitterten. Wo brachte man sie hin? Würde man sie in einem Zimmer mit einem anderen Patienten unterbringen? Oder würde sie ihren eigenen Raum haben? Es war schon schlimm genug, hergeschickt zu werden, ohne zu wissen, was passieren würde oder wie lange sie hierbleiben musste. Was aber, wenn sie gezwungen war, sich ein Zimmer mit einer fremden Person zu teilen, die gewalttätig oder verhaltensgestört war? Dieser Gedanke war unerträglich.

Die Hände in den Manteltaschen vergraben, lief sie schneller und versuchte, mit Dr. Roach und Schwester Trench Schritt zu halten. Am Ende der Eingangshalle bogen sie links ab und blieben vor einer Eisentür stehen, die mit Nieten versehen war und in deren Mitte sich ein kleines, mit einem Gitter gesichertes Sichtfeld befand. Dr. Roach trat beiseite, während Schwester Trench die Tür aufschloss und aufstieß. Eiserne Türangeln quietschten. Dr. Roach deutete Clara mit einer Handbewegung an einzutreten und folgte ihr dann in den kühlen Korridor.

Der stechende Gestank von Urin und Bleichmittel stieg Clara in die Nase und ließ sie würgen. Schnell presste sie sich eine Hand vor die Nase und den Mund. Sie schleppte sich hinter Dr. Roach und Schwester Trench her und bereute es bitterlich, keinen Fluchtversuch gestartet zu haben, solange es noch möglich gewesen war. Ob sie Mr Glen hätte entkommen können, war nicht sicher, doch sie hätte es einfach darauf ankommen lassen sollen. Alles wäre besser gewesen, als zuzulassen, dass man sie hier an diesen schrecklichen Ort brachte.

Der lange Korridor war so breit, dass dort problemlos zwei Züge Seite an Seite hineingepasst hätten. Unzählige Türen säumten die hohen Wände. Jedes Gebäude von Willard war offenbar gebaut worden, um dort Riesen zu beherbergen, was Clara nicht verstehen konnte. Etwa auf halber Höhe des Korridors flog plötzlich eine Tür auf, aus der zwei Aufseher eine Frau auf den Flur hinauszerrten. Ihr strähniges Haar fiel ihr in das verzerrte Gesicht, der untere Teil ihres Nachthemds war nass und klebte ihr an den nackten Beinen. Eine Krankenschwester kam aus dem Zimmer gestürzt und folgte den Aufsehern, die die Frau in die entgegengesetzte Richtung halb trugen, halb schleiften. Die Frau schrie, ihre nackten Füße bekamen keine Bodenhaftung. Mit klopfendem Herzen blieb Clara stehen. Dr. Roach zögerte und drehte sich zu ihr um. Schwester Trench tat es ihm gleich, klammerte ihre riesige Pranke um Claras Oberarm und zog sie weiter.

»Vorwärts«, befahl sie streng.

Clara versuchte, sich aus Schwester Trenchs Griff zu winden, doch es hatte keinen Zweck. Völlig unbeeindruckt von Claras Anstrengungen lief Schwester Trench einfach weiter. Ihre Miene blieb ruhig und gelassen, als würde sie mit einem Pudel Gassi gehen. Durch eine offene Tür auf der linken Seite sah und hörte Clara Patienten schreien, die in Bauten saßen, die wie überdimensionale Krippen mit Deckeln aussahen und mit Vorhängeschlössern versehen waren. Clara hatte das Gefühl, sich übergeben zu müssen.

Am Ende des Korridors bogen sie wieder links ab und passierten eine weitere verschlossene Eisentür, hinein in einen weiteren Korridor, der genau wie der erste aussah. Vor der vierten Tür auf der rechten Seite hielten sie an. Schwester Trench ließ Claras Arm los.

»Geben Sie mir Ihren Mantel«, befahl sie. Mit zittrigen Fingern knöpfte Clara den Mantel auf und zog ihn aus. Glücklicherweise hatte sie einen Pullover angezogen, bevor sie die Nervenheilanstalt von Long Island verlassen hatte – ohne zu wissen, dass es in Willard so kalt sein würde. »Und Ihre Stiefel.«

Wieder tat Clara, wie ihr befohlen wurde, und schlüpfte aus den Stiefeln. Der Boden fühlte sich unter ihren Fußsohlen wie Eis an.

»Bringen Sie sie morgen früh zur Untersuchung in mein Büro«, sagte Dr. Roach.

»Ja, Herr Doktor«, erwiderte Schwester Trench. »Ich sorge dafür, dass sie da ist.«

»Sehr gut.« Dr. Roach musterte Clara. »Wir sind hier, um Ihnen zu helfen, denken Sie immer daran. Es gibt keinen Grund, Angst zu haben.« Dann nickte er Clara kurz zu und eilte den Korridor hinunter.

Schwester Trench sah ihm hinterher und schnalzte mit der Zunge. Dann presste sie die Lippen aufeinander und schüttelte den Kopf. Ein Zucken wie von einem stechenden Schmerz huschte über ihr aufgedunsenes Gesicht. Sie schloss die Tür auf und betrat den Raum. Claras Bauch verkrampfte sich. Schwester Trench blieb wartend in der Tür stehen. Langsam schob sich Clara hindurch, die Hände über ihrem rasenden Herz gekreuzt.

Es stank nach Fäkalien und Urin, und die Luft war zum Schneiden dick, so dick wie die hellgrüne Farbe an den lackierten Wänden. Clara zog den Ärmel ihres Pullovers über die Hand und presste sich diese vor den Mund. In dem eiskalten Raum standen fünfzig Metallbetten, die in Reihen angeordnet und am Boden festgeschraubt waren. Auf ihnen lagen Rosshaarmatratzen, darauf schmuddelige Kissen und Bettlaken. Patientinnen saßen auf den Betten oder bewegten sich durch den Raum. Sie alle trugen nur dünne Nachthemden ohne Unterwäsche darunter, die herunterhängenden Formen ihrer ungehaltenen Brüste waren deutlich zu erkennen. Einige der Frauen trugen Pullover und Socken, doch die meisten von ihnen waren barfuß. Mehrere trugen Zwangsjacken. Eine Frau saß in einer Ecke, wiegte eine zerlumpte Puppe im Arm und sang ihr ein Schlaflied vor. Zwei Frauen standen an den hohen vergitterten Fenstern: eine starrte in die Nacht hinaus, während die andere ihren Kopf gegen den Maschendraht schlug, der die Glasscheibe schützte. Eine dünne Eisschicht lag auf den Fensterscheiben.

»Licht aus!«, brüllte Schwester Trench. Die Frauen krochen in ihre Betten. Die Frau mit der Babypuppe stand auf dünnen, krummen Beinen und schlurfte zur nächsten Pritsche – die Puppe hatte sie in ihren zerschlissenen Pullover gesteckt. Schwester Trench stand schweigend da, beobachtete alles und wartete. Als alle Frauen in den Betten lagen oder darauf saßen, blieb nur noch ein freies Bett übrig. Es war das Bett neben der Frau mit der Babypuppe. Die Laken sahen aus, als hätte bereits jemand darauf geschlafen, so gelb verfärbt und verknittert wie sie waren. Schwester Trench holte den gefalteten Stoff unter ihrem Arm hervor und reichte ihn Clara. Es war ein Nachthemd.

»Ziehen Sie das an«, befahl sie.

Clara stockte der Atem. »Hier?«

»Die erste Regel hier in Willard lautet: Tun Sie, was Ihnen befohlen wird«, erwiderte Schwester Trench. »Halten Sie sich daran, dann kommen wir prima miteinander aus.«

»Gibt es hier eine Toilette in der Nähe?«, fragte Clara. »Irgendetwas, wo ich mich allein umziehen kann?«

Schwester Trench grinste, wobei sich ein roter Mundwinkel höher hob als der andere. »Die zweite Regel lautet: Stellen Sie meine Anweisungen niemals infrage.«

Clara senkte den Blick und drehte sich mit zitternden Armen und Beinen von den anderen Patientinnen weg. Sie zog die Strümpfe und den Pullover aus, bevor sie sich das Kleid über den Kopf zog und es dann zu Boden fallen ließ. Anschließend drehte sie sich zu Schwester Trench um, um das Nachthemd entgegenzunehmen.

»Alles aus«, befahl Schwester Trench. »Sie sollten mich besser nicht auf die Probe stellen, Mädchen.«

Clara zog die Unterhose und den Büstenhalter aus, legte einen Arm schützend vor die nackte Brust und griff erneut nach dem Nachthemd. Dieses Mal gab Schwester Trench es ihr. Clara zog das dünne Kleidungsstück über den Kopf und trat aus ihrer Unterwäsche. Als sie sich bückte, um den Pullover vom Boden aufzuheben, hielt sie inne. Zitternd sah sie zu Schwester Trench auf.

»Darf ich?«, fragte sie und deutete auf den Pullover.

»Ich bin nicht herzlos«, erwiderte Schwester Trench.

Clara hob den Pullover auf und schlüpfte mit den Armen in die Ärmel, dankbar, dass die Wolle noch warm war.

»Erinnern Sie sich immer daran, was Dr. Roach gesagt hat«, hob Schwester Trench noch einmal hervor. »Wir sind hier, um Ihnen zu helfen.« Sie deutete auf die leere Pritsche. »Es ist schwer, jemandem zu helfen, wenn derjenige die Regeln nicht befolgt.«

Clara ging zu ihrem Bett hinüber, während sich ihr schon wieder der Magen umdrehte. Sie musste immer wieder schlucken, um sich nicht zu übergeben. Die Frau im gegenüberliegenden Bett schaukelte unaufhörlich vor und zurück, wobei sie ein leises, hohes Geräusch ausstieß, das wie ein »Uh-oh, uh-oh, uh-oh« klang. Eine andere Frau zog an ihrem langen, zotteligen Haar herum, lachte laut und riss sich gleichzeitig mehrere Strähnen aus. Clara erreichte ihr Bett und setzte sich darauf. Immer noch hielt sie sich ein Stück Ärmel über die Nase.

»Licht aus!«, brüllte Schwester Trench erneut. Die Frauen legten sich hin und zogen die Bettdecken hoch. Clara tat das Gleiche, zuckte aber zusammen, als sie das schmutzige Laken berührte. Sie legte sich auf den Rücken, weil ihr die Vorstellung zuwider war, die Wange aufs Kissen zu legen. »Und bleib im Bett liegen, Charlotte!«, rief Schwester Trench.

Dann wurde es dunkel in dem Raum.

Als Schwester Trench die Tür öffnete und hinausging, war ihre gigantische Silhouette im schwachen rechteckigen Lichtkegel zu erkennen. Einen Moment später wurde die Tür mit einem finalen Bums zugeknallt, sodass der Raum nun völlig dunkel war. Der Schlüssel drehte sich im Schlüsselloch. Wie auf ein geheimes Zeichen fingen die Frauen rund um Clara herum an, Geräusche zu machen – Wimmern, Husten, Singen, Murmeln und Schluchzen waren zu hören. Clara nahm wahr, wie die Bettfedern neben ihr knarrten, und spürte, wie jemand an ihrem Arm vorbeistrich. Irgendwer stand an ihrem Fußende und atmete schwer. Clara zog sich das schmutzige Laken über den Kopf und rollte sich in Embryonalstellung zusammen. Sie schlug sich die zitternden Hände vor das tränennasse Gesicht, schluchzte und betete, dass es bald Morgen würde.

KAPITEL 7
Izzy

Am Abend nachdem sie die erste Ladung Willard-Koffer geöffnet hatten, lag Izzy in einem T-Shirt und Unterwäsche lang ausgestreckt auf ihrem Bett und versuchte, ihren Verstand auszuschalten, indem sie MTV schaute. Doch es hatte keinen Zweck. Bei jedem jungen Paar, das sich küsste, hatte sie sofort Clara und Bruno vor Augen. Ethan. Und ihre Eltern. Unter dem Verbandsmull pochte ihr Finger und erinnerte sie daran, wie Ethan vor ihren Füßen gekniet hatte. Sie dachte an seine sanften Berührungen, an das dunkle Haar und das strahlende Lächeln, als er zu ihr hochgesehen hatte. *Er hat eine Freundin*, ermahnte sie sich. *Und selbst wenn nicht, wäre er mit einer anderen besser bedient. Außerdem ist er ein arrogantes Arschloch, schon vergessen? Er hilft seiner Freundin dabei, andere Leute zu schikanieren. Warum denkst du überhaupt an ihn?*

Um Mitternacht schaltete sie den Fernseher aus und drehte sich auf den Bauch in der Hoffnung, einzudämmern und sich im Schlaf einer glückseligen Ignoranz hinzugeben. Aber trotz ihrer Erschöpfung tauchte Ethans Gesicht immer wieder hinter ihren geschlossenen Augenlidern auf, sein rabenschwarzes Haar, die silberblauen Augen. Dann verwandelte sich sein Gesicht in das ihres Vaters mit starrem, totem Blick und blutendem Kopf. Izzy stand auf und öffnete das Fenster, um frische Luft hereinzulassen. *Fängt alles so an?*, fragte sie sich. *Wird ein Mensch auf diese Art und Weise allmählich geisteskrank? Dieselben Gedanken und Bilder tauchen immer und immer wieder im Kopf auf, ohne dass man sie abstellen kann? Was stimmt nicht mit mir?*

Sie ging ins Badezimmer, putzte sich ein zweites Mal die Zähne, trank ein Glas Wasser und sah in den Spiegel. Ihre Augen waren verquollen und blutunterlaufen, zweifelsohne von den Tränen, die sie zuvor vergossen hatte. Willard, die Koffer, Clara. Das alles setzte ihr zu. Hätte sie gewusst, dass das Kofferprojekt sie dermaßen an all die schrecklichen Dinge erinnern würde, die sie zu vergessen versuchte, hätte sie es irgendwie so hingedreht, nicht helfen zu müssen. Andererseits wollte sie Peg und Harry nicht enttäuschen, ganz gleich, wie hoch der Preis war.

Es überraschte sie, dass nach all der Zeit die Erinnerung an ihre Eltern und die schrecklichen Bilder jener Nacht immer noch eine solche Macht besaßen. Izzy war nun fast achtzehn Jahre alt. Sie hätte längst in der Lage sein müssen, alles hinter sich zu lassen und weiterzumachen. Und doch fühlte sie sich jedes Mal, wenn sie an ihre Mutter und ihren Vater dachte, wieder wie sieben – wie ein erschrockenes, verwirrtes, verlassenes kleines Mädchen. Und dann war da noch die Angst, dass sie einmal wie ihre Mutter enden und den Rest ihres Lebens allein und eingesperrt verbringen würde, entweder in der Psychiatrie oder in einem Gefängnis. Das, so überlegte sie, war der eigentliche Grund, der sie weinen ließ.

Wie sollte sie jemals ein normales Leben führen mit all diesen albtraumhaften Genen, die in ihrem Kopf im Umlauf waren und nur darauf warteten, zutage zu treten? Wie konnte sie jemals darauf hoffen, eine Beziehung zu führen oder gar zu heiraten – mit dem Wissen, dass sie einen anderen Menschen in Gefahr bringen könnte? Wie sollte sie jemals eine Mutter werden – mit dem Wissen, dass sie ihr Kind ohne jede Vorwarnung von jetzt auf gleich verlassen könnte?

Sie strich mit den Fingern über die Narben auf ihren

Unterarmen und kämpfte gegen das Verlangen an, die Fingernägel in die Haut zu graben. *Nein,* dachte sie und kniff die Augen zusammen. *Ich bin zu weit gekommen, um jetzt wieder einen Rückschritt zu machen.* Sie hielt sich so krampfhaft am Beckenrand fest, dass ihre Knöchel weiß hervortraten. *Ich werde nicht nachgeben. Ich werde nicht zulassen, dass die Vergangenheit meine Zukunft bestimmt. Ich bin nicht meine Mutter.*

Sie holte tief Luft, wusch sich das Gesicht, schlüpfte dann zurück ins Bett und ließ die kühle Nachtbrise über ihre nackten Beine streichen; ihr Haar fiel breit gefächert über das Kissen. Sie machte das Licht aus, schloss die Augen und fing an, rückwärts zu zählen, in dem Wissen, wie verrückt das war. Doch sie wollte wirklich alles versuchen, um das anhaltende Bombardement der Gedanken und Bilder davon abzuhalten, in ihrem Kopf aufzutauchen.

Dann flog etwas gegen ihr Fenster. Sie riss die Augen auf. Es klang wie Fingernägel, die an die Scheibe klopften und am Fliegengitter herunterschrammten. Da war es schon wieder … Izzy setzte sich auf. Etwas prallte an der Hausverkleidung ab und fiel herunter. Izzy schwang die Beine über die Bettkante, hielt den Atem an und lauschte. Zwei weitere Male wiederholte es sich – *klack, klack* – an der oberen Fensterscheibe. Izzy machte das Licht an.

»Izzy?«, zischte draußen eine männliche Stimme.

Sie schaltete das Licht wieder aus und stand auf. Nachdem sie eine Decke um sich geschlungen hatte, ging sie zum Fenster. Ein weiteres lautes *Klack* ließ sie zusammenfahren.

»Izzy!«, rief die Stimme wieder, dieses Mal beharrlicher.

Izzy lugte über das Fensterbrett und versuchte, jemand auf dem finsteren Rasen auszumachen. Der Vollmond warf lange Schatten auf das Gras, und nahe der Wäscheleine waren fünf menschenförmige Gestalten zu erkennen, deren Hemden und Hosen sich im Wind aufblähten. Ihr langes Zottelhaar flatterte wie eine Schnur, auf der schwarze Flaggen aufgereiht waren. Izzy blieb beinahe das Herz stehen. Ihr erster Gedanke war, dass eine Bande Zombiepiraten aus John Carpenters Film *The Fog – Nebel des Grauens* zu ihr hinaufstarrten. Erst dann wurde ihr klar, dass sie in Wirklichkeit die dunklen Silhouetten von Zweigen und Ästen vor sich hatte, die im Baum vor ihrem Zimmer zuckten und flatterten. Sie atmete erleichtert auf und wickelte sich die Decke fester um die Schultern.

»Hier unten!« Izzy trat näher ans Fenster heran und suchte die kiesbedeckte Einfahrt ab. An der Garagenecke stand Ethan und schaute zu ihr hinauf, sein Gesicht leuchtete wie eine weiße Maske in der Dunkelheit. Als er sie sah, ließ er die Kieselsteine in seiner Hand fallen, hob die Taschenlampe auf und hielt sie an sein Kinn. »Überraschung«, flüsterte er laut. Er grinste. Das Licht der Taschenlampe warf lange Schatten unter seine Augen und die Nase, sodass er wie eine schwarz-weiße Halloweenfratze aussah.

Izzy lehnte sich aus dem Fenster. »Was machst du da?«, rief sie und versuchte, ihr Herzflattern zu ignorieren.

»Ich habe dir ein Geschenk mitgebracht«, erwiderte Ethan. Er hielt etwas Flaches, Rechteckiges hoch, etwa so groß wie ein Taschenbuch.

»Es ist mitten in der Nacht!«, flüsterte Izzy. »Bist du verrückt?« *Oh, Moment*, dachte sie. *Vergiss es, ich sollte nicht von mir auf andere schließen.*

»Komm runter!«, antwortete Ethan.

»Nein!«, entgegnete Izzy. »Ich will keinen Ärger kriegen!«

Just in diesem Augenblick bog ein Auto um die Ecke, dessen Scheinwerfer über den Rasen und die Einfahrt strichen. Ethan ging hinter der Garage in Deckung. Als das Auto fort war, kam er aus seinem Versteck wieder heraus.

»Komm schon«, lockte er. »Es dauert auch nur eine Minute. Versprochen.«

Izzy kaute auf ihrer Lippe herum. Was hatte er hier zu suchen? Was hatte er wohl für sie? Es war Samstagnacht – warum war er nicht bei Shannon? Ihr klopfte das Herz bis zum Hals. Und wenn dies hier eine Falle war? Wenn sich Shannon auch dort unten befand und nur darauf wartete, ihr wieder einen Streich zu spielen?

»Ich komme nicht runter«, rief sie. »Geh jetzt lieber.«

»Ernsthaft?«, fragte er ungläubig. »Ich bin mitten in der Nacht mit einer Überraschung für dich an dein Fenster gekommen, und jetzt sagst du mir, ich soll wieder gehen? Ich dachte, wir wären Freunde?« Izzy lag die Antwort schon auf der Zunge, dass er ihr die Überraschung auch in der Schule geben könne, aber Ethan kam ihr zuvor. »Wenn du nicht runterkommst, dann klingele ich an der Tür und frage nach dir.«

Izzy seufzte. »Gib mir eine Minute«, rief sie. Sie schloss die Vorhänge, warf die Decke aufs Bett und zog sich eine kurze Hose an. Sie war schon auf dem Weg zur Tür, als sie sich noch einmal umdrehte und ins Badezimmer lief, um einen Blick in den Spiegel zu werfen. Ihr Haar war verknotet und verfilzt, die Wimperntusche verschmiert. Sie leckte einen Finger ab und versuchte, das verlaufene Make-up wegzuzwischen, fuhr sich mit der Bürste durchs Haar und band es zu einem Zopf zusammen. Dann riss sie sich das T-Shirt vom Leib und stürzte zum Kleiderschrank, um ein Sweatshirt herauszuholen.

Unten in der Küche schnappte sie sich ihre Sandalen, schlüpfte durch die Schiebetür und schlich auf Zehenspitzen über die Veranda. Auf dem Rasen zog sie die Sandalen an und eilte geduckt zur Garage weiter. Glücklicherweise lag Pegs und Harrys Schlafzimmer auf der anderen Hausseite, sodass sie wahrscheinlich gar nichts mitbekommen hatten. Ethan wartete auf der gegenüberliegenden Seite der Garage. Er lehnte an den Zedernholzschindeln und beleuchtete mit seiner Taschenlampe ein schmales, aufgeschlagenes Buch, das er in der Hand hielt. Als er Izzy erblickte, schlug er das Buch zu und richtete sich auf.

»Was machst du hier?«, fragte Izzy.

»Hallo, erst mal«, erwiderte er grinsend.

»Was willst du von mir?«

»Wie geht es deinem Finger?«

Sie hielt den verletzten Finger hoch. Der weiße Verbandsmull leuchtete in der Dunkelheit wie ein winziges Gespenst. »Gut«, erwiderte sie und verschränkte die Arme vor der Brust. »Okay. Ich bin runtergekommen, wie du wolltest. Was ist jetzt die große Überraschung?«

Er hob das Buch hoch und leuchtete mit der Taschenlampe auf den Buchdeckel. Das Licht spiegelte sich auf dem grünen Ledereinband mit den eingeprägten Lilien und funkelte auf dem schwarzen Lackledereinband am Buchrücken. Es war Claras Tagebuch.

Izzy riss es ihm aus den Händen. »Was machst du damit?«, rief sie erbost. »Dazu hattest du kein Recht!«

»Entspann dich«, erwiderte er. »Ich habe es nur ausgeliehen.«

»Das geht dich gar nichts an!«, zischte sie.

Ethan starrte sie finster an. »Du hast doch darin gelesen. Außerdem ist diese Verrückte schon längst tot …«

»Das spielt doch keine Rolle! Du hättest es nicht mitnehmen dürfen!«

»Ich habe mitbekommen, wie du es dir angesehen hast, und ich dachte, du willst es vielleicht lesen.«

»Ist dir eigentlich klar, wie viel Ärger du dafür bekommen könntest?«, rief Izzy und war überrascht, wie sauer sie plötzlich war. »Das ist Eigentum des Staates!«

»Also ehrlich!« Ethan verdrehte die Augen. »Kannst du mal wieder runterkommen? Wir können es ja wieder zurückgeben, nachdem du es gelesen hast. Ich lege es einfach am nächsten Samstag in den Koffer zurück, wenn wir wieder im Lagerhaus sind. Ist keine große Sache. Niemand wird gemerkt haben, dass es überhaupt fort war.«

Izzy hielt ihm das Tagebuch hin. »Du bringst das zurück.«

»Okay.« Ethan zuckte mit den Schultern. »Dann bringe ich es eben wieder zurück. Tut mir leid, dass ich dich gestört habe.« Er nahm das Tagebuch und wollte weggehen. »Dann bis die Tage.«

Izzy biss die Zähne zusammen. Er hatte recht. Aus unerfindlichen Gründen wollte sie Claras Tagebuch mehr als alles andere auf der Welt lesen. Aber nicht auf diese Art und Weise. Nicht, wenn sie Angst haben musste, für den Besitz des Tagebuchs in Schwierigkeiten zu geraten. Andererseits jedoch: Was, wenn sie nie wieder die Chance dazu bekommen würde?

»Warte«, rief sie schnell.

Ethan kehrte grinsend zurück. »Meinung geändert?«

»Vielleicht«, erwiderte Izzy.

Er lehnte sich an die Garagenwand und reichte ihr das Tagebuch. »Man sagt, dass es dort spukt.«

Izzy runzelte verwirrt die Stirn. »Wo spukt es?«

»In der Irrenanstalt. In Willard.«

Izzy sah auf das Tagebuch hinunter. »Oh«, sagte sie und hoffte, dass er nicht merkte, wie sie schauderte.

»Freunde von mir sind dort vor ein paar Wochen eingebrochen und haben sich vor Angst beinahe in die Hose gemacht. Einer von beiden wurde auf der Frauenstation am Hals gekratzt, und beide haben etwas im Krankenhaus gehört, was sich wie ein Jammern und Stöhnen angehört hat.«

Izzy zitterte. »Krass.«

»Ich finde das super«, entgegnete Ethan lachend.

»Na ja, du bist auch komisch.«

»Das Tagebuch ist aber nicht der einzige Grund, warum ich hier bin«, fuhr er fort und klang plötzlich sehr ernst. »Ich möchte mich dafür entschuldigen, dass ich Shannon dabei geholfen habe, diese … diese Dinger an deinen Spind zu kleben. Du hast recht. Das war fies und gemein. Als du im Lagerhaus in dem Tagebuch gelesen hast, habe ich gemerkt, dass du geweint hast, und …«

Izzy versteifte sich. »Hör mal. Für mich läuft es endlich wieder richtig gut, und ich werde mir das nicht versauen. Wenn Peg und Harry herausfinden, dass ich das Tagebuch habe, werden sie mich wahrscheinlich bitten zu gehen.«

»Lies es einfach übers Wochenende, und bring es mir dann am Montag zur Schule mit. Dann bringe ich es zurück. Niemand wird je erfahren, dass du es gehabt hast. Versprochen.«

Izzy seufzte und strich mit den Fingern über das grüne Leder. All die Jahre hatte sie nichts anderes gewollt, als in den Kopf ihrer Mutter hineinzuschauen, um möglicherweise herauszufinden, was einen absolut gesunden Menschen dazu brachte, plötzlich den Verstand zu verlieren. Die Ärzte konnte sie nicht fragen. Sie hatten ihre Mutter für gesund erklärt. Doch Izzy wusste es besser. Und jetzt, hier in ihren Händen, konnten all die Antworten sein, die sie gesucht hatte. Sie wollte gerade Ethan fragen, ob sie es ihm während der Klassenleiterstunde zurückgeben sollte, als ihr ein Gedanke kam.

»Was ist denn mit Shannon?«, fragte sie. »Ich glaube nicht, dass sie sonderlich begeistert davon wäre, wenn sie herausfinden sollte, dass du hier warst.« Zu ihrer Überraschung wurde Ethan ganz still und kratzte sich ratlos im Nacken, den Blick zu Boden gewandt. Dann schaute er Izzy an und runzelte die Stirn.

»Sie ist nicht so übel, wie du denkst.«

»Doch, das ist sie«, widersprach Izzy. »Erst hat sie so getan, als würde sie mit mir befreundet sein wollen, dann hat sie angefangen, mir miese Streiche zu spielen. Sie ist ganz furchtbar.«

»Es mag durchaus so aussehen, wenn sie unter Leuten ist. Wenn wir aber allein sind, dann …«

»Oh.« Izzy verschränkte die Arme vor der Brust. »Dir ist es also egal, wie sie mit allen anderen umgeht, solange sie nett zu dir ist.«

»Nein«, entgegnete Ethan. »Das stimmt nicht. Wir sind seit der achten Klasse zusammen, und erst im letzten Jahr oder so hat sie angefangen, sich so … keine Ahnung … anders zu verhalten. Du sollst einfach nur wissen, dass sie eine Menge durchgemacht hat.«

Izzy verdrehte die Augen. »Das ist keine Entschuldigung. Sie sollte darüber hinwegkommen. Ich hasse es, wenn Leute alle anderen außer sich selbst für ihr Verhalten verantwortlich machen.«

»Ihr Vater hat sie verlassen, und ihre Mutter ist Alkoholikerin.«

»Das gibt ihr noch lange keine Erlaubnis, sich wie ein Miststück zu verhalten!« Sobald diese Worte Izzys Mund verlassen hatten, bedauerte sie sie schon.

Ethan seufzte und ließ die Schultern sinken. »Ihr Vater hat sie geschlagen und ihre Mutter immer wieder verprügelt. Als Shannon zwölf war, hat sie sich zwischen die beiden gestellt und landete mit einer Gehirnerschütterung und einem gebrochenen Arm im Krankenhaus. Doch ihre Mutter wollte den Ärzten nicht die Wahrheit erzählen. Also hat sie gelogen und gesagt, Shannon sei vom Verandadach gefallen, weil sie dachte, sie könne fliegen.«

Izzy schluckte. Sie konnte sich einfach nicht vorstellen, dass ein Vater sein Kind schlug. Oder eine Mutter nicht in der Lage war, ihr Kind zu beschützen. Zugegeben: Izzys Mutter hatte ihren Vater erschossen … Aber sie war verrückt geworden. Izzy würde gern glauben, dass sich ihre Mutter keine Gedanken über die Konsequenzen gemacht hatte. Ihre Mutter musste schon völlig von Sinnen gewesen sein, um nicht zu merken, dass Izzy durch den Verlust des Vaters am Boden zerstört sein würde und dass Izzy, nachdem die Polizei den Fall geklärt hatte, beide Elternteile verlieren würde. Nur Geisteskranke hätten das nicht zu Ende gedacht. Die Ironie des Ganzen war, dass Izzys Mutter bis zu jener schicksalhaften Nacht überfürsorglich gewesen war. Nicht einmal zur Grundschule hatte Izzy mit ihren Freundinnen alleine gehen dürfen, obwohl die Schule nur einen Block entfernt war. Am Strand hatte sie eine Rettungsweste tragen müssen, während die anderen Kinder in den Wellen planschen und im Sand spielen durften, frei von einem dicken, orangefarbenen Gummiteil. Izzys Vater war ganz in sie vernarrt gewesen und hatte ihr hübsche Kleider gekauft, sie zum Tanzunterricht gebracht und ihr für ihren zehnten Geburtstag sogar ein Pony versprochen. Selbst jetzt, nach allem, was passiert war, konnte Izzy sich nicht vorstellen, dass eines ihrer Elternteile sie absichtlich hatte verletzen wollen.

»Danach«, fuhr Ethan fort, »hat Shannons Vater das Bankkonto bis auf den letzten Cent geplündert und sie sitzen gelassen. Seitdem haben sie nie wieder etwas von ihm gehört.« Ethan sah zu Boden, bevor er mit flehentlichem Blick zu Izzy aufschaute. »Bitte sag niemandem, dass ich dir das erzählt habe. Das war schon viel zu viel. Jeder weiß über Shannons Eltern Bescheid, aber sie würde mich umbringen, wenn sie wüsste, dass du es von mir weißt. Ich will einfach nur, dass du weißt, welchen Hintergrund sie hat.«

Izzy seufzte. »Hör mal, sie tut mir leid. Wirklich. Aber ganz ehrlich? Nun kapier ich es erst recht nicht: Mir will nicht in den Kopf, warum sie Menschen wehtun will, wo sie doch genau weiß, wie sich das anfühlt.«

»Ich denke, dass sie so viel Angst davor hat, verletzt zu werden, dass sie sichergehen will, dass sich niemand mit ihr anlegt.

Für sie gibt es eine Art große Hierarchie, bei der sie an der Spitze bleiben muss, um nicht verletzt zu werden.«

»Glaubst du das ernsthaft?«

»Ja«, nickte Ethan. »Ich habe immer wieder versucht, mit ihr zu reden und ihr klarzumachen, dass sie keine …« Er sah weg, und ein schmerzhafter Ausdruck huschte über sein Gesicht. »Ich habe das Gefühl, dass ich das Einzige bin, was ihr noch geblieben ist. Ich bin der Einzige, der versteht, warum sie so ist, wie sie ist. Ihre Mutter interessiert das nicht die Bohne, und alle anderen spielen mit, weil sie Angst vor ihr haben.«

O Gott, dachte Izzy. *Er liebt sie wirklich.* Sie musste an ihren Vater denken, der keine Ahnung gehabt hatte, dass er eine Frau heiratete, die eines Tages ihren Verstand verlieren würde. Am liebsten hätte Izzy Ethan gewarnt, vorsichtig zu sein. Stattdessen holte sie aber nur tief Luft und wechselte das Thema.

»Wie soll ich dir das Tagebuch geben, ohne dass Shannon etwas mitbekommt? Als du dich neulich für mich eingesetzt hast, schien sie sehr verärgert zu sein.«

»Stimmt«, nickte Ethan. »Sie wird schnell eifersüchtig.«

Izzy öffnete den Mund, um zu sagen, dass es wohl ein hartes Stück Arbeit war, mit Shannon zusammen zu sein, überlegte es sich dann jedoch noch einmal.

»Lass das Tagebuch einfach in deinem Schließfach liegen«, fuhr Ethan fort. »Ich hole es mir dann zwischen zwei Kursen.«

»Okay. Meine Schließfachnummer ist die … Moment mal«, hielt sie inne und grinste. »Du kennst sie ja schon.«

Ethan hob die Hände. »Schuldig im Sinne der Anklage.«

KAPITEL 8
Clara

Willard – Der Tag nach der Einweisung

Sonnenstrahlen, in denen Staubpartikel tanzten, fielen durch die Gitter der bodentiefen Fenster und schnitten durch das gedämpfte Licht in dem hohen Zimmer, doch sie konnten gegen die Kälte nichts ausrichten. An einer Wand waren sechs Badewannen auf Löwentatzen aufgereiht, von denen jede mit einer Plane bedeckt war, die man an Metallrohren befestigt hatte, die rund um die Wannen verliefen. In den Fußboden waren Abflüsse eingelassen, schwarzer Schimmel verdunkelte die gesprungenen Fliesen. Schwestern bellten Anweisungen, und Patientinnen debattierten, schrien und strampelten in dem Versuch, sich dagegen zu widersetzen, in das eiskalte Badewasser gesetzt zu werden.

Clara stand nackt vor einer der Wannen. Einen Arm hatte sie über die Brust gepresst, während sie sich bemühte, mit der anderen Hand ihre Scham zu bedecken. Die schwarz-weißen Fliesen fühlten sich wie Eis unter ihren Füßen an. Sie zitterte und beobachtete, wie eine Schwester Eiswürfel ins Wasser kippte. Schwester Trench und eine muskulöse Patientin mit einem herabhängenden Augenlid standen neben den Wasserhähnen und warteten. In der Wanne auf der anderen Seite schaute das blasse Gesicht einer Frau aus einem verstärkten Loch in der Plane heraus, ihre Lippen waren blau angelaufen. Auf der entgegengesetzten Seite des Raumes zogen zwei Aufseher eine bewusstlose Frau aus dem Wasser und trugen sie zu einem Untersuchungstisch an der gegenüberliegenden Wand.

»Rein mit Ihnen«, befahl Schwester Trench.

»Aber ich …«, stotterte Clara.

»Tun Sie, was Ihnen gesagt wird – erinnern Sie sich?«, fragte Schwester Trench. »Es ist zu Ihrem eigenen Besten.«

»Aber ich …«, protestierte Clara schwach.

Schwester Trench, die Handschuhe trug, trat vor und legte ihre riesige Hand auf Claras Arm. »Wir sind hier, um Ihnen zu helfen«, erklärte sie streng. »Dies wird Sie entspannen. Und dafür sorgen, dass Sie einen freien Kopf bekommen.«

Bevor Clara wusste, wie ihr geschah, hob Schwester Trench sie hoch und setzte sie in die Wanne. Als Clara in das eiskalte Wasser getaucht wurde, durchfuhr ein schockartiger Schmerz ihre Brust, und ihr blieb mit einem Schlag die Luft weg. Versehentlich atmete sie ein, verschluckte Wasser und musste würgen. Clara packte den Wannenrand und versuchte, den Kopf über die Wasseroberfläche zu ziehen, doch ihre Hände rutschten von der nassen Keramik ab. Hustend und keuchend mühte sie sich ab, aufrecht sitzen zu bleiben. Einen Moment lang wurde alles schwarz um sie herum, und sie war sicher, gleich das Bewusstsein zu verlieren. Dann packte sie jedoch die einäugige Patientin an der Schulter und fing an, ihr Gesicht und den Hals zu schrubben. Dabei kratzte sie mit einem rauen, verfärbten Lappen über Claras Haut. Endlich gelangte wieder eine Ladung Luft in ihre Lungen. Die Patientin schrubbte unter Claras Armen und zwischen den Beinen, wobei sie die Gliedmaßen mit mehr Kraft beiseiteriss, als nötig gewesen wäre.

Das Eiswasser fühlte sich wie tausend Messer auf Claras Haut an. Es verlangte ihr alles ab, sich nicht hochzuschieben und aus der Wanne zu steigen. Heftig zitternd ließ sie zu, von der Patientin abgeschrubbt zu werden. Je früher die Patientin fertig war, desto früher konnte sie aus der Wanne heraus, hoffte Clara. Schwester Trench stand am Ende der Badewannenreihe und hielt alles im Blick. Sie hatte die kräftigen Arme vor ihrem üppigen Busen verschränkt, und ihr schiefes rotlippiges Grinsen verzerrte den unteren Bereich ihres aufgedunsenen Gesichts.

»Bitte«, flehte Clara und sah zu ihr auf. »Ich …«

»Ruhe jetzt«, befahl Schwester Trench und wedelte mit ihrem dicken Finger durch die Luft. »Dieses noble Leben drüben in der Nervenheilanstalt von Long Island hat Sie nur verweichlicht, das ist alles.«

Clara kniff die Augen zusammen und wartete darauf, dass die Patientin aufhörte, ihr das Haar mit Lauge zu bearbeiten. Als ihr Eimer voller Eiswasser über den Kopf gekippt wurden, zog sie die Knie an die Brust und schlang die Arme um die Beine. Dabei hyperventilierte sie beinahe und zitterte so sehr, dass sich ihr Herz anfühlte, als würde es jeden Moment zerspringen. Endlich hörte das grobe Abreiben auf, und die einäugige Patientin trat keuchend zurück.

»Aussteigen«, befahl Schwester Trench.

Hustend und spuckend kletterte Clara aus der Wanne. Die einäugige Patientin trocknete sie einmal kurz mit einem rauen Handtuch ab.

»Normalerweise würden wir Sie länger in der Badewanne lassen«, verkündete Schwester Trench. »Aber Sie haben heute Ihren ersten Termin bei Dr. Roach. Tun Sie, was man Ihnen sagt, dann kommen wir prima miteinander aus.«

Die einäugige Patientin reichte Clara ihr gelbes Kittelkleid und Unterwäsche. Claras Zähne klapperten unkontrolliert, ihre Beine waren so schwach, dass sie kaum stehen konnte. Irgendwie schaffte sie es, sich die Kleidung und Schuhe anzuziehen. Schwester Trench befahl Clara, ihr zu folgen, und marschierte dann zur Tür. Clara tat, was man ihr befohlen hatte. Das Wasser tropfte ihr aus dem Haar ins Gesicht und in den Nacken hinein. Sie benutzte ihren Pullover, um sich damit die Augenbrauen abzuwischen, und fiel dann hinter Schwester Trench zurück. Im Korridor legte sie die Hand auf ihren Bauch. *Würde ein winziges, ungeborenes Kind eine solche Behandlung überleben?* Tränen traten ihr in die Augen, und ihr Herzschlag verlangsamte sich. Sollte Brunos Baby irgendetwas zustoßen, so war sie nicht sicher, ob sie selbst es überleben würde.

Clara folgte Schwester Trench quer durch die weitläufige Eingangshalle von Chapin Hall, durch eine Doppeltür und einen bogenförmigen Flur hindurch zu einem weiteren Gebäudeflügel. Sie passierten das Telegrafenzimmer und die Apotheke und gelangten dann in einen kurzen Flur, an dessen Ende sich eine Tür befand. Draußen vor Dr. Roachs Büro saß auf einem von drei Stühlen eine blasse, zierliche Frau in einem roten Wollmantel. Sie hatte den Kopf gesenkt und die Hände auf eine Ledertasche auf ihrem Schoß gelegt. Nun schaute sie auf und lächelte.

»Guten Morgen, Schwester Trench«, grüßte die Frau. Sie sah jung aus – etwa in Claras Alter –, hatte hohe Wangenknochen, platinblondes Haar und eine Haut wie aus Porzellan. Als sie lächelte, strahlte ihr ganzes Gesicht. Doch in ihrem Blick lag ein Hauch von Trauer. Dann fiel Claras Blick auf den gewölbten Bauch der Frau. Sie konnte sich beim besten Willen nicht vorstellen, was ein schwangeres Mädchen hier tat, warum es auf Dr. Roach wartete.

»Guten Morgen, Mrs Roach«, grüßte sie Schwester Trench. »Wie lange warten Sie denn schon?« Clara senkte den Blick, um ihre Überraschung zu verbergen. Warum war eine hübsche junge Frau mit einem Mann verheiratet, der zwanzig Jahre älter war als sie und obendrein noch als Arzt in einer Psychiatrie arbeitete?

»Oh, ich weiß nicht«, antwortete Mrs Roach. »Nicht sehr lange.«

»Weiß er denn, dass Sie da sind?«, fragte Schwester Trench, eine überdimensionale Hand auf der Klinke der Bürotür.

Mrs Roach nickte. »Ich habe wie immer angerufen, bevor ich hergekommen bin«, erklärte sie. »Er sagte, er würde herauskommen und mit mir reden, wenn er Zeit hat.«

»Warten Sie«, erwiderte Schwester Trench, »ich sehe mal, was ich tun kann.«

Schwester Trench öffnete die Tür und führte Clara in das Zimmer. Ein kunstvoll geschnitzter Schreibtisch stand in der Raummitte, das goldgerahmte Bild eines älteren, kahlköpfigen Mannes mit Monokel hing an der Wand dahinter. Medizinische Abschlusszeugnisse in Bilderrahmen sowie Schwarz-Weiß-Fotos von Männern mit Zylindern und Frauen in langen Reifröcken, die alle vor der Chapin Hall posierten, hingen rund um das Porträtbild. Die anderen Wände waren mit Fotos von der Eisenbahn, den Werkräumen, von Obstgärten und der Apotheke mit ihren Tausenden von Glasflaschen geschmückt.

Am Schreibtisch saß Dr. Roach mit einer Pfeife im Mund und lächelte Schwester May an, die auf einem schmalen Stuhl hockte. Sie trug eine weiße Strumpfhose, hatte die Beine übereinandergeschlagen und den Saum ihres Rockes bis zur Hälfte des Oberschenkels hochgezogen. Sie zuckte zusammen, als sich die Tür öffnete, und ihre Wangen färbten sich blutrot. Dr. Roach sah erschrocken auf. Schwester Trench führte Clara zum Schreibtisch.

»Wie oft habe ich Sie schon gebeten anzuklopfen, bevor Sie mein Büro betreten?«, fragte Dr. Roach.

»Entschuldigung, Herr Doktor«, sagte Schwester Trench mit durchdringendem Blick. »Ich glaube, ich habe mich noch nicht ganz an Ihre neuen Regeln gewöhnt. Vielleicht würde ich mich besser daran erinnern, wenn sie sich nicht jede Woche verändern würden.«

»Lassen Sie die Patientin einfach hier«, erwiderte Dr. Roach angespannt. »Sie können wegtreten, Schwester Trench. Schwester May wird dafür sorgen, dass die Patientin in den Esssaal gebracht wird, wenn wir hier fertig sind.«

»Ihre Frau wartet im Flur, Herr Doktor«, entgegnete Schwester Trench und starrte Schwester May an. »Soll ich ihr sagen, dass sie hereinkommen soll?«

Dr. Roach erhob sich. »Nein«, entgegnete er. »Ich werde selbst hinausgehen und mit ihr reden.«

»Sehr wohl«, antwortete Schwester Trench. Sie drehte sich um, marschierte aus dem Zimmer und knallte die Tür zu. Schwester May sah zu Dr. Roach hinüber, wobei ein nervöses Lächeln ihre Lippen umspielte. Mit gerunzelter Stirn deutete Dr. Roach auf eine Glastür zur Rechten des Schreibtisches.

»Bringen Sie die Patientin in den Untersuchungsraum«, erklärte er. »Ich komme gleich.«

Schwester May nahm eine Akte vom Schreibtisch und öffnete die Glastür. »Hier entlang, Clara«, sagte sie lauter als nötig. Clara folgte ihr in den Untersuchungsraum und versuchte, nicht mehr so zu zittern. Ein gusseiserner Radiator zischte und schepperte unter einem achteckigen Fenster und füllte den Raum mit einer gleichbleibenden feuchten Hitze. Clara hätte sich am liebsten auf den Boden gekniet und sich an den Heizkörper angelehnt.

»Stellen Sie sich auf die Waage«, befahl Schwester May, immer noch überlaut, als sei Clara schwer von Begriff, nahezu taub oder ihrer Sprache nicht mächtig. Schwester May schrieb Claras Gewicht und Größe in ihre Akte hinein und überprüfte dann die Körpertemperatur und den Blutdruck. Schließlich kam Dr. Roach ins Zimmer und schloss die Tür. Schwester May zog einen kleinen Tritthocker an den Untersuchungstisch heran.

»Ziehen Sie Ihr Kleid aus, und setzen Sie sich auf den Tisch, Clara«, forderte Schwester May sie auf.

»Ich weiß, dass Sie mit mir reden«, erwiderte Clara. »Ich kenne meinen Namen.«

»Wie bitte?« Schwester May zog die aufgemalten Augenbrauen hoch.

»Sie müssen nicht so laut reden und meinen Namen immer wiederholen«, stellte Clara fest, während sie ihr Kittelkleid aufknöpfte. Sie zog den Pullover aus, zog die Kleidung über den Kopf und legte sie sich über den Arm. »Ich spreche Englisch und kann sehr gut hören. Und ich bin nicht zurückgeblieben.« Clara kletterte auf den mit Papier abgedeckten Untersuchungstisch und setzte sich hin.

Mit mürrischem Blick riss Schwester May Clara die Kleidung vom Arm und warf sie auf einen Stuhl. Dann sah sie mit weit aufgerissenen Augen zu Dr. Roach hinüber, als erwarte sie von ihm, sie zu verteidigen. Dr. Roach ignorierte jedoch den kleinen Disput und ging zum Becken hinüber, um sich die Hände zu waschen. Dann zog er ein Paar Gummihandschuhe an, nahm sein Stethoskop von einem Wandhaken und steckte sich den Ohrbügel ins Ohr. Er setzte das kalte Bruststück über Claras linke Brust und horchte mit gerunzelter Stirn. Der Gestank von Gummi und Pomade stieg Clara in die Nase und ließ sie beinahe würgen. Jetzt, wo ihr wärmer wurde, meldete sich ihr Magen mit einer sauren Mischung aus Hunger und Übelkeit.

»Ich verstehe wirklich nicht, warum das nötig ist, Doktor«, erklärte Clara. »Ich kann Ihnen versichern, dass mit mir alles in Ordnung ist.«

»Die Untersuchung ist Teil des Aufnahmeprozesses.« Dr. Roach lächelte sie herablassend an. »Nichts, worüber Sie sich Sorgen machen müssen.«

»Aber ich muss nicht aufgenommen werden«, stellte Clara fest. »Mir geht es sehr gut.«

»Uh-huh«, nickte er, nahm die Akte von Schwester May

entgegen und schrieb etwas hinein. Schwester May starrte ihn an wie ein Hund, der auf eine Belohnung wartete.

»Was hat sie gesagt?«, fragte sie.

Dr. Roach starrte sie finster an. »Das besprechen wir später«, sagte er und bedachte sie mit einem strengen Blick.

»Bitte«, flehte Clara. »Hören Sie mir zu. Ich muss nicht hier sein. Mein Vater hat nur …«

»Dies ist eine rein körperliche Untersuchung«, unterbrach Dr. Roach sie. »Wir reden ein anderes Mal darüber, warum Sie hier sind. Lassen Sie uns für den Moment zusammenarbeiten, in Ordnung?«

»Wann?«, fragte Clara.

»Eine Schwester wird Sie abholen, wenn es so weit ist«, erwiderte Dr. Roach.

Clara seufzte und biss frustriert die Zähne zusammen. Dr. Roach gab Schwester May die Akte zurück, die sie mit beiden Händen entgegennahm und dabei ihre Finger ein paar Sekunden lang auf seinem Arm ruhen ließ. Schließlich lächelte er sie mit einem wissenden Blick an. Schwester Mays Schultern entspannten sich. Dr. Roach überprüfte Claras Reflexe mit einem Gummihämmerchen und sah ihr mit einem Vergrößerungsglas in die Ohren. Er bat sie, vom Tisch herunterzukommen und sich zu bücken, damit er die Krümmung ihrer Wirbelsäule überprüfen könne. Sie tat, wie ihr befohlen wurde. Er fuhr ihr mit den Händen über das Rückgrat, bevor er dann ihre Arme nach hinten zog und an den Handgelenken zerrte.

»Haben Sie Schmerzen im Rücken oder in den Schultern?«, fragte er und presste sein Becken an ihr Gesäß.

»Nein«, erwiderte Clara und zuckte zusammen. Dr. Roach ließ sie los. Clara richtete sich wieder auf und rieb sich die Handgelenke. Dr. Roach blieb immer noch hinter ihr stehen, legte seine Hände auf ihre Schultern und zog diese nach hinten. Er tastete die Nackenwirbel ab und presste seine Finger in ihre Kopfhaut, um die Form ihres Schädels zu untersuchen. Dann griff er um sie und tastete die Schlüsselbeine ab, hob und senkte ihre Arme und befahl ihr, sie hochzuhalten, während er ihre Achselhöhlen befühlte.

»Schwester May?« Er drehte sich zu ihr um. »Bleiben Sie heute Nacht wieder im Schwesternheim?«

»Ja, Dr. Roach«, flötete Schwester May zuckersüß.

»Und wie finden Sie die Unterbringung? Sie wissen ja, wie sehr wir hier in Willard danach streben, dass sich unsere Angestellten bei uns wohlfühlen.«

»Die Unterbringung hier in Willard ist die beste, die ich je hatte«, erwiderte Schwester May.

Bevor Clara wusste, wie ihr geschah, hatte Dr. Roach seine Hände auf ihren Brüsten. Er drückte sie einmal, zweimal, dann kniff er in ihre Brustwarze und ließ dann von ihr ab. Das Ganze war so schnell vorbei, dass es nur schwer zu sagen war, ob es Teil der Untersuchung war oder etwas anderes. Clara ließ die Arme sinken, überkreuzte sie über der Brust und drehte sich mit brennenden Wangen zu Dr. Roach um. Dieser ignorierte sie jedoch und streifte sich die Gummihandschuhe ab. Er ging zum Waschbecken, schrubbte sich die Hände, seifte und spülte sie zweimal hintereinander ab. Das Wasser war so heiß, dass es dampfte. Die Hände trocknete er an einem sauberen Handtuch ab, zog die Gummihandschuhe wieder an und holte dann einen hölzernen Zungenspatel aus einem Glas, das sich im Medizinschrank befand.

»Rauf auf den Tisch, Clara«, befahl er. Clara kletterte wieder auf den Untersuchungstisch, die Arme immer noch vor der Brust verschränkt. »Ihnen gefällt es also wirklich gut hier in Willard, Schwester May?«

»O ja«, erwiderte Schwester May und kam näher, als müsse auch sie Clara in den Hals schauen. »Ich fühle mich hier sehr, sehr wohl.«

Dr. Roach grinste und hielt den Holzspatel hoch. »Machen Sie den Mund auf«, forderte er Clara auf. »Sagen Sie ›Ah‹.« Clara tat, was man ihr sagte, und Dr. Roach presste ihre Zunge mit dem Holzspatel nach unten. Das war zu viel. Clara würgte und erbrach sich. Sie übergab sich auf Dr. Roachs Hand und die Vorderseite seines Arztkittels. Er wich zurück und sah auf seine Kleidung hinunter, die Arme ausgestreckt, den Mund vor Ekel verzogen. Schwester May keuchte und ließ Claras Akte fallen, wo sie in einer Lache aus Erbrochenem landete. Einen Augenblick lang standen die beiden erstarrt und mit weit aufgerissenen Augen da.

Irgendwann erwachte Schwester May aus ihrer Starre. Schnell öffnete sie die Türen unter dem Medizinschrank und holte einen Stapel Handtücher heraus, stieg über die Lache auf dem Boden hinweg und fing an, das Erbrochene von Dr. Roachs Arztkittel abzuwischen. Dr. Roach verharrte immer noch reglos, die Lippen zu einer schmalen, harten Linie zusammengepresst. Schwester May knöpfte ihm den Kittel auf und streifte ihn ganz vorsichtig von seinen Armen ab, damit dieser nicht an seine Kleidung kam. Dann zog sie ihm die Handschuhe aus, warf sie weg und wusch sich die Hände. Dr. Roach wich zurück, trat langsam über das Erbrochene hinweg und schrubbte sich die Hände mit einer Schmutzbürste derart fest, dass sich seine Haut rot färbte. Schwester May packte Clara am Arm, wobei sich ihre Fingernägel tief in Claras Arm gruben.

»Wie können Sie es wagen?«, zischte sie. »Wollen Sie in die Isolationszelle? Ist es das?«

»Schon gut«, rief Dr. Roach und trocknete sich die Hände ab. »Ich denke nicht, dass sie es absichtlich gemacht hat. Beseitigen Sie die Schweinerei, dann bringen wir das Ganze hinter uns.«

Schwester May blickte mürrisch drein, holte aber weitere

Handtücher aus dem Schrank. »Soll ich Schwester Trench holen, damit sie sich um das Erbrochene kümmert?«, fragte sie.

»Nein«, erwiderte Dr. Roach. »Geben Sie Clara ein trockenes Handtuch, damit sie sich säubern kann, dann sind wir hier fertig.«

»Tut mir leid«, entschuldigte sich Clara und wischte sich Spritzer von den Armen und Beinen. »Das wollte ich nicht. Es ist nur …«

»Fühlen Sie sich nicht gut?«, hakte Dr. Roach nach. »Sind Sie krank?«

»Nein«, erwiderte Clara. Sie atmete tief ein und hielt dann die Luft an, unsicher, ob sie ihm die Wahrheit sagen sollte. Vielleicht würde sie besser behandelt, wenn man wusste, dass sie schwanger war. Vielleicht würde man sie freilassen. Eine Psychiatrie war kein Ort, um ein Baby auf die Welt zu bringen. Sicherlich würde der Doktor ihr in diesem Punkt zustimmen. Clara kaute auf der Innenseite ihrer Wangen herum, während sie gegen den Drang ankämpfte, sich noch einmal zu übergeben. »Ich bin nicht krank. Ich bin schwanger.«

Dr. Roach runzelte die Stirn, die Augenbrauen fest zusammengezogen. »Vielleicht sind Sie einfach nur nervös, oder Sie haben etwas gegessen, das Sie nicht vertragen haben.«

Clara schüttelte den Kopf. »Nein«, erwiderte sie. »Ich habe einen Freund, das Baby ist von ihm.«

Dr. Roach hob das Kinn und nickte leicht, als habe sich für ihn gerade etwas bestätigt. »Sie können mir später mehr darüber erzählen«, erklärte er. »Ich bin hier, um Ihnen zu helfen, erinnern Sie sich? Jetzt müssen Sie erst einmal in den Esssaal, um zu frühstücken.«

»Aber Sie sind doch ein Arzt«, entgegnete Clara. »Sie können doch herausfinden, ob ich schwanger bin oder nicht. Sie werden mir doch sicherlich zustimmen, dass eine Psychiatrie kein Ort für eine Schwangere ist.«

»Wir haben eine Ärztin, die die gynäkologischen Untersuchungen vornimmt«, antwortete Dr. Roach. »Aber sie ist leider heute nicht da.«

Clara dachte kurz darüber nach, die Frage zu stellen, warum er ihre Brüste untersucht hatte, wenn es doch eine Ärztin gab, die für solche Dinge zuständig war, doch sie wusste, dass dies reine Zeitverschwendung gewesen wäre. Das Wichtigste war nun, ihm bewusst zu machen, dass sie ein Baby erwartete. Sie legte eine Hand auf ihren Bauch. »Sehen Sie, mein Bauch? Er ist geschwollen.«

Dr. Roach zeigte auf Claras Kleidung auf dem Stuhl. »Ziehen Sie sich an«, erwiderte er. »Wenn Sie wirklich schwanger sind, werden wir es schon bald wissen, nicht wahr? Schwester May, würden Sie Clara bitte in den Esssaal hinunterbringen?«

Schwester May, die auf allen vieren und mit saurer Miene den Fußboden gesäubert hatte, stand auf und wartete an der Tür, während Clara sich anzog. »Soll ich Schwester Trench herschicken, um den Rest zu beseitigen?«, fragte sie erneut.

Dr. Roach schüttelte den Kopf. »Nein, sie hat andere Patienten, um die sie sich heute Morgen kümmern muss. Holen Sie sich einen Aufseher, der Ihnen dabei hilft.«

Schwester Mays Gesicht färbte sich dunkelrot, ihre Kieferknochen mahlten und traten hervor. Clara knöpfte ihren Pullover zu und nahm sich vor, im Augenblick anstandslos alles zu tun, was man von ihr verlangte. Dr. Roach hatte gesagt, dass sie später reden würden. Sie hatte immer noch die Chance, ihn davon zu überzeugen, dass sie nicht in eine Psychiatrie eingewiesen werden musste. Sie folgte Schwester May aus dem Büro hinaus und durch den Eingangsbereich der Chapin Hall bis zum Ende des ersten Gebäudeflügels. Ein Aufseher schloss zwei Eisentüren auf und ließ sie durch. Das Kreischen und Zuschlagen der Türen hallte durch die Flure. Schwester May führte Clara eine schmale Treppe hinunter in den Keller, wo sie einen kurzen steinernen Bogen zum Esssaal passierten.

Die Betonwände des Esssaals waren in einem schmuddeligen, fleckigen Grau gestrichen, während die oberen Winkel und Ecken eine alte weiße Farbschicht erkennen ließen. Der blaue Fußboden war abgewetzt und verkratzt; kreisrunde Stücke fehlten, als hätte jemand Steinstücke mit einem Löffel herausgemeißelt. Es stank nach verdorbener Milch, Kohl und Fett. Dutzende Patientinnen saßen und standen an langen Tischen, während Aufseher um den Essbereich schlenderten und beobachteten, wie die Frauen aßen. Schwester Trench und zwei andere Schwestern liefen am anderen Ende des Esssaals an einer Warteschlange entlang, damit die Patientinnen dort nicht aus der Reihe tanzten. Die Patientinnen trugen Tabletts und nahmen ihr Essen von Arbeiterinnen auf der anderen Seite einer langen Theke entgegen. Unter den Frauen in der Warteschlange befanden sich die Frau mit der Babypuppe sowie die Frau, die sich unaufhörlich in ihrem Bett nach vorn und hinten gewiegt hatte. Überall, wo Clara hinschaute, sah sie leere Blicke, verquollene Augen, mürrische Münder.

»Zeit für den Sonnenraum!«, brüllte einer der Aufseher die Patientinnen an, die an den Tischen saßen. »Räumen Sie Ihren Kram weg!«

Die Patientinnen standen auf und nahmen ihr Geschirr mit, doch einige wenige blieben sitzen und kauten benommen auf ihrem Frühstück herum. Die Aufseher zerrten die unkooperativen Frauen von ihren Stühlen und nahmen ihnen das Besteck aus der Hand. Eine Patientin versuchte, auf den Tisch zu klettern, und hatte den nackten Fuß schon in der Mitte eines Tellers stehen. Ein Aufseher streckte die Arme aus und packte sie fluchend am Ellbogen. Am Ende hatten die Aufseher alle Patientinnen so weit, dass sie ihr Geschirr nahmen und den Raum verließen. Vier Kantinenmitarbeiterinnen sammelten die übrigen Teller und Besteckteile ein, während die Frauen aus Claras Abteilung mit ihren Tabletts zu den Tischen hinschlurften. Schwester May führte Clara durch den Raum und übergab sie Schwester Trench.

»Diese Patientin hat den Untersuchungsraum von Dr. Roach in einen Saustall verwandelt«, erklärte sie Schwester Trench. »Dr. Roach will, dass Sie nach dem Frühstück mit einem Aufseher kommen und alles sauber machen.«

»Dafür habe ich keine Zeit!« Schwester Trench runzelte die Stirn. »Sie sind seine Oberschwester. Es ist daher Ihre Aufgabe, sich dort um alles zu kümmern.«

»Ich befolge nur die Anweisungen«, stellte Schwester May klar und reckte das Kinn in die Höhe. »Er sagte, ich solle Sie schicken.« Sie drehte sich auf dem Absatz um, um zu gehen, überlegte es sich dann jedoch noch einmal anders. »Eines noch.« Sie fuchtelte mit dem Zeigefinger vor Clara herum. »Diese Patientin hier denkt, sie sei schwanger.« Das letzte Wort sagte sie so laut, als würde sie etwas verkünden.

Schwester Trench riss die Augen auf, ließ die Arme fallen und trat auf Clara zu, doch es war schon zu spät. Ein halbes Dutzend Patientinnen ließen ihre Tabletts fallen und kamen herbeigeeilt. Eine grapschte nach Claras Bauch, eine andere berührte ihr Haar, eine dritte heulte und fummelte Clara im Gesicht herum. Clara duckte sich und legte schützend die Arme um den Kopf. Eine Traube von dreißig schmutzigen Fingern tastete nach ihrem Mund und kratzte ihr über die Wange. Schwester Trench und die Aufseher zogen die Frauen weg und brüllten diese an, sich von Clara fernzuhalten. Schwester May trat mit einem zufriedenen Grinsen im Gesicht ein paar Schritte zurück, um sich alles anzusehen.

»Lasst sie in Ruhe!«, brüllte Schwester Trench die Patientinnen an. »Nehmt eure Tabletts, und dann ab zum Tisch! Sofort, oder ihr kommt in die Isolationszelle!« Die meisten Frauen taten, wie ihnen befohlen wurde. Eine Frau fiel zu Boden und schrie, die Hände um den Kopf gelegt. Zwei Aufseher rissen sie wieder hoch und zerrten sie aus dem Esssaal. Schwester Trench bedachte Schwester May mit einem eisigen Blick. »Dafür werden Sie eine Rüge erhalten«, rief sie.

Schwester May zuckte mit den Schultern. »Eines noch«, erwiderte sie. »Ich frage mich nur, ob Dr. Roach weiß, wie wenig Kontrolle Sie über die Patientinnen haben?«

»Ich arbeite seit mehr als fünfzehn Jahren für Dr. Roach«, erklärte Schwester Trench mit zusammengebissenen Zähnen. »Und ich werde noch lange für ihn arbeiten, wenn Sie schon längst fort sind.«

Schwester May verdrehte die Augen und verließ den Esssaal. Schwester Trench nahm Clara am Arm und führte sie zur Theke, um ihr dort das Frühstück zu besorgen. »Ganz gleich, ob es stimmt, was sie gesagt hat, oder ob Sie sich das bloß ausgedacht haben«, erklärte sie Clara leise, »Sie sollten sich diesbezüglich lieber bedeckt halten. Allen davon zu erzählen wird Ihnen nicht helfen. Den Ärzten ist es egal, und die anderen Patientinnen werden Sie in Stücke reißen.«

Sie ließ Clara in der Warteschlange stehen und ging weg. Eine andere Gruppe Frauen kam in der entgegengesetzten Ecke des Raumen nach und nach durch die Türen herein. Clara nahm sich an der Essensausgabe ein Tablett und versuchte, wieder zu Atem zu kommen, das Herz schlug ihr immer noch bis zum Hals. Auf dem Tablett befand sich ein dickwandiger, milchiger Becher mit einem augenscheinlich sehr dünnen Tee, ein Teller mit vier Pflaumen und ein trockenes Stück Brot. Sie trug das Tablett zu einem Tisch hinüber und fand dort einen freien Sitzplatz. Doch sobald sie sich gesetzt hatte, schnappte ihr die Frau neben ihr das Brot vom Teller weg. Clara beugte sich über ihr Essen und griff mit zitternden Händen nach dem Teebecher. Appetit hatte sie keinen, doch sie wusste, dass sie für ihr Baby essen und trinken musste. Sie probierte einen Schluck Tee. Er war nicht mal lauwarm und schmeckte wie Urin, aber Clara trank ihn. Die Pflaumen waren hart und ausgetrocknet, und es kostete sie große Mühe, nicht zu würgen, als sie sie sich in den Mund steckte.

Die Aufseher liefen im Esssaal auf und ab und befahlen den Frauen, sich zu beeilen, damit sich die nächste Gruppe setzen konnte. Am anderen Ende des Tisches stand die Frau mit der Babypuppe und schrie, während sie einer anderen Frau an Händen und Haaren riss. Die andere Patientin schlug nach den Armen der Frau, um sie zu vertreiben. Die Aufseher eilten sofort dorthin, um den Streit zu unterbinden.

»Mein kleines Mädchen verhungert!«, kreischte die Frau und griff nach der Brotscheibe auf dem Tablett der anderen Frau. »Hören Sie sie denn nicht schreien? Sie braucht Nahrung!«

Ein Aufseher packte die kreischende Frau unter den Armen und zerrte sie vom Tisch weg. Ein anderer schlug ihr ins Gesicht, entriss ihr die Babypuppe und schleuderte sie quer durch den Raum. Die Frau heulte auf und rannte der Puppe hinterher, das Gesicht schmerzverzerrt. Sie fiel auf die Knie und hob ihre Babypuppe auf, wiegte sie in den Armen und weinte. Die Aufseher hoben sie auf und führten sie zum Tisch zurück. In ihren Gesichtern war keinerlei Gefühlsregung zu erkennen. Die Frau setzte sich, stimmte ein Wiegenlied an und wiegte die Puppe vor und zurück, das strähnige Haar wild im Gesicht. Alle aßen weiter.

Clara musterte die letzte verschrumpelte Pflaume auf ihrem Teller, während ihr immer übler wurde. Sie dachte kurz darüber nach, der Frau mit der Babypuppe ihre Pflaume zu überlassen, nahm sie dann jedoch und steckte sie sich in den Mund. Sie musste aufpassen, sich nicht zu übergeben, während sie kaute und die Pflaume herunterschluckte.

KAPITEL 9
Izzy

Am Montagnachmittag lag Claras Tagebuch immer noch auf dem oberen Regalfach in Izzys Schließfach, oben auf ihren Mathe- und Englischbüchern. Anders als erhofft hatte das Tagebuch Izzy leider keine Antworten liefern können, im Gegenteil. Der Einblick in das Leben in den 1920er-Jahren war faszinierend, und Claras Worte lasen sich wie das Tagebuch einer völlig normalen jungen Frau, die unter dem normalen Wirrwarr und den Enttäuschungen an der Schwelle zum Erwachsensein litt. Nichts, rein gar nichts ließ vermuten, dass Clara den Verstand verloren hatte. Mit Ausnahme einer, wie es schien, übermäßig strengen Erziehung und ihrer Trauer nach dem Verlust des Bruders schien Clara eine glänzende Zukunft vorbestimmt gewesen zu sein. Bis sie Bruno getroffen hatte. Ab diesem Moment schien sich alles verändert zu haben.

Konnte sich Claras Angst, nicht mit dem Mann zusammen sein zu dürfen, den sie liebte, in Form einer Geisteskrankheit geäußert haben? Konnte ihre strenge Erziehung dazu geführt haben, dass sie nervös, paranoid oder wahnsinnig geworden war? Das klang eher unwahrscheinlich. Claras Tagebuch las sich wie die Notizen einer jungen Frau, die eine unerschütterliche Lebenseinstellung und einen bodenständigen Blick auf die Realität besaß. Izzy war klar, dass Ärzte damals weder über Depressionen vollständig Bescheid wussten noch Verständnis für Frauen hatten, die ihr Leben selbstbestimmt in Angriff nahmen. Dennoch war ihr die Entscheidung von Claras Vater völlig unverständlich, der seine Tochter fortgeschickt hatte, weil der Mann, den sie liebte, in seinen Augen zur Unterschicht gehörte. Noch viel unfassbarer war jedoch, dass Claras Mutter sich der Entscheidung ihres Ehemannes gefügt hatte! Das alles war wirklich unvorstellbar. Izzy ging Claras Geschichte sehr zu Herzen und ließ sie nicht mehr los, und sie wollte unbedingt herausfinden, was mit Clara geschehen war, nachdem man sie nach Willard geschickt hatte.

Während der kurzen Pause zwischen der achten und neunten Unterrichtsstunde stand Izzy vor ihrem Schließfach, kaute auf ihrer Lippe herum und fragte sich, warum Ethan das Tagebuch noch nicht abgeholt hatte. An diesem Tag war er sehr wohl in der Schule: Izzy hatte ihn mit Shannon durch die Flure laufen sehen. Er hatte sie ignoriert, als sie aneinander vorbeigegangen waren, und hatte gelacht und mit seinen Freunden geredet, als sei sie unsichtbar. Es kostete sie große Überwindung, nicht zu ihm hinzugehen und ihn zu fragen, ob er sie für dumm verkaufen wollte. Sie war durchaus in der Lage, zu merken, wenn man sie hereinlegte. Sie zerrte das Psychologiebuch unter ihrer Sporttasche hervor und knallte die Spindtür zu. Was, zum Teufel, führte er bloß im Schilde? Er hatte mehr als genug Zeit gehabt, das Tagebuch abzuholen.

Die Schulglocke ertönte, und Izzy eilte mit einem beklemmenden Gefühl in der Brust den Korridor entlang, weil sie fürchtete, selbst das Tagebuch ins Warenlager zurückbringen zu müssen. Sie fragte sich, was Peg wohl tun würde, wenn sie sie dabei ertappte. Auf dem Weg zum Klassenraum fiel ihr plötzlich ein, dass sie ihren Aufsatz zum Thema »Einblick in die Psyche von Straftätern« in ihrem anderen Notizblock vergessen hatte. Izzy drehte sich um, lief durch die leeren Korridore zurück und fluchte leise, weil sie zu spät kommen würde. Als sie an ihrem Schließfach ankam, stand Ethan dort und griff gerade hinein, um das Tagebuch herauszuholen. Er schreckte zusammen, als er sie sah.

»Endlich!«, zischte Izzy. »Ich hatte mich schon gefragt, ob du mir neulich Nacht nur Müll erzählt hast!«

»Tut mir leid«, erwiderte er mit rotem Kopf und außer Atem. »Shannon hat sich heute ziemlich komisch verhalten. Sie wollte, dass ich sie zu all ihren Unterrichtsräumen bringe, obwohl ihr klar war, dass ich dann selber zu spät komme.«

»Hast du jetzt nicht Psychologie mit ihr zusammen?«

»Ja, schon«, erwiderte er. Er ließ den Blick den Flur auf- und abschweifen. »Ich habe sie gebeten, mir einen Platz frei zu halten, weil ich noch mal zur Toilette müsste.«

»Warum verhältst du dich so komisch?«

»Ich glaube, sie weiß, dass etwas läuft.«

»Was meinst du damit?«

»Sie weiß, dass ich zusammen mit dir im Museum arbeite«, antwortete Ethan. »Und darüber ist sie alles andere als erfreut.«

Izzy verdrehte die Augen. »Ja und? Das bedeutet doch nicht gleich, dass da zwischen uns was läuft.«

»Du kennst Shannon nicht.«

Izzy schnaubte. »Och, ich denke schon. Wie hat sie es herausgefunden, dass wir im Museum zusammenarbeiten?«

In diesem Augenblick schaute Ethan an Izzy vorbei. Ihm fiel die Kinnlade herunter, sodass Izzy sich umdrehte, um zu sehen, was los war. Shannon stand am Ende des Flurs, hatte die Arme verschränkt und beobachtete sie.

»Verdammt!«, flüsterte Ethan. Er drückte Izzy das Tagebuch in die Hände und eilte zu Shannon hinüber. »Hi, Babe«, sagte er und versuchte, lässig zu klingen. »Izzys Schließfach klemmte. Sie hat mich gebeten, ihr zu helfen.«

Shannon starrte ihn an, bis er bei ihr war, und sah dann finster zu Izzy herüber. Izzy legte das Tagebuch in den Spind zurück, schloss die Tür und lief auf die beiden zu, den Notizblock wie ein schusssicheres Schild vor ihre Brust gepresst. Mit gerunzelter Stirn beobachtete Shannon, wie Izzy auf sie zukam, bis Ethan ihre Hand nahm und sie zum Psychologieunterricht führte. Izzy folgte ihnen und hoffte inständig, nicht neben den beiden sitzen zu müssen. Shannon warf immer wieder einen Blick zurück auf sie, flüsterte Ethan etwas ins Ohr und lachte: ein lautes, aufgesetztes Gegacker, als hätte sie ihm einen Insiderwitz zugeraunt. Als Shannon und Ethan den Unterrichtsraum erreicht hatten, blieben sie vor der geschlossenen Tür stehen. Shannon schlang Ethan ihre Arme um den Hals und küsste ihn leidenschaftlich. Ethan erwiderte ihren Kuss, wich dann jedoch zurück.

»Komm schon«, forderte er sie auf. »Wir sind ohnehin schon zu spät.«

Shannon starrte mit vor Ekel verzogenen Lippen zu Izzy hinüber. »Wen interessiert's?«, fragte sie. »Wir schieben es einfach auf Izzy Pop.«

Ethan öffnete die Tür und zog Shannon hinter sich her in den Unterrichtsraum hinein. Izzy folgte ihnen und kämpfte gegen den Drang an, Shannon den wahren Grund zu stecken, warum Ethan an ihrem Spind gewesen war. Vorne in der Klasse schrieb Mr Defoe etwas an die Tafel. Feuchte Halbkreise hatten sich auf seinem blauen Hemd unter den Achseln gebildet, die verwaschene Jeans war unten in die Wanderstiefel gesteckt, die sein Markenzeichen waren. Ganz gleich, welche Jahreszeit gerade war: Mr Defoe trug seine Wanderstiefel. Gerüchten zufolge wohnte er in einem Apartment über dem Bahnhof und investierte den Großteil seines Geldes in wohltätige Projekte. Er starrte über seine dicken Brillengläser hinweg Ethan, Shannon und Izzy an.

»Schön, dass Sie sich auch noch zu uns gesellen«, stellte er fest. »Beeilen Sie sich, und nehmen Sie Platz.«

Zu Izzys großer Erleichterung befand sich im hinteren Teil

des Klassenzimmers noch ein freies Pult. Sie eilte dorthin, während Ethan und Shannon sich vorne hinsetzten.

Mr Defoe war fertig mit dem, was er an die Tafel geschrieben hatte, setzte sich an seinen Schreibtisch und bat dann die Schüler, die Hausaufgaben nach vorn durchzureichen. Nachdem alle Aufsätze eingesammelt waren, stand er auf, um seinen Vortrag zu halten.

»Heute wollen wir darüber sprechen, was einen augenscheinlich normalen Menschen dazu bringt, plötzlich ein schreckliches Verbrechen zu begehen«, erklärte er. »Wie zum Beispiel, den Ehepartner umzubringen oder eine Waffe mit in die Schule zu nehmen, um dann dort alle Klassenkameraden zu erschießen.« Er lief auf und ab, wobei die Wanderstiefel über den Boden schlurften. »Immer wieder machen Zeitungen Schlagzeilen mit Geschichten über ganz normale Leute wie Sie und ich, die, ohne Vorwarnung, abscheuliche Dinge tun. Sie begehen Verbrechen, die die Leute in ihrem Umfeld schockieren, selbst diejenigen, die sie sehr gut kennen. Alle sind ratlos und versuchen, das Geschehene zu verstehen. Die meisten Leute, die von einem solchen Verbrechen erfahren, denken als Erstes, dass die Person, die sie kennen, niemals ein solcher Täter sein könnte ...«

Izzy rutschte auf ihrem Sitz herum und versuchte, Mr Defoes Worte auszublenden. Sie schnappte sich ihren Füller und zeichnete ein Rechteck auf das Notizbuch vor ihr, malte die Linien immer wieder nach, drückte fester und fester auf den Stift, bis die Füllerspitze durch den Buchdeckel hindurchbrach.

»Die Frage ist«, fuhr Mr Defoe fort, »verhalten sich diese Leute auf einmal untypisch, oder war die Tendenz durchzudrehen schon immer Teil ihrer Persönlichkeit? Was meinen Sie, Miss Stone?«

Izzy sah auf. Ein paar der Schüler hatten sich auf ihren

Stühlen umgedreht und starrten sie mit hochgezogenen Augenbrauen an. »Ähm«, stotterte Izzy. »Tut mir leid. Wie war die Frage noch mal?« Alle brachen in Gelächter aus.

»Ich würde es sehr schätzen, wenn Sie mit Ihren Malereien aufhören und stattdessen Ihre volle Aufmerksamkeit *mir* schenken würden, Miss Stone«, ermahnte sie Mr Defoe.

Shannon hob die Hand, woraufhin Mr Defoe auf sie deutete. »Ja, Miss Mackenzie?«

»Ich habe eine Idee«, verkündete Shannon. »Vielleicht können wir dafür sorgen, dass Izzys Mutter herkommt und uns die Täterpsyche erklärt.«

Izzy merkte, wie ihr das Blut ins Gesicht schoss. Noch nie hatte jemand so schnell alles über ihre Mutter herausgefunden. Sie starrte Shannon an.

»Was meinst du damit?«, hakte Nicole mit vorgetäuschter Sorge nach, ein breites Grinsen auf ihren Lipglosslippen. »Was hat Izzys Mutter denn getan?«

»Oh, tut mir leid«, erklärte Shannon und tat überrascht. »Ich dachte, alle wüssten Bescheid.« Sie runzelte die Stirn und sah zu Izzy hinüber. »Izzys Mutter hat ihren Mann im Schlaf erschossen. Sie sitzt eine lebenslange Haftstrafe im Bedford-Frauengefängnis ab.«

Ein kollektives Keuchen ging durch den Raum. Ein Meer von Köpfen drehte sich zu Izzy um. Vor Entsetzen weit aufgerissene Augen starrten sie an. Mädchen schlugen sich die Hände vor den Mund. Jungen klatschten einander lachend ab. Alle redeten mit einem Mal durcheinander.

»Ist sie zum Tode verurteilt?«, fragte einer der Jungs.

»Kannst du sie für einen Kurzvortrag herbringen?«, fragte Luke und prustete los.

»Ist Orange ihre Lieblingsfarbe?«, meldete sich Nicole.

Mr Defoe trat vor. »Okay, beruhigen Sie sich«, rief er und hob beschwichtigend die Hände. »Leute, Ruhe jetzt!«

Niemand hörte auf ihn. Das Mädchen, das neben Izzy saß, stand auf und setzte sich woandershin. Luke war auf seinen Stuhl geklettert und hielt die Hände, als würde er mit einer Pistole abdrücken – der Zeigefinger stellte den Lauf der Pistole dar.

»Peng! Peng!«, schrie er und tat, als würde er auf Izzy schießen. Dann feuerte er auf seine Freunde. Mehrere von ihnen ließen sich von ihren Stühlen auf den Boden fallen, wo sie stöhnten und sich schließlich tot stellten.

Mit zitternden Knien stand Izzy auf, sammelte ihre Bücher zusammen und lief zur Tür. Ethan erhob sich und legte eine Hand auf ihren Arm, um sie aufzuhalten.

»Warte«, bat er. Dann drehte er sich um. »Haltet die Klappe!«, brüllte er. »Warum benehmt ihr euch nicht wie Erwachsene, anstatt euch hier wie die letzten Idioten zu verhalten?« Alle hielten inne und sahen ihn mit großen Augen an.

»Was, zum Geier …?«, meldete sich Luke zu Wort. »Stehst du etwa auf Izzy Pop?«

»Genau, Ethan«, fuhr ein rothaariger Junge mit Sommersprossen fort. »Weiß deine *Freundin* schon von deiner Schwärmerei für die Neue?« Seine Stimme war hoch, ähnlich einer Frauenstimme, was im krassen Gegensatz zu seiner enormen Größe stand. Er war nicht fett, aber breit gebaut und muskulös wie ein Bulle oder ein Mack-Lastwagen. Wenn Izzys Erinnerung stimmte, hieß er Josh.

Shannon stand auf und riss Ethans Hand von Izzys Arm. »Was machst du da?«, zischte sie, das Gesicht wutverzerrt.

Während alle darauf warteten, wie Shannon reagieren würde, wurde es im Unterrichtsraum plötzlich ganz still.

»Alle hinsetzen!«, rief Mr Defoe und übernahm wieder das Ruder. »Noch ein Wort von irgendwem, und Sie alle müssen nachsitzen!«

Shannon zerrte Ethan von Izzy weg, setzte sich und zog

einen Schmollmund. Izzy warf ihr einen bitterbösen Blick zu, bevor sie zur Tür lief.

»Bitte kehren Sie auf Ihren Platz zurück, Miss Stone«, bat Mr Defoe. »Lassen Sie bitte nicht zu, dass dieser Haufen gelangweilter Kindsköpfe Ihnen etwas anhaben kann.« Mitten in der Bewegung hielt Izzy inne, das Gesicht zur Tür gewandt. Das Herz klopfte ihr bis zum Hals. Sie war unschlüssig, ob sie bleiben oder gehen sollte, da sie nicht wusste, wie viel Ärger sie sich einhandeln würde, wenn sie nun einfach rausginge. Dann fuhr Mr Defoe fort: »Und Miss Mackenzie? Eine Woche lang Nachsitzen für Sie.«

»Was?«, jaulte Shannon auf. »Warum? Was habe ich denn getan?«

»Was habe ich denn getan?«, ertönte eine hohe, spöttische Stimme aus dem hinteren Teil des Klassenzimmers. *»Wie immer amüsiere ich mich nur ein bisschen auf Kosten von jemand anderem.«* Izzy drehte sich um, weil sie wissen wollte, wer da sprach. Es war Alex. Sie lehnte an der Fensterbank und blickte finster drein. Als sie weiterredete, trieften ihre Worte vor Sarkasmus. »Alle wissen, dass meine Mommy Alkoholikerin ist und mein Daddy abgehauen ist. Deswegen kann ich mir alles herausnehmen, weil ich nur ein armes, verwirrtes kleines Mädchen bin.«

»Halt die Klappe«, brüllte Shannon. Sie sprang von ihrem Stuhl auf und wollte sich auf Alex stürzen. Doch Ethan hielt sie zurück.

»Miss Mackenzie!«, rief Mr Defoe. »Legen Sie es darauf an, vom Unterricht suspendiert zu werden?«

»Sie ist eine Lügnerin!«, schrie Shannon und mühte sich ab, sich aus Ethans Griff zu befreien.

Einige der anderen Schüler warfen einander Blicke zu, schüttelten die Köpfe und verdrehten die Augen. Andere schauten zu Boden, als seien sie beschämt zu sehen, wie Shannon so auseinandergenommen wurde.

»Beruhig dich!«, forderte Ethan Shannon auf.

»Du bist ein Flittchen!«, brüllte Shannon Alex an. »Genau wie deine Mutter!«

»Das reicht!«, ging Mr Defoe dazwischen. »Ethan und Shannon, ab ins Büro des Direktors. Sofort. Raus hier!«

Ethan packte Shannon am Handgelenk und zerrte sie aus dem Raum. Währenddessen schrie Shannon unentwegt Obszönitäten. Die anderen Schüler tuschelten aufgeregt miteinander. Izzy stand immer noch vorne, die Bücher an die Brust gepresst, einen brennenden Kloß im Hals. Sie konnte sich immer noch nicht entscheiden, ob sie an ihren Platz zurückkehren oder darum bitten sollte, auf die Mädchentoilette gehen zu dürfen, um sich dort in Ruhe sammeln zu können. Mr Defoe versuchte, die Klasse wieder in den Griff zu bekommen, doch niemand schenkte ihm Beachtung. Izzy wischte sich über die Augen und kehrte schließlich auf ihren Platz zurück. Nach und nach beruhigten sich alle, sodass Mr Defoe seinen Vortrag beenden konnte. Izzy bekam kein Wort davon mit.

Nach dem Unterricht eilte Izzy zu ihrem Schließfach, stopfte ihre Bücher und Hefte sowie Claras Tagebuch in ihren Rucksack und lief dann in die Mädchentoilette. Sie konnte es kaum abwarten, dass dieser Tag endlich zu Ende ging. Heute Abend würde sie Peg zu Hause gestehen, dass sie das Tagebuch hatte. Hoffentlich würde Peg ihr verzeihen und sie nicht in eine andere Pflegefamilie schicken. Izzy öffnete die Tür zum Toilettentrakt und bog zu den Kabinen ab, erstarrte dann jedoch. Shannon lehnte am Heizkörper, das Gesicht rot, die Augen verquollen. Crystal und Nicole standen neben ihr, hielten Taschentücher bereit und rieben ihr über die Schultern.

»Verpiss dich von hier!«, rief Shannon. Izzy wollte gerade schon gehen, als sie es sich jedoch noch einmal anders überlegte. Sie drehte sich um und sah Shannon an.

»Hör zu«, sagte sie und blieb in Reichweite des Ausgangs stehen. »Ich habe keine Ahnung, warum du mich dermaßen hasst, aber ich verstehe, was du durchgemacht hast. Es ist nicht leicht, verkorkste Eltern zu haben.«

Shannon schniefte und richtete sich auf. »Jetzt hörst *du mir* mal zu, du Miststück«, erwiderte sie und warf ein gebrauchtes Taschentuch nach Izzy. »Du weißt nichts über mich, gar nichts! Und das wird sich auch nie ändern.«

Am liebsten hätte sie Shannon mitten ins Gesicht gebrüllt. Mehr als alles andere wollte sie ihr sagen, endlich erwachsen zu werden und ihre Wut nicht an allen anderen auszulassen. Doch sie hatte Angst, nicht mehr aufhören zu können, wenn sie einmal losgelegt hatte. Außerdem würde es nichts bringen. Vielleicht konnten Shannon und sie sich wenigstens irgendwie einigen. Zumindest könnte man sich bis zum Schulabschluss anständig und zivilisiert verhalten. Einen Versuch war es wert. Wie ihre Großmutter schon immer gesagt hatte: Mit Speck fing man Mäuse.

»Na ja«, entgegnete Izzy. »Vielleicht können wir uns irgendwann mal unterhalten? Als ich herkam, sah es zuerst so aus, als wolltest du mit mir befreundet sein. Vielleicht können wir einfach noch einmal von vorne anfangen?«

»Wenn du von vorne anfangen willst, dann such dir einen neuen Job. Ich will nicht, dass du mit meinem Freund zusammenarbeitest.«

Izzy zuckte mit den Schultern und schüttelte den Kopf. »Tut mir leid, aber das ist nicht drin.«

Shannon kam auf sie zu. Crystal und Nicole folgten mit vor der Brust verschränkten Armen. »Wenn du eine Ahnung davon hast, was gut für dich ist, machst du das lieber«, drohte Shannon.

Bevor Izzy etwas darauf antworten konnte, hatten die Mädchen sie gepackt und an die Wand gepresst.

Izzy wehrte sich. In dem Versuch loszukommen, riss sie die Schultern nach vorne und nach hinten. Shannon rückte hinter den beiden an und blockierte damit jede Möglichkeit zur Flucht. Die Mädchen hielten Izzy an den Armen fest, während Shannon überlegte und sich mit dem Zeigefinger theatralisch auf die Lippe tippte.

»Hmmm«, machte sie. »Was soll ich bloß tun, um dir eine Lektion zu erteilen?«

Just in diesem Augenblick trat jemand aus dem Inneren einer Toilettenkabine die Tür auf; der laute, metallische Knall hallte wie ein Donnerschlag durch den hohen Raum.

Eine weibliche Stimme ertönte. »Lasst sie gehen!«

Die Mädchen ließen Izzy los, sodass diese vorwärtsstolperte. Alex stand neben den Waschbecken. Ihr Gesicht war rot, und sie atmete schwer.

»Ist das euer Ernst?«, brüllte Alex Shannon an. »Ihr verbündet euch gegen die Neue? Meinst du nicht, es wird langsam mal Zeit, erwachsen zu werden?«

»Du pokerst heute ganz schön hoch«, erwiderte Shannon. Sie schubste Alex von sich, sodass Alex das Gleichgewicht verlor. Alex versuchte krampfhaft, auf den Beinen zu bleiben, und bekam die Ecke eines Waschbeckens zu fassen, bevor sie dann schließlich doch hinfiel. Als Shannon auf sie zukam, trat Izzy dazwischen.

»Lass sie in Ruhe!«, forderte Izzy.

Shannon ging mit dem Gesicht ganz nah an Izzy heran. »Und? Was willst du dagegen unternehmen?«, knurrte sie wütend. »Holst du jetzt Mommys Knarre und erschießt mich damit?«

»Nein«, erwiderte Izzy. »Ich spanne dir einfach den Freund aus. Er schien ziemlich an mir interessiert zu sein, als er neulich Nacht zu mir nach Hause gekommen ist.«

Shannon riss die Augen auf, ihre Wangen färbten sich dunkelrot. Sie kreischte los und stürzte sich auf Izzy, wobei ihre manikürten Klauen auf Izzys Hals abzielten. Doch Alex zerrte Izzy aus der Schusslinie und eilte mit ihr aus der Mädchentoilette. Gemeinsam liefen sie über die Flure, bis sie draußen waren, wo sie die Reihe von wartenden Schulbussen ansteuerten.

»Danke«, keuchte Izzy und versuchte, zu Atem zu kommen.

»Jederzeit«, erwiderte Alex. »Ich habe dich doch gewarnt, dass du dich vor ihr in Acht nehmen musst.« Sie drehte sich um. »O Mist.«

Izzy warf einen Blick über ihre Schulter zurück. Shannon, Crystal und Nicole kamen über den Gehweg auf sie zugestürmt.

»Komm schon«, rief Alex und zog Izzy in Richtung des Parkplatzes. Sie schlängelten sich durch drei Reihen Autos, wichen Autotüren aus, die sich öffneten, und liefen im Bogen um andere Schüler herum. Endlich erreichten sie Alex' Auto. Alex schloss auf, und schnell kletterten sie ins Wageninnere. Dann schob Alex den Schlüssel ins Schloss, um den Motor anzulassen. »Schnall dich an.«

»Aber ich muss mit dem Bus fahren«, widersprach Izzy. »Ich hab's dir doch gesagt: Ich darf mit niemandem mitfahren, den Peg und Harry nicht kennen.«

»Mach nur.« Alex legte die Hand auf die Gangschaltung. Mit dem Kinn deutete sie auf die Reihe der wartenden Schulbusse. »Dann wollen wir doch mal sehen, ob du es schaffst, zu den Bussen zu kommen, bevor sie es schaffen.«

Izzy warf einen Blick zur Windschutzscheibe hinaus. Die Busse standen auf der entgegengesetzten Seite des Parkplatzes, bis dort musste sie den Gehweg überqueren sowie eine weitläufige Rasenfläche. Shannon und ihre Freundinnen quetschten sich gerade zwischen zwei Autos hindurch, drei Parkplätze neben ihnen. »Versprichst du, dass du irgendwann mal mit reinkommst und dich vorstellst?«, fragte sie Alex.

»Ja«, erwiderte Alex und ließ den Motor an. Sie fuhr aus der Parklücke heraus, bog links ab und verließ den Parkplatz mit quietschenden Reifen. Die Pfauenfedern, die am Rückspiegel hingen, gerieten dabei ordentlich ins Schaukeln. Als sie wegfuhren, drehte Izzy sich noch einmal auf ihrem Sitz um und sah Shannon, Crystal und Nicole auf dem Gehweg stehen. Ihre Gesichter waren ganz rot, und die Haare wehten. Shannon reckte den Mittelfinger in die Höhe.

Alex warf einen Blick in den Rückspiegel. »O Mann!«, rief sie. »Wir stehen von nun an bis an unser Lebensende auf ihrer Abschussliste!«

»Warum stehst du auf ihrer Liste?«, erkundigte sich Izzy. Alex griff in ihre Handtasche, holte ein Päckchen Zigaretten raus und bot auch Izzy eine an. »Nein danke.« Izzy schüttelte den Kopf.

Mit den Zähnen holte Alex eine Zigarette aus der Packung und kramte in ihrer Tasche nach einem Feuerzeug. »Wir waren mal beste Freundinnen«, erzählte sie, die Zigarette im Mundwinkel. Sie zündete die Zigarette an, ließ das Feuerzeug wieder in die Tasche fallen und nahm einen tiefen Zug. Dann kurbelte sie das Fenster herunter und blies den Rauch aus dem Auto. »Bis meine Mutter ihrer Mutter gesteckt hat, was ihr Vater Shannon angetan hat.«

»Ich dachte, ihre Mutter wusste, dass er sie schlug?«

Mit gerunzelter Stirn blickte Alex zu Izzy hinüber. »Woher weißt du, dass ihr Vater sie immer wieder verprügelt hat?«

»Ethan hat es mir erzählt.«

»Er war also wirklich bei dir?«

»Ja.«

Alex pfiff. »Ich hatte angenommen, du hast das nur gesagt, um Shannon auf die Palme zu bringen. Wie kam es dazu? Also, ich meine, was wollte er bei dir?«

»Wir arbeiten zusammen im Museum«, erwiderte Izzy. »Er

wollte sich bei mir dafür entschuldigen, dass er mir einen Streich gespielt hat. Er will mit mir befreundet sein.«

»Oha!«, rief Alex. »Damit stehst du jetzt mit absoluter Sicherheit ganz oben auf Shannons Abschussliste!« Sie lachte und zog ein weiteres Mal an ihrer Zigarette. »Aber wenigstens nimmst du mich damit aus der Schusslinie.«

»Warum hasst sie dich so sehr?«

An einer Ampel hielt Alex an und sah zu Izzy herüber, als könnte sie ihr die Vertrauenswürdigkeit an der Nasenspitze ablesen. »Wenn ich dir das erzähle«, erklärte sie, »darfst du niemals irgendwem davon erzählen. Niemals.«

»Okay«, nickte Izzy.

»Ich versuche nicht, Shannon in Schutz zu nehmen oder empfinde etwa irgendeine Loyalität ihr gegenüber. Sie hat sich mir gegenüber so mies verhalten, dass ich ihr gar nichts schulde. Ich will nur dieses Schuljahr mit so wenig Dramen wie möglich überstehen und nach dem Schulabschluss aus dieser Stadt verschwinden. Wenn ich dann weggehe, werde ich keinen Blick zurückwerfen.«

»Ich werde niemandem etwas verraten«, erwiderte Izzy. »Versprochen.« Die Ampel sprang um, und Alex fuhr über die Kreuzung. Während sie ein weiteres Mal an ihrer Zigarette zog, wartete Izzy mit angehaltenem Atem.

»Ich rede hier nicht davon, dass Shannons Vater sie verprügelt hat«, erklärte Alex leise. »Ich rede von etwas viel, viel Schlimmerem.«

Izzy schauderte. Es dauerte einen Moment, bis ihr Verstand die nächste Frage formuliert hatte. Sie musste schlucken, bevor sie die Frage stellte. »Was hat er ihr angetan?«

Alex drückte die Zigarette im Aschenbecher aus und schloss das Fenster.

»Wie ich schon erzählt habe«, antwortete Alex, »waren Shannon und ich beste Freundinnen. An den Wochenenden wollte sie immer bei mir übernachten, wollte aber nie, dass ich bei ihr schlafe. Ich dachte mir nichts dabei und war sogar irgendwie erleichtert, da mir ihr Vater nicht ganz geheuer war. Ich hatte das Gefühl, dass er mich immerzu beobachtete. Eines Tages, als wir etwa zwölf Jahre alt waren, fand ich sie weinend in ihrem Baumhaus vor und wusste sofort, dass etwas nicht stimmte. Sie erzählte mir, dass ihr Vater nachts immer in ihr Bett kam und, du weißt schon …«

Izzy merkte, wie sich Übelkeit in ihr regte, wie der wütende Druck in ihren Kieferknochen nachließ und von einer seltsamen leeren Kälte ersetzt wurde. »O Gott«, erwiderte sie. Die kochende Wut, die sie soeben noch verspürt hatte, fiel in sich zusammen.

»Ich musste Shannon schwören, niemandem davon zu erzählen«, fuhr Alex fort. »Ein paar Tage lang wusste ich nicht, was ich tun sollte. Ich bin nicht mehr zu ihr nach Hause gegangen, habe in der Schule nicht mehr mit ihr geredet, nichts. Ich war schockiert, das alles wollte mir nicht in den Kopf, weißt du? Irgendwann wusste ich, dass ich das nicht für mich behalten konnte. Ich musste Shannon helfen. Immerhin war sie meine beste Freundin. Deswegen habe ich meiner Mutter davon erzählt und meine Mutter wiederum Shannons Mutter. Aber Shannons Mutter wusste schon Bescheid.«

Izzy zuckte zusammen. »Shannons Mutter wusste davon und hat nichts dagegen unternommen? Und das hat sie so zugegeben?«

»Ja und nein. Nachdem meine Mutter sie damit konfrontiert hatte, hat Shannons Mutter endlich ihren Mann darauf angesprochen. Daraus entwickelte sich eine große Auseinandersetzung, die irgendwann dazu überging, dass Shannons Vater ihre Mutter verprügeln wollte – wie immer. Doch dieses Mal versuchte Shannon, ihren Vater davon abzuhalten, und landete selbst im Krankenhaus. Als ich Shannon besuchen gegangen bin, ist sie ausgeflippt. Sie sagte, sie sei bei ihren Eltern dazwischengegangen, weil dies das erste Mal gewesen war, dass ihre Mutter je versucht hatte, sie zu beschützen. Sie meinte, ihre Mutter hätte immer Bescheid gewusst, deswegen hätte es alles nur noch schlimmer gemacht, dass ich meine große Klappe aufgerissen hätte. Sie wollte mich nie mehr sehen. Heulend bin ich nach Hause gelaufen, und meine Mutter hat dann die Polizei gerufen.«

»Ist er festgenommen worden?«

»Nein. Das Jugendamt hatte nie eine Chance einzuschreiten. In jener Nacht noch ist er abgehauen und nie wiedergekehrt. Shannon, ihre Mutter, meine Mutter und ich sind die Einzigen, die wussten, was er getan hatte.

»Ach, du Schande!«, entfuhr es Izzy. »Dann ist er also ungestraft davongekommen?«

»Ganz genau.«

»Aber ich verstehe das immer noch nicht. Warum hasst Shannon dich so?«

»Weil ich mein Versprechen gebrochen habe. Ich habe meiner Mutter erzählt, was los war.«

»Du wolltest aber doch nur helfen.«

Mit Tränen in den Augen sah Alex zu Izzy hinüber. »Würdest du wollen, dass irgendwer weiß, dass dein Vater sich an dir vergeht?«

»Ich glaube, ich hätte es erst gar nicht so weit kommen lassen.«

»Das kannst du nicht wissen. Er hat damit angefangen, als sie noch ganz klein war, viel zu klein, um es besser zu wissen.«

Izzy blickte auf ihre Sneakers hinunter und hatte das Gefühl, dass ihr übel wurde. »Oh. Wie schrecklich!«

»Schlimmer geht es nicht.«

»Aber kann denn Shannon nach all den Jahren nicht verstehen, dass du nur etwas gesagt hast, weil du dir Sorgen um sie gemacht hast?«

»Man sollte denken, sie wäre froh, dass er weg ist und die Wahrheit nie ans Licht gekommen ist. Ich denke, ihre größte Sorge war, dass jeder davon erfahren könnte. Was aber gar nicht passiert ist. Meine Mutter und ich haben niemals irgendwem davon erzählt. Vielleicht hätten wir es tun sollen. Vielleicht wäre es auch für Shannon besser gewesen, von ihrer Mutter getrennt zu werden. Man sollte wirklich annehmen, sie könnte das alles hinter sich lassen und mir verzeihen. Aber genau wie ihre Eltern habe ich das Vertrauen gebrochen, das sie in mich gesetzt hatte. Ich bin überzeugt, dass sie niemals in der Lage sein wird, jemanden zu verstehen, der Zuneigung für sie empfindet. Genauso wenig, wie sie jemals begreifen wird, wie es sich anfühlt, jemanden zu lieben und geliebt zu werden. Denn sie hat keine Ahnung, was es bedeutet, geliebt und beschützt zu werden. Das hat sie nie kennengelernt, nicht einmal bei ihren eigenen Eltern. Wie konnte sie das dann von mir erwarten?«

»Was ist mit Ethan?«

»Ethan ist nichts weiter als eine Trophäe – der gut aussehende Typ, den sich alle Mädchen gern an ihrer Seite wünschten. Shannon ist wahnsinnig eifersüchtig, aber er selbst ist ihr völlig egal. Sie schläft mit der halben Footballmannschaft und treibt ihr Spielchen mit Ethan, wie sie will.«

»Weiß er denn, was ihr Vater ihr angetan hat?«

»Ich denke, nicht. Ich kann mir nicht vorstellen, dass sie ihm das jemals erzählen wird.«

Izzy vergrub die Finger in der Saumkante des Ledersitzes und starrte nach vorn zur Windschutzscheibe hinaus. Einerseits tat ihr Shannon leid. Andererseits verstand sie nicht, warum sie anderen wehtat, um sich selbst besser zu fühlen. Izzy verstand schon, was es hieß, wütend zu sein und am liebsten wild um sich zu schlagen. In diesem Fall aber zog Izzy es vor, statt andere sich selbst zu verletzen. Nur, weil Shannons Vater ein Scheusal war, bedeutete das nicht, dass auch Shannon selbst eines sein musste.

Unweigerlich musste Izzy an Clara denken. Ihr Vater war auf andere Art und Weise ebenfalls ein Scheusal gewesen. Aber auch ihre Mutter war nicht imstande gewesen, sie zu schützen. Clara und Shannon waren beide von ihren Familien verraten worden. Izzy konnte das nicht begreifen. Sie dachte an ihren Vater. Er war ein guter Ehemann gewesen und der beste Vater, den man sich hatte wünschen können. Wenigstens das hatte sie gehabt. Doch nun war er tot. Ihre Mutter hatte ihn Izzy genommen. *Warum machen sich Menschen die Mühe, Kinder zu bekommen, um sie dann fertigzumachen?*

»Nur, damit du es weißt«, fuhr Alex fort und riss Izzy aus ihren Gedanken. »Du und ich, wir haben noch etwas gemeinsam. Mein Vater ist auch tot.«

»Das tut mir leid«, erwiderte Izzy. »Wie ist das passiert?«

»Er ist bei einem Autounfall ums Leben gekommen, als ich neun Jahre alt war«, antwortete Alex.

»Also hast du nur noch deine Mum?«

Alex zuckte mit den Schultern. »Ja. Sie ist cool, aber sie arbeitet viel. Und wenn sie nicht gerade arbeitet, besucht sie ein Medium, um Séancen abzuhalten. Ich finde das alles auch ganz toll, aber sie ist fast schon besessen von den andauernden Versuchen, mit meinem Dad zu reden.«

»Wenigstens weißt du, dass sie ihn geliebt hat«, stellte Izzy fest.

»Das stimmt wohl«, nickte Alex. »Hey, kann ich dich was fragen?«

»Klar.«

»Wenn du nicht drüber reden willst, dann sag es einfach.«

»Was denn?«, fragte Izzy.

»Warum hat deine Mutter deinen Vater erschossen?«

Izzy zuckte mit den Schultern. »Keine Ahnung.« Tränen brannten ihr in den Augen.

»Oh. Das ist echt Mist.«

»Stimmt«, nickte Izzy.

Nachdem Alex sie bei Peg und Harry abgesetzt hatte, erledigte Izzy ihre Hausaufgaben, sprang unter die Dusche und legte Claras Tagebuch auf den Küchentisch. Mit einem Kloß in der Kehle wartete sie dann darauf, dass Peg und Harry nach Hause kamen.

KAPITEL 10
Clara

Claras erster Winter in Willard war der längste ihres Lebens. Beinahe jede Woche fegten heftige Stürme mit dickem Schneegestöber gegen die Fenster und überzogen die Scheiben mit Vorhängen aus Eis. Nachdem jede einzelne Scheibe schneebedeckt war und Clara durch winzige Löcher dazwischen nur noch den grauen, wolkenverhangenen Himmel sehen konnte, fühlte sie sich, als sei sie in einer gigantischen Eisfestung gefangen. Sie stellte sich dann vor, dass sie und die anderen Patientinnen ebenfalls aus Eis waren, bereit, jede Sekunde zu zerbrechen oder zu platzen. Das Eis bestand aus Tränen, gemischt mit Schmutz und Blut – sie konnte die salzige Mischung auf ihren rissigen Lippen schmecken.

Während der ersten Wochen in Willard wurde sie wie alle Patientinnen dort gezwungen, acht Stunden lang jeden Tag, sieben Tage die Woche, im »Sonnenraum« zu sitzen. Patientinnen durften den Raum nur zum Essen oder für zeitlich fest eingeplante Badezimmerbesuche verlassen. Den Rest des Tages, also bis nach dem Abendessen, war vorgeschrieben, dass sie auf harten Bänken entlang der Wände saßen. Aufseher beobachteten sie dabei, um sicherzustellen, dass niemand aufstand oder aus der Reihe tanzte. Clara bemühte sich, ihr Gewicht regelmäßig von einer Hüfte auf die andere zu verlagern, doch am Ende der ersten Woche fühlten sich ihre Gesäßbacken so wund gesessen an, als würden sie bluten.

Es war Samstagmorgen, als sie zum ersten Mal ohne Erlaubnis aufstand. Vor lauter Schmerzen brannten und tränten ihr die Augen. Sie bat die diensthabenden Aufseher, Dan und Richard, die auf Klappstühlen in der Mitte des Raumes saßen und an einem kleinen Tisch Poker spielten, auf Toilette gehen zu dürfen. Die anderen Patienten blieben mit hängenden Köpfen sitzen, angelehnt an die Wand, und schliefen, weinten, sabberten, sangen oder schauten sich im Raum um, als beobachteten sie dort unsichtbare Leute.

»Ich glaube, ich muss mich übergeben«, rief Clara und presste eine Hand auf ihren Bauch.

Richard legte seine Karten auf dem Tisch ab und stand auf. Er drehte sich zu Clara um und sah sie mit unerbittlichem Blick an. »Setz dich«, befahl er und deutete mit seinem stoppeligen Kinn zur Bank hin. »In einer Stunde gibt es eine Toilettenpause.«

»Aber ich muss jetzt hin«, flehte sie. »Bitte!«

Richard kam auf sie zu, das Kinn hoch erhoben, die Schultern gestrafft. Wenige Schritte vor ihr blieb er stehen. »Ich sagte, setz dich!«

»Das können Sie doch den Leuten nicht antun«, rief Clara und schüttelte den Kopf. »Das ist nicht richtig!«

Richard verdrehte die Augen und streckte die Zunge heraus, um sich über sie lustig zu machen. Clara fühlte sich, als würde sie einen Sechsjährigen beobachten, der sich auf dem Schulhof stritt. Dann trat er näher.

»Mein Befehl lautet, dafür zu sorgen, dass du sitzen bleibst«, erklärte er, wobei seine Oberlippe zuckte.

Clara presste sich die andere Hand vor den Mund und wollte um ihn herumgehen, doch er packte sie am Arm, die Finger wie Krallen um ihr Handgelenk gelegt. Sie wollte seinen Arm wegschlagen, woraufhin er sie in die Mitte des Raumes zerrte. Sie verdrehte sich das Handgelenk bei dem Versuch, sich von ihm zu befreien, doch es war sinnlos. Richards

Griff war einfach zu stark. »Lassen Sie mich los!«, brüllte Clara. »Sie sollen den Leuten helfen und sie nicht quälen!« Dann, ohne etwas dagegen tun zu können, beugte sie sich vor und übergab sich auf den Boden, wobei sie Richards Schuhe um Haaresbreite verpasste.

Jetzt erhob sich der zweite Aufseher. Eine der anderen Patientinnen fing an zu schreien und zu weinen, eine andere lief zur Tür. Eine weitere stand auf, wiegte sich vor und zurück, eine vierte Patientin rannte kopfnickend auf und ab und rang die Hände. Schwester Trench stürzte herbei und sorgte dafür, dass sich die anderen Patientinnen wieder hinsetzten.

»Bringen Sie sie in Raum C!«, brüllte sie die Aufseher an.

Richard schleifte Clara aus dem Raum und den Korridor hinunter, zerrte sie hinter sich her, als wäre sie nicht größer als ein Kind. Er riss eine Tür auf und stieß Clara mit einem wütenden, angewiderten Grunzen in einen fensterlosen Raum, in dem sich ein einzelnes Bett befand. Dann folgte er ihr hinein und schloss die Tür hinter sich. Clara geriet ins Straucheln, fing sich jedoch wieder. Er kam auf sie zu, woraufhin sie mit zittrigen Armen und Beinen zurückwich. Dann stieß sie mit dem Rücken an die Wand. Bevor sie überhaupt bemerkt hatte, dass Richard die Hand gehoben hatte, knallte sie ihr mit einem schwarzen, blitzhaften Schmerz flach ins Gesicht. Ihr Kopf flog zur Seite, das Haar fiel ihr ins Gesicht. Clara presste beide Hände auf die heiße, pochende Wange und starrte ihn finster an, während ihr die Tränen in die Augen schossen.

Richard packte sie an den Armen, stieß sie zum Bett in der Mitte des Zimmers, hob sie hoch und warf sie auf die dreckige Matratze. Ein weiterer Wächter kam in den Raum und hielt sie fest, indem er ihre Oberarme mit Gewalt niederdrückte. Clara warf sich auf dem Bett hin und her und versuchte mit aller Kraft, sich loszureißen. Doch es war sinnlos. Während der

Aufseher sie festhielt, schnallte Richard Lederriemen um ihre Handgelenke und Knöchel und fesselte sie so ans Bett.

»Warum tun Sie das?«, schrie Clara. »Ich wollte doch nur das Bad benutzen!«

Die Tür öffnete sich, und eine Krankenschwester kam mit einer glänzenden Spritze in der Hand in den Raum gelaufen. Sie schob sich zwischen Richard und die Bettkante, kniff ein Stück von Claras Oberarm zwischen ihrem Daumen und den Fingern zusammen und stieß dann die Nadel in Claras Haut hinein.

»Nein!«, schrie Clara. »Machen Sie mich los!«

»Das ist nur zu Ihrem Besten«, erwiderte die Schwester.

Richard und der andere Aufseher traten zurück und sahen auf Clara herab. Schweiß stand ihnen auf der Stirn, und sie keuchten.

»Wie es aussieht, müssen sie es wohl alle auf die harte Tour lernen«, stellte Richard fest und wischte sich mit der Hand über die Stirn.

»Bitte«, flehte Clara. »Lassen Sie mich gehen.«

Doch die Schwester und die Aufseher ignorierten sie. Als sie hinausgingen, knallten sie die Eisentür zu. Schlüssel klimperten und drehten sich dann im Schloss. Ein paar Minuten später ließ das schrille Kreischen von Metall, das über Metall schabte, Clara zusammenzucken, als jemand die viereckige, vergitterte Öffnung in der oberen Hälfte der Tür aufmachte. Sie hob den Kopf, um etwas zu erkennen, doch sie konnte nur eine Stirn und zwei blinzelnde Augen sehen. Dann schloss sich das Fensterchen, und auf dem Korridor ertönten gedämpfte Stimmen. Clara ließ den Kopf auf die Matratze zurückfallen. Die Decke verschwamm vor ihren Augen und wurde ganz trübe. Sie starrte auf die Wände. Die Ecken des Raumes schienen sich nach innen zu biegen; die Leitungen und Stuckarbeiten pulsierten mit jedem Schlag ihres rasenden Herzens.

Plötzlich merkte sie, dass sie sich wieder übergeben musste. Schnell drehte sie den Kopf zur Seite und erbrach sich. Dabei hustete sie und musste aufgrund ihres eigenen Erbrochenen würgen. Ihre Augenlider fühlten sich schwer an; sie blinzelte zweimal, dann verschwand die Welt um sie herum.

—

Das Erste, was Clara merkte, waren der Schmerz in ihrem Bauch und die brennende Haut rund um ihre Handgelenke und die Knöchel. Sie fühlte sich, als sei sie in eine Prügelei verwickelt gewesen – jeder einzelne Muskel pochte und schmerzte. Sie versuchte, sich auf die Seite zu legen, doch sie war an das Bett gefesselt. Das Laken unter ihr war kalt und feucht, in der Luft um sie herum lag der Gestank von Urin und Erbrochenem. Mit einem Schlag war die Erinnerung wieder da. Sie war in der Isolationszelle.

Clara hob ihren bleiernen Kopf und sah sich im Raum um. Dabei blinzelte sie und versuchte, klar zu sehen. Die gewölbte Decke verbreitete in dem Raum ein diffuses gelbliches Schimmern. Dann drehten sich plötzlich die Wände um sie herum, sodass sie den Kopf wieder aufs Bett zurücklegte und abwartete, bis das Schwindelgefühl nachließ. Als es sich wieder sicher anfühlte, die Augen aufzumachen, sah sie zum Bettende hin, hinüber zur Tür. Clara wollte gerade um Hilfe schreien, als sie Schwester Trench in einer Ecke sitzen und ein Buch lesen sah.

»Können Sie mich bitte losmachen?«, fragte Clara mit rauer, schwacher Stimme.

Schwester Trench stieß ein leises, überraschtes Geräusch aus und riss den Kopf hoch. Zu Claras großer Überraschung standen ihr Tränen in den roten Augen. Schwester Trench fuhr mit der Hand über ihre Wangen und stand auf. Sie legte das

Buch auf die Sitzfläche ihres Stuhls und kam herüber, wo sie neben dem Bett stehen blieb. Mit gerunzelter Stirn sah sie auf Clara hinunter.

»Ich weiß nicht«, antwortete sie. »Werden Sie sich denn benehmen?«

»Bitte«, flehte Clara. »Mir ist eiskalt, und ich verhungere fast.«

»Vielleicht hätten Sie sich das eher überlegen sollen, bevor Sie solch einen Krawall im Sonnenraum veranstalten.«

»Man hat mir nicht erlaubt, ins Bad zu gehen, und ich …«

Schwester Trench schüttelte den Kopf. »Nicht umsonst gibt es hier bestimmte Regeln«, erklärte sie. »Wie sollen wir Ihnen denn helfen, wenn Sie die Regeln nicht befolgen?«

»Aber ich hatte das Gefühl, dass ich mich gleich übergeben müsste, und …«

»Der Aufseher hat gesagt, Sie sind aufgestanden, ohne vorher zu fragen.«

»Ja, aber …«

»Ist Ihnen nicht gesagt worden, dass Sie vorher fragen müssen, bevor Sie aufstehen?«

Clara nickte.

»Korrekt«, nickte Schwester Trench. »Bevor ich Sie losmachen kann, müssen Sie mir erst sagen, dass Sie das von nun an beherzigen werden.«

»Werde ich«, versprach Clara.

»Von nun an werden Sie tun, was man Ihnen sagt?«

»Ja.«

»Sie müssen es mir sagen, Clara.«

»Von nun an werde ich tun, was man mir sagt.«

»Sehr gut!«, erwiderte Schwester Trench lächelnd. »Sie können heute Nacht auf der Station schlafen, solange Sie nicht versuchen, irgendetwas anzustellen. Sonst werden Sie unverzüglich wieder hergebracht. Haben Sie mich verstanden?«

Clara nickte. »Habe ich verstanden.«

Schwester Trench ließ das Bettgitter herunter, schnallte die Lederriemen los und trat zurück. Clara setzte sich auf und rieb sich über die Handgelenke, während ihr Kopf hämmerte. Sie schwang ihre Beine seitlich über die Matratze und strich sich das Haar aus dem Gesicht. Es war hart und stank nach Erbrochenem. Dann neigte sich plötzlich der Raum zur Seite. Clara schloss die Augen, holte tief Luft und versuchte, das Gleichgewicht zu halten. Als sich nach einer Weile nicht mehr alles um sie herum drehte, sank Clara auf die Matratze zurück; das nasse Nachthemd klebte ihr an den Beinen. Um nicht mehr so sehr zu zittern, schlang sie die Arme um ihren Oberkörper.

»Kann ich mich waschen und ein frisches Nachthemd bekommen?«, fragte sie mit klappernden Zähnen.

»Dafür ist es zu spät«, entgegnete Schwester Trench und lief zur Tür. »Es ist fast Zeit, das Licht auszumachen. Sie müssen bis morgen warten.«

»Aber ich habe seit heute Morgen nichts zu essen gehabt.«

»Gestern Morgen«, korrigierte Schwester Trench Clara. Sie nahm das Buch vom Stuhl und drehte sich zu Clara um, während sie mit einem Arm den Roman an ihre üppige Oberweite drückte. »Sie haben zwei Tage lang geschlafen.«

Clara legte eine Hand auf ihren Bauch. »Ich muss noch bis morgen warten, bis ich wieder etwas essen darf?« Sie wollte gerade etwas darüber sagen, dass sie schwanger war, hielt dann jedoch inne. Schwester Trench hatte ihr befohlen, das Baby nie wieder zu erwähnen.

»Tut mir leid«, sagte Schwester Trench und griff nach der Türklinke. »Wenn Sie die Regeln brechen, werden Sie bestraft.«

Clara biss sich auf die Unterlippe. Irgendwie musste sie zu dieser Frau vordringen, damit sie erkannte, dass Clara nicht wie der Rest der Patienten hier war. Schwester Trench musste ein Herz haben, irgendwo versteckt hinter diesem robusten, männlichen Äußeren. Clara warf einen Blick auf den Roman, den die Schwester in der Hand hielt. Auf dem Cover war eine Frau abgebildet, die mit gesenktem Kopf unter einem Baum lag und die Augen geschlossen hatte. Sie las *Fiesta* von Ernest Hemingway. Clara erinnerte sich an den Tag, als Schwester Trench mit ihr bei Dr. Roach und Schwester May hereingeplatzt war. Schwester Trench war wütend und entrüstet darüber gewesen, dass der Arzt seine Frau im Flur warten ließ, während er mit seiner Geliebten geflirtet hatte. Doch im Blick der Schwester war an jenem Tag noch etwas anderes zu sehen gewesen – etwas, das auf ein gebrochenes Herz schließen ließ.

Clara schluckte, versuchte, ihrem knurrenden Magen und dem schwindeligen Gefühl keine Beachtung zu schenken. »Mir hat die Hauptfigur in diesem Roman sehr leidgetan«, stellte sie fest und nickte in Richtung des Buches. »Ihnen auch?«

Schwester Trench blickte sie finster an und runzelte die Stirn. Sie sah aus, als wollte sie etwas sagen, als wollte sie etwas über ihre Gefühle hinsichtlich des Romans erzählen, ließ es dann jedoch bleiben. Sie nahm sich zusammen und riss die Tür auf, bevor sie dann mit dem Kinn in Richtung des Flurs nickte. »Lassen Sie uns gehen«, sagte sie stattdessen.

Auf wackeligen Beinen ging Clara durch die Tür. »Mir bricht es das Herz, von dem Mann getrennt zu sein, den ich liebe«, sagte sie und versuchte, freundlich zu klingen. »Sein Name ist Bruno.« Schwester Trench jedoch ignorierte sie und stapfte den Korridor entlang, den Roman fest in ihrer kräftigen Pranke. Clara folgte ihr. »Ich kann mir gar nicht vorstellen, wie weh es tut, jemanden zu lieben, wenn derjenige meine Gefühle nicht erwidert.«

»So, genug geredet«, unterbrach sie Schwester Trench.

»Besonders, wenn er eine andere liebt«, stellte Clara fest. »Und wenn ich wüsste, dass er niemals der Meine sein kann. Es wäre die reinste Qual.«

Schwester Trench blieb stehen, drehte sich zu Clara um und deutete mit ausgestrecktem Arm den Korridor hinunter. »Ich kann Sie auch wieder in den Raum zurückbringen, wenn Sie wollen«, drohte sie. Ihr Gesicht war dunkelrot.

Clara schüttelte den Kopf und blickte zu Boden. Schwester Trench knurrte und lief mit hochgezogenen Schultern und wutverzerrtem Mund weiter.

Clara schüttelte den Kopf.

Von diesem Tag an saß Clara wortlos im Sonnenraum und versuchte entweder, sich Brunos dunkles Haar und seine funkelnden Augen vorzustellen, oder sie sang schweigend ihre Lieblingslieder – alles nur, um sich von ihrem schmerzenden Gesäß und den tauben Beinen abzulenken. Sie war bemüht, sich die Tränen aus den Augen zu wischen, bevor sie ihr über die Wangen liefen und sie die Aufmerksamkeit auf sich zog. Am Ende der zweiten Woche wurde glücklicherweise erklärt, dass ihr so weit vertraut werden konnte, dass sie arbeiten gehen durfte. An dem Tag, als sie zum Kartoffelschälen in die Küche geschickt wurde, stieß sie ein Dankgebet aus. Ihr brach es allerdings das Herz angesichts der vielen bedauernswerten Frauen, die niemals diese Möglichkeit haben würden.

Die Hauptküche befand sich in einer Gruppe von großen Gebäuden hinter der Chapin Hall, nahe der Mitte des gigantischen, gestaffelten U, das durch die miteinander verbundenen Stationen und Abteilungen gebildet wurde. Die Bauten im Fabrikstil beherbergten die Hauptküche, die Bäckerei, die Wäscherei, den Heizraum sowie den Kohlenschuppen. Von der Küche aus wurde das Essen über eine Reihe von unterirdischen Tunneln und Speiseaufzügen an die Stationen ausgeliefert.

Während des langen Winters saß Clara auf einem Holzstuhl in der heißen Küche und schälte Kartoffeln. Die Sitzfläche des Stuhls war rissig und hart, und ein Bein war zu kurz, sodass der Stuhl wackelte. Doch wenigstens konnte Clara sich erheben, wenn sie nicht mehr länger sitzen konnte. Sie wollte sich die Patienten gar nicht vorstellen, denen es niemals erlaubt sein würde zu arbeiten und die stattdessen Tag für Tag auf den Bänken im Sonnenraum hocken mussten. Wenn sie bei ihrer Ankunft in Willard nicht geistesgestört waren, so wären sie es gewiss spätestens dann. Clara hatte keine Ahnung, warum die Ärzte diese Qual für irgendwen als förderlich erachteten.

Ganz gleich, welches Wetter auch herrschte: Clara genoss es, durch die Hintertür der Küche geschickt zu werden, die Kartoffelschalen hinaus zum eingezäunten Hinterhof zu bringen und sie dort auf dem Komposthaufen auszukippen, wo sie abgeholt und an die Hühner und Schweine von Willard verfüttert wurden. Selbst im Winter, wenn die Gesichtshaut durch die eisige Kälte spannte und der bitterkalte Wind Clara Tränen in die Augen trieb, blieb sie, solange sie konnte, draußen, da ihr klar war, dass dies für mehrere Tage die einzige Möglichkeit sein konnte, an die frische Luft zu kommen. Morgens, wenn die Luft klar und alles still war, konnte sie das Kreischen und Puffen der einfahrenden Eisenbahn hören, ebenso wie das tiefe Grollen, wenn sich Eisplatten auf dem See verschoben wie das dumpfe Gluckern eines riesengroßen Abflusses. Obwohl sie das Gewässer von der Rückseite von Chapin Hall nicht sehen konnte, fühlte sie sich mit ihm verbunden, denn auch sie war im Augenblick festgefroren und in Wartestellung.

Ende Februar wusste sie beim bloßen Blick auf ihre knochigen Arme und Beine, dass sie dünner war als je zuvor. Abgesehen von einem kleinen, vorstehenden Bäuchlein unterhalb des Bauchnabels konnte niemand erahnen, dass sie schwanger war. Die meiste Zeit fühlte sie sich schwach, und ihr war schwindelig, als würde das Baby, das in ihrem Inneren heranwuchs, ihrem Körper alle Kraft entziehen. Doch sie gab sich wirklich Mühe, alle Nahrungsmittel zu essen, die ihr gegeben wurden, selbst wenn es nicht mehr war als eine Schüssel mit dünner Brühe oder ein fast dünnflüssiges pochiertes Ei, bei dem sie würgen musste, als sie es hinunterschlucken wollte. Während ihrer täglichen Arbeit in der Küche versteckte sie eine Kartoffel unter den Schalenhaufen und biss kleine Stückchen davon ab, wenn niemand hinschaute. Die ungekochten Kartoffeln schmeckten nach Schmutz und kalter Stärke, doch es war besser als nichts.

An einem grauen, verregneten Tag Ende März rannte eine pausbäckige, nasse Ratte von der Spitze des Komposthaufens im Hinterhof der Küche herunter und wetzte durch eine schmale Öffnung unten am hohen Holzzaun. Clara lief zur Umzäunung hinüber, setzte den Korb mit den Kartoffelschalen ab und kniete sich in den Matsch. Das Loch im Zaun hatte die Größe eines Baseballs; das Holz rundherum war durchnässt und gesplittert. Schnell stand Clara auf und trat gegen die Holzlatten rund um das Loch, um das Holz kaputt zu machen. Dann kniete sie sich wieder hin und brach Stücke davon mit ihren bloßen Händen ab. Splitter gruben sich in ihre Handflächen, doch sie arbeitete weiter und brach ein großes Stück Holz ab. Clara blickte durch das Loch und sah nur noch mehr Matsch und, mehrere Meter entfernt, das Steinfundament eines weiteren Gebäudes. Sie warf das Holzstück durch die Öffnung und versteckte dieses hinter einem Haufen aus Kartoffel- und Gemüseschalen. Am nächsten Tag entfernte sie weitere Stücke des Zauns. Am Ende der Woche waren ihre Handflächen und Finger wund, doch die Öffnung war nun immerhin fast so groß, dass man sich hindurchquetschen konnte.

Am nächsten Nachmittag ging sie zum Kompost hinaus, warf ihre Abfälle auf den Haufen und brach ein weiteres Holzstück ab. Dann legte sie sich neben dem Zaun mit dem Rücken auf den Boden, damit sie das Baby nicht verletzte, und schob sich nach hinten, bis ihr Kopf und die Schultern durch das Zaunloch hindurch waren. Clara presste die Füße fest auf den Boden und versuchte, sich ganz hindurchzuschieben, doch ihr Bauch war zu dick. Das Baby war im Weg. Gerade als sie sich wieder zurückschieben und das Loch vergrößern wollte, packte sie jemand an den Knöcheln und zog sie durch den Matsch wieder durch das Loch zurück.

»Alles in Ordnung?«, keuchte ein Mann über ihr. Er trug eine karierte Wolljacke und einen verschmutzten Overall; seine Stiefel waren schlammbedeckt. »Sind Sie hingefallen?«

Clara setzte sich auf. »Ich …«, stotterte sie, und ihr Herz raste.

»Haben Sie versucht rauszukommen?« Er starrte sie mit einem Auge an, das andere war zugeschwollen.

Clara schüttelte den Kopf und versuchte aufzustehen. Der Mann bückte sich, um ihr dabei zu helfen, und deutete dabei mit einer Hand auf den Zaun.

»Es hilft nichts, da durchzuklettern«, stellte er fest. »Dahinter ist nur der Heizraum. Da gibt es keinen Weg hinaus.«

»Wie sind Sie hier reingekommen?«, fragte Clara und wischte sich die Hände an ihrem Kleid ab. Das Haar in ihrem Nacken fühlte sich fest und kalt an, an der Rückseite ihrer Arme und Beine klebte nasser Schlamm.

Der Mann spuckte in den Matsch, wobei ihm ein Spuckefaden aus dem Mundwinkel hing. Er deutete auf den Zaun nahe der Rückwand der Küche. »Da ist die Tür«, fuhr er fort. »Wir haben eine neue Schweineherde bekommen. Der Boss schickt mich, um zusätzliche Essensreste zu holen. Ich habe Sie auf dem Boden liegen gesehen und …«

Clara schielte zum Holzzaun hinüber und versuchte, die Tür zu erkennen. Das einzige Anzeichen dafür war ein etwas größerer Abstand zwischen zwei Holzlatten. Die Tür war also kaum zu erkennen. Eine Schaufel und eine Schubkarre standen innerhalb der Umzäunung, seitlich angelehnt an den Komposthaufen. Clara stapfte durch den Matsch hindurch zur Tür und presste ihre Nägel in die Ritze, um die Tür aufzubrechen. Doch der Spalt war zu eng. Ihre Finger passten nicht weit genug hinein, um Halt zu finden.

»Wie öffnet man die Tür?«, fragte sie den Mann.

Der Mann kam zu ihr getrottet und blieb vor der Tür stehen. »Der Boss hat mir einen Schlüssel gegeben«, verkündete er. »Und mir einen Trick gezeigt, wie ich hier rauskomme.« Er donnerte mit der Faust auf das Holz, woraufhin die Tür aufsprang. Er bekam sie am Rand zu fassen und stieß sie wieder zu. »Gesehen?«

»Kann ich es auch mal versuchen?«, fragte Clara.

Er zuckte mit den Schultern und trat zurück. Clara schlug mit der Faust auf die gleiche Stelle. Das Holz vibrierte und federte, doch die Tür öffnete sich nicht.

»Ich habe doch gesagt, dass es einen Trick gibt«, erwiderte der Mann grinsend.

Clara holte tief Luft und schlug mit aller Kraft wieder auf das Holz. Dieses Mal sprang die Tür aus dem Zaun heraus. Clara schnappte die Tür und stieß sie weit auf. Auf der anderen Seite verlief ein mit tiefen Spurrillen versehener Weg am Gebäude entlang, bog dann um eine Ecke und verschwand damit aus ihrer Sicht. Clara stürzte aus dem eingezäunten Hof hinaus und lief, so schnell sie konnte, den eigenen dröhnenden Puls in den Ohren. Ein paar Meter vor der Ecke schnappte der Mann sie jedoch von hinten und hob sie hoch. Seine Arme klammerten sich um ihren Bauch und drückten so fest zu, dass sie kaum atmen konnte. Er trug sie in den umzäunten Hof zurück, setzte sie dort ab und schlug keuchend die Tür zu.

»Sie haben mich reingelegt!«, stellte er mit roter, verzerrter Miene fest. »Der Boss hat gesagt, ich darf niemanden jemals diese Tür benutzen lassen.«

»Tut mir leid«, erwiderte Clara und hatte Mühe, wieder zu Atem zu kommen. »Es ist nur … Ich sollte eigentlich gar nicht hier sein, wissen Sie?«

»Sie können nicht weg«, fuhr der Mann fort und schüttelte den Kopf. »Das ist gegen die Regeln. Sie werden Ärger kriegen, wenn Sie die Regeln brechen.«

»Ich weiß«, antwortete sie. »Nur …« Sie zögerte und suchte nach den richtigen Worten. »Wie heißen Sie eigentlich?«

»Stanley«, antwortete er. »Mein Vater hat mich Stanford genannt, aber meine Mutter hat mich immer Stanley gerufen.«

»Sind Sie ein Patient, Stanley?«, fragte Clara und hoffte, ihn so weit zu bekommen, dass er begriff, dass sie auf der gleichen Seite standen.

»Seit zwanzig Jahren«, antwortete Stanley und nickte. »Seit meinem siebzehnten Lebensjahr.«

Clara spürte, wie sich in ihrer Magengrube alles verkrampfte. »Warum sind Sie hergeschickt worden?«

»Meine Eltern sind gestorben. Ich hab nur Faxen gemacht und war dann zu alt für das Waisenhaus.«

»Ich will nicht, dass Sie noch mehr Probleme bekommen, Stanley«, entgegnete Clara. Sie kaute auf der Unterlippe herum und suchte nach einer anderen Möglichkeit. »Als Kind habe ich auf einem Bauernhof gewohnt. Ich liebe Tiere. Meinen Sie, Sie könnten mir vielleicht mal die neuen Schweine zeigen?«

»Nee«, schüttelte er den Kopf. »Das würde dem Boss nicht gefallen. Der Boss sagt, niemand außer mir darf in den Schweinestall.«

»Wie wäre es dann, wenn Sie mich nur durch diese Tür hindurchließen?«, fragte Clara. »Niemand muss davon erfahren.«

Stanley schüttelte den Kopf und wippte vor und zurück, als würde er auf der Stelle marschieren, ohne die Füße vom Boden zu heben. In diesem Moment ertönte eine brummende Maschine, die sich von der anderen Seite des Zaunes näherte.

»Ich muss zurück an die Arbeit«, fuhr Stanley fort und blinzelte mit seinem gesunden Auge. »Der Boss kommt.« Er eilte zur Schubkarre, schob sie näher an den Komposthaufen heran und fing an, die Gemüseabfälle hineinzuschaufeln.

Clara folgte ihm. »Wann holen Sie normalerweise immer den Kompost ab?«, fragte sie. »Um welche Uhrzeit?«

Stanley rammte die Mistgabel in die Küchenabfälle und schleuderte eine Ladung Gemüseschalen in die Schubkarre. »Bevor die Sonne aufgeht«, antwortete er mit gesenktem Kopf. »Wenn alle anderen noch schlafen und mich niemand stört.«

Mit quietschenden Reifen hielt ein Auto draußen vor dem Zaun an. Eine schwere Tür wurde geöffnet und wieder zugeschlagen, Metall schlug gegen Metall. Dann öffnete sich die Tür im Zaun, und ein Mann in einem schlammverschmierten Overall trat herein.

»Warum, zum Teufel, dauert das hier so lange, Stanley?«, fragte er. »Du solltest mich vor zehn Minuten draußen auf der Straße treffen!«

Mit hochgezogenen Schultern arbeitete Stanley weiter. »Tut mir leid, Boss«, erwiderte er. »Diese Lady hier war im Zaun eingeklemmt, und ich musste ihr helfen, da rauszukommen.« Der Mann sah auf das Loch hinunter und musterte dann mit gerunzelter Stirn Clara von Kopf bis Fuß.

»Was ist hier los?«, fragte er.

»Nichts.« Clara hob ihren Korb hoch und eilte zur Küche. »Wir haben uns nur unterhalten.«

Der Mann folgte ihr und betrat hinter ihr die Küche. »Sie lassen Stanley in Ruhe!«, befahl er. »Verstanden? Er ist ein guter Arbeiter und hält sich von Schwierigkeiten fern. Merken Sie sich das!«

Clara lief weiter, doch Stanleys Boss lief in die entgegengesetzte Richtung. Sie warf einen Blick über die Schulter und sah, dass er an den Arbeiterinnen, die mit dem Spülen beschäftigt waren, und den Zubereitungstheken vorbeiging. Dann bog er links ab und verschwand. Clara kehrte an ihren Platz zurück und nahm die Arbeit wieder auf. Sie schluckte den Anflug von Panik herunter, der drohte, ihr den Atem zu rauben. Zweifellos würde Stanleys Boss sie ans Messer liefern. Die anderen Frauen starrten sie an. Bestimmt fragten sie sich, warum ihre Arme und Beine mit getrocknetem Matsch bedeckt waren.

Wenige Minuten später näherten sich Stanleys Boss und die pummelige Küchenvorarbeiterin. Die gebeugt gehende Vorarbeiterin mit dem stark vorstehenden Kinn kam auf Clara zugestapft. Sie musste mindestens sechzig Jahre alt sein, doch ihre blassen, kräftigen Arme waren muskelbepackt.

»Was höre ich da? Sie sind draußen im Zaun stecken geblieben?«, erkundigte sie sich.

»Ich bin in den Matsch gefallen«, erwiderte Clara. »Mein Bein ist durch ein Loch gerutscht. Es war ein Unfall.«

Die Vorarbeiterin packte sie am Arm und zog sie nach draußen. Stanley wartete mit voll beladener Schubkarre am Zaun. Als er Clara sah, senkte er den Blick und fummelte an seinem Jackensaum herum.

»Haben Sie das Loch gemacht?«, fragte die Vorarbeiterin Clara.

»Nein«, antwortete Clara. »Ich habe Ihnen doch gesagt, dass ich hingefallen bin und …«

»Nageln Sie das unverzüglich zu«, wandte sich die Vorarbeiterin an Stanleys Boss. Dann zerrte sie Clara nach drinnen, führte sie aus der Küche und brachte sie in Dr. Roachs Büro.

—

»Wo wären Sie denn hingegangen, wenn Sie geflohen wären, Clara?«, fragte Dr. Roach. »Willard ist mehrere Hundert Morgen groß, inklusive der dichten Wälder. Die nächste Stadt ist meilenweit entfernt.«

»Ich weiß es nicht«, erwiderte sie, die Faust in ihrem Schoß geballt. »Ich weiß nur, dass ich hier rausmuss!«

»Was ist denn, wenn Ihnen etwas passiert wäre? Wie hätte ich das Ihrem Vater erklären sollen?«

»Mein Vater ist mir egal!«, rief Clara. »Erzählen Sie ihm, was Sie wollen. Er und Sie wissen, dass ich hier nicht hingehöre.«

Sichtlich überrascht runzelte Dr. Roach die Stirn. »Ich weiß nichts davon«, erwiderte er. »Sie sind aus gutem Grund hier, Clara. Und ich möchte Ihnen dabei helfen, gesund zu werden.«

»Ich habe es Ihnen schon einmal gesagt«, protestierte Clara, »ich bin hier, weil ich einen Streit mit meinem Vater hatte. Ich brauche keine Hilfe!«

»Aber verstehen Sie das denn nicht?«, fragte Dr. Roach. »Ihr Fluchtversuch bekräftigt nur meine Auffassung, dass Sie nicht klar denken können. Eine Frau in Ihrer Lage und einem derart schwächlichen Zustand sollte da draußen nicht allein durch die Landschaft irren.«

»Ich bin nicht so hilflos, wie Sie denken.«

»Sie wissen, welche Art Krankenhaus Willard ist, oder?«

»Natürlich weiß ich das«, erwiderte sie. »Es ist eine Psychiatrie für Geistesgestörte. Aber ich höre keine Stimmen. Ich habe keine Halluzinationen. Ich weiß, dass mein Vater Ihnen erzählt hat, ich sei geisteskrank, aber er lügt!«

»Er lügt?«, wiederholte Dr. Roach. Er bedachte sie mit einem traurigen Lächeln. »Du meine Güte, Clara, warum sollte er das tun?«

»Damit ich hierbleibe.«

»Glauben Sie das tatsächlich?«

»Ja. Auf jeden Fall! Zuerst dachte ich, er würde mir nur eine Lektion erteilen und mich irgendwann nach Hause kommen lassen. Mittlerweile glaube ich aber, dass er froh ist, mich los zu sein.«

Dr. Roach zog die Augenbrauen hoch und schüttelte den Kopf. »Sie bereiten mir große Sorgen, Clara«, stellte er fest. »Sie glauben weiterhin, dass Ihr Vater sich gegen Sie verschworen hat und wir Sie hierbehalten, um Sie zu bestrafen.«

»Bitte«, flehte Clara. »Lassen Sie mich gehen. Sie können meinem Vater ja sagen, dass ich immer noch hier bin. Sagen Sie ihm, dass ich vollkommen wahnsinnig geworden bin und Sie mich für den Rest meines Lebens einsperren mussten. Ist mir egal. Aber lassen Sie mich einfach frei! Er muss es ja nicht erfahren!«

»Sie verhalten sich vollkommen unvernünftig, Clara«, entgegnete Dr. Roach. »Ich bin Arzt. Ich habe einen Eid geschworen, anderen Menschen zu helfen. Das ist alles, was ich tue.«

»Ich war noch nie so klar im Kopf wie jetzt«, stellte Clara fest. »Ich werde gegen meinen Willen in einer Psychiatrie festgehalten. Mein Verstand ist alles, was mir noch geblieben ist, und ich kann Ihnen versichern, dass er absolut klar ist! Ich bin nicht wie der Rest der Patienten hier und glaube blindlings alles, was Sie sagen, um dann wie ein Tier eingesperrt zu werden! Man sollte nicht annehmen, dass ein Arzt so etwas tut. Das ist kriminell!«

Dr. Roach runzelte die Stirn und kniff die Augen zusammen. »Vielleicht brauchen Sie eine Auszeit«, überlegte er laut. »Vielleicht wird Ihnen ein wenig Zeit zum Nachdenken guttun. Ein Fluchtversuch ist ein ernst zu nehmendes Vergehen, das für gewöhnlich mit einer harten Strafe geahndet wird. Aber ich bin gewillt, nachsichtig zu sein, da ich Sie für klug genug halte, aus Ihren Fehlern zu lernen …«

Sie beugte sich über den Schreibtisch und packte seine Hände, wobei der getrocknete Matsch an ihren Ellbogen die makellose Schreibunterlage beschmutzte. Dr. Roach wich zurück und versuchte, seine Hände wegzuziehen, wobei er einen leisen, überraschten Laut ausstieß. Clara packte noch fester zu.

»Wie würden Sie sich fühlen, wenn ich mich weigern würde, Sie loszulassen?«, fragte sie. »Ich weiß, dass Sie es gar nicht mögen, wenn Leute Sie anfassen. Ich habe keine Ahnung, warum das so ist, aber es macht Ihnen Angst. Und falls Sie es noch nicht gehört haben: Moralisch integre Männer betrügen ihre Frauen nicht. Vielleicht sind ja eher Sie derjenige, der Hilfe braucht, Doktor. Vielleicht sind Sie derjenige, der eingesperrt werden sollte! Wie würde Ihnen das gefallen?«

Dr. Roach stand auf und entriss ihr seine Hände. Sein Gesicht war puterrot, die Nasenflügel blähten sich auf. »Ich habe keinen Schimmer, welche Spielchen Sie hier spielen«, erwiderte er. »Aber das dulde ich nicht.« Er schloss ihre Akte. »Wir unterhalten uns bei Ihrem nächsten Termin. In der Zwischenzeit gilt, dass ich nicht Ihr Feind bin, Clara. Vielleicht haben Sie sich Ihren Standpunkt ja bis zum nächsten Termin überlegt.«

Die nächsten sechs Tage wurde Clara in einem faulig stinkenden Raum mit Betonmauern auf der Isolierstation eingesperrt. Die einzigen Möbelstücke darin waren eine Toilette und eine Metallpritsche, die am Boden festgeschraubt war. Zweimal am Tag wurde ein Tablett mit trockenem Brot und einer dünnen Brühe durch eine Klappe unten in der Tür hindurchgeschoben. Die einzige Möglichkeit, Tag von Nacht zu unterscheiden, war eine nackte Glühbirne an der Decke, die an- und ausgeschaltet wurde. Klirrende Ketten und Stahltüren, die zugeschlagen wurden, hallten durch den Korridor und wurden von Schreien und Stöhnen unterbrochen. Am sechsten Tag schloss Schwester Trench die Tür auf, um Clara herauszulassen, und schnalzte missbilligend mit der Zunge. Da Clara zu schwach war, um etwas zu sagen, folgte sie der Schwester wortlos zurück auf die Station.

Mitte April, etwa zwei Monate vor der Zeit, die Clara für ihre Niederkunft berechnet hatte, war ihr Bauch so ausladend geworden, dass all ihre Kleider hauteng saßen. Doch sie hatte schon ähnlich aussehende Bäuche an anderen weiblichen Patienten gesehen – vielleicht waren diese übergewichtig gewesen, bevor sie in Willard halb ausgehungert wurden, oder sie trugen all ihr Gewicht am Bauch –, daher wusste sie, dass eine Frau mit einem dicken Bauch nichts Außergewöhnliches war. Niemand schenkte der Tatsache Beachtung, dass Clara mit jedem Tag dicker wurde. Niemand glaubte ihr oder interessierte sich dafür, dass sie tatsächlich bald ein Kind zur Welt bringen würde, und niemand hatte sich die Mühe gemacht, zu überprüfen, ob sie die Wahrheit sagte.

Am letzten Tag im Mai saß Clara bei ihrem zweiten Termin bei Dr. Roach auf dem Stuhl gegenüber von seinem Schreibtisch. Ihre Knochen taten ihr weh, als sei sie neunzig anstatt achtzehn Jahre alt. Sie war nicht sicher, ob ihr Körper so schmerzte, weil sie schwanger war und unter der mangelhaften Ernährung litt, oder ob es von der dünnen, unebenen Matratze kam, auf der sie während der letzten fünf Monate zu schlafen versucht hatte.

Jede Nacht hatte sie während ihres unruhigen Schlafes Albträume, die davon handelten, dass auf der Station die Wehen einsetzten und niemand außer den anderen Patientinnen ihr bei der Geburt half. In ihren Träumen lag sie schreiend auf der dreckigen Matratze, während sich die anderen Frauen um sie versammelten, vor- und zurückschaukelten, sabberten und jammerten. Im Traum setzte sie sich auf, klammerte sich an den Rändern der Matratze fest und presste, das Gesicht vor lauter Anstrengung ganz verzerrt. Die Frau mit der zerlumpten Puppe riss Clara das Neugeborene zwischen den Beinen heraus und rannte aus der Station hinaus, die blutige Nabelschnur hinter sich herschleifend.

Wie gewohnt saß Clara nun mit einer Hand auf dem Bauch da und wartete darauf, dass sich das Baby bewegte. Ihre größte Angst war, dass der Fötus abgestorben war und sie es erst bei der Geburt erfahren würde. Wie immer spürte sie jedoch nichts. Nur nachts spürte sie Bewegungen. Und selbst dann befürchtete sie, es sich nur eingebildet zu haben – so zart war das Flattern unter ihrer Hand. Zum hunderttausendsten Mal sorgte sie sich, dass das Baby entweder anormal winzig war oder etwas entsetzlich falsch gelaufen war. Bei dieser Vorstellung schnürte es ihr die Kehle zu.

Von der anderen Seite des Schreibtisches aus musterte Dr. Roach sie. Clara starrte den kunstvoll geschnitzten Füller aus Holz in seiner Hand an, den er über ihre Akte hielt. Wie töricht sie doch gewesen war, als sie angenommen hatte, sie würde Zugang zu Tinte und Briefpapier haben, um Bruno zu schreiben, und könnte jemanden finden, der ihre Briefe abschickte. Niemand in Willard interessierte es, warum sie hier war, ganz zu schweigen von ihrem früheren Leben. Unweigerlich musste sie an Schwester Yott denken. Aus unerfindlichen Gründen hatte die junge Schwester sofort gewusst, dass Clara vollkommen gesund war. Warum sah das nur niemand hier in Willard? Clara musste annehmen, dass Schwester Yott entweder ihre Meinung geändert und den Brief an Bruno nicht abgeschickt hatte, oder sie war erwischt worden. Denn sonst wäre Bruno doch schon längst gekommen, um sie zu retten. Ein dumpfer, hohler Schmerz nagte an ihrem Herzen.

»Was haben Sie gerade gedacht, Clara?«, wollte Dr. Roach wissen. Seine Stimme klang tief und entspannt.

»Ich habe mich nur gefragt, wie Sie denn den Patienten helfen wollen, wenn Sie sie nie sehen.«

Er runzelte die Stirn. »Es tut mir leid, aber ich weiß nicht, was Sie meinen.«

»Ich bin seit fünf Monaten hier, und dies ist erst mein zweiter Termin bei Ihnen. Nur, als ich in Schwierigkeiten geriet, habe ich Sie das einzige Mal außer der Reihe gesehen.«

Er lehnte sich auf seinem Sessel zurück und strich mit dem Daumen und dem Zeigefinger über die Seiten seines akkurat geschnittenen Ziegenbärtchens. »In Willard haben wir mehr als dreitausend Patienten«, stellte er klar. »Männliche und weibliche. Hier können Sie keine Sonderbehandlung mehr erwarten – wir sind hier nicht in der Nervenheilanstalt von Long Island.«

»Ich bitte gar nicht um eine Sonderbehandlung«, entgegnete Clara. »Aber Sie behaupten, mir helfen zu wollen. Aber wie wollen Sie mir helfen, wenn Sie mich nie treffen? Allmählich bestätigt sich mein Verdacht, dass Willard nur dazu da ist, um Menschen wegzusperren.«

»Diese Institution wurde aufgrund der Überzeugung errichtet, dass der Wahnsinn durch eine strenge, aber barmherzige Hand, einen sicheren Hafen, der vor den Belastungen des Lebens schützt, sowie Ruhe und regelmäßige Arbeit geheilt werden kann. Ihnen wird all das zuteil, oder, Clara?«

Clara rutschte auf ihrem Sitz herum. Ihr Rücken schmerzte höllisch. »Zuallererst bin ich nicht verrückt. Zweitens ist das hier alles andere als ein sicherer Hafen, der vor den Belastungen des Lebens schützt. Ich werde hier gegen meinen Willen festgehalten. Das soll mich also jetzt dazu bringen, mich friedvoll und sorgenfrei zu fühlen?«

»Wie kann ich Ihren Stress lindern, Clara?«

»Lassen Sie mich gehen. Ich bin schon lange genug hier. Ich bin sicher, dass selbst mein Vater dem zustimmen würde.«

Dr. Roach schüttelte den Kopf. »Es tut mir leid, aber da muss ich Sie enttäuschen«, erwiderte er. »Ihr Vater verlässt sich auf mich, dass ich Sie heile. Leider haben Sie mir aber nichts gesagt, was mir zeigen könnte, dass Sie einen Fortschritt gemacht haben.«

»Was wollen Sie hören? Verraten Sie es mir, dann kann ich es Ihnen sagen.«

»Glauben Sie immer noch, Ihr Vater habe Sie hergeschickt, um Sie loszuwerden?«

Claras Schultern sackten nach unten. »Das ist das zehnte Mal, dass Sie mir diese Frage stellen.«

»Es ist meine Aufgabe, Ihnen Fragen zu stellen.«

»Aber Sie drehen mir die Antworten im Mund herum, damit sie Ihrer vorgefassten Meinung darüber entsprechen, wer ich bin. Sie sind absolut überzeugt davon, dass etwas mit mir nicht stimmen kann – nur, weil ich hier bin!«

»Beantworten Sie bitte einfach meine Frage.«

Clara holte tief Luft und seufzte laut. »Mein Vater hat mich hergeschickt, das ist alles, was ich weiß. Wenn Sie mich nach Hause entlassen, dann werde ich alles tun, was er will.«

»Wollen Sie damit behaupten, verstanden zu haben, dass Ihr Vater nur das Beste für Sie will?«

Clara biss sich auf die Innenseite ihrer Wange und nickte. Im Augenblick würde sie allem zustimmen, wenn sie dadurch ihre Freiheit zurückerlangen könnte. Ganz gleich, was auch passieren würde, wenn sie nach Hause käme: Alles wäre besser, als hier eingesperrt zu sein. Dr. Roach kritzelte etwas in ihre Akte, seine Stirn vor Konzentration in Falten gelegt. Dann schaute er auf.

»Haben Sie jemals an Selbstmord gedacht, Clara?«

Sie schüttelte den Kopf. »Warum fragen Sie mich das? Ich habe Ihnen keinerlei Grund geliefert, zu denken, ich …«

»Ich weiß nicht, ob es Ihnen bekannt ist, aber Selbstmord kann mehrfach in Familien vorkommen. Ich wollte nur sicher sein, dass Sie …«

»Nein«, entgegnete Clara. »Wie schon zuvor gesagt, möchte ich nur die Chance bekommen, ein normales Leben zu führen und mit dem Mann zusammen zu sein, den ich liebe, und unser Baby großzuziehen. Aber ich kann nichts von dem tun, solange Sie mich hier festhalten.«

»Ich gehe davon aus, dass Sie Bruno meinen.«

Clara blieb die Luft weg. »Woher wissen Sie seinen Namen? Hat mein Vater Ihnen von ihm erzählt?«

Dr. Roach warf einen Blick auf ihre Akte, runzelte die Stirn und rollte den Füller zwischen seinem Daumen und den restlichen Fingern. Dann schaute er wieder auf und musterte Claras Miene. »Ich fürchte, es wird Zeit, Ihnen die Wahrheit zu sagen, Clara.«

Mit klopfendem Herzen rutschte Clara vorne an die Stuhlkante. »Die Wahrheit worüber?«

»In einem Punkt haben Sie recht«, stellte Dr. Roach fest. »Ihr Vater hat mir von Bruno Moretti erzählt.«

»Ja?«, fragte sie und war unfähig, Luft zu holen. »Was hat er Ihnen gesagt?«

Dr. Roach legte seinen Füller beiseite und faltete die Hände. »Clara«, fuhr er mit mitleidigem Blick fort. »Bruno Moretti gibt es nicht.«

—

Am ersten Juni hörte der Frühlingsregen endlich auf. Nachdem die Erde rund um Willard getrocknet war, wurde den Patienten erlaubt, unter Bewachung spazieren zu gehen. Jede Station bildete eine eigene Gruppe, immer vier Mann nebeneinander aufgereiht wie ein verwirrter Spielmannszug. Einige Patienten bogen nach links ab, wenn die Gruppe nach rechts ging, andere fielen zurück, weil sie nicht mithalten konnten. Die Frauen wurden in eine Richtung geschickt, die Männer in eine andere. Clara musste im grellen Sonnenlicht blinzeln und folgte den anderen Frauen von ihrer Station, während sie auf das glitzernde Wasser des Seneca Lake hinaussah.

Eine hochgewachsene, schlanke Frau neben Clara summte, rollte sich die Ärmel hoch und drehte das Gesicht der Sonne entgegen. Esther war seit sechs Wochen in Willard. Ihr Mann hatte sie eingeliefert, nachdem er sie dabei ertappt hatte, wie sie einen anderen Mann geküsst hatte. Sogar ohne Make-up und nur mit einem schlichten blauen Kittel bekleidet sah sie mit ihrem dicken blonden Haar und der hellen Pfirsichhaut wie ein Filmstar aus. Als Clara sie zum ersten Mal im Esssaal gesehen hatte, wie sie sich umgeschaut und die anderen Patienten mit angsterfülltem Blick gemustert hatte, war Clara sofort klar gewesen, dass diese Frau genauso wenig hierhergehörte wie sie selbst. Später, auf der Station, hatte Clara sie vor dem Sonnenraum gewarnt und ihr gesagt, dass der einzige Weg, dem zu entkommen, darin bestand, sich zu fügen und zu gehorchen. Seitdem war zwischen ihnen eine Freundschaft gewachsen, und Clara war überaus dankbar, jemanden zu haben, mit dem sie reden konnte.

Neben Esther wiederum lief Madeline, eine zierliche Frau Mitte zwanzig, die vor mehr als einem Jahr eingewiesen worden war, nachdem sie zwei Babys verloren und ihren Mann, von dem sie misshandelt worden war, verlassen hatte. Sie und Clara hatten sich während der Arbeit in der Küche angefreundet, wo Madeline Geschirr abspülte.

»Genau so hat die Sonne geschienen, als ich nach Willard gekommen bin«, erzählte Madeline und hob das Kinn in Richtung Sonne. »Die Gebäude und der See sahen an diesem Tag wunderschön aus. Ich dachte, dass sich endlich jemand um mich kümmern würde.«

»An diesem Ort kümmert sich kein Schwein um uns«, erwiderte Esther. »Wenn ich hier rauskomme, suche ich mir einen alten Knacker, der mich aushält, dann muss ich mir nie wieder Sorgen machen, ob sich jemand um mich kümmert.«

»Vielleicht hätte ich das auch tun sollen«, antwortete Madeline und grinste. »Ich hätte einen Sugardaddy suchen sollen, der der alten, armseligen Hausbesitzerin die Miete gezahlt hätte.«

»Sie hätte dir wahrscheinlich dennoch die Bullen auf den Hals gehetzt«, stellte Esther fest. »Oder behauptet, du seist eine Prostituierte.«

»Ich dachte, du hättest krank im Bett gelegen, als die Polizei kam?«, hakte Clara nach. »War das nicht der Grund, warum du nicht arbeiten und die Miete zahlen konntest?«

»Ich war nicht krank«, widersprach Madeline. »Ich war nur zurück, nachdem ich meinen nichtsnutzigen Ehemann um ein wenig Geld für Lebensmittel gebeten habe. Er hat mich grün und blau geschlagen. Ich habe eine Woche gebraucht, bis ich das Bett wieder für andere Dinge außer einem kurzen Besuch des Badezimmers verlassen konnte. Nachdem die Polizei mich mitgenommen hatte, sagte der Doktor, dass ich körperlich nicht normal sei und ins Krankenhaus gehen sollte. Doch diese verdammte Vermieterin hat gesagt, ich würde Vulgärsprache benutzen und mit mir selbst reden. Deswegen bin ich stattdessen in die Klapse geschickt worden.«

Clara schüttelte den Kopf. Sie betrachtete die anderen Frauen in der Reihe vor ihr, die mit gesenktem Kopf oder hochgezogenen Schultern dahinschlurften – Frauen, die wie sie, Esther und Madeline gedacht hatten, sie hätten eine verheißungsvolle Zukunft vor sich. Natürlich waren einige von ihnen ernsthaft krank und litten an psychischen Problemen, die sie davon abhielten, normal und leistungsfähig zu sein. Doch wie viele von ihnen waren Opfer gewisser Umstände;

Frauen, die ohne jeden Penny von ihren Ehemännern zurückgelassen wurden, nachdem sie sie verlassen hatten oder gestorben waren; Frauen, die ihre Kinder verloren hatten und Hilfe brauchten, um mit der unerträglichen Trauer zurechtzukommen; Frauen, die von ihren Eltern verbannt worden waren, weil sie mit den Entscheidungen ihrer Töchter nicht einverstanden waren? Wie viele waren in Willard wegen eines einzigen Wutausbruchs oder weil sie alt geworden und von ihren Kindern sitzen gelassen worden waren, oder weil sie ihre Eltern in jungen Jahren verloren hatten und dann in einem Waisenhaus aufgewachsen waren? Wie viele waren gesund, als sie herkamen, und würden nach monatelangen Misshandlungen oder Überbehandlung mit Eisbädern und Betäubungsmitteln nie wieder bei Verstand sein können?

Vor einiger Zeit hatte Madeline Clara die Geschichte von Ruby erzählt, einer italienischen Einwanderin, die vor zwölf Jahren mit ihrem Ehemann nach Amerika gekommen war. Zwei Jahre nach ihrer Ankunft war Rubys Ehemann bei einem Unfall auf einer Baustelle ums Leben gekommen. Ausgehungert und obdachlos, sah sie sich gezwungen, als Prostituierte auf den Straßen New Yorks zu arbeiten, ohne dabei mehr als ein paar Worte Englisch zu sprechen. Irgendwann wurde sie festgenommen und nach Willard geschickt. Das war vor zehn Jahren. Jetzt saß sie jeden Tag mit gesenktem Kopf im Sonnenraum und zupfte an der Haut ihrer Oberarme herum.

Eingesperrt zu sein war schon schlimm genug, doch Clara wollte sich die Qualen gar nicht vorstellen, nicht in der Lage zu sein, mit anderen zu reden – nicht die richtigen Worte finden zu können, um zu erklären, warum man hier gelandet war. Warum hatten die Ärzte nicht jemanden hinzugezogen, der Rubys Sprache mächtig war? Was, wenn Ruby Familie in Italien hatte, die sich fragte, wo sie verblieben und was ihr zugestoßen war? Was wäre, wenn es nur einen simplen Brief gebraucht hätte, um sie aus dieser Hölle herauszuholen? Als Clara über die Ungerechtigkeit des Ganzen hier nachdachte, verspürte sie einen dumpfen, nagenden Schmerz in ihrer Brust.

»Wie geht es dir heute?«, erkundigte Esther sich bei ihr. »Jetzt dauert es nicht mehr lange, bis du deine Tochter hast.«

Schützend legte Clara sich eine Hand auf den Bauch, während sich ihr Herz mit einer seltsamen Mischung aus Liebe und Angst füllte. Sie hatte Esther und Madeline alles erzählt – alles über Bruno und ihren Vater und ihre feste Überzeugung, dass das Baby ein Mädchen war. »Mir geht es gut«, erwiderte sie. »Ein wenig schwach vielleicht, aber davon einmal abgesehen …«

»Was glaubst du, was passiert, wenn das Baby da ist?«, fragte Esther Madeline. »Meinst du, sie lassen Clara dann gehen?«

Madeline zuckte mit den Schultern. »Keine Ahnung«, erwiderte sie. »Ich habe noch nie gehört, dass hier irgendwer ein Kind zur Welt gebracht hat.« Sie drehte sich zum See um, damit sie Claras Blicken nicht begegnen musste.

Clara holte tief Luft und versuchte, das Gefühl zu ignorieren, dass Madeline nicht ganz ehrlich gewesen war. Sie konnte es ihr nicht übel nehmen. Wenn Madeline etwas wusste und nicht sagte, dann nur, weil sie versuchte, nett zu sein. Denn Madeline verstand, dass, wenn Clara sich erlaubte, über den Tag der Geburt hinaus nachzudenken, sie vielleicht nicht die Kraft aufbringen würde, einen Schritt nach dem anderen zu machen. Im Augenblick musste Clara einfach fest daran glauben, dass sich das Blatt zum Guten wenden würde. Eine andere Wahl hatte sie nicht.

»Ich hoffe, dass sie mich gehen lassen«, stellte Clara fest. »Das hier ist kein Ort, an dem man ein Baby großziehen kann.«

»Ich denke, du hast recht«, lächelte Esther. »Sie werden dich gehen lassen.«

Die Frauengruppe folgte dem Hauptweg von Willard und steuerte ein dichtes Kiefernwäldchen an, das sich auf der anderen Seite des Creek Mears befand, eines langen, breiten Stroms, der im Seneca Lake mündete. Durch den wochenlangen Regen und den Wind war der Bach mit seinen grasbewachsenen Ufern zu einem reißenden Fluss geworden, der beinahe übertrat. Äste und Blätter wirbelten im dahinschnellenden grauen Wasser. Die Frauen überquerten eine Holzbrücke und lauschten dem lauten Brausen des Wassers. Clara dachte kurz darüber nach, sich einfach über die Brüstung zu stürzen und sich von der starken Strömung auf den See hinaustreiben zu lassen, wo sie entweder ein Bootsfahrer aufnehmen würde, der zufällig vorbeikam, oder sie es bis zum gegenüberliegenden Ufer schaffen würde. Doch der Bach war zu tief und zu reißend, die stürmische Wassermasse ließ dicke Äste an Gesteinsbrocken und Felsen zerschellen. Außerdem konnte sie nicht schwimmen, da sie am Strand von Coney Island lediglich die Füße ins kühle Nass gehalten und ein wenig mit Wasser gespritzt hatte. Selbst wenn sie nicht schwanger gewesen wäre, wäre das Risiko zu groß gewesen zu ertrinken. Und was nutzte ihr die Freiheit, wenn sie tot war?

Am Ende der Brücke bogen die Frauen nach rechts ab und folgten einer unbefestigten Straße, die zum See führte. Rechts von ihnen, zwischen der Straße und dem Kiefernwäldchen, befand sich ein großes Feld, auf dem reihenweise Eisenschilder standen. Jedes Schild war etwa sechzig Zentimeter hoch und dreißig Zentimeter breit. In der hintersten Reihe grub ein Mann, der Gummistiefel und einen Overall trug, ein Loch in den Boden. Als er die Frauen sah, hielt er inne und stieß seine Schaufel in einen Haufen frischer Erde, nahm seine Kappe ab und winkte.

»Das ist der Totengräber, Lawrence Lawrence«, erklärte Madeline. »Er ist seit mehr als dreißig Jahren in Willard und kann so ziemlich alles tun und lassen. Mir ist zu Ohren gekommen, dass er sogar in dem Schuppen dort drüben beim Kiefernwäldchen schläft.« Sie deutete auf ein kleines, einstöckiges Häuschen, das sich an den Waldrand schmiegte und dessen Dach über und über mit Kiefernzapfen und -nadeln bedeckt war. Clara hatte keine Ahnung, wie lange diese Unterkunft vorher leer gestanden haben musste, doch in ihren Augen sah sie marode aus. Alles wirkte, als könne sie jeden Augenblick zu einem Haufen Staub zerfallen: knochentrockenes Holz und abgestandene Luft, die sich zu einer donnernden Wolke aus Sägemehl und scharfen Splittern entladen würden. Nicht auszumalen, in welchem Zustand sich wohl das Innere der Hütte befand. »Lawrence hat die Ärzte gefragt, ob er in dem Schuppen bleiben kann, anstatt auf die Männerstation zurückzukehren«, fuhr Madeline fort. »Er sagte ihnen, dass sie sich keine Sorgen machen müssten – er würde nirgendwo hingehen, da er niemanden habe, zu dem er hingehen könne.«

»Er hat nie versucht zu fliehen?«, fragte Esther mit großen Augen.

»Er sagt, dass er hier zufrieden ist.«

»Er muss wirklich verrückt sein«, entgegnete Esther. »Hier kann doch niemand zufrieden sein.«

Auf der linken Straßenseite befand sich ein vierstöckiges Gebäude mit einem grünen Ziegeldach, das in der Mitte zusammengesackt war, als trage es eine unsichtbare Last. Irgendwann einmal war das Backsteingebäude offensichtlich weiß gestrichen gewesen. Jetzt sahen die frei liegenden Backsteine körnig und rosa aus, und es gab unzählige aschgraue Stellen, an denen sich die Farbe in ganzen Plakaten gelöst hatte, die nun unter dem Dachvorsprung und rund um die Fenster herunterhingen. Eisengitter hingen vor den schmutzigen Fenstern wie schwarzes Garn in einer gestopften Socke. Neben dem Gebäude ragte ein hoher, dunkler Baum in den Himmel, dessen Äste krumm und verbogen waren.

Auf dem Hof an der Seite trotteten zwei Gruppen von Patienten entlang des ungepflegten, mit Unkraut bewachsenen Rasens. Einigen waren die Handgelenke zusammengebunden, andere trugen Zwangsjacken oder Lederfäustlinge, an denen Ketten befestigt waren – und alle waren mit Seilen, die um ihre Taillen gewunden waren, aneinandergebunden. Die eine Gruppe bestand aus Männern, die andere aus Frauen. Ihre weißen Krankenhaushemden waren zerrissen und strotzten vor Dreck, ihre Beine, Arme und Haare waren mit Fäkalien, Erbrochenem und Urin verkrustet. Eine Frau fiel immer wieder hin und wurde von den anderen mitgeschleift, bis die Aufseher die Gruppe lange genug anhielten, damit die Frau aufstehen konnte. Bei spätestens jedem zehnten Schritt fiel die Frau wieder hin. Mehrere Patienten taumelten oder humpelten, einige schrien um Hilfe. Eine Frau schlug auf alle um sich herum ein, eine andere drehte sich um und versuchte, in die entgegengesetzte Richtung zu laufen. Ein männlicher Patient in einer Zwangsjacke schob mit jedem Schritt eine Schulter vor, erst die linke, dann die rechte, wie ein Fußballer, der seine Bewegungsabläufe trainiert. Einer der Männer trug einen Maulkorb, mehrere fluchten in den höchsten Tönen.

Clara versuchte fortzuschauen, doch es gelang ihr nicht. »Wer sind diese Leute?«, fragte sie Esther.

»Sie sind zu gewalttätig, um mit den anderen zusammen untergebracht zu werden«, erklärte Esther. »Die Ärzte haben sie hier im Rookie Pest House eingesperrt. Ich habe gehört, dass es dort keine Heizung geben soll und man die Patienten an den Betten festkettet.«

Clara zitterte, obwohl ihr nicht kalt war, und sah auf den See hinaus. Ein Teakholzboot fuhr in einem weißen Bogen durch die Wogen, daran zwischen dem Mast und dem Bug gespannt eine Schnur mit bunten Flaggen, die im Wind flatterten. Clara kniff die Augen zusammen und versuchte, die Leute zu erkennen, die auf dem offenen Deck hinter der Kajüte saßen. Sie fragte sich, was diese Leute wohl dachten, wenn sie über das Wasser hinweg zu Willard hinsahen. Wussten Sie, was dies für ein Ort war? Sahen sie die Patienten als wirkliche Menschen an oder betrachteten sie sie als etwas Nichtmenschliches, das niemals die Chance haben würde, ein normales Leben zu führen? Waren sie froh, dass man die Patienten weggeschlossen hatte? Waren sie erleichtert, dass sie nun ihr Leben genießen konnten, ohne durch jemanden belastet zu werden, der Probleme hatte? War ihnen eigentlich klar, dass die meisten der Patienten einmal Hoffnungen und Träume gehabt hatten? Dass einige von ihnen gegen ihren Willen eingesperrt waren?

In diesem Augenblick wurde Clara aus ihren Gedanken gerissen, als ein Schrei ertönte. Ein nackter Mann kam aus dem Rookie Pest House gelaufen mit zotteligem Bart und wild dreinschauenden Augen. So schnell ihn seine spindeldürren Beine tragen konnten, rannte er in Richtung des Sees, zwei Aufseher dicht hinter ihm. Der nackte Mann stolperte über einen Baumstamm und fiel hin, rappelte sich aber schnell wieder auf. Die Aufseher holten ihn jedoch ein und zerrten ihn zurück, hinüber in das Backsteingebäude. Clara riss sich von dem Anblick los und war erleichtert, dass die Aufseher ihre Gruppe in die andere Richtung zum Bootshaus und Anleger hin führten, weg vom Rookie Pest House.

Später, als sie in der Küche saß, musste sie unaufhörlich an den Mann aus dem Rookie Pest House denken, und sie fragte sich, vor welchem Grauen er hatte davonlaufen wollen. Wie konnte es nur einen Ort wie Willard geben, wo Menschen wie Vieh behandelt wurden, während alle anderen wie gewohnt weiterlebten? Sie fragte sich, ob ihr Vater wohl wusste, wie schrecklich es in Willard war, oder ob es ihn überhaupt kümmerte. Von ihrem Platz, an dem sie Kartoffeln schälte, konnte sie Madeline sehen, wie sie am Becken stand und Geschirr spülte, während Schweißperlen von ihren Augenbrauen heruntertropften. Die Frau, die für die Küche verantwortlich war, erlaubte es nicht, dass sich die Arbeiterinnen miteinander unterhielten, doch Clara war dankbar dafür, Madeline in ihrer Nähe zu haben, um einander gelegentlich anzulächeln oder zuzuwinken. Dies erinnerte Clara daran, dass sie und andere in Willard immer noch zurechnungsfähig waren. Die Frau, die zu Claras Linken auf einem Stuhl saß, sprach nie auch nur ein einziges Wort. Stets saß sie mit gesenktem Kopf da, schälte Kartoffeln und murmelte vor sich hin.

Als hätte Madeline Claras Gedanken gelesen, drehte sie sich um und hob eine seifige Hand. Ihre Augen sahen müde aus, doch sie lächelte. In diesem Moment durchquerte die Küchenchefin den Raum, schob sich zwischen Clara und Madeline und sah beide mürrisch an. Madeline drehte sich um, schob mit einem Finger die Nase hoch, streckte die Zunge heraus und schnitt hinter dem Rücken der Küchenchefin eine Grimasse. Dabei rutschte ihr jedoch ein nasser Teller aus der anderen Hand und zerbrach auf dem gefliesten Boden zu Hunderten von kleinen weißen Scherben.

Die Küchenchefin blieb wie erstarrt stehen und wirbelte dann auf dem Absatz herum, um zu sehen, was passiert war. Ohne zu zögern, eilte sie zu Madeline. Madeline wich zurück, bis sie in der Ecke zwischen der Wand und der Edelstahlspüle gefangen war. Die Küchenchefin grub ihre Finger tief in Madelines Arm, zerrte sie nach vorn und schubste sie gegen die Arbeitstheke. Madelines Kopf knallte mit einem dumpfen Schlag gegen die Küchenschränke, dass das Besteck im Korb rappelte. Die Küchenchefin holte mit der Hand aus, um sie zu schlagen, und brüllte etwas von Beschaffungskosten. Clara ließ das Schälmesser fallen und stürzte los.

»Lassen Sie sie in Ruhe!«, schrie sie, packte die Frau am Handgelenk und versuchte, sie von Madeline wegzuzerren. Die Küchenchefin, die knallrot angelaufen war und keuchte, drehte sich um. Sie schubste Clara mit beiden Händen von sich. Es kam Clara wie in Zeitlupe vor, als sie mit rudernden Armen und weit aufgerissenen Augen nach hinten flog. Sie hatte Mühe, sich auf den Beinen zu halten, rutschte auf dem nassen Boden aus, fiel hin und schlug mit einem fiesen Geräusch auf den Fliesen auf. Ein blitzartiger Schmerz schoss ihr durch den Schädel. Clara sah auf und blinzelte, doch von beiden Seiten drohten schon die schwarzen Vorhänge der Ohnmacht sich zu schließen. Dann spürte sie einen warmen Schwall zwischen ihren Beinen, bevor sie endgültig das Bewusstsein verlor.

—

Clara blinzelte und öffnete die Augen, versuchte, sich auf die hellen Kugeln zu konzentrieren, die über ihr aufflackerten. Mit den Füßen voraus bewegte sie sich vorwärts, während ihr faulig stinkende Luftzüge über das Gesicht und die Arme glitten. Sie hatte nicht die leiseste Ahnung, wo sie war. Dann jedoch wurde ihr klar, dass das verschwommene Licht, das über ihr vorbeizog, Deckenlampen waren. Clara drehte den Kopf und sah Räume mit gedämpftem Licht, Krankenhausbetten, Schwestern, die sich über Patienten beugten und Spritzen verabreichten, den Puls überprüften und etwas in Krankenakten eintrugen. Clara lag auf einer Bahre und wurde durch den Korridor der Krankenabteilung geschoben. Mit einem Mal spannten und verkrampften sich ihre Bauchmuskeln, als hätte man ihr ein Messer in den Unterleib gerammt. Mühsam versuchte sie, sich aufzusetzen, die Knie anzuziehen und sich zu einem Ball zusammenzurollen, doch eine starke Hand drückte ihren Rücken wieder auf die Bahre. Als Clara aufschaute, um zu sehen, wer die Bahre schob, erblickte sie eine Schwester, die sie nicht kannte.

Besagte Schwester schob die Bahre um eine Ecke und in einen Untersuchungsraum hinein, in dem bereits ein Arzt wartete. Er sah wie eine Kröte aus, klein und aufgeschwemmt, und seine Wangen gingen gleich in sein Doppelkinn über.

»Was ist passiert?«, fragte der Arzt die Schwester.

»Sie ist hingefallen und hat sich den Kopf aufgeschlagen«, erklärte die Schwester und umrundete die Bahre, um dann daneben stehen zu bleiben. »Sie ist gerade wieder zu sich gekommen.«

»Wie lange war sie bewusstlos?«, erkundigte sich der Arzt weiter. Er beugte sich über Clara, riss ihre Augenlider auf und leuchtete ihr mit einer winzigen, sehr hellen Lampe in die Augen.

»Vielleicht eine Viertelstunde«, schätzte die Schwester.

»Wie geht es Ihnen?«, fragte der Arzt nun Clara sehr laut. »Ist Ihnen schwindelig?«

Clara schüttelte den Kopf. Eine weitere Wehe setzte ein, und sie zog die Knie an, damit der reißende, brennende Schmerz im Unterleib aufhörte. Es fühlte sich an, als würde sie entzweigerissen. Sie biss sich auf die Unterlippe und stöhnte leise.

»Haben Sie Kopfschmerzen?«, erkundigte sich der Arzt.

»Nein. Ich habe Wehen.«

Die Augenbrauen des Arztes schossen in die Höhe, und er warf der Schwester einen fragenden Blick zu. Die Schwester zuckte mit den Schultern.

»Können Sie aufstehen und zum Untersuchungstisch hinübergehen?«, fragte er Clara.

Mit zittrigen Armen stützte Clara sich ab, ihr Kopf hämmerte im Takt mit ihrem klopfenden Herzen. Sie schwang die Beine über den Rand der Matratze, presste eine Hand auf den Bauch und verließ die Bahre. Eine warme Flüssigkeit lief ihr an der Innenseite des Beins herunter und durchnässte ihre Lederschuhe. Der Arzt ging zum Waschbecken hinüber, um sich die Hände zu waschen.

»Sie muss die Unterhose ausziehen«, wies er die Schwester an.

Clara schlüpfte aus ihren Schuhen, ohne die Schnürsenkel zu lösen, da es ihr der Schmerz in ihrem Bauch unmöglich machte, sich gerade hinzustellen. Die Schwester kam zu Clara und wollte ihr das Kleid hochziehen, um nach der Unterwäsche zu greifen, doch Clara schob ihre Hand weg. Stattdessen versuchte sie, die Unterhose selbst auszuziehen, ohne dabei hinzufallen. Dann kletterte sie auf den Untersuchungstisch und hatte Mühe, dabei ruhig und tief einzuatmen.

Der Arzt zog die Fußbügel heraus und deutete Clara an, sich auf den Rücken zu legen. Wie befohlen legte sie den Kopf auf ein kleines, klumpiges Kopfkissen. Während der Doktor ihre Füße in die Halterungen schob, schloss Clara die Augen und rief sich Brunos Gesicht in Erinnerung, sein dunkles Haar und die strahlend weißen Zähne, die beim Lachen aufblitzten. Als die Hand des Arztes sie berührte, zuckte Clara zusammen und drehte den Kopf. Sie starrte auf ihr Spiegelbild im Glaseinsatz eines weißen Schranks, in dem sich Holzspatel, Wattebäusche und glänzende, spitze Instrumente befanden. Als die Untersuchung vorbei war, tätschelte der Arzt ihr Knie und trug ihr auf, sich hinzusetzen.

»Das arme Mädchen bekommt gleich ein Baby«, wies er die Schwester an. »Bringen wir sie in einen anderen Raum.«

Die Krankenschwester sah zu Clara hinüber, presste die Lippen zusammen, nahm ein Klemmbrett zur Hand und reichte es dem Doktor.

»Wer ist ihr behandelnder Arzt?«, erkundigte er sich und kritzelte etwas auf das Klemmbrett.

»Dr. Roach«, antwortete die Krankenschwester. »Soll ich einen Rollstuhl holen?«

»Ja«, nickte der Arzt. »Aber beeilen Sie sich.« Die Schwester verließ das Zimmer, und der Arzt wandte sich nun Clara zu. »Wissen Sie, wer der Vater des Kindes ist?«

Clara nickte, unsicher, ob sie antworten konnte. Die Abstände zwischen den Wehen wurden immer kürzer. »Mein Freund, Bruno«, keuchte sie.

»Wo ist Bruno jetzt?«

»Ich weiß es nicht«, mühte sich Clara ab.

»Ist er Patient hier?«, hakte der Arzt nach.

Clara schüttelte den Kopf. Schweißperlen hatten sich auf ihrer Stirn und über der Oberlippe gebildet. Die Schwester kehrte mit einem Rollstuhl zurück und holte ein Krankenhaushemd aus dem Schrank. Clara kletterte vom Untersuchungstisch herunter, nahm in dem Rollstuhl Platz und krümmte sich sogleich wieder vor Schmerzen. Ihr Innerstes fühlte sich an, als würde es gleich nach außen gekehrt und dann als blutiger Haufen in ihrem Schoß landen. Plötzlich übermannte sie der Drang aufzustehen. Sie versuchte, sich aus dem Rollstuhl zu hieven.

»Hinsetzen!«, rief die Schwester und schubste sie auf den Sitz zurück. Bevor Clara etwas dagegen einwenden konnte, fuhr die Schwester den Rollstuhl durch den Untersuchungsraum.

»Das Baby kommt!«, schrie Clara.

Nachdem der Arzt die Tür aufgerissen hatte, schob die Schwester Clara in den Flur. Dann bog sie nach rechts ab, rannte den Korridor entlang und brüllte dabei die anderen Schwestern und Patienten an, aus dem Weg zu gehen. Ein Aufseher schob einen weiteren Rollstuhl direkt auf sie zu und versuchte währenddessen, den bewusstlosen Mann darauf auf dem Sitz zu halten. Der Aufseher konnte nicht schnell genug ausweichen, sodass sie beinahe frontal zusammengestoßen wären. Endlich bog die Schwester in einen kurzen Flur ein und schob Clara in ein Zimmer mit einem einzelnen Bett darin.

»Stehen Sie auf«, befahl sie.

Eine zweite Schwester half Clara vom Rollstuhl auf und fing an, sie zu entkleiden. »Wir ziehen Ihnen schnell dieses Krankenhaushemd an«, erklärte sie und riss ihr den Büstenhalter vom Leib. »Sie bekommen jetzt ein Baby. Haben Sie das verstanden?«

»Ja«, erwiderte Clara keuchend. »Ich habe Dr. Roach mehrfach gesagt, dass ich schwanger bin, aber es hat ihn nicht gekümmert.« Sie schlüpfte mit den Armen in den Kittel, kletterte auf die Matratze und legte sich hin. Eine weitere Schmerzwelle ließ ihren Unterleib zusammenziehen, und wieder verspürte sie den überwältigenden Drang zu pressen.

Die erste Schwester bedeckte Clara mit einem dünnen Laken, während die zweite Claras Füße an den Knöcheln zusammenhielt und ihr befahl, nicht zu pressen, bevor der Arzt nicht da war. Clara wälzte sich auf dem Bett hin und her und kämpfte gegen den Drang an, pressen zu wollen. Ihr Körper fühlte sich an, als würde er in zwei Teile gerissen, als würden Sehnen und Muskelstränge sich in entgegengesetzte Richtungen drehen und Venen sich so spannen, dass sie kurz vor dem Zerreißen waren. Endlich kam der Arzt hereingeeilt und wies die Krankenschwestern an, Decken, Handtücher und eine Schüssel mit heißem Wasser zu holen.

»Wir brauchen Morphium und ein Beruhigungsmittel!« Seiner Stimme war die Dringlichkeit deutlich anzumerken. Die Schwestern stürzten aus dem Zimmer, danach untersuchte der Arzt Clara noch einmal. Sie schob sich auf ihren

Ellbogen hoch und sah den Arzt an, hoffte in seiner Miene irgendein Anzeichen darauf zu finden, das Auskunft über den Zustand ihres Babys geben konnte. Sie hatte ein derartiges Herzklopfen, dass es ihr die Kehle zuschnürte.

Wenn ihre Berechnungen stimmten, kam das Baby zwei Wochen zu früh. Und durch das plötzliche Einsetzen der Wehen wuchs nun ihre Panik, dass neben allem anderen ihre Tochter ein Frühchen sein könnte und es nicht schaffen würde. Doch so blitzartig, wie die starke Wehe eingesetzt hatte, war sie auch schon wieder vorüber. Keuchend ließ sich Clara in die Kissen zurückfallen.

»Stimmt etwas nicht?«, fragte sie.

»Liegen Sie einfach so ruhig wie möglich da«, erwiderte der Arzt. »Ich kümmere mich um Sie.«

Die zwei Schwestern kamen in den Raum zurückgeeilt, die Arme voll beladen mit Handtüchern, einer Schüssel, einem Arztkoffer und einer Kanne mit heißem Wasser. Claras Bauch zog sich wieder zusammen, und eine neue Wehe setzte ein, bei der sich jeder einzelne Muskel anfühlte, als sei er in einen gigantischen Schraubstock gepresst. Clara holte tief Luft, legte die Hände auf die Knie und presste. Das Köpfchen des Babys kam heraus, sie spürte, wie sein breiter, feuchter Kopf sich einen Weg aus ihrem Körper hinaus in die Welt bahnte.

Clara hyperventilierte, ihr Atem wurde zu einem schnellen, flachen Keuchen. Ein Schwall Flüssigkeit strömte zwischen ihren Beinen hervor, und sie zuckte zusammen, als sie den Einstich einer Nadel in ihren Arm spürte. Als sie den Kopf drehte, sah sie, wie eine Schwester, deren Mund zu einer harten, schmalen Linie zusammengepresst war, ihr eine Spritze in den Oberarm stieß. Erneut versuchte Clara, sich aufzusetzen, doch sie hatte keine Kraft mehr. Sie sah zum Arzt hinunter, dessen resoluter, finsterer Blick das Letzte war, was Clara sah, bevor alles um sie herum schwarz wurde.

KAPITEL 11
Izzy

Willard

Auf dem Rücksitz von Pegs und Harrys Mitsubishi zupfte Izzy an ihren Fingernägeln herum und sah zu, wie die Gebäude von Willard am Fenster vorbeizogen. Die Sonne strahlte am blauen Septemberhimmel, an dem jedoch ambossförmige Wolken aufzogen und auf ein mögliches Gewitter hindeuteten. Zur linken Seite des Wagens funkelte der Seneca Lake, seichte Wellen plätscherten an das Ufer. Baumwipfel wiegten sich in der sanften Brise, während sich Seemöwen auf dem eingefallenen Ziegeldach des Bootshauses von Willard zusammenscharten.

Dennoch wirkten die Gebäude und die Außenanlagen von Willard ausgestorben und totenstill. Kein Grashalm rührte sich, kein Efeublatt bewegte sich. Kein einziger Vogel flog an den Dächern vorbei oder landete auf den Kaminen. Neben den roten Backsteinwänden sahen die Fenster der Stationen ausgebrannt und schwarz aus, als hätte drinnen ein Feuer gewütet oder als sei es für das Sonnenlicht unmöglich, die Finsternis in den Gebäuden zu durchdringen.

Izzy konnte es nicht fassen, dass sie zur alten Psychiatrie zurückkehrte, um in dem verlassenen Krankenhaus alte medizinische Akten und Protokolle durchzusehen. Izzy gab sich große Mühe, tief einzuatmen und ihre Angst zu verdrängen, und konzentrierte sich stattdessen auf ihre Aussicht, vielleicht mehr über Clara herausfinden zu können.

Drei Abende zuvor hatte Izzy nach dem Abendessen und

den Hausaufgaben schließlich Peg gestanden, dass sie im Besitz von Claras Tagebuch war. Peg reagierte enttäuscht, war jedoch nicht böse. Vielmehr verstand sie sogar Izzys Begeisterung und glaubte ihr, dass sie wirklich beabsichtigt hatte, es wieder zurückzugeben. Nachdem sie Izzy dafür gedankt hatte, ihr die Wahrheit gesagt zu haben, hielt sie ihr noch einen generellen Vortrag über die Tugend der Ehrlichkeit und zeigte sich dann letztlich doch sehr begeistert von allem, was Izzy bislang herausgefunden hatte.

»Danke, dass du mir nicht böse bist«, stellte Izzy fest.

»Tu mir nur einen Gefallen, ja?«, bat Peg. »Frag beim nächsten Mal bitte vorher.«

Izzy nickte. »Das werde ich«, versprach sie.

»Und da du dich so für dieses Projekt interessierst«, fuhr Peg fort, »möchtest du vielleicht am Samstag wieder mit uns nach Willard mitkommen? Ich kann es immer noch nicht fassen, aber das Land hat uns die Erlaubnis erteilt, Einblick in die medizinischen Akten zu nehmen!«

»Schaust du dir Claras Akte an?«, fragte Izzy.

»Tut mir leid«, schüttelte Peg den Kopf. »Es war recht einfach, ihr Leben aus den Dingen zusammenzusetzen, die wir in ihrem Koffer gefunden haben. Sie gehört daher nicht zu den Patienten, die wir ausgesucht haben, um mehr über sie zu erfahren. Und wie du schon gesagt hast, erklärt ihr Tagebuch recht viel. Aber wenn du mitkommen willst, dann kannst du gern versuchen, ihre Akte zu finden. Wir dürfen uns nur wenige Stunden im Krankenhaustrakt aufhalten, von daher muss alles sehr schnell gehen.«

Je näher sie dem verlassenen Gebäude kamen, desto aufgeregter war sie. Harry bog in eine schmale Gasse ab und parkte in der Nähe eines vierstöckigen Backsteinbaus. Nachdem er den Motor abgestellt hatte, stieg Harry aus. Izzy kletterte von der Rückbank nach draußen und beobachtete, wie zwei weitere Fahrzeuge auftauchten und neben ihnen parkten. Nachdem Peg und Harry das Auto umrundet hatten, öffneten sie den Kofferraum des Mitsubishis. Zwei Museumsangestellte stiegen aus dem ersten Auto, während der zweite Wagen auf der gegenüberliegenden Seite parkte. Izzy konnte nicht erkennen, wer auf dem Fahrersitz saß, doch sie wusste, dass das Auto Ethans Vater Peter gehörte, da Peg erzählt hatte, dass auch ein Fotograf kommen würde. Die Wagentür öffnete sich, und Peter hievte sich hinaus, wobei das Autodach nach oben wippte und das Fahrgestell quietschte. Izzy hielt den Atem an und wartete ab, ob Ethan seinen Vater begleitete. Peter ging um das Auto herum und öffnete den Kofferraum. Niemand sonst stieg aus dem Wagen.

In gewisser Weise war Izzy erleichtert. Anstatt sich Gedanken darüber zu machen, wie sie Ethan aus dem Weg gehen sollte, konnte sie sich nun ohne Ablenkung auf die Suche nach Claras Akte machen. Seit dem Zwischenfall im Psychologieunterricht waren nun vier Tage vergangen, und Izzy hatte seitdem nichts mehr von ihm gehört. Wenn sie an Shannon und ihm im Schulflur vorbeiging, wurde sie von beiden ignoriert. Keiner der anderen Mitschüler brachte ihre Mutter zur Sprache oder machte sich über sie lustig. Plötzlich schien sie für alle unsichtbar zu sein. Die Einzige, die sich mit ihr unterhielt, war Alex. Aus Gründen, die Izzy nicht genau benennen konnte, fühlte sich Shannons Gleichgültigkeit ihr gegenüber jedoch eher wie die Ruhe vor dem Sturm an. Sogar Alex fand ihr Verhalten mehr als merkwürdig.

Izzy ging zum Kofferraum und war überrascht, dass sich Peg und Harry OP-Kleidung über ihre Anziehsachen streiften. Peg reichte Izzy eine Taschenlampe und ebenfalls einen Stapel grüne OP-Kleidung.

»Wozu?«, fragte Izzy.

»Das alte Krankenhaus ist mit Asbest und Bleifarbe verseucht«, erklärte Harry. »Darum ist es sehr wichtig, dass wir Schutzkleidung tragen.«

Izzy warf einen Blick auf die anderen Autos und sah, dass die Museumsmitarbeiter sich ebenfalls Schutzkleidung überzogen. Mit einem breiten Grinsen auf den Lippen kam Peter schwergewichtig auf sie zugelaufen: Seine Fotoausrüstung hatte er über eine Schulter gehängt, während er über der anderen Schulter den Riemen eines Dings hatte, das wie eine riesengroße Taschenlampe aussah. Peg und Harry streiften jeweils einen Mundschutz um den Hals und machten sich auf den Weg zum Gebäude. Harry trug eine Taschenlampe und eine Reisetasche, während Peg sich einen Stoffbeutel über die Schulter geschoben hatte. Izzy und der Rest folgten ihnen. Als sie eine Doppeltür erreichten, die mit einer Kette und einem Vorhängeschloss gesichert und deren Fenster von innen mit Brettern zugenagelt waren, gab Peg jedem ein Paar Überzieher, die über die Schuhe gestreift werden sollten.

»Hast du nichts, was du über deine Kleidung ziehen kannst?«, erkundigte sich Harry bei Peter.

Peter hob die Hand und winkte ab. »Ich komme schon klar«, erwiderte er.

»Du solltest wenigstens die hier benutzen«, ermahnte ihn Peg und gab ihm einen Mundschutz und Überzieher für die Schuhe. Peter nahm die Maske entgegen und setzte sie auf. Dann beugte er sich vor, um die Überzieher über seine riesigen Schuhe zu streifen, doch sie waren zu klein. Er grinste und zog sie sich stattdessen über die Ohren. Alle mussten lachen.

»Ethan ist heute nicht dabei?«, erkundigte Peg sich bei ihm.

Er schüttelte den Kopf. »Er hat Basketballtraining«, erwiderte er. Dann lächelte er Izzy an. »Aber ich soll dich schön grüßen und dir sagen, dass er gern mitgekommen wäre.«

Izzy merkte, wie sie rot wurde. Sie beugte sich vor und zog

die Überzieher über ihre Sneakers und fragte sich dabei, warum Ethan sich die Mühe machte, sie grüßen zu lassen. Wenn er nicht den Mut besaß, ihr in aller Öffentlichkeit Hallo zu sagen, welchen Sinn hatte das Ganze dann? Schämte er sich, zuzugeben, dass sie Freunde waren, oder hatte er Angst vor seiner Freundin? Sie biss die Zähne zusammen und richtete sich wieder auf in der Hoffnung, dass die Schamesröte verschwunden war.

Harry holte einen Schlüsselbund aus der Tasche, öffnete das Vorhängeschloss und zog die Kette weg, die um die Messingtürgriffe geschlungen war.

»Das ist das neuere Krankenhaus«, erklärte Peg. »Zuerst waren in Chapin Hall die Krankenstation, Operationssäle und die Leichenhalle untergebracht. Irgendwann wurden die Patienten mit ansteckenden Krankheiten in einem alten Farmhaus untergebracht, und man hat das hier gebaut – das Hauptkrankenhaus.«

Als Harry die Tür öffnete, ließ ein plötzlicher Wirbel aus abgestandener Luft einen zerknüllten Papierfetzen über die rissige Türschwelle fliegen. Ein rechteckiger Sonnenstrahl, der schräg durch die Dunkelheit fiel, breitete sich auf dem Fußboden aus und beleuchtete mehrere Schichten von Schmutz und getrocknetem Schimmel. Schnell zogen sich alle den Mundschutz über und traten einer nach dem anderen ein. Tageslicht fiel schwach durch offene Korridortüren hinein und durchkreuzte den langen, dunklen Gang. Harry knipste seine Taschenlampe an und schaute sich um. Vergilbtes Papier, Stücke aus Gipskartonwänden, abgeblätterte Farbstücke, Plastikflaschen und Müll übersäten die Bodenfliesen. An einer Wand, von der die Farbe abblätterte, lehnte ein Rollstuhl, und eine kaputte Metallkarre lag umgekippt in der Mitte des Korridors. Staub hing wie ein Schleier in der Luft, wie Tausende winzige Larven, die im Meerwasser trieben.

»Glaubst du, wir haben genug Licht, um auch zu sehen, was wir tun?«, fragte Peg. Durch die Papiermaske klang ihre Stimme gedämpft.

»Klar«, nickte Harry. »Peter hat einen akkubetriebenen Baustrahler mitgebracht, außerdem sollte auch ein wenig Licht durch die Fenster hereinfallen. Das wird reichen. Die Aktenkammer soll sich den Flur hinunter auf der linken Seite befinden.«

Izzy folgte der Gruppe den Korridor hinunter und leuchtete mit der Taschenlampe in alle Räume hinein. Unter ihren Füßen knirschten Putz und abgeplatzte Farbe. In einem Zimmer zu ihrer Rechten säumte eine Reihe von Becken eine mit Schimmel überzogene Wand. Die Porzellanbecken waren mit Gipskartonstücken und Staub bedeckt, während rostige Rinnsale von den mit Kalkablagerungen verkrusteten Wasserhähnen herunterliefen. Ein Dutzend Duschköpfe hingen von einem langen Rohr herunter, das an der Decke entlanglief und dessen Gelenkverbindungen verkalkt und grün angelaufen waren. Der nächste Raum war mit Rollstühlen vollgestopft, doch statt Sitzen aus Leinen oder Plastik waren dort Toilettensitze ohne Deckel in die Sitzflächen eingelassen. Ein Zimmer, in dem ein riesengroßes Stück schimmeliger Putz von der Decke hing, stand leer, mit Ausnahme einer einzelnen, schmutzigen Matratze. Das Geräusch von tropfendem Wasser hallte durch den Korridor.

Endlich erreichten sie eine verschlossene Tür, an der ein Schild mit der Aufschrift »Aktenraum« hing. Harry probierte drei Schlüssel durch, bis er endlich den richtigen fand. Nachdem er die Tür geöffnet hatte, folgten ihm alle hinein. Zwei große Fenster an der gegenüberliegenden Wand ließen genau so viel Licht herein, dass man sich umsehen konnte. Staub, der von schwachen Sonnenstrahlen beleuchtet wurde, tanzte träge durch die Luft.

Peg presste eine Hand auf ihre Brust und sah sich mit großen Augen um. Der Raum war gefüllt mit einer Mischung aus unterschiedlich großen Tischen, Aktenschränken, Schränken und Regalen. Überall türmten sich hohe Aktenstapel, Papierhaufen und Kisten. Zerfetzte Formulare lagen auf dem Boden verteilt, während andere wiederum zu Paketen zusammengeschnürt waren und von hart gewordenen Gummibändern zusammengehalten wurden. Röntgenbilder und Aktenordner lagen über den Fliesenboden verteilt, als hätte sie jemand einfach in diesen Raum geworfen und dann die Tür verschlossen.

»Wie sollen wir uns durch all die Akten durcharbeiten?«, fragte Peg.

»Keine Ahnung«, erwiderte Harry. »Wir müssen einfach schnell sein.«

Peter stellte den akkubetriebenen Baustrahler in einer Ecke auf und leuchtete die Mitte des Raumes aus. Dann räumte er ein paar Kisten von einem kleinen Tisch, stellte den Tisch in der Raummitte auf den Boden und fing an, seine Ausrüstung aufzubauen. Peg ging in die entlegenste Ecke und packte sich eine dicke Akte. Diese schaute sie sich ein paar Sekunden lang an, bevor sie sie dann weglegte und sich eine andere nahm, die danebenlag. »Wie es aussieht, hat es offenbar Versuche gegeben, die Akten in eine alphabetische Reihenfolge zu bringen«, stellte sie fest, nachdem sie etwa ein halbes Dutzend Akten durchgeschaut hatte.

»Warum nehmen wir uns nicht jeder einen Patientennamen vor und suchen nach der dazugehörigen Akte?«, schlug Harry vor.

»Gute Idee«, nickte Peg. Sie holte einen Zettel aus ihrer Tasche, wies jedem außer Izzy und Peter einen Namen zu und teilte allen ein Klemmbrett aus. »Notiert hier den Namen des Patienten sowie jede Information, die ihr für wichtig haltet.

Wir haben nur diese eine Chance, also haltet euch ran. Izzy, du kannst mir helfen.«

Alle machten sich in unterschiedliche Richtungen auf und legten los. Izzy folgte Peg zur gegenüberliegenden Seite des Raumes.

»Was soll ich tun?«, erkundigte sich Izzy.

»Der Nachname des Patienten, nach dem ich suche, fängt mit einem C an wie bei Clara«, erklärte Peg. »Vielleicht findest du also das, was du suchst, genau hier.«

Peg zerrte eine gut zehn Zentimeter dicke Akte aus dem Schrank vor ihnen, gemeinsam sahen sie sich die erste Seite an. An den Aktendeckel waren zwei Schwarz-Weiß-Bilder geheftet: eines von einer Frau mittleren Alters, die eine Bluse mit einem spitzenbesetzten Kragen trug. Sie hatte das Haar zu einem Pagenkopf geschnitten, lächelte schüchtern und besaß gütige Augen. An der Wand hinter ihrem Kopf hingen fünf Zahlen, schwarze Ziffern auf einem weißen Schild. Auf dem zweiten Bild war die gleiche Frau zu sehen, dieses Mal mit grauer, faltiger Haut und dunklen Ringen unter den Augen. Sie runzelte die Stirn, die Lippen waren in ihrem zahnlosen Mund eingesunken. Es war das traurigste Gesicht, das Izzy je in ihrem Leben gesehen hatte.

»Esther Baldwin«, las Peg vor. Sie klappte die Akte zu und legte sie zurück. »Hier sind wir bei ›B‹ gelandet.« Sie ging mehrere Schritte weiter, holte eine weitere Akte aus dem Medizinschrank und schlug sie auf. Izzy hielt ihren Blick stur auf Peg gerichtet, um nicht noch ein weiteres Bild einer Person sehen zu müssen, der die vielen Jahre in einer Institution wie Willard derart zugesetzt hatten wie Esther Baldwin.

»Dmitry Cabell«, las Peg vor. »Hier sind wir also jetzt bei ›C‹ angelangt.« Sie sortierte die Akte wieder ein und senkte die Stimme. »Jetzt geh schon und sieh zu, ob du Claras Akte finden kannst.«

Izzy ging an der Wand entlang und nahm eine Akte von einem Schrank herunter. Sie gehörte jemandem, dessen Nachname Cahill lautete. Sie legte sie zurück und nahm sich eine Akte zwei Regalbretter darunter heraus. Der Nachname der Frau war Callahan. Izzy zog eine weitere Akte heraus, dann noch eine. Bei jedem gebrochenen Blick und zahnlosen Mund mahlte sie mit dem Kiefer. Es war unvorstellbar, dass so viele Menschen weggesperrt worden waren, manche davon sogar für den Rest ihres Lebens. Izzy fragte sich, wie viele wohl wie Clara waren – eben noch normale Leute, im nächsten Augenblick eingesperrt. Was wäre wohl passiert, hätte man die Patienten gefragt, was ihnen zugestoßen war, anstatt sie zu fragen, was mit ihnen nicht stimmte? Die meisten Akten waren zentimeterdick und dokumentierten einen jahrelangen Aufenthalt in Willard. Etwas Kaltes, Hartes verkrampfte sich in Izzys Magengrube.

Allmählich fragte sie sich, warum sie sich das alles antat, um mehr über eine Frau herauszufinden, die schon längst tot und begraben war. Izzy hatte wirklich mehr als genug eigene Probleme – warum grub sie also im Schlamassel anderer Leute herum?

Einer der Museumsmitarbeiter trug eine Akte in die Mitte des Raumes, wo Peter dann Fotos von Tabellen, Röntgenbildern und Unterlagen mit medizinischen Texten machte. Izzy schaute kurz zu und zog dann eine dicke Akte unter einer dünneren hervor. Als sie den Aktendeckel öffnete, hätte sie beinahe alles fallen gelassen. Aus der Akte starrte ihr Clara mit angsterfülltem Blick entgegen; ihr Mund war zu einer dünnen, harten Linie zusammengepresst, als kämpfe sie mit den Tränen. Unter ihrem Bild stand in fetter Schreibschrift:

Paranoide Wahnvorstellungen mit Halluzinationen.

Izzy schluckte, und Tränen stiegen ihr in die Augen. Schnell setzte sie sich auf einen Tritthocker, der neben den Aktenschränken stand, und holte ihre Taschenlampe hervor in der Hoffnung, dass ihr niemand Beachtung schenken würde. Dann legte sie sich die dicke Akte auf den Schoß, schlug die erste Seite auf und las.

1. Januar 1930: Patientin scheint in guter körperlicher Verfassung zu sein. Ihre Manieren sind tugendhaft, und sie hat sich friedlich auf der Station eingelebt. Sie ist recht verschlossen und scheint vollkommen ahnungslos zu sein, warum sie eingewiesen wurde. Dr. Thorn hat davor gewarnt, dass die Patientin der festen Überzeugung sei, nicht geisteskrank zu sein. Sie könnte halluzinieren und wahnhafte Störungen haben. Sie ist einigermaßen kooperativ und isst und schläft gut.
2. Januar 1930: Nach Untersuchung keine physische Ursache für die Leiden der Patientin feststellbar. Temperatur und Puls normal. Die Untersuchung des Thorax und des Skeletts ergab keinen abnormalen Befund. Sie leidet unter der Wahnvorstellung, schwanger zu sein, doch es konnten keine Anzeichen einer Schwangerschaft gefunden werden. Sie ist recht dürr. Die Wahnvorstellung der Patientin könnte zum Teil auf die zunehmend halluzinogenen Erscheinungsformen ihrer Krankheit zurückgehen.

Izzy keuchte. Clara dachte, sie sei schwanger? Warum hatte sie das nicht in ihrem Tagebuch erwähnt? Könnte sie so verzweifelt gewesen sein, zu fliehen, dass sie angefangen hatte, sich Dinge einzubilden? War es zu viel für sie gewesen, von Bruno getrennt worden zu sein? Izzy überflog die nächsten Seiten und las so schnell wie möglich.

5.März 1930: Die Patientin unternahm einen Fluchtversuch. Sie ist definitiv paranoid in ihrer Denkweise und drückt weiterhin Wahnvorstellungen angesichts ihrer Einlieferung und Verwahrung hier aus. Sie zeigte sich feindselig während der Befragung. Isolationszelle für sechs Tage angeordnet, um ihre Paranoia zu regulieren.
31.Mai 1930: Patientin weiterhin paranoid und wahnhaft. Wie schon ihr Vater, Henry Cartwright, in seinem Brief anmerkte, glaubt sie immer noch, einen Mann namens Bruno zu lieben. Ihr Vater hat mir versichert, dass dieser Mann nicht existiert. Jeder Versuch, die Patientin gewaltsam dazu zu bringen, die Wahrheit zu erkennen, ist gescheitert.
1.Juni 1930: Patientin löste während der Arbeit in der Küche Tumulte aus. Durch einen Schlag verlor sie kurzzeitig das Bewusstsein und wurde später mit schweren Bauchschmerzen vorstellig. Kopfverletzung nicht lebensbedrohlich. Mehrere Stunden später brachte die Patientin ein gesundes, wenngleich auch untergewichtiges weibliches Kind zur Welt. Vater unbekannt.

Izzys Herz pochte wie wild in ihrer Brust. Sie konnte kaum glauben, was sie da las. Carla und Bruno hatten eine Tochter! Und Claras Vater hatte ihrem Arzt erklärt, dass es Bruno nicht gab! Izzy konnte sich beim besten Willen keinen Vater vorstellen, der seine Tochter in eine Psychiatrie steckte, weil sie jemanden liebte, den er nicht gutheißen konnte. Ihre Gedanken rasten, und sie fragte sich, was wohl aus dem Baby geworden war. War das Neugeborene stark genug gewesen, um zu überleben? Waren in Willard auch Kinder untergebracht gewesen? Sie stellte sich zwei Schilder auf dem Friedhof von Willard vor, Mutter und Tochter nebeneinander, für immer vereint. Tränen stiegen Izzy in die Augen. Sie versuchte, sich eine andere Möglichkeit auszumalen, doch ihr fiel einfach nichts ein.

Auf der Suche nach weiteren Informationen blätterte Izzy die Seiten durch. Es folgten jedoch nur noch mehr Einträge über Wahnvorstellungen, Paranoia und Halluzinationen. Irgendwann wurden die Abstände zwischen den Einträgen immer größer. Sie dokumentierten hauptsächlich Claras körperliche Gesundheit und enthielten Beschreibungen davon, wie sie mit anderen Patienten auskam. Es gab Akteneinträge in etwa zwölf verschiedenen Handschriften. Neben der Medikation war in Listen von Kürzeln vermerkt, welche Dosen verabreicht worden waren. Izzy blätterte zu den letzten Seiten weiter und suchte nach einem Obduktionsbericht oder einer Sterbeurkunde. Doch sie fand nichts dergleichen.

Izzy fragte sich, ob Bruno wohl irgendeine Ahnung gehabt hatte, wo Clara all die Jahre gewesen war. Wusste er, dass er eine Tochter hatte? Hatte er Clara vergessen und einfach weitergelebt? Dann fielen Izzy wieder die Briefe in Claras Koffer ein – Dutzende Briefe an Bruno, die niemals abgeschickt worden waren. Sie schloss die Akte und betrachtete Claras Foto.

Ich werde herausfinden, was aus deiner Tochter geworden ist, dachte Izzy. *Und falls sie wie durch ein Wunder überlebt haben sollte, werde ich ihr dein Tagebuch und die Bilder von Bruno und dir geben. Ich werde ihr sagen, wie sehr du sie geliebt hast und dass sie keine Angst haben muss. Ich werde ihr die Wahrheit über dich erzählen.*

KAPITEL 12
Clara

Chapin Hall Krankenhaus
September 1930

Draußen, vor dem Fenster des Krankenzimmers, färbten sich schon die Blätter an den Bäumen gelb, und im Seneca Lake spiegelte sich die Sonne wie in tausend zersplitterten Spiegeln. Wenn Claras Schätzungen stimmten, hatte sie fast vier Monate in dem Zimmer in Chapin Hall verbracht. Der verregnete Mai war von sonnigen Sommertagen abgelöst worden, bevor dann die weitläufigen Rasenflächen von Willard durch die lange Hitzewelle im August braun geworden waren. Dreimal am Tag wurde ihr das Essen gebracht, zweimal täglich wurde ihr Nachttopf geleert, und einmal pro Woche begleitete eine Schwester sie in die Waschräume, damit sie baden konnte. Davon abgesehen, wurde sie gefangen gehalten. Doch insgesamt war das alles besser, als auf der Station zu sein.

Clara nahm an, dass ungefähr die zweite Septemberwoche begonnen hatte, und sie fragte sich, wie lange ihr wohl noch diese relativ annehmbare Behandlung zuteilwerden würde, während sie in einem gepolsterten Metallstuhl in dem viereckigen Lichtstrahl saß, der durch die schmutzigen Fenster hereinschien. Wie gewohnt gab der Heizkörper, ein kalter Eisenblock unter der steinernen Fensterbank, keinen Ton von sich. Laut der Schwestern war es von der Jahreszeit her noch zu früh, die Heizung anzustellen, auch wenn es in dem Raum mit der hohen Decke nachts schon eiskalt war und es tagsüber gar nicht erst warm wurde. Im Bett musste Clara ihre Socken und den Pullover tragen, um nicht zu frieren.

Heute sah es draußen wärmer aus als drinnen in ihrem Zimmer. Clara sehnte sich danach, die Fenster aufzustoßen und frische Luft hereinzulassen. Sie wusste, wie sich die Welt da draußen anfühlte. Die sanfte Herbstbrise war mild, und der Tag roch rein, nach einer fruchtbaren Mischung aus modriger Erde und trockenem Herbstlaub. Sie hätte alles dafür getan, um draußen frische Luft schnappen zu dürfen. In der Krankenhausluft lag der widerliche Gestank von schimmeligem Mörtel, abblätternder Farbe, Urin und Desinfektionsmitteln. Clara war ziemlich sicher, dass sie den warmen, kupfrigen Geruch von Blut und den herben, penetranten Gestank des Todes schmecken konnte. Dabei stellte sie sich vor, dass ihre Nase und die Lungen von innen mit Staub und schwarzem Schimmel ausgekleidet waren – rosafarbenes Körpergewebe, das Mühe hatte zu atmen, und Atemwege, die mit Infektionen und Krankheiten belegt waren.

Clara kamen die Tränen. Sie schaute auf ihre Tochter hinunter, Beatrice Elizabeth Moretti, die in ihren Armen schlief. Überwältigende Gefühle der Liebe und des Verlangens, sie zu beschützen, bohrten sich in ihr Herz. Würden sie jemals aus Willard entlassen werden? Um frei zu sein, im Sonnenschein, an der frischen Luft? Diese verschlossene, stinkende Anstalt war doch kein Ort, an dem man ein Kind aufziehen konnte. Die modrige, mit Keimen verseuchte Krankenhausluft konnte doch nicht gut sein für Beatrices winzige Lungen. Wie so oft am Tag klammerte sich die kalte Hand der Angst um Claras Herz, sodass sie beinahe laut losgeschluchzt hätte.

»Es tut mir so leid, dass du hier gelandet bist«, flüsterte sie. »Das ist alles meine Schuld. Ich hätte James heiraten sollen. Dann hätte ich einfach behauptet, du seist sein Kind. Du hättest alles gehabt, was man sich nur wünschen kann. Aber ich hatte ja keine Ahnung. Ich hatte keine Ahnung, dass mein Vater mir das hier antun würde. Und ich hatte auch keine Ahnung, dass er einfach aufhören würde, mich zu lieben.«

Dr. Roach hatte Clara wissen lassen, dass er ihre Eltern über das Baby informiert hatte, doch eine Antwort war ausgeblieben. Clara stellte sich vor, dass die Nachricht, dass sie einen Bastard zur Welt gebracht hatte, Henry nur noch mehr aufgebracht hatte. Von jetzt an hatte sie das Gefühl, dass Beatrice und sie ganz auf sich selbst gestellt waren. Falls sie überleben sollten.

Bei Claras wöchentlichem Besuch im Waschraum, bei dem sie Beatrice in eine Decke gehüllt an ihre Brust klammerte, hörte sie mit, wie die Ärzte und Schwestern über Tuberkulose, Typhus, Cholera und Diphterie sprachen. Soviel sie wusste, waren die Patienten, die die Krankheit am schlimmsten getroffen hatte, in einem anderen Stockwerk untergebracht worden, isoliert vom Rest des Krankenhauses. Doch jeden Tag starben hier die Leute, und die Sorge wuchs, wie man die ansteckenden Krankheiten in den Griff bekommen konnte. Was würde mit ihr und ihrem Kind geschehen, sollten sie sich anstecken? Die Schwestern wollten Beatrice baden und festhalten, doch Clara weigerte sich. Seit dem Tag nach der Geburt hatte sie niemandem erlaubt, ihr Baby anzufassen, da sie Angst hatte, dass Keime und Bazillen übertragen werden könnten. Sollte ihrer Tochter etwas zustoßen, so bestünde für Clara kein Grund mehr, Willard zu verlassen, da sie in diesem Fall ein für alle Mal den Verstand verlieren würde.

Jetzt bemühte Clara sich, ihre Sorgen zu verdrängen. Hysterie und Panik waren ihr keine Hilfe. Wenn sie überleben wollte, durfte sie nicht den Kopf verlieren. Anstatt der Angst kochte Wut in ihr hoch. Wie konnten ihre Eltern ihr das antun? Wie konnten sie sie einfach so fallen lassen und sie den Ärzten und Schwestern überlassen, die keine Ahnung hatten, was für ein Mensch sie wirklich war? Würden alle sie und ihre

Tochter einfach in diesem Zimmer belassen, damit sie letztlich tatsächlich den Verstand verlor, krank wurde und dahinrottete? Clara dachte an ihre Mutter und fragte sich, ob es möglich war, dass manche Frauen keinerlei Muttergefühle entwickelten. Denn welcher Mutter war es sonst schon egal, dass sie ihr Kind nicht mehr sah oder nie mehr mit ihm sprechen würde?

Sie erinnerte sich an den Tag, an dem Beatrice geboren worden war. Nach der Geburt war sie aufgewacht, hatte geblinzelt und ein helles Licht sowie zwei verschwommene Gestalten über sich ausgemacht. Als sich ihr Blick allmählich geschärft hatte, war ihr klar geworden, dass Dr. Roach und eine Schwester auf sie hinabsahen.

—

»Wo ist mein Baby?«, fragte sie, während Panik in ihr aufstieg, die ihr die Luft zum Atmen raubte. Clara versuchte, sich aufzusetzen, doch sie verspürte sofort einen scharfen Schmerz tief in ihrem Unterleib. Sie ignorierte ihn, denn sie war fest entschlossen, herauszufinden, ob ihre Tochter lebte.

»Bleiben Sie still liegen«, ermahnte sie Dr. Roach.

»Ihr Baby ist hier«, beschwichtigte sie die Schwester und legte ihre Hand auf eine hölzerne Wiege. »Es ist ein Mädchen, sie ist rundum gesund.«

Die Panik ließ langsam nach, und Clara atmete erleichtert auf, auch ihr rasender Herzschlag beruhigte sich allmählich wieder. Sie stützte sich auf wackeligen Armen ab und sah zu ihrer kleinen Tochter hinüber, die in eine weiße Decke gewickelt war und tief und fest schlief. Als sich Clara wieder in die Kissen zurücklegte, zuckte sie zusammen. Es fühlte sich an, als hätte man ihr mit einem Messer in den Unterleib gestochen.

»Sie müssen still liegen bleiben«, wiederholte Dr. Roach. »Sie sind fest mit dem Kopf aufgeschlagen. Wir denken, dass es Ihnen bald wieder besser geht, aber Sie müssen während der nächsten Tage im Bett bleiben.«

»Was stimmt denn nicht mit mir?«, hakte Clara nach und legte beide Hände auf den Unterleib.

»Dr. Slade hat Sie einer kleinen Operation unterzogen«, erwiderte Dr. Roach ruhig. »Nichts, worüber Sie sich Sorgen machen müssten. Schneller, als Sie denken, werden Sie wieder so gut wie die Alte sein.«

»Welche kleine Operation?«, fragte Clara entsetzt. »Was hat er getan?«

Dr. Roach ging zum Bettende hinüber und nahm Claras Akte aus der Halterung. »Als Arzt«, fing er an und holte dabei einen Stift aus seinem Kittel, »trage ich die Verantwortung, das Volk als Ganzes im Blick zu haben. Wenn die Gesellschaft vorankommen und erfolgreich sein will, müssen wir jene mit gutem Keimplasma dazu anregen, sich zu vermehren, sowie jene mit schlechtem Keimplasma davon abhalten, Nachkommen zu zeugen. Die Sterilisation ist ein üblicher Eingriff in Psychiatrien. Wir tragen die Verantwortung dafür, die Untauglichen daran zu hindern, die Gene der Geisteskrankheit weiterzugeben.«

Ein brennender Kloß schnürte Clara den Hals zu. Sie musste an Bruno denken, wie seine Augen geleuchtet hatten, als sie über ihre Hochzeit und Kinder gesprochen hatten; er wünschte sich zwei Jungen und zwei Mädchen.

»Wie konnten Sie nur!«, schrie sie entsetzt.

Dr. Roach notierte etwas in Claras Akte und hängte diese wieder ans Bettende. »Wir unterhalten uns später«, sagte er, »wenn Sie sich erholt haben.«

»Sie hatten kein Recht, diese Entscheidung für mich zu treffen!«, brüllte Clara und kämpfte gegen den Drang an, aufzustehen und ihn zu erwürgen. »Mir fehlt nichts, und das wissen Sie genau!«

Er drehte sich um und machte sich auf den Weg zur Tür, wobei seine polierten Schuhe mit jedem Schritt laut auf dem gefliesten Boden aufschlugen. »Das hier ist Brunos Baby«, brüllte Clara ihm hinterher. Ihre Stimme überschlug sich. »Es gibt Bruno, ganz gleich, was mein Vater Ihnen gesagt hat!«

An der Tür drehte sich Dr. Roach noch einmal um. »Wie ich schon sagte: Darüber unterhalten wir uns in ein paar Tagen. Wenigstens werden Sie so nun in keine weiteren Schwierigkeiten geraten. Und jetzt sollten Sie sich ausruhen.«

In diesem Augenblick fing das Baby an, zu jammern und zu wimmern, um gleich darauf laut loszuschreien. Dr. Roach verließ das Zimmer und schloss die Tür hinter sich.

»Still jetzt«, ermahnte die Schwester Clara. Sie ging zur Wiege hinüber und holte das Neugeborene heraus. Das Gesicht des Babys war leuchtend rot, der Mund war geöffnet, und es weinte. »Sie müssen jetzt an Ihre Tochter denken.« Die Schwester zog die Decke bis zu Claras Taille hinunter, legte ihr das wimmernde Baby in die Arme, schob mit rauen Fingern Claras Nachthemd beiseite und entblößte Claras geschwollene Brust. Sofort presste Clara eine Hand über ihre Brust, während sich ihre Wangen vor Wut und Scham dunkelrot färbten. Zum ersten Mal, seit sie erwacht war, merkte sie, dass ihre Brustwarzen wund waren. Als sie bewusstlos gewesen war, musste ihr jemand das Baby angelegt haben. »Sie trinkt gut«, stellte die Schwester fest.

Clara blinzelte und sah auf das Baby in ihren Armen hinunter, dessen winziges Gesicht sie durch ihre Tränen nur ganz verschwommen sah, und vergaß dabei völlig die Schwester, die sie bewachte. Die Wangen ihrer Tochter waren rosig und weich wie der Bauch eines Lämmchens, ihre Wimpern waren lang und dunkel wie Brunos. Clara berührte die winzige, durchscheinende Hand, und sofort schloss sie sich um Claras Finger. Das Baby wimmerte und zitterte, während sein weicher, rosafarbener Mund nach Claras Brustwarze suchte. Nachdem es diese gefunden hatte und es angelegt war, beruhigte es sich und schloss die verquollenen Augen. Wie Ebbe und Flut schmerzten Claras Kopf und Unterleib in kraftvollen Wogen – der Schmerz stieg an und ließ nach und befand sich in einem perfekten Rhythmus mit dem Ziehen und Schlucken an ihrer Brust. Clara senkte den Kopf und küsste ihre Tochter auf die Stirn. Ihre Schultern bebten, als die überwältigende Liebe, die sie empfand, und all der Kummer drohten, Claras Herz zerspringen zu lassen.

—

Als sie nun im warmen Strahl des Sonnenlichts saß, das durch das Zimmerfenster des Krankenhauses fiel, presste Clara ihre Finger in die schmale, harte Furche auf ihrem Unterleib, und ein tiefes Gefühl der Trauer erfasste sie. Die Fäden waren schon vor Monaten gezogen worden, doch jene Stelle war immer noch sehr empfindlich; auch ihre Wut über das, was die Ärzte ihr ohne ihre Zustimmung angetan hatten, war immer noch dumpf und ohnmächtig. Mit den Fingerspitzen strich sie über Beatrices weiche Wange und versuchte, dabei die Schatten, die die Gitterstäbe vor den Fenstern auf die blasse Haut ihrer Tochter warfen, zu ignorieren. Clara musste an ihre eigene Mutter denken, die Clara als Kleinkind im Arm gehalten hatte, und fragte sich, ob Ruth wohl dieselbe überwältigende Liebe für ihre kleine, hilflose Tochter empfunden hatte. Wie konnte eine Frau ein Kind auf die Welt bringen und sich dann, nachdem das Baby erwachsen war, keinen Deut mehr darum scheren? Wie konnte eine Mutter so gleichgültig sein gegenüber der Tatsache, dass die Tochter weggesperrt und dann malträtiert, narkotisiert und sterilisiert wurde? Wie konnte eine Mutter nicht wissen wollen, ob ihr Kind fror, ob es Hunger oder Angst hatte? Clara war dies unbegreiflich.

Mit jedem Tag verliebte sich Clara mehr und mehr in Beatrice, und ihr ging das Herz über angesichts einer solch glühenden Liebe, dass es fast schon wehtat. Sie konnte sich nicht vorstellen, irgendetwas anderes zu empfinden. Während der langen, einsamen Monate in dem halbdunklen Krankenhauszimmer hatte Beatrice neben Clara auf dem Bett gelegen und mit neugierigem Blick zu ihr aufgeschaut, als Clara ihr von den Spatzen und Rotkehlchen erzählte, die draußen auf den Ästen hockten. Beatrice lauschte aufmerksam, krähte oder schwieg an den angemessenen Stellen, während Clara sich Geschichten über Burgen und Prinzen ausdachte und ihr vom See, dem Gras und den Bäumen erzählte. Beatrices schokoladenbraune Augen wurden groß und rund, als hätte sie jedes Wort verstanden, als Clara ihr Bruno beschrieb und schilderte, wie sie sich kennengelernt hatten und welch wunderbarer Vater er sein würde, wenn sie jemals entlassen werden sollten.

Zu Claras großer Überraschung und aus Gründen, die sie nicht verstand, war Dr. Roach sehr viel aufmerksamer und fürsorglicher gewesen als je zuvor. Er kam zu wöchentlichen Sitzungen in Claras Zimmer, nahm sich am Ende jeden Besuches Zeit, um zu fragen, wie es dem Baby ging und ob es gesund und stark war. Bei der letzten Sitzung war Clara erstarrt, als Dr. Roach in die Wiege gegriffen und die Decke zurückgeschlagen hatte, als wolle er einen besseren Blick auf das Baby haben. Clara hatte sofort ihre Tochter auf den Arm genommen und war mit ihr zum Fenster gegangen.

»Bitte bleiben Sie weg von ihr«, bat Clara. »Ich will nicht, dass irgendwer sie anfasst.«

»Aber ich bin ihr Arzt«, stellte Dr. Roach klar. »Kein Grund zur Sorge. Ich will doch nur das Beste für sie.«

»Sie braucht keinen Arzt!«, rief Clara. »Und wenn sie wirklich das Beste für sie wollen, dann entlassen Sie uns!«

»Ich kann weder Sie noch das Kind guten Gewissens entlassen«, entgegnete er. »Ihnen geht es nicht gut, Clara. Und so lange, bis ich etwas anderes entscheide …«

»Was denn?«, unterbrach Clara ihn. »So lange wollen Sie uns in diesem Raum einsperren?«

»Nein«, antwortete Dr. Roach. »Ich warte auf eine Antwort von Ihrem Vater, und dann werde ich …«

Clara blieb die Luft weg. »Mein Vater?«, hakte sie nach. »Ich dachte, Sie hätten von ihm nichts mehr gehört, seit Sie ihn über das Baby informiert haben? Haben Sie ihm gesagt, dass ich keinen Penny von ihm haben will? Dass ich nur meine Freiheit haben möchte?«

Dr. Roach presste die Lippen fest aufeinander und schüttelte den Kopf. »Nein, nein«, erwiderte er und winkte herablassend ab. »Ich habe gar nichts gehört.«

»Sie verheimlichen mir doch irgendwas«, entgegnete Clara. »Was ist es?«

»Ihr Vater könnte möglicherweise mehr Zeit benötigen, um die Tatsache zu verarbeiten, dass er ein Enkelkind hat. Ich bin sicher, es war ein großer Schock für ihn, insbesondere deswegen, weil wir nicht wissen, wer der Vater ist.«

»Bruno ist Beatrices Vater«, erwiderte Clara, der die Augen brannten. »Fragen Sie meinen Vater!«

»Das habe ich.« Dr. Roach machte sich wieder auf den Weg zur Tür. »Und seine Antwort wird darüber entscheiden, wie es weitergeht. Wenn er überhaupt antwortet.«

Seitdem betete Clara jeden Abend, dass ihr Vater Dr. Roach die Wahrheit sagen möge. Welchen Grund könnte er haben, zu wollen, dass sie noch länger in Willard blieb? James Gallagher zu heiraten kam nun nicht mehr infrage. Ihr Vater musste nun nichts weiter tun, als Dr. Roach zu erzählen, dass es Bruno tatsächlich gab, und schon wäre sie frei. War das zu viel verlangt?

Sie vergrub ihre Nase in Beatrices Haar – es hatte die gleiche kastanienbraune Farbe und war genauso wellig wie Brunos – und atmete ihren unschuldigen Babyduft ein, während sie sich wünschte, stark genug für sie beide zu sein. In den letzten Tagen hatte Beatrice ungewöhnlich viel gemeckert, und Clara fragte sich, ob sie allmählich mit festem Essen beginnen sollte. Während ihrer Kindheit und Jugend hatte Clara nie Zeit mit Babys verbracht, und Ruth hatte ihr natürlich auch nichts darüber beigebracht, was man als Mutter wissen sollte. Doch Clara wusste, dass ab einem bestimmten Zeitpunkt die Muttermilch einfach nicht mehr genügte. So fragte Clara die Schwestern nach ihrer Meinung, doch diese zuckten einfach nur mit den Schultern oder erklärten, dass sie etwas Entsprechendes besorgen würden.

Zu ihrer großen Überraschung war das Essen auf der Krankenstation durchaus mit der Verpflegung in der Nervenheilanstalt von Long Island vergleichbar: Ei und Toast zum Frühstück, Schinken- und Käsesandwiches mit Obst zu Mittag und entweder Hühnchen oder Schweinefleisch mit einem Brötchen und dazu Bohnen, Mais oder Erbsen zum Abendessen. Als sie dies gegenüber einer der Schwestern erwähnte, war sie noch überraschter, als diese ihr berichtete, dass Dr. Roach dies so angeordnet habe, damit sie genug Milch habe, um das Baby zu stillen. Doch trotz der ausgewogenen Kost wurde ihre Muttermilch immer dünner und dünner. Es reichte einfach nicht mehr, um ein wachsendes Baby zufriedenzustellen.

Kurz nach der Geburt hatten es die Schwestern geschafft, Stoffwindeln und drei Babystrampler aufzutreiben. Die Strampler waren geflickt und an den Ellbogen schon recht dünn, doch das war allemal besser als die Krankenhaushemden, die Clara bis dahin benutzt hatte, um Beatrice darin zu wickeln. Aufgrund dieser früheren Liebenswürdigkeit hegte Clara die Hoffnung, dass die Schwestern angemessene Nahrung für ein wachsendes Baby beschaffen konnten. Reisbrei oder Obstpüree oder zumindest Kuhmilch.

In diesem Augenblick hörte sie, wie der Schlüssel an ihrer Krankenzimmertür herumgedreht wurde. Clara stand auf und drehte sich um. Sie hielt Beatrice fest im Arm und fragte sich, wer wohl um diese Zeit in ihr Zimmer kam. Für das Mittagessen war es zu früh, und erst am Ende der Woche hatte sie den nächsten Termin bei Dr. Roach. Hatte ihr Vater endlich den Brief von Dr. Roach beantwortet? Clara hielt den Atem an und beobachtete gespannt, wie sich die Tür öffnete.

Eine Krankenschwester kam herein, trat zur Seite und hielt die Tür auf. Clara erkannte sie als eine der Schwestern wieder, die ihr die Babystrampler und Stoffwindeln gebracht hatte. Sie hatte gelächelt, Beatrice gestreichelt und Clara gesagt, was sie für ein hübsches Baby habe. Jetzt hielt die Schwester den Blick fest auf den Boden gerichtet, als würde sie Claras Blick ausweichen. Dr. Slade und eine Frau in Zivilkleidung betraten mit verhärteten Mienen das Zimmer. Die Frau trug einen langen Wollmantel und einen Fischerhut, unter dessen Krempe rotbraune Strähnen hervorschauten. Sie hatte eine rosafarbene Decke über dem Arm hängen und sah sich mit gespitzten Lippen um, wobei sich über ihrer Oberlippe Falten bildeten, die wie Markierungen auf einem Lineal aussahen. Zwei Aufseher folgten Dr. Slade und der Frau in Claras Zimmer und schlossen die Tür hinter sich. Clara verstand nicht, warum Dr. Slade da war. Es war mehrere Wochen her, seitdem er das letzte Mal nach ihr gesehen hatte.

»Was ist los?«, fragte sie.

»Das hier ist Miss Mason«, erklärte Dr. Slade, in dessen Miene keinerlei Gefühlsregung zu erkennen war. Er und die

Frau durchquerten den Raum und kamen auf Clara zu. »Sie kommt vom Kinderhilfswerk.«

Miss Mason nickte Clara kurz zu, bevor ihr Blick dann zu Beatrice wanderte. Die Aufseher blieben zwar an der Tür stehen, beobachteten aber alles und schienen in Alarmbereitschaft zu sein. Die Schwester hielt immer noch den Kopf gesenkt und starrte stur auf den Boden. Irgendetwas stimmte nicht. Clara presste Beatrice an ihre Brust und wich zurück. Ihr klopfte das Herz bis zum Hals.

»Was wollen Sie von mir?«, fragte sie.

»Das hier ist kein geeigneter Ort für ein Baby«, stellte Miss Mason klar. »Ich verspreche, dass ich ein gutes Zuhause für sie finden werde.«

Ein unsagbarer Schmerz breitete sich in Claras Brust aus, als hätte eine riesengroße Hand in ihren Brustkorb gegriffen und ihr das Herz herausgerissen. Ihre Atmung wurde ein abgehacktes, flaches Keuchen, und sie hatte das Gefühl, als würde sich ihr Magen in einer Spirale des Schmerzes einmal um sich selbst drehen, sodass sie sich fast krümmen musste.

»Nein!«, schrie sie. »Sie gehört mir! Sie können sie mir nicht wegnehmen!« Sie wich so lange zurück, bis sie auf die Wand neben dem Fenster traf. Ihre Beine fühlten sich wässrig an, die Arme wie Eis. Clara musste würgen und war sicher, dass sie sich gleich übergeben würde.

Dr. Slade und Miss Mason umrundeten das Bett und kamen immer näher. Dr. Slade griff nach Claras Arm, und auch Miss Mason versuchte, Clara zu packen, nachdem sie die Decke über das Fußende des Bettes gelegt hatte.

»Nein!«, brüllte Clara. Sie stürzte zur Seite, entkam den beiden und eilte in die hintere Ecke des Zimmers. Die Aufseher verließen ihren Posten und kamen auf sie zu, die Lippen entschlossen aufeinandergepresst. Dr. Slade und Miss Mason folgten Clara und trieben sie in die Ecke, wobei sie die Arme weit ausstreckten, als würden sie ein wildes Tier einkesseln.

»Geben Sie uns einfach die Kleine«, forderte Miss Mason. »Sie wollen sie doch nicht fallen lassen, oder?«

»Lassen Sie uns in Ruhe!«, schrie Clara. »Ich lasse nicht zu, dass Sie sie mir wegnehmen!«

Dr. Slade machte einen Satz nach vorn und packte Clara mit beiden Händen am Arm, wobei er vor Anstrengung ächzte. Miss Mason griff nach Beatrice in dem Versuch, das Baby mit ihren rauen Händen aus Claras Umklammerung zu reißen. Doch Clara stieß sie weg, sodass Miss Mason mit wedelnden Armen und weit aufgerissenen Augen rückwärtsstolperte. Beatrice wachte auf und fing an zu schreien, ihr Gesicht ganz zerknautscht und rot. Miss Mason fing sich und kam mit erhobenen Händen auf Clara zu. Clara drehte und wand sich und versuchte, Dr. Slades festem Griff zu entkommen. Sie trat ihm vors Schienbein, woraufhin er fluchte und nur noch fester zupackte. Bevor Clara wusste, wie ihr geschah, waren die beiden Aufseher plötzlich um sie herum: Einer stand hinter ihr und hielt ihr die Oberarme fest, während sich der andere vor ihr aufbaute, damit sie das Baby nicht fallen ließ. Mit Gewalt packte Miss Mason Beatrice von unten.

Clara riss einen Arm los und schlug damit Miss Mason ins Gesicht. Miss Mason tastete ihre Unterlippe ab. Nachdem sie die Hand wieder weggezogen hatte, betrachtete sie mit großen Augen das Blut an ihren Fingerspitzen. Die Aufseher zogen Claras Arm mit einem Ruck nach hinten, hinter ihren Rücken. Miss Mason starrte sie finster an und wischte sich den Mund ab, wobei sie sich Blut über das Kinn schmierte. Clara presste Beatrice mit einer Hand an ihre Brust, während sie um sich trat und sich krümmte, um sich zu befreien. Doch es hatte keinen Sinn. Die Aufseher waren zu stark für sie.

»Nein!«, schrie sie mit wunder Stimme. »Bitte! Sie können mir doch nicht mein Baby wegnehmen!«

»Wir können es, und wir werden es«, entgegnete Miss Mason. Mit einem selbstgefälligen Lächeln auf den Lippen und Dr. Slades Unterstützung befreite sie Beatrice aus Claras Händen. Mit aller Kraft, die sie noch hatte, stürzte sie nach vorn und riss sich von den Aufsehern los. Sie vergrub ihre Fingernägel in Miss Masons Wange und schnappte nach ihrer Tochter. Miss Mason schrie und schlug sich die Hand mit gespreizten Fingern ans Gesicht. Clara presste Beatrice an sich und versuchte zu fliehen, doch die Aufseher bekamen sie an der Schulter zu packen. Dr. Slade riss Beatrice mit vor Entschlossenheit verzerrter Miene gewaltsam aus Claras Armen.

»Nein«, schluchzte Clara. »Bitte. Nehmen Sie sie mir nicht weg.«

»Tut mir leid«, erwiderte Dr. Slade. »Irgendwann werden Sie erkennen, dass es das Beste ist.«

Die Schwester nahm ein Handtuch und wischte Miss Mason das Blut über die Wange. Miss Mason riss der Schwester das Handtuch weg und tupfte sich selbst das Gesicht ab, nahm dann die Decke und breitete sie auf dem Bett aus. Dr. Slade übergab ihr Beatrice, wobei er ihren kleinen dunkelhaarigen Kopf mit einer Hand stützte. Miss Mason legte Beatrice aufs Bett, wickelte die Decke um ihre strampelnden Beine, hob sie dann hoch und wiegte das weinende Baby in ihren Armen.

»Sie haben ganz klar die richtige Entscheidung getroffen«, wandte sie sich an Dr. Slade. »Diese Frau taugt nicht dazu, eine Mutter zu sein.« Dr. Slade nickte, immer noch damit beschäftigt, wieder zu Atem zu kommen.

»Neeeeein!«, schrie Clara, bis sie Blut in ihrem Hals schmeckte. Sie zappelte, trat um sich und tat alles, was in ihrer Macht stand, um von den beiden Aufsehern loszukommen.

Miss Mason machte sich auf den Weg zur Tür, während Clara zu Boden sank, jeder Muskel und Knochen schmerzte von Pein und Trauer. Die Aufseher drückten sie zu Boden, sodass ihre Wange mit einem dumpfen Schlag auf die eiskalten Fliesen prallte, der durch Mark und Bein ging. Clara spürte einen Stich an ihrem Arm und drehte den Kopf zur Tür. Das Letzte, was sie sah, war Miss Mason, die mit ihrer Tochter auf dem Arm zur Tür hinausging, die rosafarbene Decke hing an einer Seite ihres Wollmantels lang herunter. Beatrice schrie.

—

Clara drehte den Kopf auf dem steifen Kissen, während das graue Licht der frühen Morgensonne durch ein vergittertes Fenster schien. Sie konnte eine Gruppe von Zedern erkennen, und ein Mann in Gummistiefeln und mit einer Schaufel über den Schultern ging einen Weg entlang. Sie setzte sich auf und sah sich in dem Raum um. Auf verschmutzten Metallbetten saßen ein halbes Dutzend Frauen, deren Beine an die Fußenden gekettet waren. Clara sah an sich herunter. An ihrem Knöchel hing eine Kette. Sie befand sich im Rookie Pest House.

KAPITEL 13
Izzy

In der kalten, klaren Samstagnacht Anfang Oktober ging der Vollmond an einem kobaltblauen Himmel auf, ein gesprenkelter Globus umgeben von einer Billion funkelnder Sterne. Mit einer Jeans, Sneakers und einem Kapuzensweatshirt bekleidet saß Izzy auf dem ledernen Beifahrersitz von Alex' altem BMW und versuchte, sich nicht schuldig zu fühlen, weil sie Peg und Harry schon wieder angelogen hatte. Erst hatte sie ihnen verschwiegen, dass nicht sie, sondern Ethan das Tagebuch mitgenommen hatte, und nun dies hier. Zugegeben, es handelte sich nur um eine kleine Notlüge: dass sie nämlich bei Alex übernachtete, obwohl sie in Wahrheit mit den Schülern der Abschlussklasse des Lakeshore College und des nahe gelegenen Romulus Central Colleges zelten ging. Doch sogar diese kleine Schwindelei führte dazu, dass sie sich mies fühlte. Peg und Harry waren immer so gut zu ihr gewesen.

Alex trommelte mit den Fingern auf dem Lenker herum und sang lauthals *You Oughta Know* von Alanis Morissette mit, das aus dem Radio dröhnte. Als Alex vom zweispurigen Highway auf einen schmalen, unbefestigten Weg abbog, fühlte sie sich plötzlich beklommen. Izzy war immer noch unschlüssig, ob das eine so gute Idee gewesen war. Auf dem mit Schlaglöchern übersäten Weg bremste Alex den Wagen ab und drehte auch das Radio leiser, als sie durch einen dunklen, blätterreichen Tunnel fuhren, der von niedrigen Bäumen gebildet wurde. Sie duckte sich sogar, als ein Zweig über das Wagendach kratzte. Die Scheinwerfer hüpften über den zerfurchten Schotterweg und fingen kleine, leuchtende Augen im Unterholz ein.

»Bist du sicher, dass wir hier richtig sind?«, fragte Izzy.

»Klar«, nickte Alex. »Wir feiern hier alle naselang Partys. Niemand kontrolliert die Gegend das Gebiet hier ist Landeseigentum, es gehört zur alten Willard-Psychiatrie.«

Izzy schluckte. Auf jeden Fall war das hier ein Riesenfehler. »Ich glaube, ich hätte nicht herkommen sollen«, stellte sie fest und starrte in den Wald. »Im Hinblick auf das, was mit Shannon passiert ist. Ich will nicht, dass es Schwierigkeiten gibt.«

»Es werden so viele Leute da sein, dass du gar nicht mal merken wirst, ob sie überhaupt da ist. Ignorier sie einfach.«

»Aber was, wenn sie mich nicht ignoriert?«

»Du bist mit mir und meinen Freunden vom Romulus College da. Die wollen mit Shannons Mist auch nichts zu tun haben. Es wird schon alles gut gehen.«

»Ich weiß nicht …«

»Kannst du dich mal ein wenig entspannen und mal *leben*? Du bist im letzten Schuljahr! Du musst was Verrücktes tun, solange es noch geht!«

Nein danke, dachte Izzy. *Genau das versuche ich gerade NICHT zu tun.* Am Ende des unbefestigten Weges kamen sie an eine grasbewachsene Lichtung, auf der sich Autos, Trucks und Motorräder tummelten. Izzy kaute auf ihrer Lippe herum. Durch die Bäume hindurch, die auf der anderen Seite des Parkbereichs standen, konnte sie eine Gruppe von Jugendlichen erkennen, die tranken und rauchten und um ein riesiges Lagerfeuer am Ufer herumtanzten. Wie Glühwürmchen, die völlig außer Kontrolle geraten waren, stoben rote Funken in den Nachthimmel. Im Hintergrund zeichnete sich der Seneca Lake ab wie eine riesengroße schwarze Wanne, auf deren Oberfläche sich der Vollmond in einem breiten, in Wellen verlaufenden Streifen spiegelte. Izzy erinnerte sich daran, irgendwo gelesen zu haben, dass man irgendwann einmal tatsächlich geglaubt hatte, die Mondstrahlen könnten den Verstand der Menschen nachteilig beeinflussen. Hoffentlich traf das nicht auf diesen Abend zu.

Nachdem Alex geparkt hatte, stiegen sie gemeinsam aus dem BMW aus und holten ihre Reisetaschen, Decken und ein Zelt vom Rücksitz. Der wummernde Bass der lauten Musik hämmerte wie das Herz einer anderen Person in Izzys Brust. Eine kühle Brise wehte den nicht unangenehmen Geruch von Feuer und brennendem Holz, von faulendem Fisch, nassem Seegras und kaltem Wasser in einem Metallbecher herüber.

Izzy schnappte sich die Jacke, die sie zusätzlich mitgebracht hatte, warf sich die Reisetasche über die Schulter und folgte Alex auf die andere Seite des Parkplatzes. Dabei liefen sie auf lauter Holzbohlen über ein feuchtes, morastiges Sumpfgebiet. Danach schlugen sie einen gewundenen Weg ein durch hochgewachsene Schösslinge sowie über schmale Sandstreifen, bis sie zum Seeufer kamen.

Mehrere Dutzend Jugendliche hatten sich am Uferstrand versammelt, standen oder saßen in Campingstühlen um das Lagerfeuer herum, bauten Zelte auf, scharten sich auf Decken zusammen, aßen Pizza und Chips, rauchten Gras und tranken Bier. Eine Gruppe saß um eine Wasserpfeife herum, während andere Volleyball spielten und wiederum eine andere eine Flasche Jack Daniels kreisen ließ. Irgendwer hatte seinen Pontiac Sunfire bis zum Sand gezogen und nun den Kofferraum geöffnet, aus dem die Lautsprecher wummerten und das ganze Auto vibrieren ließen. Die Party hatte bereits um drei Uhr nachmittags begonnen, doch Izzy und Alex konnten erst jetzt kommen, weil sie zuerst noch hatten arbeiten müssen.

»Lass uns da vorne hinsetzen.« Alex deutete auf eine freie

Stelle in der Nähe der auslaufenden, grasbewachsenen Düne. Izzy folgte Alex durch die Menge und suchte nach Gesichtern, die sie kannte. Dabei fragte sie sich insgeheim, ob wohl irgendwer sich fragte, was, zum Teufel, sie hier zu suchen hatte. Sie sah, wie ein Junge Handstand machte, während Luke und Josh ihm die Beine hochhielten und Bier in einen Trichter gossen, von dem aus ein Schlauch zum Mund des Jungen führte. Sogleich bildete sich eine kleine Menschenmenge um ihn herum, die ihn mit »Los! Los! Los!« anfeuerte, während der Handstandtyp Mühe hatte, das Bier zu schlucken, ohne es zu verschütten.

Izzy bemerkte ein paar Pärchen, die in der Nähe des Lagerfeuers saßen, Händchen hielten und herumknutschten. Als sie dort auch Ethan und Shannon entdeckte, die in eine Decke gekuschelt waren und sich mit Crystal und ihrem Freund Dave lachend unterhielten, schaute sie schnell weg.

»Ich gehe mal davon aus, dass die Gerüchte dann wohl doch nicht stimmen«, stellte Alex fest und ließ ihre Tasche in den Sand fallen. »Zumindest noch nicht.«

»Welche Gerüchte?«

Alex nickte zu Ethan und Shannon hinüber. »Alle reden davon, dass Ethan mit Shannon Schluss machen will, damit er mit dir gehen kann.«

Izzy merkte, wie sie rot wurde. »Das wird nicht passieren.«

»Was jetzt? Er macht nicht mit ihr Schluss, oder er wird nicht mit dir gehen?«

»Beides.«

»Du willst mir doch jetzt nicht erzählen, dass du nicht interessiert bist?«, fragte Alex grinsend. Sie kniete sich hin, um ihr Zelt auszurollen.

»Bin ich nicht. Ich habe nämlich schon mal gar keine Lust auf die Schikanen, die mich dann in der Schule erwarten würden.«

»Also, wenn Shannon nicht wäre, hättest du Interesse?«

»Das habe ich nicht gesagt.«

»Ach, jetzt kapiere ich's. Du hast immer noch einen Freund aus deiner alten Schule.«

Izzy schüttelte den Kopf. »Ich will mich allein darauf konzentrieren, dieses Schuljahr hinter mich zu bringen, das ist alles. Ich muss mir klar darüber werden, was ich mache, wenn ich achtzehn bin. Da kann ich irgendeine Beziehungskiste, die mir alles verpfuscht, beim besten Willen nicht brauchen.«

»Ah-ha«, nickte Alex grinsend.

In diesem Augenblick kam eine Gruppe Mädchen und Jungs zu ihnen herüber, die mit Decken, einem Zelt, Reisetaschen und einer Kühltasche ausgerüstet waren. Die Jungs setzten die Kühltasche ab und machten sich ans Werk, das Zelt aufzuschlagen, während die Mädchen zu Alex kamen und sie umarmten. Alex stellte allen Izzy vor. »Das sind Kim und Jackie vom Lakeshore College.« Dann zeigte sie auf die Jungs. »Und das sind Chris vom Lakeshore sowie Fin und Turtle vom Romulus College.«

»Hi«, grüßte Izzy alle und lächelte. Jackie griff in die Kühltasche und reichte Izzy und Alex eine Weinschorle. Sie war groß und schlank und hatte das sandfarbene Haar zu zwei Zöpfen geflochten, ihre Haut war makellos und sonnengebräunt. Sie sah aus, als sei sie einer Sonnencremewerbung entsprungen. Kim war klein und rundlich, hatte rotbraunes Haar und trug eine Brille mit dicken Gläsern. Die Jungs unterbrachen ihre Arbeit, schnappten sich ein Bier und gesellten sich zu den Mädchen.

»Hat Alex dir erzählt, woher Turtle seinen Namen, also Schildkröte, hat?«, fragte Fin Izzy.

Izzy schüttelte den Kopf, als Turtle Fin auf den Arm schlug. »Halt die Klappe!«, rief er.

Fin deutete auf seinen Hosenschlitz. »Weil er aussieht wie eine Babyschildkröte, die ihren Kopf rausstreckt.«

Alle lachten, woraufhin Turtle Fin auf den Rücken sprang und versuchte, ihn in den Sand niederzuringen.

»Beachte sie besser gar nicht«, riet Jackie Izzy. »Die beiden sind Idioten.«

»Oh-oh«, stieß Alex warnend aus. Sie sah an Izzy vorbei zum Lagerfeuer. Jackie und Kim folgten Alex' Blick und zogen überrascht die Augenbrauen hoch. Nun drehte sich auch Izzy um. Mit einem Mal schlug ihr Herz doppelt so schnell. Ethan, Shannon, Josh, Crystal und Dave kamen auf sie zu. Izzy sah zu Alex hinüber und fragte sich, was sie nun tun sollten. Alex zuckte mit den Schultern. Als Ethan und die anderen bei ihnen waren, knufften die Jungs einander zum Spaß, hoben ihre Bierflaschen und stießen miteinander an. Izzy hielt den Blick zu Boden gerichtet.

Shannon und Crystal begrüßten die Gruppe, wobei ihre Worte vor Zuckerguss nur so trieften. Alex verdrehte die Augen. Jackie, Kim und die Jungs begrüßten alle in der Runde, boten ihnen Bier und Weinschorle an. Die Jungs unterhielten sich über Autos und Football, während die Mädchen sich darüber austauschten, wie viele Kissen sie mitgebracht hatten und dass sie sich am nächsten Morgen in der Sonne aalen wollten. Izzy hielt den Blick stur auf Alex, Kim und Jackie gerichtet. Dann berührte jemand ihren Arm, sodass sie zusammenschreckte. Es war Shannon.

»Können wir reden?«, fragte sie überfreundlich. »Allein?«

Izzy trank einen großen Schluck von ihrer Weinschorle und blickte zu Alex hinüber, die sie beobachtete und nun die Stirn runzelte. Shannon sah Izzy mit traurigem Blick an, während sie auf der Unterlippe kaute.

»Worüber willst du mit ihr reden?«, fragte Alex laut.

Ethan, der mit Fin und Dave gescherzt hatte, hielt inne und

schaute herüber, um zu sehen, was los war. Als er näher kam, stand ihm die Sorge deutlich ins Gesicht geschrieben. »Alles in Ordnung?«, fragte er. Shannon nahm seine Hand. Crystal zupfte Dave am Sweatshirt und bat ihn, leise zu sein. Einer nach dem anderen hörte auf zu reden. Izzy wurde das beunruhigende Gefühl nicht los, dass sie irgendein Ritual am Strand ausführen wollten und sie das Opfer sein sollte.

»Na gut«, fuhr Shannon fort und verdrehte die Augen. »Dann sage ich es eben hier, vor allen anderen.«

»Na, jetzt wird's interessant«, murmelte Alex.

»Ich weiß, dass ich ein ziemliches Miststück gewesen bin, und es tut mir leid«, entschuldigte sich Shannon. »Wirklich, das meine ich ehrlich. Das ist unser Abschlussjahr, und ich will mit guten, schönen Erinnerungen daran zurückdenken können, nicht mit schlechten. Ich wollte mich eigentlich bei Izzy entschuldigen, aber ich weiß, dass ich mich auch bei dir entschuldigen muss, Alex.«

Alex lachte. »Und du glaubst, dass du so leicht davonkommst?«, fragte sie. »Du hast dich mir und einer Menge anderer Leute gegenüber richtig schlimm verhalten.«

»Warum hörst du dir nicht erst an, was sie zu sagen hat?«, fauchte Crystal.

»Ich höre doch zu, oder?«, entgegnete Alex.

»Schon okay, Crystal«, fuhr Shannon fort. Dann, als sei ihr plötzlich kalt, rieb sie sich über die Arme und rückte näher an Ethan heran. Dieser zog seine Jacke aus und legte sie ihr über die Schultern. Shannon lächelte und küsste ihn auf die Wange, bevor sie dann mit zitterndem Kinn zu Alex und Izzy hinüberblickte. Es wirkte wie eine Show, die sie für alle abzog.

»Es ist echt hart für mich, das zu sagen«, gab Shannon zu, »aber Alex hat recht. Ich war ein echtes Miststück. Ich war ein gemeiner, egozentrischer, schrecklicher Mensch. Ich habe alle echt mies behandelt, und es tut mir wirklich leid. Dafür gibt es keine Entschuldigung.«

»So«, ergriff Alex das Wort, deren Stimme die Zweifel deutlich anzuhören waren. »Nachdem wir jahrelang von dir terrorisiert worden sind, sollen wir dir jetzt so mir nichts, dir nichts glauben, dass du deine Fehler eingesehen hast? Wir sollen jetzt also einfach so deinen Mist hier schlucken?«

Shannon starrte sie mit roten Wangen an. »Ich weiß, dass das viel verlangt ist«, erwiderte sie. »Aber nachdem ich jahrelang all das gehört habe, was man über meine Mutter und meinen Vater geredet hat …« Sie senkte den Blick. »Ich weiß, dass du davon überzeugt bist, dass ich ein Herz aus Stein habe. Das ist aber nicht so. Mir tut es weh, wenn Leute über meine Familie reden. Ich denke, ich … Keine Ahnung. Ich wollte nur um mich schlagen und selbst die Leute verletzen, die mich getroffen haben. Jetzt weiß ich, dass das falsch war.«

Izzy hörte, wie ihr Worte über die Lippen kamen, bevor sie sich bremsen konnte. »Die Leute reden immer«, erklärte sie. »Dagegen kann man nichts tun. Ignorier sie einfach.«

Shannon neigte den Kopf zur Seite und lächelte Izzy wie ein kleines Mädchen an, das einen Welpen im Schaufenster entdeckt hatte. »Siehst du, ich wusste, dass Izzy mich verstehen würde. Tut mir leid, dass ich der ganzen Klasse gesagt habe, dass deine Mutter im Knast sitzt.« Izzy zuckte zusammen, sah zu Alex' Freunden hin und wartete auf deren Reaktion.

»O mein Gott! Du hast es schon wieder getan!«, rief Alex mit hoher Stimme. »Izzy hat gerade meine Freunde kennengelernt, und schon platzt du hier vor allen mit dem ganzen Mist raus!«

Shannon schlug sich die Hand vor den Mund. »Ups«, sagte sie. »Das war keine Absicht! Dieses Mal nicht, ehrlich!«

Alex schüttelte den Kopf. »Ich weiß nicht«, erwiderte sie.

»Mir kommt es so vor, als hättest du die Situation ausgenutzt, um Izzy nur ein weiteres Mal bloßzustellen.«

»Nein«, schüttelte Shannon den Kopf. »Habe ich nicht. Ehrlich. Komm schon. Du musst mir noch eine zweite Chance geben. Man kann sich nicht von heute auf morgen verändern, das braucht Zeit. Und es tut mir wirklich leid, Izzy.«

Mit Tränen in den Augen starrte Shannon Izzy an. Neben ihr musterte Ethan das Bier in seiner Hand, den Sand, Fin und Turtle, alles – nur Izzy sah er nicht an. Shannons Worte, der Tonfall ihrer Stimme, ihre Körperhaltung, die Art und Weise, wie ihre Unterlippe beim Sprechen gebebt hatte, all das schien wirklich echt zu sein. Und dennoch hätte Izzy schwören können, gesehen zu haben, wie immer noch blinde Wut in Shannons Blick aufgeflackert war. Doch zumindest für heute Abend beschloss Izzy, gute Miene zu machen.

»Ich kann zwar nicht für alle sprechen«, erwiderte Izzy schließlich, »aber von mir aus kriegst du noch eine Chance.« In Wahrheit war sie jedoch erleichtert. Selbst wenn Shannon zu ihren Gemeinheiten und Schikanen zurückkehren sollte, wenn sie am Montag wieder zur Schule gingen, so konnte sie sich vielleicht einen Abend lang entspannen, Spaß haben und neue Freunde finden.

»Im Ernst?«, wandte Alex sich an Izzy. »Du willst ihr verzeihen?«

»Schon okay, Alex«, ging Shannon dazwischen. »Ich weiß, dass ich dich mieser behandelt habe als alle anderen. Du hast Grund genug, nie wieder mit mir zu reden. Du musst mir nicht vergeben, wenn du es tief in deinem Herzen nicht willst. Aber ich hoffe, dass wir zumindest bis zum Schulabschluss anständig miteinander umgehen können.«

Alle starrten Alex an und warteten auf eine Reaktion von ihr. Izzy zuckte mit den Schultern in der Hoffnung, dass Alex nicht sauer auf sie war, weil sie so schnell eingelenkt hatte.

Schließlich verdrehte Alex die Augen. »Meinetwegen. Ich gebe dir noch eine letzte Chance, weil ich all die Gefechte und hinterhältigen Angriffe satt bin. Aber ich warne dich: Verarsch mich nicht! Noch einmal werde ich dir nicht vergeben.«

»Das werde ich nicht!« Mit ausgestreckten Armen lief Shannon zu Alex hin, aber die wich zurück und hob abwehrend eine Hand. Shannon hielt mit einem Ruck inne. »Schon okay«, erwiderte sie grinsend. »Ich hab's verstanden. So weit sind wir noch nicht.« Sie streckte die Hand aus, in der sie die Weinschorle hielt. »Können wir zumindest bitte auf unseren Neustart anstoßen?«

»Klar«, erwiderte Alex und hob kurz ihre eigene Weinschorle.

Nachdem alle einen Schluck getrunken hatten, fuhr Shannon fort. »Unser Zelt steht dort drüben bei den Birken. Wenn ihr euch hier eingerichtet habt, kommst du dann rüber zu uns?«

»Wir werden sehen«, erwiderte Alex knapp.

Shannon sah zu Izzy hinüber. »Kommst du eine Weile zu uns rüber?«, fragte sie.

Wieder zuckte Izzy mit den Schultern. »Klar.«

»Prima!« Shannon lächelte. »Josh hat Böller gekauft. Dann warten wir auf dich, bis wir sie abfeuern!« Sie küsste Ethan und zog ihn mit sich, wobei winzige Sandmengen hinten von ihren Flip-Flops hochschnellten, als sie zum Lagerfeuer eilte. Noch nicht ganz dort angekommen, riss sie ihre Weinschorle in die Luft. »Let's paaaaarty!«

Fin und die Jungs widmeten sich wieder dem Aufbau ihres Zelts, während Jackie und Kim Klappstühle auspackten und Decken ausbreiteten. Izzy kniete sich in den Sand, um Alex mit ihrem Zelt zu helfen.

»Was, zum Teufel, sollte das denn jetzt?«, fragte sie leise, damit die anderen sie nicht hören konnten.

»Keine Ahnung«, erwiderte Alex. »Aber kennst du diese alte Redewendung: Sei deinen Freunden nah, deinen Feinden aber noch näher?«

»Und du meinst, das ist ihre Absicht?«, fragte Izzy.

»Auf jeden Fall«, antwortete Alex. »Was bedeutet, dass du besonders vorsichtig sein musst.«

»Ich?«, fragte Izzy verwundert. »Warum?«

»Weil das, meine naive Freundin, eben das erste Mal war, dass sie sich je entschuldigt hat. Jemals. Das hat sie enorme Überwindung gekostet. Sie muss sich wirklich durch dich bedroht fühlen.«

Izzy rutschte das Herz in die Hose. Sie hatte gehofft, dass Shannons Entschuldigung wirklich ehrlich gemeint gewesen war. Aber sie hätte es besser wissen müssen. Nichts war so einfach, wie es aussah.

Bis Mitternacht lag die Hälfte der Schüler der Abschlussklasse ohnmächtig im Sand oder in ihren Zelten, oder sie saßen beisammen und diskutierten lautstark, aber lallend über Politik und Religion. Alex, Izzy, Jackie und etwa ein Dutzend andere, darunter auch Shannon und Ethan, saßen auf Treibholzstücken um das verglühende Lagerfeuer. Mit einem langen Stock stocherte Izzy in der orangefarbenen, noch schwelenden Glut herum und brach verkohlte Stücke von den brennenden Holzscheiten ab, während Alex und Fin eine hitzige Debatte über die globale Erwärmung führten. Die Nacht war besser verlaufen, als Izzy vermutet hatte. Sie hatte sich tatsächlich entspannt und viel gelacht, Böller ins Feuer geworfen und zugeschaut, wie einige der Jungs und Mädels Mutproben im See durchführten. Sie wollte gerade aufstehen und Alex sagen, dass sie ins Zelt zurückgehen wollte, als sich Josh erhob und um das Lagerfeuer herum auf sie zukam. Izzy staunte immer noch über seine gigantische Größe und die leise Stimme.

»Hey, Lust auf ein wenig Gesellschaft?«, fragte er und schaute auf sie hinunter. Er war barfuß, der rotbraun behaarte Oberkörper nackt.

Izzy fluchte leise. »Eigentlich wollte ich mich gerade aufs Ohr hauen«, erwiderte sie.

Er ignorierte ihre Antwort, kniete sich wie ein riesengroßer Ochsenfrosch neben ihr hin und quetschte sich neben sie auf das Holzstück. Seine Hüfte berührte die ihre, sodass Izzy zur Seite rutschte.

»Wie gefällt es dir, hier am wunderschönen Ufer des Seneca Lake zu leben?«, fragte er. Er saß auf dem Treibholz, ließ die Arme auf seinen Knien liegen, eine Bierflasche in der fleischigen, mit Sommersprossen übersäten Hand.

Izzy hielt den Blick auf die glühende Kohle gerichtet. »Schon okay.«

»Jetzt, wo Shannon und du Freunde seid, wird bestimmt alles einfacher.«

Sie sah ihn an. Seine Augen waren glasig, das Gesicht dunkelrot vom Alkohol und zu viel Sonne. Doch er wirkte nicht betrunken. Izzy nahm an, dass er einen ganzen Kasten Bier trinken konnte, ohne dass ihm etwas davon anzumerken war. »Ich hoffe«, stellte sie fest. »Wie lange bist du schon mit Shannon befreundet?«

Josh runzelte kurz die Stirn, und ein Hauch von Unsicherheit huschte über seine Gesichtszüge. Aber im gleichen Moment grinste er auch schon wieder. »Oh, wir kennen uns schon lange«, erwiderte er. »Seit dem Kindergarten sind wir beste Freunde. Wir haben früher hinter dem Klavier geknutscht.«

»Weiß Ethan Bescheid, dass du mit seiner Freundin rumgemacht hast?«, fragte Izzy. Ein ziemlich lahmer Versuch, witzig zu sein, aber ihr wollte nichts anderes einfallen. Andererseits fand sie so vielleicht noch etwas über Ethan und Shannon heraus.

Josh winkte ab. »Ethan und ich sind Kumpels. Er weiß, dass Shannon und ich mal beste Freunde waren.«

»Waren?«

Josh verzog die Lippe zur Seite, als müsse er nachdenken über das, was er gesagt hatte. »Sie ist mit Ethan zusammen. Er ist jetzt ihr bester Freund. Aber wir sind immer noch befreundet.«

»Oh«, antwortete Izzy. Plötzlich spürte sie Joshs Arm auf ihren Schultern. Der beißende Gestank von Schweiß und Bier stieg ihr in die Nase.

»Du und ich, wir könnten beste Freunde sein«, erklärte er.

»Ähm.« Izzy schüttelte seinen Arm von ihren Schultern herunter und stand auf. »Ich glaube, ich krieche jetzt mal in meinen Schlafsack.«

Josh packte ihren Arm. Seine riesengroße Pranke fühlte sich wie ein warmer, verschwitzter Muff an ihren Handgelenken an. »Setz dich wieder.« Er zerrte an ihr. »Können wir uns nicht einfach mal ein paar Minuten unterhalten? Uns ein wenig besser kennenlernen?«

Sie wich zurück. »Tut mir leid«, sagte sie. »Aber ich bin müde.«

In diesem Moment stand Dave auf, ging zum Auto hinüber und stellte die Musik ab. »Hey, alle zusammen!«, rief er und kehrte zum fast erloschenen Feuer zurück. »Es ist Mitternacht! Ihr wisst, was das heißt!«

Josh stand auf und reckte die Faust in die Höhe. »Ja!«, rief er. »Lasst es uns tun!« Mehrere Dutzend Jugendliche sprangen ebenfalls auf, schnatterten aufgeregt und schnappten sich Taschenlampen und Bierflaschen. Auf der anderen Seite des erloschenen Lagerfeuers erhob sich nun auch Ethan und überprüfte seine Taschenlampe. Shannon und Crystal zogen ihre Kapuzensweatshirts an, warteten mit einem gespannten Grinsen und hüpften vor Aufregung umher.

»Worum geht's?«, erkundigte sich Izzy.

»Wir gehen und nehmen Willard State unter die Lupe!«, rief Josh. Er trank den Rest seines Biers aus und warf dann die Flasche in die Glut. »Komm schon! Ich habe noch eine zusätzliche Taschenlampe für dich.«

In Izzys Magen begann es zu brodeln. Neben ihr standen Fin und Alex auf und falteten die Decke zusammen, die sie sich um die Schultern gelegt hatten.

»Du willst nicht ernsthaft mitgehen, oder?«, fragte Izzy Alex.

»Aber hallo! Natürlich gehe ich mit!« Alex' Augen glänzten. »Ich liebe Geister, Séancen und all den Kram. Das wird der Oberknaller! Früher sind wir am Ufer bis nach Willard entlanggewatet, um in das alte Bootshaus hineinzugelangen. Es war gruselig ohne Ende, aber wir haben nie irgendetwas gesehen. Jetzt aber können wir *alle* Gebäude erkunden!«

»Na, dann viel Spaß«, entgegnete Izzy. »Ich bleibe hier und sehe lieber zu, dass ich ein wenig Schlaf bekomme.«

»Ach komm«, rief Alex. »Jetzt sei kein Spielverderber! Es sind nur anderthalb Meilen bis dort!«

»Der Fußmarsch macht mir keine Sorgen«, protestierte Izzy.

Alex neigte den Kopf zur Seite. »Komm schon! Wenn sich herausstellen sollte, dass es zu viel für dich ist, dann gehen wir zurück. Versprochen.«

»Wenn sie nicht gehen will«, mischte sich Josh ein, »dann muss sie auch nicht. Ich bleibe hier und leiste ihr Gesellschaft.« Wieder legte er seinen Arm um Izzy und zog sie an seinen fülligen, verschwitzten Körper heran. Izzy löste seine Finger von ihrem Oberarm und entzog sich seinem Griff.

»Ich habe noch mal drüber nachgedacht«, drehte sich Izzy zu Alex um. »Vielleicht wird mir die Bewegung ganz guttun.«

Alle zogen sich Schuhe und Shirts an, und schon machten sich die Schüler der Abschlussklasse auf den Weg entlang des Uferstreifens. Die Lichtkegel der Taschenlampen tanzten umher und beleuchteten Felsen, den Himmel, Sand und den Wald. Der Vollmond spiegelte sich im See und ließ das Wasser seltsam bläulich aufleuchten. Luke und Josh gingen voraus, suchten den einfachsten Weg um umgestürzte Bäume und autogroße Felsbrocken herum, trugen einige der Mädchen über sumpfige Abschnitte, damit deren Füße nicht nass wurden. Als Willards Bootshaus in Sicht kam, blieb Luke stehen und drehte sich zu den anderen um.

»Wir sollten uns aufteilen«, schlug er vor. »Auf diese Art und Weise können wir ein größeres Gebiet abdecken. Wenn jemand irgendwas sieht, dann sammeln wir uns und schauen es uns gemeinsam an. Ein paar Freunde von mir sind in die Tunnel unter Chapin Hall reingegangen und haben dort die Leichenhalle gefunden. In der Nähe des Gewölbes, wo die Toten aufbewahrt wurden, haben sie etwas gesehen, das wie eine Frau aussah.«

Crystal und eine ihrer Freundinnen kreischten und umarmten einander kichernd. Luke hob eine Hand, um sie zum Schweigen zu bringen. »Das Gesicht der Frau war aufgedunsen und schwarz«, fuhr er fort. »Als sei sie unter Wasser gewesen. Sie hat den Mund geöffnet, als würde sie schreien, bevor sie dann verschwand.«

»O mein Gott!«, jammerte eines der Mädchen.

»Ruhe!«, rief jemand.

»Die Ärzte haben im Keller von Chapin Hall mit Elektroschocktherapie gearbeitet«, erzählte Luke. »In den Vierzigerjahren des letzten Jahrhunderts gab es eine große Flut, bei der eine Menge Patienten dort unten ertrunken sind. Etwa fünfzig Leute, denke ich. Wir vermuten, dass die Frau eine von ihnen war.«

»Schwachsinn!«, brüllte jemand.

»Erzähl mir hinterher, wie es war«, wandte sich Jackie an Alex. »Ich gehe zurück.«

»Ach, komm schon«, lockte Alex sie. »Es ist doch nur ein Spaß.«

Jackie schüttelte den Kopf. »Das ist mir eine Nummer zu heftig.«

»Ich gehe mit dir«, verkündete Izzy.

»Ihr könnt mich doch nicht beide hier alleinlassen!«, flehte Alex. »Komm schon, Izzy. Bitte! Du musst bleiben!«

Innerlich stöhnte Izzy auf. »Okay«, antwortete sie dann jedoch. Vielleicht ließ sich noch etwas finden, das ihr mehr Aufschluss über Clara und ihre Tochter geben würde.

»Wenn jemand zurückgehen will«, fuhr Josh fort, »dann bitte. Der Rest von uns geht jetzt rein. Legen wir los! Bryan, Paul, Ethan und ich sind die Teamleiter. Eine Gruppe geht auf die Patientenstationen, eine in die Leichenhalle unter Chapin Hall, eine Gruppe macht sich auf den Weg nach Hadley Hall und die letzte zum Rookie Pest House. Luke und Dave, sollen wir uns die Leichenhalle ansehen?«

»Wir sind dabei«, erwiderte Dave. Er legte seinen Arm um Crystal, die grinste und zustimmend nickte.

»Ich auch«, rief Luke.

»Cool!«, nickte Josh. Dann sah er zu Alex und Izzy hinüber. »Wollt ihr in unserer Gruppe sein?«

Alex musterte Izzy. »Es wäre super, einen Blick in die Leichenhalle zu werfen«, stellte sie fest.

Izzy zuckte mit den Schultern. »Mir egal, in welcher Gruppe ich bin«, erwiderte sie.

»Sieht aus, als wären wir dabei!«, wandte sich Alex an Josh.

»Meine Gruppe steht!«, verkündete Josh laut.

Izzy biss die Zähne zusammen. Tagsüber in die Gebäude von Willard hineinzugehen war schon schlimm genug. Aber nachts die Leichenhalle unter Chapin Hall betreten? Und mit mehreren von Shannons Freunden zusammen? Das klang wie eine richtig miese Idee. Aber was sollte sie sonst machen?

Würde sie versuchen zurückzugehen, würde sich wahrscheinlich Josh anbieten, mit ihr zu gehen. Und sie wollte keinesfalls zugeben, dass sie Angst hatte. Zumindest waren sie mit mehreren da. Das Beste war also, es hinter sich zu bringen.

»Jetzt bitte alle die Taschenlampen ausmachen, bis wir im Gebäude sind«, rief Josh.

Sie stapften den grasbewachsenen Abhang hinauf und steuerten die verlassenen Gebäude von Willard State an. Mondlicht und Schatten krochen über das weitläufige Gelände. Als sie Chapin Hall erreichten, blieben alle stehen, starrten angestrengt das Gebäude an und ließen ihre Taschenlampen über die vergitterten Fenster sowie die düsteren Dachgauben wandern. Das riesige viktorianische Gebäude sah bei Nacht noch zehnmal gruseliger aus als bei Tageslicht. Izzy bemerkte den ersten Anflug von Unruhe, die sie langsam packte. Wie, zum Teufel, kam es, dass sie nun schon zum dritten Mal hier war? Und dieses Mal auch noch für einen mitternächtlichen Besuch in der Leichenhalle?

»O mein Gott! Das ist mit Abstand das unheimlichste Gebäude, das ich je gesehen habe!«, stellte Crystal fest.

»Jede Wette, dass die Leichenhalle noch gruseliger ist!«, grinste Alex.

Crystal packte Daves Hand. »O mein Gott!«, wiederholte sie und hüpfte von einem Bein aufs andere. »Ich mache mir gleich vor Angst in die Hose!«

Auf der verwitterten, mit Schlaglöchern übersäten Straße vor Chapin Hall teilten sich die Gruppen auf: Ethans Team machte sich auf den Weg zu den Stationen, Bryans Team steuerte das Rookie Pest House an, Pauls Gruppe nahm sich Hadley Hall vor, und Joshs Team hatte sich die Leichenhalle zum Ziel gesetzt.

Josh führte die Gruppe an den Stationen vorbei zum hinteren Teil von Chapin Hall. Der zweistöckige Backsteinbau erstreckte sich über mehrere Gebäudeabschnitte und verfügte über diverse Flügel, Anbauten und Dacherweiterungen, sodass es aussah wie ein bunter Mischmasch aus kleineren Gebäuden, die im Nachhinein hinzugefügt worden waren. Laubhaufen hatten sich in den Ecken der Fundamente angesammelt, und an den hohen Dachvorsprüngen hingen alte Vogelnester.

Hinter Chapin Hall blieb Josh vor einer verrosteten Feuertreppe stehen. Wie schon bei den Feuertreppen an den Patientenstationen befanden sich der Notausgang im zweiten Stock und die Treppe, die hinunterführte, in einem Drahtkäfig. Zuvor war es Izzy nie aufgefallen, aber am unteren Ende der Feuertreppe war ein weiterer Käfig angeschlossen, der groß genug war, dass dort ein Dutzend Leute oder mehr Platz gehabt hätten. Die Gittertür des Käfigs war von außen mit einem Vorhängeschloss gesichert. Hätte es ein Feuer gegeben, wären die Insassen in der Lage gewesen, zur Tür hinaus- und nach unten zu laufen, doch sie hätten dort im Inneren des Käfigs ausharren müssen, bis jemand sie herausgeholt hätte. Izzy lief ein Schauer über den Rücken, als ihr klar wurde, dass dies eine Vorsichtsmaßnahme war, um jeglichen Fluchtversuch zu unterbinden.

Josh reichte Izzy seine Taschenlampe und wies sie an, damit den Käfig am Ende der Feuertreppe zu beleuchten. Am Rand des stählernen Geheges hatte jemand einen senkrechten Schnitt vorgenommen. »Hier sind meine Freunde reingegangen«, erklärte er.

Er hakte seine fleischigen Finger in die diamantförmigen Löcher im Draht, zog an diesem, sodass entlang der Schnittkante ein Durchschlupf entstand, und kroch hinein. Bis auf Izzy folgten ihm alle anderen. Luke, Dave und Crystal eilten die Eisentreppe zum Absatz im oberen Stockwerk hinauf, wobei ihre Sneakers auf dem Metall dröhnten. Alex wartete auf Izzy. Josh kniete im Käfig und wollte Izzy hineinhelfen. Sie ignorierte jedoch seine ausgestreckte Hand und krabbelte allein hinein.

Dave beleuchtete den Notausgang am oberen Ende der Feuertreppe. Eine Sperrholzplatte verbarrikadierte den oberen Teil der Tür. »Wie sollen wir da reinkommen?«, rief er.

»Warte!«, entgegnete Josh. »Ich versuch's mal!«

Alex und Izzy blieben unten an der Treppe, während Josh die Treppe hinauflief. Er packte die Sperrholzplatte und riss sie, begleitet vom Ächzen und Geschrei der Nägel, von der Tür. Hinter der Sperrholzplatte befand sich ein leerer Fensterrahmen.

»Dein fetter Hintern passt da doch gar nicht durch«, lachte Dave.

»Wollen wir wetten?«, fragte Josh. Er drehte sich zur Seite und schob seinen Oberkörper durch die Öffnung, wobei seine Füße durch die Luft flogen. Dave lachte, weil er dachte, dass Josh feststecken würde. Dann verschwanden Joshs Hüfte und die Beine, und es folgte ein lautes, donnerndes Geräusch. Dann nichts mehr.

Dave näherte sich der Tür und leuchtete mit der Taschenlampe ins Fenster hinein. »Alles in Ordnung, Großer?«, fragte er kichernd.

In diesem Augenblick sprang Josh in dem dunklen Flur hinter der Tür hervor. Sein Gesicht war völlig verzerrt, die Hände zu Klauen geformt. »Lasst mich raaaaaaaus!«, schrie er. Vor Schreck zuckten alle zusammen.

Mit rotem Gesicht und aufgeblähten Nasenlöchern ging Dave zur Öffnung. »Ich bringe dich um!«, brüllte er und schob sich ins Innere.

Einer nach dem anderen kletterte durch die Fensteröffnung in der Tür. Nachdem alle hindurch waren, führten Dave und Josh sie durch einen Korridor. Sie bewegten sich langsam vorwärts und beleuchteten Wände und Fußböden mit ihren

Lampen. Der Rest der Gruppe folgte dicht dahinter, abgeblätterte Farbe und Putzstücke knirschten unter ihren Füßen. Die hohen Decken verliehen ihnen das Gefühl, als befände sich über ihren Köpfen nichts mehr, als sei das Dach verschwunden und dort stattdessen nun ein großes, schwarzes Loch. Graugrüne Farbe hing in Fetzen von den Wänden wie Krustentiere, die sich unter Wasser an Wrackteile klammern. Der Boden war mit schimmeligen Papierstücken, Plastikkrügen und Pappe übersät. Das Geräusch von tropfendem Wasser hallte durch den Korridor.

Izzy schaute sich jede verschlossene Tür an und hoffte darauf, einen Aktenraum oder ein Archiv zu finden. Währenddessen versuchte sie das Gefühl zu ignorieren, dass sich die Türen ganz langsam öffneten, nachdem sie sie passiert hatte. Alex ging neben ihr und hielt mit einer Hand Izzys Ellbogen fest umklammert. Am Ende des Korridors führte ein hoher Durchgang, der von einem großen Torbogen gekrönt wurde, vor ihnen in einen stockfinsteren Abgrund.

»O mein Gott! Was ist das?«, kreischte Crystal.

Alle hielten inne. »Was?«, fragte Josh. Sein Kopf wirbelte herum.

»Da oben!« Crystal deutete auf das Ende des Korridors. Josh leuchtete mit der Taschenlampe den Durchgang an. Auf der anderen Seite des Torbogens befanden sich ein Sitz und etwas, das wie ein Teil eines Rades aussah. Beides war so zur Seite geneigt, dass es wie ein deformierter Zwerg aussah.

»Das ist ein kaputter Rollstuhl!«, rief Alex.

Crystal atmete erleichtert auf, und die Gruppe setzte sich wieder in Bewegung, bis Dave und Josh erneut innehielten.

»Was ist los?«, erkundigte sich Luke. »Warum halten wir an?«

»Ich habe etwas gehört«, erwiderte Dave.

»Ich auch«, pflichtete Josh ihm bei.

»Was war es denn?«, wollte Crystal wissen.

»Keine Ahnung«, fuhr Dave fort. »Es klang, als hätte sich im nächsten Zimmer etwas bewegt. Eine Art Rascheln.«

»Das nächste Zimmer hat nur einen Rahmen ohne Tür darin«, stellte Dave fest.

»Also?«, fragte Alex.

»Du gehst vor!« Josh drehte sich zu ihr um und deutete mit seiner Taschenlampe auf den schwarzen, leeren Eingang zu seiner Linken.

Alex schnappte sich die Taschenlampe, holte tief Luft, trat auf die Türschwelle und ließ den Lichtstrahl durch den Raum wandern. »Krass«, befand sie und ging hinein. Alle anderen folgten ihr.

Mondlicht schien schwach durch die vergitterten, schmutzigen Fensterscheiben und warf lange, gestreifte Schatten auf den gekachelten Boden. Riesengroße Stücke vom Deckenputz hingen herunter, dahinter konnte man alte Holzlatten und dicke Klumpen schwarzen Schimmels entdecken. Durch zerklüftete Löcher unter den Fenstern und über einem Haufen von Staub und Gipskartonstücken waren die Backsteine der Außenseite zu erkennen. In der Mitte des Raums ragte eine dicke Metallstange aus dem Boden heraus, von der wiederum zu einer Seite eine gebogene Stange in Form eines lang gezogenen »S« abging. Am Ende dieser gebogenen Stange war ein blauer Plastiksitz mit einem Festschnallgurt angebracht, der wie eine Karussellschaukel in der Luft hing. Izzy wurde schlecht, als sie an die vielen gequälten Seelen denken musste, die auf diesem Stuhl hatten sitzen und weiß Gott was über sich hatten ergehen lassen müssen. Auf der linken Seite befanden sich eine verrostete Wasserleitung sowie ein halbes Dutzend Badewannen aus Porzellan, die vor einer lackierten Wand aufgereiht waren. Die Wannen waren von Metallrahmen umgeben, und alle Wannen bis auf eine einzige waren mit schmutzigem, zerfetztem Leinen abgedeckt. Die Leinenhüllen waren an die Metallrahmen genietet, mit einer verstärkten Aussparung für den Kopf der Patienten, die am einen Ende klaffte wie ein weit geöffneter Mund. Izzy lief ein Schauer den Rücken hinunter, und sie wünschte sich, sie wäre nicht mitgekommen.

»Was, zum Teufel, ist das?«, fragte Luke und setzte sich in den Plastiksitz, der an der Metallstange befestigt war. Er stieß sich mit den Füßen vom Boden ab, und der Sitz drehte sich um die Stange.

»Keine Ahnung«, erwiderte Alex. »Aber diese Wannen wurden für Eisbäder benutzt. Man hat die Patienten in eiskaltes Wasser getaucht und sie bis zur Bewusstlosigkeit darin gelassen.«

»Kommt schon«, rief Josh. »Ich dachte, wir sind hergekommen, um die Leichenhalle zu finden.«

»Genau«, nickte Dave. »Lasst uns gehen.«

Izzy folgte der Gruppe zur Tür hinaus und war froh, diesen bedrückenden Raum verlassen zu können. Am Ende des Korridors bogen sie nach rechts ab und schlängelten sich an Rollstühlen, Gerätewagen, mit »Willard« beschrifteten Holzkisten, verschmutzten Matratzen und rostigen Transportliegen vorbei. Schließlich erreichten sie eine Treppe. Izzy zog den Ärmel ihres Sweatshirts über die Hände, griff nach dem Geländer und folgte Alex die Treppe hinunter. Eigentlich wollte sie den Handlauf nicht anfassen, doch das war besser, als hinzufallen und mit dem Gesicht am Ende der Stufen in was auch immer zu landen.

Die Korridore im Erdgeschoss waren mit kaputten Rollstühlen, kleinen Tischen, PVC-überzogenen Sitzen mit Anschnallgurten und Rollen unter den Stuhlbeinen vollgestellt. Auf den Schildern über den Türen stand »Chronische Erkrankungen«, »Akute Erkrankungen«, »Epilepsie«, »Krank und gebrechlich«. Je weiter die Gruppe in das Labyrinth der Korridore hineinlief, desto mehr Türen der Patientenzimmer fehlten. Izzy ließ den Lichtstrahl ihrer Taschenlampe in die dunklen Eingänge hineinwandern und leuchtete Metallbetten an, schimmelige Kartons und Plastikkisten, auf denen »Schmutzwäsche« stand, Wagen, auf denen sich EKG-Geräte türmten, und Untersuchungstische mit Fußbügeln. Izzy suchte die mit Gerümpel vollgemüllten Räume nach Aktenschränken ab, entdeckte jedoch keine. Sie fragte sich, ob Clara in einem dieser Räume ihre Tochter zur Welt gebracht hatte. Was für ein Horror musste es gewesen sein, ein winziges, unschuldiges Baby an einem solch schrecklichen Ort zu bekommen.

Endlich stießen sie auf ein Schild, auf dem »Keller« stand, ein Pfeil deutete nach rechts. Sie folgten einem kurzen Korridor bis zu einem Lastenaufzug und einer Doppelflügeltür unter einem grünen Schild mit der Aufschrift »Leichenhalle«. Josh stieß die Tür auf, woraufhin ein Schwall kalter Luft an ihnen vorbeibrauste, und lief die Treppe hinunter. Izzy, Luke und Alex folgten ihm, Dave und Crystal bildeten die Nachhut. Am Fuß der Treppe hielt die Gruppe an. Izzy schluckte.

Lange Betontunnel führten von hier aus in verschiedene Richtungen, nach links, nach rechts und geradeaus. Neben Metallrohren, in denen sich Stromkabel befanden, verliefen verkrustete, tropfende Rohre in verschiedenen Größen über die gesamte Länge der Decke. Ungefähr alle drei Meter überspannten steinerne Torbogen den Gang und ließen die Tunnel wie Korridore unter einer mittelalterlichen Burg aussehen. Für Izzy hatte es den Anschein, als stünde sie zwischen zwei Spiegeln, als würde das Spiegelbild des Torbogens tausendmal in jede Richtung widergespiegelt. Sie stellte sich vor, sich hier zu verirren und nie wieder den Weg nach draußen zu finden. Am Torbogen direkt vor ihr hing ein Schild, auf dem »Elektroschocktherapie« stand, während am Torbogen zu ihrer Linken »Leichenhalle« zu lesen war. Rechts von der Treppe stand ein breiter Lastenaufzug, dessen rostiges Messingtor nur teilweise geschlossen war. Ein Krankenhausbett mit einem abgebrochenen Rad und einem schmutzigen, zerrissenen Bettlaken darauf lehnten an einer Fahrstuhlwand.

»So müssen sie die Leichen nach unten transportiert haben«, vermutete Alex.

»Iiiieeh!«, rief Crystal.

Josh lief den Korridor in Richtung der Leichenhalle entlang, wobei sein riesenhafter Körper fast ganz den Taschenlampenstrahl verdeckte, der vor ihm über den Fußboden tanzte. »Hier entlang«, entschied er. Dave und Crystal folgten ihm.

»Wartet!«, rief Alex. »Lasst uns zuerst den Raum unter die Lupe nehmen, in dem die Elektroschocktherapie durchgeführt wurde!«

Josh blieb stehen und drehte sich um. »Da ist nichts zu sehen.«

»Kommt schon!«, drängte Dave. »Wir gehen in die Leichenhalle!« Er klang verärgert. Izzy wunderte sich, warum er auf einmal so in Eile war. Vielleicht versuchte er, mit Ärger seine Angst zu überspielen.

»Ich sehe mir das mal an«, widersetzte Alex sich.

Josh grunzte und kam schwerfällig auf sie zu. »Aber nur kurz.«

Links vom Tunnel, nach dem vierten Torbogen, fanden sie das Elektroschockzimmer. Der Raum besaß eine niedrige Decke und war mit Untersuchungstischen, verrosteten Wagen und vernieteten Metallkisten vollgestellt, die wie riesengroße Batterien aussahen und auf denen sich schwarze Skalen befanden. Kabel ragten aus den Kisten heraus. Entlang der hinteren Wand standen Arzneischränke, von denen die Farbe abblätterte und in deren halb geöffneten Schubladen Drahtrollen,

Beißschienen aus Gummi und etwas, das wie ein Joystick für ein Videospiel aussah, lagen. Izzy streifte an den Mauern entlang und suchte nach Aktenschränken oder irgendwas, das Schriftstücke enthalten könnte. Doch da war nichts.

»Hier müssen mehrere Leute gleichzeitig geschockt worden sein«, stellte Dave fest. »Wie eine Rinderherde, die mit Brandzeichen versehen wird.«

»Genau so sieht es aus«, nickte Alex. »Du meinst, hier gab es eine Überflutung, bei der Leute hier drinnen gestorben sind?«

»Ja«, nickte Josh und kramte in einer Schublade. Dann drehte er sich um und leuchtete ihr mit der Taschenlampe direkt ins Gesicht.

Alex riss die Hand hoch, um ihre Augen abzuschirmen. »Ey, Mann«, rief sie. »Du blendest mich!«

Der Lichtstrahl sank nach unten. »Tut mir leid«, entschuldigte Josh sich.

»Das ist echt krass«, stellte Crystal fest.

»Ich frage mich, ob man hier wohl auch Lobotomien vorgenommen hat«, überlegte Alex.

»Kommt schon«, rief Dave. »Wir sollen die Leichenhalle untersuchen und nicht hier unsere Zeit verschwenden.«

»Stimmt«, nickte Izzy. Sie hatte das Gefühl, sich gleich übergeben zu müssen. »Lasst uns rausgehen.«

Auf dem Weg zur Leichenhalle wurde die Luft noch feuchter und kälter. Izzy zog sich die Kapuze über den Kopf und vergrub dann die Hände in den Taschen ihres Sweatshirts. Neben ihr wedelte Crystal mit der Hand über ihrem Kopf herum aus Angst, Spinnweben könnten in ihrem Haar hängen bleiben oder ihr durchs Gesicht streichen. Ohne jede Vorwarnung blieb Josh plötzlich stehen und leuchtete mit der Taschenlampe in eine geöffnete Tür zu seiner Linken. Dave lief weiter, blieb dann jedoch auch stehen und drehte sich um.

»Kommt schon!«, rief er ungeduldig. »Wir sind gleich da!«

Schwerfällig steuerte Josh die offene Tür an. »Was, zum Teufel, ist das?«, fragte er, und in seiner Stimme schwang Ekel.

Dave gesellte sich zu ihm. »Heilige Scheiße!«, stieß er aus. Die beiden verschwanden in dem Raum. Alle anderen folgten ihnen.

Die steinernen Wände des Raumes waren mit Käfigen aus etwa fünf Zentimeter dickem Eisen gesäumt, deren Gitterstäbe kreuzweise aneinandergenietet waren wie ein lockeres Schachbrettmuster. In den Käfigen standen Metallpritschen, die am Boden verschraubt waren, und von den Decken hingen Ketten und Handschellen.

»Was ist das hier?«, fragte Crystal ungläubig.

»In diesen Käfigen sind Leute gehalten worden!« Josh lachte nervös auf.

»Vielleicht wurden hier die gewalttätigen Patienten verwahrt«, vermutete Alex.

»Möglicherweise wurden hier aber auch Patienten mit Tuberkulose oder Typhus untergebracht«, gab Izzy zu bedenken.

»Das ist echt gruselig«, fand Alex. »Kein Wunder, dass es in Willard spukt.«

»Könnten wir jetzt bitte einfach in die Leichenhalle gehen und die Sache hinter uns bringen?«, fragte Izzy und gab sich Mühe, ruhig zu bleiben.

»Genau«, rief Josh. »Lasst uns gehen. Wir können ein anderes Mal wieder herkommen.«

Die Gruppe verließ den Raum und bog nach links ab. Endlich entdeckten sie eine Doppeltür mit einem verblassten Metallschild, auf dem in grünen Buchstaben »Leichenhalle« stand. Am Ende des Tunnels konnte man einen weiteren Eingang sehen, an dessen Flügeltüren die Scheiben in der oberen Türhälfte zerbrochen waren. Gedämpftes Mondlicht schien durch völlig verdreckte Scheiben herein, die wie leuchtend blaue Augen aussahen. Stapelweise waren selbst gezimmerte Särge an den Wänden nahe der Türe aufgetürmt wie Stapel mit überdimensional großen Büchern.

»O mein Gott!«, kreischte Crystal. »Das ist echt unheimlich!«

Sie schoben sich durch die Doppeltür hindurch in die Leichenhalle und bewegten sich dabei nur sehr langsam, als hätten sie Angst davor, was sie auf der anderen Seite der Tür erwarten würde. Dave und Josh leuchteten mit ihren Taschenlampen durch den Raum. Entlang der hinteren Wand befand sich ein tiefer Spültisch mit drei einzelnen Becken darin, die Porzellanfläche war mit vergilbten Plastikkannen und dünnen Flaschen vollgestellt. Der verschmutzte Betonboden war mit Mülltonnen und schimmeligen Kartons übersät, ein verrosteter Wagen mit Sezierwerkzeugen sowie mehrere zerbrochene Klappstühle standen ebenfalls dort. Über einem Seziertisch aus Edelstahl hingen Industrielampen von der abbröckelnden Decke herab. Auf beiden Seiten des Tisches befanden sich etwa mittig rechteckige Abflusslöcher, und am Ende war ein kleines Becken angeschlossen, in dem ein schwarzer Schlauch hing. Neben dem Seziertisch stand ein großer Bottich, an dem sich Rollen befanden. Ein Gummischlauch, der von der Decke her kam, hing in dem Bottich. Auf einem Metallschild stand »Balsamierflüssigkeit«.

In der hinteren Ecke befand sich eine hölzerne, sechstürige Aufbewahrungskammer für Leichen, die fast ein Viertel des Raumes einnahm. Neben der mit rostigen Scharnieren und Griffen versehenen Kammer stand ein schwarzer korrodierter Motor, der benutzt worden war, um die Kühlkammern mit Strom zu versorgen. Die zwei oberen Türen des Leichenschranks sahen relativ makellos aus, auf dem glänzenden Holz spiegelte sich das Licht der Taschenlampen. Die vier Türen darunter jedoch waren fleckig und sahen aus, als seien sie mit schwarzem Teer verschmiert, als sei irgendetwas hinter den oberen beiden Türen verrottet und geschmolzen, ausgetreten und dann von außen am Leichenschrank heruntergelaufen. Der schwache Gestank von Formaldehyd, Schimmel und etwas, das wie warme Kupferpennys roch, hing in der Luft.

Izzy presste sich die Hand vor den Mund und kämpfte gegen den Drang an, aus der Leichenhalle hinaus- und nach draußen zu laufen, raus an die frische Luft. Dann entdeckte sie jedoch einen Aktenschrank mit zwei Schubladen in der Ecke. Schnell lief sie hin, öffnete die obere Schublade und leuchtete mit der Taschenlampe hinein. Eine Reihe Aktenmappen, die durch eine dicke Schicht Staub und Spinnweben fast grau waren, rutschten nach hinten an die Schubladenrückwand. Alex gesellte sich dazu, um zu sehen, was Izzy da tat.

»Was ist das?«, erkundigte sie sich. »Was hast du gefunden?«

Izzy reichte ihr die Taschenlampe. »Halt mal«, bat sie. Alex leuchtete in die Schublade hinein, während Izzy mit angehaltenem Atem durch die Akten blätterte. Alle Ordner waren leer. Izzy öffnete die untere Schublade, in der sie einen unordentlichen Stapel vergilbter Papiere fand. Sie hob den obersten Zettel auf und nahm die Taschenlampe von Alex wieder entgegen. Es war eine Blanko-Sterbeurkunde vom Staat New York.

»Wonach suchst du denn?«, wollte Alex wissen.

»Wir arbeiten für das Museum an einem Projekt, das mit Willard zu tun hat«, erklärte Izzy. »Ich wollte nur nachsehen, ob ich irgendwas finde, das helfen könnte.«

»Aber wie würdest du das denn deiner Pflegemutter erklären?«, fragte Alex.

»Darüber hätte ich mir später Gedanken gemacht«, erwiderte Izzy.

In dem Moment tauchte Crystal neben ihnen auf. »Kommt schon«, rief sie, packte Alex am Arm und zog sie mit sich zum

Seziertisch. »Dann wollen wir doch mal sehen, ob wir diese Lady dazu bekommen, sich noch einmal zu zeigen. Bildet mal alle zusammen einen Kreis, dann fragen wir, ob sie da ist.«

Izzy blätterte durch den Rest der Zettel. Der komplette Stapel bestand ausschließlich aus Blanko-Sterbeurkunden.

»Beeil dich«, rief Alex.

Izzy verdrehte die Augen und schloss die Schublade.

»Alle hierher!«, forderte Crystal sie auf. »Wir werden jetzt eine Séance abhalten!«

»Super«, erwiderte Dave begeistert und eilte an Crystals Seite. »Tolle Idee, Baby!«

Luke fegte einen feuchten Pappkarton vom Seziertisch herunter. »Hey, Josh, komm her und leg dich hin! Wir verpassen dir eine Massage, die du so schnell nicht wieder vergessen wirst!«

Josh lachte und lief zum Leichenschrank hinüber. Dort öffnete er eine der mittleren Türen und leuchtete hinein. Das Innere der engen, schmalen Kammer war durchlöchert und voller Schimmel. »Ich lege mich gern drauf«, verkündete er. »Nachdem du dich hier reingelegt hast.« Er rollte eine verrostete Platte aus dem Leichenschrank, wobei das Geräusch von kreischendem Metall durch den Raum hallte.

»Was zahlst du?«, fragte Luke.

»'nen Fünfer«, erwiderte Josh.

»Du bekommst zehn, wenn wir dich reinschieben und die Tür schließen können!«, rief Dave.

»Würdet ihr Jungs jetzt mal aufhören?«, mischte sich Crystal ein. »Ich dachte, wir wären hergekommen, um zu schauen, ob es hier spukt!«

Josh kam zum Seziertisch herüber und ließ die Tür des Leichenschranks halb offen. »Okay, okay«, beschwichtigte er sie. »Jetzt reg dich mal nicht auf.«

»Halt die Klappe, ja?«, blaffte Crystal ihn an. »Das hier ist eine ernsthafte Sache.« Sie holte eine kurze, dicke Kerze aus ihrer Jackentasche hervor, bat David um sein Feuerzeug und zündete den kurzen Docht an. Dann stellte sie die Kerze in die Mitte des Seziertisches, wobei sie sich ganz langsam und vorsichtig bewegte, damit die Flamme nicht erlosch und ihre Finger nicht mit der fleckigen Oberfläche des Seziertisches in Berührung kamen. »Okay, kommt her«, sagte sie leise. »Stellt euch alle rund um den Tisch. Und knipst eure Taschenlampen aus.«

Alle schalteten die Taschenlampen aus und kamen näher. Izzy stand zwischen Dave und Josh und mit dem Rücken zum Leichenschrank, ihre Taschenlampe hatte sie unter den Arm geklemmt und die Fäuste in den Taschen ihrer Kapuzenjacke vergraben. Crystal nahm Daves Hand und griff auch nach Alex' Hand, während die flackernde Kerzenflamme dunkle Schatten unter ihre Augen warf.

»Wir müssen jetzt ganz leise sein«, erklärte Crystal. »Und wir müssen uns an den Händen fassen.« Alex biss sich auf die Lippe und gab Crystal und Luke die Hand. Dave und Josh griffen gleichzeitig nach Izzys Händen. Eine Sekunde lang zögerte Izzy, entschied dann jedoch, dieses Spielchen über sich ergehen zu lassen: Je schneller diese alberne Séance vorbei war, desto schneller konnte sie hier raus. Joshs Hand fühlte sich wie ein feuchter Baseballhandschuh an. Izzy wurde schlecht. In dem Augenblick bemerkten Luke und Josh, dass sie nebeneinanderstanden.

»Ich werde nicht mit einem Kerl Händchen halten«, verkündete Luke.

»Ich auch nicht«, schloss Josh sich an.

»Jetzt macht schon!« Crystal starrte sie böse an. »Das funktioniert nicht, wenn wir die Sache nicht ernst nehmen!«

»Sie hat recht«, pflichtete ihr Alex bei. »Wir müssen uns an den Händen halten.«

»Warum?«, fragte Izzy. »Wozu soll das gut sein?«

»Für den Fall, dass die Geister, die wir wecken, böse sind«, erklärte Alex. »Wenn wir uns gegenseitig anfassen, können die bösen Geister sich nicht an uns hängen.«

»Siehst du?«, fuhr Crystal grinsend fort. »Habe ich euch doch gesagt. Jetzt lasst uns endlich anfangen!«

Josh verdrehte die Augen und hielt seine Hand Luke hin, der widerwillig die Spitzen von Joshs Fingern berührte.

»Wenn ich auch nur ansatzweise hören sollte, dass das hier irgendwer herumerzählt, dann –«, drohte Luke.

»Unsere Lippen sind versiegelt«, erklärte Dave und tat, als würde er ihm eine Kusshand zuwerfen.

Crystal trat Dave auf den Fuß. »Hast du vergessen, warum wir hier sind?«

Daves Gesicht verzerrte sich vor Schmerz. »Mann!«, rief er. »Okay, okay!«

»Alle bereit?«, fragte Crystal und bedachte Josh und Luke mit einem besonders aufmerksamen Blick. Die beiden nickten und hatten Mühe, ein Grinsen zu unterdrücken. Crystal wartete noch ein oder zwei Sekunden, bevor sie dann die Augen schloss. »Ist hier jemand?«, fragte sie ehrfürchtig mit gedämpfter Stimme. Einer der Jungs stieß ein leises, prustendes Geräusch aus, als müsse er Gelächter unterdrücken. »Wir sind nicht hier, um dir einen Schaden zuzufügen«, fuhr Crystal fort.

»Falls hier jemand bei uns ist – kannst du uns ein Zeichen geben?«, fragte Alex.

Überrascht, dass Alex gesprochen hatte, machte Izzy die Augen auf und sah zu ihr hinüber. Alex hatte die Augen geschlossen und den Kopf gesenkt. Neben ihr stand Luke, der die Schultern hochgezogen hatte. Seine Miene war angespannt, als erwarte er, jede Sekunde geschlagen oder angefasst zu werden. Izzy machte die Augen wieder zu. Sie fragte sich, was wohl passieren würde, wenn sie Claras Namen riefen. Kurz dachte sie darüber nach, das vorzuschlagen, überlegte es sich dann jedoch noch einmal. Es würde bloß Fragen aufwerfen, woher sie den Namen einer Patientin kannte. Im Augenblick wollte sie das hier einfach nur so schnell wie möglich hinter sich bringen.

»Wir laden dich ein, zu uns zu kommen«, fuhr Crystal fort. »Du kannst unsere Haare berühren, an die Wände klopfen oder alles andere tun, damit wir wissen, dass du da bist.«

»Wenn mich jemand anfasst, bin ich hier raus!«, meldete sich Luke.

»Pssst!« Crystal holte lang und tief Luft, bevor sie dann ganz langsam und abwartend wieder ausatmete. »Bitte gib uns ein Zeichen, dass du bei uns bist. Wir wollen verstehen, warum du immer noch da bist, warum du in dieser Irrenanstalt gefangen bist.«

»Wir können dir helfen, Frieden zu finden«, erklärte Alex. »Damit du diesen Ort verlassen und dich zu deinen Lieben gesellen kannst, die schon ins Jenseits gegangen sind.«

In diesem Moment ertönte ein leises *Tipp-tipp* hinter Izzy. Alex stieß ein spitzes Quieken aus, als würde sie einen Schrei unterdrücken.

»Pssst …!«, flüsterte Crystal. »Schon gut. Entspannt euch. Wenn du das warst, kannst du dieses Geräusch noch einmal machen?«

Tipp-tipp.

Joshs schwitzige Hand umklammerte Izzys. Sie wackelte mit den Fingern, um seinen Griff zu lockern, doch es war sinnlos.

»Wir hören dich«, nickte Crystal.

»Warst du hier Patient?«, fragte Alex. »Warst du hier an diesem schrecklichen Ort eingesperrt?«

Tipp-tipp. Tipp-tipp.

Izzy klopfte das Herz bis zum Hals. War das echt? Eigentlich war sie hergekommen, um Alex einen Gefallen zu tun, und nicht, um hier absolutes Muffensausen zu bekommen. Das Einzige, was noch schlimmer war, als in einer alten Psychiatrie herumzulaufen, war, den Geist von verstorbenen Patienten zu sehen.

»Bist du allein hier?«, fragte Alex. »Oder sind noch andere bei dir?«

»Kannst du ein anderes Geräusch machen?«, fragte Crystal. »Damit wir wissen, dass du es wirklich bist?«

In diesem Moment hörte Izzy es dreimal hinter ihr klopfen, als würde eine Person mit den Fingerknöcheln von innen an das Holz des Leichenschranks pochen. Die Haare standen ihr zu Berge. Mit einem Mal fühlte sich die Luft heiß und schwer an, als hätte jemand den Heizkessel angemacht. Trotz ihrer Zweifel zog sie den Kopf ein und klammerte sich an Daves und Joshs Hände.

»Kannst du dieses klopfende Geräusch noch einmal machen?«, fragte Alex.

Klopf, klopf, klopf, klopf.

»Wir sind hier, um dir zu helfen«, rief Crystal laut. »Kannst du uns deinen Namen sagen?«

Klopf, klopf, klopf, klopf, klopf, klopf, klopf.

Alex schrie auf. Izzy riss die Augen auf und ließ Joshs und Daves Hände los, wobei ihr die Taschenlampe hinfiel. Im gleichen Moment ging die Kerze aus und tauchte die Leichenhalle in absolute Finsternis. Alex schrie los: »Lass mich los! Weg von mir! Was machst du?« Dann nuschelte sie nur noch, als würde ihr jemand eine Hand auf den Mund pressen.

Izzy hastete zur Tür, lief dort jedoch Josh in die Arme. Zu ihrer Überraschung packte er sie und wirbelte sie herum. Für den Bruchteil einer Sekunde befürchtete Izzy, ihren Orientierungssinn verloren zu haben, und glaubte, dass Josh ihr nur half zu fliehen. Vielleicht befand sich die Tür zu ihrer Rechten und nicht zu ihrer Linken. Im Raum ertönten Kampfgeräusche, dann schleifte etwas über den Boden. Josh schlang seinen Arm um Izzys Brust und hob sie hoch, wobei er ihr seinen biergetränkten Atem heiß und schnell ins Ohr pustete. Izzy dachte, er würde sie aus dem Raum tragen und in Sicherheit bringen, doch dann packte jemand ihre Knöchel und hob ihre Beine vom Boden.

»Was, zum Teufel, macht ihr da?«, schrie Izzy und trat um sich. Ein Fuß traf irgendwen am Kopf, wodurch sie ihr Bein freibekam, und irgendjemand fluchte – es war unverkennbar Dave. Izzy drehte und wand sich und versuchte, sich aus Joshs Umklammerung zu befreien, doch es war sinnlos. Dave packte sie wieder am Knöchel, dann trugen sie sie durch den Raum. »Lasst mich los!«

Metall rieb kreischend über Metall. Es war das Geräusch der Bahre, die aus dem Leichenschrank herausgerollt wurde. Dann wurde Izzy auf die kalte Bahre geworfen und festgehalten, wobei ihr Kopf hart auf den Stahl aufschlug. Starke Hände hielten sie fest. Wieder rieb Metall kreischend über Metall, dann wurde sie vorwärtsbewegt, als würde sie über eine horizontale Rutsche geschoben, nur mit dem Unterschied, dass sich die Rutsche mit ihr bewegte. Izzy wurde schlagartig klar, dass sie in den Leichenschrank geschoben wurde, und schon krachte die Bahre mit einem vibrierenden Schlag an die Rückwand. Izzy riss die Arme hoch, um zu verhindern, dass die Tür geschlossen wurde, wobei ihre Ellbogen und Handgelenke über die harte, raue Innenseite der Kammer schabten. Ihre Unterarme wurden in der Tür eingeklemmt, ihre Muskeln wurden gequetscht und die Haut aufgerissen. Sie schrie. Grobe Hände schoben ihre Arme nach drinnen. Dann schloss sich die Tür, und Izzy war von totaler Finsternis umgeben.

KAPITEL 14
Clara

Rookie Pest House

Als die Blätter sich an den Rändern kräuselten und ein Blatt nach dem anderen draußen vor den Fenstern des Rookie Pest House von den Eichenbäumen fiel, saß Clara auf ihrem schmuddeligen Bett und sah Lawrence Lawrence dabei zu, wie er auf dem Friedhof auf der gegenüberliegenden Seite der Straße eine Schubkarre durch die Reihen der Eisenschilder schob. Mindestens dreimal pro Woche arbeitete er auf dem Friedhof, wobei seine Arbeitsabläufe jedes Mal die gleichen waren. Zuerst blieb er an der ausgewählten Stelle stehen, knöpfte seinen Mantel auf, nahm die Schiebermütze ab, glättete sein graues Haar mit den Händen – einmal auf jeder Seite, dann viermal in der Mitte. Dann bekreuzigte er sich und neigte den Kopf, die Mütze an sein Herz gepresst. Nach einer kurzen Weile sah er zum Himmel hinauf, setzte seine Kappe wieder auf, holte die Schaufel aus der Schubkarre und grub los. Dabei hielt er immer nur so lange inne, bis er einen Stein über die Kante des Grabes gehoben oder die Schaufel gegen eine Spitzhacke ausgetauscht hatte. Erst, wenn die Grube ausgehoben und der Erdhaufen daneben frei von Wurzeln und Steinen war, beendete er die Arbeit. Dann nahm er die Schiebermütze ab, glättete wieder das Haar, wischte sich über die Stirn und setzte die Kappe wieder auf. Ebenso verhielt es sich an Tagen, an denen er Laub harkte oder den Rasen schnitt – er arbeitete ohne Pause, bis die Arbeit erledigt war.

Während die Wochen vergingen, Clara sich innerlich aufgab und körperlich immer schwächer wurde, wunderte sie sich immer wieder über das Durchhaltevermögen und die Kondition des Totengräbers. Denn selbst als der Winterschnee die Äste der Zedern niederdrückte und sich zwischen den Gitterstäben vor den Fenstern türmte, schaufelte der Totengräber auf dem Friedhof Wege frei, um die letzte Ruhestätte eines Patienten auszugraben. Gegen Ende Dezember gab er es schließlich auf, den gefrorenen Boden mit Gewalt aufzubrechen, doch nur für kurze Zeit. Schon wenige Wochen später, nach einer für diese Jahreszeit unüblichen Schneeschmelze im Januar, als Clara das eiskalte Wasser des Creek Mears über die weißen Uferböschungen treten sah, machte sich Lawrence Lawrence wieder an die Arbeit.

Jeden Abend betete Clara, dass der Totengräber auch bald ein Grab für sie ausheben würde. Abgesehen von den Essenszeiten und der Benutzung des Waschraums einmal morgens und einmal abends, war sie Tag und Nacht an ihr Bett gekettet und schlief oder starrte aus den schmutzigen Fenstern hinaus. Wie bei den meisten Frauen im Rookie Pest House stimmten ihre Körperfunktionen nicht immer mit dem festgelegten Zeitplan für den Waschraum überein. Das hatte zur Folge, dass ihr Krankenhaushemd, das Bettlaken und die dünne Bettdecke mit getrocknetem Urin, Blut und Fäkalien verkrustet waren und stanken. Wenn ihre Monatsblutung einsetzte, bekam sie Lappen, die sie in ihre Unterwäsche legen und auswaschen sollte, wenn sie im Waschraum war. Mit Glück bekam Clara nach ihrem wöchentlichen Eisbad ein frisches Nachthemd. Meistens gab es jedoch nicht genügend saubere Hemden.

Gebrüll und Geschrei ertönten oft anderswo im Gebäude, doch abgesehen von Weinen, Husten und Selbstgesprächen der Frauen war Claras Raum relativ ruhig. Die Arbeiter im Rookie Pest House waren allesamt ungeschulte Aufseher, und eine tägliche, allabendlich verabreichte Dosis Opiumtinktur sorgte dafür, dass die meisten Patienten außer Gefecht gesetzt waren und zwischen Bewusstlosigkeit und einem traumähnlichen Stumpfsinn dahindrifteten.

Allmählich gewöhnte Clara sich an den bitteren Geschmack der Opiumtinktur. Es schmeckte wie Lakritz, das in Zucker und Schmutz gerollt worden war, und das taube Gefühl auf ihrer Zunge bedeutete, dass die Ahnungs- und Gefühlslosigkeit, die mit der Bewusstlosigkeit einhergingen, bald einsetzen würden. Damit unterlag sie dann nicht mehr länger dem schwarzen erdrückenden Gewicht der Trauer, die schwer auf ihrer Brust lastete und es beinahe unmöglich machte, den nächsten Atemzug zu tun. Doch trotz der Medikamente hatte sie jede Nacht den gleichen Albtraum. Darin war Beatrice spindeldürr, sie trug ein dreckiges Nachthemdchen und weinte. Ihr metallenes Kinderbettchen stand inmitten einer Station mit Hunderten anderer Kinderbetten, in denen jeweils ein anderes schreiendes, ausgemergeltes Baby lag.

Jeden Morgen, wenn die Medikamente nachließen und Clara die Augen öffnete, trübten schon Tränen ihre Sicht. Die Erinnerung daran, dass man ihr Beatrice weggenommen hatte, führte dazu, dass etwas Fauliges, Abscheuliches ihren Magen aufwühlte. Clara lag einfach da und wünschte sich, tot zu sein, während die erdrückende Trauer ihr Blut zu Blei verwandelte, das Herz zu Stein und die Muskeln zu Granit werden ließ. Sie schloss die Augen und versuchte, wieder in diesen bewusstlosen Zustand einzutauchen, doch der Schmerz zerrte sie immer wieder in die Realität zurück, als hätte sie es verdient, bestraft zu werden. Diese Höllenpein verschlang sie beinahe.

Während ihrer ersten Tage im Rookie Pest House hatte sie versucht, mit den Aufsehern zu diskutieren. Sie hatte sie angefleht, sie freizulassen, damit sie ihre Tochter finden könnte, bevor es zu spät war, bevor Beatrice so weit entfernt war, dass sie für immer verloren war. Taub gegenüber den Bitten der Patienten, ignorierten die Aufseher Clara mit ausdrucksloser Miene, stießen sie den Korridor entlang, kämpften mit ihr, bis sie im Bett lag und sie ihr grob die Fußfessel am Knöchel befestigten. Einmal, als sie zum Waschraum gebracht wurde, schubste sie einen Aufseher zu Boden und stürzte den Korridor entlang, nur um dann vor einer verschlossenen Tür zu stehen, an der eine ganze Gruppe von Aufsehern stand und auf sie wartete, um sie in ihren Raum zurückzubringen.

Eine Woche danach versuchte sie, einfach nicht mehr zu essen. Doch die Aufseher bemerkten dies, bewachten sie und befahlen ihr, den Haferschleim zu essen, der schon in ihrer Schüssel trocken wurde. Als sie sich weigerte, hoben sie sie von ihrem Stuhl, schlugen ihr fest ins Gesicht und warnten sie davor, dass alles noch viel schlimmer würde, wenn sie nicht tat, was man ihr sagte. Mit ihrer aufgeplatzten, blutigen Lippe aß sie einen Löffel voll und wäre fast daran erstickt. Danach verfluchte sie sich, weil sie nicht stark genug gewesen war, sich weiter schlagen zu lassen. Beatrice war fort, und sie selbst war in einer psychiatrischen Anstalt für Geisteskranke eingesperrt. Es gab keinen Grund mehr weiterzuleben.

Gegen Ende Februar träumte sie davon, Beatrice als erwachsene Frau wiederzusehen, deren dunkles Haar wie Satin über die Schultern eines gelben Kleides floss. Beatrice betrat etwas, das wie ein Krankenzimmer aussah, kniete sich dann hin und sah lächelnd und mit Tränen in den Augen zu ihr auf. Am nächsten Morgen hatte sich das erdrückende Gewicht in Claras Brust gelockert. Es war immer noch da, immer noch schwer und schmerzhaft, doch es fühlte sich nun nicht mehr so an, als würde ihr Herz unter dieser Last zerdrückt. Der Traum war so realistisch gewesen, dass Clara beinahe Beatrices Parfum hatte riechen und ihre weiche Wange hatte streicheln können. Dies musste eine tiefere Bedeutung haben, doch die würde sie niemals herausfinden, wenn sie für den Rest ihres Lebens hier im Rookie Pest House weggesperrt blieb.

In der folgenden Nacht behielt Clara die Dosis Opiumtinktur im Mund, anstatt sie herunterzuschlucken. Als die Schwester zur nächsten Patientin weiterging, zog sich Clara die Bettdecke über die Lippen und spuckte das Betäubungsmittel in den fleckigen Stoff. Während der nächsten Wochen behielt sie das unter Drogen gesetzte Verhalten der anderen Frauen bei, um keine Aufmerksamkeit zu erregen. Als dann am ersten März Dr. Roach endlich seine Runde durch das Rookie Pest House machte, sah sie ihm in die Augen und stimmte zu, dass es für Beatrice das Beste sei, von jemand anderem großgezogen zu werden.

KAPITEL 15
Izzy

Chapin Hall

Izzy versuchte, tief durchzuatmen, und mühte sich ab, sich auf der Metallbahre im Leichenschrank zu drehen. Doch es war sinnlos. Der Platz in dem engen Fach reichte einfach nicht aus, um die Knie zu beugen und den Körper zu drehen. Stattdessen trat sie nun gegen die niedrige Decke und hämmerte gegen die Wände.

»Lasst mich hier raus!«, schrie sie.

Dumpfe Schläge und gedämpftes Gelächter drangen durch die isolierten Holzwände. Die Türen der Leichenhalle wurden aufgestoßen, schaukelten quietschend in ihren Angeln und fielen schließlich wieder zu. Dann herrschte Stille.

»Hilfe!«, schrie Izzy.

Sie hob die Hände nach hinten und hämmerte gegen die Tür, wobei das raue Holz über ihre Knöchel schabte. Nach ein paar Sekunden zwang sie sich, still zu liegen und zu versuchen, außer ihrer eigenen schwerfälligen Atmung etwas zu hören. Sie schloss die Augen und kämpfte gegen die Panik an. *Sie kommen wieder*, redete sie sich ein. *Sie sind nur im Korridor und lachen sich schlapp. Gleich kommen sie wieder.* Dann drang ihr plötzlich der schwere, süßliche Gestank von Fäulnis und Formaldehyd in die Nase. Izzy presste die Lippen aufeinander und bemühte sich, sparsam zu atmen. Der Sauerstoffmangel führte jedoch dazu, dass ihr schwindelig wurde.

»Okay, der Spaß ist vorbei!«, rief sie dann. »Lasst mich raus! Alex? Josh?«

Immer noch nichts. Vielleicht war das kein Scherz. Dann fiel ihr wieder ein, dass Alex jemanden angebrüllt hatte, sie loszulassen, bevor ihre Schreie dann gedämpft geklungen hatten. War sie von den anderen auch in einen der Leichenschränke gesteckt worden?

»Alex?«, rief Izzy. »Bist du hier?«

Immer noch nichts. Was, zum Teufel, war bloß los? Vielleicht war Alex gegen ihren Willen aus dem Raum gezerrt worden. Dann erinnerte sie sich wieder an Alex' Warnung, sie sollte nach Shannons Entschuldigung noch vorsichtiger sein als zuvor.

Hass stieg wie Galle in ihr auf. Hatte Shannon womöglich Josh, Crystal und Dave zu dieser Aktion hier angestiftet? Dann kam ihr ein anderer Gedanke, bei dem sich die kalten Finger der nackten Angst um ihren Hals legten. Wenn sie Alex durch den Keller gezerrt hatten, die Treppe rauf und hinaus ins Freie, würde Alex zunächst gar nicht merken, dass Izzy fehlte, bis die anderen sie gehen ließen. Und Alex hatte keine Ahnung, dass Izzy im Leichenschrank eingesperrt war!

Izzy holte tief Luft und versuchte sich in Erinnerung zu rufen, wie die Gruppen zusammengesetzt gewesen waren und wie entschieden worden war, dass ihre Gruppe die Leichenhalle unter die Lupe nehmen sollte. War ihr Wunsch, Willard nicht noch einmal betreten zu müssen, so groß gewesen, dass sie blind geworden war und alle Anzeichen dafür, dass ihr hier eine Falle gestellt wurde, nicht gesehen hatte?

Sie ballte die Fäuste, zitterte plötzlich, keuchte nach Luft und wehrte sich gegen die Panik, gleich ohnmächtig zu werden. Tränen der Wut und der Angst liefen ihr über die Wangen. »Lasst mich hier raus!«, brüllte sie, so laut sie konnte. Und dann …

Klopf, klopf, klopf, klopf, ertönte es aus dem Schrank unter ihr.

Izzy presste sich die Hände an die Ohren, während ihr das Herz bis zum Hals klopfte. *Was, zum Teufel, war hier los?*

Klopf, klopf, klopf, klopf.

»Wenn mich hier jetzt nicht irgendwer sofort rauslässt, wird euch das noch leidtun!«, schrie sie, obwohl ihr klar war, dass das leere Drohungen waren. Was konnte sie denn schon tun? Die anderen beim Schuldirektor verpfeifen? So fest sie konnte, trat sie gegen die Wände und schlug mit den Knöcheln schmerzhaft gegen das Holz. »Dave und Josh! Ich weiß, dass ihr mich hier reingesteckt habt!«

Sie dachte darüber nach, der Person zu sagen, sie solle mit dem Klopfen aufhören, da ihr klar sei, dass dies zum Streich dazugehöre. Denn das musste es. Stattdessen beschloss sie, das Klopfen zu ignorieren. Was aber, wenn es doch gar kein Mensch war? Vor ihrem geistigen Auge formte sich ein Bild: Im Schrank unter ihr lag ein schmutzig braunes Skelett, dessen lippenloser Mund sich öffnete und schloss und dessen nackte Knöchel gegen das feuchte Holz klopften. Sie stellte sich vor, wie ein vermoderndes, zerrissenes Krankenhaushemd an den Armen des Skeletts hing, wie Fetzen zerfallenden Stoffes und verwesenden Fleisches von den Rippen herunterhingen. Izzy verschränkte die Arme und gab sich Mühe, das Bild zu verdrängen. Sie hielt die Augen geschlossen und versuchte, die Geräusche zu ignorieren, ebenso wie die Tatsache, dass sie in einem Leichenschrank eingesperrt war. *Was ist, wenn niemand zurückkommt? Wenn sie mich hier liegen lassen? Ich könnte hier sterben, und kein Mensch würde je erfahren, was passiert ist. Niemand wird wissen, wo ich bin. Nein! Das wird Alex nicht zulassen. Wenn sie sich aus Lukes und Crystals Fängen befreit hat und merkt, dass ich nicht da bin, wird sie nach mir fragen. Sie wird zurückkommen und nach mir suchen.*

Plötzlich wurde eine verschwommene Erinnerung geweckt, vielleicht auch ein vergessener Albtraum, da war sie sich nicht sicher. Sie lag im Bett, und in einer Zimmerecke leuchtete ihre Mein-kleines-Pony-Lampe, die in dem dunklen Zimmer ein rosafarbenes Licht ausbreitete. Das Schnappen der Kinderzimmertür riss sie aus ihrem warmen, flauschigen Schlummer. Sie blinzelte und wollte sich aufsetzen. Dann legte sich jemand, ein Mann, neben sie ins Bett – der Geruch von Schweiß und Whiskey waberte wie Nebel in der Luft. Zuerst konnte sie die Gesichtszüge des Mannes nicht ausmachen, doch dann lächelte er, und sein Gesicht verwandelte sich in das eines zähnefletschenden Dämons, dessen blutunterlaufene Augen immer größer wurden, bis sie den Haaransatz erreichten, und seine spitzen Zähne waren zerklüftet und schwarz. Izzy wollte den Mund öffnen und schreien, doch sie konnte nicht. Der Dämon hielt sie fest.

Izzy biss sich auf die Unterlippe. Sie ballte die Fäuste und öffnete sie wieder, während sich ihre Nasenlöcher aufbliesen, als sie tief durchatmete. Die Luft fühlte sich heiß und trocken in ihrem Hals an. Die Erinnerung an ihren wiederkehrenden Kindheitsalbtraum war zweifellos dadurch wieder an die Oberfläche gekommen, dass sie in dem Schrank eingesperrt worden war. Sie erinnerte sich daran, als Kind so verängstigt gewesen zu sein, dass sie sich nicht hatte bewegen und ihrer Mutter erst Stunden später davon hatte erzählen können, nachdem sie endlich jenen tranceähnlichen Zustand hinter sich gelassen hatte. Ihre Eltern hatten ihr daraufhin erlaubt, bis zum Morgen zu ihnen ins Bett zu krabbeln. Ihre Mutter hatte ihr immer und immer wieder gesagt, dass es keinen Grund gäbe, Angst zu haben, dass die Monster nicht echt seien und sie Izzy immer beschützen würde. Dann hörten die Albträume plötzlich von heute auf morgen auf. Izzy erinnerte sich daran, dass sich ihre Mutter bei ihr entschuldigte – wofür, wusste sie jedoch nicht genau.

Irgendwie gelang es ihr, das beängstigende Bild zu verdrängen. Doch das Gefühl, eingeschlossen zu sein und fast zu ersticken, steuerte wie ein entgegenkommender Zug unaufhaltsam auf sie zu. Izzy öffnete den Reißverschluss ihres Kapuzensweatshirts und zerrte am Kragen des T-Shirts. Schweißperlen bildeten sich auf ihrer Stirn und der Oberlippe. Sie zog die Ärmel hoch und presste die Fingernägel in ihre Arme, um die Haut zu zerkratzen. Wenn Shannon sie in den Wahnsinn treiben wollte, so funktionierte der Plan. Nein, dachte sie. *Ich kann sie nicht gewinnen lassen.* Sie zwang ihren Körper dazu, sich zu entspannen, und stellte sich vor, wie sich die Muskeln in ihren Zehen, den Füßen und den Beinen lockerten. Der Trick funktionierte ein paar Sekunden lang, doch dann hatte die Panik sie wieder voll im Griff. Izzy holte tief Luft und fing noch einmal von vorn an.

Endlich hatte sie sich in einen Zustand versetzt, der einer Art Selbstkontrolle ähnelte. Das Klopfen unter ihr hatte aufgehört, sodass Izzy sich schon fragte, ob der Verursacher vielleicht eingeschlafen war. Wer auch immer es war – derjenige wollte sich scheinbar Shannons Anerkennung um jeden Preis verdienen. Beim Gedanken an Shannon mahlte Izzy mit dem Kiefer. Was wäre denn passiert, wenn sie aus lauter Panik einen Herzinfarkt oder einen Nervenzusammenbruch erlitten hätte? Was, wenn ihr der Sauerstoff ausging, bevor irgendwer kam, um sie zu befreien? Hasste Shannon sie tatsächlich so sehr, dass sie das Risiko bereitwillig einging, dass Izzy etwas zustieß? Und was war mit Ethan? War er an diesem schrecklichen Streich beteiligt?

Nein. Das konnte nicht sein. Er mochte vielleicht naiv genug sein, Entschuldigungen für Shannons gemeine Schulstreiche zu finden, doch dem hier hätte er niemals zugestimmt. Also mussten Shannon, Josh, Crystal und Dave dahinterstecken.

Irgendwann verflüchtigte sich der Panikschweiß, und kalte Luft waberte um ihre Handgelenke und Fußknöchel wie eiskalte Finger von Gespenstern, die Izzys Haut berührten. Sie zog den Reißverschluss hoch, zog sich die Kapuze über den Kopf und schlang die Arme um ihren Oberkörper, um sich warm zu halten. Ihre Zähne klapperten. Sie stellte sich vor, wie der Winter den Herbst ablöste, während sie in diesem Leichenschrank gefangen war, und sie immer dünner und schwächer wurde und schließlich verhungerte. Izzy hob die Hände und strich sich übers Gesicht. Die Haut fühlte sich wie Wachs an – kalt. Tote Haut von außen, von innen pulsierend und heiß. Sie erinnerte sich an Geschichten von Leuten, die lebendig begraben worden waren und an den Holzdeckeln ihrer Särge gekratzt hatten, um sich hinauszukämpfen. Izzy stellte sich ihre blutigen Finger vor, die Nägel, die bis aufs Blut abgeschabt waren, bis außer Knochen nichts mehr übrig blieb.

Nein, ermahnte sie sich. *Du liegst in keinem Sarg. Du befindest dich in einem Leichenschrank mit einer Tür davor. Es gibt einen Ausweg. Du musst nur aushalten und warten, bis jemand kommt und diese Tür öffnet.* Sie verdrängte diesen Gedanken und versuchte stattdessen, sich auf etwas anderes zu konzentrieren. Ihre Kieferknochen schmerzten schon, so fest biss Izzy die Zähne zusammen, und sie bekam Kopfschmerzen – ein scharfer, stechender Schmerz, der in beiden Schläfen pochte.

Endlich hörte sie gedämpfte Stimmen, schwere Schritte, die den Korridor entlangliefen. Die Flügeltür, die aufgestoßen wurde.

»Izzy?«, rief jemand. »Wo bist du?« Das war Alex.

»Ich bin hier!«, brüllte Izzy. Sie hämmerte an die Seite des Leichenschranks.

»Ach, du Schande!«, ertönte eine männliche Stimme.

»Wir holen dich da raus!«, fuhr Alex fort. »Halt durch!«

Ihre Stimmen klangen leise und gedämpft, als würde Izzy mithilfe eines Trinkglases an einer Tür lauschen.

»In welchem Fach liegt sie?«, fragte die Männerstimme. Izzys Herz raste. Das klang wie Ethan.

»Keine Ahnung«, erwiderte Alex. »Mach einfach alle Türen auf!«

Izzy hämmerte gegen das Holz über ihrem Kopf. »Ich bin hier!« Die Tür links von ihr, eine Etage tiefer wurde geöffnet. Dann die Tür direkt unter ihr.

»Was, zum Teufel …?«, rief Ethan. »Was hast du hier zu suchen?« Metall kreischte über Metall, dann ertönten mehrere dumpfe Schläge, als hätte jemand Mühe zu stehen oder würde kämpfen. Etwas Schweres schrammte über den Boden, bevor es dann gegen die Tür über Izzys Kopf schlug. Der Leichenschrank wackelte. »Wo ist Izzy?«, knurrte Ethan. Seine Stimme klang, als würde er direkt vor ihrer Tür stehen. Izzy stellte sich vor, dass er jemanden mit wutverzerrtem Gesicht an den Leichenschrank presste.

»Das war nicht meine Idee!«, stotterte eine Männerstimme. »Die haben mich dafür bezahlt!«

»Wer?«, hakte Ethan nach und presste die Person wieder gegen den Leichenschrank.

»Jetzt vergiss den Kerl!«, mischte sich Alex ein. »Wir müssen Izzy finden!«

»Ich kümmere mich später noch um dich«, drohte Ethan der Person.

Izzy spürte es eher, als dass sie es mit Bestimmtheit hätte sagen können, dass eine Person vom Leichenschrank weggezerrt wurde. Ein metallischer Schlag hallte durch den Raum, als wäre jemand über das Fass mit der Balsamierflüssigkeit gefallen. Die Flügeltür quietschte.

Endlich wurde die massive Tür über ihrem Kopf aufgerissen, sodass fahles Licht in das dunkle Innere fiel. Izzy schnappte nach Luft und stemmte sich gegen die Seiten der Kammer, um herauszukommen. Dann zog jemand die Bahre heraus. Izzy blinzelte und schirmte die Augen mit einer zittrigen Hand ab, da sie plötzlich von zwei Taschenlampen geblendet wurde. Die hellen Lichtstrahlen sanken zu Boden, und Izzy erkannte eine ziemlich blasse Alex, die mit zwei Taschenlampen in den Händen dastand und Izzy mit großen Augen anstarrte.

»O mein Gott!«, rief Alex. »Geht es dir gut?«

»Ich glaube schon«, erwiderte Izzy und stützte sich auf den Ellbogen ab, um sich hochzustemmen. Sie schwang die Beine über die Kante der Bahre und richtete sich viel zu schnell auf, weshalb ihr sofort schwindelig wurde. Darum holte sie tief Luft, schloss die Augen und versuchte, ihr Gleichgewicht wiederzufinden. Eine warme Hand wurde ihr auf den Rücken gelegt, und als sie sich umdrehte, erblickte sie Ethan. Er stand mit gerunzelter Stirn hinter ihr und hatte die Lippen zu einer harten, schmalen Linie zusammengepresst. Er umrundete sie, blieb vor ihr stehen und bot ihr seine Hilfe an. Izzy konnte nicht aufhören zu zittern, darum packte sie seinen Oberarm zur Unterstützung und rutschte wieder zum Rand der Bahre hin. Ethan legte seine Hände um ihre Taille, hob sie hoch und setzte sie dann sanft auf dem Boden ab. Alles um sie herum wurde grau und schwankte, als sie mit wackeligen Beinen versuchte, sich aufrecht zu halten. Ethan packte sie an den Schultern und hielt sie fest.

»Bist du sicher, dass alles in Ordnung ist?«, fragte er und beugte sich vor, um ihr in die Augen zu sehen.

Izzy nickte. Obwohl sie unglaublich erleichtert war, gerettet worden zu sein, fragte sie sich dennoch, warum er hier war. Sie wollte von ihm wissen, wo Shannon war und ob er von ihrem Plan gewusst hatte. Aber zuerst wollte sie nichts wie raus hier.

»Es tut mir leid!«, entschuldigte sich Alex. »Ich hatte keine Ahnung, was passiert ist! Als sie mich hier rausgezerrt haben, dachte ich, man hätte dich auch rausgebracht. Ich habe nichts mehr gesehen und versucht wegzukommen, aber …« Sie weinte, und die Worte kamen ihr mit einem kurzen, flachen

Keuchen über die Lippen. »Ich wusste nicht, dass du nicht da warst, bis wir wieder draußen waren!«

»Schon okay«, erwiderte Izzy. »Es war nicht deine Schuld. Jetzt lasst uns zusehen, dass wir hier so schnell wie möglich rauskommen.«

»Sie haben die Taschenlampen mitgenommen und mich einfach draußen vor dem Gebäude stehen gelassen«, erzählte Alex. »Ich habe ewig gebraucht, bis ich jemanden gefunden habe, der mir helfen konnte.«

»Komm schon«, sagte Ethan und legte wieder seinen Arm um Izzys Taille. »Lass uns gehen.«

Auf wackeligen Beinen ging Izzy zum Ausgang, wobei sie sich an Ethans Arm festhielt, um das Gleichgewicht zu halten. Sie zitterte so sehr, dass ihre Zähne klapperten, teils vor Kälte, teils vor Erschöpfung und Erleichterung, zum Teil aber auch vor Wut.

»Shannon muss hinter allem stecken«, rief Alex, die ihre Worte vor Wut herunterrasselte. »Sie hat die anderen dazu angestiftet!«

»Das glaube ich auch«, stimmte Izzy ihr zu.

Ethan hielt auf dem Gang inne, öffnete den Reißverschluss seiner Sweatjacke und hielt sie Izzy hin. Diese schob die Arme in die Ärmel und wickelte das viel zu große Kleidungsstück um ihren Körper. Das Sweatshirt war von innen ganz warm und trocken, und der Kragen verströmte den vertrauten Duft von Ethans Parfum. Izzy hätte sich am liebsten das Sweatshirt vors Gesicht gezogen, um den feuchten, faulen Gestank des Kellers auszublenden, doch sie widerstand der Versuchung. Stattdessen lief sie, so schnell sie konnte, weiter den Betongang entlang, so sehr sehnte sie sich danach, die Lungen mit frischer Luft zu füllen.

»Wer hat dich in den Leichenschrank verfrachtet?«, fragte Ethan. »Weißt du das?«

»Josh und Dave«, erwiderte Izzy. »Ganz sicher.«

»Das tut mir wirklich leid«, antwortete Ethan. »Unfassbar, dass sie dir das angetan hat.«

»Deine Freundin ist ein echt durchgeknalltes Miststück!«, befand Alex. »Sie ist da draußen irgendwo und tut gerade ganz besorgt, was mit Izzy passiert ist. Izzy sollte sie anzeigen.«

Am Ende des Gangs schnappte Izzy nach dem Geländer und zog sich die Treppe hinauf. »Auf dich ist sie momentan bestimmt auch nicht gut zu sprechen«, stellte Izzy fest und drehte sich zu Ethan um. »Wenn sie erfährt, dass du nach mir gesucht hast.« Doch Ethan zuckte mit den Schultern. »Wo ist sie jetzt?«

»Alle warten unten am Bootshaus«, erwiderte Alex.

»Bringt mich hin«, bat Izzy.

—

Die Lichtkegel der Taschenlampen hüpften umher und überkreuzten sich, sodass gelbe Lichtstrahlen ein Spalier auf dem schwarzen Rasen bildeten und kurz die verrottenden Dachziegel des alten Bootshauses beleuchteten. Gruppen von Jugendlichen rannten umher, liefen auf und ab und hüpften herum, damit ihnen warm wurde, während sie alle darauf warteten, zu hören, was passiert war. Als Crystal Izzy den Hügel hinunterkommen sah, stürzte sie auf sie zu und lief quer über das Gras. Izzy merkte, wie ihr Gesicht ganz heiß und rot wurde.

»Geht's dir gut?«, fragte Crystal voller aufgesetztem Mitleid. Sie breitete die Arme aus, als wollte sie Izzy umarmen. Izzy lief jedoch an ihr vorbei und suchte die Menge nach Shannon ab.

Endlich entdeckte Izzy sie. Shannon stand mit Josh und Luke zusammen, lachte und unterhielt sich, in der einen Hand ein Bier haltend, in der anderen eine Zigarette. Izzy ging auf sie zu und ignorierte die starrenden Blicke der anderen. Je näher sie Shannon kam, desto größer wurde ihre Wut und blähte sich auf wie ein Ballon, der mit heißer Luft gefüllt war. Normalerweise hätte sie diese hitzigen Gefühle verdrängt, sobald sie aufgetaucht wären. Doch dieses Mal war ihre Wut zu groß, zu massiv, sie nahm alles in Beschlag. Izzy wollte Shannon nicht schlagen, aber sie wollte sie mit dieser Aktion auch nicht einfach davonkommen lassen. Angespannt marschierte sie mit langen, gleichmäßigen Schritten auf sie zu, die Hände zu Fäusten geballt.

Wie in Zeitlupe sah sie, wie sich Shannon zu ihr umdrehte. Ihr Blick war von Alkohol und Schlafmangel getrübt. Als sie Izzy auf sich zulaufen sah, erlosch ihr Lächeln. Shannon öffnete den Mund, doch Josh trat zwischen die beiden und versperrte Izzy den Weg.

»Was, zum Teufel, ist da drüben passiert?«, fragte er Izzy. »Geht's dir gut?«

»Du weißt verdammt genau, was passiert ist«, entgegnete Izzy.

Sie lief um ihn herum und steuerte auf Shannon zu. Shannon wiederum starrte sie nur an. Ihre Lippen zuckten, als versuche sie zu entscheiden, ob sie nun lächeln oder Izzy finster anstarren sollte – zweifellos fragte sie sich gerade, ob alles aufgeflogen war. Doch da Shannon oft genug in dieser Lage gewesen war, wusste sie genau, was sie zu tun hatte. Sie lächelte, und ein Ausdruck gekünstelter Erleichterung machte sich in ihrer Miene breit.

»O mein Gott!«, rief sie. »Geht es dir gut?«

Für den Bruchteil einer Sekunde hätte Izzy beinahe innegehalten und auf dem Absatz kehrtgemacht, da sie wusste, dass Shannon den Ärger einfach nicht wert war. Doch dann brach sich etwas Finsteres in ihrem Kopf Bahn. Izzy stürzte sich auf Shannon, packte sie mit beiden Händen am Kragen und stupste ihre Stirn an Shannons.

»Wenn du mir noch mal blöd kommst«, knurrte sie, »dann wird es dir noch leidtun!« Speichel spritzte von ihren Lippen und landete auf Shannons perfekt sonnengebräunter Wange. Shannon wurde blass, wich zurück und zerrte an Izzys Fingern, um sich aus ihrem Griff zu befreien.

»Nimm deine Hände von mir!«, schrie sie.

»Sag, dass es dir leidtut!«, entgegnete Izzy, die ihre Worte vor Wut nur keuchen konnte.

»Ich hab doch gar nichts getan!«, jaulte Shannon.

»Jetzt sag, dass es dir leidtut, oder ich schlag dich grün und blau!«, brüllte Izzy.

Bevor Izzy wusste, wie ihr geschah, hatte Josh, eine Hand an Izzys Sweatshirt, eine Hand an Shannons Oberarm, Izzy von Shannon weggezogen und zwang sie so auseinander.

»Lass sie in Ruhe!«, warnte er Izzy und hielt sie zurück. »Ich habe keine Ahnung, was drüben passiert ist, aber sie hatte nichts damit zu tun!«

Izzy riss sich von Josh los. »Schwachsinn!«, rief sie und zeigte mit dem Finger auf ihn. »Du weißt genau, was passiert ist! Du hast mich in den Leichenschrank geschoben und mich dann da dringelassen! Und sie hat dich dazu angestiftet!«

»Ich?« Josh zog die Augenbrauen hoch. »Ich habe keine Ahnung, welches Zeug du geraucht hast, aber ich habe dich nicht angefasst! Alex hat losgeschrien, daraufhin sind wir alle rausgerannt. Ich dachte, du wärst gleich hinter uns!«

»Du lügst!«, rief Izzy.

»Du warst nicht bei uns!«, wandte sich Alex an Josh. »Du bist erst ein paar Minuten nach uns rausgekommen, nachdem Luke und Crystal mich losgelassen hatten!«

Shannon stand neben Josh und verschränkte die Arme vor der Brust. »Das ist echt nicht zu fassen. Ich entschuldige mich für alles und bitte um eine zweite Chance, und das ist deine Reaktion? Ich habe keine Ahnung, ob du auf diese Art und

Weise Rache nehmen willst, aber zu behaupten, ich hätte Josh dazu angestiftet, dich in einen Leichenschrank einzusperren, ist schon eine ganz schön heftige Anschuldigung! So was Furchtbares würde ich nie im Leben tun!«

Izzy wollte sich wieder auf Shannon stürzen, doch Josh trat erneut dazwischen und drängte sie ab. Dann tauchte Ethan plötzlich auf. Er ballte die Faust, schlug Josh mitten ins Gesicht und ächzte dabei vor Anstrengung. Als sich Ethan wieder aufrichtete, torkelte Josh rückwärts und fiel mit erhobenen Händen und einer blutigen Nase zu Boden.

»Haltet euch verdammt noch mal von Izzy fern!«, drohte Ethan.

Dave tauchte auf und blinzelte, als sein Blick von Josh zu Ethan wanderte. »Was, zum Teufel, machst du da, Ethan?«, rief er. Ethan holte erneut mit der Faust aus, bereit für einen weiteren Schlag, dieses Mal in Daves Gesicht, doch Izzy packte ihn am Arm und hielt ihn zurück.

»Nicht«, beschwichtigte sie ihn. »Die sind es doch nicht wert.«

Ethan wischte sich mit dem Unterarm über den Mund, keuchte und starrte die anderen an. Dann legte er eine Hand auf Izzys Schulter. »Alles okay mit dir?«, fragte er. Izzy nickte. Dave half Josh auf die Beine. Beide starrten Ethan an und schüttelten die Köpfe.

»Was ist los mit dir?«, fragte Dave.

»Was mit *mir* los ist?«, wiederholte Ethan. »Wann werdet ihr endlich erwachsen und denkt mal über die Konsequenzen eures Handelns nach? Was hättet ihr denn gemacht, wenn Izzy etwas passiert wäre? Wenn sie sich verletzt hätte oder wir sie nicht gefunden hätten?«

»Was, zum Teufel …?«, rief Shannon. »Warum machst du dich so für sie stark? *Ich* bin deine Freundin, schon vergessen?«

Ethan starrte eine Minute lang zu Boden, dann sah er Shannon in die Augen. »Nicht mehr«, entgegnete er und starrte sie finster an, als hätte er etwas Widerliches probiert.

»Wie bitte?«, keifte Shannon. »Was hast du gerade gesagt?«

Ethan holte tief Luft und hielt Shannons Blick stand. »Ich mache Schluss mit dir. Ich kann mit keiner Frau zusammen sein, der es Vergnügen bereitet, anderen Leuten wehzutun. Ich habe nicht den blassesten Schimmer, was in letzter Zeit in dich gefahren ist, aber dieses Mal bist du wirklich zu weit gegangen.«

»*Ich* bin zu weit gegangen?«, kreischte Shannon, der die Stimme versagte. »Du glaubst ihr also mehr als mir?«

»Ich habe deinen Freund Bryan im Leichenschrank gefunden«, erwiderte Ethan. »Er behauptet, du hättest ihn dafür bezahlt.«

»Das stimmt nicht!«, mischte sich Josh ein, der deutlich gedämpft klang. Mit blutiger Hand hielt er sich die Nase. »Sie hatte nichts damit zu tun!«

»Du kannst aufhören, sie beeindrucken zu wollen, Josh«, wandte sich Ethan an ihn. »Sie gehört dir.«

Damit packte Ethan Izzy am Arm, drehte sich um und machte sich auf den Weg zum Ufer. Alex folgte ihnen.

»Sollen wir in die Notaufnahme fahren?«, erkundigte sich Ethan bei Izzy.

»Nein«, schüttelte Izzy den Kopf. »Alles in Ordnung.«

»Komm«, sagte Ethan an Alex gewandt. »Bringen wir sie nach Hause.«

KAPITEL 16
Clara

März 1931

Eine Woche nach ihrer Entlassung aus dem Rookie Pest House wurde Clara erlaubt, in die Gemeinschaft zurückzukehren. Man brachte sie auf einer anderen Station unter und teilte ihr einen Job in der Wäscherei zu, bei dem sie Wäsche sortieren, stärken und bügeln sollte. Der Arbeitsplatz war brütend heiß und die Arbeit selbst sehr anstrengend, doch sie war erleichtert, nicht mehr im Rookie Pest House zu sein, und dankbar für die Chance, aufstehen und einer körperlichen Tätigkeit nachgehen zu dürfen und ihre Muskeln zu spüren. Mehr als alles andere war sie dankbar dafür, nicht mehr rund um die Uhr an ein Bett gekettet zu sein.

Die Frauen in der Wäscherei blieben für sich, mit Ausnahme von Matilda, einer älteren Frau, die sich mit allen unterhielt. Matilda sprach mit einem breiten europäischen Akzent und trug das lange graue Haar zu zwei Zöpfen geflochten. Sie überragte alle um mindestens eine Kopflänge und besaß muskulöse Arme sowie unglaublich große Hände. Matilda brachte die frisch gewaschenen Bettlaken und Kissenbezüge zum Stärken, indem sie schwere Körbe mit nasser Wäsche auf eine Schulter hob und sie dann langsam durch den Raum trug. Wenn sie nicht gerade damit beschäftigt war, schob Matilda Wagen mit zerrissenen Kleidungsstücken in den Nähraum auf der gegenüberliegenden Seite des Korridors. Bei jedem Halt umarmte sie jede einzelne Frau und gab die gleichen Worte wieder.

»Ich höre keine Stimmen. Ich habe keine Halluzinationen. Ich bin nicht verrückt. Ich bin nur nervös.«

Normalerweise war den Patienten nicht erlaubt, sich zu berühren, doch niemand versuchte je, Matilda davon abzuhalten, ihre täglichen Umarmungen auszuteilen. Clara stellte fest, dass sie sich jeden Tag schon darauf freute, Matilda zu sehen und deren starke, warme Arme um sich zu spüren. Es kam ihr wie eine Ewigkeit vor, seit sie jemand zuletzt umarmt hatte, sodass sie jedes Mal ein wenig länger in dieser Umarmung ausharrte. Als Clara ihr einmal dankte, grinste Matilda und sagte, sie sei ja süß. Diese kurze Begegnung entwickelte sich zu einem täglichen Lichtblick für Clara – eine kleine Liebenswürdigkeit an einem so kalten, herzlosen Ort.

Nach zwei weiteren Wochen erlaubte man Clara, jeden Nachmittag eine Stunde lang den Freizeitraum aufzusuchen. Der Raum war lang und schmal, besaß gestreifte Tapeten, Brokatvorhänge und viktorianische Kronleuchter. Patienten saßen auf gepolsterten Sofas oder auf Stühlen mit Sitzen aus Rohrgeflecht und unterhielten sich, starrten vor sich hin oder spielten an Eichentischen Karten oder Brettspiele. In einer Ecke des Raumes kurbelte eine Patientin ein Grammophon an, das immer und immer wieder eine zerkratzte Version von »America The Beautiful« abspielte. Mit der Gestaltung des Raumes beabsichtigte man, eine gemütliche Heimeligkeit auszustrahlen, die sich entspannend auf die Patientinnen auswirken sollte, doch der Raum hatte exakt die entgegengesetzte Wirkung auf Clara. Sie empfand hier alles als den reinsten Hohn – es kam ihr wie ein Versuch vor, die Patientinnen zu beschwichtigen, indem man ihnen vorgaukelte, ihre Bedürfnisse würden hier gestillt, während die Jahre und Monate verflogen. Denn hinter den schönen Vorhängen und der behaglichen Ausstattung waren die Fenster immer noch vergittert, die Türen immer noch abgeschlossen, und es gab immer noch Aufseher, die alles wachsam beobachteten.

Auf der Suche nach einem stillen Plätzchen, an dem man sie in Ruhe lassen würde, schlängelte sich Clara durch die Stühle und Tische hindurch. Plötzlich machte ihr Herz einen Satz. Vor einem Bücherregal saßen Esther und Madeline beisammen: Madeline war nach vorn gebeugt und las Esther vor, die in einem dick gepolsterten Sessel ruhte, den Kopf nach hinten gelehnt und die Augen geschlossen. Clara hatte Madeline nicht mehr gesehen, seit sie in der Küche hingefallen war und die Wehen eingesetzt hatten. Und Esther hatte sie zuletzt bei ihrem gemeinsamen Spaziergang gesehen, als sie am Rookie Pest House vorbeigekommen waren. Clara eilte zu ihnen und kniete sich neben Esthers Sessel.

»Ich freue mich so, euch wiederzusehen!«, flüsterte sie.

Madeline ließ das Buch in den Schoß sinken, riss die Augen weit auf und starrte sie an. »Clara!«, rief sie. »Wo warst du die ganze Zeit?«

Clara sah zu Esther hinüber, um zu sehen, wie sie reagierte, doch sie schlief. Von Nahem betrachtet sah Esthers Gesicht blasser aus, als Clara es in Erinnerung hatte, und dunkle Ringe hatten sich um die faltige Haut unter ihren Augen gebildet. Sie sah um zehn Jahre gealtert aus, die Filmstarzüge schienen ihr vom Gram und dem Aufenthalt in Willard genommen worden zu sein. Alles nur, weil sie einen anderen Mann geküsst hatte. Clara schluckte und hatte Mühe, die Sprache wiederzufinden.

»An jenem Tag in der Küche haben die Wehen eingesetzt«, erklärte sie. »Man hat das Baby und mich mehrere Monate auf der Krankenstation behalten. Aber dann …« Ihr blieb die Stimme weg, als sie versuchte, trotz des brennenden Kloßes in ihrem Hals zu sprechen.

»Wo ist dein Baby?«, fragte Madeline leise. Ihre Augen wurden glasig, und sie klammerte sich derart am Buchrand fest, dass ihre Knöchel weiß hervortraten.

»Sie haben es mir weggenommen«, brachte Clara mühsam hervor. »Eine Frau kam herein und hat mir mein Baby weggenommen.« Dies war das erste Mal, dass sie es laut aussprach. Plötzlich wurde ihr schwindelig und schlecht. Sie stand auf und zog einen Stuhl heran, während sie sich Tränen von den Wangen wischte.

»O nein. Ich hatte gehofft, du wärst entlassen worden oder deine Eltern hätten dich nach Hause geholt. Jedenfalls habe ich mir das eingeredet. Ich hätte es nicht ertragen, wenn dir etwas Schlimmes zugestoßen wäre, nachdem du mich verteidigt hattest. Aber jetzt haben sie dir dein Baby genommen …« Sie senkte den Kopf und schniefte. Dicke Tränen tropften ihr von der Nasenspitze herunter.

Clara drückte Madelines Hand. »Schon gut«, sagte sie. »Irgendwann werde ich meine Tochter wiedersehen. Ich weiß nicht, wann oder wie, aber ich werde sie wiedersehen. Für den Augenblick muss ich mich daran festklammern und hier das tun, was man mir sagt. Und irgendwie muss ich Dr. Roach davon überzeugen, dass ich geheilt bin.«

Madeline hob den Kopf. Sie biss sich auf die Unterlippe und fing an, an der Haut an ihrem Daumen herumzuzupfen.

»Was ist?«, hakte Clara nach. »Was ist los?«

Madeline warf einen Blick auf Esther. »Sei vorsichtig«, warnte sie leise. »Dr. Roach hat ihr das hier angetan.«

Clara drehte sich zu Esther um und sah sie an. »Was hat er ihr angetan? Was ist mit ihr? Ich dachte, sie schläft?«

»Das tut sie auch«, erwiderte Madeline. »Nur macht sie nichts anderes mehr. Dr. Roach hat sie immer wieder nach Details rund um ihre Affäre gefragt. Ihr Ehemann hatte beschrieben, sie habe sich wie eine ordinäre Hure verhalten. Für Dr. Roach bestand der einzige Weg, sie zu heilen, darin, dass sie ihm alles erzählen sollte. Er wollte wirklich jedes Detail wissen. Zuerst hat sie sich geweigert, doch Dr. Roach hat ihr erklärt, sie niemals zu entlassen, wenn sie sich nicht kooperativ zeige. Nachdem sie schließlich eingewilligt und ihm alles erzählt hatte, wollte er, dass sie alles mit ihm machen sollte, was sie mit ihrem Liebhaber getan hatte. Er wollte sie dazu zwingen, Sex mit ihm zu haben.«

Clara presste vor Wut die Lippen aufeinander. »Hat er ihr wehgetan?«

Madeline schüttelte den Kopf. »Er hat versucht, sie mit Gewalt dazu zu zwingen, aber sie hat ihn getreten«, erwiderte Madeline und deutete auf ihren Schritt. »Du weißt schon, wohin. Eine Woche später war sie einfach verschwunden. Nachdem sie dann endlich wieder auf die Station zurückkehrte, erklärte uns Schwester Trench, sie habe sich in einem durch eine Insulinschocktherapie ausgelösten Koma befunden. Esther ging es zwar gut, aber sie war richtig, richtig müde. Sie ließen sie eine ganze Weile im Bett liegen. Aber dann ist etwas passiert. Sie sagt, ein Mann sei auf die Station gekommen. Ich glaube, er hat ihr Angst gemacht.«

Clara runzelte die Stirn. »Ein Mann kam auf die Frauenstation? Wie ist das möglich?«

»Er gehörte zu den Schreinern. Sie reparierten ein Loch in der Decke oder bauten eine neue Tür ein. Ich bin mir nicht sicher.«

»Er hat ihr aber nichts getan, oder?«

»Nein«, antwortete Madeline. »Ich glaube nicht. Aber danach hat Esther immer wieder gefragt, wo du bist. Sie wollte damit gar nicht mehr aufhören. Sie hat immer wieder gefragt: ›Wo ist Clara? Wo ist Clara?‹«

Verdutzt richtete Clara sich auf. »Ich?«, fragte sie. »Warum sollte sie nach mir fragen?«

Madeline schüttelte den Kopf. »Keine Ahnung. Wir beide

haben uns gefragt, wo du wohl bist, aber das hier war etwas anderes. Sie war richtig außer sich. Als hinge ihr Leben davon ab, dich zu finden. Sie hat alle gefragt, wo du bist. Danach hat Dr. Roach ihr dann ein Medikament verordnet, das dazu führt, dass sie nur noch schlafen wollte. Und wenn sie schläft, ist es, als sei sie tot. Wenn sie lange genug wach ist, um zu reden, will sie mir nichts erzählen. Sie hat Angst, dass sie es vergessen wird, wenn sie mir davon berichtet. Das war jetzt vor mehr als zwei Monaten.«

Clara sah Esther an. »Wird sie reden können, wenn wir sie wecken?«

»Möglicherweise«, erwiderte Madeline. »Manchmal klappt es, manchmal nicht. Es kommt auf die Uhrzeit an.«

Clara legte eine Hand auf Esthers Arm und rüttelte ihn sanft. »Esther?«, rief sie. »Esther, kannst du mich hören?«

Ganz leicht drehte Esther den Kopf. Madeline rutschte auf ihrem Stuhl nach vorne und sah sich verstohlen im Raum um, ob jemand sie beobachtete. Der Aufseher, der für den Freizeitraum verantwortlich war, saß an einem Schreibtisch und las eine Zeitschrift. Madeline nahm Esthers Hände und zog sanft an ihnen.

»Esther«, rief sie. »Wach auf! Clara ist hier und will mit dir reden!« Esthers Oberkörper beugte sich vor, doch ihr Kopf sackte nach hinten, und die Augen blieben geschlossen. Madeline hörte auf, an den Händen zu ziehen, und ließ Esther wieder in die Kissen zurücksinken. »Hast du mich gehört, Esther? Clara ist hier. Sie sitzt direkt neben dir!«

»Esther!« Clara hatte Mühe, nicht zu brüllen. Sie rückte näher und beugte sich über die Armlehne des Sessels, sodass sie sich direkt neben Esthers Ohr befand. »Ich bin's, Clara! Madeline hat gesagt, du willst mit mir reden. Worum geht es? Was willst du mir sagen?«

Esthers Lider flatterten, und sie hob den Kopf vom Kissen.

»Es klappt!«, freute sich Madeline. »Wach auf, Esther! Clara ist hier. Erinnerst du dich an Clara?«

Endlich blinzelte Esther und machte die Augen auf. Sie musterte Madeline, kniff die Augen zusammen, schlug die Hände vors Gesicht und holte tief Luft.

»Esther«, ergriff Clara das Wort. »Warum hast du Dr. Roach gefragt, wo ich bin? Musst du mir etwas sagen?«

Esther ließ die Hände in den Schoß sinken und drehte sich langsam zu Clara um, ein dünner Speichelfaden hing von ihrer Unterlippe herunter. »Wo ist Clara?«, fragte sie. Sie sprach langsam und lallte ein wenig.

»Ich bin hier«, erwiderte Clara. »Mach die Augen auf, und sieh mich an. Ich bin hier!«

Esther zwang sich, die Augen zu öffnen und sich auf Claras Gesicht zu konzentrieren. Esthers Augen waren blutunterlaufen, die Iris trüb. »Clara! Ein Mann war auf der Station.«

»Ich weiß«, erwiderte Clara. »Madeline hat mir davon erzählt.«

»Ich habe geschlafen, aber er hat mich geweckt.«

»Was ist geschehen?«, fragte Clara. »Hat er dir etwas angetan? Hat er dir wehgetan?«

Esther schüttelte den Kopf. »Er hat mich an der Schulter gepackt und geschüttelt, das hat mir Angst gemacht. Aber dann hat er nach dir gefragt. Er hat mich gefragt, ob ich dich kenne.«

Claras Herz raste los wie eine Herde wild gewordener Pferde. Sie presste die Fingernägel in ihre Handflächen. »Wie sah der Mann aus? Hat er dir seinen Namen genannt?«

»Dunkles Haar. Braune Augen.« Esther schloss die Augen, und Clara befürchtete einen Moment lang, dass sie wieder einschlafen würde. Doch dann umspielte der Hauch eines Lächelns Esthers Lippen. »Sehr attraktiv.«

Clara bekam kaum Luft. »Esther«, rief sie. »Was hat dir der Mann gesagt?«

Esther schluckte und blinzelte. »Sag Clara, dass ich jetzt bei den Schreinern arbeite. Sag ihr, dass ich gekommen bin, um sie zu holen.«

»Wer?« Clara standen die Härchen auf ihren Armen zu Berge. »Wer ist gekommen, um mich zu holen? Wie war sein Name, Esther?«

»Bruno«, erwiderte Esther. »Bruno ist hier, um dich zu holen.«

KAPITEL 17
Izzy

Am nächsten Morgen, nachdem Izzy in den Leichenschrank gesperrt worden war, krabbelte sie aus ihrem Schlafsack und stolperte in Alex' Bad. Ihre Gelenke waren steif und die Muskeln verspannt, als wäre sie in eine Schlägerei geraten. Sie wusch sich das Gesicht und warf einen Blick in den Badezimmerspiegel. Ihr Blick war verschleiert, das Haar zerzaust. Als sie sich auf die Toilette setzte, fiel ihr zum ersten Mal auf, dass ihre Knie völlig zerkratzt waren und sie dort Prellungen hatte. Dunkelblaue Blutergüsse überzogen auch die Ellbogen und die Unterarme, die Haut an ihren Knöcheln war zerfetzt und blutig. Sogar ihre Zehen waren lila verfärbt. Plötzlich überkam sie wieder das Gefühl, eingesperrt zu sein, aber sie verdrängte es schnell, stand von der Toilette auf und ging zum Fenster hinüber. Der heutige Tag war grau und verregnet, was zu ihrer mürrischen Laune passte.

Wenigstens hatten sie beschlossen, zu Alex zu gehen, anstatt die vergangene Nacht am See zu verbringen. Sie wären klatschnass geworden, ganz zu schweigen von dem Drama, das sich abgespielt hätte, wenn Shannon auf sie gestoßen wäre. Außerdem hatte Izzy unaufhörlich gezittert, seitdem sie aus dem Leichenschrank befreit worden war. Ihr dünner Schlafsack hätte nicht ausgereicht, um sie aufzuwärmen. Auf dem Weg in die Stadt zurück hatte sie die Heizung in Alex' altem BMW so weit aufgedreht, bis Alex und Ethan kaum noch Luft bekommen hatten.

Nach einem kurzen Frühstück, das aus Orangensaft und Rice Krispies bestand, setzte Alex Izzy vor der Einfahrt ihrer Pflegeeltern ab und versprach, später vorbeizukommen, um mit ihr einen Film anzuschauen. Trotz ihrer schlechten Laune war Izzy Alex für ihre Versuche dankbar, sie von den Geschehnissen in Willard abzulenken. Es regnete, darum zog Izzy den Kopf ein und lief die gepflasterte Einfahrt hoch, wobei sie einen Bogen um die wachsenden Pfützen machte. Sie sah immer noch Ethan bildlich vor sich, wie er am Bordstein gestanden und sich durch das offene Beifahrerfenster hereingebeugt hatte, als sie ihn letzte Nacht vor seinem Haus abgesetzt hatten. Zuerst hatte Izzy befürchtet, er wollte sie küssen, und war zurückgewichen. Dann war ihr klar geworden, dass er einfach nur Tschüss sagen wollte, woraufhin sich ihr Gesicht vor Verlegenheit dunkelrot gefärbt hatte. Zum etwa hundertsten Mal hatte er sie dann gefragt, ob es ihr gut gehe, und darauf bestanden, dass sie sein Sweatshirt bis Montag behielt, doch sie hatte sich geweigert. Alles ging so schnell, er sollte nicht denken, sie sei schon so weit, seine Freundin zu werden, nur weil er mit Shannon Schluss gemacht hatte. Eigentlich bezweifelte sie sogar, ob sie jemals dazu bereit wäre, seine Freundin zu sein. Sie war sich unschlüssig, ob sie jemandem vertrauen konnte, der bei Shannons miesen Streichen mitgemacht hatte. Dennoch behielt sie den Green-Day-Pin, den sie in der Tasche seines Sweatshirts gefunden hatte. Jetzt strich sie mit dem Daumen darüber und holte tief Luft, bevor sie die Tür zu Pegs Küche aufstieß.

Sonntagsmorgens machte Harry normalerweise Pfannkuchen, und alle drei saßen bis mittags im Schlafanzug beisammen, lasen Comics und lösten Kreuzworträtsel. Der Sonntag war Izzys Lieblingstag. Die wenigen Stunden, in denen sie zusammen lachten, sich miteinander unterhielten und Peg und Harry ihr bei den Hausaufgaben halfen, verliehen Izzy das

Gefühl, als sei sie Teil einer echten Familie. Beim Gedanken an den knusprigen Speck und die fluffigen Buttermilchpancakes, die mit klebrigem Ahornsirup bedeckt waren, knurrte ihr Magen. Doch als sie die Küche betrat, saßen Peg und Harry angezogen am Esstisch, hatten Kaffeebecher in den Händen, und die Sonntagszeitung lag sauber und ordentlich gefaltet zwischen den Tischsets. Erschrocken sah Peg auf, ihre Lippen waren zu einer harten, schmalen Linie zusammengepresst. Harry drehte sich auf seinem Stuhl um und sah Izzy mit ernstem Blick an.

Izzy rutschte das Herz in die Hose. Sie mussten von der Party am Strand erfahren haben. Izzy hatte die beiden angelogen und behauptet, bei Alex zu übernachten, und jetzt würden sie ihr mitteilen, ihre Koffer zu packen. Das hatte sie im Gefühl. Sie ließ ihre Tasche von der Schulter rutschen, setzte sich hin und wartete mit angehaltenem Atem, während sie das Bild von Präsident Clinton und Monica Lewinski auf der Titelseite anstarrte.

»War es gestern Abend schön?«, fragte Peg und bemühte sich zu lächeln.

»Es war okay«, erwiderte Izzy und fragte sich, ob sie gerade auf die Probe gestellt wurde. Sie beschloss, den beiden reinen Wein einzuschenken. »Aber ich –«

»Wir müssen dir etwas sagen«, wurde Izzy von Harry unterbrochen. Er schob sich die Brille auf der Nase hoch und wischte sich dann die Hände an der Hose ab. Peg rutschte unruhig auf ihrem Stuhl herum. Ihre Knöchel traten weiß hervor, so fest klammerte sie sich an ihren Kaffeebecher.

»Zuerst die gute Nachricht«, verkündete Peg. Ihre Stimme zitterte, und sie räusperte sich. Izzy starrte sie an, während ein heißer Kloß in ihrem Hals drohte, sie zu ersticken. Was konnte Peg schon sagen, um den großen Knall abzuschwächen? »Ich habe eine Krankenschwester gefunden, die früher in Willard gearbeitet hat. Wir können sie besuchen und mit ihr reden, wenn du magst.«

Izzy nickte. Ihr Herzschlag beschleunigte sich. »Meinst du, sie weiß etwas darüber, was mit Clara passiert ist?«, brachte sie mühsam über die Lippen. »Oder mit ihrer Tochter?«

»Ich weiß es nicht«, erwiderte Peg. »Aber das werden wir sie fragen. Wenn sie es nicht wissen sollte, werden wir versuchen, das gemeinsam herauszufinden. Versprochen.«

Gemeinsam. Izzy kamen die Tränen. Peg hatte gesagt, sie würden versuchen, das *gemeinsam* herauszufinden. Sie wollten sie also doch nicht fortschicken. Izzy holte tief Luft und atmete aus, wobei sich eine Woge der Erleichterung in ihr ausbreitete. Doch dann sah Harry zu Peg hinüber, als suche er Bestärkung.

»Da ist aber noch was«, sagte er und runzelte die Stirn. »Es geht um deine Mutter.«

Izzy versteifte sich. Harry und Peg erwähnten nur selten ihre Mutter. Was auch immer Harry ihr in Bezug auf sie sagen wollte: Es musste etwas Schlimmes sein. Etwas richtig Schlimmes. Sie konnte es ihnen ansehen.

»Was ist mit ihr?«, fragte Izzy, deren Magen sich verkrampfte. Peg legte sanft ihre Hand auf Izzys. Izzy selbst merkte, wie sich in ihrem Kopf etwas bewegte, als würde ihr Gehirn sich abstützen und auf einen Schock vorbereiten.

»Sie hatte letzte Nacht einen Schlaganfall«, erklärte Harry. »Sie lag in ihrer Zelle, und erst heute Morgen hat man sie entdeckt.«

Izzy schluckte.

»Es tut mir so leid«, sagte Peg, der Tränen in den Augen standen. »Sie liegt im Koma, und die Ärzte glauben nicht, dass sie durchkommt.«

Izzy starrte Peg an und versuchte, Worte zu bilden. Ihre Zunge fühlte sich wie Blei an, die Lippen schwer und nutzlos über den Zähnen. Peg streichelte Izzys Hand, doch ihre weichen Finger blieben an ihren geschundenen Knöcheln hängen. Peg sah auf Izzys Hand hinunter und keuchte.

»Was ist passiert?«, fragte sie.

Izzy zog die Hand zurück und ballte in ihrem Schoß eine Faust. »Nichts. Ich bin hingefallen, als ich Alex' Rollerblades ausprobiert habe.« In einem Teil ihres Verstandes war sie überrascht, wie leicht ihr die Lüge über die Lippen kam. Was hatte sich von gestern auf heute verändert? Sie packte ihre Tasche, stand auf und schob den Stuhl unter den Tisch.

»Alles in Ordnung mit dir?«, hakte Harry nach. »Willst du wissen, was die Ärzte gesagt haben?«

Izzy schüttelte den Kopf; ihr Körper war wie betäubt. »Ähm … nicht jetzt«, antwortete sie.

»Wir können dich morgen nach der Schule zu ihr bringen«, bot ihr Peg an. »Das heißt, wenn du willst.«

Izzy vergrub die Fingernägel in der Rückseite der Rückenlehne. *Wozu sollte das gut sein?*, fragte sie sich. »Ich bin wirklich müde«, stellte sie fest. »Wenn es für euch okay ist, gehe ich jetzt kurz duschen und lege mich dann aufs Ohr.«

»Soll ich dir vorher noch was zu essen machen?«, erkundigte Peg sich.

»Ich könnte Pancakes machen, wenn du Hunger hast«, fuhr Harry fort.

Izzy schüttelte den Kopf und verließ das Zimmer. Ihre Beine fühlten sich wie Gummi an. Auf halbem Weg die Treppe hinauf wurde sie langsamer und hielt sich am Geländer fest. Ihr Herz wummerte, als sie sich mühsam hinaufzog. Auf der obersten Stufe angekommen, drehte sich der Flur vor ihren Augen. Izzy packte den Treppenpfosten und wartete darauf, dass ihr Gleichgewichtssinn wiederkehrte. Nach einer sehr langen Minute lief sie in ihr Zimmer, warf die Tasche zu Boden und eilte ins Bad.

Izzy riss den Toilettendeckel hoch und erbrach die Rice

Krispies, die sie bei Alex gegessen hatte, und würgte noch einige Male, bis es sich anfühlte, als würde gleich ihre Speiseröhre herauskommen und sich zu einer blutigen Spirale am Boden der Toilettenschüssel winden. Irgendwann konnte sie Luft holen, ohne dabei würgen zu müssen. Immer wieder spuckte sie in die Toilette, wischte sich dann den Mund ab und richtete sich auf. Eine noch halb gefüllte Coladose stand am Rand des Waschbeckens. Izzy trank den Rest der abgestandenen Cola und hoffte inständig, dass die Flüssigkeit den bitteren, herben Geschmack aus ihrem Mund wegwaschen würde.

Da ihr immer noch schwindelig war, taumelte sie in ihr Zimmer und ließ sich aufs Bett fallen. Dort rollte sie sich auf die Seite und presste ihr Kissen fest vor die Brust. Um die Tränen aufzuhalten, kniff sie die Augen fest zusammen, doch es war sinnlos. Zehn Jahre lang hatte sie zu viel Angst gehabt, ihre Mutter im Gefängnis zu besuchen. Sie hatte sich davor gefürchtet, dass ihrer Mutter der Wahnsinn anzusehen war und sie sich auch so verhielt oder erst gar nicht wissen würde, wer Izzy war. Doch jetzt gab es nichts, was sie sich *mehr* wünschte, als ihre Mutter zu sehen. Tief in ihrem Inneren hatte Izzy immer darauf gehofft, dass einmal der Tag kommen würde, an dem ihre Mutter geheilt oder alle Anklagepunkte fallen gelassen würden. Vielleicht würde sich wie durch ein Wunder herausstellen, dass der Mord an ihrem Vater ein großes Missverständnis gewesen war. Vielleicht hatte ein Einbrecher ihn erschossen. Und Izzys Mutter, die den gewaltsamen Tod ihres Mannes hatte mit ansehen müssen, hatte vorübergehend den Verstand verloren. Wenn die Wahrheit ans Tageslicht käme, würde man ihre Mutter freilassen, und sie und Izzy könnten wieder eine Familie sein. Über die Jahre hinweg hatten sich Hunderte verschiedene Szenarien in Izzys Kopf abgespielt, doch sie hatte sie alle verdrängt, da sie in ihren Augen nichts weiter waren als die unmöglichen Phantasien eines verzweifelten kleinen Mädchens. Jetzt war es endgültig. Keine dieser Möglichkeiten würde sich je bewahrheiten. Izzy würde ein Waisenkind werden. Die Chance, jemals wieder eine echte Mutter zu haben – wie verschwindend klein sie auch gewesen sein mochte –, gab es nun nicht mehr.

Mit bebenden Schultern und selbst überrascht von der Intensität ihrer Gefühle, biss sie ins Kissen hinein. Sie hatte so lange den Kopf hochgehalten und sich zusammengerissen, dass sie sich selbst eingeredet hatte, unverwundbar zu sein. Doch jetzt brach alles zusammen. Izzy hatte gewusst, dass sich eines Tages alles verändern würde. Aber jetzt doch noch nicht, nicht jetzt und nicht auf diese Art und Weise! Angesichts ihrer Tränen musste sie blinzeln, hob dann den Kopf und sah zur Kommode hinüber. Die Karten und Briefe ihrer Mutter befanden sich immer noch dort, hineingestopft in einen braunen Umschlag, versteckt hinter den Socken und der Unterwäsche.

Izzy setzte sich auf und wischte sich die Tränen fort, während ihr das Herz bis zum Hals klopfte. Sollte sie die Briefe nun lesen? Könnte es alles besser machen – oder sehr viel schlechter? Sie dachte an die Umschläge in Claras Koffer. Claras Leben hätte vielleicht einen anderen Verlauf genommen, wenn die Briefe abgeschickt worden wären und Bruno die Gelegenheit gehabt hätte, sie zu lesen. Vielleicht hätte er Clara aus der Nervenheilanstalt von Long Island befreit, bevor sie nach Willard gekommen wäre. Vielleicht hätten sie geheiratet, eine Familie gegründet und glücklich und zufrieden bis ans Ende ihrer Tage gelebt.

Jetzt fragte Izzy sich, ob möglicherweise alles anders gewesen wäre, wenn sie die Briefe ihrer Mutter gelesen hätte. Waren die Antworten auf die Fragen, nach denen sie so lange gesucht hatte, die ganze Zeit über direkt vor ihrer Nase gewesen? Izzy wurde schlecht. Aber ganz gleich, was in den Briefen stand: Jetzt war es zu spät, um etwas zu ändern. Dennoch musste sie die Wahrheit erfahren. Entweder würden die Briefe ihrer Mutter ein Bild von der Frau zeichnen, die sie einmal gewesen war, voller grenzenloser Liebe und Zuneigung, oder ein für alle Mal beweisen, dass sie wirklich verrückt war.

Izzy stand auf, kramte die Briefe aus dem hinteren Teil ihrer Schublade hervor und ließ sich im Schneidersitz aufs Bett nieder. Sie betrachtete den ausgebeulten Briefumschlag eine Weile, dann öffnete sie den Metallclip, klappte den Falz nach oben um und ließ die Karten und Briefe herausfallen. Der Haufen von Umschlägen in verschiedenen Größen und Farben erinnerte sie an den Valentinstag in der Grundschule, als jeder immer Karten von allen Klassenkameraden bekommen hatte. Sie hatte sich stets gefragt, ob sie wohl genauso viele Valentinskarten wie die anderen Kids bekommen hatte.

Einen Umschlag nach dem anderen drehte Izzy um, prüfte den Poststempel und brachte die Briefe in eine chronologische Reihenfolge. Sie wollte sie jahresweise lesen und mit den ersten Monaten nach der Inhaftierung beginnen. Zuerst hatte ihre Mutter ihr jeden Monat einen Brief geschrieben. Mit der Zeit dann hatte es sich auf drei oder vier Briefe pro Jahr reduziert. Izzy nahm an, dass es sich dabei neben den normalen Briefen auch um Geburtstags- und Weihnachtskarten handelte. Alle besaßen die gleiche Absenderadresse: Bedfort, Staatsgefängnis.

Izzy holte tief Luft, nahm den ersten Brief zur Hand, der mit dem Poststempel »Juli 1986« versehen war – einen Monat zuvor war ihre Mutter zu einer Gefängnisstrafe verurteilt worden –, und riss den Umschlag auf. Jetzt oder nie. Sie presste eine Hand auf ihre zitternden Lippen und las.

Hallo, Baby,
wie geht es Dir? Ich hoffe, Dir geht es gut. Ich vermisse Dich so! Du sollst wissen, dass es mir wirklich leidtut, was mit Deinem Vater passiert ist. Ich weiß, dass Du im Augenblick nicht verstehst, was geschehen ist, aber irgendwann werde ich es Dir erklären, versprochen. Es tut mir leid, dass ich so lange krank war und nicht für Dich da sein konnte. Als es mir dann besser ging, war es zu spät. Ich kann mir vorstellen, wie traurig und verwirrt Du sein musst, Baby. Und das tut mir unendlich leid. Bitte komm und besuch mich. Ich vermisse Dich so, dass es mir fast das Herz zerreißt. Sei lieb zu Deiner Großmutter. Bis bald. Ich liebe Dich bis zum Mond und zurück!
Tausend Küsse, Mommy

Izzys Augen brannten. Ich liebe dich bis zum Mond und zurück. Ihre Mutter hatte das jeden Abend gesagt, wenn sie Izzy ins Bett gebracht hatte, bevor sie das Licht gelöscht hatte und in den Flur geschlüpft war. Izzy hatte es ganz vergessen. Sie riss den nächsten Umschlag auf: eine Geburtstagskarte.

Auf der Karte stand »Alles Liebe für eine süße Achtjährige!« In die Karte hatte ihre Mutter hineingeschrieben: »Vermisse und liebe Dich bis zum Mond und zurück.« *Wo kauft eine Gefängnisinsassin Geburtstagskarten?*, fragte Izzy sich. Der nächste Brief glich dem vorherigen – ein Brief an ein achtjähriges Mädchen, dessen Leben auf den Kopf gestellt worden war. Weitere Entschuldigungen und Bitten um Besuche. Irgendwann hörte Izzys Mutter auf, in ihren Briefen um einen Besuch zu bitten, sondern schrieb ihr all die Dinge, die sie ihr am liebsten von Angesicht zu Angesicht erklärt hätte, alle Ratschläge, die sie ihrer einzigen Tochter mit auf den Weg geben wollte. Izzy musste sich immer wieder daran erinnern zu atmen und wartete darauf, jenen einen Satz zu finden, jene Wortgruppe, die die Geisteskrankheit ihrer Mutter bestätigen würde. Bislang hatte Izzy jedoch nichts dergleichen gefunden. Was ebenfalls nirgendwo aufgetaucht war, war ihr Vater. Er wurde nirgendwo erwähnt, ganz so, als hätte es ihn niemals gegeben.

Izzy merkte, wie sich kalte Scherben des Bedauerns in ihrer Brust bildeten. Hatte sie die ganze Zeit falschgelegen? Hatte sie all die Jahre mit ihrer Angst vergeudet? Auf dem Papier klang ihre Mutter absolut normal. Je mehr Izzy las, desto mehr fühlte es sich an, als würde sie sie ein zweites Mal verlieren. Und dennoch war sie einer Erklärung für das, was damals passiert war, kein Stück näher gekommen als vor zehn Jahren.

Gegen fünfzehn Uhr hatte Izzy fast vierzig Briefe gelesen. Peg war mehrere Male zu ihr hinaufgekommen, hatte sanft an die Tür geklopft und gefragt, ob alles in Ordnung war, ob sie ihr etwas zu essen oder zu trinken bringen sollte. Jedes Mal hatte Izzy abgelehnt, erklärt, dass sie allein sein müsse, und Peg für das Angebot gedankt. In Wahrheit aber hätte Izzy keinen Bissen heruntergebracht. Ihr Magen fühlte sich übersäuert an, als sei dort alles in Wallung.

Eine Stunde später verschwammen ihr die Worte vor den Augen, und es fiel ihr immer schwerer, nicht einzuschlafen. Der Brief, den sie in Händen hielt, hatte zusammengefaltet in der Karte zu ihrem dreizehnten Geburtstag gelegen, und die Knickkanten erschwerten es ihr zusätzlich, ihn zu lesen. Izzy beschloss, noch diesen letzten Brief zu lesen, kurz zu duschen und sich dann etwas auszuruhen. Im nächsten Moment jedoch stockte ihr der Atem, und sie setzte sich mit einem Ruck auf. Sie las die Worte noch einmal.

Ich habe Deinen Vater erschossen, weil ich ihn in Deinem Zimmer dabei erwischt habe, wie er Dinge getan hat, die ein Vater seiner Tochter nicht antun sollte. Es tut mir leid, dass ich Dir das nicht früher erzählt habe, aber ich wollte damit warten, bis Du alt genug bist, um zu verstehen, was zwischen einem Mann und einer Frau passiert. Mach Dir keine Sorgen, Süße. Ich habe ihn aufgehalten, bevor er zu weit gehen konnte.

Izzy ließ den Brief sinken und presste die Hände vor den Mund. Säure stieg in ihrem Hals auf. Nein, das konnte nicht sein! Sie träumte nur schlecht! Wer erklärt denn schon seiner Tochter an deren dreizehntem Geburtstag, dass sich ihr Vater an ihr vergangen hat? Ihre Mutter musste lügen! Und sie war doch verrückt! Izzys Vater hätte niemals so etwas Schreckliches getan, oder? Zitternd rollte Izzy sich zusammen, zog die Beine an die Brust, starrte eine einzelne Rose auf der Tapete an. Ihr verschwommener Blick füllte sich mit pulsierenden roten Rosenblättern, die aussahen wie eine lebendige Zeichnung ihres gebrochenen, blutenden Herzens.

Mit voller Gewalt kehrte plötzlich ihr Albtraum zurück; die verschwitzte Hand des Dämons zwischen ihren Beinen, der bleierne Arm, der sie niederdrückte. Der Dämon setzte sich auf und grinste, eine seltsame Mischung aus Ekel und Verzückung verzerrten seine Gesichtszüge zu einer Angst einflößenden Maske. Dann verwandelte sich die Maske in ein menschliches Gesicht, und Izzy erkannte den Dämon wieder. Es war ihr Vater.

Izzy stürzte aus ihrem Bett, rannte ins Bad und fiel vor der Toilette auf die Knie. Ihre Brust und der Magen schmerzten, als sie immer wieder würgen musste. Irgendwann schaffte sie es, wieder zu Atem zu kommen, lehnte sich an die Badewanne und presste die Handflächen vor die Augen. Heiße Panik, die in Wogen kam, brannte in ihrem Hals und der Brust und pulsierte rund um ihr Herz wie elektrische Spannung. Jeder Zentimeter ihrer Haut war mit einer kribbelnden Gänsehaut überzogen, und sämtliche Muskeln in ihren Armen und Beinen zitterten. Izzy versuchte, tief einzuatmen und ganz langsam wieder auszuatmen. Alles um sie herum drehte sich, als ihr klar wurde, dass alles, woran sie geglaubt hatte, eine Lüge gewesen war. Eine Lüge, die sie ganz allein erschaffen hatte.

Ihre Mutter hatte ihr Leben und ihre Freiheit geopfert, um sie zu schützen. All die Jahre lang hatte Izzy ihre Mutter für geistesgestört gehalten, ihren Vater als einen liebevollen Mann angebetet, der den höchsten Preis für den Wahnsinn seiner Frau gezahlt hatte. All diese Jahre waren vergeudet, da sie nie den Mut gefunden hatte, mit ihrer Mutter zu sprechen!

Dann machte es in Izzys Kopf *klick* wie bei einem riesengroßen Puzzle, in das das letzte Puzzlestück eingefügt wurde. Plötzlich ergab alles einen Sinn. Ihre Mutter war immer schon überfürsorglich gewesen, hatte sie immer beschützen wollen. Einmal, als sie im Supermarkt waren, hatte Izzy den Einkaufswagen losgelassen, als ihre Mutter gerade Melonen begutachtete. Izzy hatte sich nur wenige Schritte entfernt, war am Ende der Reihe lediglich um die Ecke gebogen, um sich dort ausgestelltes Spielzeug anzuschauen. Doch als ihre Mutter Izzy nicht mehr sah, schrie sie immer und immer wieder Izzys Namen – laut genug, dass sogar das Personal herbeigeeilt kam. Izzy lief in die Obst- und Gemüseabteilung zurück und tippte ihrer Mutter an den Ellbogen. Mit angsterfülltem Blick sah sie ihre Mutter an, aus lauter Panik, sie könnte den Verstand verloren haben. Ihre Mutter fiel schluchzend auf die Knie und ermahnte Izzy, nie, nie wieder von ihrer Seite zu weichen.

Zu erleben, wie der eigene Ehemann sich an ihrem kleinen Mädchen verging, hätte Izzys Mutter den Rest gegeben. Das wäre wohl bei den meisten Müttern der Fall gewesen, aber sicher hätten die meisten von ihnen die Polizei gerufen und nicht den Ehemann mit seiner eigenen Jagdflinte erschossen. Doch zumindest verstand Izzy nun, was passiert war.

In ihrem Brief gab Izzys Mutter zu, dass es falsch gewesen

war, ihren Ehemann zu erschießen, und dass sie für einen Augenblick die Kontrolle verloren hatte. Ihr war vollkommen klar, warum sie bestraft wurde. Ihr Anwalt hatte den Richter nicht dazu bewegen können, Nachsicht walten zu lassen, da es keinerlei Beweis dafür gab, dass Izzys Vater tatsächlich etwas Strafbares getan hatte. Izzys Mutter wiederum hatte sich geweigert, Izzy einer körperlichen Untersuchung unterziehen zu lassen, und hatte sich stattdessen dafür entschieden, ihre eigene Freiheit zu opfern. Sie war fest davon überzeugt, irgendwann auf Bewährung aus dem Gefängnis zu kommen und dann mit Izzy wieder vereint zu sein.

Izzy kaute auf ihrer Unterlippe herum. All die Jahre lang war die Wahrheit schwarz auf weiß direkt vor ihrer Nasenspitze gewesen – sie hätte nur einen Umschlag öffnen und den Brief lesen müssen. Aber sie war zu stur gewesen, das zu verstehen. Und nun lag ihre Mutter im Koma! Izzy würde ihr nie mehr sagen können, dass sie alles begriffen hatte. Sie würde sich niemals mehr dafür entschuldigen können, dass sie sie nicht besucht hatte.

Izzy musste an Shannon denken, deren Mutter einfach darüber hinweggesehen hatte, was ihr Ehemann getan hatte. Wie konnte Shannon mit dem Wissen, dass ihre Mutter sie nicht in Schutz genommen hatte, tagtäglich mit ihr zusammenleben? Das musste das schlimmste Gefühl der Welt sein. Trotz der entsetzlichen Dinge, die Shannon getan hatte, empfand Izzy Mitleid mit ihr. Wenn Shannons Mutter doch nur irgendetwas unternommen hätte, um ihren Ehemann aufzuhalten, dann hätte sich Shannons Leben möglicherweise ganz anders entwickelt. Wie konnte Shannon ihrer Mutter nur jeden Tag in die Augen sehen? Wie konnte sie ihr jemals vergeben?

Izzy schlug die Hände vors Gesicht. Anders als Shannons Mutter hatte ihre Mutter all die Jahre allein verbracht – in dem Glauben, dass ihre Tochter ihr niemals verzeihen und sie nicht mehr lieben würde. Dann jedoch fiel Izzy plötzlich siedend heiß ein, dass Komapatienten manchmal die Stimmen ihrer Lieben hören können. Ihre Mutter wurde künstlich am Leben erhalten – sie war nicht tot. Es bestand also immer noch die Möglichkeit, sie zu besuchen und sich von ihr zu verabschieden. Sie würde Peg bitten, sie morgen nach Bedford zu fahren. Vielleicht, ja, vielleicht würde ihre Mutter ihre Entschuldigung ja hören.

Als Izzy meinte, ihre zitternden Beine könnten sie aufrecht halten, stand sie auf und ging ins Bad, wo sie sich auszog. Die Knie, Ellbogen und Füße waren immer noch wund, nachdem sie im Leichenschrank an die Wände gehämmert hatte, zudem pochte es nun auch in ihrem Kopf. Sie stieg in die leere Badewanne, und das kalte, harte Porzellan fühlte sich wie ein Grabstein auf ihrer Haut an. Sie mühte sich mit dem Stopfen ab und drehte schließlich das heiße Wasser auf, wobei ihre Hände wie die einer Hundertjährigen zitterten. Während sich die Wanne füllte, starrte Izzy ausdruckslos vor sich hin und spürte nichts als die Kälte um sie herum sowie die aufsteigende Wärme, als sich das warme Wasser zu ihren Füßen sammelte. Als das Wasser hüfthoch in die Wanne gelaufen war, gab sie Duschgel auf einen Waschlappen und seifte ihre Haut ein, schrubbte mit mehr Kraft als nötig vor und zurück und beobachtete wie in Trance, wie sich weiße Seifenbläschen auf ihren Armen und Beinen bildeten. Sie musterte die schmalen Narben auf ihren Armen und fragte sich, ob sie sich wohl unbewusst geritzt hatte, um die schrecklichen Erinnerungen an das, was ihr Vater ihr angetan hatte, zu verdrängen. Sie stellte den Wasserhahn ab, legte sich in das schaumbedeckte Wasser zurück und blieb reglos darin liegen, während ein langsames, anhaltendes Tropfen wie eine Unterwasseruhr in ihren Ohren hallte.

Nach wenigen Minuten strich sie mit den Händen über ihren Körper, über ihre Brüste und das feine, weiche Haar zwischen ihren Beinen. Wie oft hatte sie darüber nachgedacht, wie es war, Sex zu haben, und wie es war, wenn ein Mann ihre nackten Brüste und ihre warme Haut küsste, wenn er all ihre intimen Stellen berührte? Wie oft hatte sie sich vorgestellt, wie Ethan mit ihr schlief? Unzählige Male. Glücklicherweise hatte sie keine Erinnerungen daran, wie ihr Vater sich an ihr vergangen hatte. Würde jemals irgendwer sagen können, was er getan hatte? Beim Gedanken daran regte sich ihr Magen, und ihr wurde schlecht. Sie wusch sich ein zweites Mal zwischen den Beinen, stand dann auf, brauste die Seife ab und ließ dabei das heiße Wasser die Verspannungen in Nacken und Schultern lösen. Schließlich stellte sie das Wasser ab und ließ auch das Wasser aus der Badewanne ablaufen. Dann trocknete sie sich ab und zog einen sauberen Schlafanzug an, ging in ihr Zimmer und kroch unter die Bettdecke.

Ich werde nicht zulassen, dass meine Vergangenheit über meine Zukunft bestimmt, dachte sie fest entschlossen. *Damals war ich ein anderer Mensch. Und ich habe nicht vor, den Rest meines Lebens für die Sünden meines Vaters zu büßen. Das kann und werde ich nicht tun.*

KAPITEL 18
Clara

Nachdem sie mit Madeline und Esther gesprochen hatte, versuchte Clara in den darauffolgenden Wochen herauszufinden, wo Bruno wohl gerade arbeitete. Nachts konnte sie nicht schlafen, und tagsüber war sie abgelenkt. Bei ihrer Arbeit in der Wäscherei verwechselte sie Bettlaken mit Handtüchern, Krankenhauskittel mit Schürzen. Als der Vorarbeiter ihre Fehler mitbekam, schickte er sie in den Nähraum auf der gegenüberliegenden Seite des Korridors, wo sie Hemden, Hosen und Nachthemden nähen und flicken sollte. Dort saß sie dann auf einem Stuhl, nähte winzige, präzise Stiche und dachte währenddessen über neue Wege nach, wie sie Bruno finden konnte. Denn bislang hatte nichts funktioniert.

Am Tag nachdem Esther Clara berichtet hatte, was passiert war, hatte Clara es kurzzeitig in Betracht gezogen, einen Termin bei Dr. Roach zu erbitten, um ihn ein für alle Mal davon zu überzeugen, dass es Bruno tatsächlich gab. Sie hätte darauf bestanden, einen Handwerker nach dem anderen in sein Büro kommen zu lassen. Bruno wäre unter den Männern gewesen und hätte Clara erkannt. Er hätte bewiesen, dass sie die ganze Zeit über die Wahrheit gesagt hatte. Dann fiel ihr jedoch wieder Madeline ein, die erzählt hatte, dass Dr. Roach Esther Medikamente verordnet hatte, weil sie außer sich gewesen war und Clara gesucht hatte, als hätte ihr Leben davon abgehangen. Warum hatte er sie unter starke Medikamente gesetzt, wenn er sie nicht hätte zum Schweigen bringen wollen? Hatte er Angst, Clara könnte herausfinden, dass Bruno in Willard war? Und wenn ja, warum? Bevor sie zu Dr. Roach ging, musste sie erst weitere Fragen stellen. Am Nachmittag, als sie wieder im Freizeitraum war, setzte sie sich zu Esther und rüttelte sie sanft wach.

»Ich muss dich etwas fragen«, sagte Clara, beugte sich vor und senkte die Stimme.

Esther blinzelte, hob den Kopf und bedachte Clara mit einem schmallippigen Lächeln. »Hast du Bruno gefunden?«, fragte sie lallend.

»Pssst!«, flüsterte Clara. »Ich will nicht, dass irgendwer uns hört!«

Esther atmete aus. »Okay«, flüsterte sie zurück.

»Nick mit dem Kopf oder schüttele ihn einfach, okay?«

Esther nickte. Ihre feuchten Lippen öffneten sich, die Augenlider waren halb geschlossen.

»Hast du Dr. Roach den Namen des Mannes genannt, der auf die Station gekommen ist?«, flüsterte Clara.

Esther nickte.

»Hast du ihm erzählt, dass Bruno nach mir sucht?«

Wieder nickte Esther.

Clara bekam Herzrasen. »Was hat Dr. Roach dazu gesagt?«

Esthers Mund verzog sich empört. »Er sagte, ich hätte Halluzinationen.«

»Ist das der Grund? Hat er dich darum unter Medikamenteneinfluss gesetzt?

Esther schüttelte den Kopf. »Ich habe mich nach dir erkundigt. Er sagte, du seist sehr krank. Dann habe ich ihn nach deinem Baby gefragt und gesagt, dass Bruno der Vater sei.«

»Und?«, wollte Clara sofort wissen. Gespannt hielt sie den Atem an.

»Er war überrascht, dass ich von dem Baby wusste.«

»Hat er dir erzählt, dass man es mir weggenommen hat?«

»Nein.« Esthers Kinn bebte. »Er sagte nur, ich solle mich um meinen eigenen Kram kümmern.«

Clara wurde ganz heiß. Sie konnte sich keinen Reim darauf machen, warum Dr. Roach sich strikt weigerte, Esthers Geschichte Glauben zu schenken. Esther hatte keinerlei Vorteil oder Nutzen davon, zu behaupten, dass es Bruno tatsächlich gab. Und warum wollte Dr. Roach dies nicht prüfen, um herauszufinden, ob Clara nicht vielleicht die ganze Zeit über die Wahrheit gesagt hatte? War er zu weit gegangen – indem er Clara eingesperrt und ihr das Baby weggenommen hatte –, um zuzugeben, dass er einen Fehler gemacht hatte? Oder steckte ihr Vater hinter allem und nutzte Dr. Roach aus, um seine Strippen zu ziehen?

Plötzlich war Esthers Miene schmerzverzerrt. »Es tut mir leid«, entschuldigte sie sich und brach in Tränen aus. »Ich bin schuld.«

»Wieso denn?«, hakte Clara nach.

»Ich hätte Dr. Roach nicht von Bruno erzählen sollen.« Esther blieb die Stimme weg.

»Schon gut«, beschwichtigte Clara sie. »Du hast nur versucht zu helfen.«

»Aber was ist, wenn Dr. Roach dafür gesorgt hat, dass Bruno verschwindet?«, fragte Esther.

Clara wich die Farbe aus dem Gesicht. Alles drehte sich um sie herum. Daran hatte sie noch gar nicht gedacht. Dr. Roach könnte Bruno ganz einfach gefeuert und ihn vom Grundstück verwiesen haben. Was dann?

Ein paar Tage später stahl sie eine Hose sowie ein gestärktes Hemd aus dem Nähzimmer, machte sich die Haare nass und kämmte sie sich nach hinten aus dem Gesicht. Dann lief sie in die Wäscherei und versuchte, sich mit den männlichen Patienten, die die sauberen Bettlaken abholen wollten, hinauszustehlen. Der Vorarbeiter erwischte sie jedoch und zog sie beiseite, was ihr eine Woche in der Isolationszelle einbrachte, bevor ihr wieder erlaubt wurde, an ihren Arbeitsplatz zurückzukehren. Sie befragte die anderen Patienten, ob sie die Handwerker gesehen hätten, und wenn ja, wo. Alle sagten Nein und schüttelten mit ängstlichem Blick den Kopf, weil sie in Ruhe gelassen werden wollten. Clara dachte sogar darüber nach, Schwester Trench einzuweihen, in der Hoffnung, sie könnte Mitleid mit ihr haben, entschied dann jedoch, dass das Risiko einfach zu groß war. Zeitweilig erschien es ihr unmöglich, Bruno zu finden. Aber sie musste es einfach weiter versuchen. Eine andere Möglichkeit gab es nicht.

Die frühen Morgenstunden waren die schlimmsten. Das war die Zeit, in der sie jeden Tag aufs Neue fürchtete, Bruno könnte gefeuert worden sein und fände nun keinen Weg mehr, sie zu retten. Sie befürchtete zudem, dass Bruno den Mut verlieren könnte und aufhören würde, nach ihr zu suchen. Außerdem bestand durchaus immer noch die Möglichkeit, dass Esther alles nur geträumt hatte. Denn immerhin hatte Clara Esther und Madeline alles erzählt – dass Bruno und sie verliebt gewesen waren, ihre Eltern die Verbindung nicht hatten gutheißen können, dass ihr Vater sie fortgeschickt hatte und sie schwanger gewesen war. Vielleicht war die arme Esther auch durch das Einsperren in Willard und das Koma verrückt geworden, sodass sie sich alles nur eingebildet hatte! Dieser Gedanke lastete bleischwer auf Claras Brust.

Mehrere Nächte in Folge raubten Zweifel und Fragen Clara den Schlaf. Jedes Mal, wenn sie aus purer Erschöpfung kurz davor war einzuschlummern, ließ sie der entsetzliche Gedanke, dass Bruno vielleicht gar nicht in Willard war, hochschrecken. Atemlos und verschwitzt saß sie senkrecht im Bett, das schmuddelige Bettlaken um die Beine gewickelt. Danach rollte sie sich zusammen, fragte sich, ob sie wohl jemals wieder die Freiheit erlangen würde, und weinte sich in den Schlaf.

Eines Tages dann, als sie auf einem harten Stuhl mit dem Rücken zum Fenster im Nähzimmer saß und einen Korb mit frisch gestärkten Hemden neben ihren Füßen stehen hatte, beobachtete Clara, wie die Vorarbeiterin auf eine Leiter kletterte, um Glühbirnen auszutauschen. Sie war eine kleine, ältere Frau, deren langer Rock über die Holzdielen raschelte, wenn sie durch das Nähzimmer humpelte. Sie nannte alle Patientinnen »Schätzchen« und sorgte dafür, dass die Arbeiterinnen ihr Augenmerk allein auf die Arbeit gerichtet hielten. Manchmal benutzte sie einen Gehstock, um durch die Reihen zu gehen, und beschwerte sich über das Wetter, das ihr schmerzende Knochen bereitete. Ab und an blieb sie stehen, um ihr lahmes Bein zu massieren. In letzter Zeit nutzte sie den Gehstock wegen des feucht-nassen Frühlings jeden Tag.

Clara beobachtete die Vorarbeiterin auf der hohen Leiter und zuckte zusammen, als die Frau ins Schwanken geriet und beinahe heruntergefallen wäre. Clara hatte keine Ahnung, was mit dem Bein der Frau nicht stimmte, doch sie fragte sich, warum sie das Risiko einging, auf eine Leiter zu klettern und Glühbirnen zu wechseln. Im Nähzimmer gab es drei durchgebrannte Glühbirnen, die Birne über Claras Arbeitsplatz gehörte ebenfalls dazu. Doch die Decken waren mehr als dreieinhalb Meter hoch, und die Lampen hingen vom Boden aus gesehen in einer Höhe von etwa drei Metern. In Willard gab es doch sicherlich Männer, die sich um so etwas kümmern konnten.

Plötzlich hatte sie einen Geistesblitz.

Wenn sie nicht zu Bruno gehen konnte, dann musste sie wohl einen Weg finden, um Bruno zu sich zu locken. Esther hatte gesagt, er arbeite in einer Gruppe von Schreinern. Madeline wiederum hatte erzählt, dass diese ein Loch in der Decke repariert oder eine neue Tür eingesetzt hatten. Clara sah sich im Nähzimmer um und überlegte, was vom Inventar sie kaputt machen konnte. Nach kurzer Zeit wurde ihr bange ums Herz. Die Türen waren zu massiv, die Zierleisten zu breit. Die Wände waren gesäumt von offenen Schränken, in denen gefaltete Kleiderstoffe und Betttücher aufbewahrt wurden. Daneben gab es Dutzende Holzstühle, Sortiertische und Stühle mit hohen Rückenlehnen, doch fast alle Möbelstücke waren aus massiver Eiche oder Ahorn. Die Deckenbalken besaßen einen größeren Umfang als Claras Kopf. Dann fiel ihr auf, dass, anders als bei den Fenstern auf der Station, keine Schutznetze vor den Fenstern des Nähzimmers angebracht waren. Die einzelnen Fensterscheiben waren durch dünne Gitter aus Holz voneinander getrennt, die man leicht zerbrechen konnte.

Clara schlug das Herz bis zum Hals, als sie von ihrem Stuhl aufstand und zur Leiter hinüberging, von der die Vorarbeiterin gerade herunterkletterte und dabei das Gleichgewicht zu verlieren drohte. Clara packte sie am Arm.

»Kann ich Ihnen helfen?«, fragte sie.

Erleichtert atmete die Frau auf und strich sich mit rotem Kopf und zittrigen, gichtgekrümmten Händen den Rock glatt. »Danke, Schätzchen. Ich hasse es, auf Leitern zu klettern.«

Gemeinsam schoben nun Clara und die Vorarbeiterin die Leiter über den Boden und stellten sie unter der nächsten Lampe auf. Clara kletterte hinauf und tauschte problemlos die Glühbirne aus. Dann schoben sie die Leiter zur nächsten Lampe nahe dem Fenster, an dem Clara gesessen hatte. Clara holte tief Luft und kletterte die Leiter hinauf. Sie hatte Mühe, dass ihr die Knie nicht zitterten. Aber sie hatte keine Wahl. Sie musste aus Willard raus. Sie musste Bruno und Beatrice finden. Und sie musste nun schnell eine drastische Maßnahme ergreifen, bevor sie den Mut dazu verlor.

Clara griff nach der Glühbirne und lehnte sich absichtlich zu weit vor, sodass sich die Leiter in Richtung der Fenster neigte. Dann tat sie, als würde sie das Gleichgewicht verlieren, und riss die Leiter herum, sodass die oberste Sprosse in die Fensterscheibe fiel und Glasscherben und Holzsplitter durch das Zimmer flogen. In letzter Sekunde ließ sie die Leiter los und fiel mit einem markerschütternden Schlag zu Boden. Die Leiter fiel seitlich weg und kippte dabei einen Schrank um, worauf stapelweise weiße Hemden und braune Hosen in gefühlter Zeitlupe aus den Regalen herausrutschten. Das oberste Regalbrett brach in der Mitte entzwei, und mit lautem Getöse fiel die Leiter schließlich zu Boden.

»Du meine Güte!«, rief die Vorarbeiterin. »Geht es dir gut, Schätzchen?«

Zwei Aufseher kamen in das Nähzimmer geeilt und halfen Clara auf. Mehrere Patientinnen starrten sie mit weit aufgerissenen Augen an, während andere mit den Schultern zuckten und wisperten. Die meisten saßen jedoch einfach nur da und schauten mit blasser, ausdrucksloser Miene zu. Mit zitternden Knien stand Clara auf und klopfte ihr Kleid ab.

»Alles in Ordnung«, erklärte sie und rieb sich den Ellbogen. Ihre Hüfte schmerzte unglaublich, und die Schultern fühlten sich an, als seien sie aus ihrer Verankerung gerissen worden. Doch sie wollte sich nicht beschweren, um nicht nachher noch auf die Krankenstation geschickt zu werden.

Nervös und mit hochrotem Gesicht wies die Vorarbeiterin alle an, wieder an die Arbeit zu gehen. Die Frauen kehrten auf ihre Plätze zurück und nähten weiter. Einige von ihnen weinten, andere murmelten etwas, wiederum andere flüsterten hinter vorgehaltener Hand. Die Vorarbeiterin holte einen Besen und hielt ihn Clara hin. Sie keuchte und stützte sich auf ihrem Gehstock ab, als sei sie diejenige, die gerade von der Leiter gefallen war.

»Tut mir leid«, entschuldigte sich Clara und nahm den Besen entgegen. »Ich wollte nur helfen.«

»Mach dir keine Gedanken, Schätzchen«, entgegnete die

Vorarbeiterin. »Beseitige nur bitte den Scherbenhaufen. Danach besorgst du dir einen neuen Stuhl und arbeitest weiter.« Sie klammerte sich mit beiden Händen an ihrem Gehstock fest, sah sich um und schnalzte mit der Zunge. »Ich denke, ich lasse lieber jemanden kommen, um all das hier zu reparieren.«

»Wann?«, fragte Clara.

Die Vorarbeiterin runzelte die Stirn. »So schnell es geht«, erwiderte sie tonlos. »Obwohl ich nicht wüsste, welchen Unterschied das für dich macht, Schätzchen.«

—

Nach dem Frühstück am nächsten Morgen eilte Clara mit Herzklopfen durch die Tür des Nähzimmers. Ihr Blick schoss zum kaputten Fenster und dem geborstenen Schrank in der Hoffnung, dort Männer arbeiten zu sehen. Doch das Fenster war zugenagelt und der kaputte Schrank fort. Claras Schultern sanken. Wenn die Schreiner hier gewesen waren, so hatte sie sie verpasst. Sie durchquerte den Raum und fand einen Platz inmitten der anderen Frauen, die Körbe voller Bettlaken und Nachthemden zu ihren Füßen stehen hatten. Clara konnte kaum das Garn ins Nadelöhr einfädeln, da sie alles um sich herum durch ihre Tränen hindurch nur noch verschwommen sah.

Wie dumm und töricht von mir, dachte sie und biss sich hart auf die Lippe. *Selbst wenn die Schreiner gekommen wären, während ich hier bin, hätte es keine Garantie dafür gegeben, dass Bruno bei ihnen ist. Wie Esther schon gesagt hat, könnte Dr. Roach ihn fortgeschickt haben.* Möglicherweise gab es auch mehrere Schreinergruppen. Der harte Toast und die Trockenpflaumen vom Frühstück wühlten ihren Magen derart auf, dass sie fast würgen musste. Eine der Patientinnen sang nun mit hoher Stimme und sehr schief »Bye, Bye, Blackbird«. Eine andere Patientin summte mit, während ihre schmalen, weißen Finger durch die Luft flogen, als würde sie ein unsichtbares Orchester dirigieren. Es kostete Clara große Mühe, die beiden nicht anzuschreien, damit aufzuhören. Dann kam die Vorarbeiterin herein, um ihre gewohnte Runde zu drehen. Clara war dankbar, dass die Frauen nun aufhörten zu singen.

Sie holte ein zerrissenes Nachthemd aus einem Korb, senkte den Kopf und machte sich an die Arbeit, wobei sie sich mehrfach versehentlich die Nadel in den Finger stach. Doch sie ignorierte den Schmerz, nähte weiter und reparierte das Nachthemd, das an der Schulter gerissen war. Die Vorarbeiterin humpelte vorbei, ihr Gehstock pochte über die Holzdielen. Mit einem Mal breitete sich ein roter Fleck auf dem Nachthemd in Claras Händen aus. Sofort steckte sie den Finger in den Mund, stand auf und stopfte das Nachthemd auf den Boden des Korbs, während sie leise fluchte. Die Frau neben ihr beobachtete alles und verzog missbilligend den Mund.

In diesem Moment hörte Clara eine Männerstimme auf dem Flur. Ihr Blick flog zur Tür, und das Herz schlug ihr bis zum Hals. Ein Mann kam rückwärts durch die Tür des Nähzimmers herein. Seine Schultern waren gebeugt, als würde er etwas sehr Schweres tragen. Die Deckenlampen spiegelten sich auf seinem kahlen Haupt, und sein Torso war klein und dick, als gehöre sein Körper einem Zwerg – mit Ausnahme der Arme und Beine, die lang und schlank waren. Sägespäne bedeckten seinen Overall wie eine Schicht gelben Flaums. Der kahlköpfige Mann kam rückwärts in den Raum geschlurft. Er trug das eine Ende eines Fensterrahmens in den Händen und versuchte, mit den Fenstersprossen nicht am Türrahmen vorbeizuschrammen. Mit angehaltenem Atem beobachtete Clara, wie das Fenster Zentimeter für Zentimeter durch den

Türrahmen getragen wurde. Sie befürchtete schon, in Ohnmacht zu fallen, bevor sie überhaupt sah, wer das andere Ende des Rahmens in den Händen hielt.

Dann sackte sie in sich zusammen. Der zweite Mann war blass und schlaksig und besaß kurzes, blondes Haar. Clara ließ sich schwer auf ihren Stuhl fallen und versuchte, die Tränen zurückzuhalten. Die Männer trugen das Fenster an ihr vorbei und lehnten es an die Wand.

»Wann werden Sie den Schrank reparieren?«, erkundigte sich die Vorarbeiterin bei dem kahlköpfigen Mann.

»Schon erledigt«, verkündete der Mann und drehte sich zur Tür um.

Clara schluckte und folgte dem Blick des Kahlköpfigen. Ein weiterer Mann kam nun rückwärts durch die Tür herein. Er trug das eine Ende des Holzschrankes. Seine Schultern waren breit, und er sah kräftig aus. Das schwarze Haar hatte er mit Pomade glatt nach hinten gekämmt. Clara keuchte. Sie ließ das Nachthemd, das sie gerade in der Hand hatte, fallen und sprang auf. Es kam Clara wie eine Ewigkeit vor, bis endlich das andere Ende des Schrankes durch die Tür hereingetragen wurde. Clara sah zu dem Mann am anderen Ende hin. Er hatte graues Haar und trug eine Brille. Ihr Blick schnellte wieder zu dem schwarzhaarigen Mann. Endlich befand sich der Schrank komplett im Nähzimmer. Die Männer setzten ihn ab, woraufhin sich der schwarzhaarige Mann umdrehte – was nach Claras Empfinden wie in Zeitlupe geschah. Er zog seine Handschuhe aus und sah sich in dem Raum um, als suche er jemanden. Sein Haar war nun länger, als Clara in Erinnerung hatte, und über dem Auge hatte er eine frische Narbe, doch Clara kannte sein Gesicht.

Es war Bruno.

Ein Freudenschrei brach aus ihr hervor. »Bruno!«, schrie sie, wobei ihr die Stimme versagte. Sie stürzte auf ihn zu.

Bruno riss die Augen weit auf, und ihm fiel die Kinnlade herunter. Er ließ die Handschuhe fallen und lief auf Clara zu.

»Sofort stehen bleiben! Aufseher!«, brüllte die Vorarbeiterin.

»Tu, was sie sagen!«, rief Bruno.

Die Aufseher kamen in das Nähzimmer gelaufen, woraufhin Clara wie erstarrt stehen blieb und Mühe hatte, sich nicht in Brunos Arme zu flüchten. Doch er hatte recht: Wenn sie in Schwierigkeiten gerieten, so wäre dies nicht sonderlich förderlich für ihre Situation. Bruno trat zurück, die Hände kapitulierend erhoben. Die Vorarbeiterin starrte Clara böse an.

»Was glaubst du eigentlich, was du hier machst?«, fragte sie finster. Sie humpelte durch den Raum und packte Claras Kinn mit steifen Fingern. »Hast du was gemacht, was du nicht hättest tun dürfen? Warte nur ab, bis Dr. Roach davon erfährt. Wir haben hier eine spezielle Station für Frauen wie dich, Schätzchen!«

»Sie ist meine Frau!«, rief Bruno entschlossen.

Die Vorarbeiterin starrte ihn an. Dann ließ sie Claras Kinn los, presste die Lippen fest aufeinander und musterte Bruno von Kopf bis Fuß. Mit ihrem Gehstock zeigte sie auf den kahlköpfigen Mann. »Haben Sie eine Ahnung, was hier los ist?«, fragte sie ihn.

Der Mann schüttelte den Kopf.

Die Vorarbeiterin zuckte mit dem Kopf in Richtung der Tür. »Bringen Sie die beiden zu Dr. Roach«, befahl sie den Aufsehern.

—

Clara und Bruno saßen auf gegenüberliegenden Seiten in Dr. Roachs Büro, jeweils einen Aufseher auf jeder Seite neben sich. Dr. Roach saß an seinem Schreibtisch, während Schwester Trench direkt hinter ihm stand und besorgt den Blick zwischen Clara und Bruno hin- und herschweifen ließ. Sie presste eine Patientenakte vor ihre üppige Brust und hatte eine Zwangsjacke wie ein Serviertuch über ihren Arm gelegt. Schwester May betrat das Zimmer vom Korridor aus und stellte sich, nachdem sie Dr. Roach eine Aktenmappe gereicht hatte, folgsam seitlich neben dessen Schreibtisch. Dr. Roach öffnete die Mappe, legte sie auf die Schreibtischunterlage und überflog die Papiere, während er immer wieder mit den Zähnen mahlte. Clara konnte kaum atmen, so gespannt wartete sie darauf, dass er etwas sagte. Endlich schaute er hoch.

»Ich bin nicht sicher, ob ich verstehe, was hier vor sich geht«, erklärte er. »Würden Sie mich aufklären, Clara?«

»Das ist Bruno«, rief Clara. »Der Mann, von dem sie behauptet haben, dass es ihn nicht gibt! Ich habe Ihnen doch gesagt, dass ich nicht verrückt bin! Er ist ...« Sie schluckte den Kloß hinunter, der sich plötzlich in ihrem Hals gebildet hatte, und starrte Bruno an. Tränen traten ihr in die Augen. Es gab keine Möglichkeit, es ihm auf andere Art und Weise zu sagen. »Er ist der Vater meines Babys – des kleinen Mädchens, das Sie mir weggenommen haben.«

Bruno erstarrte, sein Gesicht färbte sich dunkelrot. Er schloss die Augen und ließ den Kopf hängen. Seine Fingernägel gruben sich in die Armlehne seines Stuhls, und seine Schläfen pulsierten deutlich sichtbar.

»Vielleicht möchte er erklären, warum in seiner Angestelltenakte der Name ›Joseph Russo‹ vermerkt ist«, erwiderte Dr. Roach. »Und nicht etwa ›Bruno Moretti‹.«

Bruno hob den Kopf und räusperte sich. »Joseph ist der Vorname meines Vaters«, erklärte er mit glasigem Blick. Seine Worte klangen hart und abgehackt, als könne er seine Wut kaum im Zaum halten. »Russo ist der Mädchenname meiner Mutter.«

»Warum haben Sie nicht Ihren eigenen Namen angegeben,

als Sie sich für die Schreinerstelle beworben haben?«, fragte Dr. Roach.

»Weil Clara mich in einem Brief gewarnt hatte, dass die Ärzte in der Nervenheilanstalt von Long Island meinen Namen kannten«, erwiderte Bruno. »Ihr Vater hatte dort alle angewiesen, Clara von mir fernzuhalten. Dabei ist er sogar so weit gegangen, dass er ihre früheren Briefe an mich abfangen ließ, damit ich nicht herausfinden konnte, wo sie sich befand. Ich habe einen anderen Namen angegeben, da ich annahm, dass Sie die gleichen Anweisungen erhalten haben.«

»Sie haben also einen Job hier in Willard angenommen, um Ihre Freundin zu finden?«, fragte Dr. Roach.

»Ja«, nickte Bruno. »Ich wusste, Sie hätten mir nicht zugehört, wenn ich vor Ihrer Tür gestanden und Sie gebeten hätte, Clara zu entlassen. Henry Cartwright ist ein mächtiger Mann. Ich weiß, dass Clara auf seine Anordnung hin hier festgehalten wird. Und um eines klarzustellen: Clara ist nicht meine Freundin. Sie ist meine Frau.«

»Henry Cartwright sorgt sich um das Wohlergehen seiner Tochter«, entgegnete Dr. Roach. »Er hat sie nach Willard geschickt, da es ihr nicht gut geht.«

»Blödsinn!«, rief Bruno, dessen Adern auf der Stirn hervortraten. »Er hat sie hergeschickt, um sie von mir fernzuhalten. Sie ist vollkommen gesund!«

»Es tut mir leid, aber Sie sind nicht qualifiziert, über ihren Geisteszustand zu urteilen«, erklärte Dr. Roach. »Während ich das sehr wohl bin.« Er sah zu Clara hinüber. »Würden Sie mir bitte erklären, warum Sie mir nichts davon gesagt haben, dass Sie verheiratet sind?«

Clara blickte kurz zu Bruno, da sie nicht wusste, was sie sagen sollte. Doch Bruno starrte Dr. Roach an, und es war offensichtlich, dass es ihn große Überwindung kostete, nicht über den Tisch zu springen und ihn zu erwürgen. Dann, als er

Claras Zögern bemerkte, sah er mit gerunzelter Stirn zu ihr hin, als wolle er sie auffordern mitzuspielen. Er griff in seine Hosentasche und holte ein gefaltetes Papier aus seiner Brieftasche heraus.

»Hier ist unsere Heiratsurkunde«, erklärte er und hielt sie Dr. Roach hin. Schwester May kam um den Tisch herum, nahm das Schreiben und legte es auf die geöffnete Mappe. Dr. Roach überflog es kurz.

»Wie haben Sie sich kennengelernt?«, fragte er.

»Im Cotton Club«, antwortete Clara. »Mein Vater hatte keine Ahnung, dass ich dort mit meinen Freundinnen hinging. Eines Abends war Bruno –«

Dr. Roach winkte ab. »Nein, nein«, schüttelte er den Kopf. »Ich will keine Geschichten mehr hören. Ich will wissen, wie Sie sich hier in Willard getroffen haben. Offensichtlich hat unser System, die Arbeiter von draußen von unseren Patienten fernzuhalten, ernsthafte Mängel.«

»Das ist keine Geschichte!«, rief Clara. »Wir –«

»Clara hat im Nähzimmer gearbeitet«, unterbrach Bruno sie angespannt. Er rückte auf die Sitzkante vor, als wolle er aufstehen. Sogleich packte ihn ein Aufseher an der Schulter und zwang ihn, sitzen zu bleiben. Bruno warf ihm einen bösen Blick zu, bevor er fortfuhr. »Ich habe dabei geholfen, einen Schrank aus der Schreinerei auszuliefern. Es war das erste Mal, dass ich sie hier gesehen habe, obwohl ich seit Monaten nach ihr gesucht habe.«

»Sie haben also keine Beziehung mit Clara angefangen, seit sie hier Patientin ist?«, fragte Dr. Roach.

»Nein.« Bruno hielt Dr. Roachs Blick stand. »Wir haben uns vor zwei Jahren im Cotton Club kennengelernt, wie sie es eben erzählt hat.«

»Warum glauben Sie uns nichts von dem, was wir Ihnen sagen?«, fragte Clara verzweifelt. »Ich habe Ihnen schon die ganze Zeit gesagt, dass mein Vater mich hergeschickt hat, um mich von dem Mann fernzuhalten, den ich liebe. Jetzt steht er hier vor Ihnen, und doch hören Sie uns immer noch nicht zu!«

»Seit Ihrer Ankunft hier leiden Sie unter wahnhaften Störungen«, entgegnete Dr. Roach. »Dieser Mann hier versucht, Ihre Krankheit auszunutzen, indem er Ihnen vorgaukelt, jemand zu sein, der er in Wahrheit gar nicht ist.«

»Das stimmt nicht!«, rief Clara und schlug mit der Faust auf ihr Knie. »Wie erklären Sie sich denn dann die Namen auf der Heiratsurkunde?«

Dr. Roach zündete seine Pfeife an, nahm einen tiefen Zug und warf dann erneut einen Blick auf die Urkunde, während er mit den Lippen Ringe aus Qualm formte. »Das beweist überhaupt nichts«, entgegnete er. »Die Urkunde könnte gefälscht sein.«

»Und was ist mit Beatrice?«, fragte Clara, der die Panik die Kehle zuschnürte. »Wenn Bruno nicht der Vater ist, wer dann?«

Dr. Roach schüttelte den Kopf. »Ich bin sicher, dass ich es nicht weiß. Aber Ihr Vater hat mich darauf hingewiesen, dass Sie sich ziemlich, wie soll ich sagen, viel herausgenommen haben, bevor Sie in die Nervenheilanstalt von Long Island eingewiesen wurden. Er sagte, das hätte Ihnen gar nicht ähnlich gesehen und dass er ab diesem Zeitpunkt die Vermutung gehegt habe, dass etwas nicht mit Ihnen stimme.« Dr. Roach nickte Schwester May zu, woraufhin diese das Büro durch die Tür zum Untersuchungsraum hin verließ.

»Das ist eine Lüge«, schrie Clara. »Ich war mit Bruno zusammen, das ist der einzige Grund, warum meine Eltern mich hergeschickt haben! Begreifen Sie das denn nicht? Es ergibt doch alles einen Sinn!«

»Wo ist unsere Tochter?«, knurrte Bruno und mahlte mit

den Zähnen. »Ich fordere Sie auf, sie uns zurückzugeben!« Er atmete tief ein und hielt dann die Luft an, um die Beherrschung nicht zu verlieren.

»Es tut mir leid«, wandte sich Dr. Roach tonlos an Bruno. »Ich weiß, sie glauben, Clara damit zu helfen, aber sie ist nicht in der Lage, ein Kind zu versorgen. Vertrauen Sie mir, wenn ich sage, dass Ihre Tochter ein liebevolles Zuhause gefunden hat, wo man sich gut um sie kümmert.«

Just in diesem Moment kehrte Schwester May mit einer Injektionsspritze auf einem Tablett zurück. Claras Herz hämmerte in ihrer Brust. Bruno blickte mit gerunzelter Stirn auf das Tablett und stand dann auf, die Hände zu Fäusten geballt. Die Aufseher packten ihn an den Armen.

»Das kann doch nicht legal sein!«, rief Bruno, dessen Stimme vor Wut zitterte. »Sie können nicht einfach Leute einsperren und mit deren Kindern machen, was Sie wollen!«

»Claras Vater hat sie meiner Obhut anvertraut«, stellte Dr. Roach klar. »Ich tue nur, was das Beste für sie ist.«

»Ich werde zur Polizei gehen!«, brüllte Bruno. »Ich werde den Beamten erzählen, dass Sie unser Baby gekidnappt haben! Ich bringe die Polizei hierher und verlange dann, dass Sie mir meine Tochter zurückgeben und Clara gehen lassen!«

Dr. Roach musterte Bruno eine ganze Weile lang, als versuche er gerade zu ergründen, ob Bruno bluffte oder nicht. Währenddessen starrte Bruno ihn schwer atmend an.

»Wo ist meine Tochter?«, wiederholte Bruno, in dessen Augen die blanke Wut zu erkennen war. »Wenn Sie es mir nicht sagen, werde ich jemanden finden, der es tut. Und dann lasse ich Sie verhaften!«

Dr. Roach legte seine Pfeife in einen Aschenbecher. Dann rutschte er auf seinem Sessel umher und notierte etwas in Brunos Mappe, wobei ihm deutlich sichtbar der Schweiß ausbrach.

Clara sprang auf. »Warum sind Sie so nervös?«, fragte sie erregt. »Hat mein Vater Sie dafür bezahlt, mich hierzubehalten? Hat er Sie angewiesen, mir mein Baby wegzunehmen?« Die Aufseher schoben sie sogleich wieder auf ihren Stuhl zurück.

Dr. Roach ignorierte sie, drehte sich zu Schwester Trench um und streckte die Hand aus. Sie biss sich auf die Unterlippe und gab ihm die Akte, die sie die ganze Zeit festgehalten hatte. Dr. Roach schlug sie auf, blätterte zur letzten Seite vor und kritzelte etwas ans Ende der aufgeschlagenen Seite. Dann klappte er die Akte zu und machte eine kleine Handbewegung, als wolle er eine Fliege fortscheuchen. Die Aufseher stießen Bruno wieder auf seinen Stuhl zurück. Er wehrte sich heftig und versuchte, wieder aufzustehen, doch es war sinnlos.

»Was, zum Teufel, machen Sie da eigentlich?«, rief Bruno. »Sie haben keinerlei Macht über mich! Ich bin keiner Ihrer Patienten!« Dr. Roach erhob sich, griff nach dem Arztkittel, der über der Rückenlehne seines Stuhls gehangen hatte, und schlüpfte mit den Armen hinein. Dann wandte er sich an Schwester Trench.

»Insulinschocktherapie für Clara«, entschied er und knöpfte seinen Kittel zu. Schwester Trench nickte, obwohl ihre Augen verdächtig glänzten. Ausdruckslos sah Dr. Roach dann zu Bruno hinüber. »In Ihrem Fall empfehle ich eine Aufnahme zur Befundabklärung, Joseph oder Bruno oder wer auch immer Sie sind.«

Bruno hatte Mühe aufzustehen. Er hatte die Hände zu Fäusten geballt, und seine Mundwinkel zuckten verächtlich. »Das war's also?«, brüllte er. »Sie entscheiden einfach, dass wir lügen oder verrückt sind oder wie auch immer Sie das bezeichnen wollen? Sie sperren uns einfach weg?«

»Ich mache nur meine Arbeit«, erwiderte Dr. Roach. »Ich versuche, Clara zu helfen. Und jetzt werde ich versuchen, Ihnen zu helfen.«

»Einen Teufel werden Sie tun!«, schrie Bruno. »Wovor haben Sie Angst? Was versuchen Sie zu vertuschen?«

Clara sank auf ihren Stuhl, da sie fest davon überzeugt war, sich gleich übergeben zu müssen. Einer der Aufseher packte sie unter den Armen und riss sie hoch, bis sie stand. Bruno schaffte es, sich aus dem Griff der Aufseher zu befreien. Er stürzte durch das Zimmer, packte Clara und zerrte sie zur Tür.

»Haltet sie auf!«, brüllte Dr. Roach.

Ein Aufseher bekam Clara an der Hüfte zu fassen und trug sie rückwärts mit sich, sodass ihre Beine sich vom Boden hoben. Clara griff nach den Armen des Aufsehers und zerkratzte ihm die Haut, doch es nutzte nichts. Der Aufseher ließ nicht los. In der Luft schwebend, musste Clara zusehen, wie die anderen Aufseher Bruno auf den Boden rangen und ihn festhielten. Dr. Roach eilte mit einer Zwangsjacke hinzu, woraufhin die Aufseher Bruno auf die Füße rissen. Bruno widersetzte sich, schlug verzweifelt um sich und versuchte zu fliehen, doch die Aufseher verdrehten ihm die Arme und schoben sie im Rücken zwischen den Schulterblättern hoch. Bruno krümmte sich vor Schmerzen, seine Augen quollen hervor. Dennoch hob er den Kopf und sah zu Clara hinüber.

»Mach dir keine Sorgen«, rief er. »Ich werde einen Weg finden, dich hier herauszuholen!«

Dr. Roach grub eine Spritze tief in Brunos Arm und trat dann zurück, um zuzusehen, wie die Aufseher Bruno in die Zwangsjacke beförderten. Clara kniff die Augen zusammen. Das konnte sie nicht mit ansehen.

KAPITEL 19
Izzy

Bedford Staatsgefängnis

Der Oktoberwind pustete Izzy das Haar ins Gesicht, als sie an dem hohen, zweigeschossigen Stahlzaun vor der Bedford Hills Correctional Facility hochschaute. Sie drehte den eisigen Böen den Rücken zu und packte den Mantel unter ihrem Kinn, während sie fröstelnd darauf wartete, dass der Wachmann sie hereinließ. Hinter dem Eingangstor erinnerte sie das Durcheinander von Backsteingebäuden, vergitterten Fenstern und ganzen Gruppen von Schornsteinen an Willard. Der augenfällige Unterschied zwischen der Psychiatrie und dem Gefängnis waren die Wachtürme und der gewundene Stacheldraht über dem Stahlzaun.

Izzy ließ den Blick von der Straße zum Parkplatz schweifen, wo Peg auf dem Fahrersitz ihres Autos saß und sie von ihrem Platz hinter der Windschutzscheibe aus beobachtete. Peg hatte vorher angerufen, um den Besuch zu arrangieren, und angeboten, mit ihr hineinzugehen, doch Izzy hatte darauf bestanden, sich allein von ihrer Mutter zu verabschieden. Jetzt schien ihr Magen Purzelbäume zu schlagen, und sie fragte sich, ob es wohl zu spät war, ihre Meinung noch zu ändern. Just, als sie sich dazu entschieden hatte, dass Peg doch mitgehen sollte, kam ihr ein Wachmann gemächlich entgegen, um sie durch das Tor zu lassen. Er schlurfte mit den Absätzen über den Gehweg und sah sich mit desinteressierter, gelangweilter Miene um.

»Besucherausweis?«, fragte er, als er bei Izzy angekommen war.

»Nein«, erwiderte Izzy. »Ich … ähm. Ich war noch nie hier. Meine Mutter liegt auf der Krankenstation. Meine Pflegemutter hat angerufen und mit dem Gefängnisdirektor gesprochen. Er sagte, ich könnte sie besuchen kommen.«

»Wie lautet Ihr Name?«

»Isabelle Stone.«

»Einen Augenblick.« Er öffnete einen schwarzen Kasten, der sich auf einem Pfahl neben dem Tor befand, wählte eine Nummer und informierte denjenigen am anderen Ende über die Situation. »Yeah«, nickte er. »Isa … Wie heißen Sie noch mal?«

»Isabelle Stone.«

»Isabelle Stone«, wiederholte der Wachmann. »Yup. Okay.« Er legte auf und sah Izzy an. »Haben Sie einen Ausweis dabei?«

Izzy griff in ihre Handtasche und holte sowohl ihre Geburtsurkunde als auch ihren Schülerausweis hervor. Der Wachmann musterte beides, sah zum Vergleich der Bilder zu Izzy auf und schloss dann endlich das Tor auf.

»Sie müssen zuerst zum Besuchereingang und sich dort einen Besucherausweis besorgen«, erklärte er. Izzy stopfte ihre Papiere wieder in die Tasche, warf einen Blick über die Schulter und winkte kurz Peg zu. Dann betrat sie das Gefängnisgelände.

Der Wachmann deutete auf die Backsteingebäude zu seiner Rechten. »Sehen Sie das blaue Schild da drüben? Auf dem steht ›Alle Besucher‹?«

»Ja«, nickte Izzy.

»Folgen Sie dem Gehweg bis zum Besuchereingang, dort drücken Sie dann auf die Gegensprechanlage und sagen denen, was Sie mir gesagt haben.«

»Okay«, nickte Izzy. Sie zog den Kopf ein und lief in den Wind hinein. Mit beiden Händen hielt sie ihren Rock unten und ärgerte sich, diesen überhaupt angezogen zu haben. Als sie noch ein kleines Kind war, hatte ihre Mutter immer darauf bestanden, dass sie selbst genähte Kleider trug sowie ihr Haar zu Locken aufgedreht und mit rosafarbenen Schleifen zurückgebunden wurde. Mit sechs Jahren hatte Izzy angefangen, sich gegen die mit Rüschen versehenen Kleider aufzulehnen, und ihre Mutter angefleht, wie alle ihre Freundinnen T-Shirts und Jeans tragen zu dürfen, als sei dies das Allerwichtigste auf der Welt. Ihre Mutter hatte schließlich eingelenkt, doch Izzy würde niemals den traurigen Ausdruck in ihren Augen vergessen, als ihr in jenem Moment klar geworden war, dass ihr kleines Mädchen langsam groß wurde. Heute also ein Kleid zu tragen war für Izzy das wenigste, was sie tun konnte. Als ihr nun der Wind um die Beine pfiff, wurde ihr klar, wie idiotisch dies gewesen war, denn schließlich würde ihre Mutter davon gar nichts mitbekommen.

Das Herz klopfte Izzy bis zum Hals, als sie die Klingel an der äußeren Tür der Besucherhalle betätigte und hereingelassen wurde. Hinter einem Schiebefenster saß eine Frau, die Izzy drei Formulare auf einem Klemmbrett reichte, ohne von ihrer Arbeit aufzuschauen, und sie anwies, die Papiere auszufüllen. Izzy ging mit dem Klemmbrett zu einem Stuhl, setzte sich hin und versuchte, nicht zu den Kindern hinzustarren, die an den Kindertischen in der Mitte des Raumes saßen und spielten oder lasen. Darunter waren Kinder im schulpflichtigen Alter, Kleinkinder und Babys, Mädchen und Jungen, die etwa zehn oder zwölf Jahre alt waren. Sie lächelten und lachten, als sei es das Normalste der Welt, in der Eingangshalle eines Gefängnisses zu spielen.

Zuerst war Izzy verwirrt und fragte sich, warum Kinder herkamen, um hier im Gefängnis zu spielen. Doch dann wurde ihr klar, dass sie hier waren, um ihre Mütter zu besuchen. Ihre Mütter, die im Gefängnis waren. Sie biss sich auf die Lippe. *Hatten die älteren Kinder sich jemals geweigert, ihre Müt-*

ter zu besuchen?, fragte sie sich. *Oder waren sie immer treu gewesen und hatten ihre Mütter besucht, ganz gleich, was gewesen war?* Sie füllte die Formulare aus, während bittere Schuldgefühle sie innerlich aufwühlten.

Endlich kam eine Gefängniswärterin Izzy abholen und führte sie zur Krankenstation. Izzy folgte ihr durch eine genietete Stahltür in einen kurzen Durchgang aus Beton, in dem es nach feuchten Steinen, Eisen, Urin und etwas stank, das Izzy an Curry erinnerte. Hohe vergitterte Fenster erstreckten sich über die gesamte Länge der einen Wand, während sich auf der anderen Seite drei offene Türen befanden. Die Gefängniswärterin hielt an und winkte Izzy durch die erste Tür. Izzy tat wie befohlen. In dem kleinen Raum dahinter stand eine weitere Gefängniswärterin neben einem weißen Tisch und wartete.

»Ich muss Ihre Tasche durchsuchen«, erklärte sie.

Izzy schob ihre Handtasche von der Schulter und reichte sie ihr. Die Gefängniswärterin kippte den Inhalt auf den Tisch.

»Heben Sie die Arme, und spreizen Sie die Beine«, forderte die erste Gefängniswärterin Izzy auf.

Izzy schluckte den Kloß in ihrem Hals herunter und hob die Hände. Die Gefängniswärterin tastete sie von oben bis unten ab, zwischen den Beinen und unter der Brust. Endlich war die Durchsuchung beendet, und die erste Gefängniswärterin nahm sie wieder in den Durchgang mit. Am Ende des Korridors stießen sie auf ein Eisentor. Izzy verharrte hinter der Gefängniswärterin und wartete darauf, dass diese das Tor aufschloss, während ihr selbst die Knie zitterten. Alles, was Izzy hörte, war der rasende Herzschlag, der ihr in den Ohren dröhnte. Es war schon schlimm genug, sich zum ersten Mal in einem Gefängnis zu befinden, doch je mehr sich der Moment näherte, in dem sie ihre Mutter wiedersah, desto schwerer fiel es Izzy, einen Fuß vor den anderen zu setzen.

Sie folgte der Gefängniswärterin durch das Tor in einen Korridor aus Beton, in dem Deckenlampen mit einer Gitterummantelung hingen, dann durch eine weitere verschlossene Eisentür in einen kleinen Vorraum. Die Gefängnisaufseherin wies Izzy an, dort Platz zu nehmen und zu warten, bis sie jemand abholen kam. Izzy setzte sich auf ihre Hände und versuchte tief einzuatmen, um sich zu beruhigen. Die Aufseherin verschwand durch eine weitere Tür.

Auf der anderen Seite einer gläsernen Trennwand saß eine Krankenschwester, eine geöffnete Tür hinter ihr führte in ein anderes Zimmer. *Vielleicht ist es ein Fehler hierherzukommen*, dachte Izzy und blinzelte, um ihre Tränen zurückzuhalten. Der Anblick ihrer Mutter, wie sie ausgestreckt auf dem Bett in der Psychiatrie gelegen hatte, kam ihr in den Sinn, und Izzy hätte beinahe laut aufgeschrien. Sie fragte sich, wie ihre Mutter wohl nach zehn Jahren im Gefängnis mittlerweile aussah, und nun lag sie ja auch noch im Koma. Das letzte Bild vom Anblick ihrer Mutter hatte sie jahrelang im Traum verfolgt. Welches Schreckensbild würde sich wohl heute in ihr Hirn brennen?

Sie erinnerte sich an ein Buch von Stephen King, *Dead Zone – Das Attentat*, in dem ein Mann bei einem Autounfall verletzt worden war und fünf Jahre lang im Koma gelegen hatte. Izzy sah bildlich vor sich, wie die Hauptfigur aufwachte und die Hand von irgendwem berührte, unfähig, diese auch wieder loszulassen, ehe er die Zukunft desjenigen vorhergesagt hatte. Nach diesem Roman hatte Izzy wochenlang nicht schlafen können. Im Koma zu liegen schien ihr das Schrecklichste zu sein, was einem Menschen widerfahren konnte. Und jetzt würde sie gleich ihre Mutter in diesem Zustand sehen. Angesichts der Schuldgefühle, die sie wegen der jahrelangen Weigerung empfand, ihre Mutter zu besuchen, der Trauer darüber, bald eine Waise zu sein, und der Angst davor, ihre Mutter an lebenserhaltende Maschinen angeschlossen zu sehen, wäre Izzy am liebsten weggelaufen. Aber sie musste sich entschuldigen. Sich verabschieden. Izzy musste ihre Mutter wissen lassen, dass sie nie aufgehört hatte, sie zu lieben. Zumindest *das* war sie ihr schuldig.

Als sich eine der Türen öffnete, sprang Izzy auf. Eine Gefängnisaufseherin rief ihren Namen und hielt ihr die Tür auf. Izzy lief hindurch und stand nun in einem weiteren Korridor. Sie presste die Fingernägel in ihre Handflächen. Eine dunkelhaarige Krankenschwester in einem OP-Kittel kam hinzu und führte sie den langen, grünen Flur entlang, wobei ihre Schuhe über den gefliesten Boden quietschten, bis sie vor einer Doppeltür stehen blieb. Zu Izzys großer Überraschung lächelte sie sie an.

»Alles in Ordnung?«, fragte sie.

Izzy nickte. Es fühlte sich wie ein Zucken an.

»Nur damit du es weißt«, fuhr die Schwester fort. »Wir erlauben Familienmitgliedern nur selten den Zutritt zur Krankenstation. Normalerweise würden wir eine Person, die sich in einem solchen Zustand wie deine Mutter befindet, in ein öffentliches Krankenhaus schicken. Ich sage es nur ungern so offen, aber wir befürchten, dass sie den Transport nicht überleben würde. Deine Pflegemutter hat uns gebeten, sie hierzubehalten, bis du hier warst. Du kannst leider nur ein paar Minuten lang zu ihr hinein.«

Izzy nickte und versuchte, der Schwester zu danken, doch ihr Mund war vollkommen ausgetrocknet.

»Keine Sorge«, sagte sie und legte Izzy eine Hand auf die Schulter. »Sie sieht aus, als würde sie schlafen.« Die Schwester öffnete die Tür und ließ Izzy hinein. Ein Dutzend Metallbetten säumten die weißen Wände des riesigen Raums. In jedem Bett lag eine Gefangene – manche schliefen, andere wiederum unterhielten sich mit der Gefangenen im Nebenbett, und wieder andere lasen. Neben der Tür saß eine Gefängniswärterin an einem Schreibtisch. Die Gefangenen unterbrachen das, was sie gerade taten, schauten mit großen Augen überrascht hoch und runzelten verwirrt die Stirn. Die Schwester führte Izzy zur ersten Patientin, zog einen Vorhang um das Bett, zog einen Stuhl heran und blieb stehen, eine Hand auf das Bettgestell gelegt. Neben dem Bett piepten Monitore, das Beatmungsgerät fiepste und röchelte.

»Joyce, deine Tochter ist hier, um dich zu besuchen«, sagte die Schwester zu der Frau im Bett.

Izzy wappnete sich. Ihre Lungenflügel fühlten sich an, als würden sie in ihrer Brust flattern, als würden jeden Moment ihre Organe ein für alle Mal versagen, sodass Izzy tot zu Boden sinken würde. Langsam schob sie sich zum Bettgeländer, presste die Finger an ihre zitternden Lippen und schaute auf die Frau im Bett hinunter.

Als sie die vertrauten Züge ihrer Mutter erblickte – die hohen Wangenknochen und die gerade Nase, die winzige Narbe über der rechten Augenbraue, die von dem Sturz stammte, als sie bei Glatteis in der Einfahrt ausgerutscht war –, stockte Izzy der Atem. Um die Augen ihrer Mutter herum hatten sich Falten gebildet, und silberne Strähnen mischten sich unter das schwarze Haar. Doch von der Beatmungsmaske über ihrem Mund abgesehen, sah sie unverändert aus. Als Izzy klein war, hatte sie ihre Mutter für die schönste Frau der Welt gehalten. Im Laufe der Jahre hatte sie sich jedoch gefragt, ob nicht jedes kleine Mädchen seine Mutter für die Schönste hielt, ob sie nicht das Bild von ihrer Mutter, das ihr in Erinnerung geblieben war, mit der Zeit mehr und mehr idealisiert hatte. Jetzt wurde ihr jedoch klar, dass sie recht gehabt hatte. Ihre Mutter war atemberaubend schön. Izzy legte die Handtasche auf dem Stuhl ab und trat näher ans Bett.

»Besteht überhaupt eine Chance, dass sie noch einmal aufwacht?«, fragte sie die Schwester.

Diese schüttelte den Kopf. »Nein, Liebes«, erwiderte sie. »Als man sie fand, war es schon zu spät.« Sie umrundete das Bett und legte die Hand auf Izzys Arm. »Es tut mir leid. Kann ich irgendetwas für dich tun? Möchtest du vielleicht ein Glas Wasser oder eine Limonade trinken?«

»Nein danke«, antwortete Izzy angespannt. »Ich brauche nur ein paar Minuten allein mit …«

»Alles in Ordnung mit dir? Du siehst ziemlich blass aus.«

Izzy nickte, woraufhin die Schwester ihr auf die Schulter klopfte. »Okay«, fuhr sie fort. »Dann lasse ich euch mal kurz allein. Benimm dich, okay?« Sie nickte mit dem Kinn in Richtung der Gefängnisaufseherin neben der Tür.

Izzy versuchte zu lächeln – die Schwester verschwand schließlich. Unsicher, wie sie anfangen sollte, hielt sich Izzy am Bettgeländer fest, um nicht umzukippen. Eine schwere Kette war am metallenen Fußende des Bettes befestigt und verschwand in der Nähe der Füße ihrer Mutter unter der Bettdecke. Izzy ging kurz durch den Kopf, wie absurd es war, eine komatöse Patientin anzuketten, sie würde wohl kaum mehr irgendwo hingehen. Sie lag stocksteif da, die blassen Arme an ihrer Seite, die Handflächen nach unten. Die langen, schmalen Finger wirkten wie Elfenbein auf der blauen Bettdecke. Pianistenhände, hatte Izzys Großmutter immer gesagt. Izzy überlegte kurz, sich vorzubeugen und die Hand ihrer Mutter zu nehmen, doch sie konnte sich nicht dazu überwinden. Neben der Frage, ob es überhaupt erlaubt war, eine Insassin zu berühren, hatte sie Angst, die Haut ihrer Mutter anzufassen. Sie verabscheute sich dafür, doch so war es. Genauso, wie sie Beine wie aus Gummi bekommen hatte, als sie die Inhalte der Koffer aus Willard hatte anfassen müssen, so verhielt es sich mit der Vorstellung, jemanden zu berühren, der im Koma lag. Selbst wenn dies ihre eigene Mutter war.

Sie wischte sich über die Wangen und holte tief Luft.

»Es tut mir so leid«, flüsterte sie. »Ich habe einen Fehler gemacht. Ich habe deine Briefe erst gelesen, als es zu spät war.« Sie schluckte ihre Schluchzer herunter und hatte Mühe zu sprechen. Sie fühlte sich, als würde sie gleich hysterisch losheulen, während sie im nächsten Moment am liebsten auf irgendetwas eingeschlagen hätte, wütend darüber, welchen Lauf das Leben genommen hatte. Für den Bruchteil einer Sekunde fragte sie sich, ob die anderen Häftlinge sie hören konnten. Dann beschloss sie jedoch, dass es ihr egal war. »Bitte verzeih mir, dass ich dich nicht besuchen gekommen bin, Mommy. Ich war dumm und stur und verstört. Ich dachte, mit dir sei etwas nicht in Ordnung. Ich hatte vergessen, was Daddy getan hatte. Jetzt kenne ich die Wahrheit. Ich weiß, dass du dein Leben für mich geopfert hast.« Sie senkte den Kopf und schnäuzte sich mit dem Ärmel die Nase. »Du musst wissen, dass ich nie aufgehört habe, dich zu lieben.«

Es war zu viel. Mit zuckenden Schultern brach sie auf dem Stuhl zusammen. Wenn sie doch nur die Briefe ihrer Mutter früher gelesen hätte! Wenn sie sie nur besucht hätte, wäre ihr vielleicht klar geworden, dass ihre Mutter nicht verrückt war. All die Jahre lang hätte sie jemanden zum Reden gehabt, jemanden, der sie liebte, selbst wenn dieser Jemand hinter Gittern saß. Das einzige Mal, als Izzy ihre Großmutter gefragt hatte, was passiert war, war diese in Tränen ausgebrochen. Und die siebenjährige Izzy, die den einzigen Menschen, der ihr noch geblieben war, nicht aufregen wollte, schnitt das Thema nie wieder an. Drei kurze Jahre später war ihre Großmutter gestorben.

Dann erinnerte Izzy sich an Claras Tochter. Wenn sie überlebt hatte, dann war sie sicherlich mit den gleichen Gedanken durchs Leben gegangen – ihre Mutter war weggesperrt, weil sie verrückt war. Izzy stand auf. Wenn Claras Tochter noch am Leben war, verdiente sie es, die Wahrheit zu erfahren. Sie musste Claras Tagebuch lesen. Mehr als je zuvor war Izzy nun fest entschlossen, herauszufinden, was mit ihr geschehen war. Und, falls möglich, sie wissen zu lassen, dass ihre Mutter nicht verrückt gewesen war.

Jetzt, in diesem Augenblick, blieb Izzy nichts anderes übrig, als sich von ihrer eigenen Mutter zu verabschieden. Mehr als alles andere auf der Welt wünschte sie sich, die Arme ihrer Mutter um sich zu spüren, fest von ihr umarmt zu werden und zu wissen, dass sie geliebt wurde, egal, was auch geschah. Aber das würde nicht passieren. Izzy sah zu der Aufseherin hinüber, ob sie herschaute, doch die hatte sich zurückgelehnt und las in einer Zeitschrift. Izzy holte tief Luft, küsste ihre Finger und drückte diese dann sanft an die Wange ihrer Mutter.

»Du sollst wissen, dass ich klarkommen werde«, sagte sie. »Ich bin stark, und ich habe Leute, die sich um mich kümmern. Ich liebe dich, Mommy. Ich habe dich immer geliebt und ich werde es auch immer tun. Es tut mir leid, dass ich dir das nicht schon früher gesagt habe.« Sie war auf der Suche nach etwas, was sie noch sagen konnte, doch ihre Organe fühlten sich an, als würden sie anschwellen, als würden sie gleich überkochen wie ein überhitzter Kessel, der kurz davor war zu bersten. Da trat die Krankenschwester ein und wackelte mit dem Finger, um Izzy anzudeuten, dass die Zeit um war. Es blieb nur noch eines zu sagen. »Auf Wiedersehen, Mommy!«

KAPITEL 20
Clara

Willard
Valentinstag 1932

Spiralförmig gewundene weiße Luftschlangen und rote Papierherzen hingen in Hadley Hall von der Decke und bewegten sich schwach, wenn Patienten unter ihnen vorbeischlurften oder sich hin- und herwiegten. Die letzten krächzenden Harmonien von »All Alone« hallten durch den Raum, während Schwester May neben dem Grammophon stand, schaukelte, mitsummte und gleichzeitig ein wachsames Auge auf die Tänzer hielt. Mehrere Dutzend Patienten schauten vom Rand aus zu: Sie waren an Holzstühle gefesselt, in Rollstühlen zusammengesackt oder lehnten auf Krücken oder Gehstöcken. Schwester Trench schlängelte sich durch die Patienten auf der Tanzfläche und stellte sicher, dass sie die erforderliche Distanz zueinander einhielten. Aufseher saßen am Rand des Raums in der Nähe der Türen und der Fenster auf Klappstühlen, bereit, jederzeit einzugreifen, wenn jemand sich schlecht benahm. Die Patienten, Aufseher und Schwestern trugen Ansteckblumen und Ansteckstäußchen aus rotem Seidenpapier, die von den Patientinnen während der Mal- und Bastelstunden angefertigt worden waren.

Clara saß auf einer Bank am Fuß der Bühne und ließ den Blick immer und immer wieder zum Haupteingang schweifen. Sie hoffte und betete, dass noch mehr männliche Patienten herkommen würden und Bruno unter ihnen sei. Erst vor einem Monat hatte sie sich Sonderrechte verdient – jetzt durfte sie an Mal- und Bastelstunden teilnehmen sowie Konzerten und Filmvorstellungen in Hadley Hall beiwohnen. Dies hier war jedoch ihr erster Besuch bei einer Veranstaltung für sowohl männliche als auch weibliche Patienten. Nun hoffte sie, obwohl es eigentlich keine Hoffnung mehr gab, dass sie Bruno wiedersehen würde. Sie musste glauben, dass er sein Bestes getan hatte, um zu kooperieren, um sich das bisschen Freiheit, das Patienten von Willard zugestanden wurde, zu verdienen und erhalten. Wenn nicht, waren die Chancen, einander zu finden und zusammen zu fliehen, verschwindend gering.

Das Einzige, was sie während der letzten zehn Monate in Willard aufrecht gehalten hatte, das Einzige, was sie davor bewahrt hatte, wirklich verrückt zu werden, war der Gedanke, dass Bruno hier irgendwo in Willard war. Aller Wahrscheinlichkeit nach wurde er mittlerweile im Betriebswerk der Bahn oder in der Schmiede, auf den Obstplantagen oder auf den Heufeldern, in den Ställen oder der Molkerei zum Arbeiten eingesetzt. Oder in einer der Werkstätten, die Schuhe, Besen oder Seife herstellten. Hoffentlich hatte er eine Arbeit zugeteilt bekommen, die an der frischen Luft ausgeführt wurde. Sollte sie zu ihrem alten Job in der Küche zurückkehren, dann könnten sie sich am Komposthaufen treffen. Er könnte dann die versteckte Tür öffnen und mit ihr in den Wald fliehen.

Bei jedem Spaziergang, bei jedem Besuch im Waschraum, der Kantine, im Nähzimmer, bei jeder Gelegenheit, die sich Clara bot, aus dem Fenster zu schauen, suchte sie nach ihm. Wann auch immer eine Gruppe männlicher Patienten am Seeufer entlangspazierte, am Kai arbeitete oder Vorräte von den Zügen herüberschleppte, musterte sie jede Gestalt in der Hoffnung, sie würde die Art und Weise erkennen, wie einer von ihnen lief, oder eine vertraute Mähne dunklen Haares erblicken. Bislang hatte sie Bruno nie wieder gesehen, aber sie musste daran glauben, dass jener Tag noch kommen würde. Andererseits, welchen Sinn hatte das alles?

Die Hoffnung, dass ihr Vater für ihre Freilassung sorgen würde, hatte sie schon vor langer Zeit aufgegeben. Vor sieben Monaten hatte Dr. Roach angedeutet, dass er und Henry sich einig seien: Sie würde wohl nie mehr in die Gesellschaft zurückkehren können. Danach waren die Sitzungen mit Dr. Roach komplett eingestellt worden. Trotzdem weigerte sie sich zu akzeptieren, dass sie den Rest ihres Lebens in Willard eingesperrt bleiben, Tag für Tag inmitten von Verrückten verbringen würde und nichts mehr als eine Nummer unter der Schar der entledigten Ehefrauen, Mütter, Schwestern und Töchter war. Bruno hatte versprochen, einen Ausweg zu finden, und daran musste sie sich klammern. Das musste sie. Eine Alternative gab es nicht. Und dennoch gab es Zeiten, in denen sie resignieren und aufgeben wollte. Am liebsten wollte sie aufhören, rational zu denken, und sich in eine tiefe Grube der Verzweiflung fallen lassen, um nichts mehr zu fühlen. Doch das konnte sie nicht. Denn sie war es Beatrice und Bruno schuldig, alle fünf Sinne beisammenzuhaben.

Sie erschauderte beim Gedanken daran, was womöglich passiert wäre, wenn Bruno nicht ihren Brief erhalten hätte, wenn er nicht versucht hätte, sie zu retten. Ganz sicher hätte sie mittlerweile den Verstand verloren. Einerseits war sie ihm unendlich dankbar. Andererseits jedoch waren die Schuldgefühle, dass er nun wegen ihr in der Psychiatrie gelandet war, fast nicht zu ertragen. Jedes Mal, wenn ihr der Gedanke durch den Kopf ging, dass ihm etwas Schreckliches zugestoßen sein könnte – vielleicht war er an Tuberkulose gestorben oder im Rookie Pest House an ein Bett angekettet worden –, fühlte sich ihre Brust kalt und hohl an, als seien ihre Lungen und das Herz verschwunden, sodass sie jede Minute tot umfallen würde.

Sie hatte absolut keine Ahnung, was mit ihm nach jenem furchtbaren Tag in Dr. Roachs Büro passiert war, doch sie betete, dass es nicht schlimmer war als das, was ihr zugestoßen war. Clara war auf eine spezielle Station gebracht worden, wo ihr zwei Monate lang jeden Tag immer wieder Insulin gespritzt worden war, bis sie in ein Koma fiel. Sie erinnerte sich daran, stark geschwitzt, gezuckt, gestöhnt und gesabbert zu haben, bis sie das Bewusstsein verloren hatte. Irgendwann hatten die Krankenschwestern sie dann mit intravenös verabreichter Glucose aus dem Koma zurückgeholt und sie dann mit Brettspielen und Kartenlesen beschäftigt, um einen hypoglykämischen Schock zu vermeiden. Nach zwei Monaten war sie auf die Krankenstation verlegt worden, damit sie sich erholen konnte.

Drei Wochen später kehrte Clara an ihren Arbeitsplatz im Nähraum zurück. Manchmal war ihre Sicht immer noch verschwommen und ihre Gedanken wirr. Sie hatte Schwierigkeiten, sich zu konzentrieren. Doch sie befolgte den Rat der Schwester, ihr Gehirn so viel wie möglich zu nutzen, um die Nachwirkungen des Insulins so schnell wie möglich zu beseitigen. Darum sang Clara alle Kinderlieder, die sie kannte, bis sie wieder klar im Kopf wurde.

Jetzt beobachtete sie Esther dabei, wie sie mit einem korpulenten Mann mit einer am Bauch sehr hoch sitzenden Hose und Hosenträgern tanzte. Esther trug ihr geblümtes Kittelkleid und sah aus, als würde sie führen. Acht Monate zuvor hatte Dr. Roach entschieden, dass Esther von ihrer Neigung zu »Feindseligkeit« geheilt sei, und ihr zusätzliche Privilegien gestattet. Da Esther Clara erzählt hatte, dass während Konzerten oder Filmvorstellungen in Hadley Hall die Männer immer strikt getrennt von den Frauen auf der gegenüberliegenden Seite saßen, war Clara nun erstaunt, als ihr klar wurde, dass zu besonderen Anlässen Männer und Frauen miteinander tanzen durften.

Auf der anderen Seite des Raums stand Madeline neben dem Tisch mit den Erfrischungsgetränken und tauchte die Hände in die Bowleschüssel. Eine Schwester klopfte ihr auf die Handgelenke und wies sie an, damit aufzuhören. Laut Esther hatte Madelines Großonkel angeboten, Madeline zu sich zu holen. Sie war dann aus Willard entlassen worden, als Clara die Insulinschocktherapie bekommen hatte. Ein paar Wochen später war Madeline wieder zurück in Willard – und nicht in der Lage, sich an ihren Namen zu erinnern oder daran, woher sie stammte. Sie hörte auf zu reden und weinte nur noch um die Babys, die sie verloren hatte. Als Clara sie beobachtete, zog ein humpelnder Patient Madeline auf die Tanzfläche. Madeline schlang ihre Arme um seine Schultern und zog ihn nah an sich heran, um dann ihr Gesicht an seinen Hals zu schmiegen. Schwester Trench eilte sofort los, um die beiden voneinander zu trennen.

Clara krallte sich am Rand der Bank fest und grub die Fingernägel ins Holz, während Gene Austin »My Blue Heaven« sang. *Das hier ist nicht der Himmel*, dachte Clara. *Das ist die Hölle.* Natürlich war Clara, nachdem man sie auf einer Station eingesperrt hatte, froh darüber, gewisse Privilegien zu haben. Doch dies war die erste Feiertagsparty, die sie besuchte, und es war fast mehr, als sie ertragen konnte. Beim Anblick der Patienten von Willard, wie sie tanzten und feierten, als würden sie normale Leben führen – als bestünde die reale Chance, die wahre Liebe oder das Glück zu finden –, wäre Clara am liebsten schreiend davongelaufen.

Auf jeden lächelnden Patienten, der sich auf der Tanzfläche vergnügte, kamen zwei, die mit ausdrucksloser Miene vor sich hin starrten. Einige von ihnen humpelten und zuckten und waren nicht in der Lage, sich im Rhythmus der Musik zu wiegen. Die Zahl der Patienten, die in Rollstühlen saßen, war dreimal so hoch wie die Anzahl der Patienten, die selbstständig liefen. Die meisten von ihnen gafften mit offenen, sabbernden Mündern in den Raum, hatten die Handgelenke zur Brust gehoben, während die Hände schlaff und nutzlos herunterhingen. Das war aus ihrem Leben geworden. Das war aus Claras Leben geworden. Und das war genug, um sie in den Wahnsinn zu treiben.

Sie wollte gerade aufstehen und zum Tisch mit den Getränken hinübergehen, als ihr jemand von hinten auf die Schulter tippte. Sie erstarrte. Das wäre dann die dritte Tanzanfrage, von denen zwei vom selben Mann stammten. Sie lächelte, drehte sich um und wollte gerade ablehnen. Doch dann stockte ihr der Atem.

Der Mann trug einen dunklen Vollbart, ein paar graue Strähnen waren im Haar über seinen Ohren zu erkennen. Die Nase war leicht krumm, als sei sie ein paarmal gebrochen worden. Er sah wie ein Mann aus den Bergen aus, wild und zerzaust. Claras Herz zitterte vor Angst. Der Mann wollte ihre Hand nehmen, doch Clara stand auf und wollte weggehen. Dann sprach der Mann.

»Hallo, bella Clara«, sagte er mit tiefer Stimme.

Clara wirbelte herum, biss sich auf die Lippe, um einen Schrei zu unterdrücken, und stürmte mit ausgestreckten Armen auf Bruno zu.

»Nicht«, rief er. »Die Aufseher werden sich sonst fragen, was los ist, und herkommen.«

Clara ließ die Arme sinken und versuchte, langsam und regelmäßig zu atmen, während sie sich heimlich umschaute, ob jemand etwas bemerkt hatte. Schwester Trench trennte gerade mit roter, wutverzerrter Miene zwei Frauen voneinander, die versuchten, miteinander zu tanzen. Auf der Suche nach der nächsten Musik, die abgespielt werden sollte, schaute sich Schwester May die Grammophonschallplatten an. Sie ließ eine schwarze Platte aus der Papierhülle gleiten, legte sie auf das Grammophon und setzte die Nadel auf. Ethel Waters Stimme hallte durch den Raum, die sang »Am I Blue?«. Clara klopfte das Herz bis zum Hals, sodass sie kaum sprechen konnte. »Und wenn sie dich erkennen?«, brachte sie mühsam zustande.

»Das werden sie nicht«, erwiderte Bruno knapp. »Ich habe schon die ganze Zeit auf der gegenüberliegenden Seite des Zimmers gesessen.«

»Bist du sicher?«, fragte sie.

»Ja«, nickte er und nahm ihre Hand. »Ich habe eine Weile gewartet, bis ich auf dich zukam, damit niemand Verdacht schöpft. Wie alle Patienten bin ich so lange unsichtbar, bis ich Schwierigkeiten mache.«

Er führte sie zur Tanzfläche, hielt die erforderliche Distanz zwischen ihnen ein und legte eine Hand auf die Seite ihrer Taille. Seine Handfläche war wie ein heißes Bügeleisen, das durch ihr Baumwollkleid hindurchbrannte. Ihm allein schon nur nahe zu sein, reichte aus, um Clara innerlich zu wärmen nach all den Monaten, in denen sie sich so kalt und allein gefühlt hatte, dass sie hätte meinen können, ihre Knochen seien geschrumpft. Sie hob den Blick, sah ihn an und zwang ihre zitternden Lippen zu einem Lächeln.

»Ich habe dich gesucht«, gestand sie und musste blinzeln, um die Tränen zurückzuhalten. »Jeden Tag.« Clara musterte sein Gesicht, saugte den Blick seiner vertrauten kastanienbraunen Augen auf, die langen dunklen Wimpern. Er sah über ihre Schulter hinweg und hielt die Schwestern und Aufseher im Blick.

»Sieh mich nicht an«, sagte er ruhig. »Du kennst mich nicht, erinnerst du dich?«

Sie riss ihren Blick von ihm los und starrte die Wände an, die anderen Patienten, die Aufseher. Sie sah alles verschwommen. »Es tut mir leid«, entschuldigte sie sich. »Es ist nur …«

»Ich weiß.« Er drückte ihre Hand. »Ich freue mich so, dich zu sehen.«

»Was ist mit dir passiert?«, fragte sie. »Du weißt schon, nachdem man uns aus dem Büro von Dr. Roach gebracht hat?«

»Ich war drei Monate lang in der Isolationszelle«, erwiderte er leise.

»O mein Gott«, stammelte sie. Clara presste die Lippen zusammen und ließ den Kopf hängen. »Das tut mir so leid!«

»Ist nicht wichtig«, erwiderte er. »Was wichtig ist, ist das Hier und Jetzt. Du und ich. Und was wir tun können, um hier rauszukommen.«

»Wann?«, fragte sie und sah ihm in die Augen. Sie konnte nicht anders. Sie musste ihn anschauen. Plötzlich wurde ihr schwindelig.

»Bald«, erwiderte er. Er drückte sie kurz in die Seite, als hätte er gespürt, wie nervös sie wurde. »Entspann dich, und hör mir zu. Ich arbeite mit dem Totengräber zusammen, baue Särge und schmiede Grabmarkierungen. Da haben wir Zugang zu den Tunneln unter Chapin Hall. Dort bewahren sie die Särge auf, in einem Lagerraum gegenüber der Leichenhalle. Wenn wir entschieden haben, wann wir starten wollen, musst du einen Weg nach unten in die Tunnel finden. Dort hängen Schilder –«

»Wie soll ich das anstellen?«, fragte Clara. Panik schnürte ihr die Kehle zu.

»Keine Ahnung«, erwiderte er. »Hör im Augenblick nur zu. Ich will dir zuerst alles erklären. Anschließend machen wir uns Gedanken über deine Seite des Plans. Wenn du in dem Tunnelsystem bist, musst du den Schildern zur Leichenhalle folgen. Der Lagerraum befindet sich auf der gegenüberliegenden Seite der Leichenhalle. Versteck dich in einem der Särge. Lawrence und ich werden dich hinaustragen.«

»Der Totengräber?«

»Ja.«

Sie bewegten sich über die Tanzfläche und drehten sich bedächtig zur Musik. Die Gesichter hinter Brunos Kopf verschwammen und ließen Clara schwindelig werden.

»Er wird uns nicht verraten?«, fragte sie und presste ihre Hand fester auf seine Schulter.

»Nein.« Just in diesem Augenblick kam Schwester Trench vorbei, die roten Lippen entschlossen zu einer schmalen Linie zusammengepresst. Schnell senkte Clara das Kinn, da sie befürchtete, dass Schwester Trench ihr sogleich die Wahrheit von den Augen ablesen würde. Schweißperlen bildeten sich auf ihrer Stirn, und ihre Knie zuckten auffällig. Schwester Trench überprüfte kurz, ob beide den nötigen Abstand einhielten, legte eine riesengroße Hand auf ihre Schultern und zog sie weiter auseinander.

»Zu nah«, erklärte sie.

Als sich Schwester Trench umdrehte, um zum nächsten Pärchen weiterzugehen, dachte Clara, dass sie möglicherweise doch nicht auf dem Boden kollabieren würde. Dann hielt jedoch Schwester Trench inne und blieb eine gefühlte Ewigkeit lang auf der Stelle stehen und ließ den Blick mit zusammengekniffenen Augen von einem zum anderen schweifen. Clara hatte das Gefühl, dass sich ihre Eingeweide verflüssigten. Schwester Trench hatte Bruno erkannt. Für den Bruchteil einer Sekunde wurde Clara schwarz vor Augen. Dann schluckte sie jedoch und zwang sich, Schwester Trench anzusehen.

»Alles Gute zum Valentinstag«, wünschte sie ihr. Ihre Lippen zuckten, als sie versuchte, ein Lächeln aufzusetzen. »Vielen Dank für diese schöne Feier.«

Schwester Trench runzelte die Stirn, starrte Bruno finster an und musterte sein Gesicht. Bruno setzte schnell eine Miene auf, als sei er in Trance; er wiegte sich hin und her und starrte ein Papierherz über Claras Kopf an.

»Hmpf«, machte Schwester Trench und spitzte die roten Lippen. Dann bedachte sie Clara mit einem strengen Blick und ging weiter. »Seht euch einfach vor!«, sagte sie im Weggehen.

Clara stieß einen zittrigen Seufzer aus, die Beine sackten fast unter ihr weg.

»Ist alles in Ordnung mit dir?«, erkundigte sich Bruno.

Clara versuchte, ihre Sprache wiederzufinden. »Sie hat dich erkannt!«, flüsterte sie.

Bruno schüttelte den Kopf. »Dann hätte sie sofort die Aufseher herbeigerufen.«

Clara versuchte, ruhig weiterzuatmen, und beobachtete, wie Schwester Trench neben dem nächsten Pärchen stehen blieb. »Ich weiß nicht«, fuhr sie fort. »Es kam mir vor wie … na ja, als würde sie uns warnen, vorsichtig zu sein.«

»Sie hat uns gewarnt, uns voneinander fernzuhalten, während wir tanzen«, entgegnete Bruno. »Das ist alles. Jetzt hör mir zu. Ich muss dir den Plan zu Ende erklären.«

Clara holte tief Luft und stieß diese ganz langsam wieder aus. Vielleicht hatte Bruno recht. Schwester Trench hätte die Aufseher gerufen oder Bruno und sie zu Dr. Roach gebracht. Stattdessen fuhr sie fort, die anderen Tanzpaare zu überprüfen, und verhielt sich so, als sei alles in bester Ordnung. »Okay«, nickte Clara und hatte Mühe, nicht mehr zu zittern. »Ich bin ganz Ohr.«

»Lawrence wohnt in einem alten Schuppen hinter dem Zedernwäldchen.«

Sie nickte. »Die Hütte habe ich schon einmal gesehen.«

»Wir verstecken uns dort, bis es Nacht wird, dann schleichen wir zum See hinunter, wo dann ein Boot auf uns wartet.«

»Ein Boot?«

»Ja. Vor ein paar Jahren hat Lawrence im Zedernwäldchen ein altes Ruderboot gefunden. Es war halb verrottet und mit einer dicken Schicht Zedernnadeln und Blättern bedeckt. Aber ich habe den Rumpf geflickt und Ruder aus dem Holz gefertigt, das wir für die Särge benutzen.«

»Ist das Boot schwimmtüchtig?«

»Wir werden es herausfinden.«

Clara nickte. Dann fiel ihr ein, dass es Februar war, und ihr rutschte das Herz in die Hose. Der See war zugefroren. Sie würden noch bis zum Frühjahr warten müssen, aber das war unmöglich, jetzt, nachdem die Chance auf eine Flucht einmal in ihren Verstand gepflanzt war. Keinen weiteren Tag mehr konnte sie es ertragen, in Willard eingesperrt zu sein, ganz zu schweigen von zwei weiteren Monaten. Hätte sie die Möglichkeit, würde sie sofort, unverzüglich die Flucht ergreifen. Wenn Bruno und sie nun noch bis zum Frühling warten mussten, wenn sie ausharren mussten, bis die Eisschicht auf dem See schmolz, würde sie wahrscheinlich vor Sorge durchdrehen. Außerdem: Was war, wenn zwischen jetzt und dann etwas passierte? Was, wenn einer von ihnen krank wurde? Oder in die Isolationszelle gesteckt wurde? Was dann?

»Wann?«, fragte sie und hielt gespannt die Luft an.

»Bald«, erwiderte er.

»Aber der See ist zugefroren!«

»Das Eis ist im Augenblick ganz dünn«, widersprach ihr Bruno. »Die letzten Wochen waren ungewöhnlich warm. Wir sollten in der Lage sein, es zu durchbrechen.«

Claras Magen fing an, Purzelbäume zu schlagen. Sie holte tief Luft, hob das Kinn und stellte sich ein wenig gerader hin. Das war ihre Chance. Endlich. Ihre Chance, frei zu sein und gemeinsam mit Bruno Beatrice zu finden. Doch zuerst musste sie eine Möglichkeit finden, wie sie in die Tunnel unter der Krankenstation hineinkommen sollte. Es schien nahezu unmöglich zu sein, da ihr Tagesplan sie nicht einmal in die Nähe von Chapin Hall führte. Dann hatte sie jedoch eine Idee.

»Morgen«, sagte sie. »Wir müssen es morgen machen.«

Bruno runzelte die Stirn. »Warum?«, fragte er.

»Vertrau mir einfach, okay?«

»Was hast du vor?«, fragte er.

»Ich werde mich zur Krankenstation bringen lassen«, erwiderte Clara. »Von dort aus werde ich den Weg in die Tunnel vor Einbruch der Nacht finden. Kommst du auch sonntags in die Tunnel?«

»Ja«, nickte Bruno. »Lawrence beerdigt die Toten auch an Sonntagen. Wir müssen tatsächlich sogar morgen jemanden beerdigen.«

»Okay«, nickte Clara. »Dann ist also morgen der Tag.«

In diesem Moment endete »Am I Blue?«, und Schwester May legte eine neue Schallplatte auf. Gertrude Lawrence sang »Someone to Watch Over Me«, und Clara schnürte es den Hals zu, als sie an das erste Mal dachte, als Bruno und sie im Cotton Club miteinander getanzt hatten. Jetzt tanzten sie zum gleichen Lied, während sie in einem Irrenhaus eingesperrt waren. Dieser Gedanke zwang Clara beinahe in die Knie.

—

Am Sonntagnachmittag, nachdem sie mit Esther und Madeline im Freizeitraum Körbchen gebastelt hatte, fragte Clara eine der Schwestern, ob sie früher als gewohnt auf ihre Station zurückkehren dürfe. Sie beklagte sich, sie habe Bauchweh und müsse sich hinlegen. Mit gleichgültiger Miene wies die Schwester einen Aufseher an, Clara auf die Station zurückzubringen. Clara warf einen schmerzerfüllten Blick über die Schulter zurück zu Esther und Madeline. Die beiden saßen auf einer Bank und bastelten mit gesenktem Kopf. Clara hatte beschlossen, sie nicht in ihren Fluchtplan einzuweihen. Das Risiko war einfach zu groß. Denn wer weiß, was sie preisgeben würden, wenn man ihnen mit der Isolationszelle, einem Koma durch die Insulinschocktherapie oder gar der Unterbringung im Rookie Pest House drohte. Anstatt sich also zu verabschieden, stieß sie ein stilles Gebet aus und hoffte, dass Esther und Madeline ebenfalls eines Tages Willard verlassen würden.

Eine halbe Stunde später, kurz bevor die Schwestern die anderen Patienten auf die Station zurückbringen sollten, holte Clara die vollgesogene Binde zwischen ihren Beinen hervor und schmierte ihr Menstruationsblut über die schmutzigen Bettlaken und die Innenseite ihrer Oberschenkel. Sie hatte die Binde den ganzen Tag lang nicht ausgetauscht und, da es der zweite Tag und damit der stärkste Tag der Blutung war, hatte sie genügend dunkles Blut zur Verfügung. Ihr klopfte das Herz bis zum Hals, als sie sich auf das Bett legte, zusammenrollte und wartete. Als sie hörte, wie der Schlüssel ins Schloss gesteckt wurde, fing sie an zu stöhnen und zu weinen und presste die Hände auf den Bauch. Die Patientinnen kamen herein und versammelten sich um ihr Bett herum, starrten sie an, flüsterten und wiegten sich vor und zurück. Eine der Frauen fing an, Claras Stirn zu tätscheln und ihr sanft die Haare aus den Augen zu streichen. Eine Schwester befahl den Patientinnen, zur Seite zu treten.

»Was ist mit Ihnen?«, fragte sie.

Clara verzog das Gesicht und zog die Beine hoch. »Ich weiß nicht«, erwiderte sie angespannt.

»Drehen Sie sich um, lassen Sie mich mal sehen.«

Clara stöhnte, rollte sich mit angezogenen Beinen auf den Rücken und kniff die Augen fest zusammen. Die Schwester zog Claras Hand weg und tastete ihren Bauch ab. Clara heulte auf und rollte sich wieder zurück. Dabei hielt sie den Atem an, damit sich ihr Gesicht rot verfärbte.

»Holen Sie einen Rollstuhl«, rief die Schwester einer anderen Schwester zu. »Und bringen Sie sie dann auf die Krankenstation!«

Zwanzig Minuten später lag Clara in Dr. Slades Büro auf dem Untersuchungstisch. Mit gerunzelter Stirn tastete er ihren Bauch ab. Eine Schwester hatte Clara dabei geholfen, sich kurz zu waschen, und hatte ihr eine frische Binde und ein sauberes Nachthemd gegeben. Jetzt sah die Schwester desinteressiert zu.

»Ich kann nichts Ungewöhnliches feststellen«, erklärte Dr. Slade. »Können Sie etwas genauer beschreiben, wo es Ihnen wehtut? Zeigen Sie mir bitte, wo genau der Schmerz sitzt.«

Clara legte die Hand knapp übers Hüftbein. »Hier.«

»Und dieses Mal ist es schmerzhafter als Ihre normalen monatlichen Beschwerden?«

»Ja«, nickte Clara. »Aber ich glaube, es wird langsam besser.«

»Holen Sie Dr. King«, trug Dr. Slade der Schwester auf. »Die Patientin braucht eine gynäkologische Untersuchung.«

Clara schüttelte den Kopf und setzte sich auf. »Mir geht es gut«, stellte sie klar. »Ich denke, ich muss mir nur ein wenig die Füße vertreten.« Sie rutschte vom Untersuchungstisch herunter und blieb nach vorn gebeugt stehen, die Hand auf den Unterleib gelegt.

»Was machen Sie da?«, fragte Dr. Slade. »Ich habe nichts davon gesagt, dass Sie aufstehen sollen.«

»Ich muss mich ein wenig bewegen«, erwiderte Clara. »Dann wird es besser.«

Dr. Slade starrte sie über den Rand seiner Brille hinweg an. »Wollen Sie mir damit sagen, dass Sie so viel Wirbel nur wegen schlimmer Blähungen gemacht haben?«

Clara zuckte mit den Schultern. »Keine Ahnung«, antwortete sie. »Sie sind hier der Arzt, nicht ich.« Sie legte beide Hände auf den Unterleib und zuckte zusammen. »Da ist es wieder.«

»Legen Sie sich wieder hin, wir warten ab.« Finster schaute er zur Schwester hinüber. »Ich werde nicht noch weitere Untersuchungen oder Röntgenaufnahmen anordnen, wenn sie nur unter schlimmen Blähungen oder einer schmerzhaften Monatsblutung leidet.«

»Bitte«, fuhr Clara fort. »Ich muss einfach nur gehen. Wenn das nicht helfen sollte, werde ich alles tun, was Sie mir sagen.«

Dr. Slade warf ihr einen prüfenden Blick zu, schüttelte dann den Kopf und deutete mit angewidertem Blick auf die Tür. »Gehen Sie mit ihr bis zum Ende des Korridors und wieder zurück«, wies er die Schwester an.

Mit klopfendem Herzen folgte Clara der Schwester aus dem Untersuchungszimmer hinaus. Sie warf einen prüfenden Blick in beide Richtungen, ob es dort eine Treppe gab, die ins Untergeschoss führte. Sie wusste, dass es nicht einfach werden würde, doch sie hoffte dennoch, dass sich endlich auch einmal etwas zu ihren Gunsten entwickeln würde. An beiden Enden des Korridors war dieser an weitere Flure angeschlossen, die jeweils nach links und rechts abgingen. Clara rutschte das Herz in die Hose. Sie schlurfte an der Wand entlang hinter der Schwester her, eine Hand auf den Bauch gepresst, die andere am Geländer, das entlang der Wand verlief. Sie fragte sich, ob sie wohl auf Anhieb eine Treppe finden würde oder ob sie sich in die Krankenstation einweisen lassen müsste. Denn wenn sie jetzt keinen Weg zu den Tunneln hinunterfinden würde, müsste sie später eine Gelegenheit suchen, um sich aus ihrem Raum hinauszuschleichen. Und das wäre nahezu unmöglich.

Als sie das Ende des Korridors erreichten, machte die Schwester auf dem Absatz kehrt und wollte schon wieder zu Dr. Slades Untersuchungsraum zurückkehren. Clara hielt inne, klammerte sich fest an das Geländer und sah den Korridor zu ihrer Linken hinunter. Der breite Gang war gesäumt von Patienten, die mit Lederriemen um ihre Hüften an Stühle gefesselt waren. Einige von ihnen weinten und stöhnten, andere starrten in die Luft. Der Gang zu ihrer Rechten war praktisch leer, von einem einsamen Rollstuhl und einem Metallwagen voller Medizinfläschchen einmal abgesehen. Die Patientenräume auf beiden Seiten des Korridors waren verschlossen. Am Ende befand sich ein Lastenaufzug, dessen Türen geöffnet waren – gleich neben einer Doppeltür unter einem grünen Schild, auf dem »Kellergeschoss« stand. Schweißperlen bildeten sich auf Claras Stirn. Sie bog rechts ab, in Richtung der Treppe.

»Wo gehen Sie hin?«, rief die Schwester. »Kommen Sie zurück!«

Clara lief weiter und kämpfte gegen den Drang an, einfach loszurennen. »Ich muss nur noch ein wenig weiterlaufen«, erwiderte sie. »Ich glaube, das hilft.«

»Sie sollten tun, was ich Ihnen sage«, rief die Schwester. »Dr. Slade wartet!«

Clara ignorierte sie und lief weiter. Die Schwester seufzte und eilte Clara mit quietschenden Sohlen hinterher. Clara warf einen Blick über die Schulter.

»Nur bis zum Ende des Gangs«, versprach sie. »Dann komme ich zurück.«

Mit verkniffenem Mund und rudernden Armen lief die Schwester an ihr vorbei. Clara bremste ab, vergrößerte den Abstand zur Schwester und bemühte sich, nicht zu hyperventilieren. Das hier musste einfach funktionieren. Als sie vor der Doppeltür kehrtmachten, brach Clara auf dem Boden zusammen und zuckte in steifen, heftigen Bewegungen mit den Armen und Beinen. Dazu verdrehte sie die Augen, streckte die Zunge heraus, wand sich und lag zuckend auf den kalten Fliesen.

Die Schwester wirbelte zu Clara herum, riss die Augen weit auf und keuchte. Sie kniete sich hin und legte ihre Hände auf

Claras Schultern. Clara schlug immer noch wild um sich und tat, als müsse sie würgen, sodass die Schwester aufstand und loseilte, um Hilfe zu holen. Sobald sie fort war, sprang Clara auf, lief durch die Doppeltür und rannte die Treppe hinunter zum Keller unter Chapin Hall.

Am Fuß der Treppe blieb sie stehen, um zu entscheiden, in welche Richtung sie laufen sollte. Lange Betontunnel führten in alle Richtungen, nach links, nach rechts und geradeaus. In der Luft lag ein höhlenähnlicher Gestank von Schimmel und nassem Stein. Tropfende Rohre in verschiedenen Größen verliefen entlang der Decke, Lampen mit einer Drahtummantelung verströmten ein schwaches, gedimmtes Licht; die gelb gewordenen Glühbirnen waren mit Schmutz und Spinnweben verkrustet. Alle drei Meter etwa wurde jeder Gang von einem wuchtigen Torbogen überspannt, die alles wie Kreuzgänge in einer mittelalterlichen Festung aussehen ließen. Auf dem Bogen zu Claras Rechten hing ein Schild mit der Aufschrift »Leichenhalle«.

Hinter Clara ertönten Rufe und Geschrei von der Treppe aus, und der Motor des Lastenaufzugs setzte sich dröhnend in Gang, knirschende Zahnräder hallten durch den verrosteten Schacht. Clara stürzte in Richtung Leichenhalle und war dankbar, dass der Keller ein so unglaubliches Labyrinth war. Wer auch immer nach ihr suchte, hätte keine Ahnung, in welche Richtung sie gelaufen war. Sie hoffte inständig, dass heute, an einem Sonntag, niemand hier unten unterwegs war.

Ihre Schritte hallten durch den leeren Tunnel, da die harten Sohlen ihrer Schuhe auf den Steinboden aufschlugen. Clara blieb kurz stehen, zog sich die Schuhe aus und erstarrte, da sie Stimmen gehört hatte. Eine Männerstimme hallte durch den Gang, gefolgt von etwas, das sich wie ein Stöhnen und Weinen anhörte. Clara schlich vorsichtig weiter, bewegte sich nah an der Wand, allzeit bereit, sich umzudrehen und wegzulaufen.

Doch je mehr sie lauschte, desto mehr hörte es sich an, als würde die Stimme immer und immer wieder den gleichen Satz wiederholen. Metall schlug gegen Metall, Ketten wurden über Steinboden gezogen. Auf der gegenüberliegenden Wand vor ihr befand sich eine Tür aus dicken Eisenstangen, die kreuz und quer verliefen. Der Türgriff war mit einer Kette und einem Vorhängeschloss versehen. Sie überquerte den Tunnel und ging näher heran; die Schuhe presste sie fest an ihre Brust.

Je näher sie der Tür kam, desto stärker wurde der üble Gestank von Urin und Fäkalien. Clara schlug die Hand vor den Mund und warf am Rand vorsichtig einen Blick durch die Eisentür. Das Herz klopfte ihr bis zum Hals. Der steinerne Raum war von Metallkäfigen gesäumt, in denen sich Patienten befanden, manche von ihnen nackt, manche in schmutzigen Krankenhaushemden. Die meisten von ihnen waren zusätzlich an die Wand gekettet, saßen auf Pritschen oder lagen auf dem Boden. Clara unterdrückte ein Keuchen. Ihr kamen die Tränen. Warum wurden diese Patienten im Keller in Käfigen gehalten? Es war schon schlimm genug, in Willard eingeschlossen zu sein, aber das hier? Das war barbarisch. Wie konnten die Ärzte damit ungestraft davonkommen? Sie schwor sich in dem Moment, dass sie die Polizei über die Misshandlungen hier in Kenntnis setzen würde, wenn sie aus Willard heraus war und zu den Behörden gegangen war, um ihnen von Beatrice zu erzählen. Nachdem sie sich die Tränen weggewischt und ein stilles Gebet gesprochen hatte, eilte sie den Tunnel hinunter – fest entschlossen, jemanden zu finden, der dem Ganzen hier ein Ende setzen würde.

Endlich entdeckte sie wieder ein Schild mit der Aufschrift »Leichenhalle« über zwei Pendeltüren aus Metall. Ein Stück weiter den Gang entlang bildeten zwei Holztüren das Ende des Tunnels. Durch die schmutzigen Scheiben oben in den

Türen drang schwaches Tageslicht herein. Für den Bruchteil einer Sekunde überlegte sie, zum Ende des Tunnels zu laufen und die Klinken herunterzudrücken. Vielleicht konnte sie in den Raum dahinter hineinschlüpfen? Dann fiel ihr jedoch wieder ein, dass die Aufseher und Schwestern bereits nach ihr suchten. Selbst wenn die Türen nicht verschlossen wären, hätte sie keine Ahnung, wo sie hingehen sollte. Und was, wenn man draußen bereits nach ihr suchte? Es war das Beste, sich an Brunos Plan zu halten.

Sie drückte die Lagerraumtür gegenüber der Leichenhalle auf, deren Angeln wie eine jammernde Katze aufjaulten. Schnell hielt sie die Tür fest, um das Geräusch zu stoppen, schob sich durch den engen Spalt und schlüpfte seitlich in den dunklen Raum. Der Geruch von Baumsaft und Sägemehl hing in der Luft; lange, rechteckige Gebilde säumten die Wände. Clara streifte ihre Schuhe über, bewegte sich Zentimeter für Zentimeter weiter und tastete sich in der Dunkelheit vor. Als sie sich das Schienbein an etwas sehr Hartem stieß, bückte sie sich. Ihre Finger strichen über rohes, unbehandeltes Holz und etwas, das sich wie eine dicke, geschliffene Ecke eines Sarges anfühlte. Clara schob den Deckel beiseite, kletterte in den Sarg, legte sich hinein und zog den Deckel zu. So laut wie ein Zug dröhnte ihr der eigene Herzschlag in den Ohren. Nachdem sie im Inneren des Sargs lag, hob sie den Deckel mit ihren Fingern an, ließ ihn herunter und fühlte entlang der Kanten, damit es nirgendwo eine Öffnung gab.

Erleichtert, dass man sie nicht sehen würde, wenn jemand hereinkäme und das Licht anmachen würde, schloss sie die Augen; ihr Atem wurde hart und schnell, der Kopf schien auf den Boden des Sargs zu pochen. Nach nur wenigen Sekunden schon war es fast unmöglich, dem Drang zu widerstehen, den Deckel aufzustoßen, aufzustehen, aus dem Raum zu laufen und den Tunnel hinunterzurennen, hin zum Sonnenlicht. Es kostete sie große Mühe, nicht die Arme und die Knie anzuziehen, sich nicht zu bewegen oder sich aufzusetzen. Rufe und Geschrei in der Ferne sowie Türenschlagen hallten durch die Kellergänge. Wer würde sie zuerst finden – Bruno oder die Aufseher?

Clara erstarrte, als sie hörte, dass sich in unmittelbarer Nähe im Gang etwas bewegte. Eine schwere Tür wurde geöffnet und geschlossen, dann ertönte ein gedämpftes Kratzen und ein dumpfer Schlag draußen vor dem Lagerraum. Schlüssel drehten sich in einem Schloss. Die Tür des Lagerraums öffnete sich mit einem lauten Quietschen. Clara hielt den Atem an. Was wäre wohl die Strafe für einen Fluchtversuch? Die Isolationszelle? Insulinschocktherapie? Das Rookie Pest House? Die Tür schlug mit einem dumpfen Knall wieder zu. Ein Schalter klickte. Winzig dünne Lichtstrahlen drangen durch die Ecken des Sargdeckels. Schwere Schritte stapften durch den Raum. Clara kniff die Augen zu.

»Warten wir hier, bis sie auftaucht?«, fragte eine männliche Stimme.

»Das ist der Plan, erinnerst du dich?«, erwiderte ein anderer Mann. Clara standen die Härchen auf ihrem Armen zu Berge. Das klang wie Bruno. Doch sie musste sicher sein. Sie wartete ab, versuchte, nicht zu atmen und befürchtete schon, ohnmächtig zu werden, bevor er das nächste Mal sprach. Dann, nach einer gefühlten Ewigkeit, fuhr die gleiche Stimme fort. »Hast du die Leichenhalle abgeschlossen?«

»Uh-huh«, erwiderte die erste Stimme. »Ich habe die Leichenhalle abgeschlossen, jawohl, das habe ich.« Es klang, als wäre der Mann schon etwas älter. Seine Stimme war tief und rau, seine Worte sorgsam ausgewählt und langsam.

»Und wenn jemand kommt?«, fragte der erste Mann.

»Wir beerdigen heute Miss Annie Blumberg«, antwortete die zweite Stimme.

Clara atmete scharf ein. Das waren Bruno und der Totengräber! Sie wollte gerade den Sargdeckel aufstoßen, als sie draußen im Tunnel schwere Schritte vernahm. Sie erstarrte. Die Tür des Lagerraums wurde mit einem lauten Quietschen geöffnet.

»Habt ihr hier unten jemanden gesehen?«, fragte ein Mann keuchend.

»Wir beerdigen heute Miss Annie Blumberg«, erklärte der Totengräber. »Sie kommt in den Himmel, um bei Jesus zu sein.«

»Lawrence, ich habe nicht gefragt, was du gerade tust«, unterbrach ihn der Mann verärgert. »Ich habe gefragt, ob ihr hier unten in den Tunneln jemanden gesehen habt? Wir vermissen eine weibliche Patientin.«

»Wir haben niemanden gesehen«, antwortete Bruno. Er sprach nun lauter als eben, als stünde er direkt neben dem Sarg.

»Sie habe ich nicht gefragt«, schnauzte ihn der Mann an. »Ich habe Lawrence hier gefragt. Lawrence, hast du nun jemanden gesehen oder nicht?«

Eine halbe Ewigkeit verging, bis Lawrence antwortete. Clara befürchtete schon, sie würde losschreien, bevor er irgendetwas sagte. »Nein«, erwiderte Lawrence endlich. »Ich habe keine weibliche Patientin hier in den Tunneln gesehen. Wir beerdigen heute Miss Annie Blumberg. Sie kommt in den Himmel, um bei Jesus zu sein.«

»Gut«, antwortete der Mann. »Sag uns auf jeden Fall Bescheid, wenn du jemanden siehst. Hast du mich verstanden, Lawrence?«

»Ja«, antwortete Lawrence. »Ich sage Bescheid, wenn ich eine Frau sehe, die nicht Miss Annie Blumberg ist.«

Mit einem lauten Quietschen schloss sich die Tür wieder. Clara atmete auf, ihre Glieder schlotterten. Ihr erster Impuls war, den Sargdeckel aufzustoßen und herauszuklettern, doch sie musste noch warten. Sie musste absolut sicher sein, dass der Aufseher wirklich fort war. Sie presste sich die Fingernägel in die Handballen.

»Bist du hier drin, Clara?«, flüsterte Bruno. Er klang jetzt wieder weiter entfernt.

Clara schluckte und wollte etwas sagen, doch ein dicker, brennender Kloß schnürte ihr den Hals zu. Kein Ton kam heraus.

»Clara?«

»Hier«, brachte Clara mühsam zustande. Sie klopfte mit den Knöcheln gegen das Holz. »Ich bin hier.«

Ein lauter Schlag gegen den Sarg ließ sie zusammenschrecken. Der Sarg erzitterte plötzlich, als habe jemand dagegengetreten. Dann wurde der Deckel zur Seite geschoben. Zuerst sah sie Finger, dann ein Stück von Brunos Gesicht. Er zog den Sargdeckel weg und sah besorgt auf sie herunter. Clara versuchte, sich aufzusetzen.

»Beweg dich nicht«, flüsterte er. »Und sag kein Wort.« Schnell legte sich Clara wieder hin. »Ist alles in Ordnung mit dir?«

Sie nickte und zwang sich zu einem Lächeln. Es fühlte sich verkrampft an.

»Wir werden dich jetzt hier rausbringen«, erklärte Bruno, immer noch im Flüsterton. »Und wir werden heute Nacht fliehen. Lawrence ist hier, um uns zu helfen.«

Das lange, borstige Gesicht des Totengräbers tauchte über ihr auf. Er nahm seine Kappe ab, fuhr sich mit der Hand durch das graue, strubbelige Haar und nickte ihr kurz zu. Die Haut um seine Augen herum war mit dem Alter dünn geworden und ließ seine Augenlider leicht rosafarben wirken. Die Falten an seinem Hals waren mit Schmutz zugesetzt.

»Es ist nicht richtig, was die getan haben«, stellte Lawrence fest und schüttelte den Kopf. »Es ist nicht richtig, dass die Ihr Baby weggenommen haben.«

Clara kamen die Tränen. Sie holte tief Luft, nickte und lächelte Lawrence schwach an. Dann verdunkelte sich Brunos Miene, sodass Clara wieder zu zittern begann. Etwas stimmte nicht.

»Wir müssen dich jetzt aus dem Tunnel rausschaffen«, flüsterte er. »Wir müssen den Sarg die Treppe raufbringen, ihn auf einen Wagen laden und dann zum Friedhof rüberbringen. Wir haben Annies Leiche heute Morgen schon weggebracht und im Zedernwäldchen in der Nähe von Lawrences Hütte versteckt. Wir werden den Austausch im Wald vornehmen, aber wir müssen uns dazu sehr beeilen. Es dauert noch einige Stunden, bis es dunkel wird, und wenn sie dich nicht auf der Krankenstation finden können, werden sie dich auf dem ganzen Gelände suchen.« Er richtete sich auf, kratzte sich im Nacken und wich ihrem Blick aus. Dann seufzte er, sah ihr in die Augen und musterte sie. »Wir müssen den Sarg zunageln, Clara. Wir werden nicht alle Nägel hineinhämmern, aber wir müssen ihn zunageln, falls uns jemand auf dem Weg zum Friedhof aufhält.«

Sie nickte und versuchte, ein Lächeln zustande zu bringen, doch ein kaltes, dumpfes Gefühl ließ sie schaudern. Bruno kniete sich hin, neigte sich über den Sarg und legte seine Hände um ihren Hinterkopf. Dann beugte er sich vor und küsste sie auf den Mund.

»Ich verspreche, nicht zuzulassen, dass dir etwas passiert!«, flüsterte er mit glasigem Blick. »Es wird alles gut gehen.«

Er ließ sie los und griff mit kreideweißem Gesicht nach dem Sargdeckel. Dann schob er diesen über den Sarg und blickte Clara so lange in die Augen, bis der Sarg komplett geschlossen war. Wieder lag Clara vollkommen im Finsteren. Sie schloss die Augen, ballte die Fäuste und versuchte, normal zu atmen.

Dann hörte sie etwas; es klang, als krame jemand in einer Tüte voller Nägel. Ein sanfter Schlag traf den Sarg.

»Jetzt kommt der erste Nagel«, erklärte Bruno.

Bamm! Trotz der Warnung ließ der laute Schlag Clara zusammenfahren. Dann folgte eine Pause, als wollte Bruno Clara die Gelegenheit geben, sich an den Klang zu gewöhnen. Dann *bamm, bamm, bamm, bamm.* Mit jedem Schlag zuckte sie zusammen. Tränen liefen ihr über die Schläfen; sie schob ihre Hände an der Brust vorbei und steckte sich die Finger in die Ohren, da sich die scharfen metallischen Schläge bis in ihr Hirn durchschlugen. Sie biss sich auf die Lippe, da ihr Magen zu rebellieren drohte, und versuchte, nicht darüber nachzudenken, was passieren würde, wenn Bruno aus irgendwelchen Gründen davon abgehalten würde, sie wieder aus dem Sarg herauszulassen. Endlich sprach Bruno wieder.

»Das war der letzte Nagel«, erklärte er. Die Anspannung war seiner Stimme deutlich anzumerken. »Wir bringen dich jetzt nach draußen. Versuch bitte, dich nicht zu bewegen.«

Der Sarg schaukelte sanft und wurde dann in einer zügigen Bewegung in die Luft gehoben. Eine Sekunde lang konnte Clara ihr Körpergewicht nicht mehr spüren. In ihrem Kopf drehte sich alles, und sie presste die Hände gegen die hölzernen Sargwände an den Seiten, wobei sich winzige Holzsplitter in ihre Haut bohrten. Bruno und Lawrence trugen sie in den Tunnel, die Treppe hinauf, auf einen wartenden Wagen. Claras Körper bewegte sich in dem Sarg wie ein zusammengerollter Teppich, ganz gleich, wie sehr sie sich bemühte stillzuhalten. Es kostete sie große Überwindung, nicht zu schreien.

—

In der Nähe des Friedhofs luden Bruno und Lawrence den Sarg vom Wagen, trugen ihn ins Zedernwäldchen und versteckten ihn in einer dicht bewachsenen Baumgruppe. Bruno benutzte eine Brechstange, um den Deckel aufzuhebeln, und achtete sorgsam darauf, das Holz nicht zu beschädigen, damit sie den Sarg noch für Annie Blumberg brauchen konnten. Während sie darauf wartete, befreit zu werden, atmete Clara langsam, wenngleich auch zittrig ein und kämpfte gegen das Verlangen an, gewaltsam nach draußen zu drängen. Dann hob Bruno endlich den Sargdeckel ab. Clara schoss hoch, kletterte aus dem Sarg und atmete tief ein, als habe man sie vor dem Ertrinken gerettet. Bruno stand einfach nur da, presste sie an seine Brust und schmiegte sein Gesicht an ihren Hals, sodass sie seinen warmen, keuchenden Atem auf ihrer Haut spürte. Sie drängte sich an ihn, sog seine Wärme in sich auf und versuchte, nicht mehr zu zittern. Es kam ihr wie eine halbe Ewigkeit vor, seit sie das letzte Mal seine Arme um sich gespürt hatte. Sie wollte nicht, dass er sie wieder losließ. Bruno legte seine Hände um ihr Gesicht und küsste sie mit hungrigen, geöffneten Lippen. Dann wich er zurück und sah sie mit glasigem Blick an.

»Ich habe dich so vermisst!«, sagte er.

»Ich habe dich auch vermisst!«, erwiderte Clara mit klappernden Zähnen. »Ich weiß nicht, was mit mir passiert wäre, wenn du nicht …«

»Schschsch!« Er presste einen Finger auf ihre Lippen. »Jetzt wird alles gut. Wir werden hier rauskommen und unsere Tochter finden.« Er küsste sie wieder auf den Mund. »Aber jetzt musst du laufen. Versteck dich unter Lawrence' Bett, bis ich dich holen komme.«

Sie nickte, schlang ihre Arme ein letztes Mal um ihn und lehnte den Kopf an seine Brust. »Ich liebe dich«, sagte sie.

»Ich liebe dich auch«, erwiderte er. »Und jetzt lauf!«

Clara drehte sich um und lief los, wobei ihr Atem beim Ausatmen weiße Wölkchen bildete. Dann warf sie einen Blick über ihre Schulter zurück und wurde langsamer, bis sie anhielt und Bruno und Lawrence dabei zusah, wie sie eine Schicht grüner Zweige von Annie Blumbergs Leiche entfernten, die in ein Laken gehüllt war. Nachdem sie sie hochgehoben und in den Sarg gelegt hatten, schoben sie den Deckel wieder auf den Sarg. Clara stieß ein stilles Gebet aus, in dem sie der Frau dafür dankte, ihr die Chance zur Flucht ermöglicht zu haben. Unter den Bäumen duckte sie sich und lief weiter, ohne sich noch einmal umzuschauen.

Als sie Lawrences Hütte erreichte, eilte sie über die krumme und schiefe Veranda und riss die Tür auf, die sich in der Mitte schon durchbog. Das Herz klopfte ihr bis zum Hals. Drinnen presste sie sich eine Hand vor den Mund und die Nase, als sie von dem üblen Geruch von Fäkalien und verrottenden Nagetieren überwältigt wurde. Der Gestank brannte ihr sogar in den Augen, und sie konnte kaum atmen, ohne zu würgen. Clara befürchtete schon, sich draußen verstecken zu müssen, auf dem Dach oder in einer versteckten Ecke hinter dem Haus. Doch nein, sie konnte einfach nicht riskieren, gesehen zu werden. Sie musste sich an den Plan halten. Sie schaute sich um und versuchte, sich zurechtzufinden.

Der zerfallende Bau bestand aus zwei kleinen Räumen, einem Küchen-/Wohnbereich und einem Schlafzimmer. Der Boden des Wohnbereichs bestand aus Schiefergestein, und ein bröckelnder Kamin aus Backsteinen dominierte eine Fachwerkwand. Ein angestrichener Schrank befand sich unter einem verdreckten Fenster, über dem eine zerrissene Paisleyschabracke hing. Die hölzerne Arbeitsplatte auf dem Schrank war mit einer Wasserpumpe und einem verrosteten Spülbecken ausgestattet. In der Mitte des Raums stand ein Stuhl mit einer Rückenlehne aus Rohrgeflecht; er hatte nur drei Beine, das vierte wurde durch einen Stapel kaputter Ziegelsteine ersetzt. Ein Esstisch, dessen komplette Oberfläche mit leeren

Dosen und alten Zeitungen bedeckt war, schien aus einer alten Tür gezimmert worden zu sein. In einer der Ecken stand ein dickbauchiger Ofen, hinter dessen Eisengitter ein orangefarbenes Feuer prasselte.

Clara widerstand dem Drang, sich zum Aufwärmen an den Holzofen zu setzen, und eilte durch das Wohnzimmer in den verschmutzten Schlafraum, in dem an der einen Wandseite ein Holzbett mit einer Pferdehaarmatratze stand. Unter einem teilweise zugenagelten Fenster duckte sich wie ein missgestalteter Zwerg eine schiefe Kommode. Durch die oberen Fensterscheiben fielen wenige Strahlen des schwindenden Tageslichtes auf einen abgewetzten Teppich vor der Kommode. Es war ein kleiner Perserteppich, dessen geometrisches Muster Clara an den Teppich vor dem Arbeitszimmer ihres Vaters erinnerte.

Clara verdrängte das Bild ihres Vaters und krabbelte unter das Bett, wobei sie mit ihren Knien und Ellbogen über den Erdboden schabte. Sie schob sich so weit hinunter wie möglich, bis ihr Rücken an die Fachwerkwand stieß. Dann lugte sie unter dem niedrigen Bettgitter hervor und versuchte, flach zu atmen. Der Fäkaliengestank war fast unerträglich. In der Ecke nahe der Kommode stand ein Metalleimer, an dessen Seiten körnige Spritzer und braune Schleifspuren festgebacken waren. Clara zog eine Ecke der Wolldecke vom Bett, um den freien Blick auf Lawrence' provisorische Toilette zu versperren. Staubige Spinnweben klebten an ihren Handgelenken. Sie streifte sie ab und wartete, während sie so gut wie möglich die Kälte zu ignorieren versuchte, die vom Erdboden aufstieg.

Sie fragte sich, wie lange es wohl dauern würde, bis Bruno sie abholen kam, und wollte sich in Erinnerung rufen, wie lange Lawrence brauchte, um jemanden zu beerdigen. Doch während ihrer Zeit im Rookie Pest House war sie von Trauer erfüllt und mit Opiumtinktur ruhiggestellt gewesen, sodass sie sich nicht mehr entsinnen konnte. Hoffentlich würden sich aber Lawrence und Bruno beeilen, und da sie zu zweit waren, würde die Arbeit nur halb so lange dauern wie gewohnt. Draußen wurde es schon dunkel, sodass das Licht in der Hütte grau war und immer weiter abnahm.

Nach einer halben Ewigkeit öffnete sich die Tür. Clara wollte gerade schon unter dem Bett hervorkrabbeln, doch dann schrak sie zurück, da ihr bewusst wurde, dass dies nicht unbedingt Bruno und Lawrence sein mussten, denn in dem dunklen Zimmer konnte sie kaum noch etwas erkennen. Und selbst wenn sie es waren, hieß das nicht, dass sie allein waren. Sie erstarrte und lauschte mit angehaltenem Atem. Im Wohnbereich zündete jemand ein Streichholz an. Irgendetwas zischte, und eine kleine Flamme prasselte. Ein Paar dreckverkrustete Stiefel tauchten in der Tür auf, und ein gelblicher Lichtschein erhellte den Schlafraum. Die Gummistiefel schlurften über den Schmutz und blieben nahe der gegenüberliegenden Wand stehen. Eine verrostete Öllampe wurde auf den Boden gesetzt. Der Besitzer der Gummistiefel streifte diese ab und entblößte schmutzige, nackte Füße. Eine Jacke fiel achtlos auf den Boden. Sie sah aus wie die Jacke von Lawrence.

Warum sollte Lawrence hier ohne Bruno auftauchen?, fragte sich Clara. *Hatte er Bruno verraten? Wartete er etwa auf die Aufseher, die sie holen kommen sollten? Was war, wenn Bruno auf seine Station zurückgeschickt worden war, weil eine Patientin fehlte? Hatte Lawrence vergessen, dass sie sich unter seinem Bett versteckte? Vielleicht war aber auch der Mann in der Hütte gar nicht Lawrence?* Die schmutzigen Füße tapsten zum Eimer hinüber. Hosenträger dehnten sich und schnappten zurück, und die Hose fiel auf die Füße des Mannes herunter. Ein Urinstrahl traf die Wand des Eimers. Der Mann stöhnte und wartete einen Augenblick, bis er die Hose wieder hochzog, sich umdrehte und auf Clara zukam. Am Bettende ging er auf alle viere hinunter, und knotige weiße Finger stocherten im Schmutz herum. Clara hielt den Atem an und presste den Rücken an die Wand. Ihr Herzschlag raste. Dann tauchte Lawrence' runzeliges Gesicht vor ihr auf, er kniff die rosa umrandeten Augen zusammen. Clara atmete erleichtert auf.

»Sie suchen nach Ihnen«, erklärte Lawrence.

»Ich weiß«, erwiderte Clara und versuchte, ihr klopfendes Herz wieder zu beruhigen. »Wo ist Bruno?«

»Er beerdigt Miss Annie Blumberg«, erwiderte er. »Er hat gesagt, ich soll sagen, dass ich krank bin, wenn Sie hierherkommen.«

Clara schluckte. »Wann kommt er mich holen?«

»Wenn es sicher ist. Wenn es sicher ist, werden Sie und Bruno Ihr kleines Baby suchen. Ich muss Sie an einem besseren Ort verstecken.«

Clara spürte, wie ihr die Farbe aus dem Gesicht wich. »Wo?«, fragte sie.

Als Lawrence grinste, lugten seine schiefen Zähne wie Maiskörner zwischen seinen spröden Lippen hervor. Er deutete ihr an, unter dem Bett hervorzukommen, und stand dann auf. Clara schob sich über den Erdboden, kroch unter dem Bett hervor und wischte sich Schmutz und Spinnweben von den Ellbogen und Knien. Lawrence eilte zur Kommode, bückte sich und zog den Perserteppich zur Seite, unter dem sich eine kleine Falltür befand. Er packte den darin eingelassenen Eisenring und zog die Tür auf. Eine wackelige Treppe tauchte auf, die in eine augenscheinlich bodenlose Grube führte. Lawrence deutete Clara an hinunterzuklettern.

»Haben Sie eine Kerze oder eine zweite Laterne?«, fragte Clara und versuchte, gleichmäßig weiterzuatmen. »Damit es da unten nicht so dunkel ist. Wenn ich jemanden höre, lösche ich sie sofort.«

Lawrence verzog den Mund, sah auf seine Füße hinunter und kratzte sich hinter dem Ohr. Dann eilte er in die Küche. Clara folgte ihm und blieb in der Tür stehen, von wo sie durch das Fenster nach draußen sah, falls jemand über die Veranda kommen würde. Draußen war der Himmel fast dunkel geworden, und die schattenhaften Silhouetten der Bäume ragten finster vor der Hütte auf. Lawrence ging zu seinem improvisierten Tisch, hob eine Dose nach der anderen hoch und warf einen Blick in jede hinein, bevor er die Dosen dann jeweils laut scheppernd auf den Schieferboden fallen ließ. Käfer und Maden zappelten unten in den umgekippten Dosen und krümmten sich in einer schwarzgrauen Masse. Clara schlug sich eine Hand vor den Mund. Endlich fand Lawrence, wonach er gesucht hatte. Er ging zu einem Stapel aus Holzscheiten, der sich neben dem Ofen befand, brach einige Holzspäne und Stöckchen ab, schob diese in eine Blechdose und holte dann eine Streichholzschachtel von der Fensterbank über der Spüle.

Wieder im Schlafbereich, hielt Lawrence Clara an der Hand, als diese in den alten Rübenkeller kletterte. Anschließend reichte er ihr die Blechdose und die Zündhölzer nach unten. Unten angekommen, kniete sich Clara hin, setzte die Dose auf den Erdboden und zündete die Späne an. Diese fingen Feuer und brannten. Der Schein der kleinen Flammen tanzte über die Felswände und erhellte mehrere Schichten von vertrockneten Libellen und Gottesanbeterinnen, die an Schnüren aufgehängt waren, die wiederum an Nägeln hingen, die in Felsspalten steckten und insgesamt wie eine riesengroße Käfersammlung wirkten. Zuerst war Clara zusammengezuckt, bevor ihr auffiel, dass das, was sie zunächst für Käfergetier gehalten hatte, in Wirklichkeit winzige Kreuze aus Hölzern und Schnüren waren. Es gab Tausende davon; jede noch so kleine Stelle in diesem Keller war damit bedeckt.

Sie sah zu Lawrence hinauf. »Was ist das?«, erkundigte sie sich.

»Es ist falsch«, stellte Lawrence fest.

Verwirrt schüttelte Clara den Kopf. »Was ist falsch?«

Lawrence verzog das Gesicht und hatte Mühe, seine Gefühle im Zaum zu halten. »Die Leute«, fuhr er fort. »Es ist falsch, ihre Gräber nur mit einer Nummer zu markieren.«

Clara hielt das Licht näher an die Felswände und starrte die winzigen Holzkreuze an. Drei Initialen und eine Nummer waren in jedes Kreuz geschnitzt; die Schrift war so klein, dass man sie kaum lesen konnte. Tränen stiegen ihr in die Augen. Wie konnte jemand, der so liebenswürdig und aufmerksam wie Lawrence war, sein Leben hier in Willard fristen? Das war doch nicht fair! Sie legte eine Hand auf ihr Herz und sah zu ihm hoch.

»Sie sind ein guter Mann, Lawrence!«

Lawrence lächelte mit glasigem Blick und nickte ihr kurz zu, während seine faltigen Wangen rot wurden. »Ich sollte jetzt besser die Tür schließen«, erklärte er.

»Ja«, nickte Clara. »Vielen Dank, Lawrence.«

Clara versuchte, die wiederkehrende klaustrophobische Panik zu ignorieren, und hockte sich auf dem kalten, schmutzigen Boden hin.

Lawrence schloss die Falltür, und wieder wurde Clara von Dunkelheit umhüllt. Die Flamme in der Blechdose warf zitternde Schatten auf die Kreuze und schaffte die Illusion, dass den Hölzern plötzlich Flügel gewachsen waren und sie nun flatterten, um sich loszureißen.

Über ihr wurde der Teppich über die Falltür gezogen, dann knarzte der hölzerne Bettrahmen. Innerhalb weniger Minuten hörte sie Lawrence schnarchen. Clara biss sich auf die Unterlippe und kniff die Augen zu, um nicht laut zu schreien. *Bald ist es ganz dunkel*, dachte sie. *Dann kommt Bruno und holt mich. Ich muss nur noch kurz aushalten.* Dann kam ihr ein anderer Gedanke. Wie sollte Bruno bloß im Dunkeln in die Hütte kommen?

Normalerweise mussten die Patienten bei Einbruch der Dunkelheit wieder auf die Stationen zurück. Zwar hatte Bruno eine Sonderstellung inne, aber würde sich denn niemand wundern, wo er war? Und wer war überhaupt dafür verantwortlich, dass er rechtzeitig wieder auf die Station gebracht wurde? Oder war ihm wie Lawrence mehr Freiheit zugestanden worden als den anderen? Ihr Herzschlag raste, heiße Flammen der Panik schlugen in ihrer Brust empor. Dann öffnete sich plötzlich die Vordertür der Hütte. Schnell blies Clara die Flamme in der Blechdose aus und hielt den Atem an.

»Lawrence!«, brüllte ein Mann. Clara erstarrte.

Das war nicht Bruno.

»Lawrence!«, brüllte der Mann erneut.

Schwere Schritte liefen erst über den Steinboden, dann über den Erdboden des Schlafraums. Das Bett knarzte nun, als würde jemand am Bettgestell wackeln.

»Wach auf!«, rief ein zweiter Mann. »Jetzt steh verdammt noch mal endlich auf!«

Lawrence grunzte, und wieder knarzte das Bettgestell, als würde sich Lawrence auf die Seite drehen oder aufsetzen.

»Was machst du da?«, fragte ihn die Stimme. »Hast du keine Arbeit, die du erledigen musst?«

»Ich bin krank«, erwiderte Lawrence. »Bruno hat Miss Annie Blumberg beerdigt.«

»Du siehst aber gar nicht krank aus!«, stellte der Mann fest. »Nur faul.«

»Ich bin krank. Bruno hat Miss Annie Blumberg beerdigt.«

Clara zuckte zusammen und sorgte sich, dass die Männer etwas ahnen könnten, wenn Lawrence immer dasselbe wiederholte.

»Wie lange schläfst du schon?«, fragte der zweite Mann.

»Keine Ahnung.«

»Komm schon«, rief der erste Mann. »Wir verschwenden hier nur unsere Zeit. Bei dem Vollidioten hier erreichen wir doch eh nichts.«

»Hast du hier jemanden herumirren gesehen, Lawrence?«, fragte der zweite Mann. »Ist eine Patientin hier gewesen? Hat irgendwer an deine Tür geklopft oder zum Fenster hereingeschaut?«

»Ich bin krank«, erwiderte Lawrence wieder. »Ich habe geschlafen, während Bruno Miss Annie Blumberg beerdigt hat.«

»Komm, lass uns gehen«, rief der zweite Mann.

»Warte mal«, unterbrach ihn der erste Mann. »Was ist das?«

»Was, zum Teufel, meinst du?«

»Da kommt Rauch unter dem Teppich hervor!«

Clara rutschte das Herz in die Hose. Sie klammerte eine Hand über die Blechdose und biss sich auf die Lippe, als das heiße Blech ihr die Handfläche verbrannte. Doch es war zu spät. Über ihr wurde der Teppich über der Falltür weggezogen. Schnell krabbelte sie in eine Ecke, unfähig zu atmen. Jemand machte sich an dem Eisenring zu schaffen und hob die Falltür hoch. Ein Lichtstrahl drang in den dunklen Keller. Dann fiel die Tür zu. Etwas Schweres schlug auf die Tür. Es klang wie ein Körper.

Ein Mann schrie, und im Schlafzimmer waren Kampfgeräusche zu vernehmen – schweres Atmen, Fäuste, die auf Muskeln und Knochen trafen, Grunzen, splitterndes Holz und ein Krachen, Möbel, die zu Boden fielen. Dann gedämpfte Stimmen und etwas, das sich anhörte, als ziehe man etwas Schweres von der Falltür weg. Jemand packte den Eisenring, die Tür flog auf. Clara keuchte.

Es war Bruno.

Erleichtert sank Clara zusammen, eine Hand auf ihr rasendes Herz gepresst.

»Alles in Ordnung mit dir?«, rief er.

Sie nickte, erhob sich mühsam und eilte mit zitternden Knien die Treppe hinauf. Lawrence saß auf dem Bett und tastete mit bebenden Fingern seine blutende Lippe ab. Zwei Aufseher lagen auf dem Boden, einer auf dem Bauch, einer auf dem Rücken, die Augen geschlossen.

»Sind sie tot?«, fragte Clara keuchend.

»Nein«, erwiderte Bruno. »Komm! Wir müssen weg von hier!«

Sie ging zu Lawrence. »Geht es Ihnen gut?«, fragte sie ihn.

Er nickte und stand auf, holte seine Jacke und hielt sie Clara hin. »Auf dem See ist es sehr kalt.«

Zuerst zögerte sie kurz, doch dann schlüpfte sie mit den Armen hinein, drehte sich um und nahm Lawrence in den Arm. »Danke, dass Sie uns helfen!«

Lawrence grinste, hielt aber immer noch seine Lippe fest. »Ich hoffe, Sie finden Ihr Baby bald«, antwortete er mit glänzenden Augen.

»Komm schon«, trieb Bruno sie an. »Wir müssen los!«

Alle drei eilten aus der Hütte und flohen in den dunklen Wald. Lawrence lief voraus und zeigte ihnen den Weg. Der aufgehende Mond verlieh der Nacht einen bläulichen Schimmer und lieferte gerade genug Licht, dass sie sehen konnten, wohin sie liefen. Währenddessen hielt Clara Brunos Hand, duckte sich unter Zweigen hinweg, rannte um Bäume und Büsche herum. In der Ferne bewegten sich rund um den dunklen Gebäudeblock von Chapin Hall Laternen auf und ab, und entlang der Patientenstationen leuchteten Öllampen, die lange, menschenförmige Schatten auf die Backsteinmauern und die vergitterten Fenster warfen. Die Strahlen von Taschenlampen hüpften über die Rasenflächen, während sich dunkle Gestalten in der Nähe des Bootshauses und des Anlegers herumtrieben. Es hatte angefangen zu schneien, dicke Schneeflocken fielen vom Himmel herab. Seltsamerweise erinnerte Clara diese Szene an das gemeinsame Weihnachtsliedersingen mit ihrer Familie. Angesichts dieses Aberwitzes hätte sie beinahe laut losgelacht. So abgelenkt, stolperte sie über einen Ast, der im Weg lag.

»Vorsicht!«, flüsterte Bruno und fing sie auf.

Clara blieb kurz stehen, um zu Atem zu kommen. »Wie sollen wir zum Wasser kommen, ohne gesehen zu werden?«, fragte sie.

»Das Ruderboot ist am Ufer versteckt«, erklärte Bruno. »Auf der anderen Seite einer Straße am Ende dieses Wäldchens. Niemand wird uns sehen, aber wir müssen uns beeilen.«

Sie nickte, und gemeinsam liefen sie weiter.

Als sie das Ende des Wäldchens erreichten, blieben sie stehen und beobachteten die Straße. Sie war menschenleer. Lawrence eilte auf die gegenüberliegende Straßenseite, kletterte über eine Felsböschung und war verschwunden. Dann tauchte sein Kopf wieder auf, und er deutete Bruno und Clara an, ihm zu folgen. Sie sahen sich nach beiden Seiten um, huschten über die Straße, kletterten die Böschung hinauf und am felsigen Uferstreifen wieder hinunter.

Lawrence und Bruno zerrten das Ruderboot unter einem riesigen Geißblattbusch hervor und zogen es über das Ufer, wobei der Holzkiel über die Felsen schabte. Nachdem das Boot von allem Grün befreit war, bückten die Männer sich über das Schiffsheck und schoben es ins Wasser. Clara starrte auf den See hinaus, auf dessen sanften Wellen sich das Mondlicht spiegelte, während der Schnee leise durch die kalte Nachtluft fiel. Das Eis war kürzlich aufgebrochen, sodass nun kleinere Eisstücke hier und dort im Wasser trieben. Wenn sie gelegentlich aneinanderstießen, zersplitterten zuerst dünne Eisschichten und klirrten wie gläserne Glocken in der Ferne.

Clara atmete tief ein und hielt die Luft an. Sie war sicher, den kühlen, sauberen Hauch der Freiheit zu schmecken.

»Komm!«, rief Bruno und sah sie über seine Schulter hinweg an. »Komm ins Boot!«

Wellen plätscherten an den Rumpf, schaukelten das Boot auf und ab wie eine Wiege. Lawrence hielt das Heck fest, während Bruno Clara dabei half, von einem Fels aus in das Boot zu steigen. Sie setzte sich am Bug hin und wartete; ihr Atem war flach und schnell. Die Männer liefen bis zu den Hüften ins Wasser und zogen angesichts der Kälte den Kopf ein. Bruno schwang sich über das hintere Teil des Bootes und wollte hineinklettern. In diesem Moment entdeckte Clara Lichter oben auf der Böschung. Dr. Roach und zwei Aufseher waren dort aufgetaucht und reckten ihre Lampen in die Höhe. Einer der Aufseher blies laut in eine Pfeife, und beide kraxelten zum Ufer hinunter. Bruno ließ sich wieder ins Wasser zurück und wollte Lawrence dabei helfen, ins Boot zu gelangen, während dieser sich immer noch am Heck festhielt. Doch Lawrence wehrte sich und schüttelte den Kopf.

»Du musst mit uns kommen«, rief Bruno. »Sie werden dich einsperren!«

»Nein!« Lawrence schüttelte lebhaft den Kopf. »Ich steige in kein Boot ein.«

»Bitte!«, drängte Clara ihn. »Kommen Sie ins Boot! Wir müssen los!«

»Nein«, entgegnete Lawrence, drehte sich und versuchte, Bruno ins Boot zu heben. »Ich bleibe hier.«

»Sofort stehen bleiben!«, brüllte Dr. Roach. Er stolperte die felsige Böschung hinunter, rutschte dabei aus und wäre fast hingefallen, bevor er unten ankam.

Die Aufseher stürmten über die Felsen herbei, liefen mit wedelnden Armen ins Wasser und schleppten sich, so schnell sie konnten, durch die Wellen. Einer von ihnen packte Lawrence am Kopf und drückte ihn unter Wasser. Bruno ließ das Boot los und schlug dem Aufseher ins Gesicht, um Lawrence zu befreien. Der zweite Aufseher schlang seine Arme um Brunos Schultern und zerrte ihn von dem anderen Aufseher weg. Das Boot fing an abzutreiben. Clara stand auf, kletterte hastig über die mittlere Sitzbank und ließ die Ruder zu Wasser. Dann zog sie die Rudergriffe zu sich heran und bewegte das Boot auf diese Art weiter vom Ufer weg. Sie versuchte, die Ruhe zu bewahren, und stieß die Ruder wieder ins Wasser und drückte. Dieses Mal bewegte sich das Ruderboot auf die Männer zu.

Ein dritter Aufseher tauchte auf, kletterte die Böschung hinunter und lief ins Wasser. Mit einem Knüppel schlug er Bruno hart auf den Kopf, wobei sich sein Gesicht vor Anstrengung verzog. Der zweite Aufseher ließ Bruno los, sodass Bruno unter der Wasseroberfläche verschwand, bis der Aufseher ihn packte und wieder hochzog. Brunos Augen waren geschlossen, sein Gesicht rot vor Blut, und das Haar klebte ihm wie nasses Seegras an der Stirn. Der Aufseher zog ihn ans Ufer, wo er ihn halb auf den Felsen, mit der unteren Körperhälfte jedoch noch im Wasser liegen ließ. Dann eilte er ins Wasser zurück. Einer der Aufseher bekam das Boot zu fassen und versuchte, sich in das Boot zu hieven. Clara stellte sich hin, zog ein Ruder aus dem Ruderlager heraus und schlug dieses dem Aufseher über den Kopf. Mit schlaff zur Seite hängendem Kopf fiel der Mann ins Wasser zurück. Doch er erholte sich rasch und griff blindlings nach dem Boot, während ihm das Blut in Strömen in die Augen floss. Clara hob zum zweiten Mal das Ruder und wollte es mit aller Kraft auf ihn schlagen, da hallte ein Pistolenschuss durch die Luft. Clara erstarrte und sah auf, während das Ruder über ihr in der Luft verharrte. Dr. Roach stand am Uferrand mit einer qualmenden Pistole in der Hand, den Arm zum Himmel gereckt.

»Ich habe gesagt, stehen bleiben!«, brüllte er.

Clara ließ das Ruder sinken, das Holz schepperte auf die Sitze des Bootes. Drei weitere Aufseher tauchten oben mit Zwangsjacken und Ketten in den Händen auf der Böschung auf. Der Aufseher, der Lawrence unter Wasser gedrückt hatte, zog ihn nun heraus. Lawrences Augen waren geschlossen, seine Kinnlade hing herunter. Der Aufseher zerrte ihn zum Ufer und ließ ihn neben Bruno fallen. Clara sprang aus dem Boot und schleppte sich durch das eiskalte Wasser in Richtung des Ufers. Ihre Beine fühlten sich taub an, und die kalte Luft schnitt wie Messer in ihre Lungen. Auf den Felsen fiel sie zwischen Bruno und Lawrence auf die Knie, nackte Panik schnürte ihr die Kehle zu. Sie schüttelte beide an den Schultern und versuchte, sie aufzuwecken. Doch es war sinnlos.

Lawrence lag auf dem Rücken, den Kopf zur Seite geneigt, die Haut kreidebleich, die Lippen lilafarben. Er atmete nicht mehr. Clara drehte Bruno auf den Rücken, strich ihm das nasse Haar aus den Augen und hielt sein blutendes Gesicht in ihren zitternden Händen. Immer und immer wieder rief sie seinen Namen. Seine Haut war eiskalt, die weißen Hände schlaff. Clara legte ihr Ohr auf seine Brust und hielt den Atem an, um seinen Herzschlag zu hören. Doch der einzige Herzschlag, den sie hörte, war ihr eigener. Sie schrie und sackte über seinem Körper zusammen, ihre Glieder zitterten und bebten unkontrolliert, die Schultern zuckten, so sehr weinte sie. Ein tiefer Schluchzer nach dem anderen brach aus ihr hervor und raubte ihr die Luft aus den Lungen, bevor sie mit dem nächsten Atemzug Luft schnappen konnte. Ein Paar Galoschen tauchte vor ihr auf. Mit letzter Kraft schaute Clara auf.

»Jetzt sehen Sie bloß, was Sie angestellt haben«, sagte Dr. Roach und starrte auf sie herab.

KAPITEL 21
Izzy

Obwohl sie ihren Wintermantel trug, die Kapuze aufgesetzt und die Fäuste in den Taschen vergraben hatte, fror Izzy, als sie auf Pegs und Harrys Veranda saß. Leichter Schneefall hatte eingesetzt, und ein bitterkalter Wind trieb ihr die Tränen in die Augen. Doch das war ihr alles egal. Izzy musste draußen an der frischen Luft sein. Zuvor waren Peg und sie beim Bestattungsinstitut gewesen und hatten die Details rund um die Beisetzung ihrer Mutter geklärt. Das matte Licht der Kronleuchter, die schweren Brokatvorhänge und der Hauch von Formaldehyd, der in der Luft hing, erinnerten sie an die Beerdigung ihres Vaters. Als sie vor dem Schreibtisch des Bestatters saß, hatte Izzy das Gefühl, wieder sieben Jahre alt zu sein, verloren in einem See der schwarzen Mäntel und Anzüge, in dem sie nach ihrer Großmutter gesucht und sie angefleht hatte, nach Hause gehen zu können. Es hatte sie all ihre Kraft gekostet, einen Sarg für ihre Mutter auszusuchen, sich für eine Grabstätte zu entscheiden und zu erklären, warum es keinen Gottesdienst geben sollte. Eigentlich wäre sie viel lieber von dem Stuhl im Queen-Anne-Style aufgesprungen, hätte ein Fenster aufgerissen und gefragt, warum hier alles so verdammt finster aussehen musste.

Jetzt konnte sie gar nicht genug frische Luft bekommen. Sie stellte sich ihre Mutter vor, wie sie nun mit steifen Muskeln und für immer geschlossenen Augen auf einer Edelstahlbahre in einer Kühlkammer des Bestatters lag. Plötzlich bekam Izzy keine Luft mehr. Sie stand auf und schleppte sich mühsam über den Rasen, während sie versuchte, ihre Lungen mit Luft zu füllen, und das gefrorene Gras unter ihren Füßen knirschte. *So fühlt es sich also an, eine Waise zu sein*, dachte sie mit einem Kloß im Hals und Tränen in den Augen. *Von jetzt an wird es also nie mehr wenigstens einen Menschen auf der Welt geben, der jeden Tag an mich denkt und mich bedingungslos liebt. Jetzt bin ich endgültig und vollkommen allein.*

Nachdem sie so lange auf sich gestellt gewesen war, hatte sie sich jahrelang eingeredet, dass sie den Tod ihrer Mutter gut verkraften würde. Doch da hatte sie falschgelegen. Als Peg ihr die Nachricht vom Tod ihrer Mutter überbracht hatte, war Izzy zu Boden gefallen, und starke Schluchzer hatten ihr die Luft geraubt. Mit Tränen in den Augen hatte Peg sich auf den Teppich gekniet, Izzy im Arm gehalten und sie weinen gelassen, während sie ihr sanft über den Kopf gestreichelt hatte. Fast eine Stunde hatte es gedauert, bis Izzy ihren Beinen wieder so weit vertraut hatte, dass sie sich aufrichtete.

Jetzt, durch den Tod ihrer Mutter, die Sorge rund um ihren achtzehnten Geburtstag und den Zwischenfall in Willard, wuchs der Drang, sich wieder zu ritzen, stündlich. Bis jetzt war sie noch standhaft geblieben, doch sie konnte nicht aufhören, sich vorzustellen, wie sie die Puderdose in ihrer Handtasche zerstörte und sich mit einer Scherbe des Spiegels die dünne Hautschicht auf ihren Armen durchschnitt. Immer und immer wieder erinnerte sie sich daran, dass die Erleichterung nur von kurzer Dauer wäre und der körperliche Schmerz ihre Mutter auch nicht zurückbringen würde. Sie musste lernen, erwachsen zu reagieren und sich in der Welt zurechtzufinden, ohne in Selbstmitleid zu zerfließen oder sich der Trauer hinzugeben. Ihre Mutter hatte ihr Leben für sie geopfert, und es sollte nicht umsonst gewesen sein.

Glücklicherweise hatten Shannon und ihre Freunde Izzy

nach dem Vorfall in Willard in Ruhe gelassen. Wenn sie in der Schule auf dem Korridor aneinander vorbeiliefen, senkte Shannon den Blick. Izzy fragte sich, ob Shannon möglicherweise Angst hatte, Izzy könnte Anzeige gegen sie erstatten. Shannon und Ethan waren nicht mehr zusammen, doch Izzy ignorierte Ethans Versuche, mit ihr zu reden. Über Alex hatte er ihr eine Nachricht zukommen lassen, sich für alles entschuldigt und sie angefleht, zu ihr kommen zu dürfen. Izzy warf den Brief in den Müll. Wenn Ethan zu Hause anrief, hatte Izzy Peg und Harry angewiesen, ihm zu sagen, dass sie gerade unter der Dusche stand oder mit Freunden unterwegs war. Sie brauchte Zeit, um ihr Leben auf die Reihe zu kriegen und um herauszufinden, was sie als Nächstes tun wollte. Sie wollte nicht noch mehr Kummer haben als ohnehin schon. Außerdem: Wer wollte schon mit einem Mädchen ausgehen, das keine Familie besaß und dessen Zukunft so ungewiss war?

»Izzy?«, rief Peg aus der Küchentür. »Kommst du jetzt herein? Das Abendessen ist gleich fertig.«

Izzy seufzte, wischte sich die Tränen aus den Augen und steuerte das Haus an. Sie bezweifelte, dass sie irgendetwas herunterbekommen würde, doch Peg und Harry waren so unglaublich freundlich und liebenswürdig zu ihr gewesen, gerade in letzter Zeit. Höflich zu sein war das Mindeste, was sie tun konnte. Harry stand an der Kücheninsel und schnitt Salat klein.

»Es gibt Tacos«, verkündete er und lächelte Izzy an. »Die isst du doch am liebsten, oder?«

Izzy nickte, und wieder kamen ihr die Tränen. Sie konnte sich nicht daran erinnern, wann jemand das letzte Mal gewusst hatte, was ihr Lieblingsessen war, geschweige denn, wann sich jemand die Zeit genommen hatte, es auch tatsächlich zuzubereiten. Doch Peg und Harry hatten noch weitaus mehr gemacht, als Izzys Lieblingsessen zu kochen. Sie hatten sowohl den Sarg für Izzys Mutter als auch die Beerdigung bezahlt und sie so davor bewahrt, bis in alle Ewigkeit auf dem Gefängnisfriedhof liegen zu müssen. Sie sollte nun neben ihren Eltern auf dem Friedhof in Geneva ihre letzte Ruhe finden. Izzy hatte noch nie Leute kennengelernt, die so großzügig waren wie Harry und Peg. Sie überlegte immer noch, wie sie sich angemessen bei ihnen bedanken konnte. Doch jedes Mal, wenn ihr die geeigneten Worte auf der Zunge lagen, schnürte es ihr die Kehle zu, und sie bekam kein Wort über die Lippen.

Izzy hängte ihre Jacke auf und stand immer noch zitternd vor der Kücheninsel. Peg holte gerade die Milch aus dem Kühlschrank, schenkte davon in einen Kochtopf ein und stellte diesen auf den Herd.

»Ich mache dir einen Kakao«, verkündete sie Izzy. »Und den wirst du gleich auch trinken. Du hast seit heute Morgen nichts mehr gegessen oder getrunken.«

»Danke«, erwiderte Izzy und schaffte es zu lächeln.

In diesem Augenblick klingelte es an der Haustür. Harry legte sein Messer beiseite und eilte zur Tür. Auf dem Weg wischte er sich die Hände an einem Geschirrtuch ab. Eine Minute später kam er mit Alex und Ethan an seiner Seite zurück. Trotz ihrer Entscheidung, sich von Ethan fernzuhalten, machte Izzys Herz bei seinem Anblick einen Satz. Er trug Arbeitsschuhe, eine schwarze Jacke und eine schwarze Jeans. Seine Wangen waren von der Kälte draußen ganz gerötet. Izzy kaute auf ihrer Unterlippe herum und bemerkte, wie gerne sie ihn umarmt hätte. Mit Tränen in den Augen kam Alex auf Izzy zugeeilt.

»Geht es dir gut?«, fragte sie.

Izzy nickte und ließ zu, dass Alex sie umarmte. Sie musste blinzeln, um die Tränen zurückzuhalten. Nachdem sich Izzy von Alex gelöst hatte, schlang Ethan seine Arme um sie. Er roch nach Winter und einem würzigen Parfum, als er seine kühle Wange an ihre Schläfe drückte. Es kostete sie alle Kraft, nicht ihr Gesicht an seinen Hals zu schmiegen.

»Es tut mir so leid, was mit deiner Mutter passiert ist«, sagte er.

»Danke«, erwiderte Izzy. Sie umarmte ihn kurz und wollte zurückweichen, bevor sie ihm in die Augen schauen musste. Doch er hielt sie fest, seine starken Arme zogen sie näher an sich heran.

»Ich bin für dich da«, flüsterte er ihr ins Ohr. »Ob dir das gefällt oder nicht.«

Izzy kniff die Augen zusammen und versuchte, nicht zu weinen. Doch es nutzte nichts. Heiße Tränen liefen ihr über die Wangen.

»Warum bleibt ihr nicht zum Essen?«, fragte Peg. »Harry bereitet gerade Tacos zu. Mit der Menge, die er immer kocht, könnte er eine ganze Mannschaft versorgen. Es ist also reichlich für alle da.«

Ethan lehnte sich zurück und wischte Izzy sanft mit dem Daumen über die Wange. »Ich liebe Tacos«, erwiderte er grinsend.

»Ich auch«, pflichtete Alex ihm bei und strich Izzy über die Schultern.

Izzy lächelte, während ihr das Herz aufging. Vielleicht war sie doch nicht allein.

KAPITEL 22
Clara

März 1946

Wegen der anhaltenden Regengüsse während der gesamten letzten Woche floss schlammiges Wasser in die Abflussgräben, die entlang der Tunnelmauern unter Chapin Hall verliefen, was dazu führte, dass die Steinböden nass waren. Clara stand hinter Esther in der Schlange am Fuße der Kellertreppe und fragte sich, ob es wohl jemand bemerken würde, wenn sie die Reihe verließe und den Tunnel entlang zur Leichenhalle liefe, hin zu der Flügeltür, die nach draußen ins Freie führte, hinaus auf den grünen Rasen. Wenn sie das Fenster kaputt machen und sich durch den Fensterrahmen quetschen würde und dann, so schnell sie konnte, zum See lief, könnte sie es ins Wasser schaffen, bevor jemand sie erwischte. Endlich hätte alles ein Ende.

Sie könnte dem Schlaf in einem steinharten Bett auf einer kalten, verdreckten Station ein Ende bereiten, wo sie nachts dem Gemurmel und Heulen der Frauen zuhören musste. Sie könnte all den unaufhörlichen Morgen ein Ende bereiten, die sie alle Kraft kosteten, um aus dem Bett aufzustehen und einen neuerlichen Tag durchzustehen, an dem sie wieder nur Frauen dabei zusah, wie sie aus den Fenstern starrten, mit den Köpfen gegen die Wände schlugen und heulten, dass sie nach Hause wollten. Sie könnte dem faden Leben ein Ende bereiten, das sie hier führen musste. Sie könnte dem rabenschwarzen Schmerz in ihrer Brust ein Ende bereiten, der jeden Schlag ihres gebrochenen Herzens zu einem Messerstich zwischen ihren Rippen werden ließ.

Sie sah auf ihre Hände hinunter und musterte die winzigen Risse an ihren Fingerspitzen, die sich in die Haut hineingewetzt hatten durch das jahrelange Einfädeln von Garn, und die Einbuchtung oben an ihrem Mittelfinger, die Hunderte von Fingerhüten hinterlassen hatten. Sie hatte so viel an den Nägeln gekaut, dass kaum noch etwas von ihnen übrig war, und ihre Haut war trocken und schwielig – es waren die Hände einer alten Frau. Clara musste an die Hände ihrer Mutter denken: weich und manikürt, die Nägel poliert und rot, und ihre Haut duftete nach Lavendel. Sie versuchte, sich ihre Mutter vorzustellen, wie sie jetzt wohl aussah, mit grauem Haar und runzeligem Gesicht, wie sie Tee aus importiertem Porzellan schlürfte, während sie auf einem Samtsofa saß. Auch fragte sie sich, ob ihr Vater wohl noch lebte, ob die beiden ihren Lebensabend sicher und warm in ihrer Villa genossen. Ob sie wohl je an sie dachten? Ob sie sich wohl je fragten, ob es ihr gut ging, ob sie noch lebte? Dachten sie je darüber nach, nach Willard zu kommen, um sie um Verzeihung zu bitten? Oder um den Ärzten zu erlauben, sie freizulassen? Oder waren sie so herzlos und machten sich keine Gedanken mehr über sie? Zweifelten sie je ihre Entscheidung an, ihre Tochter wie Müll entsorgt zu haben?

Der kalte Eisengeruch von nassem Zement im Tunnel erinnerte Clara an die Nacht, als sie und Bruno zu fliehen versucht hatten. Auch nach all den Jahren sah sie immer noch das Bild vor sich, wie Bruno von seiner Position über dem Sarg aus auf sie hinuntergeschaut und sie mit traurigem Blick angesehen hatte, als er den Deckel über den Sarg geschoben hatte, um ihn zuzunageln. Wenn sie damals gewusst hätte, was sie jetzt wusste, hätte sie möglicherweise Bruno und Lawrence gebeten, weiterzumachen und sie anstelle von Miss Annie Blumberg zu beerdigen.

Ihre Augen brannten wieder, und sie verdrängte die schmerzhaften Erinnerungen, wie sie es über die Jahre hinweg unzählige Male getan hatte. Sie versuchte, an etwas anderes zu denken, hob das Kinn und erinnerte sich daran, dass der Filmabend in Hadley Hall anstand sowie das jährliche Nationalfeiertags-Picknick am 4. Juli. Dies waren kleine Ablenkungen, auf die sie sich freuen konnte. Etwas, das sie davon abhielt, wahnsinnig zu werden. Jeden Tag ermahnte sie sich von Neuem, dass es für ein Wunder nie zu spät war – eines Tages könnte sie entlassen werden. Wenn sie in Selbstmitleid baden würde, wäre sie mit Sicherheit bald dem Wahnsinn erlegen. Und das konnte sie nicht zulassen. Sie musste ihre Sinne beisammenhalten, wenn sie überleben und irgendwann Beatrice finden wollte.

Die Schlange bewegte sich vorwärts, und endlich konnte sie den Tunnel vor sich hinunterschauen.

»Wie nennen sie die neue Behandlungsmethode gleich noch mal?«, fragte sie Esther.

»Elektroschocktherapie«, erwiderte Esther. »Aber ich habe zufällig mitbekommen, wie die Aufseher es als ›Blitz‹ bezeichnet haben.«

»Was bedeutet das?«, fragte Clara.

Esther zuckte mit den Schultern. Clara lehnte sich zur Seite, um an der Schlange der Frauen vorbeizuschauen. In dem Moment trugen zwei Aufseher eine bewusstlose Frau, die mit einem Bettlaken zugedeckt war, auf einer Bahre aus dem Behandlungsraum. Das Laken verrutschte und fiel zu Boden und zeigte, dass die Frau nackt war. Die Aufseher brachten sie in einen Raum gegenüber. Eine Schwester hob das Laken auf und folgte ihnen mit verkniffener Miene. Die Aufseher kehrten in den Behandlungsraum zurück. Eine Minute später brachten sie eine weitere Frau heraus und hielten sie aufrecht, während sie auf die Stühle zustolperte, die an der Tunnelwand aufgereiht waren. Die Frau hinter Clara wimmerte. Clara wünschte sich, sie würde aufhören. Die Schlange bewegte sich wieder vorwärts.

Dr. Roach kam in den Tunnel, schlenderte an der Schlange vorbei und notierte sich die Namen der Patienten auf einem Klemmbrett. Kurz bevor Dr. Roach bei Esther angelangt war, trugen zwei Aufseher wieder eine Frau aus dem Behandlungszimmer, die an eine Bahre gebunden war. Sie wand sich und schrie vor Schmerzen, eine Hand krallte sich in die Luft. Hinter den Aufsehern stürzte Schwester Trench mit roter, verzerrter Miene auf Dr. Roach zu.

»Dr. Roach!«, rief sie. »Ich glaube, ihr Rückgrat ist gebrochen!«

Dr. Roach klemmte sich seine Notizen unter den Arm und eilte zu der Patientin hin. Die Aufseher blieben stehen, damit er sie untersuchen konnte. Dr. Roach streifte sich einen Gummihandschuh über und fuhr mit der Hand über die Wirbelsäule der Frau, zog dann das Klemmbrett unter seinem Arm hervor und deutete auf den Lastenaufzug.

»Bringen Sie sie auf die Krankenstation«, befahl er.

Die Aufseher trugen die Bahre in den Lastenaufzug, doch sie hatten Mühe, die Bahre gerade zu halten, da die Frau um sich schlug und sich wand. Schwester Trench starrte Dr. Roach mit gespitzten Lippen an. »Ich habe Ihnen doch gesagt, die Ladung war zu hoch.«

Dr. Roach packte sie am Arm, führte sie in den Behandlungsraum und raunzte ihr währenddessen etwas ins Ohr. Clara presste die Zähne aufeinander, ihre Atmung beschleunigte sich immer mehr. Was machten sie dort in diesem Raum? Sie warf einen Blick über ihre Schulter zurück durch den Tunnel und fragte sich, ob sie einfach loslaufen sollte. Vielleicht erreichte sie die Doppeltür, die nach draußen führte, bevor irgendjemand bemerkte, dass sie fort war. Dann jedoch rief sie sich in Erinnerung, was beim letzten Mal passiert war, als sie zu fliehen versucht hatte. Sie begann zu zittern, als sie sich an die zehn Monate erinnerte, die sie in der Isolationszelle verbracht hatte. Das konnte sie nicht noch einmal ertragen. Das konnte sie nicht. Es hatte sie fast umgebracht.

Die Schlange bewegte sich vorwärts. Clara musterte die Frau, die auf dem Stuhl saß. Sie hatte den Kopf an die Wand gelehnt und die Augen geschlossen, als würde sie schlafen. Zwei weitere Frauen wurden nach draußen geführt und neben sie hingesetzt. Vielleicht war die Behandlung doch gar nicht so schlecht. Vielleicht war sie nur für gewisse Leute schlecht, für Leute mit anderen Problemen. Ehe sie sich's versah, wurden Esther und sie von einem Aufseher am Arm gepackt und in den Behandlungsraum geführt.

Dort standen Schwester May und sieben weitere Schwestern und warteten auf sie. Vier Betten waren in der Raummitte aufgereiht, jede Matratze war mit einem frischen Bettlaken bedeckt. Neben den Betten befanden sich Holzkisten, die auf Edelstahlwagen standen. In jeder Kiste befand sich eine Art Maschine mit einer Skala und Messanzeigen, aus der Kabel und Drähte in alle Richtungen herauskamen. Die Maschinen sahen aus wie riesengroße Batterien, die mit dicken, schwarzen Kabeln in Steckdosen an der Wand eingestöpselt waren. Jeweils zwei Elektroden waren über Drähte mit den Maschinen verbunden. Die Aufseher führten Esther und Clara zu den Betten, wo die Schwestern sie anwiesen, sich hinzulegen.

Clara tat wie ihr befohlen, doch ihre Arme und Beine zitterten, und eine dicke Schweißschicht bildete sich auf ihrer Stirn und der Oberlippe. Schwester Trench legte ihre Finger um Claras Kinn und drückte es herunter, sodass sich ihre Lippen öffneten. Dann schob sie Clara ein rundes Stück Holz in den Mund. Das breite, nasse Holz stank nach Zahnfäule und Erbrochenem. Schwester May tauchte am Kopfteil des Bettes auf, hielt das Mundstück fest und wies Clara an, fest zuzubeißen. Clara atmete durch die Nase und hatte Mühe, nicht zu würgen. Schwester Trench schnallte Claras Hand- und Fußgelenke am Bett fest, und Dr. Roach hob die Elektroden hoch, die mit der Maschine verbunden waren.

»Sie werden jetzt der Elektroschocktherapie unterzogen«, erklärte er. »Ich werde diese Elektroden nun an Ihren Schläfen befestigen. Danach werden Sie einen kleinen Stromschlag verspüren. Sie müssen keine Angst haben. Meine Kollegen versichern mir, sehr positive Erfahrungen mit dieser Methode bei Patienten gemacht zu haben, die unter Schizophrenie und Wahnvorstellungen litten. Dies wird Ihnen helfen, Clara.«

Zwei Schwestern drückten Claras Schultern nach unten. Mit einem Schlag war Clara von der absoluten Gewissheit überwältigt, dass sie aus diesem Bett rausmusste. Sie konnte nicht zulassen, dass man ihr das antat, dass man ihr Gehirn mit Elektrizität schockte. Sie wand sich und schlug um sich, versuchte, sich zu befreien und das Holzstück mit der Zunge aus dem Mund zu stoßen. Schwester May drückte ihr das Holzstück jedoch tief in den Rachen hinein, sodass Clara würgen musste. In diesem Moment ertönte draußen im Gang ein lauter Tumult. Irgendetwas grollte wie ein entferntes Donnern, dann konnte man ein anderes Geräusch hören wie Wasser, das spritzte.

Frauen stürzten in den Raum hinein, schrien, rempelten einander in der Eile an und trampelten über diejenigen hinweg, die hingefallen waren. Manche von ihnen versuchten, die Tür zu schließen, und drückten gegen die Tür, während andere versuchten, nach drinnen zu gelangen. Irgendjemand schrie: »Überflutung!«, und die Tür flog auf, knallte gegen die Wand und warf die Frauen zu Boden. Eine kniehohe braune Wassermasse schwappte mit Wucht in den Raum und riss Patienten, Schwestern und Aufseher von den Füßen. Clara starrte Dr. Roach und Schwester May an und flehte sie schweigend an, losgemacht zu werden. Schwester May war wie erstarrt und blickte nur zur Tür, während sie immer noch das Mundstück festhielt. Clara schlug mit dem Kopf vor und zurück. Endlich ließ Schwester May los. Clara spuckte den Holzkeil aus und setzte sich auf.

»Machen Sie mich los!«, schrie sie.

Schwester May verschwand, sie wurde von der hereinbrechenden Wassermasse weggerissen. Dr. Roach sah zu, wie sie unterging, sein Gesicht war angstverzerrt. Doch anstatt ihr zu helfen, lief er in die entgegengesetzte Richtung, watete durch das Wasser zum hinteren Teil des Raumes und schob dabei Schwestern und Aufseher beiseite. Er kletterte auf einen Schrank, zog einen Schuh aus und reckte sich zu einem Kellerfenster hin. Es lief immer mehr Wasser in den Raum, das Wasser stieg und stieg. Schwester Mays Kopf tauchte am Fußende von Claras Bett wieder auf, das nasse Haar klebte ihr am Kopf, ihre Schwesternhaube war zerknittert und nass und wurde nur noch von einer schwarzen Haarklammer gehalten. Sie zog sich hoch und klammerte sich mit einem Arm an der Matratze fest, während sie die andere Hand nach Dr. Roach ausstreckte.

»Viktor!«, rief sie hustend. »Hilf mir! Mein Fuß hängt fest, ich kann nicht aufstehen!«

Dr. Roach sah kurz zu ihr hinüber, dann drehte er sich um und zerschlug mit seinem Schuh das Fenster. Ohne zurückzublicken, zog er sich hoch und kletterte nach draußen. Clara hielt den Atem an, als Schwester May unterging. Ihre bleichen Hände klammerten sich an die Matratze und versuchten immer noch, sich dort festzuhalten. Doch das Wasser flutete zu schnell in den Raum hinein, wodurch eine gefährliche Strömung entstand, es stieg bis zum Rand des Bettes und kletterte an Claras Beinen hoch. Das eiskalte Wasser ließ ihre

Haut taub werden. Mit aller Kraft zog und zerrte sie an den Riemen an ihren Handgelenken – so stark, dass die Adern an ihren Schläfen hervortraten. Doch es war sinnlos. Das Leder war einfach zu dick. Das Wasser stand ihr mittlerweile bis zur Hüfte.

Da tauchte plötzlich Schwester Trench rechts von Clara auf und sprang hoch wie ein auftauchender Wal. Keuchend holte sie Luft, spuckte, schob sich das nasse Haar aus den Augen und versuchte, den Halt nicht zu verlieren. Sie schaute sich um und pflügte sich dann zu Clara durch, indem sie mit den Armen ruderte und vor Anstrengung ächzte. Endlich erreichte sie das Bett. Das Wasser stand ihr bis zur Brust, als sie sich unter Wasser vortastete und die Riemen um Claras Handgelenke und Knöchel löste. Clara hielt den Atem an – das Wasser stand ihr bis zum Kinn, bis zum Mund, bis zur Oberlippe –, während sie darauf wartete, dass sich auch der letzte Riemen löste. Dann tauchte Schwester Trench unter und wurde durch die starke Strömung seitlich abgetrieben. Das Licht flackerte kurz, bevor es ausging, und Clara wurde emporgerissen, als sich der Riemen im letzten Moment noch löste. Ihr Kopf berührte die Decke. Dann stand ihr das Wasser bis zum Hals und zur Nase, lief ihr in die Nasenlöcher und die Ohren.

Clara hielt den Atem an und schwamm unter Wasser zum eingeschlagenen Fenster hin. Sie bahnte sich durch Körper, Bettlaken und Kissen hindurch einen Weg, während ihr der eigene Puls in den Ohren dröhnte. Plötzlich hatte sie die Orientierung verloren und wusste nicht mehr, ob sie sich in die richtige Richtung bewegte. Sie öffnete die Augen und sah einen schwachen Schimmer Tageslicht vor sich, der unter Wasser wie eine Fata Morgana flackerte. Dann schob sich etwas Dunkles davor und blockierte das Licht. Clara versuchte alles, um das Hindernis zu umrunden, doch irgendwer packte sie am Arm und zog sie in die entgegengesetzte Richtung. Als sie sich abmühte, sich aus dem Griff zu befreien, holte sie versehentlich Luft und schluckte Wasser. Irgendwer packte ihre Schultern, als würde jene Person versuchen, auf sie zu klettern, um an die Oberfläche zu kommen. Dann trieb Clara dahin, und aller Schmerz war fort.

KAPITEL 23
Izzy

Zwei Tage nach der Beerdigung ihrer Mutter stand Izzy mit Herzklopfen neben Peg auf der Veranda eines erbsengrünen Hauses im viktorianischen Stil. Nach langem Zögern holte sie tief Luft, drückte auf die Klingel und trat einen Schritt zurück. Auf der anderen Seite der Tür waren Schritte zu hören, die einen langen Flur entlangliefen. Dann wurde in dem kleinen Fensterchen in der Haustür ein Vorhang aus Spitze beiseitegeschoben, bevor er kurz darauf wieder zurückschnellte. Jemand fummelte am Türgriff herum. Die Tür öffnete sich, und eine junge Frau mit Brille und kurzem braunem Haar lächelte sie an. Izzy fragte sich, ob sie die richtige Adresse erwischt hatten.

»Kann ich Ihnen helfen?«, fragte die Frau.

»Wohnt hier eine Miss Rita Trench?«, fragte Peg und erwiderte das Lächeln.

»Ja«, nickte die Frau. »Und Sie sind …?«

»Das ist meine Pflegetochter Isabelle«, erwiderte Peg. »Mein Name ist Peg Barrows, ich bin die Kuratorin des State Museum. Ich hatte angerufen und gefragt, ob Miss Trench bereit wäre, ein paar Fragen zu ihrer Zeit in Willard zu beantworten.«

»Ach ja«, erinnerte sich die Frau. Sie lächelte und hielt Peg ihre Hand hin. »Ich bin Renee, Ritas Krankenschwester. Bitte kommen Sie doch herein.« Renee ließ sie herein, schloss die Tür und bot an, ihnen die Mäntel abzunehmen. Mehrere bunte Katzen wanden sich um ihre Knöchel, miauten und reckten sich, während einige von ihnen ihre Krallen an einer geflochtenen Fußmatte wetzten. Zusammengerollte Katzen lagen überall auf den Treppenstufen und schliefen auf dem Sofa im Flur. »Ich hoffe, Sie haben keine Katzenhaarallergie?«, lachte Renee.

Peg und Izzy grinsten und schüttelten die Köpfe, bevor sie dann Renee einen schmalen Flur entlang folgten, der in den hinteren Teil des Hauses führte. Auf beiden Seiten des Flurs führten offene Türen in ein Esszimmer und ein Wohnzimmer, in denen jeweils antike Möbelstücke standen. Jedes Regal und jede gerade Oberfläche war mit Keramikvasen, Glasfigürchen, Uhren, Porzellantässchen und mehr Büchern vollgestellt, als Izzy jemals in einem einzigen Haus gesehen hatte. Jede Wand war mit Ölgemälden, Schwarz-Weiß-Porträts und vergoldeten Spiegeln vollgehängt. Alles war vollgestellt, leere Flächen gab es nicht. Sogar um die Lampen herum waren Bänder, Schleifen und Schals drapiert.

»Wohnt Miss Trench hier allein?«, fragte Peg.

Renee blieb stehen und drehte sich zu ihnen um. »Ja«, erwiderte sie mit gedämpfter Stimme. »Sie hat immer schon allein gelebt. Sie hat keine Familie. Sehr traurig. Aber lassen Sie sich nicht von ihrem Alter täuschen. Auch mit fünfundneunzig besitzt sie immer noch einen messerscharfen Verstand!«

»Erinnert sie sich an ihre Zeit in Willard?«, fragte Izzy.

»O ja!«, nickte Renee. Sie lief den Flur weiter entlang. »Viele Leute kommen her und erkundigen sich nach ihren Verwandten, die in Willard gewesen sind. Fast immer erinnert sie sich an die Leute, von denen die Rede ist.«

Peg lächelte Izzy an. Izzys Herz schlug schneller. Sie betraten ein weitläufiges Zimmer im hinteren Teil des Hauses. Auf der einen Seite des Zimmers befand sich eine Küche, auf der anderen war der Wohnbereich. Sonnenlicht, das durch drei Terrassentüren hereinfiel, wurde von den weißen Wänden zurückgeworfen und tauchte den Raum in ein helles, luftiges Licht. Eine grauhaarige Frau lag auf einer Chaiselongue, ausgebreitet auf ihrem Schoß eine weiße Decke, auf der sich eine weiße Katze zusammengerollt hatte. Ihre Füße, die in Hausschuhen steckten, ragten über das Ende der Chaiselongue hinaus, und ihre Schultern waren so breit wie die Rückenlehne. Ihr Gesicht sah durch die schweren Hängebacken aus wie das eines alten Footballspielers oder eines Schwergewichtsringers. Izzy hatte noch nie eine so große alte Frau gesehen. Dass Menschen im Alter schrumpften, schien nicht für Miss Trench zu gelten.

Miss Trench lächelte, setzte sich auf und bat sie, Platz zu nehmen. »Herzlich willkommen«, begrüßte sie sie. »Darf ich Ihnen vielleicht einen Kaffee oder Tee anbieten?«

Peg und Izzy setzten sich auf die cremefarbene Couch gegenüber der Chaiselongue. »Nein, vielen Dank«, lehnte Peg ab.

»Ach, kommen Sie schon«, entgegnete Miss Trench. »Ich habe nur selten Besucher hier. Machen Sie mir eine Freude, und trinken Sie eine Tasse Tee. Renee, ist noch etwas von dem Schokoladenkuchen da?«

»Leider nicht«, antwortete Renee grinsend. »Sie haben das letzte Stück heute Morgen zum Frühstück gegessen.«

»Verdammt!«, rief Miss Trench. Sie lachte, schwang ihre Beine seitlich über die Chaiselongue auf den Boden und schob die Katze neben sich. »Aber wir können trotzdem einen Tee trinken, nicht wahr? Nun, was kann ich für die jungen Damen tun?«

»Wir hoffen, dass Sie sich an eine Patientin aus Willard erinnern können«, ergriff Peg das Wort.

»Vielleicht. Wie lautet denn ihr Name?«

Peg stupste Izzy mit dem Ellbogen an. Izzy schluckte und rückte nach vorn bis zur Sitzkante vor.

»Clara Elizabeth Cartwright«, erwiderte Izzy.

Miss Trench lehnte sich zurück und runzelte die Stirn. »Sind Sie mit ihr verwandt?«, fragte sie und richtete ihren milchigen Blick auf Izzy.

Izzy schüttelte den Kopf. »Nein.« Sie merkte, wie sie rot wurde. Was, wenn Miss Trench ihnen nicht helfen wollte? Was dann? »Aber wir haben Claras Überseekoffer, den sie bei sich hatte, als sie nach Willard kam.«

»Er ist Teil eines Ausstellungsprojekts des Museums«, erklärte Peg schnell. »Wir versuchen, das Leben verschiedener Patienten von Willard zu rekonstruieren. Der Staat hat uns leider nur einen beschränkten Zugang zu den alten Patientenakten gewährt, da diese unter Verschluss sind, selbst für Familienmitglieder. Clara ist eine der Patientinnen, über die wir gern mehr recherchieren würden. Aber einige Dinge fehlen in ihrer Akte; zum Beispiel konnten wir ihre Todesurkunde nicht finden.«

Miss Trench schnaubte, schloss die Augen und nickte. »Das glaube ich wohl gern, dass da so einiges in ihrer Akte fehlt.« Sie zog die Katze wieder auf ihren Schoß, streichelte ihr Fell mit einer riesigen, krummen Hand. Ihr Kopf sank immer tiefer, und die Hand wurde langsamer und langsamer, bis sie am Hals der Katze innehielt. Einen Moment lang befürchtete Izzy schon, die Frau sei eingeschlafen. Doch dann sah Miss Trench mit glasigem Blick auf.

»Ich erinnere mich an Clara«, nickte sie. »Sie war ein ganz junges Ding.«

Izzy atmete tief ein und hielt dann die Luft an. Renee kehrte mit dem Tee zurück und stellte ein silbernes Tablett auf dem Wohnzimmertisch ab. Sie schenkte Tee ein und reichte allen eine Porzellantasse, bevor sie sich dann in einen Ohrensessel neben Miss Trench setzte. »Zitrone und Zucker nehmen Sie sich bitte selbst«, erklärte sie.

Peg gab zwei Zuckerwürfel sowohl in ihre als auch in Izzys Teetasse. Izzys Hand zitterte, als sie die zierliche Teetasse und Untertasse entgegennahm, doch inzwischen war sie wieder zu Atem gekommen. Der Höflichkeit halber trank sie einen Schluck Tee, bevor sie die Tasse dann auf das Tablett zurückstellte und die Fäuste in den Schoß legte.

»In Claras Akte steht, dass sie während ihrer Zeit in Willard eine Tochter zur Welt gebracht hat«, fuhr Izzy fort. »Wissen Sie etwas darüber?«

Miss Trench nickte. »Ja«, erwiderte sie leise. »Ich kann mich noch gut daran erinnern, wie verzweifelt Clara war, nachdem man ihr ihre Tochter weggenommen hatte.«

Izzy erstarrte, und etwas Kaltes, Hartes machte sich in ihrem Herzen breit. Arme Clara. Sie hatte nicht nur ihre Freiheit und die Liebe ihres Lebens verloren, sondern obendrein auch noch ihre Tochter. Wie konnte jemand einen solchen Kummer überleben?

»Claras Tochter wurde also zur Adoption freigegeben?«, hakte Peg nach.

Tausend Dinge gingen Izzy durch den Kopf. Wenn Claras Tochter adoptiert worden war, war sie dann in einem glücklichen Zuhause groß geworden? Oder war sie von Pflegefamilie zu Pflegefamilie weitergereicht worden? War sie in dem Glauben aufgewachsen, dass sie eine Waise war oder dass ihre Mutter sich nicht für sie interessierte? Wusste sie überhaupt, wer ihre Mutter war? Und falls doch, war ihr Leben für alle Zeit getrübt durch das Wissen, dass ihre Mutter in einer Psychiatrie mit lauter Geisteskranken saß? Hatte sie je darüber nachgedacht, sie zu besuchen? Oder hatte sie alle Gedanken an ihre Mutter aus dem Kopf verbannt und sich stattdessen dafür entschieden, ihre Existenz vollkommen zu ignorieren? War sie mit den gleichen Ängsten durchs Leben gegangen wie Izzy, dass sie das gleiche Schicksal wie ihre Mutter erleiden könnte? Hatte sie geglaubt, dass die Gene des Wahnsinns irgendwann in ihrem Kopf Amok laufen könnten, ohne dass sie etwas dagegen tun konnte, und diese dann die Macht über sie übernahmen?

Miss Trench schüttelte den Kopf. »Die meisten Babys, die in Willard zur Welt gekommen sind, wurden zu Familienangehörigen geschickt, wenn diese sich bereit erklärt hatten, sie aufzunehmen«, erklärte sie. »Oder sie wurden zur Adoption freigegeben. Claras Tochter jedoch nicht.«

Izzy schluckte. Der brennende Kloß in ihrem Hals wurde immer größer.

»Warum nicht?« Peg runzelte die Stirn. »Was ist mit ihr passiert?«

Miss Trench seufzte und rollte ein Büschel Katzenhaare zwischen ihren knochigen Fingern. »Warum stellen Sie so viele Fragen über Claras Baby?«, fragte sie. »Ich dachte, Sie wollten etwas über Clara erfahren?«

Mit zitternden Händen holte Izzy Claras Tagebuch aus ihrer Handtasche. »Weil wir Claras Tagebuch in ihrem Koffer gefunden haben«, antwortete sie und hielt es Miss Trench hin, damit sie es erkennen konnte. »Es handelt von ihrem Leben vor der Zeit in Willard. Ich würde gern Claras Tochter ausfindig machen, damit ich ihr das Tagebuch geben kann. Wenn sie noch lebt, möchte ich ihr die Wahrheit darüber sagen, was mit ihrer Mutter passiert ist.«

Miss Trench sah zu Renee hinüber. Ihre Miene war plötzlich deutlich blasser als noch vor wenigen Sekunden. »Dafür brauche ich etwas Stärkeres als Tee, Süße«, erklärte sie. »Würden Sie mir bitte den Kognak holen?«

»Dafür ist es noch ein wenig zu früh«, protestierte Renee. »Sie haben noch nicht einmal zu Mittag gegessen!«

»Es interessiert mich nicht die Bohne, wie viel Uhr es ist!«, rief Miss Trench und schlug sich mit einer Hand, auf der deutlich blaue Venen zu erkennen waren, auf den Oberschenkel. »Ich brauche ein Schlückchen, das ist alles. Und jetzt tun Sie, wofür ich Sie bezahle!«

Renee schüttelte den Kopf. »Na gut.« Sie stand auf und lief in Richtung Küche. »Aber wenn Ihr Arzt davon erfährt, wird er nicht gerade glücklich darüber sein.«

»Er wird erst gar nichts davon erfahren, wenn Sie es ihm nicht auf die Nase binden!«, rief Miss Trench mit Reibeisenstimme. Nachdem Renee im Nebenraum verschwunden war, lächelte Miss Trench Peg und Izzy schmallippig an.

»Claras Baby wurde nicht zur Adoption freigegeben, weil sie etwas Besonderes war«, erklärte Miss Trench.

»Was meinen Sie mit ›etwas Besonderes‹?«, fragte Peg.

»Sie wurde von einer gesunden Mutter geboren«, erwiderte Miss Trench. »Der verantwortliche Arzt wusste, dass das Baby zu einem gesunden Kind heranwachsen würde. Die Chancen standen sehr gut, dass das Mädchen keinerlei Anzeichen einer Geisteskrankheit haben würde.«

»Sie behaupten also, Clara war nicht krank«, stellte Peg mit düsterem Blick fest. »Dass sie gar nicht in eine Psychiatrie gehört hätte.«

»Das stimmt«, erwiderte Miss Trench.

»Und der verantwortliche Arzt wusste ebenfalls, dass sie dort nicht hingehörte?«, fuhr Peg fragend fort.

Miss Trench nickte.

»Warum wurde sie dann dort festgehalten?«, fragte Izzy. »Warum hat der Arzt sie nicht entlassen?«

»Das waren noch andere Zeiten damals«, erklärte Miss Trench. »In Willard gab es viele Menschen, die nicht in eine Psychiatrie eingesperrt gehört hätten, insbesondere Frauen. Aber damals wussten wir es nicht besser.«

»Aber Sie sagten gerade, der verantwortliche Arzt wusste, dass Clara nicht krank war«, stellte Peg klar.

»Zuerst dachte er, sie sei krank«, fuhr Miss Trench fort. »Das haben wir alle. Doch noch andere Dinge spielten eine Rolle – andere Leute vor allem. Als Dr. Roach dann klar wurde, dass Clara nur eine in Schwierigkeiten geratene junge Dame war, die ein problematisches Zuhause hatte, war es zu spät. Ihr Schicksal war zu diesem Zeitpunkt schon längst besiegelt.«

»Warum?«, wollte Izzy wissen, die ganz überrascht von ihrer Wut war.

»Dr. Roachs Ehefrau konnte keine Kinder bekommen«, erläuterte Miss Trench. »Sie haben es versucht, aber das arme Ding hat mehrere Babys verloren.«

»Wollen Sie damit sagen, dass der Arzt Claras Baby genommen hat?«, fragte Peg. In diesem Moment kehrte Renee mit der Flasche Kognak in der Hand zurück. Sie schenkte ein wenig in Miss Trenchs Tee ein und stellte die Flasche dann auf den Wohnzimmertisch. Miss Trench trank einen großen Schluck.

»Das stimmt. Dr. Roach hat sie zu sich genommen und sie als seine Tochter großgezogen.«

»Wissen Sie, wo sich der Arzt jetzt befindet?«, erkundigte Peg sich.

»Ja«, nickte Miss Trench. »Er liegt auf dem Friedhof von Ithaca neben seiner Frau beerdigt.« Sie starrte auf den Wohnzimmertisch, schien aber mit den Gedanken ganz woanders zu sein. »Ich habe nie verstanden, warum sie ihn geheiratet hat.«

»Und Claras Tochter?«, bohrte Izzy weiter. »Wo ist sie?«

»Soviel ich weiß, hat sie ebenfalls in Ithaca gelebt«, fuhr Miss Trench fort. »Sie war Lehrerin. In einer Vorschule, wenn ich richtig informiert bin.«

Izzys Magen verkrampfte sich. »War?«

»Ich denke doch, dass sie mittlerweile in Pension sein dürfte. Immerhin ist sie etwa Mitte sechzig.«

Izzy seufzte erleichtert. »Kennen Sie ihren Namen?«

Miss Trench nickte. »Susan. Dr. Roachs Ehefrau hat sie einmal nach Willard mitgebracht, um ihn dort zu besuchen. Susan muss damals so um die vier Jahre alt gewesen sein. Dr. Roach war darüber nicht besonders erfreut. Hat seiner Frau befohlen, das nie wieder zu tun. Ich wäre beinahe vom Hocker gefallen, als mir klar wurde, wer Susan war.«

»Haben Sie etwas gesagt?«, hakte Izzy nach. »Haben Sie Dr. Roach gesagt, dass Sie die Wahrheit kennen?«

Miss Trench schüttelte den Kopf und runzelte die Stirn. »Das hätte nichts geändert.«

»Haben Sie Susan denn erklärt, dass sie adoptiert worden ist?«, hakte Peg nach. Sie legte ihre Hand auf Izzys Knie und sah ihr gütig in die Augen. »Ich weiß, dass du das Richtige tun und Susan das Tagebuch geben willst«, wandte sie sich Izzy zu. »Aber wenn sie nicht weiß, dass sie adoptiert ist, wäre es das Beste, es auch dabei zu belassen.«

»Oh, sie weiß Bescheid«, ergriff Miss Trench das Wort. »Dr. Roachs Ehefrau war ein wunderbarer Mensch. Als sie mir Susan vorgestellt hat, sagte sie, Susan sollte nicht irgendwann einmal per Zufall herausfinden, dass sie adoptiert wurde, wie es ihr selbst passiert ist. Susan sollte mit dem Wissen aufwachsen, dass Gott beschlossen hatte, dass sie sich eine Tochter aussuchen dürfe und dass sie Susan ausgewählt hatte.«

»Wie oft haben Sie Susan gesehen, nachdem Dr. Roach sie bei sich aufgenommen hatte?«, fragte Peg.

»Nur dieses eine Mal«, antwortete Miss Trench. »Sie war ein wunderschönes kleines Mädchen wie ihre Mutter, nur mit dunklem Haar und braunen Augen.« Die alte Krankenschwester wischte sich über die Wangen.

»Wie ihr Vater, Bruno«, stellte Izzy fest.

»Das stimmt«, nickte Miss Trench.

Izzy richtete sich auf. »Einen Moment mal. Woher kennen Sie Bruno?«

Miss Trench presste die Lippen aufeinander und trank dann noch einen großen Schluck Tee mit Kognak. Als sie sich vorbeugte, um Tasse und Untertasse auf den Tisch zu setzen, zitterten ihre Hände so sehr, dass sie beides beinahe fallen gelassen hätte. Renee nahm ihr die Tasse ab und setzte sie auf das Tablett.

»Vielleicht sollten wir eine Pause machen«, schlug Renee vor. »Das scheint sie doch alles sehr mitzunehmen.«

Miss Trench winkte mit ihrer Hand mit den blauen Venen ab und schüttelte vehement den Kopf. »Nein, nein!«, rief sie. »Ich habe viel zu lange stillgehalten. Das muss ich mir von der Seele reden, bevor ich sterbe!« Sie holte tief Luft und atmete langsam wieder aus. »Bruno kam nach Willard, um Clara zu retten.«

Izzy stöhnte, ihr Gesicht wurde mit einem Mal ganz heiß. »Hat er sie befreien können?«

»Nein«, erwiderte Miss Trench, und wieder kamen ihr die Tränen. »Dr. Roach hat auch Bruno eingesperrt.«

Ein eiskalter Schauer lief Izzy den Rücken hinunter und fuhr mit eisigen Fingern ihren Nacken entlang. Sie schluckte den Kloß in ihrem Hals herunter, da sie nicht glauben konnte, was sie da hörte.

»Sind Sie sicher?«, fragte Peg mit weit aufgerissenen Augen.

»Natürlich!«, entgegnete Miss Trench. »Ich war an dem Tag dort, als er aufgenommen wurde.«

»War das vor oder nach Susans Geburt?«, wollte Peg wissen.

»Danach.«

»Dr. Roach hatte das Baby also schon an sich genommen«, schloss Izzy.

Miss Trench presste die Lippen fest aufeinander und nickte. »Ich hatte zu diesem Zeitpunkt keine Ahnung, wo das Baby war. Ich nahm an, es sei beim Kinderhilfswerk, um zur Adoption freigegeben zu werden.«

»Haben Clara und Bruno einander nach seiner Einweisung gesehen?«, wollte Izzy wissen.

Miss Trench nickte. »Das war fast ein Jahr später. Ich werde nie vergessen, wie die beiden am Valentinstag miteinander getanzt haben. Man konnte sehen, dass sie zusammengehörten. Die beiden dachten nicht, dass irgendwer ahnen könnte, dass sie sich gefunden hatten, aber ich wusste es.«

»Warum haben Sie nichts gesagt?«, fragte Izzy. »Warum haben Sie nicht versucht, ihnen zu helfen?«

»Es hätte niemandem etwas genutzt«, entgegnete Miss Trench. »Ich hatte keinerlei Einfluss in Willard. Außerdem besaßen sowohl Clara als auch Bruno keine Familie, die sich um sie sorgte. Wem sollte ich denn da etwas sagen? Wenn Dr. Roach es herausgefunden hätte, hätte er es den beiden unmöglich gemacht, sich jemals noch einmal wiederzusehen. Ich wusste, dass sie einander an Feiertagen und zu besonderen Anlässen wiedersehen würden, wenn es männlichen und weiblichen Patienten erlaubt wurde, einen Nachmittag miteinander zu verbringen. Ich hatte mir überlegt, ihnen die Möglichkeit zu geben, eine Art Leben zu gestalten, wie traurig es auch gewesen sein mag.«

»Hat irgendwer Susan von ihren Eltern erzählt?«, bohrte Izzy weiter nach. »Weiß sie, dass sie beide in Willard waren?«

Miss Trench senkte den Blick. »Sie weiß nur, dass ihre Mutter Patientin in Willard war. Aber Dr. Roach hat seiner Frau erzählt, dass Clara während der Geburt gestorben sei. Ich bin sicher, dass Susan die gleiche Geschichte erzählt worden ist.«

»Susan dachte also, ihre Mutter sei tot«, schloss Izzy tonlos. »Und verrückt.«

Miss Trench zuckte mit den Schultern. »Wahrscheinlich.«

»Finden Sie nicht, sie hätte das Recht gehabt zu erfahren, dass ihre Mutter gar nicht dorthin gehörte?« Izzy konnte ihre Wut nicht länger verbergen.

Miss Trench schüttelte den Kopf. Ihre Finger zitterten, als sie ein zerknülltes Taschentuch aus ihrem Ärmel zog. »Ich habe Ihnen doch gesagt, dass ich Susan nur dieses eine Mal gesehen habe. Ich behielt sie zwar im Blick, aber ich fand nicht, dass es meine Aufgabe war, mich da einzumischen.«

»Kennen Sie ihren jetzigen Nachnamen?«, fragte Izzy. »Hat sie je geheiratet?«

»Ich weiß es nicht.« Miss Trench schüttelte den Kopf. »Tut mir leid.«

»Hat sie denn einen zweiten Vornamen?«, hakte Izzy weiter nach.

Miss Trench nickte. »Der lautet Clara. Dr. Roachs Ehefrau hat darauf bestanden, dass sie etwas von ihrer Mutter mitbekommen sollte.«

»Was passierte denn, nachdem Bruno und Clara einander am Valentinstag gefunden hatten? Haben sie Wege und Möglichkeiten gefunden, beisammen zu sein, wie Sie sagten?«

Miss Trench schnäuzte sich mit einem Taschentuch die Nase. »Nun, es wäre das Beste, wenn Sie Clara selbst danach fragen. Die Todesurkunde fehlt in ihrer Akte, weil Clara noch lebt.«

KAPITEL 24
Izzy

Eine Woche nachdem sie Miss Trench getroffen hatten, saß Izzy in dem von Neonlicht gefluteten Schnellimbiss »Ithaca Diner« Peg gegenüber. Vor lauter Ungeduld wackelte sie unter dem Resopaltisch ihrer Sitzgruppe mit den Beinen. Es war Mittag, und in dem Esslokal drängten sich Schüler vom College, ältere Pärchen und Familien mit kleinen Kindern. Die Bedienungen riefen Bestellungen aus und eilten mit Tabletts voller Sandwiches, Apfelkuchen, Root Beer Floats und Kaffee umher. Die Klingel über der Eingangstür ertönte, und Izzy verrenkte sich zum hundertsten Mal den Kopf, um über die Kunden in der benachbarten Sitzgruppe hinwegzusehen und zu schauen, wer zur Tür hereingekommen war. Dieses Mal war es ein kleiner, alter Mann, der eine blaue Veteranenkappe auf dem Kopf trug, und eine Frau in einem gelben Mantel, die wie eine übergewichtige Ente in den Imbiss hereingewatschelt kam. Izzy seufzte, nahm sich den Salzstreuer und spielte damit herum.

»Hast du schon einmal etwas von der Redewendung gehört, ›Das Gras wächst nicht schneller, wenn man daran zieht‹?«, fragte Peg. Sie richtete sich auf und grinste.

»Vielleicht hat sie ihre Meinung geändert«, gab Izzy zu bedenken.

»Das bezweifele ich«, entgegnete Peg. Sie warf einen Blick auf ihre Uhr. »Ich habe ihr gesagt, dass wir uns hier zwischen zwölf und halb eins treffen. Jetzt ist es erst zehn nach zwölf.«

Da tauchte vor ihnen eine Bedienung auf, völlig außer Atem und mit gerötetem Gesicht. Sie war jung, womöglich nur wenige Jahre älter als Izzy, und hatte ihren Zopf zu einem Pferdeschwanz gebunden. Nachdem sie sich eine Strähne hinters Ohr geschoben hatte, holte sie ihren Notizblock aus der Schürze und lächelte sie an.

»Was kann ich für Sie tun?«

»Wir warten noch auf jemanden«, erwiderte Peg. »Wir würden jetzt erst einmal nur Getränke bestellen, wenn Ihnen das recht ist.«

Die Bedienung warf einen Blick über ihre Schulter zurück. »Okay, aber kommt Ihr Bekannter denn bald? Mein Chef sieht es nicht gern, wenn Kunden die Tische hier allzu lange besetzen, ohne Essen zu bestellen.«

Peg grinste. »Unsere Bekannte sollte jede Minute hier eintreffen. Aber wir machen das so: Beim nächsten Mal, wenn Sie vorbeikommen, bestellen wir Essen, egal, ob unsere Bekannte hier ist oder nicht.«

»Na gut«, nickte die Bedienung. »Was möchten Sie denn trinken?«

Peg und Izzy bestellten einen Kaffee und eine Cola und warteten schweigend, während die Bedienung die simple Bestellung notierte. Dann verschwand die Bedienung mit wippendem Pferdeschwanz. Izzy wollte gerade sagen, wie unhöflich sie es vom Besitzer des Imbisses fand, von den Kunden zu erwarten, sich zu beeilen, als eine ältere Frau zu ihnen an den Tisch trat. Sie war groß und schlank, hatte dunkle Augen und silbergraues Haar, das zu einem modischen Bob geschnitten war. Der lange, schwarze Mantel und die Lederstiefel verliehen ihr ein sehr kultiviertes Aussehen, und der lavendelfarbene Schal um ihren Hals passte genau zu dem Hauch von Lidschatten, den sie auf dem Oberlid aufgetragen hatte. Izzy stockte der Atem. Die Frau war das Ebenbild von

Clara, nur mit dunklen Augen und einer hellkaramellfarbenen Haut.

»Peg?«, fragte die Frau und zog die perfekt geformten Augenbrauen hoch.

Peg rutschte aus ihrer Sitzgruppe, stand auf und schüttelte der Frau die Hand. »Ja«, sagte sie lächelnd. »Und Sie müssen Susan sein. Vielen Dank, dass Sie hergekommen sind.« Sie deutete auf die Sitzbank. »Bitte, nehmen Sie doch Platz. Ich setze mich hier zu Izzy.«

Susan rutschte auf die Bank und lockerte ihren Schal. »Sie sind also Isabelle?«, stellte sie lächelnd fest.

Izzy nickte und schüttelte Susan die Hand. »Schön, Sie kennenzulernen«, grüßte sie mit einem nervösen Zittern in der Stimme. Izzy befühlte ihre Handtasche, die auf einem Kissen neben ihr stand, um zu prüfen, ob Claras Tagebuch auch sicher da war. Ihr Herzschlag beschleunigte sich.

»Also, Isabelle, worum geht es?«, begann Susan. »Ihre Mutter sagte, Sie hätten etwas, was Sie mir gern zeigen würden. Etwas, was damit zu tun hat, wo mein Vater gearbeitet hat – Willard?«

Izzy nickte und setzte sich auf. »Ja, ich …«

In diesem Augenblick tauchte die Bedienung mit Izzys und Pegs Getränken auf. Sie stellte sie auf den Tisch und sah Susan fragend an. »Kann ich Ihnen etwas zu trinken bringen, während Sie einen Blick auf die Speisekarte werfen?«

»Gern«, nickte Susan. »Ich hätte gern einen heißen Tee mit Zitrone.«

»Kommt gleich«, erwiderte die Bedienung und verschwand wieder.

»Ist es okay, dass ich ein paar Dinge loswerde, bevor wir anfangen?«, fragte Peg Susan. »Und vielleicht ein paar Fragen stelle, damit es keine Missverständnisse gibt?«

Susan lächelte. »Natürlich.«

Peg räusperte sich. »Ich bin Isabelles Pflegemutter. Hatte ich das erwähnt?«

Susan runzelte die Stirn und wirkte ein wenig verwirrt. Doch dann hellte sich ihre Miene wieder auf. »Ja, das haben Sie mir am Telefon gesagt.«

»Leider hat Izzy kürzlich ihre Mutter verloren.«

»O nein!«, erwiderte Susan mit mitfühlendem Blick. »Das tut mir sehr leid.« Sie musterte Izzy, als wollte sie ihr Mut machen. »Auch ich habe meine Mutter verloren, kurz nach meiner Geburt.«

»Ich weiß«, erwiderte Izzy. »Und dann wurden Sie adoptiert.« Peg zuckte zusammen und sah Izzy mit weit aufgerissenen Augen an. Das war zu früh. Doch Izzy konnte nicht anders. Der Drang, Susan die Wahrheit über Clara und Bruno zu erzählen, fühlte sich an, als hielte sie einen Finger in eine Steckdose. Sie wischte sich die Handflächen an ihrer Hose ab und setzte sich dann auf die Hände.

»Woher wissen Sie das?«, fragte Susan. Sie presste den Mund zu einer schmalen Linie zusammen und starrte Peg an. »Was ist hier los?«

»Es tut mir leid«, entschuldigte Peg sich. »Izzy ist ein wenig verunsichert. Aber wie ich erhofft hatte, haben Sie schon den Tod Ihrer eigenen Mutter bestätigt, als ich Ihnen von Izzys Mutter erzählt habe.«

»Warum haben Sie mich nicht einfach gefragt?«, fragte Susan. »Ich dachte, Sie wollten mehr über Willard und meinen Vater, Dr. Roach, erfahren?«

»Wir werden Ihnen alles erklären«, erwiderte Peg. »Versprochen. Ich muss nur zuerst ein paar Dinge wissen.«

Susan seufzte. »Na gut. Was genau wollen Sie wissen?«

»Wie viel wissen Sie über Ihre biologische Mutter?«

»Nur das, was meine Adoptivmutter mir erzählt hat – dass sie eine Patientin in Willard war.«

»Das ist alles?«, hakte Peg nach.

»Mein Vater hat sich geweigert, darüber zu sprechen«, fuhr Susan fort. »Meine biologische Mutter war eine seiner Patientinnen, und sie ist bei meiner Geburt gestorben. Mehr weiß ich nicht. Vor etwa fünfzehn Jahren, als meine Adoptivmutter starb, habe ich versucht, die Akten meiner biologischen Mutter ausfindig zu machen, obwohl ich ihren vollständigen Namen leider nicht kenne. Doch mir wurde der Zugriff verboten, obwohl ich ein Nachkomme eines ehemaligen Patienten bin.« Susan schüttelte den Kopf, die Stirn in Falten gelegt. »Das ergibt in meinen Augen alles keinen Sinn. Man wollte mir nicht einmal sagen, wo ich das Grab meiner Mutter finden kann, damit ich sie besuchen kann.«

Izzy setzte sich mit einem nervösen Flattern im Magen auf. »Haben Sie sich mit Ihrem Adoptivvater gut verstanden?«, fragte sie.

»Welche Rolle spielt denn das?« Susan neigte den Kopf zur Seite.

Peg klopfte mit der flachen Hand vor Izzy auf den Tisch, als wollte sie ihr sagen, noch ein wenig zu warten. »Ich denke, ich weiß, worauf Izzy hinauswill«, ergriff Peg das Wort, »aber ich möchte erst noch sichergehen.« Sie warf Izzy einen Blick zu, der ihr signalisierte, sie solle sich gedulden, bevor sie fortfuhr. »Sie wollten also immer schon mehr über ihre echte Mutter erfahren?«

Susan zuckte mit den Schultern. »Natürlich. Will denn nicht jeder gern wissen, woher er kommt?« Sie klammerte ihre manikürten Finger an der Tischkannte ineinander und seufzte. »Ich muss zugeben, dass ich in jüngeren Jahren nichts von meiner biologischen Mutter wissen wollte. Die Vorstellung, dass sie geisteskrank war, hat mir eine Heidenangst eingejagt. Als ich jedoch älter wurde, merkte ich, wie sehr diese Angst wichtige Entscheidungen in meinem Leben beeinflusste. Meine Adoptivmutter hat nie verstanden, warum ich weder heiraten noch Kinder bekommen wollte. Aber ich wusste nicht, wie ich ihr erklären sollte, dass der wahre Grund meine Angst war, dass …«

»Dass Sie die Gene Ihrer Mutter weitergeben würden«, fuhr Izzy fort.

»Genau, das stimmt«, erwiderte Susan überrascht. »Ich habe schließlich keine Ahnung, welche DNA sich in meinem Blut befindet. Und ich hatte zu viel Angst davor, meinen Vater zu fragen. Zum größten Teil war er sehr fürsorglich, doch er konnte manchmal jähzornig sein. Als ich alt genug war, um Fragen zu stellen, bekam er einen schrecklichen Wutanfall und warnte mich davor, ihn jemals noch einmal nach meiner Mutter zu fragen. Und meine Adoptivmutter konnte ich nicht fragen, da sie ihm immer gehorcht hat. Außerdem wollte ich sie nicht beunruhigen oder ihre Gefühle verletzen. Sie war immer sehr verletzlich, sowohl physisch als auch emotional.«

»Wollen Sie immer noch etwas über Ihre biologische Mutter erfahren?«, fragte Peg. »Selbst wenn es nicht ganz mit dem übereinstimmt, was Ihr Vater Ihnen erzählt hat?«

Susan wurde blass, und sie sah Peg in die Augen. In diesem Moment näherte sich wieder die Bedienung mit Susans Tee und setzte eine weiße Tasse, eine winzige Teekanne und einen Teller voller Zitronenscheiben auf den Tisch. Dann kramte sie in ihrer Schürze nach Block und Stift. Izzy stöhnte innerlich auf.

»Könnten wir noch ein paar Minuten haben, bitte?«, bat Peg.

Die Bedienung verdrehte die Augen und machte kehrt.

»Ich verstehe nicht ganz«, fuhr Susan fort. »Woher wissen Sie etwas über meine Mutter?«

Peg beschrieb ihre Stelle im Museum und ging näher auf das Willard-Projekt und Izzys Aufgabe ein, die Inhalte der

Koffer zu katalogisieren. Als Peg berichtete, dass ihnen der Zugang zu den Patientenakten gewährt worden sei, machte Susan große Augen. Sie rückte vor und hing beinahe an Pegs Lippen.

»Izzy weiß eine Menge über Ihre Mutter«, fuhr Peg fort. »Sogar mehr noch als ich. Sie fühlte sich gezwungen, sich mit Ihnen zu treffen, um Ihnen die Wahrheit darüber zu sagen, was mit Ihren Eltern passiert ist.«

Susan klappte die Kinnlade herunter, und sie lehnte sich zurück. »Mit meinen Eltern?«, fragte sie und runzelte die Stirn. »Mein Vater wusste nicht, wer mein biologischer Vater war.«

Izzy holte tief Luft. »Es tut mir leid, aber das stimmt nicht. Dr. Roach wusste alles.«

»Was meinen Sie mit ›alles‹?«, fragte Susan. »Bitte, sagen Sie mir, was Sie wissen!«

»Zuerst möchte ich festhalten«, ergriff Peg das Wort, »dass ich nicht glaube, dass Ihr Adoptivvater Ihnen oder Ihrer biologischen Mutter schaden wollte. Damals wurden Geisteskranke noch ganz anders behandelt, einmal abgesehen davon, dass man auch eine völlig andere Definition von Geisteskrankheit hatte als heute. Er hat lediglich das getan, was damals von ihm erwartet wurde. Was jedoch die Gründe für die Einweisung Ihres biologischen Vaters betrifft, so sind wir uns nicht sicher.«

»Wollen Sie mir etwa erklären, dass mein echter Vater auch in Willard war?« Susans Kinn bebte. Sie presste die Lippen aufeinander und blinzelte, um die Tränen zurückzuhalten. »Gott sei Dank habe ich auf meinen Instinkt gehört und niemals Kinder bekommen!«

»Nein!« Izzy schüttelte den Kopf. »So war es nicht.« Sie beugte sich über den Tisch und legte ihre Hand über Susans, selbst ganz überrascht von dem Drang, jemanden zu trösten, den sie kaum kannte. Mit der anderen Hand zog sie ein Foto aus ihrer Tasche. »Ich möchte Ihnen etwas zeigen.« Sie schob das Schwarz-Weiß-Bild über den Tisch. »Das sind Clara Elizabeth Cartwright und Bruno Moretti«, erklärte sie heiser. »Ihre Eltern. Und vertrauen Sie mir, sie waren *nicht* geisteskrank.«

Susan lehnte sich nach vorn und hob das Bild mit zitternden Fingern auf. »Sie sind wunderschön!« In ihrer Stimme schwang Ehrfurcht. Zitternd presste sie sich eine Hand vor den Mund.

»Sie sehen genau aus wie sie«, stellte Peg fest.

»Bruno hat versucht, Clara aus Willard zu befreien«, erklärte Izzy. »Darum hat man ihn dort eingesperrt.«

»Warum sollte man das tun?«

Peg sah zu Izzy hinüber. Sie hatten beschlossen, Susan erst einmal nichts von ihrer Theorie zu berichten, dass Dr. Roach Bruno eingewiesen hatte, damit dieser nicht herausfinden konnte, dass er Susan zu sich genommen hatte. Das war zu viel und zu früh. Außerdem war dies nur reine Theorie. »Wir sind uns nicht sicher«, antwortete Peg stattdessen.

»Wurde er je entlassen?«

»Wir sind diesbezüglich unsicher, da wir bis vor Kurzem nicht wussten, dass er ebenfalls Patient dort war«, erwiderte Izzy. »Sonst hätten wir nach seiner Akte gesucht, als wir den Zugang zum Archiv hatten.«

»Vielleicht wird uns mehr Zeit für die Durchsicht der Akten bewilligt«, fuhr Peg fort, »aber das wage ich zu bezweifeln.«

»Cartwright«, wiederholte Susan und klopfte sich auf ihr Kinn. »Ich erinnere mich daran, diesen Namen schon einmal gehört zu haben. Henry Cartwright und seine Frau wurden beim Feuer im Holland-Tunnel 1949 getötet. Zu dem Zeitpunkt war ich zwanzig Jahre alt, aber das war überall in den Nachrichten, weil er ein bekannter Banker war.«

»Die beiden waren Ihre Großeltern«, stellte Izzy klar.

Susans Augenbrauen fuhren in die Höhe. »Woher wissen Sie das?«

Izzy holte tief Luft, holte das Tagebuch aus ihrer Tasche und schob es über den Tisch. »Weil das alles hier drinsteht«, erklärte sie. »Das ist das Tagebuch Ihrer Mutter.«

Susan atmete hörbar aus und fuhr sanft mit den Fingern über den grünen Ledereinband. Sie schlug das Tagebuch auf der ersten Seite auf und überflog die Eingangszeilen.

»Wir möchten es Ihnen geben«, ergriff Peg das Wort.

Nach einer ganzen Weile nahm Susan das Tagebuch in die Hand und presste es an sich. »Vielen Dank.« Trotz ihrer Tränen lächelte sie. »Ich weiß gar nicht, wie ich das wiedergutmachen kann.« Ihre Lippen bebten, als sie noch einmal das Foto in die Hand nahm.

Izzy räusperte sich. »Da ist noch etwas. Ihre Mutter ist nicht bei der Geburt gestorben. Als man Willard im letzten Jahr geschlossen hat, wurde sie hier in Ithaca in einem Seniorenheim untergebracht.«

Susan ließ das Foto fallen und schlug sich die Hand vor den Mund. Sie sah Izzy mit weit aufgerissenen Augen an.

»Vielleicht«, fuhr Izzy fort, »möchten Sie sie ja kennenlernen, wenn Sie ihr Tagebuch gelesen haben?«

KAPITEL 25
Izzy und Clara

Orangefarbene Truthähne und Pilgerväter mit schwarzen Hüten schmückten die Fenster und Wände des Seniorenheims von Ithaca, obwohl Thanksgiving schon drei Wochen zurücklag. Izzy folgte Peg und Susan durch die ofenwarmen Flure, vor ihnen lief eine junge Pflegekraft in einem rosafarbenen Schwesternkittel. Schweißperlen bildeten sich auf Izzys Stirn. Sie zog ihren Mantel aus, hängte ihn sich über den Arm und wünschte sich, sie hätte ein dünneres Shirt angezogen. Die Luft war zum Schneiden dick, und über allem hing der schale Gestank von Hühnersuppe, gekochten Kartoffeln, Desinfektionsmitteln und Urin. Ein alter Mann schlurfte auf sie zu. Er stützte sich auf zwei vierfüßige Gehstöcke, und der mit Altersflecken übersäte Kopf wackelte über seinem dünnhäutigen Hals. Izzy hielt den Blick stur geradeaus gerichtet und versuchte so, die Krankenbetten und die metallenen Gehhilfen in den Zimmern zu ignorieren, ebenso wie die weißhaarigen Frauen, die in Rollstühlen saßen und stur auf plärrende Fernseher starrten.

Sie fluchte leise, frustriert darüber, dass das Seniorenheim sie daran erinnerte, wie ihre Mutter im Gefängniskrankenhaus gelegen hatte. Sie leckte sich über die Lippen und merkte da erst, wie salzig sie vom Schwitzen schmeckten. Die Welt war voller kaputter Menschen, und all die Krankenhäuser, Anstalten und Gefängnisse konnten niemals die vielen gebrochenen Herzen, verwundeten Gemüter und die Seelen, auf denen herumgetrampelt worden war, heilen. Izzy holte tief Luft, verdrängte diesen Gedanken und beschloss, sich stattdessen auf Clara und Susan zu konzentrieren. Wenigstens konnte sie glücklich und stolz auf sich sein, versucht zu haben, diesen einen Fehler zu berichtigen und ein gebrochenes Herz zu heilen.

Wenn denn diese Frau, die sie gleich treffen würden, tatsächlich Clara Elizabeth Cartwright war.

Bis kurz zuvor, als Susan ihnen auf dem Parkplatz gestanden hatte, dass sie nicht gänzlich davon überzeugt war, dass die Frau tatsächlich ihre Mutter war, hätte Izzy noch ihre Hand dafür ins Feuer gelegt, dass Miss Trench wusste, wovon sie sprach. Doch nun wuchsen auch ihre Zweifel. Wie Susan sagte, könnten über die vielen Jahre hinweg Fehler gemacht worden sein. Wie in anderen großen Psychiatrien könnten in Willard Akten vertauscht oder Namen falsch buchstabiert worden sein. Und nur, weil eine ehemalige Schwester behauptete, diese Frau sei Clara Elizabeth Cartwright, wurde es nicht wahr. Während der letzten sechzig Jahre hatten Tausende Frauen Willard durchlaufen, und es bestand die Möglichkeit, dass eine von ihnen den gleichen Nachnamen besaß. Es gab zu viele Möglichkeiten, Personen zu verwechseln, um sich sicher zu sein, dass sie Susans Mutter tatsächlich gefunden hatten. Susan sagte, sie wolle sich nicht allzu große Hoffnungen machen. Und sie wolle erst absolut sicher sein, bevor man irgendwem davon erzählte, sogar dem Pflegepersonal.

Schließlich blieb die junge Schwester vor einer Tür stehen und drehte sich zu ihnen um. Ihr rosafarbener Kittel leuchtete unter der Neonbeleuchtung pink auf. Izzy zupfte am Kragen ihres Shirts, weil sie das Gefühl hatte, allmählich zu ersticken.

»Clara ist eine ganz Liebe«, erklärte die Schwester. »Sie freut sich garantiert darüber, ein wenig Gesellschaft zu haben. Aber ich muss Sie warnen. Manchmal lässt sie ihre Erinnerung im Stich, und sie kann ziemlich launisch werden, wenn sie verwirrt ist. Die Ärzte nehmen an, dass dies die ersten Anzeichen von Alzheimer sind. Ich weiß, dass Sie hier sind, um sie zu ihrer Zeit in Willard zu befragen, aber wenn das alles zu viel für sie wird, dann würde ich Sie bitten zu gehen. Wenn sie Ihnen erzählt, dass sie eine Tochter hat, dann stimmen Sie ihr einfach zu. Sie regt sich zu sehr auf, wenn man versucht, ihr das Gegenteil zu sagen.«

Susan keuchte leise und schlug sich die Hand auf die Brust. Die junge Schwester lächelte und führte sie durch die offene Tür.

In dem kleinen, luftleeren Zimmer standen zwei Krankenhausbetten gegenüber von zwei Fernsehern, die an der Wand angebracht waren. Die Geräte waren aus, die Bildschirme schwarz. Im ersten Bett schlief eine alte Frau, ihr Mund stand offen, und strähnige graue Haare hingen ihr über das wettergegerbte Gesicht. Die Schwester lief am ersten Bett vorbei, blieb am Fuße des zweiten Bettes stehen und wandte sich an eine kleine, alte Frau, die in einem Sessel saß, der zum Fenster gerichtet war.

Die Frau hatte die rosafarbenen Lider geschlossen, den Kopf nach hinten geneigt, und ihr feines Haar wirkte wie ein Schleier im Sonnenlicht, das durchs Fenster hereinschien. Ihre krummen Finger klammerten sich um die Enden der Armlehnen, die einzelnen Knochen waren unter der mit Altersflecken bedeckten Haut nur allzu gut zu erkennen. Eine rote Decke lag über ihren Beinen, obwohl es in dem Zimmer brütend heiß war.

»Schläft sie?«, flüsterte Peg.

Die Schwester schüttelte den Kopf. »Nein«, erwiderte sie. »Sie hört nur schlecht.« Sie erhob die Stimme. »Clara! Schauen Sie mal – Sie haben Besuch!«

Clara blinzelte und machte die Augen auf. Sie beugte sich vor und drehte sich um, wobei sie sich mit beiden Händen an einer Armlehne festhielt, um das Gleichgewicht zu halten. Ihre Lippen waren im Mund verschwunden, und ihre Haut war ganz verschrumpelt vom jahrelangen Schmerz und Kummer. Sie musterte ein Gesicht nach dem anderen, wobei ihr kleiner Kopf ganz leicht wackelte.

Die Schwester eilte zu ihr. »Wir drehen mal kurz den Sessel um, damit Sie sich mit diesen netten Damen hier unterhalten können«, sagte sie laut. Sie hob ein Gebiss auf und reichte es Clara, die es schnell in ihren Mund schob, wodurch die Lippen wieder zum Vorschein kamen. »Sie möchten Sie zu Willard befragen. Ist das nicht nett? Sie erinnern sich doch noch an Willard, oder?«

Clara nahm die Decke in ihre spindeldürren Arme und hievte sich hoch. Mit ihrem rosafarbenen Hauskleid, roten Pantoffeln und Kniestrümpfen schlurfte sie der Schwester aus dem Weg, damit diese den Sessel umdrehen konnte. Nachdem sie sich wieder hingesetzt hatte, legte sie sich erneut die Decke über die Beine und starrte Izzy, Susan und Peg an, wobei ihr milchig trüber Blick eine Sekunde länger bei Susan verharrte. Susan senkte den Blick, fummelte an ihrem Schal herum und schickte sich an, ihn auszuziehen. Ihre Wangen färbten sich rot. Die Schwester zog einen Vorhang zwischen den beiden Betten zu.

»Ich lasse Sie jetzt allein«, erklärte die Schwester fröhlich. »Aber ich komme gleich noch einmal vorbei. Kann ich sonst noch etwas für Sie tun?«

»Nein«, erwiderte Peg. »Alles ist bestens, vielen Dank.«

Nachdem die Schwester fort war, ließ Susan sich auf einen Stuhl sinken, der in der Zimmerecke stand. Izzy setzte ihren Rucksack auf dem Boden ab und legte eine Hand auf Susans Schulter.

»Alles in Ordnung?«, flüsterte sie.

Susan rieb sich die Stirn, während ihre Schläfen pulsierten. »Mir geht's gut«, flüsterte sie schwach.

»Sind Sie sicher, dass Sie das hier durchziehen wollen?«, flüsterte Peg. »Vielleicht ist es auch noch zu früh.«

Susan nickte. »Mir geht es gut, ehrlich.«

Peg ging zu Clara hin, die sie alle interessiert musterte, und hockte sich vor sie. »Hallo, Clara«, sagte sie laut. »Wie geht es Ihnen?«

Clara lächelte. »Den Umständen entsprechend gut, denke ich.« Zu Izzys großer Überraschung war Claras Stimme tief und rau. Irgendwie hatte sie erwartet, dass sie eine hohe Stimme wie ein junges Mädchen hatte.

Peg stand wieder auf. »Ich bin Peg. Das ist meine Pflegetochter Isabelle, und das ist unsere Freundin Susan. Wir möchten mit Ihnen über Ihre Zeit in Willard sprechen, wenn das für Sie in Ordnung ist.«

Clara nickte. »Das ist in Ordnung.«

»Wir sind für ein Museumsprojekt nach Willard gegangen und haben dort einige alte Koffer gefunden«, erklärte Peg. Dann deutete sie Izzy an, ihren Rucksack hervorzuholen. »Unter den Koffern befand sich ein großer Überseekoffer, und wir denken, dass er Ihnen gehörte.« Clara starrte Peg mit versteinerter Miene an. »Verstehen Sie, was ich Ihnen sage?«

Clara nickte.

»Wir würden Ihnen gern ein paar Dinge zeigen, die wir im Koffer gefunden haben, um zu sehen, ob Sie diese wiedererkennen«, fuhr Peg fort. »Wäre das für Sie in Ordnung?«

Clara nickte wieder und faltete die Hände in ihrem Schoß zusammen. Ihr krummer Daumen rieb dabei über den Knöchel des anderen.

Izzy griff in ihren Rucksack, holte eine vergilbte Musikpartitur hervor und zeigte sie Clara. Von Hand gezeichnete Herzen umrahmten den Titel, »Someone To Watch Over Me«; die rote Tinte war schon ziemlich verblasst. Clara hob das Kinn, um sich das Blatt anzusehen. Mit zitternden Händen griff sie danach, legte das Notenblatt auf ihren Schoß und studierte es mit gesenktem Kopf.

»Es gehört mir.« Mit Tränen in den Augen sah Clara auf. »Eine ganz besondere Person hat es mir geschenkt. Ich wollte immer Klavierspielen lernen, doch mein Vater hat es mir nicht erlaubt.«

Aus der Zimmerecke heraus sah Susan ihnen mit großen Augen zu, die Finger über den Mund gepresst.

»Wie sieht es hiermit aus?«, fragte Izzy und holte eine Postkarte aus Paris aus dem Rucksack.

Clara lächelte, als sie die Karte entgegennahm. »Sie stammt von einer Reise nach Paris, als ich sechzehn war.« Sie kicherte leise. »Ich wollte sie eigentlich einer Freundin schicken, habe sie dann aber stattdessen als Souvenir behalten.«

Izzy holte tief Luft, bevor sie ihr dann das Bild von Clara und Bruno zeigte. Clara starrte es an, während sich ihre Wangen rosa färbten.

»O ja. Waren wir nicht wunderschön?« Sie beugte sich vor, als wolle sie das Foto nehmen, legte dann aber die Hände an ihr bebendes Kinn, als habe sie Angst, das Bild zu berühren. Sie biss sich auf die Lippe, und Tränen traten ihr in die Augen.

»Können Sie sich erinnern, wer das ist?«, fragte Peg.

Clara schniefte und putzte sich die Nase. »Natürlich kann ich mich erinnern«, entgegnete sie, wobei sich ihre Stimme überschlug. »Es ist lange her, seit ich das Bild das letzte Mal gesehen habe. Eine lange, lange Zeit.« Endlich nahm sie das Foto und drückte es an sich. Dann holte sie tief Luft und betrachtete es erneut. »Vielen Dank, dass Sie es mir gebracht haben.«

Izzy klopfte das Herz bis zum Hals, als sie das Tagebuch aus dem Rucksack nahm und sie sich vor Clara kniete. Dann legte sie Clara das Tagebuch in den Schoß. »Tut mir leid«, entschuldigte sie sich. »Aber ich habe es gelesen. Ich wusste nicht, dass Sie noch am Leben sind, sonst hätte ich es niemals …« Izzy hielt inne und schluckte. »Aber es ist der Grund, warum wir hier sind. So haben wir Sie gefunden.«

Clara fuhr mit zittrigen Fingern über das grüne Leder. Einige Augenblicke lang sagte sie nichts. Dann hielt ihre Hand inne, Clara lehnte sich zurück und seufzte. »Dann wissen Sie also alles. Sie wissen, dass mein Vater mich fortgeschickt hat.«

»Ja«, nickte Izzy. »Das weiß ich. Und es tut mir sehr leid, dass er Ihnen das angetan hat.«

Es kam ihr wie in Zeitlupe vor, als Clara Izzys Hand tätschelte, das Foto nahm und es in das Tagebuch steckte, bevor sie dieses dann auf den Tisch neben ihrem Sessel legte. Dann schob sie die Decke von ihrem Schoß herunter, legte die Arme auf die Lehnen und wollte aufstehen. Izzy richtete sich auf und trat einen Schritt zurück. Ihr pochte wie wild das Herz, da sie Angst hatte, dass Clara sie nun bitten würde, zu gehen und sie allein zu lassen. Clara hievte sich aus dem Sessel und stand, wobei ihr gebrechlicher Körper sanft schwankte. Sie strich die Vorderseite ihres Hauskleides glatt, fuhr sich mit den Fingern durch das dünne Haar und holte tief Luft. Dann sah sie Susan an.

»Und du bist meine Tochter, nicht wahr?«

Susan liefen die Tränen über die Wangen, als sie aufstand. »Ich glaube schon«, erwiderte sie. Clara schlug sich die Hände vor den Mund, und sie verlor die Kontrolle über ihre Gesichtszüge. Sie bahnte sich einen Weg zu Susan und breitete die Arme aus. Susan kam auf sie zu, und beide schlangen die Arme umeinander, während sie gleichzeitig lachten und weinten.

»Sofort, als ich dich gesehen habe, wusste ich, wer du bist«, sagte Clara. »Ich habe Brunos Augen und meine Nase erkannt.«

Susan lachte. »Bist du sicher?«

»In meinem Kopf nicht, aber im Herzen schon«, erwiderte Clara.

Nach einer Weile ließ Clara Susan los und wischte sich die Tränen vom Gesicht. Sie kehrte zu ihrem Sessel zurück, wobei ihre Pantoffeln über die Fliesen schlurften. »Komm her und setz dich zu mir«, forderte sie Susan auf.

Susan schob einen Stuhl neben Claras Sessel und nahm ihre Hand. »Ich habe versucht, mehr über dich herauszufinden«, erklärte sie schniefend. »Aber das war nahezu unmöglich. Ich hatte keine Ahnung, dass du noch lebst, sonst hätte ich ...«

Clara strich Susan über die Wange und wischte ihr die Tränen mit fast durchscheinenden Fingern weg. »Alles ist gut, alles ist gut«, tröstete sie sie. »Wir sind jetzt zusammen. Das ist alles, was zählt. Ich wusste, dass dieser Tag kommen würde. Das ist das Einzige, was mich all die Jahre am Leben gehalten hat.«

»Und mein Vater?«, fragte Susan. »Lebt er noch?«

Mit Tränen in den Augen schüttelte Clara den Kopf. »Bruno hat versucht, mich zu retten«, erzählte sie. »Wir hatten einen Fluchtplan geschmiedet und wollten dann nach dir suchen. Wir hatten es fast geschafft, doch dann haben sie uns erwischt, bevor wir loskommen konnten. Bruno hat kehrtgemacht, um den Mann zu retten, der uns geholfen hat, und wurde dabei von einem Aufseher auf den Kopf geschlagen. Er ... er hat es nicht geschafft.«

»Das tut mir so leid«, erwiderte Susan mit rauer Stimme.

»Nein«, entgegnete Clara und schluckte ihre Schluchzer herunter. »Ich bin diejenige, die sich entschuldigen muss. Wenn ich einfach das gemacht hätte, was meine Eltern von mir verlangt hatten, wäre Bruno nicht gestorben, und du und ich hätten all die Jahre zusammen sein können.«

Susan drückte Claras Hand. »Schon gut«, erwiderte sie. »Du konntest ja nicht wissen, wie sich die Dinge entwickeln würden.«

»Ich will, dass du weißt, dass ich dich behalten hätte, wenn ich gekonnt hätte. Aber man …« Sie hielt inne. Ihr Kinn zitterte, und die Lippen bebten vor Kummer. »Willard war kein Ort für ein Baby. Aber ich habe jeden Tag an dich gedacht. Ich habe mir immer gesagt, dass ich eines Tages aus Willard rauskomme und dass ich dich dann irgendwie finden werde. Ich hätte niemals aufgehört, dich zu suchen, ich hätte die ganze Welt nach dir abgesucht …« Sie ließ den Kopf sinken, und dicke Tränen tropften ihr von der Nase herunter.

Susan schlang einen Arm um Clara. »Ich weiß«, nickte sie und streichelte ihrer Mutter den Rücken. »Es war nicht dein Fehler. Jetzt, da wir zusammen sind, können wir die verlorene Zeit nachholen. Wir schauen einfach nach vorn.«

Clara schniefte und putzte sich die Nase. »Ja.« Ihre Stimme überschlug sich. »Du hast recht.« Dann jedoch wich Clara zurück und musterte ihre Tochter. »Aber eines muss ich wissen. Bist du adoptiert worden? Hattest du ein glückliches Leben?«

Susan nickte und lächelte sie mit Tränen in den Augen an. »Ja. Ich wurde adoptiert. Und die meiste Zeit war ich glücklich.« Ihr Blick schweifte zu Peg hinüber. Zuvor hatte sie Peg und Izzy gesagt, dass, wenn die Frau in dem Seniorenheim tatsächlich ihre Mutter sein sollte, sie ihr nichts von Dr. Roach erzählen wollte. Es hatte keinen Sinn, die Vergangenheit wiederzukäuen. Es wäre einfach zu aufwühlend für sie, und Clara hatte wahrlich schon genug gelitten.

»Und sie haben dich Susan genannt«, stellte Clara fest.

»Susan Clara«, entgegnete Susan.

»Ich habe dich Beatrice genannt.« Clara lächelte. »Beatrice Elizabeth Moretti.«

»Das gefällt mir«, lächelte Susan.

Clara sah zu Izzy hinüber. »Wie kann ich Ihnen nur jemals dafür danken, mir meine Tochter gebracht zu haben?«

Izzy lächelte und zuckte mit den Schultern. »Ich hatte das Gefühl, es tun zu müssen.«

»Sie müssen schrecklich stolz auf sie sein«, sagte Clara an Peg gewandt.

Peg schlang einen Arm um Izzy. »Das bin ich auch.«

In diesem Augenblick kam die Schwester ins Zimmer und sah zu Clara hinüber. Vor Sorge runzelte sie die Stirn. »Was ist denn hier los?«, fragte sie. »Clara, ist alles in Ordnung mit Ihnen?«

»Mir geht es gut«, erwiderte Clara. »Sogar sehr viel besser als lange, lange Zeit. Schwester Jennie, ich möchte Ihnen gerne meine Tochter Susan vorstellen.« Die Schwester machte große Augen und starrte sie mit offenem Mund an.

Susan stand auf und schüttelte ihr die Hand. »Schön, Sie kennenzulernen.«

»Ich habe Ihnen doch gesagt, dass ich eine Tochter habe«, erklärte Clara. »Aber nie hört man auf mich. Das scheint sich wie ein roter Faden durch mein Leben zu ziehen«, kicherte sie mit glänzenden Augen.

Während Izzy Clara die restlichen Fotos und Briefe an Bruno aushändigte, erkundigte Susan sich bei der Schwester nach Claras Gesundheitszustand. Nach ein paar Minuten kniete sie sich neben Clara nieder.

»Schwester Jennie sagt, dass du relativ gesund bist.«

»Das nehme ich wohl an«, erwiderte Clara. »Wenn man einmal davon absieht, dass ich alt und steif bin und ab und zu ein wenig vergesslich werde.«

»Wie fändest du es, wenn du zu mir ziehst? Ich habe ein

großes, altes Haus nicht weit von hier, mit einem großen Garten und zwei Hunden. Es ist nichts Besonderes, aber mein Zuhause.«

Claras Lippen bebten. »Seit sechsundsechzig Jahren hatte ich kein Zuhause mehr«, sagte sie leise.

»Na, dann ist mein Zuhause auch dein Zuhause, wenn du es möchtest. Und ich bin mittlerweile in Rente, also werde ich immer da sein, um auf dich aufzupassen.«

Mit Tränen in den Augen lächelte Clara sie an. »Das wünsche ich mir mehr als alles andere auf der Welt.«

KAPITEL 26
Izzy

Als Izzy am Donnerstag nach der Schule in die Küche eilte und sich Harrys berühmte Chocolate Chip Cookies unter einer Glasglocke auf dem Küchentisch vorstellte, lief ihr schon das Wasser im Mund zusammen. Sie konnte es kaum abwarten, sich ein Glas Milch einzuschenken und dann drei oder vier Cookies zu verschlingen. Harry backte sie alle zwei Wochen, und Izzy konnte sich beileibe nicht daran erinnern, jemals etwas so Köstliches gegessen zu haben. Sie warf ihre Schulbücher auf die Bank neben der Hintertür, hängte ihren Mantel auf und blieb wie erstarrt stehen. In dem Trubel der vergangenen zwei Wochen – die Beerdigung ihrer Mutter, das Gespräch mit Miss Trench, ihr erstes Date mit Ethan, das Aufspüren von Clara und ihrer Tochter – hatte sie vollkommen vergessen, welcher Tag heute war.

Peg und Harry standen mit einem strahlenden Lächeln im Gesicht in der Küche. Anstatt der Cookies stand vor ihnen auf der Arbeitsfläche ein Schokoladenkuchen, der mit rosafarbenen und weißen Rosen dekoriert war. Achtzehn brennende Kerzen spiegelten sich in Harrys und Pegs Augen. Kurz unter der Decke schwebten Dutzende rosa- und lilafarbene Luftballons, deren gekräuselte Schnüre wie pastellfarbener Regen aussahen. Peg und Harry stimmten »Happy Birthday« an, und Izzy musste kräftig schlucken, um nicht loszuheulen. Sie wusste nicht mehr, wann jemand zum letzten Mal eine Party für sie organisiert, geschweige denn »Happy Birthday«

für sie gesungen hatte. Und dabei war dies der Geburtstag, vor dem sie sich am meisten gefürchtet hatte.

»Wünsch dir was!«, rief Peg.

»Okay«, erwiderte Izzy und wurde gleichzeitig rot vor Verlegenheit. Sie strich sich das Haar aus dem Gesicht und pustete die Kerzen aus.

»Ich habe Peg gesagt, dass wir mit dem Geburtstagsständchen bis nach dem Abendessen warten sollten«, erklärte Harry, »aber sie konnte es einfach nicht abwarten. Sie wollte dich überraschen.«

»Vielen Dank«, stammelte Izzy. »Es wäre doch nicht nötig gewesen, einen Kuchen für mich zu backen!«

»Doch!«, entgegnete Peg und eilte zu Izzy, um sie zu umarmen. »Und wir haben noch mehr Überraschungen für dich.« Sie ging zum Esstisch und schob einen Stuhl nach hinten. »Aber setz dich erst einmal, damit wir etwas mit dir besprechen können.«

Als Izzy sich setzte, schlug ihr plötzlich das Herz bis zum Hals. Peg faltete auf dem Esstisch ihre Hände, holte tief Luft und atmete dann ganz langsam wieder aus. Sie räusperte sich und schluckte schwer, als wüsste sie nicht, wo sie anfangen sollte. Eiskalte Trauer breitete sich in Izzys Herz aus. *Jetzt ist es so weit*, dachte sie. *Jetzt sagt sie mir, dass es Zeit wird zu gehen, weil sie es sich nicht leisten können, dass ich länger hierbleibe. Sie wird sich entschuldigen und sagen, dass sie mir eine Geburtstagsparty organisiert haben, damit ich mit einer schönen Erinnerung weggehe.*

»Ich weiß, dass es vielleicht ein wenig früh nach dem Tod deiner Mutter ist«, fing Peg an. »Aber Harry und ich haben schon länger darüber nachgedacht. Wir haben schon alle Unterlagen und Papiere fertig, und … na ja … es liegt an dir … Aber …« Auf der Suche nach Verstärkung blickte sie zu Harry hinüber. Der wischte sich die Hände an seiner Hose ab.

»Uns ist klar, dass du ab heute volljährig bist«, stellte er dann fest. »Vielleicht hältst du das daher für keine besonders gute Idee, aber wir …« Er setzte sich und nahm Pegs Hand. »Wir möchten dich adoptieren, Izzy. Uns ist klar, dass du vielleicht keine neuen … Was ich eigentlich sagen will, ist: Wir wären wirklich gern deine Eltern.«

Izzy starrte sie mit offenem Mund an. Sie konnte gar nichts sagen. Da nahm Peg sie an die Hand.

»Wir lieben dich und möchten gern für dich da sein«, erklärte sie mit bebender Stimme. »Du musst noch viele wichtige Entscheidungen in deinem Leben treffen, Entscheidungen, die zu schwerwiegend sind, um sie allein zu treffen. Wir würden dir gern dabei helfen, erleben, wie du studierst und dich voll entfaltest, wie auch immer das aussehen mag. Und wenn du heiratest …« Tränen glitzerten in Pegs Augen, und sie drückte Izzys Hand. »Harry würde sich geehrt fühlen, dich zum Altar zu führen. Und wir würden liebend gern irgendwann Großeltern werden.«

Izzys Kinn zitterte, als sie die Lippen aufeinanderpresste. Sie öffnete den Mund, um Ja zu sagen, um sie wissen zu lassen, dass sie sehr, sehr gern ihre Tochter sein wollte, mehr als alles andere auf der Welt, aber ihr schnürte es die Kehle zu.

»Was sagst du dazu, Kleine?«, fragte Harry.

Lächelnd nickte Izzy. Peg kreischte und schlug sich die Hände vor den Mund. Alle sprangen auf und umarmten einander. Izzy schloss die Augen, aus denen die Tränen nur so hervorquollen, und fragte sich, wie ihr Herz nur so vor Freude übergehen konnte, nachdem es so voller Trauer gewesen war. Sie umarmte Harry und Peg ganz fest und ließ von ihren starken Armen ihre Sorgen und Ängste davonjagen.

»Du machst uns so glücklich«, schniefte Peg.

Da klopfte es an der Küchentür. »Kommt herein!«, rief Harry.

Alex und Ethan traten ein, die Arme voller Geschenke. »Happy Birthday!«, riefen sie gleichzeitig. Hinter ihnen betraten Arm in Arm und glücklich strahlend Clara und Susan die Küche.

ANMERKUNGEN DER AUTORIN

Bei meinem Roman habe ich mich auf die folgenden Bücher gestützt: *The Lives They Left Behind: Suitcases from a State Hospital Attic* von Darby Penney und Peter Strastny; *Zehn Tage im Irrenhaus: Undercover in der Psychiatrie* von Nellie Bly und *Women of the Asylum: Voices from Behind the Walls 1840–1945* von Jeffery L. Geller und Maxine Harris.

Obwohl die oben genannten Bücher mir sehr dabei geholfen haben, mir vorzustellen, welche Bedingungen in den Psychiatrien dieser Zeit geherrscht haben müssen, bildet mein Roman kein historisches Geschehen ab noch beabsichtigt er, dies zu tun. Der Roman ist allein meine Interpretation dessen, wie es gewesen sein muss, gegen den eigenen Willen in eine Anstalt eingewiesen zu werden. Sämtliche Romanfiguren sind frei erfunden. Mehrere der beschriebenen Orte existieren jedoch tatsächlich, so zum Beispiel die Nervenheilanstalt von Long Island und die Willard-Psychiatrie. Chapin Hall sowie die angeschlossenen Stationen und Nebengebäude haben tatsächlich existiert. In Willard gab es zusätzlich zu den von mir beschriebenen Gebäuden noch separate Patientenstationen: The Pines, The Maples, Sunnycroft und The Edgemere, die alle über eigene Speisesäle, Küchen, Büros der Oberaufseher, Angestelltenwohnungen und Heizräume verfügten. Zudem möchte ich betonen, dass zum Zwecke des Handlungsablaufs Patientenbehandlungen und Therapien so dargestellt wurden, als seien sie zu dem angegebenen Zeitraum der Romanhandlung eingesetzt worden, obwohl diese in Wahrheit schon früher zum Einsatz gekommen waren oder erst später zum Tragen kamen. Die sogenannte »Uteria Crib«, ein verschlossener Holzkäfig, wurde ab 1887 nicht mehr benutzt, wohingegen die Insulinschocktherapie erst 1935 eingeführt wurde, die Elektroschocktherapie sogar erst 1938. Psychologen kamen in den meisten Psychiatrien erst ab 1960 zum Einsatz.

FRAGEN UND ANTWORTEN MIT ELLEN MARIE WISEMAN

Wie wurden Sie zu What She Left Behind *inspiriert?*

Ich habe mich schon immer für Psychiatrien interessiert, insbesondere dafür, wie psychisch kranke Menschen in der Vergangenheit in diesen Einrichtungen behandelt wurden und wie sich unser Verständnis sowohl für die Patienten als auch für die Behandlungsmethoden über die Jahre hinweg gewandelt hat. Im Zuge dessen habe ich mich gefragt, wie es wohl sein mag, in eine solche Anstalt eingewiesen und gegen den eigenen Willen dort festgehalten zu werden. Als ich einen Artikel über die Ausstellung las, in der Koffer präsentiert wurden, die man in Willard gefunden hatte – eine ganze Reihe von Patientenkoffern, die auf dem Dachboden der verlassenen Willard-Psychiatrie liegen geblieben waren –, war meine Neugier sofort geweckt. In diesem Zusammenhang habe ich dann von dem Buch *The Lives They Left Behind: Suitcases from a State Hospital Attic* von Darby Penney und Peter Statsny erfahren. Die Autoren hatten es sich zur Aufgabe gemacht, die Inhalte der Gepäckstücke zu untersuchen, um so das Leben des jeweiligen Kofferbesitzers und Patienten zu rekonstruieren, der in die Anstalt eingewiesen worden war, diese aber nie mehr verlassen hatte. Das Buch ist faszinierend und tief bewegend, da man sich mit den Fotos und Geschichten so unglaublich schnell identifizieren kann. Nachdem ich das Buch gelesen hatte, war mir klar, dass ich über das Auffinden der Koffer schreiben wollte sowie darüber, wie es sein musste, dort Patient gewesen zu sein.

Wie haben Sie sich gefühlt, als Sie über Psychiatrien recherchiert haben?

Es war erschütternd zu lesen, unter welchen Umständen Menschen in der Vergangenheit in Anstalten eingewiesen wurden, in vielen Fällen sogar bis zu ihrem Lebensende – und zwar nur wegen emotionalem Kummer oder einer wirtschaftlichen Notlage. Während manche Patienten tatsächlich krank waren, wurden viele Menschen wegen Lebensverhältnissen in Psychiatrien eingewiesen, die wir heute vollkommen anders bewerten würden. Gründe für eine Einweisung konnten Armut, Obdachlosigkeit, Depressionen, Homosexualität, Alkoholismus und emotionaler Stress durch eine Scheidung, Familienstreitereien, Misshandlungen in der Ehe/Partnerschaft und der Verlust von Kindern sein. Eine Person konnte schon aus ganz simplen Gründen eingewiesen werden, so zum Beispiel wegen der Unfähigkeit, eine Arbeitsstelle zu finden oder wegen eines einzigen Wutausbruchs in der Öffentlichkeit. Ende des 19. Jahrhunderts schrieb Dr. Judson B. Andrews einen Aufsatz mit dem Titel *Early Indications of Insanity* [Frühe Anzeichen einer Geisteskrankheit] – in dem er anregte, Familien sollten auf »makabere, krankhafte Träume, Schlafstörungen, anhaltende Kopfschmerzen, emotionale Übertreibungen, überbordende religiöse Bedenken sowie Veränderungen hinsichtlich Kleidungsgewohnheiten und Sauberkeit« achten. Insbesondere Frauen waren gefährdet, langfristig eingewiesen zu werden. Ehemänner konnten ihre »lästig« gewordenen Ehefrauen einweisen, und männliche Ärzte kamen diesem Wunsch nur allzu gern nach. Viele Frauen arbeiteten zudem als Dienstbotinnen und standen in engem Kontakt mit ihren Arbeitgebern, jedes Fehlverhalten oder ein simpler Streit konnte als Geisteskrankheit ausgelegt werden. Am Ende des ersten Jahres, nachdem die Anstalt ihre Türen geöffnet hatte, gab es in Willard viermal mehr weibliche als männliche Patienten. In einem Fall war eine Frau wegen Depressionen nach Willard überwiesen worden, und sie verbrachte dort die restlichen fünfundsiebzig Jahre ihres Lebens, bis sie im Alter von hunderteins Jahren starb. Einwanderer mit wenigen gesellschaftlichen Verbindungen wurden manchmal in Psychiatrien eingewiesen, während ihre Familien in den Heimatländern jenseits des Ozeans keine Ahnung hatten, wo sie abgeblieben waren. Viele »verrückte« Patienten wurden von Krankenhäusern überwiesen und wurden in Gruppen von hundert Menschen oder mehr in vollgestopften Zügen oder Bussen in die Psychiatrien gefahren, ohne zu wissen, wohin sie gebracht wurden. Annähernd die Hälfte der 54 000 Menschen, die als Patienten nach Willard kamen, starben auch dort.

Was hat Sie bei Ihrer Recherche am meisten überrascht?
Am meisten hat mich überrascht, dass Zwangssterilisationen in Psychiatrien von etwa 1910 bis zum Ende des Zweiten Weltkriegs gang und gäbe waren. Danach wurden die Zwangssterilisationen wegen der beschämenden Vergleiche zu den Verbrechen der Nazis aufgegeben. In manchen Südstaaten wurden die Zwangssterilisationen jedoch noch bis in die 1960er-Jahre durchgeführt. Im Zuge dessen habe ich entdeckt, dass die Vereinigten Staaten das erste Land waren, das gemeinschaftlich Pflichtsterilisationsprogramme aus Gründen der Eugenik durchführte. Dies ist eine Wissenschaft, die sich mit der Verbesserung der Erbanlagen einer Rasse oder einer Art über selektive Zucht und Sterilisationen beschäftigt und deren Hauptziel die Geisteskranken waren. Zwischen 1907 und 1963 wurden mehr als 64 000 Menschen (inklusive solcher, die nicht geisteskrank waren) im Zuge der eugenischen

Rechtsvorschriften der Vereinigten Staaten zwangssterilisiert. Laut Edwin Black, dem preisgekrönten Autor von *War Against the Weak: Eugenics and Americas Campaign to Create a Master Race* [Krieg gegen die Schwachen: Eugenik und Amerikas Programm, eine überlegene Rasse zu schaffen] war die Euthanasie eine Methode, die üblicherweise empfohlen wurde, um sich von »minderwertigeren« Bevölkerungsteilen zu befreien. Ein Bericht der Carnegie Institution for Science von 1911 erwähnt Euthanasie als eine der empfohlenen »Lösungen« für das Problem, die Gesellschaft von untauglichen genetischen Merkmalen zu säubern. Die häufig vorgeschlagene Methode sah vor, lokale Gaskammern einzurichten. Dennoch glaubten viele der Anhänger der Eugenikbewegung nicht, dass die Amerikaner für die Einführung eines Euthanasieprogramms im großen Stil bereit waren, sodass viele findige Ärzte Mittel und Wege finden mussten, um sehr geschickte eugenische Euthanasie in verschiedenen medizinischen Institutionen durchführen zu können. Zum Beispiel verabreichte eine psychiatrische Anstalt den ankommenden Patienten Milch, die mit Tuberkulose infiziert war (mit der Begründung, dass genetisch gesunde Personen widerstandsfähig seien), was dreißig bis vierzig Prozent der jährlichen Todesraten ausmachte. Andere Ärzte übten Euthanasie durch verschiedene Formen der Unterlassung aus, was jeweils zum Tode führte.

Was haben Sie über die Behandlung von Patienten in Psychiatrien gelernt?
Da Psychopharmaka erst ab Mitte der Fünfzigerjahre entdeckt wurden, waren Beruhigungsmittel die einzigen Medikamente, die zur Behandlung der Patienten zur Verfügung standen. Patienten mit psychiatrischen Symptomen, die eine Folge einer Syphiliserkrankung waren, wurden mit Arsen behandelt und mit Malaria infiziert! In Willard selbst gab es erst im

Laufe der 1960er-Jahre Psychologen, und Patienten bekamen nur sehr selten einen Arzt zu sehen. Laut Darby Penney, Coautor von *The Lives They Left Behind*, wurden einige Patienten über Jahrzehnte hinweg von keinem Arzt untersucht. In den 1930er-Jahren, zu der Zeit also, in der Claras Geschichte angesiedelt ist, bestand die Behandlung aus Eisbädern, Malen und Basteln sowie körperlicher Ertüchtigung. Ein paar Jahre später kamen noch die Insulinschocktherapie sowie die Elektroschocktherapie hinzu. Bei meinen Recherchen habe ich keine Beweise dafür gefunden, dass in Willard auch Lobotomien durchgeführt wurden. Von Patienten, die körperlich dazu in der Lage waren und weder gefährlich noch aktiv wahnhafte Störungen hatten, wurde verlangt, dass sie arbeiteten, was als therapeutische Maßnahme angesehen wurde.

Was können Sie uns sonst noch über Willard berichten?
Wie die meisten vom Staat betriebenen Psychiatrien war Willard angewiesen auf die unbezahlte Arbeit der Patienten, um den Betrieb aufrechtzuerhalten. Willard verfügte über mehr als 240 Hektar Ackerland, ein Treibhaus, eine Molkerei, Stallungen, Hühnerhäuser, eine Schweinezucht sowie Scheunen. Darüber wurde fast der gesamte Bedarf an Nahrungsmitteln selbst angebaut bzw. gezüchtet und weiterverarbeitet. Gewerbliche Betriebe stellten Kleidung, Schuhe, Besen, Körbe, Seifen und Särge her. Es gab Wäschereien, Bäckereien, Großküchen, ein Schlachthaus, Holz verarbeitende Betriebe, eine Ziegelbrennerei, eine Schmiedewerkstatt und ein kohlebetriebenes Kraftwerk, dessen Heizkessel von Patienten befüllt wurden, die Kohle mit Schubkarren vom Gleisareal der Psychiatrie herbeischafften. Die Anlage wurde von bezahlten Arbeitskräften überwacht, doch der Großteil der Arbeit wurde von Patienten erledigt, die auf den Außenanlagen arbeiteten, Ausgrabungen für neue Bauten durchführten, die Stationen

und Büros reinigten, das Essen servierten und das Personal für das luxuriöse Heim des Leiters stellten.

Ihr erster Roman, The Plum Tree, *wurde von den Erlebnissen Ihrer Mutter inspiriert, die in Deutschland aufgewachsen ist, und folgt einer jungen Frau durch die Wirren des Zweiten Weltkriegs, als sie versucht, die Liebe ihres Lebens zu retten, einen jüdischen Mann. Inwieweit hat sich das Schreiben von* What She Left Behind *davon unterschieden?*
Der größte Unterschied waren die zwei Handlungsstränge auf den zwei verschiedenen Zeitebenen. Im Grunde musste ich zwei Geschichten schreiben und diese dann auf eine Art und Weise, die funktionierte, ineinanderblenden. Doch das war schwerer, als ich gedacht hatte!

Gibt es ähnliche Themen in The Plum Tree *und* What She Left Behind?
Ja. Christine (aus *The Plum Tree*) und Clara sind beide junge Frauen, denen jeweils in einer Zeit des gesellschaftlichen Umbruchs ein normales Leben versagt bleibt. Christine litt unter den Folgen der damals herrschenden Armut sowie unter der Intoleranz ihrer Regierung gegenüber bestimmten Personen. Clara hatte unter dem Börsencrash zu leiden sowie unter den Erwartungen ihres Vaters und auch der Gesellschaft hinsichtlich dessen, was Frauen durften und, nachdem sie einmal als geisteskrank abgestempelt war, ebenso unter der Intoleranz ihrer Regierung gegenüber bestimmten Personen. Es ist sehr wahrscheinlich, dass Clara, bevor sie weggeschickt wurde, wie Christine Poster und Plakate gesehen hat, die sich für die »Entfernung« bestimmter Personen einsetzten, die als untauglich für die Gesellschaft angesehen wurden. Ein amerikanisches Eugenikplakat von 1926 behauptete mit seinem Slogan, »Some people are born to be a burden on the rest« [Manche

Menschen sind nur dazu geboren, um dem Rest der Bevölkerung zur Last zu fallen]. Auf den Plakaten wurde daran erinnert, dass alle sechzehn Sekunden ein Mensch geboren wurde, von dessen Geld hundert Dollar für die Pflege von Personen mit einem schlechten beziehungsweise defekten Erbgut verwendet wurden, wie zum Beispiel für Geistesgestörte, Schwachsinnige, Kriminelle und andere Menschen mit »Gendefekten«. Beiden Frauen wurde nicht erlaubt, den Mann zu heiraten, den sie liebten – Isaac, weil er Jude war, und Bruno, da er ein mittelloser Einwanderer war. Beide haben sich gegen das, was ihnen vorgeschrieben wurde, aufgelehnt, Christine gegen die Gestapo und Clara gegen ihren Vater und die Ärzte in Willard. Beide mussten schreckliches Elend ertragen durch die Menschen, die sie in den Institutionen gefangen hielten – Christine in Dachau und Clara in Willard – und nur wenig Rücksicht auf die menschliche Würde nahmen. Beide Frauen weigerten sich, die Hoffnung aufzugeben, und taten alles in ihrer Macht Stehende, um ihre jeweilige Situation zu verbessern.

DANK

Wieder möchte ich mit großer Freude all diejenigen würdigen, die mich unterstützt und mir bei dieser unglaublichen Reise geholfen haben.

In allererster Linie wäre dieser Roman ohne das Werk *The Lives They Left Behind: Suitcases from a State Hospital Attic* von Darby Penney und Peter Stastny nicht entstanden. Ihr Buch hat mir einen Blick gewährt auf die Psychiatrien und Nervenheilanstalten der Vergangenheit und hat mich zum Schreiben inspiriert. Besonderen Dank schulde ich Darby Penney, der sich die Zeit für die Beantwortung meiner Fragen zu Willard genommen und mir erklärt hat, wie es dort wohl für weibliche Insassen in den 1930er-Jahren gewesen sein musste. Ich hoffe, Sie verzeihen mir kleine historische Ungenauigkeiten sowie die künstlerische Freiheit, die ich mir erlaubt habe.

Danken möchte ich auch Deborah Jiang Stein, Autorin und Gründerin des *The unPrison Project*, die meine vielen Fragen zu inhaftierten Frauen beantwortet hat. Dank gebührt zudem Andrew Thompson dafür, mich an seinem Wissen über Gefängnisaufseher teilhaben zu lassen.

Ein großes Dankeschön möchte ich meiner Familie und meinen Freunden aussprechen, die viel Verständnis für meinen wahnsinnigen Terminplan hatten, die mir stets vergeben haben, wenn ich Verabredungen absagen musste, und mir die nötige Zeit und den Raum gegeben haben, um meinen Abgabetermin einzuhalten. Ich bin euch für alle Zeiten dankbar dafür, dass ihr an mich geglaubt und Geduld und Verständnis während dieser manchmal auch beschwerlichen Reise für mich aufgebracht habt. Am allermeisten danke ich euch für eure unerschütterliche Liebe.

Zu behaupten, ich sei meiner Autorenclique bei BP dankbar, ist die reinste Untertreibung. Ich könnte mir diese verrückte, beglückende Aufgabe ohne eure Freundschaft und die brillanten Ratschläge nicht vorstellen. Gemeinsam werden wir – ein Buch nach dem anderen – die Welt erobern!

Mit großem Vergnügen übersende ich meine Liebe und Dankbarkeit meiner Freundin und kosmischen Schwester Barbara Titterington. Vielen Dank, dass du eine meiner größten Cheerleaderinnen bist und eine sehr frühe Arbeitsfassung des Manuskripts gelesen hast. Du findest mich großartig, und es tut gut, das zu wissen.

Erneut bin ich meinem wunderbaren Lektor, John Scognamiglio, unendlich dankbar dafür, dass er an mich glaubt, ebenso wie meinem geduldigen und verständnisvollen Agenten Michael Carr. Ich danke euch für eure unerschütterliche Unterstützung, eure hervorragenden Ratschläge und eure Hilfe dabei, diese Geschichte stärker zu machen. Bedanken möchte ich mich auch bei meiner Presseagentin, Vida Engstrand, dafür, meinen Roman publik zu machen, ebenso wie bei Meryl Earl, Direktorin der Nebennutzungsrechte, die die Auslandsrechte für mein Buch gesichert hat. Dank gebührt auch Kristine Mills-Noble für das tolle Coverdesign. Und noch einmal tausend Dank dem gesamten Team bei Kensington Books für die ganze harte Arbeit hinter den Kulissen.

Ich kann keinen Dank aussprechen, ohne dabei den Leuten aus meinem Umfeld zu danken. Ganz gleich, ob es ein Buchhändler ist, der mich für eine Buchpräsentation eingeladen hat, ein Journalist, der über mich geschrieben hat, ein Mitglied eines Buchklubs, das mich zu sich nach Hause eingeladen hat, ein Fan im Internet oder jemand, der einfach nur etwas von mir gelesen hat und mich wissen ließ, wie sehr es ihm gefallen hat. Ich kann gar nicht sagen, wie viel mir euer Zuspruch und eure Aufmerksamkeit bedeuten. Eure lächelnden, aufgeregten Mienen ließen mich mit den Tränen kämpfen und haben mich mit Stolz erfüllt. Dies war eines der Highlights dieser ganzen Erfahrung, an das ich mich immer erinnern werde.

Wie immer bedanke ich mich von ganzem Herzen bei meiner geliebten Mutter, Sigrid, die mein Fels in der Brandung ist, sowie bei meinem lieben Ehemann Bill, der mir in allem zur Seite steht. Ich kann gar nicht sagen, wie viel ihr mir bedeutet. Zu guter Letzt und am allermeisten möchte ich meinen Kindern, Ben, Jessica und Shanae sowie meinen wunderbaren Enkeln, Rylee, Harper und Lincoln meine Liebe und große Dankbarkeit ausdrücken. Ihr seid mein größter Erfolg, und ich liebe euch mit jeder Faser meines Körpers. Ihr allein macht das Leben lebenswert.